Ouija / Hexenbrett: das, Hilfsmittel der Spiritisten, um mit Geistwesen in Kontakt zu treten

Planchette: die, kleines Plättchen mit einem Loch, das unter der Hand eines Mediums über ein Brett mit Buchstaben und Ziffern gleitet

Geist: im Volksglauben meist unkörperliches, häufig mit übernatürlichen Fähigkeiten ausgestattetes, aber zugleich mit menschlichen Eigenschaften versehenes Wesen

TOM EGELAND
Das Hexenbrett

Buch

Ein tragischer Doppelmord erschüttert den kleinen Ort Juvdal in Telemark: Berit Borgersen und ihr Mann Rolf Anthonsen werden erschlagen, ihre Tochter Siv überlebt das Blutbad schwer verletzt und fällt in ein tiefes Koma. 25 Jahre liegt dieser grausame Mord zurück, dessen Täter nie gefasst werden konnte, als sich die Osloer Fernsehjournalistin Kristin Bye mit dem erfahrenen Journalisten Gunnar Borg auf Spurensuche begibt. Die telepathischen Fähigkeiten des bekannten Mediums Victoria Underland sollen die entscheidenden neuen Hinweise liefern. Doch obwohl die Bewohner von Juvdal bereitwillig über den Fall sprechen, kommen die Journalisten einer Lösung keinen Schritt näher. Erst als Victoria am Tatort eine Verbindung zur Vergangenheit aufbauen kann – sie hört Stimmen und sieht den Tathergang vor sich, ohne allerdings den Mörder erkennen zu können –, stehen sie vor dem entscheidenden Durchbruch. Stück für Stück kommen Kristin und Gunnar der ganzen tragischen Geschichte der Familie Borgersen auf die Spur und enthüllen das Netz von Lüge und Verrat, das die kleine Gemeinde Juvdal zusammenhält. Doch dann geschieht erneut ein Mord...

Autor

Tom Egeland, geboren 1959, ist in Norwegen berühmt für seine spannenden Thriller. Zwei Jahre vor dem Erscheinen von Dan Browns »Sakrileg« schrieb Tom Egeland seinen internationalen Bestseller »Frevel«, der in viele Sprachen übersetzt wurde. Seit 1992 arbeitet Tom Egeland als Nachrichtenchef bei dem norwegischen Fernsehsender TV2 in Oslo. Weitere Romane von Tom Egeland sind bei Goldmann in Vorbereitung.

Von Tom Egeland außerdem bei Goldmann lieferbar:

Frevel. Roman (46092) · Wolfsnacht. Roman (46254)

Tom Egeland

Das Hexenbrett

Roman

Aus dem Norwegischen
von Maike Dörries
und Günther Frauenlob

GOLDMANN

Die Originalausgabe erschien 2004
unter dem Titel »Åndebrettet« bei H. Aschehoug & Co., Oslo.

FSC
Mix
Produktgruppe aus vorbildlich
bewirtschafteten Wäldern und
anderen kontrollierten Herkünften

Zert.-Nr. SGS-COC-1940
www.fsc.org
© 1996 Forest Stewardship Council

Verlagsgruppe Random House FSC-DEU-0100
Das FSC-zertifizierte Papier *München Super* für Taschenbücher
aus dem Goldmann Verlag liefert Mochenwangen Papier.

1. Auflage
Deutsche Erstausgabe Oktober 2007
Copyright © der Originalausgabe 2004
by H. Aschehoug & Co., Oslo
Copyright © der deutschsprachigen Ausgabe 2007
by Wilhelm Goldmann Verlag, München,
in der Verlagsgruppe Random House GmbH
Umschlaggestaltung: Design Team München
Umschlagcollage: plainpicture/Jenkins
und plainpicture/Lenz
Redaktion: Kristina Lake-Zapp
KC · Herstellung: Str.
Satz: Uhl + Massopust, Aalen
Druck und Bindung: GGP Media GmbH, Pößneck
Printed in Germany
ISBN: 978-3-442-46156-1

www.goldmann-verlag.de

Inhalt

Auftakt   11

Erster Teil: Das geheimnisvolle Dorf
    Juvdal   27
    Vergangenheit 1962–63: Berits Geheimnis   46
    Erinnerungen und Albträume   63
    Vergangenheit 1977: Die Séance   97
    Victoria   119
    Vergangenheit 1978: Der Tod steht vor der Tür   162
    Die Trance   165
    Vergangenheit 1978: Doppelmord (I)   195
    Das Omen   257

Zweiter Teil: Geheimnisse der Vergangenheit
    Die Stimme des Todes   289
    Vergangenheit 1978: Doppelmord (II)   329
    Das Tagebuch   357
    Vergangenheit 1981: Zu den Akten gelegt   398

Dritter Teil: Das Auge des Dämons
    Die letzten Stunden: 13.05 – 14.10 Uhr   407
    Die letzten Stunden: 14.10 – 14.55 Uhr   444
    Die letzten Stunden: 14.55 – 16.10 Uhr   483
    Die letzten Stunden: 16.10 – 17.15 Uhr   513

Nachspiel   557

Woran erinnere ich mich am besten?
An die Schmerzen? Die Trauer? Diese unsägliche Trauer? Ich sehe das blendende Licht der Operationslampen vor mir, meine von einem grünen Tuch verhüllten Knie. Ich erinnere mich an meinen Atem, an jeden Atemzug, jeden Herzschlag. Meine Finger krallten sich in das Tuch. Die Stunden vergingen nicht, endlose Minuten, Sekunden auf Sekunden, in denen die Zeit stillstand. Die Bilder in mir: das kleine Dummerchen, der lachende Knirps. Das leise Murmeln des Doktors beim Arbeiten. Der Gestank des Äthers. Nach der Abtreibung schob er mich in ein Nebenzimmer. Hier kannst du dich ausruhen, sagte er.
Nach wenigen Minuten begann es zu bluten. Ich erinnere mich noch an die Panik des Arztes. Seine Augen über der Mundbinde. An all das erinnere ich mich.

Auftakt

Juvdal, 31. Mai 1962

Das erste Mal spielten Berit und Nina an einem langen, trägen Donnerstagnachmittag Ende Mai 1962 mit dem Hexenbrett. Die Sonne hing apathisch und schwer an einem stahlblauen Himmel. Keine Wolke, kein Windhauch regte sich. Unten im Tal stand die Luft still. Auf dem vor Hitze flimmernden Asphalt vor der Kolonialwarenhandlung standen die Alten und beklagten sich darüber, dass die Mücken in diesem Jahr früh gekommen seien, schon im Mai, das müsse man sich mal vorstellen.

Oben auf dem Borgersen-Hof hockte Berit mit an die Scheibe gelehnter Stirn auf dem breiten Fensterbrett. Sie war vierzehn Jahre alt und langweilte sich. Hinter dem Baumgrüppchen, das ihr die Aussicht verwehrte, erahnte sie die Stabkirche und die Hausdächer unten im Dorf: Rechtecke aus dampfenden Dachziegeln, Wellblech, Teerpappe.

Nina saß auf dem Boden und spielte mit der jungen Katze.

»Was wollen wir machen?«, seufzte sie.

Durch das Laub sah die Sonne wie ein Heißluftballon aus, der sich in den Zweigen verfangen hatte.

»Komm«, flüsterte Berit, »ich zeig dir was.«

Das Hexenbrett lag in einem zerrissenen Karton im ewigen Dunkel des Dachbodens, gemeinsam mit verstaubten Büchern, Spinnweben und uralten Mänteln mit mottigen Pelzkragen, dem Vergessen anheimgegeben. Berits Großmutter hatte es in jungen

Jahren irgendwo im Ausland in einem Antiquariat eines abgelegenen Basars gekauft.

Voller Andacht trugen sie das Brett nach unten ins Zimmer. Sie schoben Decke, Obstschale und Kerzenständer beiseite und stellten den Karton auf den Tisch.

Nina zog die Gardine zu. Voll glückseliger Spannung zündeten sie zwei Kerzen an. Berit nahm den süßen Duft von Gras und Pollen wahr, der durch das Fenster hereindrang, und den scharfen Geruch von Mottenkugeln und Kampfer. Ein Trecker hustete sich draußen über ein Feld. Eine Fliege versuchte hartnäckig, durch die Scheibe zu gelangen.

Sie ließ Nina den Strick aufknoten, mit dem der Karton verschnürt war. Auf dem Deckel stand neben dem Namen – »Improved Planchette Ouija«, hergestellt von J. S. Jensen, Dänemark 1924 – auch noch eine Warnung: *Nicht geeignet für Personen mit schlechten Nerven oder schwachem Herz.* Sie sahen sich an und kicherten. Schlechte Nerven oder schwaches Herz, also wirklich! Vorsichtig nahmen sie den Deckel ab und hoben das Brett heraus.

In der guten Stube rasselte das Uhrwerk der alten Standuhr, ehe sie zaghaft viermal schlug.

Das Hexenbrett war verblasst und stank nach Schimmel. Es musste einmal braun oder gelb gewesen sein, das ließ sich inzwischen nicht mehr so genau sagen. Das Alphabet und die Zahlenreihe verteilten sich auf vier geschwungene Reihen. Um die abgenutzten Ränder zog sich eine zierliche Bordüre aus Engeln, Geistern und Fratzen schneidenden Dämonen.

»Sollen wir es wirklich wagen?«, fragte Nina.

Berit nickte.

»Und wie funktioniert das?«

»Die Geister sprechen durch das Brett zu uns«, antwortete Berit gleichgültig. Sie hatte das von ihrer Großmutter gehört.

Nina lief ein Schauer über den Rücken. »Aber doch nicht in echt, oder?«

Berit schnitt eine düstere Grimasse.

»Aber wie können Geister sprechen?«, fragte Nina.

Berit hielt eine herzförmige, furnierte Scheibe hoch, in deren Mitte ein kreisrundes Loch war.

»Aber wie?«

Sie legte die Furnierscheibe auf das Brett und dann ihre Hand auf Ninas. Ihre Haut war weich und warm. Einen Moment lang blickten sie sich in die Augen.

»Sie sprechen durch uns und durch das Brett«, sagte Berit mit leiser, verstellter Stimme.

Sie bewegte Ninas Hand sanft zu der Furnierscheibe, ihre eigene Hand auf Ninas Handrücken. Sanft und zart.

»Aber wie soll das funktionieren?«, wiederholte Nina ungeduldig. Sie flüsterte jetzt.

»Wenn wir eine Frage stellen, antworten die.«

»Wie denn?«

»Sie schieben das Loch über die Buchstaben und bilden so Worte.«

»Und wer sind *die*?«

Berit hielt inne. »Die Geister. Die Toten. Alle, die sich einen Kontakt mit uns Lebenden wünschen.«

Ninas Atem ging stockend. »Huhuuuuuuuuu«, machte sie.

»Bist du bereit?«

Nina versuchte, ihre Hand wegzuziehen. »Wir sind das doch, die die Scheibe bewegen, oder?«

»Nicht, wenn wir Kontakt bekommen. Wir müssen ganz entspannt sein. Dann wirst du spüren, dass nicht wir die Scheibe bewegen. Weder ich noch du.«

Die Flammen der beiden Kerzen flackerten.

»Erst müssen wir uns in Trance versetzen«, sagte Berit.

»In was?«

»Konzentrier dich. Schließ die Augen. Denk an einen, den du gern hattest, der jetzt aber tot ist.«

»Onkel Kristian!«

»Denk an ihn. Red innerlich mit ihm.«

»Ich trau mich nicht.«

»Du hast ihn gern gehabt. Er ist freundlich.«

»Na gut, wenn du meinst.«

Sie schlossen die Augen. Saßen ein paar Minuten still da, in Gedanken versunken.

»Fühlst du was?«, fragte Berit flüsternd.

»Ich habe Hunger.«

Berit sah sie streng an. Kicherte. Die Gardinen flatterten in der sanften Zugluft, die durch das leicht geöffnete Fenster hereindrang. Sie hörte das Ticken der Standuhr. Und das Brummen der Fliege, die noch immer nicht glauben wollte, dass das Glas nicht nachgab.

»Was sollen wir fragen?«, wollte Nina wissen.

»Was meinst du?«

»Frag doch, ob wir irgendwann heiraten!«

Sie kicherten lautlos.

Berit räusperte sich: »Geister, die ihr alles wisst und alles seht, was geschehen ist und noch geschehen wird, wir fragen euch: Werden Nina und ich einen Mann finden?«

Sie starrten auf ihre Hände und die Holzscheibe.

Nichts.

»Vielleicht hören sie uns nicht?«, flüsterte Nina.

»Oder sie sind gerade auf einem Fest?«

»Geisterfest!«

Sie mussten lachen und wurden rot, dann gemahnten sie sich gegenseitig zur Ruhe.

Berit bekam eine Gänsehaut. Die Luft im Zimmer hatte sich

mit einem Mal abgekühlt. Aber das war sicher nur Einbildung.

Berit blickte auf. »Spürst du das?«

»Was denn?«

»Die Luft.«

»Was ist damit?«

»Genau wie vor einem Gewitter. Sie ist irgendwie aufgeladen.«

»Machst du Witze?«

Entweder schwindelte Nina, oder nur sie spürte das.

Als Berit die leichte Bewegung der Hand spürte, wie eine elektrische Vibration, dachte sie, es wäre Nina, die die Scheibe bewegte. Sie sahen einander an, beide mit einem hinterlistigen Blitzen in den Augen. Als wüssten sie beide Bescheid. *Du bist das!* Etwas in ihr gefror.

»Verrückt!«, flüsterte Nina.

»Psst!«

Unter ihren Fingern spürte Berit das Zittern der Scheibe. Sie glitt langsam von Buchstabe zu Buchstabe über das Brett.

M-A-M-A

»Mama?« Nina kicherte begeistert.

Die Fliege im Fenster war verstummt. Nur das gleichmäßige Ticken der Standuhr hielt die Zeit fest.

G-E-F-A-H-R

Berit rang nach Atem.

»Vollkommen verrückt!«, flüsterte Nina.

Durch den Duft von Gras und Pollen, Pappe und Schimmel roch Berit noch etwas anderes, Strengeres.

Berit wollte etwas sagen, doch die Worte kamen ihr nicht über die Lippen. So schwer zu atmen… Das Zimmer und Nina entschwanden plötzlich aus ihrem Blick. Plötzlich sah sie das Gesicht eines verschreckten kleinen Mädchens. Eine Axt! Zwei Hände, die sich nach ihr ausstreckten! Unverständliche Bildfragmente schossen ihr durch den Kopf, wie ein Film, der zu schnell gezeigt wurde. Die ausgestreckten Hände. Die ängstlichen Augen des Mädchens. Die Axt. Das Blut, *o mein Gott, so viel Blut.*

Die Halluzination verschwand ebenso schnell, wie sie gekommen war.

Verzweifelt blickte sie zu Nina und dann auf das Hexenbrett. Die Scheibe bewegte sich von Buchstabe zu Buchstabe:
D-U S-T-I-R-B-S-T W-E-N-N

Berit zog hastig ihre Hand weg.

»Das warst du!«, platzte sie hervor.

Angst durchfuhr sie. Sie verstand nicht, was geschehen war. Etwas mit dem Licht. Die Bilder in ihr. Der Geruch. Die Geräusche von draußen schienen so weit entfernt. Und das Gefühl, dass ... dass ...

»Ich?! Du warst das!«, protestierte Nina. »Ich hab es genau gespürt. Du hast deine Hand bewegt!«

Berit dachte: Wir tun das unbewusst. Alle beide. Im Unterbewusstsein, oder wie das heißt. Wir wissen nur nicht, dass wir das tun.

»Ich will nicht mehr!«, flüsterte Berit.

»Ich auch nicht!«

Als würde es glühen, faltete Berit das Brett mit spitzen Fingern zusammen und legte es zurück in den Kasten.

»Mach den Deckel zu!«, sagte sie zu Nina, schnell, als müsste sie etwas einsperren, ehe es zu spät war.

Sie stand auf und zog die Gardinen auf. Ein Streifen Licht fiel in den Raum. Die Fliege lebte wieder auf und begann aufs Neue ihren halsstarrigen Kampf gegen die Fensterscheibe. Das Unbehagen löste sich auf, als verdrängte das Licht die seltsamen Geschehnisse im Zimmer. Was immer es auch gewesen sein mochte. Geister? Sie konnte das nicht glauben. Das war doch unmöglich. Aber sie hatte etwas gefühlt. Eine Gewissheit. Einen Kontakt. Mit *etwas*. Sie hatte gesehen – nein, sie wollte nicht daran denken. Vielleicht war das nur irgendetwas in ihrem Inneren. Sie hatte in dieser Zeit so viele seltsame Empfindungen. In ihrem Inneren. Nur dass man nichts davon erklären konnte.

Sie blies die Kerzen aus. Nina verschnürte den Karton. Dann trugen sie das Hexenbrett vorsichtig wieder auf den Dachboden, als beinhaltete der Karton etwas, das ihnen nicht aus den Händen fallen durfte, und schoben es ins staubige Dunkel zwischen einem deutschen Weltatlas aus dem Jahr 1889 und einer Bibel mit Ledereinband, die Berits Urgroßvater zur Taufe bekommen hatte.

*

Sie redeten nicht weiter über das, was geschehen war.

Streng genommen war ja auch nichts Besonderes geschehen.

EILMELDUNG
Norwegische Nachrichtenagentur (NTB)
an alle Zeitungsredaktionen des Landes

Mittwoch, 5. Juli 1978

1 78 07.05
Eilmeldung
Doppelmord

Juvdal (NTB): Nach einer Meldung der Juvdaler Zeitung wurden zwei Personen ermordet in ihrem Wohnhaus in der Gemeinde Juvdal in Telemark aufgefunden. Bei den Toten handelt es sich um das Ehepaar Berit Borgersen und Rolf Anthonsen. Die zehnjährige Tochter des Paares, Siv, soll lebensgefährliche Verletzungen davongetragen haben. Es ist noch unklar, wer hinter den Morden steht. Die Polizei hat für morgen eine Pressekonferenz einberufen.

---- grø – la – jl
16.54 Uhr 8 Zeilen

Verdens Gang, 5. Januar 2003

Seherin
soll rätselhaften Mord aufklären

VON METTE KRISTENSEN

Die bekannte Fernsehjournalistin Kristin Bye will einen Dokumentarfilm über den Juvdalmord drehen. Gemeinsam mit der Seherin Victoria Underland will sie dem rätselhaften, ungelösten Mordfall noch einmal auf den Grund gehen.

Montag reist Bye nach Juvdal, um die Dokumentation für den Sender ABC zu beginnen.

Am 5. Juli liegt es 25 Jahre zurück, dass das Ehepaar Berit Borgersen (30) und Rolf Anthonsen (30) ermordet in seinem Haus aufgefunden wurde. Die Frau wurde erdrosselt, der Mann im eigenen Haus mit einer Axt erschlagen. Ihre Tochter Siv liegt noch heute im Koma.

Ausgehend vom heutigen Tag wird der Fall nach der 25-Jahres-Regel in exakt sechs Monaten verjähren.

Die Polizei zweifelt daran, dass der Mordfall noch gelöst werden kann. – »Unsere einzige Hoffnung ist ein Geständnis des Täters«, sagt Polizeiobermeister Vidar Lyngstad, der schon an den erfolglosen Ermittlungen von 1978 beteiligt war.

Die Seherin Victoria Underland, bekannt aus Fernsehen, Radio und der Kolumne »Victorias Welt«, ist gebeten worden, dem Fernsehteam zur Seite zu stehen.

»Wir wollen keine Unterhaltungsshow aus der Tragödie machen«, versichert Bye, die selber bereits mit dem Tod in Berührung gekommen ist: Vor sieben Jahren wurde sie von einem Serienmörder gekidnappt, der ihren Bruder Halvor tötete.

»Uns geht es darum, noch einmal die Geschichte des Juvdal-Mordes zu erzählen, mit den Betroffenen zu sprechen und zu untersuchen, warum die Ermittlungen der Polizei zu keinem Ergebnis geführt haben«, sagt sie.

»Victoria wird uns begleiten, weil wir nichts unversucht lassen möchten. Nicht zuletzt hoffen wir, dass sie uns helfen kann, das verschwundene Tagebuch der ermordeten Berit Borgersen zu finden«, sagt Bye.

Auch der pensionierte Dagbladet-Journalist Gunnar Borg (74) wird das Fernsehteam nach Juvdal in Telemark begleiten. Gemeinsam mit Bye will er ein Buch über den rätselhaften Juvdal-Mord schreiben.

Erster Teil
Der geheimnisvolle Ort

MONTAG

Juvdal

MONTAG, 6. JANUAR 2003

I
Landstraße 255 nach Juvdal, Montagnachmittag

Sie erreichten Juvdal bei Anbruch der Dämmerung.

Ihr Weg hatte sie in den Winter geführt, in den Abend, hinein in eine Hochglanzbroschüre mit Wald, Bergen und schneebedeckten Felsen. Die frisch geräumte Straße war gesäumt von Kiefern und Fichten. An einer Steilwand war ein Wasserfall zu einem Kristallpalast aus blau glänzenden Eiszapfen gefroren, als wäre die Zeit und mit ihr das brodelnde Wasser stehen geblieben.

Kristin versuchte, sich den Schlaf aus den Augen zu blinzeln. Die letzten gut fünfzig Kilometer hatte sie mit dem Kopf am Seitenfenster geschlafen und geträumt, wie sie sich auf glatten Skiern durch den Pulverschnee spurte. Etwas aus den Tiefen des Waldes verfolgte sie. Ein Schatten zwischen den Bäumen ...

»Kristin?«

Sie jammerte leise. Der Verfolger kam immer näher. Im Traum verhakte sich einer ihrer Skier in einer Wurzel, sie stürzte vornüber in den Schnee, zuckte zusammen ...

»Kristin!«

... und schlug die Augen auf. Gunnar tätschelte ihren Oberarm.

»Kristin, aufwachen! Wir sind bald da!«

Sie setzte sich auf und sah sich um.

»Hast du geträumt?«, fragte er.

»Ich habe nicht geschlafen!«

»Ist das nicht komisch, dass wir nie zugeben wollen, geschlafen zu haben?«

»Ich habe nicht geschlafen!«

»Und was hast du geträumt?«

»Ich hab nicht geschlafen! Bloß nachgedacht, ausgeruht.«

»Mit geschlossenen Augen? Und weit geöffnetem Mund?«

»Hm.«

Sie blickte durch das beschlagene Seitenfenster. Die Heizung rauschte. Draußen waren es eisige fünfzehn Grad minus. Schneekristalle glitzerten in der Luft. Tiefe Täler und Schluchten zogen sich durch die Winterlandschaft. Durch die Bäume sah sie die ersten Lichter von Juvdal. »Ohh«, rutschte es ihr heraus. Der Anblick erfüllte sie mit Wärme. Seit Jahrhunderten lag das Dorf in diesem versteckten Tal zwischen den Heidehöhen und dichten Wäldern der inneren Telemark, nur umgeben von Flüssen, Bächen und einsamen Pfaden. In den Wäldern, die das Dorfzentrum umgaben, lagen verlassene Almen und vergessene Hütten, die jetzt von Moos und Pilzen überwuchert wurden. Ein verzauberter Wald, der sich in alle Richtungen erstreckte. Vom Talboden bis zum Mårvatn-See und weiter über die Seitentäler, Moore und Rodungsflächen an der Landstraße bis zu den Hochebenen und Berggipfeln.

»Endlich da«, brummte Gunnar.

Man begann, ihm das Alter anzusehen. Tiefe Falten, dunkle Augenhöhlen unter grauen Augenbrauen. Als hätten Haut und Schädel nicht mehr die gleiche Größe. Trotzdem strahlte er eine Würde aus wie ein alter Häuptling. Die gebogene Nase. Der glasklare Blick. Die sanfte Stimme, die sie an einen warmen Wüstenwind erinnerte. Das mittellange weiße, nach hinten gekämmte Haar.

Sie machte sich Sorgen um ihn. Vielleicht, weil ihn das Alter eingeholt hatte. Oder hatte sie andere Gründe? So ein Gefühl. Dass er ihr etwas verschwieg.

»Du?«, sagte sie.

»Hm?«

»Du bist mir doch nicht böse?«

»Natürlich bin ich dir böse!«

»Wenn du das mit so einer Stimme sagst, weiß ich, dass du sauer bist.«

»Stinksauer!«

»Auch wenn sie seherische Fähigkeiten hat, bedeutet das doch nicht, dass ...«

Mit seiner Schulmeisterstimme sagte er: »Kristin, Kristin Bye!«

»Mein Gott! Kannst du nicht einfach sagen, was du denkst, statt das so abzutun?«

»Du weißt ganz genau, was ich davon halte.«

»Stinkstiefel!«

»Ziege!«

»Muffelkopf!«

»Hexe!«

Sie brachen in Gelächter aus. Es gelang ihnen nie, allzu lange böse aufeinander zu sein.

Er: Pensionierter Star-Journalist, der Kennedy und Mao getroffen und Marylin Monroe, Cary Grant, Ernest Hemingway und Martin Luther King jr. interviewt hatte. Dateline: Korea, Kambodscha, Iran, Vietnam, Algerien, Hollywood, Capri, Afghanistan. Die magischen Worte: Auslandskorrespondent des *Dagbladet*s.

Sie: Fernseh-Star. Gunnars Zeitungskollegin, die zur Fernsehreporterin aufgestiegen war. Und die weltweit auf der Titelseite von Zeitungen und Magazinen landete, als sie von einem Serienmörder gekidnappt und beinahe getötet worden war, nachdem der zuvor Videoaufnahmen seiner Opfer verschickt hatte. Was alles andere als ein Hindernis für ihre weitere Karriere als Programmchefin des kommerziellen Senders ABC gewesen war.

»Aquarius« hatte er sich genannt, und in ihren Albträumen suchte er sie immer noch heim.

Der Schnee, der von einer nach unten gebogenen Birke rieselte, blitzte wie ein magischer Vorhang im Licht der Scheinwerfer auf. Kristin lächelte Gunnar an und versuchte, seine Aufmerksamkeit zu erlangen. »Ich hoffe trotzdem, dass du sie nett behandelst«, sagte sie bittend.

»Wen?«

»Jetzt lass das!«

»Du meinst Victoria Underland?«

Sie begann zu lachen. »Wen sonst?«

»Ich werde ein braver Junge sein.«

»Auch wenn du sie nicht magst ...?«

»Ich habe nicht gesagt, dass ich sie nicht mag.«

»Ha!«

»Ich glaube nur nicht an ihre hellseherischen Fähigkeiten.«

»So, so – und warum hast du dich dann von dem ganzen Projekt zurückziehen wollen, nachdem ich sie um ihre Hilfe gebeten hatte?«

»Ich will in meinem Buch keine alte Hellseherin!«

»Nenn sie nicht alte Hellseherin! Alter Mann! Außerdem bin ich doch einverstanden, dass sie in deinem Buch nicht erwähnt wird. In *unserem* Buch.«

»Meines Erachtens hat sie aber auch nichts in der Fernsehproduktion verloren.«

»Das geht dich nicht das Geringste an.«

Die Straße machte eine Biegung, und plötzlich lag der Ort funkelnd inmitten des Waldes vor ihnen. Am Boden des Tales und an drei Seiten umgeben von steilen Bergflanken. Straßenlaternen, Hoflampen und hell erleuchtete Fenster zeichneten ein Muster aus Lichtpunkten. Hinter den Fichten konnte sie die Stabkirche erahnen.

Das erste Gebäude, das sich ihnen nach der langen Fahrt durch die Wälder zeigte, war ein weißes Gemeindehaus mit einem großen Schild, auf dem eben dies stand: Gemeindehaus. Gunnar schaltete herunter und bog in Richtung Ortszentrum ab. Die Straße führte am Fluss entlang, der Juvdal in einen Ost- und einen Westteil trennte, sowohl geografisch als auch sozial. Sie fuhren an der hell erleuchteten Stabkirche vorbei, der größten Touristenattraktion des Ortes, erbaut 1194, und weiter am Friedhof entlang, der sich an der leicht geneigten Terrasse des Flusses emporzog.

Kristin blickte nach oben. Ihre Familie besaß eine Almhütte oben am Hang, etwa eine halbe Stunde Fußmarsch entfernt. In ihrer Kindheit hatte sie zahlreiche Sommer auf der Alm verbracht. Zuletzt hatte sie sich dort auf der Flucht vor dem Mann verstecken wollen, der sich Aquarius nannte. Dem Serienmörder, der ihren Bruder Halvor getötet hatte. Das lag jetzt bald sieben Jahre zurück.

Kristin verknotete ihre Finger im Schoß.

Gunnar legte seine große Pranke auf ihre Hand und drückte sie. »Ich weiß, was du denkst«, sagte er leise.

Kristin lächelte ihn an. »Kannst du Gedanken lesen?«

»Dafür braucht es nicht so viel. Hast du vor, mal nach oben zu gehen?« Er machte eine Kopfbewegung in Richtung der Alm.

»Ich glaube, das schaffe ich nicht.«

»Ich kann mitkommen, wenn du möchtest.«

»Danke, vielleicht ein anderes Mal…«

Er nickte und formte mit den Lippen die Worte »ein anderes Mal«. Sie wussten beide, dass es kein anderes Mal geben würde.

Gunnar bremste, als sie über die Hauptstraße des Ortes fuhren. Nicht wirklich eine Hauptstraße, aber doch so etwas wie das belebte Handelszentrum des Dorfes von morgens früh bis spät am Abend. Dann übernahmen die Jugendlichen »das Pflaster«, wie sie den Abschnitt der Straße bis zur Verzweigung nannten. Die eine Straße führte hinunter zum Sägewerk. Über lange Jahre war der Wald der wichtigste Wirtschaftsfaktor Juvdals gewesen. Vor dem Krieg beschäftigte das Sägewerk – genauer gesagt, die »Juvdal Säge- und Hobelwerk-Gesellschaft«, was aber natürlich niemand sagte – mehr als dreihundert Mann. Die andere Abzweigung brachte einen »aufs Land«, wie die Leute auf der Westseite sagten. Gemeint war damit eine kurze Strecke durch den Wald, bis man zu den Höfen kam, die auf den Hügeln lagen.

»Weißt du, wo es zum Hotel geht?«, fragte Kristin.

»Hinter dem Rimi-Supermarkt soll ein Schild stehen.«

»Nächste Kreuzung.«

Sie bogen nach links ab und folgten einer kurvigen Straße den Hang hinauf.

»Da!« Kristin streckte die Hand aus, als sie das mit Bauernmalerei verzierte Schild auf dem Portal aus lackierten Baumstämmen erblickte. *Juvdal Gjæstegaard*.

Im Flutlicht thronte das im Blockhausstil erbaute Hotel auf einer Lichtung am bewaldeten Hang. Schwere Holzbalken umrahmten kleine Fenster. An einer Seite der Fassade hatte der Wind den Schnee meterhoch aufgeweht. Gunnar fuhr auf den Hof und parkte seinen allradangetriebenen Chevrolet Blazer neben dem Toyota Hiace, auf dessen Seite das Logo des Senders ABC prangte.

2
Juvdalens Avis, Montagabend

Der anonyme Brief war am Vormittag mit der Post gekommen. Ein gelber, gefütterter Umschlag zwischen Rechnungen, Leserbriefen, Kreuzworträtsellösungen und Einladungen. Die gleiche, undefinierbare Handschrift:

Thomas Holmen!
Hast Du Berit getötet?
Wie schwarz ist Dein Gewissen?

Redakteur Thomas Holmen saß in seinem engen, unordentlichen Büro der Zeitung *Juvdalens Avis* und las die Worte wieder und wieder, während er nervös an einer nicht angezündeten Pfeife zog. Er war ein Büchermensch, die Wände seines Büros waren vom Boden bis an die Decke mit Büchern vollgestellt. Romane, Sachbücher, Reiseschilderungen und Lexika. Dünne und dicke Buchrücken in allen Farben. Alte und neue durcheinander. Norwegische, englische und deutsche Titel. Als die Regale irgendwann Mitte der Neunzigerjahre gefüllt waren, war er dazu übergegangen, die Bücher auf dem Boden zu stapeln. Das Büro sah aus wie eine Bibliothek und roch unverkennbar nach Papierstaub und alten Ledereinbänden. Thomas Holmen liebte den Geruch von Büchern.

»Jaja, ja«, murmelte er vor sich hin. Die Zähne klackten auf dem Mundstück der Pfeife. »So ist es dann wohl. Du bist also noch immer irgendwo dort draußen.«

Er lehnte den Kopf gegen den hohen Stuhlrücken und starrte in die Luft.

»Du verfluchtes Arschloch!«, platzte er wütend hervor.

Der Halbjahrestag des Mordes war in diesem Jahr auf einen Sonntag gefallen. Deshalb war der Brief erst heute gekommen. Der neunundvierzigste, den er bekommen hatte. Die achtundvierzig anderen lagen in einem zusammengefalteten Umschlag im Safe der Redaktion.

Der erste Brief war am 5. Januar 1979 eingegangen, einem Freitag, exakt ein halbes Jahr nach dem Mord.

Den nächsten hatte er am Jahrestag des Mordes bekommen: am 5. Juli 1979.

Zwei Briefe pro Jahr. Mit der Hand geschrieben, blauer Kugelschreiber auf weißem, liniertem Papier. Geschickt in einem Umschlag, der immer an ihn adressiert war – c/o *Juvdalens Avis*. Als wäre er der Verdächtige in einem Roman von John Dickson Carr oder Quentin Patrick. Er sah zu der meterlangen Reihe Krimis hinüber und nahm einen imaginären Lungenzug vom Borkum-Riff-Tabak.

Thomas Holmen. Hast du Berit getötet? Wie schwarz ist Dein Gewissen?

Von der Polizei hörte er nie etwas. Das wunderte ihn.

Wer hatte diese Briefe geschrieben? Was wusste der anonyme Schreiber? Und warum hatte die Polizei keinen Tipp bekommen?

Er schob die Pfeife in den anderen Mundwinkel. Dieser verfluchte Mordfall! Es gab so viele Dinge, die er nicht erzählt hatte, so viel, was er nicht sagen konnte, so viele Lügen. Sollte ein Fehltritt vor fünfundzwanzig Jahren wirklich alles kaputtmachen, was er sich aufgebaut hatte? Er legte die Pfeife in den leeren Aschenbecher und stützte die Stirn gegen den Bildschirm. Die Haare knisterten elektrisch. Er versuchte, einen Leitartikel über die ausstehende Baugenehmigung für die Ventilationsanlage der Grundschule zu schreiben. Blablabla. Ein Spiel, dachte Thomas, was wir auch tun, das alles ist doch bloß ein einziges großes Spiel.

Und morgen kam das Fernsehteam, um ihn zu interviewen. Kristin Bye. Und Gunnar Borg. Der legendäre Gunnar Borg. Der weltbekannte *Dagbladet*-Journalist, den er als junger Lokalreporter ebenso verehrt hatte wie Hemingway. Im Regal hinter ihm standen Gunnars Bücher. *Reise in den Sonnenuntergang*, *Interviews und Porträts*, *Die Opfer der Schlachtfelder*. Daneben die beiden Bücher, die er selbst geschrieben hatte: *Die Geschichte Juvdals: Vom lokalen Königreich zur aktiven Landgemeinde* und *Sagen und Mythen aus dem Juvdal*. Zwei dünne Bändchen, gemeinsam herausgegeben vom Heimatverein und der Lokalzeitung. Jetzt arbeitete er an einem neuen Projekt, einem umfassenden Werk über die Geschichte Juvdals, seine Geografie, Bevölkerung und Mythen. Die Sparkasse hatte dieses Projekt mit hunderttausend Kronen gesponsert. Er überlegte, es *Zwischen Häuptlingen und Häuslern: Tausend Jahre Juvdal* zu nennen.

Nachdenklich steckte er den anonymen Brief zurück in den Umschlag. Manchmal hatte er die vage Vorahnung, dass etwas geschehen werde. So ein Gefühl, ein Schauder. Er hatte keine Erklärung dafür. Jetzt saß das Gefühl in seinem Bauch. Ein Funke Angst. *Hast Du Berit getötet?* Sehnsüchtig blickte er die kalte Pfeife an. Die guten Vorsätze von Silvester hatten sechs Tage gehalten.

Thomas Holmen stand auf, ging zur offenen Tür und warf dem Chef vom Dienst einen Blick zu. Irgendetwas los?, formte er mit den Lippen. Der Chef vom Dienst schnitt eine resignierte Grimasse.

Wie schwarz ist Dein Gewissen?

3
Juvdal, Gjæstegaard, Montagabend

Das Hotelzimmer war klein. Ein schmales Bett an der einen Wand, ein Holzstuhl und ein Tischchen unter dem Fenster, grobe Holzwände mit alten Reproduktionen bäuerlicher Motive.

Kristin stand in der Türöffnung von Zimmer 17, während Gunnar noch mit dem Schloss seiner Tür kämpfte. Sie ging hinein, legte den Koffer auf das Bett und kippte das kleine, unterteilte Fenster, um zu lüften.

Endlich war sie da. In Juvdal. Sie lächelte. Nach zwei Jahren Planung und Recherche konnte sie endlich mit den Aufnahmen für ihre Fernsehdokumentation beginnen. Nach zahllosen Telefongesprächen, E-Mails und Briefen. Nach unzähligen Stunden in Zeitungsarchiven und öffentlichen Sammlungen. Endlich!

Sie schickte ihrem Geliebten Christoffer eine SMS, dass sie gut angekommen war. Eigentlich verdiente er das nicht. Sie war sauer auf ihn, weil er den ganzen Tag über nichts von sich hatte hören lassen. Sie waren jetzt ein halbes Jahr zusammen, und ihre Beziehung hatte einen Punkt erreicht, an dem sie sich entscheiden mussten, sich entweder voll aufeinander einzulassen oder sich zu trennen. Sie wusste nicht, was Christoffer wollte. Und wenn sie ehrlich war, wusste sie es selbst auch nicht.

Kristin legte ihr Gesicht dicht an die Fensterscheibe. Aus dem Dunkel erhob sich etwas entfernt die Stabkirche. Das Dorfzentrum erstreckte sich über den Talboden und war an beiden Seiten die Hänge hinaufgewachsen. Vor dem Himmel erahnte sie die Silhouette der Berge. Die Aussicht verschwamm, als sich ihr Atem an der Scheibe niederschlug.

4
Zu Hause bei Polizeiobermeister a.D. Gerhard Klock,
Montagabend

Sie nannten ihn »den alten Ordnungshüter«. Eine Ehrenbezeichnung.

Gerhard Klock hatte das Küchenfenster gekippt. Die Abendkälte brannte auf der Haut. Oben am Hang bellte ein Husky, der an eine Laufkette angebunden war, die sich vom Wirtschaftsgebäude bis zum Holzschuppen spannte. Unter dem Tisch hob Laika müde den Kopf. Im Sommer übertönte das Rauschen des Wasserfalls das Hundegebell, doch jetzt war das Rauschen im Eis eingeschlossen. Bei Breifaret strich ein schwacher Wind durch den dunklen, mächtigen Wald. Hoch über den Wolken flog, kaum hörbar, ein Passagierflugzeug in Richtung Süden.

Er saß am Küchentisch mit der geblümten Decke und trank frisch aufgebrühten Kaffee mit Sahne und einem Stückchen Zucker. Draußen wirbelte der Neuschnee über die menschenleeren Straßen wie Staub über ein zugiges Parkett. Geparkte Autos wurden vom Schnee begraben. Eine beinahe verwehte Reifenspur führte in eine Garage.

Klock hob den Kopf und blickte in Richtung Trollstupet. An dem sanft geneigten Hang unterhalb der Bergflanke lagen die größten Höfe Juvdals. Auf der anderen Talseite, unterhalb des Skarets, gab es nicht so viel Platz. Dort krallten sich kleine Höfe und Häuslerkaten an den Waldrand und die silbergrauen Geröllflächen. Die orangefarbenen Lichter von Knut-Oles Räumfahrzeug blinkten oben im Wald. Durch die vereiste Scheibe blickte er dem Lichtschein von ein paar Autoscheinwerfern nach, die sich zwischen den aufgeworfenen Schneewällen hindurch einen Weg über die schmale Straße vom Skaret hinunter ins Tal bahnten.

Die Uhr an der Fassade des Richterhofs zeigte 21.55 Uhr. Von der Dachrinne hingen Eiszapfen wie tropfende Dolche.

Seine dreizehn Jahre alte Jagdhündin lag in ihrem Korb unter dem Tisch und atmete pfeifend. Liebe, brave Laika mit den tiefen Augen und dem immer begeistert auf den Boden schlagenden Schwanz, sobald sie die Schritte ihres Herrchens hörte.

»Mein Mädchen«, sagte er leise und warf einen Blick unter den Tisch. Ihre Augen tränten und ihr Atem ging schwer, sie hörte auch nicht mehr so gut wie früher. Laika blinzelte und neigte den Kopf zur Seite, als würde sie lächeln. Als verstünde sie ihn. O ja, Laika verstand.

Gerhard Klock blickte auf beinahe fünfzig Jahre als Polizist in Juvdal zurück. Er war als junger Polizeianwärter direkt nach dem Krieg in den Ort gekommen. Viele Jahre lang war er der einzige Repräsentant für Recht und Ordnung weit und breit gewesen. Er hatte regiert wie ein kleiner König. Die Leute hatten zu ihm aufgeblickt. Ihn respektiert. Er leitete Zwangsversteigerungen, kontrollierte den Basar und die Tombola, trennte Streithähne und nahm Einbrecher fest. Er hatte den Bewohnern von Juvdal das Gefühl von Sicherheit gegeben.

Der Doppelmord hatte alles verändert. Alles kaputtgemacht.

Nicht allein dadurch, dass so etwas geschehen war – das an sich war schon schlimm genug –, sondern weil es ihm nie gelungen war, die Morde aufzuklären. Alle hatten von ihm erwartet, dass er die Sache regeln würde. Davon waren alle ausgegangen. Polizeiobermeister Klock würde in Juvdal schon wieder für Recht und Ordnung sorgen. Klock würde doch keinen Mörder frei herumlaufen lassen! Niemals! Polizeiobermeister Klock würde den rätselhaften Mord lösen, das wussten alle in Juvdal. Sie vertrauten ihm. Eine Tragödie, ein Schandfleck, das war der Mord sicher, aber die Juvdøler wussten, dass Klock den Täter schon dingfest machen würde.

Aber nein. 1990 war er pensioniert worden. Ohne Ehre. Ohne Stolz. Gebeugt, gebrochen. In diesem Jahr hatte er Laika gekauft.

Nicht ein Tag war seither vergangen, an dem er sich nicht die Frage gestellt hatte, wer diese Morde begangen haben konnte.

»Willst du ein Stückchen Zucker, Laika?«, fragte er vor sich in die Luft.

Auf dem Herd kochte der Wasserkessel. Die Küche roch beständig nach Kaffee. Ihm graute vor dem Interview mit der Fernsehreporterin aus Oslo. Er fürchtete, sie könnte etwas herausfinden, das er übersehen hatte. Nicht dass er sich nicht wünschte, der Fall würde gelöst werden. Er wollte nur so gerne seine Würde behalten.

Er streckte ein Stückchen Zucker unter die Tischplatte. Laika liebte Würfelzucker. Aber sie reagierte nicht. »Laika?« Unter dem Tisch hob die Hündin den Kopf. »Na, dann später«, sagte er.

Klock ging langsam ins Wohnzimmer und setzte sich vor den Jøtul-Ofen. Laika kam hinter ihm her, kletterte auf seinen Schoß und legte ihren Kopf auf die Armlehne. Er streichelte ihr das Fell, nahm zwei Stück Zucker und gab sie seiner Hündin.

5
Juvdal, Gjæstegaard, Montagabend

Nach dem Essen, das sie gemeinsam mit den Kollegen vom Fernsehteam eingenommen hatten, brachen Kristin und Gunnar gegen zehn Uhr abends auf.

Kristin brauchte eine Viertelstunde im Bad, bis sie ins Bett kroch. Eiskalt! Schlotternd nahm sie die Informationsmappe, die unter der Bibel auf dem Nachttischchen lag. Essenszeiten, Telefonnummern, lokale Sehenswürdigkeiten – und ganz hinten: mehrere Seiten über lokale Geschehnisse: Auf einer schlechten A4-Kopie las sie über das Bauernmädchen, das zum Beerensuchen in den Wald gegangen und drei Jahre später mit bis zum Rand gefülltem Korb zurückgekommen war. Eine andere Geschichte erzählte von einem Jungen, der sich in ein Bauernmädchen verliebt hatte, sich aber vom Trolltind stürzte, nachdem er erfahren hatte, dass das Mädchen das uneheliche Kind seines eigenen Vaters war. Noch immer könne man seinen Todesschrei hören, wenn bei Dämmerung der Wind aus Norden weht. Und natürlich war da auch die Geschichte von dem Mädchen aus Bø, eine der langlebigsten Geschichten aus Kristins eigener Familie. O Gott, ich hoffe nur, Gunnar liest das nicht, dachte Kristin, als sie die Mappe wieder zurücklegte. Er konnte manchmal ganz schön starrköpfig sein. Aber trotzdem hatte sie diesen alten Miesepeter mehr als gern. Sie würde ihm das niemals sagen, aber in vielerlei Hinsicht war Gunnar so etwas wie ein Vater für sie. Sie fragte sich, wie er reagieren würde, sollte sie ihm das jemals anvertrauen. Bestimmt fand er es sentimental und kindisch.

Das Handy piepte. Christoffer hatte ihr eine SMS geschickt: *Gute Nacht, Liebling! Schlaf gut! Alleine, hoffe ich! Kuss*

Liebling? Sie musste lächeln. Christoffer – den sie im Bett Chris nannte und Christoffersen, wenn sie ihn ärgern wollte – spielte den smarten Junggesellen Alex in der Seifenoper *Der Gutshof*, die vom Kanal ABC produziert wurde. Sie hatten sich auf dem Sommerfest des Senders im letzten Juni getroffen und waren seither zusammen. Aber sie hatten ihre eigenen Wohnungen behalten, und Kristin war sich nie sicher gewesen, ob sie ihn als ihren Lebensgefährten bezeichnen sollte, als ihren Geliebten oder als ihren Mann. Sie schickte ihm eine kurze Antwort: *Allein im Bett! Schluchz! Vermisse dich! Kuss und gute Nacht!*

Seltsam, wie verwöhnt ein Mensch werden kann, dachte sie.

Nach dem Erfolg mit dem Buch und der Fernsehserie über Aquarius hatte sie ihre Wohnung in Grünerløkka verkauft und sich ein todschickes Appartement in Frogner geleistet. Eine Million Zimmer und Flure lang wie Landebahnen. Stuck und Deckenrosetten, moderne Grafik an den Wänden, eine eigene Bibliothek und Bauernmöbel aus dem achtzehnten Jahrhundert im Esszimmer. Sie hatte den anspruchsvollsten Job der Welt und einen aufregenden Geliebten. Und trotzdem – trotzdem langweilte sie sich. Sie war so ruhelos. Als sie als kleines Mädchen auf ihrem Denkstein oben auf der Alm gesessen und über das Tal geblickt hatte, hatte sie von einer Zukunft in Amerika geträumt. Dort ging alles viel schneller. Dort kam man gar nicht dazu, sich zu langweilen.

Das Handy piepte: *Schläfst du, meine Süße?*
Ne. Kann nicht schlafen, tippte sie zurück.
Bin im Theatercafe. Miss U!
Miss U 2! Kuss. Allein?
Haha! Ne. Lars Ke & Co sind hier. Viel Spaß. Love U.
Gute Nacht, Babe! Küsse deine Brust!
Grins! Gute Nacht!

6
Juvdal, Gjæstegaard, Montagabend

Ganz hinten im Nacken, dort, wo die Muskeln der Schultern ansetzen, hatte er die Zyste entdeckt. Zumindest nannte er das, was er dort bemerkt hatte, so. Das klang besser als Geschwulst. Anderthalb mal vier Zentimeter. Er vermaß sie mehrmals pro Woche. Zum ersten Mal war er vor vier Monaten darauf aufmerksam geworden, und seit damals war sie kräftig gewachsen.

Verdammt! Wütend griff Gunnar nach der Informationsmappe des Hotels und der Gemeinde. Beim Lesen presste er seine Finger gegen die Zyste und rollte sie hin und her. Sie glitt geschmeidig zur Seite, ohne wehzutun. Aber sie war da. Er hätte sie untersuchen lassen sollen, hatte aber nicht den Mut dazu. Außerdem scheute er die Stunden im Wartezimmer des Arztes, während er auf das Urteil wartete, den Irrweg von Spezialist zu Spezialist, die sorgenvollen Blicke der Ärzte, die sich die Röntgenbilder und Analyseresultate ansahen. Die Einlieferung. Den Eingriff. »Es tut uns leid, Herr Borg, aber wir fürchten, dass es bereits zur Bildung von Metas...« Er scheute das alles!

Abwesend blätterte er durch die Kopien der lokalen Sagen, ehe er die Mappe zurück auf das Nachttischchen warf. Er erinnerte sich noch an seine Reaktion, als Kristin ihm erzählt hatte, sie habe Victoria Underland überredet, mit nach Juvdal zu kommen. Kristin war der Ansicht gewesen, diese Seherin würde sowohl dem Dokumentarfilm als auch dem Buch einen ganz besonderen Kick geben.

Kommt nicht in Frage, hatte Gunnar gesagt. Nur über meine Leiche.

Vergiss es einfach!

Zuerst hatten sie diskutiert, dann gestritten. Schließlich hatte er drei Tage lang nichts von Kristin gehört und damit gerechnet, als Co-Autor gestorben zu sein. Kristin war ebenso halsstarrig wie er. Doch dann hatte sie angerufen und ihm mitgeteilt, sie sei im Grunde auch der Meinung, dass sich der parapsychologische Aspekt wohl eher fürs Fernsehen eigne und sie das Buch gerne schreiben könnten, ohne Victoria Underland mit einzubeziehen. Wenn ihm das recht sei.

Es war ihm recht.

Hellseherinnen. Gespenster. Telepathie. Schutzgeister. Für Gunnar war das eine Welt voller Aberglauben und Unsinn. Er konnte es nicht fassen, dass sich Kristin – seine nüchterne, vernünftige, realistische Kristin – von einer Frau hinters Licht führen ließ, die ihre Weisheiten in Wochenblättern kundtat und sich finanziell an der Verzweiflung der Menschen bereicherte, die in diesem Aberglauben die Lösung für alles sahen – von trivialen Fragen bis hin zu existenziellen Krisen.

Aber wie auch immer, es war gut, wieder arbeiten zu können. Er war jetzt seit sieben Jahren im Ruhestand. Die zwei, drei ersten Jahre waren mit den Interviews und Artikeln, die er über den Aquarius-Fall geschrieben hatte, rasch vergangen. Doch dann war es ruhig geworden. Er hatte mehrere Anläufe unternommen, einen Roman zu schreiben, ohne Erfolg. Nach zehn, zwanzig Seiten war immer Schluss gewesen. Sein ganzes Leben lang hatte er über Ereignisse berichtet, die tatsächlich stattgefunden hatten. Durch seine journalistischen Fähigkeiten und sein Talent zu schreiben, war er in den Sechziger- und Siebzigerjahren richtiggehend berühmt geworden. Gunnar Larsen, Arne Hestenes, Arne Skouen, Gunnar Borg. Die vier funkelnden Namen des *Dagbladet*s. Vor vielen Jahren hatte er drei Artikelsammlungen in Buchform herausgegeben, doch das war nicht das Gleiche. Er hatte acht Kapitel einer Autobiografie verfasst, von der er wusste, dass er sie nie vollenden würde. Vielleicht war es dieses Buch, auf das er gewartet hatte. Kein Roman, sondern ein Sachbuch. Eine Dokumentation. Gemeinsam mit Kristin.

Als er Kristin zum ersten Mal getroffen hatte, war sie gerade mit der Schule fertig gewesen und hatte als Praktikantin für eine Lokalzeitung gearbeitet, von der sie den Auftrag bekommen hatte, den Star-Journalisten Gunnar Borg zu interviewen. Er erinnerte sich noch gut an ihre erste Begegnung: an die frechen, angstlosen Fragen, die ihn zum Nachdenken zwangen. Sie war groß und schlank, hatte die grünsten Augen der Welt und wilde, rotbraune Haare. Trug enge Jeans und einen Mohairpulli mit Rollkragen. Süß und etwas ungeschickt. Einige Jahre später waren sie Kollegen beim *Dagbladet*. Dann hatte sie die Stelle beim Sender ABC erhalten.

Er musste lächeln. Typisch für Kristin, einen Dokumentarfilm und eine Reportage über einen bald verjährten Doppelmord zu machen. Auf so eine Idee wäre er nie gekommen. Dabei erinnerte er sich gut an den Fall, der Ende der Siebziger die Medien beherrscht hatte. Damals unterlag ihm das Ressort der Kriminalberichterstattung. Nach all den Jahren auf den Schlachtfeldern der Welt war der Journalismus zu Hause in Norwegen einfach nur schrecklich langweilig gewesen, so dass er sich zur Verblüffung aller um dieses Ressort bemüht hatte. Damals hatte er sehr viel getrunken. Vermutlich hatte er deshalb nicht zu den Ersten gehört, die nach Juvdal geschickt worden waren. Doch nach ein paar Wochen baten sie auch ihn, sich auf den Weg zu machen. Er wohnte vier Wochen lang in einer Pension unten im Dorf, während die Ermittlungen mehr und mehr ins Stocken gerieten und der Fall langsam aber sicher Eingang in die Geschichte der ungelösten Kriminalfälle fand.

Jetzt war er also wieder in Juvdal, fast fünfundzwanzig Jahre später. Zurück, um der alten Tragödie ein paar letzte Tropfen Blut abzuzapfen.

7
Juvdal, Alten- und Pflegeheim, Nacht auf Dienstag

Sie lag im Bett in dem dunklen Zimmer und riss die Augen auf. Ihr leerer Blick starrte ins Nichts, der magere Körper spannte sich in rhythmischen Spasmen. Kalter Schweiß glänzte auf ihrem Gesicht, die Augen rollten.

Dann schrie sie.

Die Schwester, die angerannt kam, drückte auf den Lichtschalter. Flackernd und blinkend meldete sich das fluoreszierende Deckenlicht. Die Schwester blieb wie angewurzelt stehen. Auch die andere Nachtschwester kam in ihren weißen Clogs angeklappert. Ihr Gesicht war verschlafen. Die zwei sahen sich an. »So, so«, sagte die eine beruhigend, als sie sich dem Bett näherte. Sie stellten sich auf beide Seiten des Krankenbettes. Gemeinsam drückten sie sie zurück auf die Matratze.

Sie rang nach Atem, fletschte die Zähne in einer Grimasse.

Seit fünfundzwanzig Jahren lag Siv Borgersen im Koma in einem Bett im Pflegeheim. Physiotherapie, Pfleger und Schwestern, die mit ihr redeten und sie streichelten, die Kassette mit Barry Manilows »Can't Smile Without You« – nichts hatte sie zurück in die Wirklichkeit bringen können. Knie, Ellbogen, Handgelenke und Finger hatten sich verkrampft, und ihre skelettartige Gestalt erinnerte an ein verhungertes, verkrüppeltes Küken.

Ihr Zimmer mit der Nummer 363 war ein Spezialraum auf der Pflegestation mit Überwachungsgeräten und besonderen Hilfsmitteln. Sie wurde regelmäßig umgelagert, damit sie sich nicht wund lag, und ihre Glieder wurden gedehnt und bewegt. Doch nicht ein einziges Mal hatte sie das Personal angesehen. Ihre Blicke waren sich nie begegnet. Viele waren der Meinung, es sei das Beste, wenn sie endlich für immer einschlief, die Ärmste.

Die zwei Schwestern sahen sich an. »Meinst du, wir sollten den Arzt rufen?«, fragte die eine. Sie war neu auf der Station.

Pause.

»Ach, das ist sicher nicht so schlimm«, antwortete die andere.

Vergangenheit: Berits Geheimnis

MAI 1962 – JULI 1963

Sie müssen mir glauben. Ich wollte Berit nicht töten.
Wenn sie doch nur den Mund gehalten hätte! Nicht nach
Juvdal zurückgekommen wäre!
Wenn sie doch nur den Mund gehalten hätte über das, was
damals passiert ist.
Das ist so lange her. Mein Gott, so lange!

*

Ich hasse ihn, dachte Berit Borgersen.

Vor dem Fenster spielten zwei junge Kätzchen mit einem Ball auf dem frisch gemähten Rasen. Mons und Nøstet. Eine Hummel summte gutmütig im Fensterrahmen. Mutter hatte ihr gerade auf einem Tablett etwas zu essen gebracht: zwei Scheiben Brot mit Wurst und ein großes Glas Milch. Aber sie hatte keinen Hunger. Sie nahm ein paar Bissen und warf den Rest in den Mülleimer, gut versteckt unter ein paar Blatt Papier. Nur die Milch trank sie. Durst hatte sie immer.

Hass, Hass, Hass.

Berit öffnete das Fenster und ließ die Hummel fliegen. Sie sah ihr nach, bis sie verschwunden war. Glück gehabt, dachte sie. Ein warmer Wind fuhr ihr über Hals und Wangen. Seufzend zog sie die Kommodenschublade auf und holte das dicke Tagebuch heraus, das sie zu ihrem Geburtstag bekommen hatte. Sie setzte sich aufs Bett, legte es auf ihre Oberschenkel und begann zu schreiben.

Montag

Ich hasse ihn!
Keiner weiß von uns. Keiner. Das ist unser Geheimnis. Deines und meines, sagt er. Ich weiß nicht, ob ich solche Geheimnisse mag. Er lächelt immer, wenn er das sagt. Bäh! Dieses widerliche Lächeln. Er könnte sich ja mal die Zähne putzen.
Ich hasse ihn!
Heute Nacht musste ich aufstehen und mich übergeben, bloß weil ich daran gedacht habe. Es gibt wirklich angenehmere Dinge im Leben, als sich zu übergeben. Und das meine ich ernst. Verdammt ernst. Bäh! Bjørn-Tore sagt, dass es nicht verwunderlich ist, dass man brechen muss, wenn der ganze Bauch voll Kotze ist. Ha ha. Aber wenigstens hat es geholfen, den Rest der Nacht konnte ich schlafen.
Unser Geheimnis. Jaja. Er ist ja soooo schlau! Aber er braucht sich keine Sorgen zu machen. Ich werde es bestimmt niemandem erzählen. Ich bin ja nicht verrückt. So was vertraut man schließlich nicht jedem an!
Liebling nennt er mich.
Liebling!!!
Ich kann es ihm ansehen, wenn er mich wieder anfassen will. Er hat dann immer einen so komischen Ausdruck in den Augen. Unser Geheimnis. Lass mich damit in Frieden. Was wir machen, ist vollkommen verrückt. Krank. Total krank! Ich habe versucht, ihm das klarzumachen. Als ob ihn das kümmern würde. Als ob ihn überhaupt irgendetwas kümmern würde.
Außer er selbst. Liebling!
Ich hasse ihn.

Ausdruckslos steckte sie die Kappe auf den Füller und legte das rosa Löschpapier vorsichtig auf das Blatt. Dann klappte sie das Tagebuch zu.

Sie war vierzehn, sah aber älter aus. Ihre langen, blonden Haare hatte sie mit Spangen hochgesteckt. Sie trug die abgelegten Kleider ihrer Mutter, die sie erwachsen aussehen ließen. Sie fühlte sich nicht wie ein Kind. Sie fühlte sich wie eine junge Frau.

Als sie das Tagebuch weggeschlossen hatte, blieb sie am Fenster stehen und blickte in den Garten mit den Johannisbeerbüschen und Apfelbäumen, dem Schuppen und dem Hühnerstall und über die Wiese, die sich bis hinauf zum Waldrand zog. Mons und Nøstet waren verschwunden.

Sie dachte über das nach, was sie gerade geschrieben hatte. Schluckte ein paar Mal. Das Ganze war so verwirrend. So schwierig. So verdammt schwierig. Wenn sie doch mit ihrer Mutter reden könnte, aber sie wusste genau, wie das enden würde. Sie hatte wohl keine andere Wahl, als zu schweigen.

Und das konnte sie gut.

*

Nach dem Tischgebet aßen sie schweigend zu Mittag. Vater, Mutter, ihre beiden Brüder Bjørn-Tore und Birger und sie selbst. Vaters Blick war nach innen gerichtet. Berit wurde bei seinem Anblick fast schlecht. Er kaute seinen Hackbraten lange, mit verkrampfter Abwesenheit, als kostete ihn jeder Bissen schmerzhafte Überwindung. Mutter blickte rastlos und nervös in die Runde. Niemand wagte es, das Schweigen zu brechen. Birger aß mit hungrigem Eifer. Er starrte auf seinen Teller, kaute und begegnete weder dem Blick seiner Schwester noch dem seiner Mutter. Er war gerade mit Anita in die Wohnung im Anbau gezogen, kam aber immer zu ihnen zum Essen, wenn Anita fort war. Bjørn-Tore schwieg. Berit hatte ihn in der letzten Zeit häufig mit Pia gesehen.

Berit hatte keinen Hunger. Sie stocherte in den Erbsen herum, drückte den Hackbraten in die Soße und steckte sich widerwillig ein Bröckchen in den Mund.

Als der Vater aufgegessen hatte, schob er den Stuhl nach hinten und verließ den Tisch. Ohne ein Wort. Alle schienen erleichtert aufzuatmen. Sie hörten das Knirschen des Sofas drinnen im Wohnzimmer. Noch immer sagte niemand etwas. Vater wurde wütend, wenn man seinen Mittagsschlaf störte.

Bjørn-Tore bedankte sich flüsternd für das Essen und zwinkerte seiner Mutter zu, ehe er seinen Teller zur Spüle trug. Dann ging er mit großen Schritten die Treppe hinauf und in sein Zimmer. Berit hatte das Gefühl, dass er sich ausgegrenzt fühlte, seit sein kleiner Bruder mit einer Frau zusammengezogen war. Vielleicht bemühte er sich deshalb so um Pia. Obgleich sie sieben Jahre jünger war als er.

Birger trommelte mit den Fingern auf die Tischplatte.

»Wie läuft's mit dir und Anita?«, fragte Mutter leise, um ihren Mann nicht zu stören.

»Gut!«

»Seid ihr sicher, dass ihr ...«

»Ja doch!«

»Geht das mit der Wohnung?«

»Ja.«

»Ist die nicht zu klein für euch beide?«

»Wir brauchen nicht viel Platz.«

»Habt ihr noch einmal darüber gesprochen... du weißt schon.«

»Beruhige dich. Wir werden schon heiraten. Im Frühling.«

»Papa ist da klarer Meinung, er...«

»Ich weiß! Wir werden im Frühling heiraten!«

»Anita ist aber doch wohl nicht...«

Er schlug mit der Hand auf die Tischplatte: »Ich habe gesagt, wir heiraten im Frühling!«

Wütend verließ er die Küche und ließ seine Mutter mit ihren Fragen sitzen.

Berit half ihr beim Spülen, sie sagten kein Wort. Anschließend fütterte sie die Katzen. Die Mutter setzte sich an den Küchentisch und legte eine Patience. Birger war mit seinem Moped weggefahren. Berit ging nach oben in ihr Zimmer und legte sich aufs Bett.

*

Dienstag
Birger will heiraten. Anita. »Du bist doch erst neunzehn«, schrie Papa. »Bald zwanzig«, erwiderte Birger. »Müsst ihr?«, wollte Mama wissen. »In gewisser Weise«, sagte Birger darauf. »Erwartet ihr Nachwuchs?«, fragte Papa. »Nicht, dass ich wüsste«, antwortete Birger. »Was heißt dann: in gewisser Weise gezwungen?«, fragte Mutter verwirrt. »Wir lieben uns. Wir wollen für uns sein. In gewisser Weise sind wir dann doch wohl gezwungen«, sagte Birger. Bjørn-Tore hat nur gegrinst.

Freitag
Ich habe gestern Abend ein schönes Gedicht geschrieben, es danach aber wieder zerrissen. Jetzt tut es mir leid. Ich kriege es aber nicht wieder hin. Ich weiß nur noch, wie schön es war. Dabei habe ich es doch selbst geschrieben.

Zwei Tage später
Ich war heute mit ihm zusammen. Ich wollte nicht. Anschließend habe ich geweint. Ich habe ihm gesagt, dass ich das nicht will. Bitte, habe ich gesagt. Er hat mich aber nur wieder sein Mädchen genannt. Und dann haben wir es getan. Mir wird übel. Es tut so weh in mir. Ich will es Mama sagen, aber was soll sie schon tun? Lieber würde ich sterben.

Donnerstagmorgen
Er hat mich jetzt schon einige Tage in Ruhe gelassen.
Bin gerade aufgewacht. Ein schöner Tag. Ich frage mich, wann
er das nächste Mal kommt. Später mehr. Muss zur Schule.

*

Auf dem Weg zur Schule traf sie Nina, die Schulfreundin, mit der sie gemeinsam im Kirchenchor »Impuls« sang. Sie gingen wie üblich zusammen. Unzertrennlich. Am Rand des Schulhofs blieben sie stehen und warteten darauf, dass es klingelte. Nina fragte, ob etwas nicht in Ordnung sei. Berit verneinte. War es ihr so deutlich anzusehen?

Zwei Stunden Mathe, Sport, Pause, Norwegisch, Geschichte, Heimwerken. Jedes Mal, wenn Jon, der Lehrer, sie ansah, wandte sie sich ab. Die letzten zwei Stunden starrte sie nur noch aus dem Fenster, sie konnte sich nicht mehr konzentrieren. Die Tage waren so austauschbar. Früh aufstehen, Schule, Hausaufgaben, Essen, Chor. Und dazwischen: *er*.

*

Donnerstagabend
Vielleicht sollte ich im Kirchenchor aufhören. Oder nicht? Das
würde sicher einige Probleme lösen. Und ich würde diese Blicke
loswerden. Nicht dass ich mich darum kümmere. Aber
sonderlich angenehm ist es nicht. Diese prüden Tanten. Bloß
weil ich meine Formen nicht immer verstecke. Soll ich etwa in
unförmigen Stricksäcken herumlaufen, nur damit sich diese
tugendhaften Heuchlerinnen weiterhin wie Heilige fühlen
können? Sie mögen ja noch nicht einmal Cliff Richard! Das
Einzige, was die lieben, sind ihre Psalmen und Gott und Jesus.
Es war Mamas größter Wunsch, dass ich in diesem Chor singe.
Ich habe nie verstanden, warum. Vielleicht hatte sie Angst, ich

könnte mich zu viel auf der Straße herumtreiben. Wenn sie wüsste...
Außerdem ist es so kalt in der Kirche. Auch wenn es draußen warm ist. Es riecht komisch, ein seltsamer, ganz eigenartiger Geruch nach Holz und Teer und weiß Gott, was noch alles. Wenn wir singen, gucke ich immer zu dem riesigen Kronleuchter, wie an Weihnachten, wenn wir in die Kirche gehen. Ove, unser Dirigent, wird manchmal richtig ärgerlich, weil ich ihn nicht ansehe. Dafür starrt er mich ständig an. In der Pause bekommen wir immer Waffeln und Hefeteilchen und roten Sirup, den er in großen Karaffen gemischt hat.
Ich denke an ihn. Kann es einfach nicht sein lassen.
Ich verstehe nicht, warum. Was geht da vor? Verstehe nicht, an was er denkt. Oder was ich tun soll. Manchmal habe ich nur noch Lust, mir die Pulsadern aufzuschneiden.

Samstag
Papa verbietet mir, bei Impuls aufzuhören. Dieser Drecksack. Ich hasse ihn! Hasse, hasse, hasse!

*

Samstagabend war sie bei Nina eingeladen, um dort zu übernachten. Früher hatten sie häufig beieinander übernachtet und viel Spaß dabei gehabt. Sie kauften dann immer reichlich Süßigkeiten und Limonade und hörten Radio Luxemburg oder irgendwelche Platten. Nina hatte immer die neuesten Singles. Cliff Richard, Elvis, Shadows, Frank Ifield. Bis lang in die Nacht flüsterten sie miteinander, und hin und wieder streckte Ninas Vater oder ihre Mutter den Kopf durch die Tür und mahnte sie lächelnd zur Ruhe. Doch es dauerte nie lang, bis sie wieder loslegten.

Mitten in der Nacht – Ninas Wecker zeigte halb eins – fragte sie wieder. Sie saßen dicht zusammen in ihren Nachthemden auf Ninas Bett und hatten die Decke um sich geschlagen. Die Platte von Cliff Richard lief. (Ganz leise, damit ihre Eltern die Musik nicht hörten.)

»Du, Berit?«

»Hm?«

»Was ist los?«

»Was soll los sein?«

»Willst du nicht darüber reden?«

»Was meinst du?«

»Du bist so ... verändert.«

»Bin ich das?«

»Du wirkst so ... als ginge es dir nicht gut.«

»Tue ich das?«

»Es ist in Ordnung, wenn du nicht darüber reden willst.«

»Über was?«

»Na ... darüber.«

Berit schwieg.

»Du bist doch nicht schwanger?«, fragte Nina.

»Bist du verrückt?«

»Ich dachte ja nur ...«

»Von wem sollte ich denn schwanger sein?«

Stille.

»Aber irgendwas quält dich doch«, sagte Nina.

Berit kämpfte gegen die Gefühle an, die in ihr hochspülten. Sie spürte den Arm der Freundin auf ihren Schultern.

»Wir müssen nicht darüber reden«, sagte Nina.

»Es ist nur ... ich ... ich kann nicht.«

»Ist es ... das, was ich glaube?«

»Was glaubst du denn?«

»Dass es ... mit Jungs zu tun hat?«

Sie nickte.

»Musst du mit ihm schlafen?«

Berit schluckte. Ihr kamen die Tränen.

»Und du willst nicht?«

Berit schüttelte den Kopf.

»Zwingt er dich?«

Berit zog die Schultern hoch, nickte.

»Wer ist es?«

Sie kniff wieder die Augen zu. Sie konnte es doch nicht verraten. Nicht Nina. Niemandem.

»Du solltest mit jemandem reden.«

»Ich weiß.«

»Mit der Schulschwester...?«

»Niemals!«

»Warum willst du es dann nicht mir sagen? Traust du mir nicht?«

»Natürlich tue ich das. Aber...«, sie hielt inne. »Es ist so verdammt schwer.«

»Ich wünschte, ich könnte etwas für dich tun.«

»Ich auch, Nina.«

*

Mittwoch

Ein paar Tage hatte ich geglaubt, es könnte vorbei sein. Hatte gedacht, seine Hormone wären vielleicht zur Ruhe gekommen. Doch dann war er wieder über mir.

Wenn ich irgendwo anders jemanden kennen würde, zum Beispiel in Oslo, würde ich abhauen. Aber ich weiß nicht, zu wem ich gehen soll.

Ich frage mich, ob Nina weiß, wer es ist.

Draußen ist es so warm und schön. Als wäre es schon Sommer.

Donnerstag

O Schreck, o Graus! Heute haben Nina und ich Großmutters altes Hexenbrett vom Dachboden geholt. Ich hatte es oben gefunden. Wir haben die Gardinen zugezogen und uns bei Kerzenlicht ins Zimmer gesetzt. Mit einem Mal war es total spannend. Gruselig, aber irgendwie auch witzig. Doch dann habe ich plötzlich begonnen, etwas zu fühlen, ohne dass ich mir das richtig erklären konnte. Aber was? Genau so, als wäre jemand mit uns im Zimmer. Echt bescheuert. Dabei glaube ich doch gar nicht an Gespenster. Aber dieses Gefühl... wirklich!!! Ich war sicher, dass Nina ihre Hand bewegt hatte, dabei meinte sie aus voller Überzeugung, ich sei das gewesen. Vielleicht waren wir es ja beide. Irgend so etwas. Ich weiß nur, dass es wahnsinnig unheimlich war, mir wurde innerlich ganz kalt, und ich habe grausame Bilder gesehen; ich zweifle aber daran, dass Nina das bemerkt hat. Gerade das ist aber das Merkwürdige. Nun, egal. Ich probier das jedenfalls nicht noch mal. Nicht dass ich an Gespenster glaube, aber dieses Gefühl war einfach unbeschreiblich beklemmend.

Ich habe es nie jemandem gesagt, und ich werde es auch niemandem sagen, aber manchmal fühle ich Dinge, die noch gar nicht geschehen sind. Die dann aber passieren. Ich bin keine Hellseherin, kann die Zukunft nicht vorhersagen, aber manchmal weiß ich einfach innerlich, was an diesem Morgen oder an diesem Tag passieren wird. Ach, nein, vergiss es. Das hört sich verrückt an. Aber das bin ich nicht.

Montag (ein halbes Jahr später)
Ich bin schwanger.
Mein Gott! Schwanger!!

Wie das klingt. S-C-H-W-A-N-G-E-R. Schwanger. Guter Hoffnung. Zum Kotzen. Ein Braten im Ofen. Ich werde Mama. Mama. O Himmel noch mal! In meinem Bauch wächst ein Kind heran. Ein richtiger Mensch, der vielleicht einen Kopf und Arme und Beine hat, was weiß denn ich? Ein lebendes Wesen, das aus einem Ei von mir und seinem ekligen Samen entstanden ist. Bäh! Ich glaub, ich muss kotzen. Ich versuche zurückzurechnen, aber das Projekt kann ich gleich aufgeben. Außerdem ist es keine so große Überraschung. Schwanger.

Der Doktor wollte wissen, wer der Vater ist. »Irgend so ein Typ«, sagte ich. »Irgend so ein Typ, Berit?«, fragte er zurück. Er ist so alt und süß. Große runde Brillengläser, hinter denen seine Augen wie klitzekleine Murmeln aussehen. Doktor Vang. Seine Glatze ist von einem Kranz grauer Haare umgeben. »Ich habe ihn auf einem Fest getroffen.« »Aber du weißt doch wohl, wie er heißt?«, fragte der Doktor. »Sigmunn«, erwiderte ich. »Und weiter?« »Das weiß ich nicht.« Er starrte mich mit seinen Murmeln an: »Du weißt es nicht?« »Keine Ahnung!« Da wurde er wütend; »Berit«, sagte er, »du bist schwanger und du weißt nicht, wer der Vater deines Kindes ist?« »Tja«, murmelte ich. »Und was meinst du, sollen wir jetzt machen?«, fragte er und rechnete wohl damit, dass ich ihn anflehen würde, die Sache vor den Sozialausschuss zu bringen. Mit Blick auf eine Abtreibung. Ich sagte nichts. »Ich muss natürlich mit deiner Mutter sprechen«, sagte er, »du bist schließlich erst vierzehn Jahre alt!« Er sah mich lange an. »Das tun Sie nicht!«, sagte ich drohend. Die Murmeln rollten in ihren Höhlen. Das alles war wohl ein bisschen viel für ihn.

Dienstag
*Er bekam total Panik, als ich ihm sagte, ich sei schwanger.
Begann zu heulen und so. Bereute und jammerte. Ich sagte
ihm, dass der Doktor Mama informieren wolle, da wurde er
wütend. Um den Doktor würde er sich schon kümmern.
Bis jetzt hat niemand was bemerkt.
Zu Hause sieht mich ohnehin niemand an, abgesehen von
Mama, und ich achte darauf, weite Kleider zu tragen. Meine
Brüste haben unheimlich zugelegt. Wenigstens etwas.*

Mittwoch
*Er hat die Sache mit dem Doktor »geklärt«. Mögen die Götter
wissen, wie er das hingekriegt hat. Sie haben mit jemandem in
einer Art Heim in Oslo gesprochen. Ich habe nicht ganz
verstanden, worum es ging. Aber ich wäre willkommen. Sie
würden sich um alles kümmern, hieß es. Ich bräuchte weiter
nichts zu tun.
Es wird wehtun.
Ich habe Angst.*

Montag (zwei Wochen später)
*Morgen fahre ich. Nach Oslo. Niemand weiß davon. Außer
ihm natürlich. Und dem Doktor. Niemand weiß, wohin ich
will und was ich dort tun werde.
Wir haben besprochen, was passieren muss. Aber mir bleibt
ja kaum eine andere Wahl.
Mir graut davor. Ich habe Angst.
Ich habe Mama einen Zettel geschrieben. Damit sie sich
keine Sorgen macht. Aber ich kann ihr nicht sagen, was ich
vorhabe.*

Dienstag!
Wir sind da. Er hat mich gefahren. Wir sind ganz früh aufgebrochen. Es gefällt mir hier nicht.
Ich habe Angst.
Draußen vor dem Fenster sehe ich einen Baum und die Wolken am Himmel. Ich höre das beständige Rauschen des Verkehrs unten auf der Straße. Manchmal ziehe ich mir die Decke bis zum Kinn. Und über den Kopf, wenn ich weine. Was ich ziemlich oft tue, aber das ist ja nicht so erstaunlich. Ich weiß, dass es wehtun wird. Das haben sie mir gesagt. Aber trotzdem – wie weh wird es tun? Und: Wird es für das Kind noch schlimmer sein?
So viele Gedanken in mir.
Angst. Reue.
Jetzt gibt es kein Zurück mehr.
Und ich habe nichts als Angst. Bin allein.

Mittwoch
Er hat angerufen. Hat nicht viel gesagt. Aber natürlich hat er es geschafft, alles zu vermurksen. Typisch.
Als er erklären sollte, wo ich bin, hatte er alles vergessen, was wir uns zurechtgelegt hatten. Dann kriegte er Panik und lief direkt zum Doktor. Dieser Trottel. Nur weil der Doktor immer so hilfsbereit ist. Aber dadurch wurde es auch nicht besser. Doktor Vang war schrecklich überrumpelt und platzte damit heraus, dass ich schwanger bin, er aber einen Platz für mich in einem Heim gefunden habe, in dem sie sich um so etwas kümmern.
Das sollte doch ein Geheimnis bleiben!!!

Donnerstag

Ich habe mit Mama telefoniert. Die Arme. Sie war vollkommen außer sich.

»Wer hat dich vergewaltigt?«, fragte sie wieder und wieder.

Aber das wollte ich ihr natürlich nicht sagen.

Papa wollte nicht mit mir reden.

Mama sagt, er sei wütend. Sie sagt, er habe gesagt, ich brauche gar nicht erst nach Hause zurückzukommen.

Ich hasse ihn!

DIENSTAG

Erinnerungen und Albträume

DIENSTAG, 7. JANUAR 2003

I
Tatort, Dienstagmorgen

»Hier war es«, sagte Kristin Bye und bewegte den Arm in einem langsamen Bogen, »wo Birger Borgersen am 5. Juli vor fünfundzwanzig Jahren die Leiche seiner Schwester Berit Borgersen fand.«

Kristin saß in der Hocke, den Blick in die Kamera gerichtet. Sie befanden sich am Tatort. Ein fußkaltes, altes Haus, in dem es nach Filterkaffee, Farbe und gekochtem Fleisch roch. Lichtfäden streckten sich durch das Halbdunkel. Die überalterte, halbhohe Holzverkleidung im Wohnzimmer war frisch gestrichen, in einem Grün, das Kristin grauenvoll fand. An genau der Stelle, wo sie jetzt hockte, auf einem Läufer auf dem Dielenboden, der später abgeschliffen und dreimal lackiert worden war, hatte Berit Borgersen gelegen. Erdrosselt.

Kristins Blick glitt von der Kameralinse zu dem jungen Paar, das das Haus vor vier Jahren für wenig Geld erstanden hatte, extrem wenig Geld. Petter und Lise. Sie saßen mit ihren Kaffeetassen in der Hand da und verfolgten neugierig die Aufnahmen. Lise hatte einen etwa zehn, zwölf Monate alten Jungen auf dem Arm.

Gunnar stand mit dem übrigen Fernsehteam hinter der Kamera. Die Nachrichtenredaktion ABC hatte Rolf »Roffern« Rudstrøm freigestellt, um die Dokumentation als Kameramann und Fotograf zu begleiten. Die Tontechnikerin Beate »Bitten« Henriksen hielt das Mikrofon an einer Stange über Kristins Kopf. Linda Ytrebø leitete die Produktion und war für alles Praktische zuständig.

»Gut so?«, fragte Kristin, als sie aufstand.

»Hervorragend«, sagte Gunnar.

»Die Bewegung, die du mit der Hand gemacht hast, war etwas theatralisch«, sagte Roffern und räusperte sich. »Außerdem hatte ich die Mikrostange im Bild.«

»Sorry«, sagte Bitten.

»Wir machen es noch mal«, sagte Linda.

»Kamera läuft«, sagte Roffern.

»Ton!«, sagte Bitten.

Kristin holte tief Luft und ging in die Hocke. Wartete einen Moment. Schloss die Augen. Dann blickte sie in die Kamera.

»Hier war es«, sie machte eine zurückhaltende Bewegung mit der Hand, »wo Birger Borgersen am 5. Juli vor fünfundzwanzig Jahren die Leiche seiner Schwester Berit Borgersen fand.«

Sie warf Gunnar einen fragenden Blick zu.

»Von hier sah es gut aus«, sagte Gunnar.

»Ton okay«, sagte Bitten.

»Dann war's das«, sagte Roffern.

»Szene 49 B im Kasten!«, sagte Linda und hakte den Punkt auf ihrem Produktionsplan ab. »Weiter geht's mit 49 C, Kristin steht auf und geht in den Eingangsbereich, in dem Rolfs Leiche gefunden wurde, und weiter zur Garderobe, wo Siv lag.«

Das Fernsehteam zog in den Flur um. Das junge Paar folgte ihnen. Roffern stellte das Kamerastativ in der hintersten Ecke auf. Die glühendheißen Scheinwerfer rochen verbrannt.

»Du musst möglichst dicht an der Wand langgehen«, sagte Roffern zu Kristin. »Sonst kriege ich Probleme mit dem Bildausschnitt.«

Kristin ging zurück ins Wohnzimmer und hockte sich an die Stelle, an der sie kurz zuvor gewesen war. Sie stand grundsätzlich gerne vor der Kamera, aber manchmal fühlte sie sich wie ein anderer Mensch. Ein Schauspieler. Jemand, der Kristin Bye spielte.

»Bitte«, sagte Roffern. »Kamera und Ton ab.«

Kristin räusperte sich, konzentrierte sich. »...wo Birger Borgersen am 5. Juli vor fünfundzwanzig Jahren die Leiche seiner Schwester Berit Borgersen fand«, wiederholte sie und stand auf. Später würde die vorige Szene mit dieser zusammengeschnitten werden. Kristin ging in den Flur, blieb stehen und sah in die Kamera. »Rolf Anthonsen wurde als Erster gefunden.« Sie machte eine kurze Pause. »Er war mit einer Axt erschlagen worden.« Sie ging zur Garderobe. »Der Mörder glaubte offensichtlich, Siv ebenfalls mit den Axthieben getötet zu haben.« Sie zog den Garderobenvorhang zur Seite und drehte sich um. »Aber Siv überlebte! Man fand sie, lebensgefährlich verletzt, in dieser Garderobe.« Pause. »Siv Borgersen liegt seitdem in Juvdals Pflegeheim im Wachkoma.«

Sie wiederholten die Aufnahme viermal, bis alle zufrieden waren. Kristin und Gunnar gingen in die Küche, während Roffern noch ein paar Aufnahmen vom Wohnzimmer und dem Eingangsbereich machte. Sie setzten sich mit Petter und Lise an den großen Küchentisch. Petter war Baumaschinenfahrer im Sägewerk, und Lise arbeitete Teilzeit an der Fleischtheke im Supermarkt. Der Kleine hieß Finnemann. »Eigentlich Finn. Nach Petters Vater«, erklärte Lise.

»Ich bin Ihnen wirklich sehr dankbar, dass wir hier filmen dürfen«, sagte Kristin, als Petter Kaffee nachschenkte. »Es ist schließlich kein Pappenstiel, wenn ein Fernsehteam durch die Wohnung trampelt. Aber die Bilder vom Tatort sind wichtig für uns.«

»Und wir finden es wichtig, dass der Fall aufgeklärt wird«, sagte Lise feierlich.

Finnemann gurgelte.

»Schön wär's«, sagte Gunnar mit einem leisen, entwaffnenden Lachen. »Den Fall aufzuklären, wäre mehr, als wir uns erhoffen.«

»Irgendwo da draußen läuft der Mörder herum«, sagte Petter. »Und in einem halben Jahr ist der Fall verjährt. Nicht zu glauben. Furchtbar!«

»Vielleicht ist der Mörder ja längst tot«, sagte Lise.

Kristin schüttelte den Kopf. »Sie haben viel darüber nachgedacht?«

»Natürlich«, antwortete Petter.

»Trotzdem haben wir das Haus gekauft, in dem die Morde begangen wurden«, sagte Lise.

»Auf Gedeih und Verderb.«

»Weil es so preiswert war.«

»Bereitet es Ihnen Schwierigkeiten, dass hier zwei Menschen umgebracht wurden?«, fragte Gunnar.

Lise und Petter sahen sich an. »Manchmal ist es schon … etwas sonderbar«, sagte Lise.

Stille.

»Sonderbar?«, fragten Kristin und Gunnar wie aus einem Mund.

Petter räusperte sich. »Wir wollten eigentlich nicht darüber reden.«

Kristin: »Worüber?«

»Ich weiß nicht recht, wie ich es sagen soll«, sagte Lise. Sie und Petter tauschten wieder Blicke. »Hin und wieder haben wir das Gefühl, etwas zu hören.«

»So in der Art«, ergänzte Petter.

»Hören?« Kristin legte die Stirn in Falten.

»So in der Art?«, wiederholte Gunnar.

»Laute«, sagte Petter.

»Nachts«, sagte Lise.

»Nur, dass es eigentlich gar keine richtigen Laute sind«, ergänzte Petter.

Weder Kristin noch Gunnar sagten etwas.

»Ach, vergessen Sie's«, fuhr Petter fort. »Das ist unwichtig.«

»Warten Sie«, sagte Kristin. »Was für Laute?«

Lise und Petter senkten den Blick.

»So, als...«, setzte Lise an und verstummte.

»Als hörten wir, wie etwas passiert«, vervollständigte Petter den Satz.

Gunnar: »Etwas? Passiert?«

»Meinen Sie Geister?«, fragte Kristin.

Das Ehepaar lachte nervös.

»Nein, eigentlich nicht«, sagte Lise. »Geister oder so sind uns nie erschienen. Aber manchmal, nachts, wenn alles still und dunkel ist, dann wachen wir auf... und haben das Gefühl, etwas zu hören.«

»Mehr wie eine Ahnung«, sagte Petter.

»Und Sie glauben, dass das etwas mit den Morden zu tun haben könnte?«, fragte Gunnar.

Wieder Stille.

»Wie soll ich das erklären«, sagte Petter. »Ich meine damit nicht, dass wir Schreie oder so was hören. Wir hören Geräusche, die nicht vorhanden sind. Verstehen Sie?«

»Nein«, sagte Gunnar.

»Ich glaube schon«, sagte Kristin.

»Laute, die man nicht mit dem Ohr wahrnimmt«, erklärte Lise vorsichtig.

»Was glauben Sie, ist es, was Sie hören?«, fragte Gunnar.

»Möglicherweise... Gefühle«, murmelte Lise. »Empfindungen.«

»Das ist ja fantastisch«, rief Kristin begeistert. »Dürften wir Sie interviewen? Und Sie erzählen davon?«

»Sind Sie verrückt?«, platzte Lise heraus.

»Damit würden wir uns zum Gespött von ganz Juvdal machen«, sagte Petter.

»Es wäre unbezahlbar, wenn Sie ...«, setzte Kristin an.

»Kommt nicht infrage!«, sagte Petter.

»Vergessen Sie es!«, sagte Lise.

»Aber die Geschichte ist ganz außerordentlich!«, rief Kristin. »Überlegen Sie es sich noch einmal?«

»Sie wollen nicht«, sagte Gunnar.

Lise: »Absolut nicht.«

»Denken Sie auf alle Fälle noch mal darüber nach«, bat Kristin.

»Meine Kollegen im Sägewerk würden sich totlachen«, sagte Petter. »Und behaupten, bei mir wären die Sicherungen durchgebrannt.«

Kristin suchte Gunnars Blick, erkannte aber zu ihrem Bedauern, dass von ihm keine Hilfe zu erwarten war.

»Darf ich wenigstens davon erzählen?«, fragte sie. »Ich muss ja nicht sagen, dass ich es von Ihnen habe. Ich könnte es allgemeiner formulieren, dass verschiedene Leute in dem Haus, in dem die Morde passiert sind, Geräusche gehört haben.«

»Dann ist allen klar, dass das von uns kommt«, sagte Lise.

»Aber nein. Seit 1978«, sie rechnete nach, »haben hier acht Familien gewohnt.«

»Das hat nichts zu sagen«, wandte Lise leise ein.

»Nein«, nuschelte Petter. »Wir möchten nicht, dass Sie das erwähnen.«

»Ich hab's!«, rief Kristin eifrig. »Dürfen wir noch einmal mit Victoria Underland zurückkommen?«

»Der Seherin?«, fragte Lise.

»Sie macht auch in der Sendung mit«, sagte Kristin. »Morgen kommt sie nach Juvdal. Vielleicht kann sie uns ja mit den Lauten und Empfindungen weiterhelfen?«

»Himmel, steh mir bei«, seufzte Gunnar.

»Wie aufregend!«, sagte Lise und sah ihren Mann an. »Das ist die, die die Kolumne im Wochenblatt schreibt, du weißt schon.«

»Ja, ja, ich weiß.«

»Vielleicht findet sie ja heraus, was hier los ist?«, drängte Kristin. »Wenn jemand etwas davon versteht, dann sie.«

»Das wäre wirklich – toll«, sagte Lise an ihren Mann gewandt. »Stell dir mal vor, sie kriegt was raus?«

»Also gut, meinetwegen«, gab Petter nach.

»Super!« Kristin strahlte. »Linda wird einen Termin mit Ihnen absprechen, an dem wir dann noch einmal mit Victoria kommen, um neue Aufnahmen zu machen!«

2
Zu Hause bei Anita Borgersen, Dienstagvormittag

Sie hatte so schön geträumt. Von Robin. Seltsam. Sie hatte lange nicht mehr an ihn gedacht.

Im Traum war er an einem Sandstrand auf einer Südseeinsel gewesen. Die Sonne brannte vom Himmel. Er saß in einem Baststuhl, die Füße im Wasser, und malte, den Blick über die azurblaue Bucht gerichtet. Ein warmer Wind fuhr raschelnd durch die Palmen. Weit draußen, zwischen Uferstreifen und Horizont, geiferte die Brandung, ein fernes, ewiges Rauschen. Ein paar Möwen ließen sich von den Windböen tragen. Robin sah alt aus.

In diesem Moment war sie aufgewacht.

Anita Borgersen war jetzt seit über einer halben Stunde wach. Es war später Vormittag. Birger war unten im Stall.

Sie lag oft da, ohne richtig zu wissen, wo sie war. Ihr Blick glitt über die Wände und die Zimmerdecke, ohne dass sie recht begriff, wieso sie in diesem Zimmer lag, in ausgerechnet diesem Bett. Sie wollte ihren Kopf von allen Gedanken leeren, alle Erinnerungen ausradieren. In ihr war nichts als das Gefühl von Melancholie, Sinnlosigkeit, Dunkelheit. Die Psychiater nannten das Depression. Sie machten es sich einfach! Sie hatten doch keine Ahnung! *Depression!* Sie wussten nichts von den reißenden Wirbeln in ihrer Seele. Von der Leere, die sie innerlich auffraß. Den stummen Schreien. *Depression.* Ein Etikett. Ihr Alibi für die vielen Medikamente, die sie ihr verschrieben.

Wirklich eigenartig, dachte sie noch einmal, dass ich von Robin geträumt habe.

Am Montag hatte sie einen Termin beim Arzt. Nicht in Juvdal, Gott bewahre. Da nahm sie lieber die drei Stunden Fahrt nach Skien auf sich. Der behandelnde Arzt hatte sie angerufen und ihr von einem neuen Medikament erzählt. Wie oft sie das nicht schon gehört hatte! Und doch flackerte jedes Mal ein kleiner Funken Hoffnung in ihr auf. *Ich Dummkopf...* Vielleicht half es ja dieses Mal! Vielleicht gab es endlich etwas, das ihr den Druck nahm, ihre Gedanken ein wenig aufhellte. Sie wieder lebendig machte. Einen Versuch war es wert. Vielleicht klappte es ja dieses Mal. Sie spürte es.

Sie streckte sich in der Wärme der Steppdecke. Zumindest war sie nicht draußen in der Kälte. Noch nicht. Sie hatte die Decke bis an die Nasenspitze gezogen und versuchte, den Traum von Robin festzuhalten. Aber sie erinnerte sich nur vage... an die Stimmung, das Gefühl.

Ihr Nachthemd fühlte sich klamm an. Zum Duschen war es ihr zu kalt. Es würde auch so gehen. Sie überlegte, ob sie die Haare hochstecken sollte, bevor sie im Fernsehen interviewt wurde. Aber wahrscheinlich spielte es keine Rolle.

Sie dachte nicht mehr allzu oft an ihre Schwägerin Berit und ihren Mann Rolf. Früher, in den Wochen und Monaten nach den Morden, war kaum ein Augenblick vergangen, in dem sich ihre Gedanken nicht verhakten. Aber die Zeit hatte die scharfen Kanten glatt geschliffen. Gut so. An manche Sachen erinnert man sich nicht gern.

Sie fragte sich, ob Arild bei der Arbeit war. Ihr Sohn stand früh auf. Ein Morgenmensch! Arild war das Liebste, was sie hatte. Birger warf ihr vor, ihn viel zu sehr zu verwöhnen. Na und?

»Nein…«, sagte sie in den leeren Raum und blieb noch einen Augenblick liegen, ehe sie die nackten Füße auf den kalten Boden stellte.

3
Juvdal, Cafeteria, Dienstagvormittag

»Geister!«

Gunnar spuckte das Wort aus wie eine faule Kirsche. Er sah Kristin gereizt an und schlang einen Bissen von seinem Kopenhagener hinunter. Sie waren in die Cafeteria in der Storgata gefahren, um eine Kleinigkeit zu essen. Roffern hatte eine Frikadelle mit Spiegelei bestellt, Kristin ein Baguette mit Hühnchensalat. Bitten und Linda saßen etwas abseits mit einer Tasse Tee und mehreren Zeitungen. Kristin hatte soeben ein Telefongespräch mit Victoria Underland beendet und sich für den morgigen Nachmittag mit ihr zur ersten Aufnahme in Juvdal verabredet.

»Das ist doch perfekt«, sagte sie. »Damit wird uns das Argument für Victorias Mitwirken auf dem Silbertablett serviert!« Sie zupfte einen Zweig Petersilie aus dem Baguette und steckte ihn in den Mund. »Stellt euch vor, in dem Haus, in dem Berit und Rolf ermordet wurden, spukt es!«, frotzelte sie.

»Geister kommen immer gut!«, schmatzte Roffern.

Gunnar seufzte. »Wenn ihr wollt, dass die Zuschauer diese Dokumentation ernst nehmen und als einen seriösen Beitrag journalistischer Arbeit sehen, ist es nicht sehr zuträglich –«, er schnitt eine Grimasse –, »Geister einzubauen. Das ist dann nichts anderes als eine alberne Reality-Show. Ganz davon abgesehen, habe ich das Gefühl, unserem jungen Paar geht ein wenig die Fantasie durch. Ich meine, Geister, wo kommen wir denn da hin!?«

»Gunnar, diese Diskussion haben wir schon so oft geführt«, sagte Kristin. »Es war nie beabsichtigt, Victoria eine wichtige Rolle in dem Beitrag einzuräumen. Ich sehe ihre Teilnahme als die gewisse Würze. Die kleine Besonderheit. Sie wird die Dokumentation an keiner Stelle dominieren. Und sollte sie am Tatort etwas Besonderes spüren, gibt das der Sendung doch nur einen zusätzlichen Kick. Den Zuschauern steht es völlig frei, ihr zu glauben oder nicht.« Sie nahm einen großen Bissen und kaute heftig.

»Das ist unseriös.«

»Du und deine Seriosität! Das Buch wird von der ersten bis zur letzten Seite seriös sein. Da kann der Filmbeitrag doch ruhig etwas fantasiereicher ausfallen.«

»Blablabla!«, grunzte Roffern. »Müsst ihr euch eigentlich in einer Tour streiten?«

»Wir streiten uns nicht«, sagte Kristin. »Wir sind nur sachlich unterschiedlicher Meinung.«

»Sachlich unterschiedlicher Meinung, *my ass*«, kicherte Bitten. »Ihr klingt wie ein altes Ehepaar!«

Kristins Handy piepste. Eine SMS von Christoffer, der heute die Episode Nr. 293 seiner Soap einspielte. *Mittagspause*, schrieb er. *Und bei dir? Alles o.k., Liebling?*

Hier auch. Alles o. k. Liebe dich!, antwortete Kristin und schob das Handy wieder in die Tasche.

»Handyjunkie«, knurrte Gunnar.

Kristin schnitt eine Grimasse.

»Du glaubst also an Geister, Rolf?«, fragte Gunnar provozierend.

Roffern wischte sich Eigelb aus dem Mundwinkel und sah Gunnar in die Augen. »Spielt es irgendeine Rolle, was ich glaube oder nicht? Ich mache die Bilder. Ich glaube an deinen Kopenhagener. Ich glaube an diesen Tisch. Ich glaube an Geister und Schwarze Löcher und Frauen mit großen Titten. Daran glaube ich.«

Gunnar schob den letzten Bissen seines Teilchens in den Mund. »Ich glaube«, sagte er langsam, »dass ich ein rationaler Mensch bin. Ich glaube, was ich sehe, fühle oder zumindest nachvollziehen kann. Ich glaube zum Beispiel an Radiowellen, obwohl ich die nicht sehen kann. Weil ich verstehe, wie sie funktionieren.«

»Ich glaube an vieles, was ich nicht verstehe«, sagte Linda.

»An Gott, zum Beispiel«, sagte Bitten.

»Deshalb glaube ich nicht an Gott«, sagte Gunnar. »Die Naturgesetze unterstehen einer Ordnung, Logik und Systemen. Und ich kann keine Logik darin erkennen, dass es einen eigenen Gesetzeskatalog geben soll, der sich den physikalischen Gesetzen, die das übrige Dasein erklären, entzieht.«

»Warum muss immer alles logisch sein?«, wandte Roffern ein.

»Vieles in der Natur ist nicht logisch«, sagte Kristin.

»Wie die Fortpflanzung«, kicherte Linda.

»Oder Nilpferde!«, platzte Roffern heraus.

»Hallo? Der nächste Interviewtermin ist in zehn Minuten«, erwiderte Linda.

»Du darfst nicht alles rein rational beurteilen«, sagte Kristin zu Gunnar. »Das gibt dem Programm Biss. Einen Kick. Hebt es von anderen Dokumentationsfilmen ab.«

»Und schwächt die Glaubwürdigkeit«, beharrte Gunnar.

»Nicht zwingend. Nicht, wenn man es auf die richtige Weise macht.«

»Und du«, sagte Gunnar mit übertrieben nachsichtigem Tonfall, »machst es ganz zufälligerweise richtig.«

»Wir haben nur drei Stunden Zeit«, unterbrach Linda sie. »Um sechzehn Uhr ist der nächste Termin.«

»Genau«, erwiderte Kristin mit einem zuckersüßen Lächeln an Gunnars Adresse.

Auf dem Weg zum Wagen verlangsamte sie das Tempo, damit Gunnar sie einholen konnte.

»Sag mal, was ist eigentlich los mit dir, Gunnar?«, fragte sie.

»Mit mir?«, fragte er kurz angebunden.

»Du bist so, na ja, anders. Nachdenklich? Gereizt!«

»In deiner Gesellschaft wird jeder gereizt.«

»Red keinen Blödsinn, Gunnar. Was ist los? Ich sehe es dir doch an?«

»Nichts, meine Gute. Das bildest du dir nur ein.«

4
*Büro der Geschäftsleitung, Sägewerk,
Dienstagnachmittag*

Fünfzehn Grad minus. Es könnte schlimmer sein. Dabei war erst der 7. Januar. Der kälteste Monat.

Arild Borgersen schaute von dem Thermometer vor dem Fenster auf seine Armbanduhr. Gleich ein Uhr. Um Viertel nach hatte er einen Termin mit dem Unternehmensvorstand. Seufzend blickte er am Berghang nach oben. Weit hinten konnte er den Borgersen-Hof sehen. Er wohnte in einem Block-Watne-Fertighaus am Rand des Grundstücks seiner Eltern und der Großmutter väterlicherseits, mit Aussicht auf die Stabkirche, den Ort und das Sägewerk unten am Fluss. Aus dem Schlafzimmer und dem Wohnzimmer konnte er das Altenteil und den Hof der Eltern sehen: die gewaltige Scheune, den alten Viehstall und das weiß gestrichene Wohnhaus.

Der Gedanke an seinen Vater bereitete ihm Unwohlsein.

Hatte er sich auf diesen dämlichen Kettenbrief eingelassen, um sich bei seinem Vater lieb Kind zu machen? Arild konnte es sich kaum erklären. Vor einem halben Jahr hatte sein Vater überraschend bei ihm vor der Tür gestanden und ihm bei einem Kaffee und einem Glas Schnaps sein Anliegen vorgebracht: Ein obskurer Freund aus Schultagen hatte in Form eines Kettenbriefes eine Glückspyramide angeleiert, die am Ende den zehnfachen Gewinn versprach. Wenn nicht noch mehr. Ob Arild sich vorstellen könnte…?

Er hätte ablehnen sollen. Er konnte sich das nicht leisten. Aber er hatte es nicht fertiggebracht, seinen Vater abzuweisen. Der flehende Blick. Das schiefe Lächeln. Es war einer der wenigen Momente gewesen, in denen Birger ihn angelächelt, sich wie ein *Vater* benommen hatte. Arild hatte nicht die Kraft gehabt, Nein zu sagen.

Er selbst hatte 500 000 Kronen in die Pyramide investiert und seinem Vater eine halbe Million geliehen.

Eine Million Kronen.

Jetzt war das Geld weg. Der Freund seines Vaters hatte sich davon ein Hotel in Thailand gekauft. Betrüger! Vor zwei Wochen hatte die Zeitung *VG* geschrieben, die Polizei habe die komplette Pyramide Stein für Stein auseinandergenommen. Dank einer Namensliste, die der Freund des Vaters hinterlassen hatte. Genial.

Das Problem war nicht nur das Geld, das er bei diesen kriminellen Machenschaften verloren hatte, sondern insbesondere die Tatsache, dass sich Arild dieses Geld vom Sägewerk geliehen hatte. Moralisch gesehen, sah er darin einen Kredit. Selbstverständlich wollte er die Million zurückzahlen. Schließlich fungierte er auch als Buchhalter des Sägewerks. Juristisch gesehen, war es allerdings kein Kredit. Juristisch gesehen, hatte dieser Kredit einen ganz anderen Namen: Unterschlagung.

Mit wachsender Kreativität war es ihm bisher gelungen, den Kredit zu tarnen. Als fiktive Ausgaben, befristete Transaktionen zwischen diversen internen Konten. Er war sich so sicher gewesen, das Geld wieder einspielen zu können. Niemand hätte je etwas gemerkt.

Aber nun begannen der Wirtschaftsprüfer und die Hauptverwaltung in Oslo, Fragen zu stellen. Der Verwaltungschef hatte sich für Freitag in Juvdal angemeldet, um mit Arild zusammen die Buchhaltung zu überprüfen. »Um potenziellen Unregelmäßigkeiten auf den Grund zu gehen.« Bei diesen Worten war ihm ganz anders geworden. Noch hatten sie keinen konkreten Verdacht. Jedenfalls nicht, was ihn betraf. Aber die ausgetüftelten Kniffe, mit denen er das Geld am System vorbeigeschleust hatte, konnten jeden Moment auffliegen.

Er würde verhaftet werden. Angeklagt. Und ins Gefängnis wandern.

Was wird Mama dazu sagen?, schoss es ihm durch den Kopf.

5
Juvdalens Avis, Dienstagnachmittag

Robert Redford, dachte Kristin. Jetzt weiß ich es. Er sieht aus wie Robert Redford!

Das Fernsehteam, Gunnar, der Redakteur Thomas Holmen und sie befanden sich in der Redaktion der Zeitung *Juvdalens Avis*. »Und jetzt arbeiten Sie also an einer Dokumentation«, fragte Thomas mit einem interessierten Lächeln. Er schaute von Kristin zu Gunnar und wieder zu Kristin. Sein Gesicht war jugendlich und fast faltenfrei. Irgendetwas ist mit seinen Augen, dachte Kristin.

»So ist es«, antwortete sie. »Ein ziemlich umfangreiches Projekt! Das uns schon seit anderthalb Jahren beschäftigt. Aber jetzt beginnt die intensive Arbeitsphase mit den Aufnahmen hier in Juvdal und später mit dem endgültigen Zuschneiden der Sendung.«

»Ich erinnere mich übrigens an Sie!«, sagte Gunnar plötzlich, der genau wie Kristin den Redakteur eine ganze Weile beobachtet hatte. »Sie haben damals als Journalist in der lokalen Presse über die Morde berichtet, nicht wahr?«

»Es schmeichelt mir, dass Sie sich an mich erinnern«, sagte Thomas. »Das war schon eine große Sache, als Sie vor fünfundzwanzig Jahren hier waren. Gunnar Borg höchstpersönlich.«

»Höchstpersönlich?«, wiederholte Roffern und warf Gunnar einen fragenden Blick zu.

Kristin grinste Roffern an. »Gunnar war ein Promi. Vor Urzeiten. Als er noch mit Stift und Papyrus durch die Welt reiste und sein Name größer als die Schlagzeile gedruckt wurde!«

»In einer Zeit, in der das geschriebene Wort noch etwas wert war«, platzte Gunnar gespielt gravitätisch hervor. »Wenn ein Bild mehr als tausend Worte sagt, dann zeigt mir ein Bild der Zehn Gebote!«

Kristin blickte sich um. Es sah aus, als wären die Redaktionsräume vor zwei, drei Jahren renoviert und dann den Naturkräften überlassen worden. Sogar von einem Innenarchitekten gestaltete Räumlichkeiten zeigen die Tendenz, sich den merkwürdigen

Vorstellungen der Journalisten von der richtigen Arbeitsatmosphäre anzupassen. Jede potenzielle Arbeitsfläche war mit Papierstapeln, leeren Plastikbechern und Colaflaschen, abgestandenem Kaffee, alten Zeitungen und allerlei Plunder belegt. Ein paar jüngere Journalisten saßen pflichtbewusst vor ihren Bildschirmen und tippten eifrig auf die Tastatur, während sie zu dem Fernsehteam hinüberschielten. Mitten im Raum stand ein Kleiderständer mit Mänteln, ausgeleierten Strickjacken und zerrupften Regenschirmen.

»Ich weiß«, sagte Thomas Holmen mit schiefem Grinsen – er war Kristins Blick gefolgt, »aber ich halte es für unmöglich, in ordentlicher Umgebung eine vernünftige Zeitung zu machen!« Er hielt ihren Blick fest.

Zum Fressen, dachte Kristin. Sie sah Roffern fragend an, der einen Schalter an seiner Kamera umlegte und nickte. »Wir wären dann so weit«, sagte er und räusperte sich.

»Soll ich direkt in die Kamera schauen?«, fragte Thomas.

»Nein, sehen Sie mich an.«

»Mehr als gerne!«

Roffern sagte: »Ich mache erst eine Aufnahme von euch beiden, Kristin. Dann zoome ich sein Gesicht ein. Kamera läuft.«

»Ton!«

»Los geht's«, sagte Kristin und wartete einige Sekunden. »Thomas Holmen, Sie sind nicht nur der verantwortliche Redakteur der *Juvdalens Avis*, sondern haben auch als Journalist den rätselhaften Doppelmord von 1978 verfolgt. Erinnern Sie sich noch, was Sie in Ihrem ersten Beitrag über den Fall geschrieben haben?«

Thomas hielt einen vergilbten Zeitungsausschnitt hoch, der auf seinem Schreibtisch gelegen hatte. »Im Nachhinein habe ich mir oft gewünscht, etwas anderes geschrieben zu haben. Aber damals lautete mein Text: ›Die Polizei bittet die Bevölkerung von Juvdal und Umgebung um Mithilfe, nachdem gestern das Ehepaar Berit Borgersen (30) und Rolf Anthonsen (30) in seinem Haus im Trollveg ermordet aufgefunden wurde.‹«

Er legte den Ausschnitt zurück auf den Schreibtisch. »So simpel fing es an. Aber so simpel ging es natürlich nicht weiter.«

»Danach folgten weitere Beiträge?«

»Im Nachrichtenarchiv liegen rund fünfhundert Artikel, die wir zu den Morden veröffentlicht haben.«

»Wie sah die Berichterstattung 1978 aus?«

»Anfangs gingen wir, genau wie die Polizei, von der Hypothese aus, dass ein so grausames Verbrechen unmöglich von einem Bewohner aus dem Ort begangen worden sein konnte. Das war schlichtweg unvorstellbar. Absolut undenkbar. Alle Leserbriefe gingen in die gleiche Richtung: Der Mörder war außerhalb von Juvdal zu suchen. Genau wie die Polizei durchkämmten wir die benachbarten Ortschaften und befragten sämtliche Einwohner nach Einbruchsserien, die die Tat hätten erklären können. Nichts.«

»Die Polizei weitete ihre Nachforschungen recht bald aus?«

»Ihr blieb gar nichts anderes übrig. Die Vergangenheit der beiden Ermordeten wurde untersucht. Die Nachbarn verhört. Ihre Beziehungen in Juvdal unter die Lupe genommen. Aber es ergab sich nichts Konkretes, wo man hätte weitermachen können.«

»Es kursierten eine Menge Gerüchte?«

»Natürlich.«

»Gab es auch Gerüchte über Berit?«

»Die üblichen Gerüchte eben, wie sie zu allen Zeiten über hübsche Mädchen in jedem beliebigen norwegischen Dorf umgehen. Keiner wusste etwas Konkretes. Wie Gerüchte eben so sind.«

»Was für Gerüchte…«

Thomas winkte abwehrend mit der Hand in die Kamera. »Bitte. Nehmen Sie das nicht auf. Sie können sich schon denken, was für Gerüchte. Dass sie ein heißer Feger war. Blanker Unsinn.«

»Was Sie jetzt sagen, werde ich nicht verwenden. Aber es ist wichtig für mich, dass Sie mir alles erzählen, was Sie wissen.«

»Die Gerüchte über Berit sind das Papier nicht wert, auf dem sie stehen.«

»Wie würden Sie Berit und Rolf charakterisieren?«

»Rolf kannte ich nicht weiter. Eher ein solider, introvertierter Typ. Ich glaube, er hat sich nie richtig in Juvdal eingelebt. Er war ein Stadtmensch. Juvdal war ihm zu eng. Zu klein. Bei Berit war das anders. Sie hatte hier ihre Wurzeln. Oslo war für sie nur eine Zwischenstation. Als Berit 1977 hierherzog, kehrte sie nach Hause zurück. Trotzdem schien sie nicht ganz das Dorf wiederzufinden, das sie damals verlassen hatte. Als würde etwas Unausgegorenes, Unerfülltes in ihr schlummern. Aber Berit war ein ganz anderer Typ Mensch als Rolf. Kontaktfreudig. Fröhlich. Freundlich.«

»Kannten Sie sie gut?«

»Ich war viel zu jung, um sie zu kennen, als sie 1963 wegzog. Aber später, als sie zurückkam, haben wir uns kennengelernt. Das erste Mal habe ich sie bei einer Séance bei Nina und Jon getroffen. Danach sind wir uns häufiger über den Weg gelaufen.«

»Was ist Ihnen von der Séance im Gedächtnis geblieben?«

»Das war ein ziemlicher Quatsch. Berit hat uns alle an der Nase herumgeführt, da bin ich mir ziemlich sicher. Sie hielt die Planchette. Ich denke, dass sie die Worte geformt hat. Sie hatte es faustdick hinter den Ohren.«

»Können Sie sich noch an den genauen Wortlaut erinnern?«

Er schaute an die Decke. »*Umzug. Tod. Mama.* Aus dem Zusammenhang gerissene, sinnlose Worte.«

»Sie haben also nicht geglaubt, dass die Séance…«

»Keinen Augenblick!«

»Haben Sie eine Vermutung, wer sie umgebracht haben könnte?«

Er breitete die Arme aus. »Keine Ahnung.«

»Glauben Sie, es war jemand aus dem Ort?«

»Juvdal ist ein kleines Dorf. Die Leute kennen sich. Ich glaube es nicht. Hoffe es nicht. Aber ich befürchte, dass es so sein könnte.«

6

*Zu Hause bei Birger und Anita Borgersen,
Dienstagnachmittag*

»Was ich gedacht habe?« Er starrte Kristin so lange in die Augen, bis sie den Blick senken musste. »Meine Schwester lag tot vor mir. Ermordet! Erdrosselt! Mein Schwager war mit einer Axt erschlagen worden. Was glauben Sie wohl, was ich da gedacht habe?«

Die Kamera summte leise. Kristin hörte am Geräusch, dass Roffern zoomte. Birger Borgersen blinzelte mehrere Male.

»Ich konnte nichts machen«, sagte er. »Berit war tot. Rolf war tot. Und ich stand einfach nur da.«

Sie dachte: Armer Mann. So ähnlich geht es mir mit Halvor, meinem geliebten, wunderbaren, großen Bruder. Mit genau den gleichen Gedanken schlage ich mich herum.

Sie saßen in Birger und Anita Borgersens Wohnzimmer. Auf dem Tisch stand das gute Kaffeeservice, auf einem Silbertablett auf einer handbestickten Tischdecke thronte ein Fürstenkuchen. Roffern, der es eigentlich hasste, Leute am gedeckten Tisch zu filmen, fand diese überladene Szenerie so fotogen und aussagekräftig, dass er sie als Vordergrund benutzte. Die Wände hingen voller Fotos von Birgers und Anitas Sohn: Arild auf dem Sportplatz, beim Skiausflug, auf Klassenfotos, sogar seine Geburtsurkunde hing dort, schwungvoll signiert vom ehemaligen Arzt des Ortes, im schwarzen Rahmen. Die Eheleute Borgersen saßen nebeneinander auf dem Sofa.

»Es muss ein ziemlicher Schock für Sie gewesen sein, sie zu finden«, sagte Kristin. Diese Feststellung war zu simpel, als dass sie sie später in der Sendung verwenden würde, aber solche schnörkellosen Einführungen brachten die Interviewpartner häufig dazu, ihre Gefühle auf brauchbare Weise zu beschreiben.

»Als hätte ich neben mir gestanden«, sagte Birger. »Verstehen Sie? Ich sah, dass sie tot war. Ermordet! Und mein Schwager! Erschlagen! Das war so real und gleichzeitig auch so vollkommen irreal! Ich stand neben mir selbst. Wie bei einem Albtraum im Wachzustand.«

Gut!, dachte Kristin. Sie fing seinen Blick ein und nickte. »Standen Sie Ihrer Schwester nahe?«

»Sie war meine Schwester«, sagte er mit Nachdruck auf *Schwester*, als ob das alles erklärte. Er führte die Kaffeetasse an die Lippen.

»Wie war das Verhältnis in Ihrer Familie?«

»Wie in allen Familien.« Seine Stimme wurde weicher. »Manches war gut. Anderes nicht so. Wir hatten unsere Probleme, wie alle anderen. Aus dem Zusammenhang gerissene Worte. Missverständnisse. Wie bei allen Leuten.«

»Könnten Sie das etwas genauer erklären?«

»Lieber nicht.«

»Warum haben Sie Ihre Schwester an jenem Vormittag besucht?«

»Um mit ihr über den Hof zu reden. Was wir damit machen sollten, wenn unsere Mutter mal nicht mehr da war. Ich wollte einen aufreibenden Streit um das Erbe vermeiden.«

»Aber Ihre Mutter lebt doch noch?«

»Sehen Sie!«

Kristin wartete auf eine Fortsetzung, die nicht kam. Also wandte sie sich an Anita. »Berit war Ihre Schwägerin. Was hatten Sie für einen Eindruck von ihr?«

Anita rutschte nervös auf dem Sofa hin und her, während Roffern ihr Gesicht mit der Kamera einfing.

»Ach ... Eindruck ...«, murmelte Anita. »Was soll ich da sagen?«

Damit können wir nichts anfangen, dachte Kristin. »Wie würden Sie Berit beschreiben?«

»Sie war sehr ... gesellig«, sagte Anita. »Mochte ... die Menschen. O je, das ist nicht so leicht für mich. Wir haben uns nicht sonderlich gut verstanden, leider. Ich möchte nichts Schlechtes über sie sagen. Aber wir waren schon sehr verschieden. Berit war manchmal etwas – speziell«, fuhr sie fort. »Aber wir mochten sie alle. Sie strahlte immer so eine ... wie soll ich sagen ... Lebensfreude aus.«

»In welcher Hinsicht war sie speziell?«

»Berit war Berit. Sie wissen schon.«

»In welcher Weise?«

»Sie hatte ihre Eigenarten. Aber müssen wir darüber reden? Sie ist tot. Es ist nicht schön, so über Tote zu reden.«

»Was ist Ihnen von dem Tag in Erinnerung geblieben, als Birger sie gefunden hat?«

»Ich erinnere mich, dass ich mich über die vielen Sirenen gewundert habe. Hier sind nie Sirenen zu hören. Und dann erinnere ich mich noch an Birger, als er nach Hause kam.« Sie schüttelte den Kopf, ihre Augen füllten sich mit Tränen. »Ich habe es ihm angesehen. Jetzt ist etwas Furchtbares geschehen, dachte ich.«

»Wie haben Sie reagiert?«

»Na ja, wie reagiert man auf so etwas? Man glaubt es nicht. Das ist so unwirklich. Wie in einem Film.«

Gutes Zitat, dachte Kristin.

»Es hat mehrere Tage gedauert, bis es richtig bei uns angekommen ist«, warf Birger ein. »Ich habe es eigentlich erst nach der Beerdigung richtig begriffen.«

»Die Tochter, Siv, hat den Mordversuch überlebt. Hatten Sie danach Kontakt zu ihr?«

Birger sah sie schief an. Und wieder hatte Kristin das Gefühl, eine unsichtbare Grenze überschritten zu haben.

Anita lächelte traurig. »Sie liegt im Koma. Es ist nicht möglich, Kontakt zu ihr zu bekommen. Arme Kleine.«

Kristin nickte. »Ich weiß, dass sie im Koma liegt. Ich wollte auch nur wissen, ob Sie sie hin und wieder besuchen? Reden Sie mit ihr?«

Stille.

»Es heißt ja, das Gehör wäre die letzte Sinneswahrnehmung, die man im Koma verliert«, erklärte sie zögernd.

Die zwei sackten in sich zusammen.

Mein Gott, dachte Kristin, ich stelle taktlose Fragen.

»Das hätten wir tun sollen«, sagte Anita, ohne aufzublicken.

»Es ist immer leicht, andere zu verurteilen!«, sagte Birger.

»Ich wollte nicht...«

Er seufzte und schloss die Augen. »Sie wissen ja, wie das ist. Es hat sich einfach nicht ergeben. Ich bin nur ihr Onkel, den sie nie kennengelernt hat.«

»Sie registriert nicht, wer zu Besuch kommt«, sagte Anita.

»Ist es Ihnen gelungen, darüber hinwegzukommen?«, fragte Kristin.

Birger zögerte. »Was glauben Sie wohl?«, fragte er spitz.

»Über so was kommt man niemals hinweg«, sagte Anita. »Man lernt, damit zu leben. Es als Teil des Lebens zu akzeptieren. Aber darüber hinwegkommen tut man nie.«

»Überlegen Sie doch mal!«, sagte Birger. »Wie soll das gehen? So etwas hinter sich zu lassen?« Er schluckte. »Man versucht, es zu verdrängen. Zu vergessen. Aber das wird einem niemals gelingen.«

Es entstand eine kurze Pause. Kristin hörte ihren eigenen Atem und das Summen der Kamera.

»Dann denke ich«, sagte sie leise, »sind wir für heute fertig.«

Bevor sie gingen, verabredeten sie noch einen weiteren Termin, um einige Aufnahmen im Stall zu machen, weil Roffern dringend Bilder vom Innern eines Stalls brauchte. Nach einem kurzen Blick auf den Produktionsplan schlug Linda Donnerstag, 16.00 Uhr, vor. Birger sagte, sie sollten einfach kommen.

Sie verstauten die Ausrüstung im Wagen und fuhren über den schmalen Waldweg zurück in den Ort. Kristin glaubte, einen Elch zwischen den Bäumen zu sehen, aber vielleicht bildete sie sich das auch nur ein. Nach einer Weile räusperte sie sich und sah Gunnar von der Seite an.

»Sag mal, fandest du meine Fragen zu aufdringlich?«

Er dachte nach. »Man kann nie vorsichtig genug sein.«

Sie bogen nach rechts zum Zentrum ab. Kristin warf einen Blick auf die Uhr. Sie kamen zu spät zu ihrem Termin in der Polizeiwache. Sie kontrollierte im Rückspiegel, ob Roffern ihr folgte. Sie fuhren an einem großen Hof vorbei, auf dessen Acker eingeschneite Heuballen lagen. Sie sahen aus wie gigantische Eier.

7
Polizeiwache Juvdal, Dienstagnachmittag

Sie musste an zwei Zinnsoldaten denken – der eine frisch angemalt, der andere schon etwas abgeblättert.

Polizeiobermeister Vidar Lyngstad und sein Amtsvorgänger Gerhard Klock standen mit der Hand an der Hosennaht in der Wache. Rührend, fast ein bisschen komisch, dachte Kristin. Lyngstad trug eine neue Polizeiuniform, Klock eine alte. Beide hatten drei Sterne auf der Schulterklappe.

Vidar Lyngstad hieß das Fernsehteam willkommen.

»Tausend Dank! Tut mir leid, dass wir uns etwas verspätet haben«, sagte Kristin und putzte den Schnee von den Schuhen.

Die Begrüßung verlief in einer leicht chaotischen Zeremonie aus Händeschütteln, Namen und Titeln und einfältigem Lächeln. Vidar erwähnte, Kristin schon mal vor einigen Jahren in Zusammenhang mit dem Mord an ihrem Bruder Halvor begegnet zu sein, aber sie konnte sich nicht an ihn erinnern.

Während Roffern, Bitten und Linda die Ausrüstung aufbauten – Kamera und Stativ, Scheinwerfer, Lichtreflektoren, Mikrofone und Teleskopstange –, unterhielt sich Kristin mit den beiden Polizisten. Sie erzählte ihnen, dass Roffern im letzten Sommer schon einmal zwei Wochen in Juvdal gewesen war, um Außenaufnahmen zu machen. Er hatte mehrere Stunden Filmmaterial vom sommerlichen Juvdal mitgebracht. Deswegen mussten sie die Interviews jetzt drinnen führen, um die Zuschauer durch den Wechsel zwischen Sommer und Winter nicht zu verwirren. Als Roffern ihr ein Zeichen gab, dass er fertig war, räusperte sie sich. »Dann geht es jetzt los«, sagte sie. »Gerhard Klock, könnten Sie kurz zusammenfassen, was das Besondere an dem Juvdal-Fall ist?«

»Das Besondere?« Klock dachte nach, hüstelte und sah sich im Raum um. »Was soll man da sagen? Die Brutalität. Das Unbegreifliche.«

»Lassen Sie mich die Frage anders stellen: Was empfinden Sie bei dem Gedanken, dass der Mordfall nie aufgeklärt werden konnte?«

»Ich empfinde es als Niederlage«, sagte Klock. »Nicht nur für mich persönlich und für die Polizei, sondern ganz besonders für die Opfer. Berit. Rolf. Siv. Dafür hätte jemand zur Rechenschaft gezogen werden und bestraft werden müssen! Es vergeht kein Tag, an dem mich das nicht umtreibt. Nicht ein Tag!«

»Fühlen Sie sich persönlich dafür verantwortlich, dass der Fall nicht aufgeklärt wurde?«

»Natürlich! Das waren meine Ermittlungen. Mein Fall. Meine Verantwortung.«

»Haben Sie Fehler begangen?«

»Das müssen andere beurteilen.« Er hielt inne. »Aber ich habe den Täter nicht gefasst. In dieser Hinsicht habe ich sicher Fehler gemacht.«

»Haben Sie noch andere Theorien in Betracht gezogen, nachdem der Fall eingestellt wurde?«

»Selbstverständlich.«

»Könnten Sie uns ein Beispiel nennen?«

»Nein. Das wäre nicht korrekt.«

»In den Zeitungen und Polizeiberichten war an mehreren Stellen etwas über eine Séance zu lesen, die 1977 stattgefunden haben soll. Eine Séance, an der Berit teilgenommen hat, mit einem Hexenbrett.«

»Alles Quatsch! Natürlich haben wir diese Spur überprüft. Aber das ist ein Gesellschaftsspiel. Mehr nicht. Aus dem Zusammenhang gerissene Wörter und Satzfetzen über Tod und Gefahren. Wie diese Spiele eben so sind.«

»Die Polizei hat sich also nicht besonders für diese Séance interessiert?«

»Für die Ermittlungen war das uninteressant. Selbstverständlich haben wir die Teilnehmer verhört. Aber keiner hatte etwas Relevantes beizutragen. Wie gesagt: ein Gesellschaftsspiel. Wir ermitteln nicht im Übersinnlichen.«

»Wissen Sie, wo sich das Hexenbrett heute befindet?«

»Keine Ahnung. Es war ohne Belang.«

»Glauben Sie, dass sich der Mörder heute noch hier in Juvdal befindet?«

»Vielleicht ist er tot. Oder weggezogen. Doch, ja: Heute kann ich mir vorstellen, dass der Schuldige hier aus dem Ort war.«

»1978 haben Sie das nicht geglaubt?«

»Nein! Ich war lange Zeit überzeugt davon, der Mörder müsse von außerhalb kommen. Das schien mir die wahrscheinlichste Erklärung zu sein. Es war schlicht und einfach unvorstellbar, dass jemand von hier ein so ungeheuerliches Verbrechen begangen haben sollte.«

»Warum?«

»Das war offenbar eine voreilige Schlussfolgerung.«

»Gab es in Juvdal viel Gewalt und Kriminalität?«

»Überhaupt nicht. Im Gegenteil. Bis dahin hatte es in Juvdal noch nie ein richtiges Gewaltverbrechen gegeben. Handgemenge unter Jugendlichen, Schlägereien zwischen Besoffenen, der eine oder andere Einbruch. Aber nie etwas wirklich Ernstes.«

Kristin wandte sich an Vidar Lyngstad. »Sie waren 1978 Polizeianwärter in Juvdal und als erster Polizist am Tatort?«

»Das ist richtig.« Vidar richtete sich auf. »Es ging ein reichlich diffuser Anruf bei uns ein, dass etwas passiert sei, weswegen ich nicht ganz auf das vorbereitet war, was mich später erwartete.«

»Erinnern Sie sich noch, was Sie gedacht haben, als Sie dort ankamen?«

»Ich habe gedacht, so etwas passiert hier nicht. Nicht in Juvdal.«

»Was war Ihrer Meinung nach geschehen?«

»Zuerst hielt ich das Ganze für einen Einbruch. Dachte, dass Berit und Rolf die Einbrecher überrascht hatten. Aber die Tür war nicht aufgebrochen worden, und überdies waren die beiden auf unterschiedliche Weise umgebracht worden. Als Nächstes dachte ich, dass Rolf und Siv unmittelbar nach dem Mord an Berit nach Hause gekommen sein mussten, ehe der Täter fliehen konnte. Und dass es vielleicht jemand war, den Berit kannte.«

Kristin drehte sich wieder zu dem pensionierten Polizeibeamten um. »Haben Sie diesen Verdacht geteilt, Herr Klock?«

Der alte Mann zögerte. »Nicht von Anfang an. Sie dürfen nicht vergessen, wie unerfahren wir hier mit dieser Art von Verbrechen waren. Das war gar nicht so einfach für uns. Gut, wir bekamen Unterstützung von der Kreispolizeibehörde und der Kripo, aber es unterlag meiner Verantwortung, die Ermittlungen zu leiten. Ich war fünfundfünfzig Jahre alt und hatte noch nie in einem Mordfall ermittelt.«

»Wollen Sie damit sagen, dass Sie, streng genommen, nicht qualifiziert für diese Aufgabe waren?«

Die Muskeln über seinen Kiefern spannten sich. »Das sind Ihre Worte. Ein Polizist ist ein Polizist. Ich war nicht so routiniert wie meine Kollegen aus der Stadt. Darum verging eine gewisse Zeit, ehe wir die Ermittlungen auf die richtige Spur lenkten. Na gut, endgültig ist uns das wohl nie gelungen. Aber Sie wissen sicher, was ich meine. Ehe wir uns auf alternative Theorien und Verdachtsmomente konzentrieren konnten.«

»Zum Beispiel?«

»War es ein Mord aus Eifersucht? Lagen wirtschaftliche Motive zugrunde? Gab es in seiner oder ihrer Vergangenheit etwas, das die Morde erklären konnte? In Juvdal oder Oslo, wo sie viele

Jahre gelebt hatten. Kamen die Täter aus Juvdal oder von außerhalb? Handelte es sich um einen Einbrecher, der in der Gegend unterwegs war? Oder um einen Touristen? Jemand, der die Opfer gar nicht kannte? Oder im Gegenteil: jemand aus der Gegend, ein Bekannter der Opfer?«

»Vidar Lyngstad, Sie haben 1990 Gerhard Klocks Stelle in Juvdal übernommen. Hat sich im Laufe der Jahre etwas ergeben, das neues Licht auf die geheimnisvollen Morde wirft?«

»Leider nein. Der Fall ist heute ein ebenso großes Mysterium für uns wie an jenem 5. Juli 1978. Wir hatten noch nicht mal einen Verdächtigen. Ich habe mich häufig gefragt, ob wir weitergekommen wären, wenn uns damals die Ermittlungsmethoden und technischen Möglichkeiten von heute zur Verfügung gestanden hätten. Wie die DNA-Analyse. Vielleicht lag die Lösung direkt vor unseren Augen – ohne dass wir sie gesehen haben?«

8
Zu Hause bei Arild Borgersen, Dienstagabend

Das Telefon klingelte.

Arild Borgersen saß mit seinem dritten Glas Whisky im Fernsehsessel und verfolgte abwesend die TV2-Nachrichten. Vom Inhalt bekam er nichts mit, nur das monotone Auf und Ab der Stimmen. Er warf dem Telefon einen verärgerten Blick zu, als wüsste er instinktiv, dass ein Anruf um diese Tageszeit nur eins bedeuten konnte: schlechte Nachrichten.

In Gedanken hatte er sich fast dreißig Jahre zurück in der Vergangenheit befunden. Im Kinderzimmer im Haus seiner Eltern. Er hatte die Stimmen seiner Mutter und des Vaters durch den Boden gehört. Das Sonnenlicht heftete sich an die Fensterscheibe. Er saß an seinem Schreibtisch und klebte ein Modellflugzeug zusammen. Seine Fingerkuppen waren leimverschmiert. Er wünschte sich einen großen Bruder, der ihm helfen konnte. Unten auf dem Hofplatz maunzte eine Katze. Das Geräusch erfüllte ihn mit Wärme. Dann fiel ihm wieder ein, dass Dornröschen tot war. Vater hatte sie ertränkt. Weil sie zu oft und zu laut gemaunzt, in den Keller gepinkelt und Unfug gemacht hatte. Vater hatte die Abwaschschüssel mit Wasser gefüllt und die Katze so lange untergetaucht, bis sie sich nicht mehr rührte. Dann hatte er Arild den Katzenleichnam vor die Füße geworfen und ihm aufgetragen, ihn zu entsorgen. Mit Tränen in den Augen hatte er die Katze im Garten hinterm Haus unter dem Apfelbaum begraben. Der Duft von Erde und Sommer. Das grelle Sonnenlicht. Der Anblick des leblosen Katzenleibes. Dornröschen. Tot.

Alles kam wieder hoch. Er nahm einen Schluck Whisky und starrte das Telefon wütend an. *Leg endlich auf, ich will nicht mit dir reden!*

Die Bilder, Geräusche, Stimmen. Alles kam wieder hoch.

Seine Mutter hatte ihm ein Wiener Würstchen im weichen Brötchen hochgebracht. Er hatte es auf die Tischplatte gelegt, um es später zu essen. Sie hatte nichts gesagt, ihm einfach nur zärtlich durchs Haar gestrichen, wie sie es immer machte. Und er hatte seinen Kopf gegen ihren Bauch gelehnt, während die Tränen unter den Augenlidern brannten. Er versuchte, nicht an Dornröschen zu denken. Wollte nicht weinen, wenn seine Mutter es sehen konnte. Schließlich war er schon zwölf.

Die Stimme des Vaters. Von unten. Streng.

Seine Mutter fuhr ihm ein letztes Mal durchs Haar, seufzte und zog die Tür hinter sich zu. Er klebte die linke Tragfläche an und pulte sich so viel Kleber wie möglich von den Fingerkuppen, ehe er sich über das Brötchen hermachte.

Kurz darauf war er mit dem Modellflugzeug nach unten gegangen, um es vorzuführen. Seine Mutter saß im Sessel und strickte. Der Vater lag auf dem Sofa und döste. Arild hielt den Flieger vor sich in die Luft. Seine Mutter hatte ihn angelächelt und mit einem Nicken in Birgers Richtung den Finger an die Lippen gelegt.

Er hatte sie aber trotzdem gehört und schlug die Augen auf. Arild stand direkt vor seiner Mutter und flog mit dem Flugzeug vor ihrem Gesicht hin und her.

Der Vater richtete sich auf. Noch bevor Arild reagieren konnte, schnellte der Arm des Vaters vor und schnappte ihm das Flugzeug aus der Hand. Er schlug es auf die Tischkante, und Tragflächen, Fahrgestell und Rumpf flogen in alle Richtungen auseinander.

»Aber Birger!«, platzte seine Mutter heraus.

»Kann man in diesem Haus nicht mal fünf Minuten seine Ruhe haben?«

Arild hatte keinen Ton gesagt. Er war aus der Stube gestürmt, raus aus dem Haus, und hinter dem Viehstall auf die Erde gesunken.

Kurz darauf hatte der Vater neben ihm gestanden. Arild hatte ihn nicht einmal kommen hören. Ganz plötzlich stand er da, hinter dem Schuppen, neben Arild, vom Haus aus nicht zu sehen. Arild hatte zu ihm aufgeschaut.

Und dann war der Schlag gekommen. Die Hand, die durch die Luft fuhr. Wie in Zeitlupe. Er hatte die raue Handfläche gesehen. Den Ehering.

Die Ohrfeige brannte auf der Haut und dem Ohr.

»Was halte ich von Jungs, die flennen?«

Arild schaffte es nicht, den Schluchzer zu unterdrücken.

Der Vater packte ihn im Nacken und hob ihn ein paar Zentimeter vom Boden hoch. »Du verdammte Memme!«, hatte der Vater gezischt. Und ihn so überraschend losgelassen, dass Arild rückwärts mit dem Kopf gegen die Stallwand geknallt war.

Erinnerungen, Stimmen, Gedanken...

Er hätte vor langer Zeit aus Juvdal wegziehen sollen. Zumindest weg von seinem Vater. Aber das war nicht so einfach. Er hatte seine Arbeit. Das Grundstück hatte ihn nichts gekostet. Aber vor allen Dingen war seine Mutter hier. Sie war immer diejenige gewesen, die ihn getröstet, sich um ihn gekümmert, ihn in den Arm genommen hatte. Als Arild nach Oslo zog, um seine betriebswirtschaftliche Ausbildung zu Ende zu bringen, hatten sie sich fast jeden Tag geschrieben. In den Briefen hatte er begonnen, sie seinen »Engel« zu nennen. Für ihn gab es nur Arild und Anita. Er vergötterte seine Mutter, wie wenn sie durch eine unsichtbare Nabelschnur miteinander verbunden wären. Als er sich ein eigenes Haus baute, war sie untröstlich, obwohl es nur ein paar hundert Meter entfernt war.

Hatte er sich ihretwegen vom Vater überreden lassen, in die Glückspyramide einzusteigen? Ach was, das war eine faule Ausrede. Die Versuchung war zu groß gewesen. Die kleine Million hätte zu zehn Millionen werden können, die er mit dem Vater geteilt hätte. Ein neues Leben. Vielleicht eine Weltreise. Vor allem aber hatte er wohl die kindliche Hoffnung gehegt, dass sein Vater endlich, endlich einsah, was er an ihm hatte, dass er ihn anlächelte, der Vater sein würde, der er nie gewesen war. Wie naiv konnte man eigentlich sein? Er begriff nicht, wie er so dumm hatte sein können. Zum Himmel schreiend dumm.

Mit einer jähen, zornigen Bewegung nahm er den Hörer ab. »Augenblick!«, blaffte er.

Das Whiskyglas war leer. Er griff nach der Flasche, schenkte etwas nach. Die Nachrichten waren zu Ende. Werbung, danach Sport. Himmel und Hölle, wo blieb die Zeit?

Er atmete tief durch. »Ja?«, sagte er in die Sprechmuschel.

»Guten Abend.« Eine unbekannte Männerstimme. Tief, kräftig. »Spreche ich mit Arild Borgersen?«

Zögernd: »Ja?«

»Hier spricht Oberstaatsanwalt Reinhard Witt vom Dezernat für Wirtschaftskriminalität in Oslo.«

Arild schnappte nach Luft.

»Ich nehme an, Sie wissen, weshalb ich anrufe...« Er machte eine Pause, um Arild Gelegenheit zu einer Antwort zu geben, die dieser aber nicht ergriff. »In Zusammenhang mit der Aufklärung der sogenannten Pyramide.«

9
Juvdal, Gjæstegaard, Dienstagabend

Fünfundzwanzig Jahre – war es wirklich schon so lange her?

Wenn er daran zurückdachte, sah er die Jahre wie verwelkte Blätter im Windsog hinter einem Schnellzug durcheinanderwirbeln: Man konnte unmöglich jedes einzelne Blatt erkennen, und doch waren sie alle da. Bjørn-Tore Borgersen erinnerte sich an den Tag, als seine Schwester Berit ermordet wurde: ein Mittwoch, die Sonne schien, alles war still und friedlich, es war Sommer, und er wusste bereits, dass etwas nicht stimmte, als er den blauen Opel des Pastors in eine Staubwolke gehüllt über die unbefestigte Straße rasen sah. Später hatte er sich oft gefragt, wie er wissen konnte, dass Olav Fjellstad mit einer Nachricht zu ihm unterwegs war, die sein Leben verändern würde. Er hatte es einfach gewusst und, benommen vor Angst, den Opel näher kommen und parken sehen. Als sich die Fahrertür quietschend öffnete und der Pastor ihn ansah, wusste er bereits, was er sagen würde.

Die Tage danach: verschwommene Erinnerungen... Mutters Tränen... Polizeiverhöre... Pia, die tröstete und weinte... ein zerbrechliches Gefühl von Unwirklichkeit, als befände er sich auf der anderen Seite des Fensters zum wirklichen Leben.

Bjørn-Tore Borgersen lächelte seine Frau Pia an, als sie auf dem Weg ins Bad an ihm vorbeihuschte. Sie hatte nach wie vor eine tolle Figur, hübsch und schlank.

Sie zog die Badtür zu. Schloss ab. Pia hatte schon immer alleine im Bad sein wollen.

Wieder versank er in seinen Erinnerungen. Die Tragödie, die Morde, wurden Gemeingut, nicht nur im Ort, sondern im ganzen Land. In Juvdal wurde von nichts anderem mehr gesprochen. Beim Friseur, im Supermarkt, auf dem Friedhof, über den Gartenzaun. Ein paar Wochen kannten die Zeitungen kein anderes Thema. *Der Juvdal-Fall*. Als ließen sich Berits, Rolfs und Sivs Leben auf einen »Fall« reduzieren. Er erinnerte sich an die unendliche Trauer und Angst der Mutter, als er unangemeldet bei ihr auftauchte und sie im aufgebrachten Zwiegespräch mit ihrem Gott überraschte. Damals war ihm zum ersten Mal aufgefallen, dass seine Mutter den ersten, unsicheren Schritt in die geistige Verwirrung getan hatte. Ebenso war ihm das verbissene Schweigen seines Bruders in Erinnerung geblieben. Birger war wie Vater: verschlossen, misstrauisch, verbittert. Bjørn-Tore hatte sich um alles kümmern müssen: die Beerdigung, die Rechnungen, Versicherungen, den Verkauf des Hauses, die Erbangelegenheiten.

Man hätte meinen sollen, dass die Tragödie die Familie enger zusammenschweißte, aber das Gegenteil war der Fall. Pia und er hatten Birger und Anita mehrmals zum Abendessen ins Hotel eingeladen, das sie seit 1972 betrieben, aber immer passte es schlecht, ständig kam was dazwischen, und jedes Mal war es Anita, die anrief, die arme Anita – eine kranke Färse, eine Melkmaschine, die repariert werden musste, Ärger mit dem Traktor, *es tut uns wirklich leid*.

Die Jahre vergingen. Die Morde gingen in die Folklore des Dorfes ein wie die Geschichte des Mädchens, das von den Unterirdischen entführt worden und nur noch in dem uralten Spiegel oben auf Bø zu sehen war. In der Almhütte der Familie Bye. Jetzt war Kristin wieder da. Sie war inzwischen ein bekannter Fernsehstar. Er erinnerte sich noch an sie als kleines Mädchen, das die Ferien im Ort verbrachte; ein Wildfang, der nur Unsinn im Kopf hatte. Wie die Zeit vergeht.

Pia schloss die Tür auf. Irgendetwas bedrückte sie. Er wusste nicht, was. Sie behielt es für sich, wahrscheinlich, um ihn nicht zu beunruhigen, und er konnte sich nicht überwinden, sie danach zu fragen.

»Wie schön du bist«, sagte er.

Sie lächelte kurz. »Und hundemüde, Bärchen!«

Sie war in letzter Zeit nicht sie selbst. So abwesend, in Gedanken versunken, manchmal sogar aufbrausend kannte er sie gar nicht.

»Sind deine Kopfschmerzen etwas besser?«, fragte er.

»Doch, ja.«

Nachts hatte sie Albträume, die sie mit einem Wimmern im Bett hochschrecken ließen, von dem auch er wach wurde. Aber entweder erinnerte sie sich wirklich nicht an das, was sie geträumt hatte, oder sie wollte es ihm nicht sagen.

»Und wie geht es dir?«

»Mir? Gut!«

Sie versucht, sich nichts anmerken zu lassen, dachte er.

*

Vor dem Hotel hoppelte ein Hase ungesehen über den Parkplatz. Der Wald atmete Stille. Unten im Ort heulte ein Motor auf. Hinter einem Fenster flackerte das blaue Licht eines Fernsehers. Ein Außenlicht wurde gelöscht. Am Fuß der Berge machte sich Juvdal für die Nacht bereit ...

Vergangenheit:
Die Séance

MAI – JULI 1977

Können Sie sich den Schock vorstellen? Berit!
Den Schock, sie wieder hier in Juvdal zu sehen? Den Schock,
als sie begann, um ihn herumzuschleichen?
Berit wieder zurück. Hier in Juvdal. Was hatte sie hier
verloren? Konnte sie nicht bleiben, wo sie war? Weit weg?
Sie gehörte nicht hierher!
Sie würde alles kaputt machen. Das wusste ich!
Alles!

*

Die Dunkelheit presste sich gegen die Fensterscheiben. Der Raum duftete schwer nach süßem Rauch. Nina Bryn hatte einundzwanzig parfümierte Kerzen angezündet. Sie saßen zu Hause bei ihr und Jon im Wohnzimmer in dem alten Haus unten am Fluss; ein weißes Hexenhäuschen mit zugigen Fenstern und vermodernden Verzierungen an der Fassade.

Die Luft war warm, klebrig. Nina bemerkte, wie Berit sie anstarrte. Ihre beste Freundin schlug rasch die Augen nieder, als sie ihren Blick erwiderte. Arme, seltsame Berit. Vor einer Woche war sie zurück nach Juvdal gezogen. Sie, ihr Mann Rolf und die süße, kleine Siv.

Nina spürte einen Schweißtropfen aus ihrer Achsel in den BH rinnen. Sie war angespannt. Die Kerzen flackerten. Pia lächelte in kindlicher Erwartung, sie konnte kaum still auf dem Stuhl sitzen. Jon räusperte sich nervös. Nina hätte niemals gedacht, dass es ihr gelingen würde, alle sieben zu dieser Séance zu überreden, doch jetzt saßen sie hier, Hand in Hand, in einem Kreis um den Tisch herum: Berit zu ihrer Rechten, Bjørn-Tore links, dann Olav, Jon, Pia und Thomas.

In der Mitte des Esstisches lag das uralte Hexenbrett von Berits Großmutter.

»Improved Planchette Ouija«, hergestellt von J.S. Jensen, Dänemark, 1924. *Nicht geeignet für Personen mit schlechten Nerven oder schwachem Herz.*

Berit hatte es vom Dachboden bei ihrer Mutter geholt. Sie hatten es seit fünfzehn Jahren nicht mehr angerührt.

»Ich bin so aufgeregt«, flüsterte Nina erwartungsvoll und drückte Berits und Bjørn-Tores Hände. Gemeinsam mit einigen der anderen hatte sie einen Fernkurs in Parapsychologie belegt. Lerne deine verborgenen Sinne und geheimen Fähigkeiten kennen. Erforsche deine innere Landschaft. Drei Wochen lang hatte sie mit ihren Schutzgeistern kommuniziert und durch rotes Zellophan nach unsichtbaren Helfern Ausschau gehalten. Ohne nennenswerten Erfolg hatte sie versucht, Jons Einkaufsliste zu projizieren, als dieser im Supermarkt war. Pia war der Meinung, Verbindung zu einem fünftausend Jahre alten Geist bekommen zu haben, der sich Jehzr nannte und in einem Tonkrug in einer noch nicht entdeckten Grabkammer in Ägypten eingesperrt war. Jon war es sogar gelungen, den langhaarigen, bärtigen Pastor Olav Fjellstad nur zum Spaß zum Mitmachen zu bewegen. Dieser Pastor hatte ohnehin ein seltsames Verständnis vom christlichen Glauben. Den jungen Thomas kannte sie kaum. Er arbeitete bei der Lokalzeitung und war ein Jagdkamerad von Jon. Berit wollte eigentlich nicht mitmachen, Nina hatte all ihre Überredungskünste einsetzen müssen, damit sie doch kam und das alte Hexenbrett ihrer Großmutter mitbrachte.

»Thomas, du versprichst uns doch, nichts darüber in der Zeitung zu bringen?«, sagte Jon mehr oder weniger aus Spaß.

»Auf Ehre und Gewissen!«, proklamierte Thomas und blinzelte den anderen zu.

Nina drückte Berits Hand.

»Dann heiße ich euch alle herzlich zu diesem ersten kleinen Versuch einer, ja, einer Séance willkommen«, sagte Nina. »Berit, kannst du erklären, was ein Ouijabrett ist?«

»Ein Hexenbrett«, sagte Berit kurz, »ist ein okkultes Hilfsmittel, um Kontakt mit der Welt der Geister aufzunehmen.«

»Das Brett hat Berits Großmutter gehört. Berit und ich haben das schon einmal vor – ihr wisst schon – bevor Berit nach Oslo ziehen musste, ausprobiert. Vor fünfzehn Jahren. Damals hat es nicht richtig geklappt, aber ich habe bis heute nicht vergessen, wie aufregend das für uns war. Nicht wahr, Berit?«

Berit nickte, ihr Blick aber fragte: *Nicht richtig geklappt?*

»Wir sind sieben Personen... eine magische Zahl...«, fuhr Nina fort und ließ ihren Blick über die Anwesenden gleiten. »Und wenn es jetzt auch nicht funktioniert«, sie kicherte albern, »haben wir auf jeden Fall gut gegessen und einen leckeren Wein getrunken.«

Zustimmendes, belustigtes Murmeln am Tisch.

»Berit, willst du die Séance leiten?«, fragte Nina.

»Lieber nicht.«

»Okay, dann mach ich das. Du hast das ja beim letzten Mal getan.« Sie kicherte wieder. »Mal sehen, ob wir heute Abend Kontakt bekommen. Wir müssen unsere Gedanken sammeln. Eine Minute Stille.«

Das Murmeln erstarb.

Sie schlossen die Augen, atmeten den Duft des Rauchs ein und versanken in sich selbst.

»Hat jemand eine Frage?«, wollte Nina leise wissen.

Schüchterne Stille.

»Thomas? Hast du eine Frage an die Geister?«

»Äh, haha, nein, ich glaube nicht.«

»Olav?«

»Nein!«

»Pia?«

»Hm, also, mein Gott, nein.«

»Sonst jemand? Berit, kannst du übernehmen?«

»Eigentlich will ich nicht…«

»Doch!«, drängte Nina sie.

Zögernd legte Berit ihre Hand auf die dünne Holzscheibe, die auf dem Brett lag. Nina legte ihre Hand auf Berits, und Thomas, Pia, Olav, Jon und Bjørn-Tore folgten ihrem Vorbild.

Sie sahen einander an. Thomas mit einem verschmitzten Lächeln, Berit mit abwesendem Blick. Der Rauch umwaberte sie wie ein Nebelschleier.

Sie gaben sich der Stille hin.

»Haben wir Kontakt mit jemandem?«, fragte Nina in den Raum.

Nichts.

»Wenn wir Kontakt haben, so gib dich zu erkennen.«

Sie schlossen die Augen und ließen ihren Gedanken freien Lauf.

Der süße Duft des Rauchs erschien ihnen noch intensiver.

Weit, weit entfernt wurde ein Lastwagen angelassen. Olav atmete rasch durch die Nase.

»Jemand?«, flüsterte Nina.

Berit blinzelte.

Nina spürte eine schwache Vibration in der Hand, kaum merkbar. Das Unterbewusstsein, sagte sie zu sich selbst, unser kollektives Unterbewusstsein.

»Haben wir Kontakt mit jemandem?«

Berits Hand begann unter ihrer zu zittern.

»Ist jemand bei uns?«, fragte Nina. »Gib dich zu erkennen!«

Berits Hand bewegte sich.

Nina sah ihre Freundin fragend an.

»Ist jemand hier?«

Langsam bewegte sich die Scheibe. Erst zum J, dann zum A.

Kontakt! Nina formte still ihre Lippen.

Die Holzscheibe glitt über das Brett, von Buchstaben zu Buchstaben.

M-A-M-A, schrieb sie.

Nina räusperte sich. »Mama«, wiederholte sie. »Danke, dass du dich zu erkennen gegeben hast. Wer bist du?«

Pause.

»Wo bist du?«

I-N D-E-R Z-E-I-T, antwortete das Brett, Buchstabe für Buchstabe.

Pause.

T-R-A-U-M

»Bist du tot?«

– – –

»Bist du ein Geist?«

D-U-N-K-E-L

»Dort, wo du bist, ist es dunkel?«

A-N-G-S-T

»Vor was hast du Angst?«

N-E-B-E-L

»Kannst du uns sehen?«

M-E-I-N-E M-A-M-A

»Hörst du meine Fragen?«

F-Ü-H-L-E

»Was fühlst du?«

T-O-D

»Du fühlst dich tot?«

Thomas war der Einzige, der kicherte.

G-E-F-Ä-H-R-L-I-C-H

»O mein Gott!«, presste Pia leise hervor und mahnte sich dann selbst zur Ruhe.

B-E-R-I-T

»Ist Berit gefährlich?«

»Warte!«, sagte Berit. »Er versucht, uns etwas mitzuteilen.«

Die Scheibe bewegte sich schneller und schneller über das Brett.

T-O-D

»Wer ist tot?«, fragte Nina.

Z-I-E-H W-E-G

»Versteht ihr etwas?«

M-A-M-A

»Wir verstehen nichts.«

G-E-H W-E-G

»Sollen wir weitermachen?«, fragte Pia.

P-A-P-A

Die Scheibe huschte jetzt hastig von Buchstaben zu Buchstaben.

D-U S-T-I-R-B-S-T

Ninas Gesicht wurde hart. »Das ist nicht witzig, Berit.«

»Ich bin das nicht«, sagte Berit steif.

Pia schluchzte.

»Also ihr Lieben, sollen wir nicht aufhören?«, fragte Bjørn-Tore.

M-A-M-A G-E-H W-E-G

Bjørn-Tore nahm seine Hand weg. Auch Nina zog schnell ihre Hand zu sich. Berit legte die ihre in den Schoß und knetete sie, als hätte sie sich verbrannt. Nina fühlte sich schwindelig und schlapp. Der Geruch des Rauchs war aufdringlich.

Olav nahm die Scheibe mit spitzen Fingern vom Brett, als fürchtete er, sie könne sich von allein weiterbewegen.

»So was«, frotzelte Thomas.

»Hat irgendjemand von euch auch nur einen Funken verstanden?«, fragte Jon.

»Das war ... unheimlich!«, sagte Nina.

»Ich hab die Scheibe nicht bewegt«, wiederholte Berit.

»War das eine Botschaft?«, fragte Thomas.

»Eine Warnung«, sagte Nina.

»Etwas übers Sterben, und dass jemand verschwinden soll«, ergänzte Olav ungläubig.

»Irgendetwas soll gefährlich sein«, sagte Jon.

»Warum hat es deinen Namen genannt, Berit?«, fragte Pia.

»Vielleicht bin ich gefährlich«, sagte sie und formte ihre Hand zu einer Kralle.

»Leute«, mahnte Thomas. »Das ist ein Spiel, ein Gesellschaftsspiel. Eine Art kollektive Trance.«

»Das war so unheimlich mit dem Nebel und dem Dunkel, in dem er sich befindet«, sagte Pia.

*

10. Mai 1977

Alles ist wie früher. Komisch. Die Laubbäume am Weg zur Schule und nach Hause zu Mama grünen wie damals, als ich rennen musste, um pünktlich zur ersten Stunde in der achten Klasse zu kommen. Der spezielle Duft des Blütenstaubs. Die weiße Stange im Garten von Øvre Habbestad steht noch immer mit wehender Fahne stolz und aufrecht da. Die Wolken ziehen über die Berge, die Sonne glänzt auf den Felsen, ich sehe die Spitze des Kirchturms hinter dem Dach der Schule und höre das Rauschen des Flusses unten im Tal.
Oh, ich bin so glücklich! Zum ersten Mal seit vielen Jahren

*fühle ich mich zu Hause, und der Gedanke erfüllt mich mit
einer warmen Freude. Zu Hause! Zu Hause im Dorf, in
meinem Dorf, Juvdal, wieder unter den Menschen, die ich von
früher kenne, aus meinem anderen Leben. Damals war ich
eine andere. Eine andere Berit. Doch wenn ich jetzt über die
alten Wege und Straßen laufe, erkenne ich, dass ich erwachsen
geworden bin, reifer, dass ich ein neuer Mensch bin. Mutter.
Hausfrau. Oh, jetzt werde ich wieder melodramatisch. Immer
mit der Ruhe, Berit!*

*Rolf ist wie immer. Dieser Dickschädel. Murmelt etwas in
seinen Bart und kann sich nicht recht entscheiden, ob es ihm
hier gefällt oder nicht. Dabei hatte er ebenso viel Lust, aus
Oslo wegzuziehen, wie ich. Als flöhe er vor etwas, ohne recht
zu wissen, wovor.*

*Es ist schwierig, aber ich werde immer unsicherer, was
Rolf und mich angeht. Ich liebe ihn. Aber er ist so… so
verschlossen, so still. Ich glaube, ich habe ihn nicht ein
einziges Mal sagen hören, dass er mich liebt. Außer
natürlich, als wir frisch verliebt waren. Und manchmal,
wenn wir miteinander geschlafen haben. Aber sonst nie.
Er berührt mich nie. Schenkt mir kein Lächeln. Kauft mir
nie Blumen.*

Aber so ist das wohl.

*Mama hat mir versprochen, mir beim Gardinennähen zu
helfen.*

*Gestern war Rolf in Oslo, und während ich bei Nina Kaffee-
trinken war, ist Mutter ins Haus gegangen und hat alle
Fenster vermessen. Sie ist so lieb. Dabei hatte ich sie nicht
einmal um Hilfe gebeten. Ich habe sie so gern. Auch sie ist nach
Papas Tod ein ganz anderer Mensch geworden. Als wagte sie
es endlich, durchzuatmen und den Blicken der Menschen zu
begegnen, zu zeigen, dass es sie gibt. Ich gönne ihr diese*

Freude. Sie hatte es nicht immer leicht mit Papa. Das kann man verstehen. Wirklich.
Ich mache mir nur Sorgen über ihre religiösen Grübeleien. Manchmal scheint sie tatsächlich ein bisschen die Kontrolle zu verlieren …
Mir läuft noch immer ein Schauer über den Rücken, wenn ich an diese Séance bei Nina denke. Alle haben geglaubt, ich hätte diese Worte geformt.
Aber warum sollte ich das tun?
Genug davon.

*

Birger Borgersens Wut war wie eine geballte Faust in seinem Innern.

Mit seinen grünen Viking-Gummistiefeln, dem blauen Overall und der Schirmmütze lief er hastig durch den Stall. Der Kuhmist dampfte im fahlen Licht der Lampe. Gullrosa war in der letzten Zeit so unruhig, und er fragte sich, ob er den Tierarzt bitten sollte, sie sich einmal anzusehen. Später vielleicht. Wenn sich alles wieder beruhigt hatte. Es würde sich schon wieder beruhigen. Der Hof verlangte ihm einiges ab. Die Kühe mussten versorgt werden, und er hatte eine Liste von Holzbestellungen, die ihn mindestens zwei Wochen auf Trab hielt.

Seine Gedanken waren ein einziger Wirrwarr. Wahrscheinlich hatte er deshalb gestern seinen Sohn verprügelt. Manchmal provozierte ihn Arild einfach maßlos. Aber gestern war er zu weit gegangen. Das sah er selbst ein.

Anita war zu weich mit dem Jungen. Sie hatte es ihm nicht gerade leicht gemacht, Vernunft und Kraft in den Jungen zu prügeln. Im Gegenteil, durch sie war er noch sensibler geworden. All die Jahre hatte sie ihn behütet wie ein kleines Mädchen. Es war einfach unmöglich, mit ihr darüber zu reden. Sie hörte nicht zu.

Ihr Kopf verstand nicht, was er sagte, wenn er sie zur Vernunft zu bringen versuchte. War es da ein Wunder, dass er zwischendurch die Kontrolle verlor? Dass die Wut manchmal mit ihm durchging?

Birger blickte auf den Thermostat, tippte mit dem Finger auf das Glas und ließ seinen Blick durch den Stall schweifen. Die Kühe bewegten sich träge. Er gähnte. Gullrosa muhte. »Ach, halt das Maul!«, herrschte er sie an.

*

Er wusste, dass sie über ihn redeten.

Jon Wiik saß hinter dem Pult und blickte selbstbewusst über die neunte Klasse. Klassenarbeit. »Beschreibe die Umweltauswirkungen des Blow-Outs auf der Öl-Bohrinsel ›Bravo‹.«

Gesenkte Köpfe, Bleistifte, die über das Papier kratzten.

Er wünschte sich, Berit wäre in Oslo geblieben. Ihre Rückkehr hatte die alten, unangenehmen Gerüchte wieder angefacht. Das Flüstern im Supermarkt. Die Blicke der Schüler. Er war Berit Borgersens Lehrer gewesen, bis sie 1963 von zu Hause fortgelaufen war. In den Jahren danach waren ihm mehr als nur Andeutungen zu Ohren gekommen, er würde beständig ein Auge auf die Nymphchen in der Schule werfen. Der Klatsch war richtiggehend explodiert, als er Nina geheiratet hatte, eine seiner früheren Schülerinnen. Aber mein Gott, sie war bei ihrer Hochzeit doch eine erwachsene Frau. Er schlug mit dem Stift so fest auf das Pult, dass einige Schüler aufblickten.

Auf dem Schulklo hatte jemand die niederträchtigsten Verleumdungen mit Tusche an die Wand geschmiert. Dabei waren seine Schüler noch nicht einmal auf der Welt gewesen, als das passiert war. Keine Frage, wer ihnen dieses Gerede und all die Gerüchte eingetrichtert hatte.

»Noch dreißig Minuten!«, sagte er.

Er hörte, wie die Bleistifte an Tempo zulegten.

Vielleicht sollte er mit Berit reden. Sie sollte zumindest über die Gerüchte Bescheid wissen.

*

Berit. Ich sah sie auf der Straße. Ihr Anblick ließ mich innerlich gefrieren. Ich blieb wie angewurzelt stehen und folgte ihr mit den Augen. Dieses Miststück. Zum Glück bemerkte sie mich nicht. Danach ging ich direkt nach Hause. Ich war vollkommen am Boden zerstört.

*

11. Mai
Meine Brüder wollen nichts von mir wissen. Mama ist verzweifelt. Sie hatte gehofft, dass sich alles regeln würde, wenn ich erst wieder in Juvdal wohnte.
Mama hat uns gestern Abend alle zum Kaffee eingeladen, um zu feiern, dass wir wieder hierhergezogen sind. Doch niemand kam.
Es tut mir so leid für Mama. Sie wünscht sich so sehr, dass wir eine große, glückliche Familie sind.
Rolf ist es gleichgültig. Er interessiert sich nur für seine Sachen, die Münzsammlung, oder was er da unten im Keller macht. Aber er hätte mir ja wenigstens sagen können, dass es ihm für mich leid tut. Aber nichts da.
Nina ist jedenfalls froh, mich zu sehen. Sie ist genauso wie früher. Ein paar Falten mehr, aber sonst unverändert. Die gute, liebe Nina. Es ist seltsam, sie an Jons Seite zu sehen. Irgendwie vollkommen verrückt. Ich meine – Jon!?! Jon!?! Nina und Jon?

*

Berit und Rolf hatten ein rotes Haus im Trollveg gekauft, dem einzigen stadtähnlichen Fleckchen in Juvdal: ein Siedlungsgebiet mit exakt gleichen Häusern, Seite an Seite, mit kleinem Garten davor, gebaut in den Dreißigerjahren für die Arbeiter des Sägewerks. Rolf hatte sich im Erdgeschoss ein Büro eingerichtet, in einer Kammer hinter dem Wohnzimmer. Siv hatte ein großes Kinderzimmer im ersten Stock, außerdem gab es zwei Schlafzimmer, Wohnzimmer, Küche und diverse Abstellräume. Ein Himmelreich im Vergleich zu der engen Wohnung, die sie in Oslo hatten. Gleich dahinter begann der steile, bewaldete Berghang.

Es roch im ganzen Haus nach frischen Farben: Berit hatte die Wände und Decken gestrichen, Zimmer für Zimmer. Bauernblau im Wohnzimmer, beige in den Schlafzimmern, hellgrün im Flur. Sie hatte nicht widerstehen können. Alles sollte eine persönliche, heimelige Note bekommen.

*

12. Mai
Bjørn-Tore rief heute Vormittag an und entschuldigte sich
dafür, dass sie nicht gekommen waren. Er gab Birger
und Anita die Schuld. Er sagte, es sei nicht leicht für ihn
und Pia, da sie untereinander so viel Kontakt hätten.
Wir sollen dem Ganzen noch ein wenig Zeit geben, das
regelt sich bestimmt, sagte er. Ich habe auch kurz mit Pia
gesprochen, und es schien ihr wirklich leid zu tun. Und
ehrlich gesagt: Ich verstehe gut, dass sie auf Birger und
Anita Rücksicht nehmen müssen, wer will schon zwischen
allen Stühlen landen.
Wir sollten dem Ganzen Zeit geben.

*

Warum musste sie nach fünfzehn Jahren wieder zurückkommen und in unseren Geheimnissen herumwühlen?
Ist es da ein Wunder, dass geschehen ist, was geschehen ist?

*

»Das muss Berit selber gewesen sein«, sagte Nina.

»Glaubst du das wirklich?«, fragte Pia. Sie saßen bei Kaffee und Plunder in der Cafeteria von Juvdal. Draußen nieselte es leicht.

»Meine Hand lag auf ihrer. Ich konnte spüren, wie sie sie bewegt hat.«

»Wenn Berit aber nun ein starkes Medium ist, würde der Geist doch sie dazu benutzen, die Scheibe zu bewegen. Das ist doch das Prinzip des Ganzen, oder?«

»Ja, schon, ich weiß nicht. Doch, du hast wohl Recht. Stimmt. Wenn es denn ein Geist war ...«

»Was ist eigentlich damals passiert, als ihr das Hexenbrett zum ersten Mal ausprobiert habt? Vor fünfzehn Jahren?«

Nina erstarrte. »Nichts weiter.«

»Nichts?«

»Es kamen ein paar Worte. Ach, ich weiß nicht mehr, was. Etwas Ähnliches wie jetzt, glaube ich. Mama. Gefahr. Oder so. Aber damals war ich mir wirklich sicher, dass Berit, also, dass sie die Scheibe bewegt hat.«

»Genau wie jetzt?«, fragte Pia leise.

Nina nahm einen Bissen von ihrem Kopenhagener und blickte auf die regennasse Straße. *Genau wie jetzt.*

*

16. Juni
Ein bisschen Freude braucht der Mensch. Auch wenn es nur
Kleinigkeiten sind. Heute habe ich Thomas wiedergesehen. Ein

charmanter, junger Mann! Thomas Holmen. Ich habe ihn vor ein paar Wochen bei Nina getroffen. Bei dieser Séance.
Er dürfte kaum älter als zwanzig sein. Natürlich viel zu jung für mich. Aber unheimlich süß. Er arbeitet als Journalist bei der Zeitung und soll eine Umfrage oder wie das heißt über das Wetter machen. Also habe ich irgendeinen Mist erzählt, dass es zu viel regnet und so weiter, und die ganze Zeit über hat er mich mit seinen schönen, grünen, lächelnden Augen angesehen. Ich verstehe nicht, wie er es geschafft hat, etwas aufzuschreiben, denn für mich sah es so aus, als hätte er mich die ganze Zeit über nur angestarrt. Ich bekam ganz weiche Knie. Also ehrlich, Berit! Er ist doch noch ein Junge! Dann hat er ein Foto von mir gemacht. Ich war vollkommen hin und weg. Die kleinen Freuden im Leben einer frustrierten Hausfrau. Welch passende Beschreibung für mich!
Was mich wieder auf den Gedanken gebracht hat, am Montag zu Doktor Vang zu gehen, um mir ein neues Rezept für die Pille ausstellen zu lassen. Mir graut davor. Ich habe ihn nicht mehr gesehen seit – ja…

17. Juni

Ta-ra! Heute ist das Bild von mir in der Zeitung! Nicht sonderlich groß, aber ich bin die Erste von insgesamt fünf. »Berit Borgersen (30), Trollveg«. Und dann sage ich etwas über das Wetter. Blablabla. Ich frage mich, ob es ein Zufall ist, dass er mich nach vorne gestellt hat. Ich glaube nicht, dass ich schon einmal in der Zeitung war, ich fühle mich fast ein bisschen berühmt. Ich sollte mich nicht zu weit vom Telefon entfernen, für den Fall, dass Hollywood anruft. Aber vielleicht liest dort niemand die Juvdalens Avis? Ha ha.

*

Die Vergangenheit holt einen immer ein, dachte Doktor Eilert Vang.

Er stand auf der Türschwelle vor der Praxis und paffte seine Pfeife, während er auf den nächsten Patienten wartete. Die Luft war voller Insekten. Die Sonne blendete ihn durch das Blätterdach hindurch.

Berit Borgersen hatte für Montag um einen Termin bei ihm gebeten.

Berit Borgersen.

Die Bilder von damals kamen ihm wieder in den Sinn. Die junge, unschuldige Berit.

Was wollte sie eigentlich? Er blickte zu dem in der Sonne glitzernden Laub empor. Warum kam sie jetzt zu ihm? *Jetzt?*

Doktor Vang war seit Menschengedenken Arzt in Juvdal. Er hatte Kinder zur Welt gebracht, sie aufwachsen und sterben sehen.

Jetzt war Berit zurück. In Juvdal. Nach all den Jahren.

Würden die Geheimnisse ans Licht kommen? Er rauchte seine Pfeife und blinzelte in die Sonnenstrahlen, die durch die Birke fielen.

Würde sie etwas verraten? Hatte sie deshalb um einen Termin gebeten? Beim letzten Mal hatten sie ihm gedroht: ihn gezwungen, zu tun – was er tun musste.

*

10. Juli
Oioioi, heute hat er angerufen und mich gefragt, ob er mich nicht noch einmal treffen könnte. Thomas. Der Journalist. Ich habe es nicht übers Herz gebracht, Nein zu sagen. Dabei ist er wirklich viel zu jung für mich. Ich habe mich für morgen mit ihm verabredet. Rolf muss geschäftlich nach Oslo. Schluck! Die Waschmaschine ist kaputtgegangen. Grrrr. Hab einen

Riesenberg Schmutzwäsche zu Mama gebracht. Die liebe, hilfsbereite Mama.

11. Juli
Hilfe! Auf was habe ich mich da bloß eingelassen? Um es kurz zu machen: Ich bin mit Thomas ins Bett gegangen.
Mein Gott, was hab ich bloß getan?
Als ich nach Hause kam, stand Mama in der Küche und sortierte die Wäsche. Ist das typisch? Ich wurde krebsrot, als wäre es mir anzusehen, dass ich untreu war. Aber Mama hat natürlich nichts bemerkt. Sie traut mir so etwas bestimmt nicht zu, ganz bestimmt nicht.

12. Juli
Habe Thomas heute wieder getroffen. Mit ihm geschlafen. Ich bin verrückt.

*

»Ich habe heute Robin gesehen«, sagte Pia.

Sie lag dicht an Bjørn-Tore gekuschelt im Doppelbett. Das Fenster war weit geöffnet. Eine warme Nacht.

»Dieser komische Kerl!«, platzte Bjørn-Tore hervor. »Lebt er überhaupt noch?«

»Nicht so sehr wie der da!«, kicherte Pia und bohrte ihm einen Finger in die Seite.

»Wo hast du ihn gesehen?«

»Unten auf der Storgata. Eigentlich ist mir sein Auto aufgefallen. So ein VW-Bus in allen möglichen Hippiefarben, du weißt schon. Doch dann habe ich ihn hinter dem Steuer gesehen.«

»Wie sah er aus?«

»Zum Anbeißen!« Sie lachte gurrend.

Er kitzelte sie.
»Lange Haare auf jeden Fall«, sagte sie. »Superlang.«
»Der ist doch immer schon ein Hippie gewesen.«
»Ich frage mich, warum er gekommen ist?«
»Vermutlich hat er hier zu tun«, sagte Bjørn-Tore.

*

13. Juli
Heute bin ich auf dem Weg von der Post bei Thomas vorbeigegangen. Ich hatte Lust, mit ihm zu reden. Mit Rolf kann man zurzeit einfach kein anständiges Wort wechseln. Wobei es natürlich vieles gibt, das ich Thomas niemals anvertrauen würde, Dinge, die ich für mich behalten muss, aber ein bisschen konnte ich trotzdem mit ihm reden. Ohne alles zu erzählen. Er ist ein guter Zuhörer. Es gefällt mir, in seinen Armen zu liegen und einfach nur zu reden. Ihm zuzuhören. Er ist so klug. Anfangs war er für mich nur ein süßer, kleiner Junge, doch das war, bevor ich ihn kennengelernt hatte. Mag sein, dass er »erst« zweiundzwanzig ist, aber er ist viel erwachsener als ich.
Aus dem Reden wurde aber nicht viel. Wir sind schließlich doch wieder im Bett gelandet. Ich begreife nicht, was das ist zwischen ihm und mir. Thomas und ich, wir haben einfach nur Spaß. Wir können spielen, lachen, Unsinn machen, über Politik und Religion reden oder was sonst anliegt, doch zu guter Letzt (oder zu Beginn) landen wir immer im Bett. Wie zwei Teenager. Die Hausfrau und ihr hübscher, junger Geliebter. Bin ich wirklich so banal, so klischeeartig? Vielleicht bin ich aber auch einfach nur sexbesessen! Haha.

*

Was hatte ihm Berit anvertraut?

Der Pastor der Gemeinde Juvdal, Olav Fjellstad, stand mitten im Wohnzimmer und versuchte, scharf zu sehen. Es war spät geworden, gestern Abend. Zu spät. Mein Gott! Er wurde gleich zu Hause bei einer trauernden Familie erwartet, um eine Beisetzung vorzubereiten. Er stöhnte. Die letzten Pokergäste waren erst gegen halb sechs gegangen. Das Haus war voll gewesen. Knut-Ole und Vidar, Nina und Jon, Pia und Bjørn-Tore, Thomas und Berit. Die ganze Clique.

Berit…

Er war seit anderthalb Jahren Pastor in Juvdal. Ein junger, radikaler Theologe mit langen Haaren und Bart, kariertem Hemd und einem Glauben, der nicht nur dem Kirchenvorstand einige Fragen aufgab, sondern auch ihm selbst. In dunklen Stunden sah er in sich einen Schandfleck der Kirche; einen entstellten, missgebildeten Dämonen im Talar, ebenso unheilig wie ein steinerner Wasserspeier an der Fassade einer prächtigen Kathedrale. Er hatte sich bereits wegen der Jungfrauengeburt und der Wiederauferstehung Jesu mit dem Kirchenrat überworfen, doch es war ihm gelungen, einen kirchlichen Jugendclub zu gründen und das frisch renovierte Gemeindehaus Heimdal zu einem sozialen Zentrum umzugestalten. Immerhin etwas.

Der Aschenbecher lag voller Kippen. Rotweinflaschen standen wie Kegel im Wohnzimmer verteilt, auf dem Tisch und auf dem Boden. Mehrmals im Monat fuhr er die weite Strecke bis zum staatlichen Spirituosenmonopol, um Wein zu bunkern. Die Menschen in der Gemeinde zerrissen sich schon das Maul über seinen Alkoholkonsum.

Er war im Laufe der Nacht mit Berit ins Gespräch gekommen, und sie hatte sich ihm anvertraut. Frauen taten das gerne. Vielleicht weil er Pastor war, vielleicht weil er Vertrauen erweckte. Wenn sie nur wüssten. Er lächelte kalt.

Doch was hatte sie ihm eigentlich erzählt?

Er fand das Päckchen Tabak und drehte sich eine Zigarette, während er sich zu erinnern versuchte. Sie hatte ihm etwas anvertraut, das ihn tief bewegt hatte. Doch was war es gewesen? Etwas, das vor langer Zeit geschehen war, das wusste er noch. Etwas – ihm lief ein Schauer über den Rücken. Etwas, das er nicht wieder zu greifen bekam, das ihn beunruhigte. Aber nein. Er kam nicht drauf.

Er begann, die leeren Flaschen und den Müll einzusammeln. Und währenddessen hatte er das beunruhigende Gefühl, sich an etwas erinnern zu müssen, das Berit gesagt hatte. Doch der Rausch hatte alle Erinnerungen ausgelöscht.

*

Sie spionierte ihm nach. Als ob ich es nicht geahnt hätte!
Was sollte ich tun? Wie konnte ich sie stoppen?
Für wen hielt sie sich eigentlich?
Zu guter Letzt musste ich mit ihr reden. Von Angesicht zu Angesicht.

MITTWOCH

Victoria

MITTWOCH, 8. JANUAR 2003

I
Juvdal, Gjæstegaard, Mittwochmorgen

Gunnar Borg ahnte den Mond hinter den Wolken, die gemächlich südwärts zogen. Der Morgenrauch stieg senkrecht aus den Schornsteinen, bis eine Brise ihn in unruhigen Spiralen auseinandertrieb.

Er stand in dem leeren, kalten Kaminzimmer. Die Panoramaaussicht über den Ort und das Tal war grandios. Juvdal erwacht, dachte er gähnend. Er schlief zurzeit hundsmiserabel. Ihm ging so vieles durch den Kopf.

Fenster auf Fenster leuchtete auf, als würden sie sich gegenseitig wecken. Er sah verschlafene Silhouetten hinter vorgezogenen Gardinen. Die Spuren des Tretschlittens vom Zeitungsboten verbanden die Postkästen wie mit einer Schnur, die auf den Schnee gelegt worden war.

Punkt halb acht setzte das Kreischen der Maschinen im Sägewerk ein. Ein Schwarm Krähen kreiste aufgeregt krächzend über dem Waldstück und dem Bachbett unterhalb des Hotels. Irgendwo startete eine Schneefräse.

2
Juvdal, Gjæstegaard, Mittwochvormittag

»Die Séance?«

Pia Borgersen wiederholte das Wort langsam, zögernd.

»Ja?«, sagte Kristin. »Sie haben doch auch an dieser viel zitierten Séance 1977 teilgenommen. Woran erinnern Sie sich, was können Sie darüber erzählen?«

Pia griff nach Bjørn-Tores Hand. Er drückte sie beruhigend. Sie sah von Kristin zu der Kamera, an der ein rotes Lämpchen leuchtete. Die Tür zur Rezeption war geschlossen. Sie saßen auf einfachen Holzstühlen.

»Können Sie beschreiben, was dort passiert ist?«, hakte Kristin nach.

»Ach, das war ziemlich unheimlich. Dabei war es doch bloß ein Spaß.«

»Eine Art kollektive Psychose«, sagte Bjørn-Tore.

»Es wurde behauptet, das sogenannte Hexenbrett hätte die Morde vorausgesagt?«, fragte Kristin.

Pia schüttelte den Kopf. »Das waren doch nur Worte. Worte!«

»Was für Worte?«

»Das Wort *Tod*, zum Beispiel. Ein Haufen Worte: *Dunkelheit. Nebel. Gefahr. Mama. Papa. Geh weg. Tod.* Solche Sachen eben.«

»Aber in dem Moment war es wirklich unheimlich«, sagte Bjørn-Tore. Er lächelte, wie um dem Wahnsinn die Spitze zu nehmen, über den sie hier so alltäglich redeten. »Wie ich schon sagte – eine kollektive Psychose. Wir haben uns gegenseitig angestachelt.«

»Können Sie sich noch erinnern … in welcher … Reihenfolge die Worte kamen?«, fragte Kristin.

»Sie ergaben keinen Sinn«, sagte Pia nachdenklich.

»Sie hingen nicht zusammen oder so«, ergänzte Bjørn-Tore.

»Hat keiner von Ihnen eine Warnung darin gesehen?«

»Nicht zu dem Zeitpunkt«, sagte Pia. »Hinterher haben wir schon daran gedacht.«

»Hinterher ist man immer schlauer«, sagte Bjørn-Tore.

»Die Polizei meinte, wir sollten uns nicht weiter den Kopf darüber zerbrechen«, sagte Pia.

»Wie mir scheint, haben Sie es aber doch ernst genommen?«

»Nein!«, antworteten die beiden im Chor.

»Natürlich macht man sich so seine Gedanken«, fügte Pia hinzu.

»Aber«, sagte Kristin mit nachdenklichem Gesicht, »wenn die mögliche Warnung nicht von möglichen Verstorbenen oder Geistern kam, sondern aus der Gruppe ... hieße das ja, dass mindestens einer von Ihnen der Urheber dieser Worte war, die auf dem Brett entstanden.«

Pia sah von Kristin zu Bjørn-Tore, der mit den Schultern zuckte. »Der Gedanke ist mir auch schon gekommen«, sagte er.

»Ich weiß noch genau, dass Berits Hand auf der Planchette lag«, sagte Pia. »Nina meinte, sie hätte ... wie soll ich sagen? ... besondere Fähigkeiten. Wir haben uns darüber unterhalten, ob sie eventuell die Worte ... geformt haben könnte. Es ist nur ... Wir fanden es irgendwie unlogisch, dass sie ihren eigenen Tod voraussagt.«

»Und dann auch noch einen Mord«, sagte Bjørn-Tore.

»Das hieße ja, sie hätte befürchtet, dass so etwas geschehen könnte«, sagte Pia.

»Weißt du noch, wer Berits Hand gehalten hat?«, fragte Bjørn-Tore.

»Nina«, sagte Pia.

Kristin dachte nach. Nach einer Weile blickte sie auf. »Wie würden Sie Berit und Rolf beschreiben?«

»Das ist schwierig«, sagte Bjørn-Tore.

»Was soll man da sagen?«, sagte Pia.

»Fangen wir mit Rolf an. Was für ein Typ war er?«

»Er war still«, sagte Bjørn-Tore. »Einer, an den man nicht so leicht rankam. Kümmerte sich um seinen eigenen Kram. Seine Geschäfte. Worum auch immer es da genau ging. Ich glaube, er ging ganz gerne angeln. Aber wirklich sicher bin ich nicht. Vielleicht hat er das auch bloß getan, um sich an das Leben hier anzupassen. Ich habe Rolf nie richtig kennengelernt. Es ist bei dem Versuch geblieben. Ich hab ihn zur Jagd eingeladen. Zum Angeln. Zu unserer Pokerrunde. Aber er war nicht interessiert.«

»Er hat sich wohl nie richtig in Juvdal eingelebt«, sagte Pia. »Ein Stadtmensch eben. An das Großstadtleben gewöhnt. Der Puls schlägt hier in Juvdal langsamer.«

»Und Berit?«

»Berit war ganz anders«, sagte Bjørn-Tore. Sein Gesicht wurde weicher. »Sie war auch schweigsam. Aber auf eine andere, nachdenkliche Art. Verstehen Sie? Das war kein trotziges, gleichgültiges Schweigen.«

»Immer freundlich und hilfsbereit«, sagte Pia. »So herzlich wie der Tag lang ist. Und rücksichtsvoll.«

»Gibt es gar nichts ... Negatives über sie zu sagen?«

»Mit vierzehn ist sie plötzlich ohne ein Wort verschwunden«, sagte Bjørn-Tore. »Sie war schwanger. Vergewaltigt, die Arme. So ein junges Mädchen. Sie ist wegen der Abtreibung nach Oslo gegangen. Und dort geblieben. Da hat sie auch Rolf kennengelernt.«

»Wir haben uns immer gefragt, wer sie wohl vergewaltigt hat«, sagte Pia.

»Hatten Sie jemanden in Verdacht?«, fragte Kristin.

»Alle«, sagte Bjørn-Tore. »Und keinen.«

»Glauben Sie, dass zwischen den Morden und der Vergewaltigung ein Zusammenhang besteht?«

»Wer weiß? Aber der Gedanke drängt sich einem schon auf.«

»Wie waren sie als Familie – Berit, Rolf und Siv?«

»Wie alle anderen«, sagte Bjørn-Tore. »Normal. Sonntags machten sie Ausflüge. Entspannten sich abends vorm Fernseher. So was eben. Die kleine Siv war ein süßes, aufgewecktes Mädchen. Ein richtiger Sonnenschein.«

»Mit ein bisschen mehr Zeit hätten sie sich bestimmt in Juvdal eingelebt. Und Rolf hätte sich besser zurechtgefunden.«

»Ich weiß, dass es nicht leicht ist, darüber zu reden, aber was ist Ihnen noch von dem Mordtag in Erinnerung?«

Bjørn-Tore senkte den Blick und seufzte. »Ich habe am späten Nachmittag davon erfahren. Vormittags hatte ich im Wald gearbeitet. Unser Pastor, Olav Fjellstad, überbrachte mir die Nachricht. Ich war gerade mit irgendeiner Arbeit auf dem Hofplatz beschäftigt. Die Sonne schien. Ich sehe noch die Staubwolke vor mir, die der Opel des Pastors aufwirbelte. Schon komisch, was einem im Gedächtnis hängen bleibt. Was soll ich sagen? Es war ein Schock. Ich konnte es nicht glauben. Pia und ich mussten zu Berits und Rolfs Haus fahren, um mit eigenen Augen zu sehen, dass es wirklich stimmte.«

»Furchtbar«, sagte Pia. »Ganz grauenvoll.«

»Hatten Sie eine Theorie, einen Verdacht?«

Die beiden sahen sich an und schüttelten die Köpfe. »Ich bin der Meinung, dass es Einbrecher waren«, sagte Bjørn-Tore. »Ich kann mir nicht vorstellen, wer sonst einen Grund gehabt haben könnte, so etwas zu tun. Wenn es überhaupt einen Grund gibt, einen Menschen umzubringen.«

»Wenn Sie wüssten, wie oft ich über diese Frage nachgedacht habe«, sagte Pia. »*Wer* tut so etwas? Unbegreiflich. Ich kann es einfach nicht fassen.«

»Sind Sie verbittert?«

»Verbittert?«, sagte Bjørn-Tore. »Nein. Bitterkeit nützt niemandem etwas. Aber wütend bin ich noch immer. Nach all den Jahren. Wütend auf den, der uns Berit genommen hat. Und Rolf. Und Siv. Die arme Kleine.«

3
Juvdal, Gjæstegaard, Mittwochnachmittag

Niemand hatte sie kommen hören.

Sie wartete in der Rezeption, den Koffer neben sich auf dem Boden, den Mantel unter den linken Arm geklemmt. Sie stand in einer Lache geschmolzenen Schnees und sah vor sich hin.

Bjørn-Tore Borgersen kam mit einigen Geschäftsbüchern aus dem Büro und blieb erstaunt stehen. Normalerweise hörte er immer, wenn jemand kam. »Bitte?«, sagte er. Als ob sie ihm eine Erklärung schuldete. Dann besann er sich. »Womit kann ich Ihnen helfen?« Er sah sie an. Sie muss mal sehr schön gewesen sein, dachte er. Aber irgendetwas – ihr Alter? Ihre Ausstrahlung? Etwas vage Bekanntes? – verunsicherte ihn.

»Guten Abend«, sagte sie. Die Stimme hatte einen tiefen, warmen Klang.

Wieso kam sie ihm bekannt vor? Hatte sie schon mal im Hotel gewohnt?

»Sie müssen entschuldigen, ich habe nicht gehört, dass Sie gekommen sind«, stammelte er. »Ich hoffe, Sie warten noch nicht lange?«

Mit einem Lächeln nahm sie den Koffer und kam an den Tresen. Ihre Augen waren stechend blau.

»Es sollte ein Zimmer für mich reserviert sein.«

»Ein Zimmer! Dann wollen wir doch mal sehen!« Bjørn-Tore

legte die Bücher auf den Tresen und drückte die Enter-Taste des Computers. »Und der Name war…«

Er hörte, dass Pia aus dem Hinterzimmer kam, stehen blieb und nach Luft schnappte. Bjørn-Tore drehte sich um und sah, wie sie die fremde Frau anstarrte. Dann wandte er sich wieder der gerade angekommenen Frau zu, die Pia mit einem verschmitzten Lächeln ansah. Pia stand einen Augenblick wie angewurzelt da, murmelte etwas, das Bjørn-Tore nicht verstand, und verschwand eilig im Hinterzimmer.

Die Frau sah ihn mit einem magischen Blick an. »Underland«, sagte sie. Es sah aus, als unterdrückte sie ein Lächeln. »Victoria Underland.«

Victoria Underland.

Natürlich! Die Hellseherin! Die aus dem *Wochenblatt*!

»Natürlich!«, platzte er heraus. »Sie sind es. Entschuldigen Sie bitte!« Er grinste verlegen. »Für Sie ist im gleichen Flügel wie für das Fernsehteam reserviert. Zimmer Nr. 18. Erster Stock. Die anderen sind gerade zu Aufnahmen unterwegs.« Er schnappte den Schlüssel vom Haken und reichte ihn ihr. »Darf ich Ihnen mit dem Koffer behilflich sein?«

»Danke, das geht schon. Ich habe nicht so viel dabei, er wiegt fast nichts.«

Definitiv sehr hübsch, dachte er.

4
Juvdal, Stabkirche, Mittwochnachmittag

Wie ein Pastor sah er nicht gerade aus.

Gunnar Borg konnte nicht richtig sagen, wie Pastor Olav Fjellstad aussah. Wie ein abgehalfterter Hippie? Ein Hinterhofkünstler aus dem Freistaat Christiania? Jedenfalls schien dieser

Mann mehr zu denken als zu reden. Als drückten die Gedanken in seinem Kopf mit ihrem Gewicht sein ganzes Gesicht zusammen. Das schüttere Haar war in einem ergrauenden Pferdeschwanz zusammengebunden, der Bart grau gescheckt und spärlich. Aber er hatte aufmerksame Augen.

Schöne, blaue Augen, dachte Gunnar, das würde auch Kristin bemerken, die gerade hereinkam. Ich mag ihn, dachte Gunnar.

Olav Fjellstad zündete sich eine selbst gedrehte Zigarette an und stieß den Rauch durch die Nase aus. Seine Fingerkuppen waren gelb vom Nikotin. Er saß in einer abgetragenen Jeans und einem ausgeleierten, norwegischen Strickpulli in der Sakristei. Die Wände waren weiß, fast kahl. Hinter dem Schreibtisch war ein Holzkreuz mit einer Jesusfigur aus Eisen, über der grünen, durchgesessenen Polsterliege hingen zwei Aquarelle mit Motiven von Jesus im Tempel und mit seinen Jüngern in Getsemane.

»Ach ja, ach ja«, sagte Olav Fjellstad nachdenklich, nahm einen tiefen Zug von der Zigarette und hielt den Rauch in den Lungen zurück, während er Roffern beim Montieren der Kamera zuschaute. »Es gibt keine Gerechtigkeit. Die Ermittlungen in den Mordfällen wurden eingestellt, bald sind sie verjährt. Und der Mörder läuft frei herum. Aber das Leben geht weiter. Haben Sie schon einmal darüber nachgedacht, wie viele Mörder niemals gefasst werden? Wie viele tausend Menschen auf der ganzen Welt einem anderen Menschen das Leben rauben und dafür niemals zur Verantwortung gezogen werden? Ich habe viel darüber nachgedacht, kann ich Ihnen sagen. Nach der Sache mit Berit und Rolf. Und Siv.«

»Glauben Sie, dass der Mörder am Tag des Jüngsten Gerichts seine gerechte Strafe erhalten wird?«, fragte Kristin.

Manchmal, Kristin, sagst du so peinliche Sachen, dass ich am liebsten in Grund und Boden versinken möchte, dachte Gunnar.

Olav Fjellstad musterte Kristin durch den Rauchschleier, in

den er sich selbst eingehüllt hatte, ohne zu antworten. Ein kluger Mann, dachte Gunnar.

»Nicht alle Pastoren bekennen sich notwendigerweise zu einem orthodoxen Bibelverständnis«, sagte Gunnar im Versuch, die entstandene Stille zu überbrücken.

Olav Fjellstad schwieg weiter. Er saugte die Glut der Selbstgedrehten so dicht an die Finger heran, dass es schon beim Hingucken wehtat.

»Ich verstehe, was Sie meinen«, sagte Olav Fjellstad, drehte sich mit raschen, geübten Fingern eine neue Zigarette und zündete sie an der Glut der vorigen an, während er fortfuhr. »Aber ich bin der Letzte, der beurteilen könnte, ob das geschehen wird. Ob uns, wenn wir sterben, so etwas wie ein moralisches Urteil erwartet. Ich weiß, die Bibel und die Theologie behaupten, es sei so. Aber ich bin mir da nicht so sicher.«

»Es ist gesund, zu zweifeln«, sagte Gunnar.

Olav Fjellstad brach in Lachen aus, das in eine Hustenattacke überging.

»Vielleicht nicht unbedingt für Pastoren«, sagte Kristin.

»Ich wäre dann gleich so weit«, sagte Roffern.

»Pastoren sind auch nur Menschen«, sagte Gunnar.

»Natürlich sind sie das!«, bekräftigte Kristin.

»Sind wir das?«, fragte Fjellstad erstaunt.

»Wir können dann mit der Aufnahme beginnen«, sagte Linda.

»Ich bin zu jeder Schandtat bereit«, alberte der Pastor.

»Es ist vielleicht keine so gute Idee, wenn Sie während des Interviews rauchen«, sagte Kristin.

Olav Fjellstad sah die Zigarette in seiner Hand an, als verstünde er nicht recht, was sie meinte. Ein dünner Rauchfaden stieg von der Glut auf. Im nächsten Augenblick drückte er die Zigarette im Aschenbecher aus.

Er hat sich gefragt, ob er protestieren soll, dachte Gunnar, ob er darauf bestehen soll, rauchend interviewt zu werden. Aus Protest. Um ein Zeichen zu setzen, dass man einem Pastor nicht einfach Vorschriften machen kann. *My man*, dachte er.

»Kamera klar«, verkündete Roffern.

»Ton«, sagte Bitten.

»Bitte schön, Kristin«, sagte Linda.

Wie üblich hielt Kristin ein paar Sekunden inne, ehe sie ihre erste Frage stellte. »Als Pastor von Juvdal – wie würden Sie Ihre Gemeinde beschreiben?«

Olav Fjellstad lehnte sich im Stuhl zurück und verschränkte die Arme vor der Brust. »Juvdal ist wie jeder andere Ort in Norwegen: ein stiller, friedlicher Platz inmitten herrlicher Natur. Wir haben ein aktives Gemeindeleben. Ein aktives Sportprogramm. Eine Bürgerwehr und Pfadfinder. Jäger und Fischer. Rotarier und ein Kulturhaus. Wir sind sozial engagierte Menschen.«

»Aber wie jeder norwegische Ort hat wohl auch Juvdal seine Geheimnisse und Schattenseiten?«, fragte Kristin.

»O ja, die haben wir. Wie alle Orte. Wie alle Menschen.«

Kurz. Abweisend. Au, au, dachte Gunnar.

»Gibt es etwas, das Juvdal von anderen Orten unterscheidet?«, fragte Kristin.

»Seine Geschichte. Und die Isolation. Die beiden Dinge hängen eng zusammen.«

»Könnten Sie das näher erklären?«

»Juvdal war immer abgelegen, in einem Tal, umgeben von Bergen, isoliert, weit entfernt vom Rest Norwegens, vom Rest der Welt. Und das hat die Menschen geprägt, das Milieu, die Denkweise. Viele Juvdøler können ihren Stammbaum bis zur großen Pestepidemie zurückverfolgen, als die Leute auf der Flucht vor der Seuche hierherkamen. Aber auch davor, vor 1352, lebten hier schon Menschen. Juvdal ist ein Ort, in dem man ankommt und den man wieder verlässt. Man kann hier nicht durchfahren. Juvdal ist von den Bergen, dem Hochland, den Wäldern eingeschlossen. Das hat unsere Art zu denken geprägt.«

»Sie sagen *unsere*, dabei stammen Sie selbst aus Oslo, oder?«

Olav Fjellstad lächelte, als hätte Kristin ihn an etwas erinnert, das er zu vergessen versuchte. »Ich bin 1976 hierhergezogen. Aus Oslo. Da war ich sechsundzwanzig Jahre alt. Die Einwohner sehen in mir nach wie vor einen geheimnisvollen Fremden.« Er lachte, ein wenig zu laut, ein wenig zu angestrengt. »Aber ich fühle mich wie ein Juvdøler.«

»Gab es einen speziellen Grund, warum Sie hierhergezogen sind?«

»Hier habe ich Arbeit gefunden.«

Kristin blätterte in ihrem Notizblock. »Wie weit erinnern Sie sich noch an Berit und Rolf?«

»Ich kannte sie nicht sonderlich gut. Sie sind kurz nach mir hierhergezogen. Keiner von beiden war aktiv in der Kirche oder Gemeinde tätig. Aber ich habe sie als herzliches und sympathisches Ehepaar in Erinnerung. Er war ja auch in Oslo aufgewachsen. Wie ich. Sie stammte von hier. Deshalb fiel es ihr leichter als ihm, sich einzuleben.«

Gunnar machte sich Notizen in seinem Spiralheft.

»Sie haben an der Séance ein Jahr vor dem Mord an Berit und Rolf teilgenommen?«

Sein Blick verfinsterte sich. »Ich hätte die Einladung niemals annehmen dürfen. Ich habe das Ganze als einen Spaß betrachtet, es nicht ernst genommen. Aber als sie ermordet wurden, machten die Zeitungen aus der Séance eine Riesensache. Ich wurde sogar zum Bischof vorgeladen.«

»Aber das, was bei der Séance passiert ist, haben Sie nicht ernst genommen?«

»Worte! Sinnlose Worte. Sie dürfen nicht vergessen, dass Spiritismus und Parapsychologie von der Kirche nicht anerkannt werden. Eine Séance ist eine Art Spiel. Ein Spiel mit gefährlichen Kräften.«

»Was meinen Sie damit?«

»Wir wissen viel zu wenig über die Kräfte, die wir anstoßen, wenn wir die Toten heraufbeschwören.«

Aha, dachte Gunnar.

»Sie ziehen die Möglichkeit also in Betracht?«

»Entschuldigen Sie, aber müssen wir darüber reden? Hat meine Einstellung zum Okkultismus irgendetwas mit den Morden zu tun?«

»Natürlich nicht. Machen wir weiter. Erinnern Sie sich an den Mordtag?«, fragte Kristin.

Er rollte einen gelben Bic-Kugelschreiber zwischen den Fingern hin und her.

»Selbstverständlich. Ich war hier in der Kirche. Genau hier, in der Sakristei. Ich saß an der Sonntagspredigt, als der Anruf von der Polizeiwache kam.«

»Warum sind Sie angerufen worden?«

Er begegnete ihrem Blick mit einer fragenden Miene. Als sie nichts sagte, antwortete er. »Weil jemand den Angehörigen die Todesnachricht überbringen musste.«

»Wurden Sie niemals in Ihrer Eigenschaft als Pastor von jemandem aufgesucht, der – na ja, das Bedürfnis hatte, sein Herz zu erleichtern?«

»Sie meinen den Mörder?« Er schüttelte den Kopf. »Nein. Und wenn dem so wäre, könnte ich nicht darüber reden. Die Schweigepflicht. Aber das war nie der Fall.«

»Wie haben die Morde Juvdal geprägt?«

»Wir sind ängstlicher geworden. Trauen nicht mehr jedem. Nach dem Motto *Der könnte es gewesen sein*. Aber glücklicherweise haben die Morde keine Spuren bei den Jugendlichen von heute hinterlassen. Sie sind Teil der Geschichte. Etwas, das vor langer Zeit passiert ist. Aber wir, die wir uns an die Morde erinnern, wir, die wir hier waren, als es geschah, wurden stärker davon geprägt, als wir es uns eingestehen wollen. Bis heute!«

»Glauben Sie, dass die Mordfälle jemals aufgeklärt werden?«

»Nein. Ich würde es mir wünschen. Aber ich glaube nicht daran.«

»Und der Mörder wird sein Geheimnis mit ins Grab nehmen?«

»Und in die Verdammnis«, sagte Olav Fjellstad.

Kristin war ein paar Sekunden still. »Wow!«, platzte sie heraus. »Der Satz war ein Volltreffer.«

»Sind wir schon fertig?« Olav Fjellstad entspannte sich sichtlich und zündete die Zigarette an, die er vor dem Interview ausgedrückt hatte.

Gunnar erhob sich von der Polsterliege und ging zum Pastor. »Haben Sie sich nicht gerade selber widersprochen?«, fragte er.

Olav Fjellstad nahm einen tiefen Zug und musterte ihn durch den Dunst. »In welcher Weise?«

»Vorhin sagten Sie doch, Sie wüssten nicht, ob uns nach dem Tod eine moralische Verurteilung erwartet.«

Der Pastor dachte nach. »Moralische Verurteilung und Verdammnis ist nicht unbedingt das Gleiche. Und außerdem habe ich, streng genommen, gesagt, ich wüsste es nicht genau.«

»Ich verstehe«, sagte Gunnar. »Glaube ich zumindest.«

»Zweifeln ist eine gute Eigenschaft.«

»Ich hätte noch eine Frage. Glauben Sie…« Gunnar räusperte sich. »Glauben Sie, dass jemand, der ernstlich krank ist und weiß, dass er bald sterben wird, vorher noch seine Sünden begleichen kann?«

Olav Fjellstad saß eine Weile da und drehte die Zigarette zwischen Daumen und Zeigefinger hin und her. »Ich wünschte, es wäre so. Aber ob unsere Sünden in einem Bußkatalog aufgelistet sind, wo kleine Sünden weniger kosten als große? Tja. Wenn Sie mich als Mitmensch fragen, würde ich gerne glauben, dass das möglich ist.«

»Genau das denke ich auch«, sagte Gunnar.

»Was meintest du mit deiner letzten Frage?«, wollte Kristin wissen, als sie ins Auto stiegen.

»Welche letzte Frage?«, erwiderte Gunnar.

»Von der Begleichung seiner Sünden?«

»Ach, das. Ich finde es einfach interessant, die Meinung eines Pastors dazu zu hören.«

»Hm«, sagte Kristin.

»Ich mag ihn. Ein interessanter Bursche.«

»Er hat auf alle Fälle schöne Augen.«

5
Juvdal, Gjæstegaard, Mittwochnachmittag

Pia stand am Fenster, die Arme vor der Brust verschränkt wie in einer intensiven Umarmung.

»Du?«, sagte Bjørn-Tore. »Was war das vorhin? An der Rezeption?«

Sie drehte sich um. Ihre Wangen waren feucht.

»Liebste?«, rief er. »Weinst du?«

Sie lächelte matt, ohne die Umklammerung ihrer Arme zu lockern. »Es ist wegen ihr«, sagte sie.

»Ihr?«

»Dieser Frau. Der Hellseherin. Die heute gekommen ist. Victoria Underland.«

»Was ist mit ihr?« Er ging zu Pia und zog sie an sich. Sie fühlte sich so schmächtig an. Er schaute durch das Fenster über die Landschaft: den Wald und das Dorf, die schneebedeckten Äcker, Hügel und Berge. Seine Landschaft. Sein Zuhause.

»Es war mir in dem Augenblick klar, als ich sie sah«, sagte Pia. »Sie ist es, von der ich geträumt habe.«

»Du hast von ihr geträumt?«

»Die Séance«, sagte sie nur und bohrte den Kopf in seinen Brustkorb.

Er zögerte. »Die Séance?«

»Es kommt alles wieder hoch.«

»Pia, bitte. Die Séance liegt so lange zurück.«

»Trotzdem kommt alles wieder hoch. Ich träume davon. Ich sehe es vor mir. Und als ich sie an der Rezeption gesehen habe, wusste ich, dass sie es war. Ihr Gesicht. Die Augen. Ich habe von ihr geträumt. Sie hat etwas mit der Séance zu tun.«

»Mein armer Schatz.«

»Bär, da ist – noch etwas. Ein Gefühl. In mir. Ich kann es nicht beschreiben. Ich glaube, es wird etwas Schreckliches passieren.«

»Vielleicht solltest du einen Termin beim Arzt machen, Schatz? Du arbeitest viel zu viel, das habe ich dir schon mehrfach gesagt.«

6
Juvdal, Alten- und Pflegeheim, Mittwochnachmittag

Wir schleppen alle unsere dunklen Geheimnisse mit uns herum, dachte der alte Doktor Eilert Vang. Unsere kleinen und großen Lebenslügen, unser Schweigen. Jeder von uns verbirgt etwas, für das wir uns schämen müssen.

Er saß im Rollstuhl und nahm sein Abendessen zu sich: Frikadellen, Sauerkraut und Salzkartoffeln. Er kaute langsam. Das Zahnfleisch war so empfindlich. Man sollte das Essen gründlich kauen, für die Verdauung. Mag sein, dass er übervorsichtig war. Aber so war er dreiundneunzig Jahre alt geworden. Älter als die meisten.

Die Jahre hatten ihm seine Beweglichkeit genommen, aber nicht seine Gedanken. Vielleicht steckte ja eine Absicht dahinter. Es gab Tage, an denen er den Gedanken am liebsten entflohen wäre. Er fühlte sich wie ein Stück Treibholz im Meer der Zeit. Der Tod konnte jederzeit eintreffen. Jeden Augenblick oder erst in fünf Jahren. Mit dem Gedanken hatte er sich versöhnt. Aber ihn plagte das Gewissen. Noch immer.

Er wohnte in Juvdals Alten- und Pflegeheim. Zimmer 214. Die Treppe hoch, vierte Tür links. Das Zimmer war nichts Besonderes. Kleiner Eingangsbereich, kombiniertes Schlaf- und Wohnzimmer, ein winziger Balkon. Ein Fernseher auf einem Eckschränkchen.

Seine Finger zitterten. Dieses Zittern begleitete ihn nun schon seit dreißig Jahren. Er hatte gelernt, damit zu leben. Genau wie mit den Geheimnissen.

Tragen alle Menschen Geheimnisse und Reue mit sich herum?, fragte er sich. Er hatte einiges zu verbergen. Weil – er starrte auf den Teller – weil er feige war. Es war sinnlos, das zu leugnen. Er war ein stolzer Mann. Ein wenig zu stolz.

Das Radio auf dem Küchentisch dudelte laut. Sein Gehör war nicht mehr das beste. Die vorige Nachbarin hatte sich wegen des Radiolärms bei der Heimleitung beschwert. Aber die war inzwischen tot. Der neue Nachbar war taub. Ein Glück.

Die Gedanken. Die Lügen. Die Scham. War die Zeit des bangen Wartens vorbei? Doktor Vang glaubte an das Schicksal. Kristin Bye konnte so ein Schicksalsfaden sein. Der sich um ihn schlingen und die Wahrheit aus ihm herauspressen würde. Das Geheimnis würde hinter ihm zurückbleiben wie die abgestreifte, leere Haut einer Schlange. Abstoßend. Etwas, worüber nicht gesprochen wurde. Wie über seinen Sohn. Niemand wollte mit ihm über seinen Sohn sprechen. Da schwiegen die Leute lieber und schauten weg.

Zeit für Scham. Oder nicht? Hat man ein Geheimnis erst fünfundvierzig Jahre lang mit sich herumgetragen, muss man damit rechnen, dass es in einer Schale aus Schweigen und Lügen eingekapselt ist, in die niemand mehr vordringen kann. Man kann nie wissen. Nur das Schlimmste fürchten. Und genau das war es, was Doktor Vang tat.

Er ruckte an der weißen Schnur vor der Wand. Sie leistete Widerstand. Nach ein paar Minuten steckte eine der Krankenschwestern, Frau Sørsdahl, den Kopf zur Tür herein.

»Stimmt was nicht, Herr Doktor?«, fragte sie freundlich.

»Doch, alles in Ordnung. Aber Sie könnten mir einen kleinen Gefallen tun.«

»Aber klar.«

»Sie haben doch sicher von dem Fernsehteam gehört, das gerade in Juvdal ist?«

»Die von Kanal ABC? Was soll das, warum graben die die alten Sachen wieder aus? Furchtbar. Die sollen doch die alten Geschichten in Frieden ruhen lassen, wenn Sie mich fragen.«

Er machte mit einem Räuspern den Hals frei. »Sie haben mich um ein Interview gebeten. Und ich habe abgelehnt.«

»Das war klug von Ihnen, Doktor Vang! Wirklich! Sie schnüffeln überall herum. Wozu soll das gut sein?«

»Aber«, sagte er mit Nachdruck, um ihren Wortschwall zu unterbrechen, »ich würde mich trotzdem gerne mit ihnen unterhalten. Könnten Sie ihnen etwas ausrichten?«

»Natürlich.«

»Sagen Sie ihnen, ich würde gerne mit ihnen reden, wenn sie die Freundlichkeit hätten, mich zu besuchen. Ohne Kamera!«

Er hatte der Polizei nie erzählt, was er wusste. Dafür gab es Gründe. Aber vielleicht konnte er ja sein Gewissen ein wenig erleichtern, wenn er die Journalisten auf die richtige Spur brachte? Es gab eine Sache, die er ihnen erzählen konnte. Berit war sexuell ausgenutzt und missbraucht worden. Ja, vergewaltigt! So viel war ihm klar gewesen, als sie damals zu ihm gekommen war.

Aber das große Geheimnis, *sein* Geheimnis, würden sie niemals erfahren.

7
Zu Hause bei Inger Borgersen, Mittwochnachmittag

Berits Mutter, Inger, war eine spindeldürre Frau mit dünnem, grauem Haar und Augen wie zerschlagene Scheiben in einem leer stehenden Haus.

Sie tappte unsicher vor ihnen her ins Wohnzimmer, wo sie stehen blieb und sich auf ihren Krückstock stützte. Ihre Kiefer waren in ständiger Bewegung, das zerfurchte Gesicht eine Karte ihrer Leidensgeschichte.

Sie erinnert an einen Geist, der von allen anderen Geistern verlassen worden ist, dachte Gunnar.

Inger Borgerson lebte allein in dem Altenteil ein Stück oberhalb des eigentlichen Wohnhauses. Als Ove starb, hatte sie Birger und Anita das große Haus überlassen, das früher von Kindergeschrei und Lärm erfüllt gewesen war.

»Guter Gott«, sagte sie, der Verzweiflung nahe. »Sie hätten nicht kommen dürfen!«

»Aber wir hatten doch eine Verabredung, Frau Borgersen?«, sagte Kristin.

»Nach Juvdal«, erklärte sie und schüttelte resigniert den Kopf. »Etwas Schreckliches wird geschehen.«

»Etwas Schreckliches, Frau Borgersen?«

»Ich spüre es«, murmelte sie wie zu sich selbst. »Spüre es.«

An den Wänden hingen Kruzifixe und Reproduktionen religiöser Motive. Zierliche gestickte Szenen aus der Bibel schmückten die Sofakissen. In einem schmalen Regal sah Gunnar drei Ausgaben der Bibel, einen Stapel vom Wachtturm und ein uraltes Exemplar von Landstads Gesangbuch.

Die bedrückende Stimmung im Haus ließ Roffern, Bitten und Linda verstummen. Still und eilig bauten sie die Ausrüstung in der Stube auf, die aussah, als wäre sie vor dreißig Jahren für ein Fest dekoriert und seither nicht mehr betreten worden. Frau Borgersen schenkte Kaffee ein. Ihre Hände zitterten, aber sie verschüttete nicht einen Tropfen.

Kristin nahm ihre Kaffeetasse und sah sich das Bücherregal aus der Nähe an. Gunnar wusste, dass sie die Zeit vor einer Aufnahme gern dazu nutzte, das Eis zu brechen und eine vertrauliche Atmosphäre zu schaffen, in der sich ihre Interviewpartner warm reden konnten. Offenbar hatte sie erkannt, dass hier keine Wärme zu erhoffen und das Eis zu dick war, um es zu brechen. Die alte Frau Borgersen lud in keiner Weise zu irgendwelchen Vertraulichkeiten ein.

Gunnar hatte richtiggehend Angst, dass ihm die dünne Porzellantasse aus der Hand fallen könnte. Er nahm einen Schluck und nickte anerkennend. »Sehr guter Kaffee, Frau Borgersen«, flüsterte er der alten Dame zu. Sie musste so um die achtzig sein, sah aber älter aus. »Man kann Menschen nach dem Kaffee beurteilen, den sie kochen, sage ich immer. Die einen machen ihn viel zu schwach, die anderen viel zu stark oder bitter. Aber Ihr Kaffee, Frau Borgersen, ist absolut perfekt. Und damit weiß ich auch, wie ich Sie einordnen darf!«

Reines Geplänkel. Aber es wirkte. Aus den bitteren Gesichtszügen schälte sich etwas heraus, das an das erste unsichere Lächeln seit fünfundzwanzig Jahren erinnerte. Gunnar befürchtete fast, das Lächeln könnte ihr Gesicht zum Zersplittern bringen.

»Sieben Löffel«, antwortete sie ihm, ebenfalls flüsternd. »Und einen für den Kessel. Das ist das Geheimnis. Bei schwacher Hitze kochen. Und viermal umrühren.«

Sie begegnete seinem Blick mit einer Festigkeit, die ihm sagte, dass sie soeben ein gut gehütetes Geheimnis gelüftet hatte.

»Wir bedauern es sehr, Sie auf diese Weise zu überfallen«, sagte er. Er zeigte mit einem Nicken zu der Ausrüstung, die Roffern und die anderen gerade montierten.

»Es ist, wie es ist«, sagte sie. »Wenn es denn hilft.« Sie ließ den Satz in der Luft hängen.

»Kristin Bye ist eine sehr tüchtige Journalistin«, sagte Gunnar.

»Ich habe etwas über sie gelesen!«, entgegnete Inger Borgersen unerwartet heftig. Gunnar staunte über das Temperament, das in dem abgemagerten Körper steckte.

»In der Zeitung?«

»Im *Wochenblatt*.« Sie senkte die Stimme. »Sie sollte ein anständigeres Leben führen, das sollte sie.«

Gunnar wusste nicht genau, was das *Wochenblatt* über Kristin geschrieben hatte, aber in den letzten Jahren hatte es eine Reihe Männer in ihrem Leben gegeben, vor diesem Soapstar – wie hieß er noch gleich? Christoffer. Treue und Ausdauer waren nicht ihre stärkste Seite.

»Die jungen Leute, Frau Borgersen, Sie wissen schon«, flüsterte Gunnar, nun noch leiser, damit keiner der jungen Leute hörte, was er sagte und ihn für den Rest des Tages damit aufzog. »Die jungen Leute von heute sind anders erzogen worden als Sie und ich. Wir müssen ein Nachsehen mit ihnen haben.«

Die alte Dame kniff die Augen zusammen und nickte, wie

um zu zeigen, dass sie ganz Gunnars Meinung war. Dann forderte sie ihn auf, ihr in den Flur zu folgen, wo sie wortlos auf einen Buchrücken zeigte. Es dauerte ein paar Sekunden, ehe Gunnar sein eigenes Buch wiedererkannte, *Reisen im Sonnenuntergang*, eine Sammlung seiner besten Reportagen aus dem *Dagbladet*.

»Ein schönes Buch«, sagte Inger Borgersen.

»Tausend Dank«, flüsterte Gunnar verlegen.

Sie zog das Buch aus dem Regal. »Geben Sie mir die Ehre, es persönlich zu signieren?«

Er schlug den Buchdeckel auf und schrieb mit geschwungenen Buchstaben *Für Inger Borgersen, die Frau, die den besten Kaffee der Welt kocht, mit den herzlichsten Grüßen vom Autor, Gunnar Borg* auf das Titelblatt.

Frau Borgersen schnappte begeistert nach Luft und presste das Buch an die Brust, ehe sie es wieder ins Vergessen zwischen die anderen Bücher schob.

Das Interview war eine Katastrophe.

Inger Borgersen antwortete so leise, dass Bittens Geräte kaum anschlugen. Die Antworten waren knapp, ausweichend, vage und – wenn sie ausnahmsweise mal etwas zusammenhängender sprach – gespickt mit religiösen Ermahnungen. Gunnar sah, wie Kristin zunehmend verzweifelte.

»Vermissen Sie Ihre Tochter, Frau Borgersen?«, fragte sie gegen Ende des Interviews.

»O ja.«

»Wie haben Sie sie in Erinnerung?«

»Natürlich erinnere ich mich an sie.«

»Können Sie sie beschreiben? Mit den Worten einer Mutter?«

»Ja. Sie war eine gute Mutter. Die arme kleine Siv.«

»Was würden Sie Berits Mörder sagen wollen, Frau Borgersen?!

»Furchtbar. Eine Schande. Grässlich! Gottes Urteil kennt kein Erbarmen!«

»Frau Borgersen, ich danke Ihnen für das Interview!«

»Da gibt es nichts zu danken.«

Wie recht sie hatte.

8

Juvdalens Avis, Mittwochnachmittag

Eine Zeitungsredaktion ist wie ein Ameisenhaufen, dachte Redakteur Thomas Holmen. Rund um die Uhr Aktivität und Gewimmel.

Er stand mit einem Plastikbecher in der Hand im Türrahmen seines Büros und schaute durch den Redaktionsraum. Telefone klingelten, Journalisten hämmerten auf ihre Tastaturen ein oder hasteten durch das Großraumbüro. Ein Radio summte leise. Drüben am Nachrichtentisch stand ein junger Journalist und stritt sich mit dem Chef vom Dienst um eine Formulierung. In der Fotoabteilung leuchtete ein Blitzlicht auf. Jemand lachte. Die Deadline war noch etliche Stunden entfernt.

Er schaute zu Vibeke Viken, die hinter ihrem PC saß und über den Rand ihrer Brille, die ihr auf der Nasenspitze saß, auf den Bildschirm starrte. Eine der besten Journalistinnen, die die Zeitung hatte. Sie war für das Ressort Wirtschaft & Finanzen verantwortlich. Bis zum Oktober war Vibeke seine Geliebte gewesen. Sie war mit dem Direktor des Sägewerks verheiratet. Thomas hatte den Bruch nicht sonderlich schwer genommen. Sie war nicht sein einziges Spielzeug gewesen.

Schreibt mir möglicherweise einer der betrogenen Ehemänner diese anonymen Briefe?, dachte er. Um mir Angst zu machen? *Wie schwarz ist Dein Gewissen?*

Oder vielleicht Berits Schwägerinnen, Pia und Anita?

Eine seiner Ex-Geliebten? Nina vielleicht? Aber Nina wusste nichts von ihm und Berit.

Niemand wusste von ihm und Berit.

Niemand!

9
*Zu Hause bei Jon Wiik und Nina Bryn,
Mittwochnachmittag*

»Ich bin noch nie im Fernsehen interviewt worden!«

Jon Wiik, Rektor der Schule von Juvdal, rieb sich nervös die Hände. Er war sechsundsechzig Jahre alt und hatte noch sechs Monate bis zur Pensionierung vor sich. Auf den ersten Blick sah er aus wie ein vierzigjähriger Offizier, voller Spannkraft, muskulös, gut gebaut, attraktiv. Das Haar war grau, aber die Jahre hatten ihn reifer gemacht, nicht alt.

»Entspannen Sie sich«, sagte Kristin. »Das läuft alles ganz wunderbar.«

Jons Frau Nina Bryn beobachtete das Ganze mit kühler Distanz von ihrem Platz neben der Kommode, als ginge sie das alles nichts an. Sie war dreiundfünfzig und sah wie ihr Mann zehn bis fünfzehn Jahre jünger aus. Sie hatte Strähnchen in das schulterlange, blonde Haar gefärbt und es nach hinten frisiert. Sie lächelte viel, aber nie mit den Augen.

Gunnar saß mit seinem Spiralblock auf einem Stuhl, schweigsam und gedankenverloren. Kristin fragte sich, was ihn quälte. Ich muss unbedingt unter vier Augen mit ihm reden, dachte sie.

»Alles klar«, sagte Roffern mit einem Auge am Kamerasucher.

»Ton!«, sagte Bitten.

Kristin räusperte sich, fuhr sich durchs Haar und legte den Block mit ihren Fragen vor sich auf den Tisch.

»Jon Wiik, Sie waren 1962 Berit Borgersens Lehrer hier an der örtlichen Schule. Welche Erinnerung haben Sie an sie?«

Jon holte tief Luft, bevor er antwortete. »Sie war ein aufgewecktes Mädchen. Gut in der Schule. Begabt. Pflichtbewusst. Mit Berit gab es nie Ärger. Sie war immer pünktlich, machte ihre Hausaufgaben, man musste sich selten über sie ärgern. Eine Musterschülerin.«

»War sie beliebt?«

»Soweit ich weiß, ja. Kein Anführertyp, dazu war sie zu bescheiden, aber durchaus populär.«

Kristin versuchte, Augenkontakt herzustellen, als sie die nächste Frage stellte. »Es fällt Ihnen sicher nicht leicht, darüber zu reden, aber 1978, nach dem Mord an Berit, ging das Gerücht, Sie hätten ein Verhältnis mit ihr gehabt, als sie noch Ihre Schülerin war. Also minderjährig. Was können Sie zu den Vorwürfen sagen, die gegen Sie gerichtet waren?«

»Das war eine schreckliche Zeit. Ich konnte mich nicht gegen das Gerede der Leute wehren. Zwischen mir und Berit hat nie etwas Unrechtes stattgefunden. Niemals! Sie war nur meine Schülerin, ein Kind.«

»Aber später haben Sie Berits gleichaltrige Freundin geheiratet?«

»Jetzt mal im Ernst – das war etliche Jahre später. Nina war erwachsen.«

»Was aber nicht dazu beitrug, die Gerüchte zu entkräften?«

»Gerüchte haben ihr Eigenleben«, entgegnete er hitzig, kurzatmig. Dann versuchte er, sich zu beruhigen. »Wäre an den Gerüchten etwas dran gewesen, hätte die Polizei das ja wohl herausgefunden. Und mich angeklagt. Aber dem war nicht so. Die Gerüchte waren böswillige Lügen. Nichts anderes.«

»Kannten Sie Berit gut?«

»Ziemlich gut. Besser als die meisten anderen Schüler. Damals sogar besser als Nina. Berit war Redakteurin bei der Schülerzeitung, für die ich verantwortlich war. Darum hatten wir auch nach der Schule häufiger miteinander zu tun. Ich denke, dass so die Gerüchte entstanden sind. Wir haben abends viel Zeit zusammen in der Schule verbracht, um Artikel fertig zu schreiben, die Schülerzeitungen zu vervielfältigen und so weiter.«

»Nur Sie beide?«

»Das kam vor.«

»Haben Sie sich von ihr angezogen gefühlt?«

Er sah Kristin zornig an. »Nein!«

»Warum ist sie Ihrer Meinung nach 1963 nach Oslo gegangen?«

Er schaute zu Boden. »Es hieß, sie sei schwanger gewesen.«

»Von wem?«

»Das weiß ich nicht.«

»Wie haben Sie reagiert, als sie zurück nach Juvdal zog?«

»Überrascht. Da war ich bereits mit Nina verheiratet, Berits Freundin. Sie hatten über all die Jahre Kontakt gehalten.«

»Was ist mit ihrem Mann, Rolf, haben Sie den auch kennengelernt?«

»Ich habe ihn ein paar Mal gesehen, das war alles.«

»Wie haben Sie den Mordtag in Erinnerung?«

»Ich war schon früh zum Mårvatn-See aufgebrochen, um zu angeln. Habe zwei Forellen gefangen. Es war mitten im Sommer und Ferienzeit. Wir hatten gerade gegessen, als Pia bei Nina anrief und erzählte, was geschehen war. Wir liefen zu Berit, ich weiß gar nicht genau, warum, wir konnten ja sowieso nichts mehr tun.

Wahrscheinlich, um es mit eigenen Augen zu sehen und richtig zu begreifen.«

»Und die Zeit danach?«

»Schrecklich. Nicht nur wegen der Morde. Ich bekam bald mit, dass sich die Leute hinter meinem Rücken das Maul zerrissen, ich hätte ein Verhältnis mit Berit gehabt, als sie in meine Klasse ging, und dass ich sicher der Mörder sei, weil sie mir gedroht habe, das öffentlich zu machen. Nach einer Weile wussten alle, dass sie damals schwanger gewesen war. Das war hart, ich gebe es zu. Daran bin ich fast zerbrochen. Ich musste mich eine Weile krankmelden. Die Polizei hat versucht, das Gerede zu unterbinden, aber es ging weiter.«

Kristin nickte. »Ich danke Ihnen, das wäre es, was wir wissen wollten. Ich kann verstehen, dass es anstrengend ist, darüber zu reden, aber ich verspreche Ihnen, es wird in der Dokumentation keinen großen Platz einnehmen, sondern nur als kurzes Beispiel für das böswillige Gerede im Kielwasser der Morde erwähnt werden.« Sie versuchte, beruhigend zu lächeln, doch ohne Erfolg. »Wenn Sie so nett wären, mit Nina den Platz zu tauschen, damit wir mit dem Interview weitermachen können.«

Jon erhob sich und überließ Nina seinen Platz, die ihre Kleider glatt strich und sich mit den Fingern durchs Haar fuhr.

»Nina Bryn.« Kristin blätterte in ihrem Notizblock. »Nina, Sie waren Berits beste Freundin, bevor sie nach Oslo ging, und auch, als sie zurück nach Juvdal kam. Wie würden Sie Berit Borgersen beschreiben?«

Nina lächelte abwesend, ihr Blick schien sich in der Zeit zurückzubewegen. »Berit war eine Träumerin. So habe ich sie in Erinnerung. Sie wollte alles Mögliche werden. Sängerin. Schriftstellerin. Schauspielerin. Immer hing sie irgendwelchen Träumen nach. Und dann schrieb sie darüber in ihrem Tagebuch.«

»Wissen Sie, was aus dem Tagebuch geworden ist?«

»Keine Ahnung.«

»Hatte sie sich verändert, als sie 1977 nach Juvdal zurückkam?«

»Sie war eine erwachsene Frau. Fünfzehn Jahre älter. Verheiratet. Mutter. Als sie wegging, war sie noch ein junges Mädchen.«

»Inwiefern hatte sie sich verändert?«

»Ich weiß noch, dass ich dachte: Wie selbstbewusst sie geworden ist! Stolz, auf eine positive Art. Sie strahlte ... Würde aus. Ja, Würde.« Sie nickte vor sich hin.

»Was ist Ihnen von dem Tag in Erinnerung, an dem der Doppelmord begangen wurde?«

»Wenn ich ehrlich sein soll, erinnere ich mich nur sehr bruchstückhaft. Das war der totale Schock! Pia rief an. Jon war angeln gewesen. Forellen. Wir hatten gerade gegessen, als Pias Anruf kam. Danach erinnere ich mich an nichts mehr. Nur, dass ich gar nicht wieder aufhören konnte zu weinen.«

»Und danach?«

»Danach geschah so viel. Die Ermittlungen. Die Verhöre. Die bösartigen Gerüchte über Jon. Die Blicke. Ich fühlte mich schon selber verdächtig. Das reinste Gefühlschaos. Als hätte ich – ja, Sie wissen schon. Ich wartete regelrecht darauf, dass die Polizei mit Handschellen bei uns auftauchte. Der Frust, nichts tun zu können, dass die Polizei nicht vorankam ... Irgendwann schlug der Frust in Resignation um. Eine pochende Eiterbeule.«

»Sie sagen, Sie fühlten sich verdächtigt?«

»Das taten wir wohl alle. Alle, die sie kannten. Denke ich. Die Polizei konnte nicht ausschließen, dass es einer von uns gewesen war.«

»Aber wieso hätte Sie jemand verdächtigen sollen?«

Nina zuckte mit den Schultern.

»Okay, danke! Das haben Sie fantastisch gemacht. Alle beide!«

»Sind wir schon fertig?«, fragte Nina.

»Das ging aber schnell! Können Sie etwas davon verwerten?« Jon lachte unsicher.

Während Jon Roffern half, die Ausrüstung zusammenzupacken, zog Nina Kristin mit sich in die Küche. »Ich würde Ihnen gerne etwas zeigen«, sagte sie leise und führte Kristin zum Küchentisch, wo sie eine Mappe mit vergilbten Umschlägen hingelegt hatte. »Vor laufender Kamera wollte ich nichts darüber sagen, aber ich fände es gut, wenn Sie trotzdem darüber Bescheid wüssten.«

»Ja?«

»Es ist nicht alles so einfach, wie es scheint«, sagte Nina langsam.

»Nein?«

»Ich glaube, zwischen Rolf und Berit lief es nicht ganz so, wie es sollte.«

»Nicht?«

»Nicht dass sie viel gesagt hätte. Berit konnte extrem verschlossen sein. Aber ich habe es trotzdem gemerkt. Rolf war introvertiert. Er hatte seine Geschäfte, für die er lebte und atmete. Und seine Hobbys. Ich glaube, Berit fühlte sich nicht genug beachtet. Das ist ja nicht weiter ungewöhnlich«, fügte sie mit einem leichten Lächeln hinzu.

»Aber sie hat nie darüber geredet?«

»Nicht direkt.«

»Aber?«

Sie holte tief Luft und nahm Anlauf. »Ich glaube, sie hatte ein außereheliches Verhältnis.«

Außereheliches Verhältnis, wiederholte Kristin im Stillen. Wie altmodisch. *Einen Geliebten.*

»Wen?«

Nina schüttelte eilig den Kopf. »Keine Ahnung! Es ist nur so eine Vermutung. Aber ich wollte es Ihnen wenigstens erzählen.«

»Ein Verhältnis mit jemandem aus dem Dorf?«

»Ich denke, ja. Am Anfang, nachdem sie hierhergezogen waren, war alles eitel Sonnenschein. Es war, als wäre Berit in ihre Heimat zurückgekehrt. Aber mir war schnell klar, dass längst nicht alles in Ordnung war. Wegen mancher Dinge, die Berit sagte. Oder eben nicht sagte. Durch die Art, wie sie es sagte. Verstehen Sie? Ich hatte so ein Gefühl, dass in ihrem Leben nicht alles ganz glatt lief.«

»Hat sie Ihnen irgendwann erzählt, was 1963 der Grund für ihre Flucht von zu Hause war? Dass sie schwanger war?«

Nina zog einige Briefe heraus und reichte sie Kristin.

Oslo, 15. Januar 1963

Liebe Nina!!!
Es tut mir so leid, dass ich mich nicht von Dir verabschiedet habe, irgendwann werde ich es Dir erklären. Versprochen!!! Ich musste weg, verstehst Du, und das in aller Heimlichkeit. Ich kann es Dir jetzt nicht erklären. Entschuldige, Nina! Ich hoffe, Du bist nicht gekränkt oder wütend oder enttäuscht, weil ich Dir nichts verraten habe. Du bist die beste Freundin, die ich je hatte, großes Ehrenwort! Es war in letzter Zeit nicht ganz leicht für mich. Aber manche Dinge kann man keinem Menschen auf der ganzen weiten Welt anvertrauen, obwohl ich nichts lieber getan hätte. Das muss mein Geheimnis bleiben. Ich weiß, das ist ungerecht, Nina, und ich wünschte, ich könnte es Dir erzählen, aber das kann ich nicht. Ich hoffe nur, dass Du nie, nie, niemals durchmachen musst, was ich durchgemacht habe. Wirklich!

Nina... Ich werde wohl nicht so schnell nach Juvdal zurückkommen. Tut mir leid. Ich habe ein Zimmer in einer Art »Heim« hier in Oslo bekommen und denke, es ist das Beste, wenn ich ein Weile bleibe. Du kennst ja Papa... Ich werde die

*Schule hier beenden. Und vielleicht finde ich ja hinterher auch eine Arbeit? Jedenfalls komme ich so schnell nicht zurück.
Hoffe, Du besuchst mich irgendwann mal in Oslo. Wirklich.
Das nächste Mal schreibe ich mehr, Nina, versprochen!!!
Mach's gut!*

Ich umarme Dich, Berit

»Natürlich ist nie etwas daraus geworden«, sagte Nina. »Ich habe sie nie in Oslo besucht. Und sie ist nicht zurückgekommen – zumindest nicht, bevor sie wieder hierhergezogen ist.« Sie hielt inne. »Für immer. Aber da war alles so anders.«

»Dieses Geheimnis…«

»Dass sie schwanger war? Das war Berits großes Geheimnis. Wissen Sie – ich glaube, sie hat niemals erfahren, dass Doktor Vang der Polizei davon erzählt hat. Sie ging davon aus, dass nur ihre Eltern Bescheid wussten. In dem Jahr vor ihrem Tod stand sie ein paar Mal kurz davor, sich mir anzuvertrauen. Aber sie hat es nicht über sich gebracht. Das war alles so lange her. Als ich kurz nach dem Mord an Berit verhört wurde, hat Vidar Lyngstad mir gesagt, dass sie schwanger war, als sie damals nach Oslo ging. Aber das bestätigte nur, was ich längst vermutet hatte.«

»Ist der Kontakt zwischen Ihnen abgebrochen, nachdem sie weggezogen war?«

»Nicht ganz. Sie schrieb mehrere Briefe im Jahr und rief auch mal an. Aber es war nicht mehr wie vorher.«

»Haben Sie der Polizei diesen Brief gezeigt?«

Nina schüttelte leicht den Kopf.

»Wieso nicht?«

Sie schaute nach oben, presste die Zähne zusammen. Als sie Kristin ansah, hatte sie feuchte Augen. »Im Grunde genommen steht dort ja nichts wirklich Wichtiges. Und dass sie damals nach

Oslo abgehauen ist, war ja bekannt. Außerdem lag das fünfzehn Jahre zurück, als die Morde passierten, nicht wahr? Was hätte so ein Brief zur Aufklärung beitragen können?«

»Verstehe«, sagte Kristin. Und dachte: Sie hat Angst. In den Briefen steht etwas, das keiner von uns auf den ersten Blick erkennt. Nina aber schon. Was könnte das sein? Wen versucht sie zu schützen? Sich selbst? Oder ihren Mann? Hat sie vielleicht schon vor vierzig Jahren begriffen, dass Berit nach Oslo gegangen war, um eine Abtreibung vornehmen zu lassen, nachdem ihr Lehrer sie geschwängert hatte?

Als wüsste sie, was Kristin durch den Kopf ging, schob Nina die restlichen Briefe zu ihr.

Oslo, 14. September 1967

Liebe Nina!
Ich habe DEN Traummann kennengelernt. Himmel, bin ich verliebt! Du solltest ihn sehen. Er heißt Rolf, ist so alt wie wir und der tollste Typ auf der ganzen Welt. Diese braunen Augen, er sieht direkt in mein Inneres. Eigentlich bin ich ganz froh, dass Du nicht da bist, weil Du Dich sonst garantiert auch in ihn verlieben würdest, und dann hätten wir den Salat! Er hat ziemlich lange Haare, ist groß und schlank, und sein Lächeln ist so umwerfend, ooooooh!!! Bist Du wenigstens ein ganz, ganz kleines bisschen neidisch??? Hehehe... Hast Du auch jemanden gefunden?

Ich umarme Dich, Berit

Oslo, 4. Januar 1968

Hallo, Nina!
Rate mal! Rolf und ich wollen heiraten. Ich erwarte ein Kind! Aber das ist nicht der Grund, warum wir heiraten wollen.

Wir finden nur, dass wir jetzt, da ich schwanger bin, den Schritt ruhig wagen können. Außerdem wollen wir es beide schrecklich gerne, es ist also alles in bester Ordnung! Das wollte ich Dir nur erzählen. Magst Du zur Hochzeit kommen? Wir wissen noch nicht genau, wann sie stattfinden soll. Ich glaube nicht, dass wir eine große Sache daraus machen. Mama kommt sicher, aber Papa nicht. Ich denke, wir lassen uns standesamtlich trauen. Außerdem will ich meinen Nachnamen behalten. Wieso soll eine Frau ihre Identität aufgeben, nur weil sie heiratet? Ja, ja. More later!

Viele Grüße, Berit

Oslo, 15. Juli 1968

Liebste Nina!
Ich habe das süßeste kleine Mädchen auf der Welt bekommen. Sie soll Siv heißen. Ein wunderbares Wesen. Rolf ist soooo stolz. Die Geburt war anstrengend, aber es ist alles gut gegangen. Ich bin so glücklich. Nina, ich kann es kaum in Worte fassen, wollte es aber gerne mit Dir teilen. Schreib mir bald, ich vermisse Dich!

Die besten und herzlichsten
Grüße von (Mama) Berit

Oslo, 1. September 1976

Liebe Nina!
Vielen Dank für die Beleidsbekundungen und die Blumen zu Papas Tod. Dein Mitgefühl tut mir gut. Papa und ich standen uns nicht sonderlich nah, wie Du Dich sicher erinnerst. Aber ich will dich damit nicht belasten. Trotzdem ist es eigenartig, sich vorzustellen, dass er jetzt das Zeitliche gesegnet hat.

*Danke, dass du dir die Zeit genommen hast, mir ein paar
Zeilen zu schreiben. Du bist eine gute Freundin!*

Liebe Grüße
Berit

Oslo, 3. Oktober 1976
Liebste Nina!!
*Weißt Du was??? Rolf und ich überlegen, nach Juvdal zu
ziehen! Rolfs Firma läuft ziemlich gut, und er kann sie von
wo aus auch immer betreiben. In jedem Fall ist das Leben in
Juvdal billiger als hier.*
 *Ist das nicht aufregend? Ich hoffe, es wird was daraus! Ist
das nicht sonderbar – ich lebe jetzt seit über dreizehn Jahren in
Oslo. Aber früher oder später muss man unter manche Dinge
einen Schlussstrich ziehen, nicht wahr? Und ich bin schließlich
nicht auf der Flucht. Außerdem gibt es noch einen Grund für
mich, zurückzukommen. Ich habe das Gefühl, die Zeit ist reif.
Aber das lässt sich schwer in einem Brief beschreiben. Vielleicht
können wir uns ja bald treffen und darüber reden. Mal sehen.
Wir wollen im Laufe des Monats mal vorbeikommen und uns
Häuser angucken. Weißt Du, ob grad was zum Verkauf steht?
Wenn's geht, keinen Hof. Melde Dich!*

Sei umarmt von Berit

Kristin legte die Briefe zurück auf den Tisch.

»Wissen Sie, worauf sich die Andeutung in ihrem letzten Brief bezog?«

Nina zog die Schultern hoch. »Ich weiß es nicht. Es gibt so viele unbeantwortete Fragen. Ob sie vielleicht doch ein Verhältnis mit dem Mann hatte, der sie geschwängert hat – ob sie das damit meinte, als sie schrieb, dass man unter manche Dinge einen Schlussstrich ziehen muss? Hat sie ihn geliebt? Da sie nie darüber gesprochen hat, dachte ich, es müsste jemand sein, mit dem sie nicht zusammen sein durfte. Weil er älter war als sie. Verheiratet. Oder was weiß ich. Eine Zeit lang dachten ja alle, es sei Jon gewesen. Ihr Lehrer.« Sie lächelte traurig. »Im Nachhinein habe ich mir natürlich auch meine Gedanken gemacht. Dass sie von diesem Mann schwanger wurde. Diesem heimlichen Geliebten. Und dass sie nach Oslo gefahren ist, um das Kind abtreiben zu lassen.«

»Sie haben nie herausgefunden, wer es war?«

»Nein, nie.«

10
*Büro der Geschäftsleitung, Sägewerk,
Mittwochnachmittag*

Lärm nimmt man oft erst wahr, wenn er verstummt. So wie das Kreischen der großen Sägen. Ein ferner, kontinuierlicher Lärm; eine permanente Geräuschkulisse. Man bemerkt ihn kaum, bis jemand die Maschinen abstellt.

Genauso ist es auch mit der Angst, dachte Arild. Sie ist immer da. Ist ein Teil des Lebens.

Vor ihm auf dem Schreibtisch lagen zwei Geschäftsbücher. Ein blaues und ein grünes. Das blaue war für die Buchhaltung und die Wirtschaftsprüfer. In dem grünen standen die realen Zahlen. Er hatte die unterschlagenen Gelder auf diverse kleinere Posten verteilt und die Anleihe die ganze Zeit mit vielen, kleineren Umbuchungen hin und her geschoben. Aber die Bilanz ließ sich nicht schönreden.

Die Leute vom Dezernat für Wirtschaftskriminalität waren nur ein Problem. Sein Vater und er waren vermutlich nur zwei unter vielen Verdächtigen. Größere Kopfschmerzen bereiteten ihm die Prüfer aus dem Mutterwerk. Am Freitag würden sie mit ihren Taschenrechnern und Fragen sein Büro belagern. Monatelang war er mit der nagenden Angst in den Knochen herumgelaufen, bis er sich irgendwann daran gewöhnt hatte. Das Gefühl gehörte dazu. Er fragte sich, wie er sich wohl fühlte, wenn das Ganze überstanden war.

Sein Vater schuldete ihm fünfhunderttausend Kronen. Den Rest musste er selbst beschaffen.

Er hatte versucht, ihn anzurufen. Mit ihm über die Pyramide zu reden und über die polizeilichen Ermittlungen. Die Rückzahlung der Anleihe. Aber sein Vater war nie zu erreichen. Das Handy war immer aus, und seine Mutter wusste nie, wo er sich gerade befand.

Arild klappte das grüne Buch mit einem Knall zu.

1 137 365 Kronen.

Dann schlug er das blaue Buch zu.

Er schuldete dem Sägewerk 1 137 365 Kronen. So viel hatte er sich, alle Posten zusammengerechnet, geliehen. 137 365 Kronen hatte er über die Pyramidenmillion hinaus noch zusätzlich abgehoben, damit die Zahl in der Bilanz stimmte, nachdem alle Hilfsbelege und Buchungen gemacht waren. Eigentlich keine nennenswerte Summe für die Firmenbilanz. Aber wahnwitzig viel, wenn er sie nicht zurückzahlen und seine Spuren verwischen konnte. Ihm blieben noch zwei Tage Zeit. Wenn die Polizisten oder die Prüfer der Hauptgeschäftsstelle die Zusammenhänge aufdeckten, war er geliefert. Veruntreuung und Glücksspiel waren jedes für sich genommen schon schlimm genug. Aber Glücksspiel mit veruntreuten Geldern setzte dem Ganzen wohl noch die Krone auf.

Er legte das Buch mit den richtigen Zahlen in die Schreibtischschublade, schloss sie ab und steckte den Schlüssel in die Tasche.

Das blaue Buch stellte er hinter sich ins Regal.
1 137 365 Kronen. Bis Freitag.

11
*Zu Hause bei Birger und Anita Borgersen,
Mittwochnachmittag*

Der tote Wellensittich lag in seiner Hand. Dass in so einem kleinen Vogel so viel Kot und Dreck steckte, hätte er nicht gedacht. Er hatte ihm die Scheiße aus dem Leib gequetscht. Erstaunlich, wie einfach es gewesen war. Er hatte die Finger um das Federvieh geschlossen und gespürt, wie es zitterte und schließlich still wurde.

Lächerlich einfach.

Mit einer Grimasse warf Birger Borgersen den Wellensittich seiner Frau in die Schneewehe vor dem Stall. Wie ein gelbgrüner Schneeball flog Putte durch die Luft. Birger wischte sich die Hand am Overall ab. Bis der Schnee geschmolzen war, hätte sich längst eine Katze oder Ratte über den Kadaver hergemacht. Anita würde ihn nicht finden. Und er würde ihr einfach erzählen, dass er den Vogel tot in seinem Käfig gefunden hätte. Sie würde ein oder zwei Tage heulen, aber Hauptsache, er war diesen bescheuerten Vogel endlich los. Der konnte ja noch nicht mal sprechen.

Birger betrat den Stall. Die warme Luft und der Geruch des frischen Heus strömten ihm entgegen. Ein paar Kühe drehten ihm muhend die Köpfe zu. Er blieb stehen und ließ den Blick über die Boxen der Kühe schweifen. Manchmal, so wie jetzt, war die Erinnerung schneidend klar. Dann war er wieder fünfzehn Jahre alt und hatte einen Sommerjob auf dem Hillerød-Hof. Gemeinsam mit einem schwedischen Bauernjungen. Verdammt!

Er hatte niemals jemandem davon erzählt. Bertil war älter als Birger, sprach Schonisch und kaute Snus. Verdammter Schwede! Bertil war noch im gleichen Sommer aus Juvdal verschwunden. Birger hatte keine Ahnung, was aus ihm geworden war. Es war ihm auch egal. Aber der Duft von Heu erinnerte ihn immer an Bertil. Und an den spitzen Schmerz, das Gefühl der Überrumpelung, Erniedrigung. Zum Teufel mit dem Schweden!

Er schlurfte durch den Stall und schloss das Arbeitszimmer in der nördlichen Ecke auf. Darin war gerade genug Platz für einen Schreibtisch mit einer elektronischen Rechenmaschine von 1972, einen alten Schreibtischstuhl und eine abschließbare Aktenkassette von Schwartz & Hüll aus Dresden, in der er die Rechnungen und Verträge vom Hof aufbewahrte sowie eine nicht unbeträchtliche Sammlung dänischer Pornohefte aus den Siebzigern.

Er knipste das Deckenlicht an und schaltete den elektrischen Heizkörper ein. Dann ließ er sich auf den wackeligen Bürostuhl fallen und nahm die Rechnungsbücher aus der Schreibtischschublade. Es hatte sich einiges angesammelt, das noch für die Buchführung abgelegt werden musste. Das schob er regelmäßig bis zum Letzten auf. Mit Zahlen hatte er sich immer schwergetan. Einfache Buchführung – Ausgaben/Einnahmen – kriegte er gerade noch hin. Mehr aber auch nicht. Wäre sein Verhältnis zu seinem Sohn Arild oder seinem Bruder Bjørn-Tore besser, hätte er sie um Hilfe bitten können. Die beiden verstanden was von Buchhaltung. Aber er würde einen Deubel tun, vor ihnen zu Kreuze zu kriechen. Wenn sein Sohn doch nur ein bisschen Mumm in den Knochen hätte! Ein ganzer Kerl wäre, der den Hof übernehmen konnte! Aber nein. Arild musste ja unbedingt was Besseres werden. Betriebswirt, oder wie er sich nannte. Typisch. Seit er laufen konnte, war er anders gewesen. Birger hatte versucht, ihn für die Landwirtschaft zu interessieren. Aber Arild war wie ein kleines Mädchen. Wollte lieber malen. Und schreiben. Musik hören. Hatte nie mit angepackt. War kein einziges Mal mit in den Wald gefahren, um Windbruch aufzuräumen. Und wenn Birger mal Hilfe im Stall oder in der Scheune brauchte, musste er seinen Sohn fast in die Stiefel zwingen. Und jetzt war er Betriebswirt. Statt den Hof zu übernehmen, wie es sich für einen Sohn gehörte.

Birger schaute durch das verschmierte Stallfenster zum Haus seines Sohnes. Herr Geschäftsführer Arild Borgersen! Verdammt, als wäre er etwas Besseres als sein Vater, der Bauer. Als wäre es unter der Würde eines Geschäftsführers, einen Hof zu bewirtschaften.

Birger hatte sich einen Sohn gewünscht, der auf dem Hof mit anpackte, Interesse an den Tieren und landwirtschaftlichen Maschinen zeigte, Fragen stellte und nachhakte, wenn es um Waldarbeit und Ernte ging. Aber Arild hatte keinen Mumm. Schon als kleiner Junge war er verweichlicht und schwächlich. Sigurds Sohn, der junge Tore, war ein Sohn, wie ein Landwirt ihn sich nur wünschen kann. Immer auf Zack! Neugierig! Interessiert! Vor Kurzem hatte Tore den Hof übernommen, während Birger sich immer noch von frühmorgens bis spätabends abrackern musste.

Geschäftsführer… Es musste ja was ganz Vornehmes sein.

Als sein alter Schulfreund Torgeir aus Porsgrunn ihm von der Glückspyramide erzählt hatte, hatte Birger nicht gezögert, seinen Sohn um Geld zu bitten. Schließlich war er Geschäftsführer, und wer, wenn nicht jemand in dieser Position, hatte Zugang zu Geld? Und richtig – Birger und Arild hatten sich zusammen mit einer Million an der Pyramide beteiligt. Dass Torgeir sich als Schuft der allerübelsten Sorte entpuppen würde, konnte ja keiner ahnen. Jetzt kämpfte wieder jeder für sich allein.

Langsam tippte er eine Zahl nach der anderen in die altmodische Rechenmaschine ein, die kaum lesbare Zahlen auf die Papierrolle druckte. Dann übertrug er die Summen mit zierlicher Schrift in die Spalten des Rechnungsbuches. Als er damit fertig war, öffnete er die Aktenkassette und heftete die Belege und Unterlagen in der Mappe mit der Aufschrift Dezember 2002 – März 2003 ab. Nach einem kurzen Blick zur Tür nahm er ein paar Zeitschriften vom Boden der Kassette – *Weekend Sex* und *Boyz'n Men* – und blätterte sie eilig durch. Aber er fühlte nichts. Nicht das leiseste Kribbeln. Dann eben nicht.

12
Juvdal, Alten- und Pflegeheim, Mittwochabend

Ihr Gesicht war bleich wie das Kissen, auf dem sie lag. Die Augen zitterten hinter halb geöffneten Lidern. Gerade war eine Schwester bei ihr gewesen, hatte sie gewaschen und eine CD mit Barry Manilow eingelegt. *Her name was Lola, she was a showgirl...* Die Gardinen waren halb zugezogen, die Musik gedämpft. Die Schwestern unterhielten sich in ihrer Gegenwart meist leise. Als wollten sie Siv Borgersen vor der Welt beschützen, an der sie so gut wie gar nicht teilnahm.

Niemand wusste, was hinter den halb geschlossenen Augenlidern vor sich ging. Vor sechs Jahren war bei einer ausführlicheren Untersuchung Hirnaktivität festgestellt worden, was definitiv belegte, dass sie nicht hirntot war. Im Gegenteil, der Neurologe hatte die Frage aufgeworfen, ob Siv vielleicht mehr mitbekam, als sie ausdrücken konnte. Danach folgte eine Phase, in der die Schwestern lange bei ihr saßen und mit ihr sprachen, ihr Fragen stellten, vom Alltag außerhalb der Pflegestation erzählten. Aber keiner von ihnen war es gelungen, Kontakt zu ihr zu bekommen.

Plötzlich begannen Sivs Augen hektisch zu zucken. Sie stöhnte leise. Ihre Finger kratzten ziellos über die Decke. Sie schnappte nach Luft.

Genauso schnell, wie der Anfall gekommen war, verschwand er auch wieder. Ihre Hände lagen reglos auf der Decke. Die Augen und ihr Atem beruhigten sich. Sie schien sich tief in sich selbst zurückzuziehen, um Ruhe zu suchen.

... she was a showgirl, but that was thirty years ago...

Unten auf dem Parkplatz startete ein Schneepflug und kratzte mit klirrenden Ketten über die vereiste Teerdecke. Das orangefarbene Warnlicht auf dem Dach warf hektische Lichtflecken auf die Gardinen. Eine Windböe strich am Fenster vorbei.

13
Juvdal, Gjæstegaard, Mittwochabend

In ihrem Kopf erschien das Bild eines Mannes. Blond, gut aussehend, langes, gewelltes Haar. Wie ein Engel. Wer war das? Eisblaue Augen, die in einen hineinsahen. Androgyn.

Robin, dachte sie.

Der Name war im Traum zu ihr gekommen. Der attraktive Mann mit den langen Haaren und den eisblauen Augen. *Wer bist du, Robin?*

Victoria Underland fror. Sie lag auf dem Bett in ihrem Hotelzimmer. Offenbar hatte sie geschlafen. Sie wollte wissen, wie spät es war, aber ihre Augen ließen sich nicht scharf stellen. Sie kniff sie zu. Fest. Versuchte, ihre Atmung zu kontrollieren. Robin? Und noch ein Gedanke: Der Doktor!

Draußen pfiff der Wind um eine Hausecke. Das Schneegestöber warf die Flocken stumm gegen die Scheibe.

Der Doktor?

Wer bist du? Wer seid ihr?

Sie bekam keine Antwort. Natürlich nicht.

Roch altes Holz, Malerfarbe und noch etwas anderes, strenges, Fremdartiges. Sie spürte die Kälte vom Fenster und der Außenwand. Ihre Haut zog sich zusammen.

Was tue ich eigentlich hier? Warum hatte sie zugesagt? Sie wusste es nicht. Kristin Bye hatte vor ein paar Wochen früh morgens bei ihr angerufen. Zuerst hatte sie mit dem Namen nichts anfangen können. Die Journalistin hatte unentwegt geredet, und allmählich war Victoria aufgegangen, mit wem sie da sprach. Kristin Bye. Die Aquarius-Frau. Eine schreckliche Sache ... Das war ein bisschen viel auf einmal. Juvdal! Doppelmord! Vor fünfundzwanzig Jahren! Dokumentarfilm! Kanal ABC! Buch! Ob sie sich vorstellen könne, daran mitzuwirken? Sie hatte nicht gewusst, was sie antworten sollte, hatte mit dem Telefonhörer in der Hand dagestanden und ein *Nein, danke* auf der Zunge gehabt, das als *Ja, gerne* herauskam. Als hätte jemand anders an ihrer Stelle geantwortet. Sie begriff nicht, was sie dazu verleitet hatte, zuzusagen. Sie hatte nicht im Entferntesten das Bedürfnis, nach Juvdal zu fahren und in vergangenen Angelegenheiten zu wühlen. Sie war zu alt für so etwas. Zu müde. Trotzdem hatte sie das Gefühl gehabt, keine andere Wahl zu haben. Dabei bereute sie die Entscheidung. Alles in ihr sträubte sich. Sie verweigerte sich innerlich. Dieses klamme Unbehagen. Wie das eisige Kribbeln im Nacken, das einen beschleicht, wenn man durch einen dunklen, kalten Kellergang geht. Eine Gewissheit – keine rationale Empfindung. Angst war ihr unbekannt. Ihre Fähigkeiten hatten sie nie geängstigt. Die waren ein Teil von ihr, genau wie ihre übrigen Sinne. Aber jetzt hatte sie Angst, ohne zu wissen, warum. Was wusste sie überhaupt? Nichts. Da war nur diese Empfindung. Eine vage Ahnung, unkonkret, die sie nicht in Worte fassen konnte. Sie war eben keine Wahrsagerin.

Sie war zwanzig Jahre alt, als die Lokalzeitung zum ersten Mal etwas über sie brachte. Einen netten Artikel mit einem hübschen Foto. Eine Woche später folgte das *Dagbladet*. Im Laufe eines Monats bekam sie mehr als hundert Anfragen. Wegen eines verloren gegangenen Erbstückes. Wegen eines Verwandten, der tot und verschollen war. Dann begann das Telefon zu klingeln. Fremde, flehende Stimmen. Ob sie ihnen helfen könnte…? Sie wäre ihre letzte Hoffnung.

Nach und nach sank sie zurück in den Schlaf, und als sie zu träumen begann, befand sie sich in einem fremden Haus. Licht fiel schräg durch die Fenster wie in einer Kathedrale. Auf einem Mahagonitisch lag eine aufgeschlagene Bibel. Eine alte Frau – mager, aschfahl, verzagt – saß in einem knarrenden Schaukelstuhl.

Wer bist du?, dachte Victoria in der zerbrechlichen Sphäre zwischen Schlaf und Wirklichkeit. Die Frau presste etwas an ihre Brust. Ein Buch. Sie hatte die Unterarme darüber verschränkt und umklammerte die Ecken mit den Händen. Ein Tagebuch, dachte Victoria. Berit Borgersens Tagebuch? Das verschollene Tagebuch?

Als Victoria kurz darauf wieder langsam zu sich kam, glaubte sie zuerst, auf dem Sofa in dem fremden Haus zu liegen. Sie blinzelte verwirrt.

Sie hatte das Gesicht der alten Frau klar vor Augen. Wieso hatte die Frau das Tagebuch?

Schlief sie? War sie wach? Manche würden diesen Zustand auch Meditation nennen. Ein Zurückziehen in den Geist. Tief in sich spürte sie ein Vibrieren. Ein anhaltendes, fernes Summen; wie von Stimmen, Gedanken, Bildern. Mehr eine Ahnung als Gewissheit, mehr eine Empfindung als Klarheit. Das bedeutete es, hellseherisch zu sein. Wie sie diese Etikettierung hasste. Für alles musste es einen Namen geben, eine Schublade. Hellseherisch.

Gleich würde Kristin Bye, die reizende, freundliche Kristin, an der Tür klopfen – *Hallo, Victoria! Ich bin's, Kristin! Sind Sie da? Gunnar Borg würde Sie gerne kennenlernen!* – und sagen, dass sie sich auf den Weg machen müssten. Zum Tatort. Victoria grauste es davor. Sie war im Laufe der Zeit an etlichen Tatorten gewesen. Und jedes Mal war etwas mit ihr geschehen. Schlimme Bilder, brüchige Stimmen; ein wachsendes Gefühl von Angst, Panik, Trauer.

Sie dachte an ihr Leben in Frogner. Eigentlich seltsam, dass sie Gunnar Borg noch nie angesprochen hatte. Sie sah ihn häufiger – im Laden, auf dem Gehweg, in einem der neuen Cafés –, und sie wusste, wer er war. So wie er zweifellos wusste, wer sie war. Trotzdem hatten sie sich nie gegrüßt. Wahrscheinlich, weil sie spürte, was er von ihr hielt. Gunnar Borg war ein Rationalist. Ein Skeptiker. Einer, der handfeste Beweise forderte, ehe er etwas akzeptierte. Und trotz allem – eine suchende Seele. So viel Menschenkenntnis hatte sie. Ein Gentleman der alten Schule, der sich hinter seiner Skepsis und unerschütterlichen Überzeugung verbarrikadierte, weil er sich dort sicherer fühlte.

Und wer weiß, vielleicht ging es ihm mit sich selbst besser als ihr. *Eine Gabe...* Wem wollte sie was vormachen? Wohl hauptsächlich sich selbst.

Was war hier eigentlich im Gange? Sie wälzte sich unruhig hin und her. Sie war eingeladen worden, an dieser Fernsehdokumentation mitzuwirken. Aber da war noch etwas anderes. Etwas, das Kristin Bye weder geplant hatte, noch voraussehen konnte. Etwas, das nur sie spürte.

Wer ruft mich?, fragte sie sich.

Es klopfte an der Tür. Victoria zuckte zusammen.

»Victoria? Ich bin's, Kristin. Kristin Bye! Sind Sie wach? Gunnar Borg ist bei mir, er würde Sie gerne begrüßen.«

Vergangenheit:
Der Tod steht vor der Tür

5. JULI 1978

Dieser Tag…
So unwirklich! Wie verzerrte Reflexe auf den Scherben eines zerbrochenen Spiegels.
Ich weiß noch, dass es früher Vormittag war. Ein Mittwoch.

*

Berit Borgersen stand am Fenster und winkte Rolf und Siv zu. Ihre Tochter tanzte begeistert über den Gartenweg. Sie und ihr Vater wollten rauf zum Mårvatn-See und baden. Tagelang hatte sie ihnen mit diesem Wunsch in den Ohren gelegen.

Berit küsste in ihre Handfläche und blies den Kuss hinter ihnen her. Beide fingen den Luftkuss auf. Rolf zwinkerte ihr zu.

Als das Auto unten an der Kreuzung links abbog, ließ sie die Gardine los und nahm den Hörer des Telefons. Sie wählte die Nummer ihrer Mutter. Niemand zu Hause. War heute das Treffen mit den Landfrauen im Gemeindehaus zum Stricken und Häkeln?

Kaum hatte sie den Hörer wieder aufgelegt, klingelte es.

»Mutter?«, fragte sie verwirrt.

Thomas' Lachen: »*No way*! Bloß ich. Ich habe Rolf und Siv vorbeifahren sehen. Hm, kann ich kurz vorbeikommen für ein kleines – Interview?«

»Du bist verrückt!« Sie kicherte wie ein kleines Mädchen. »Das geht nicht, wirklich! Sie fahren nur mal kurz hoch zum Mårvatn.«

»Fünf Minuten! Ein Quickie!«

»Thomas! Sie können jeden Augenblick wieder hier sein. Außerdem muss ich heute streichen.«

»Schade.«

Sie lachten und flirteten noch eine Weile, bis Thomas sagte, er müsse jetzt auflegen.

Berit blieb einen Moment stehen und presste den Hörer gegen die Brust.

Vor dem Fenster sah sie ein paar kleine Vögel in den Apfelbaum fliegen.

Sie ging in die Küche. Das Kaffeewasser kochte. Sie goss sich eine Tasse ein und setzte sich mit der Zeitung hin. Las über den Sommerflohmarkt und über die Pläne einer neuen Trasse für die Landstraße.

Im großen Vorratsschrank fand sie die Farbdosen und ein Glas mit Pinseln. Sie spülte den Verdünner aus und ließ die Pinsel einen Moment zum Abtropfen in der Spüle stehen. Währenddessen suchte sie nach einem Schraubenzieher, bis ihr einfiel, dass sie ihn zu den Tellern in den Küchenschrank gelegt hatte, damit er nicht verschwand. Mit dem Schraubenzieher hebelte sie den Deckel der Farbdosen auf.

*

Alles war so friedlich. Der Wimpel hing schlaff vom weißen Fahnenmast in dem vor Farben explodierenden Garten. Ich überquerte den Weg und öffnete die Gartentür, die kreischend protestierte.

*

Als sie den Pinsel in die Farbe tauchen wollte, fiel ihr ein, dass sie schon einige Tage nichts mehr in ihr Tagebuch geschrieben hatte. Das tat sie am liebsten, wenn sie allein war. Siv war so neugierig, und sogar Rolf blickte ihr manchmal über die Schulter.

Sie drückte den Deckel wieder auf die Farbe und schloss die Schatulle auf, in der sie das Tagebuch und das Etui mit dem Füller, den sie zur Konfirmation bekommen hatte, aufbewahrte. Dann setzte sie sich an den Wohnzimmertisch und nahm die Kappe vom Stift:

Mittwoch 5. Juli
Rolf und Siv sind oben am Mårvatn-See zum Baden. Das Haus ist herrlich still. Gleich werde ich ein bisschen streichen. Thomas hat angerufen, er wollte vorbeikommen. Er ist so wunderbar, obgleich er mir das schlechteste Gewissen der Welt macht.
Ich habe neulich jemandem von uns erzählt...
Oh, da kommt jemand, ich höre Schritte auf dem Kies.

*

Ich klingelte. Die Türglocke schellte trocken.
Schnelle Schritte.
Die Tür ging auf.
Die Zeit blieb einen Moment lang stehen.
Du, sagte sie.

Die Trance

MITTWOCH, 8. JANUAR 2003

I
Tatort, Mittwochabend

Die Kerzen flackerten. Victoria Underlands Gesicht schimmerte in dem warmen Lichtschein. Sie hatten etwa vierzig, fünfzig Kerzen angezündet. Die Möbel zeichneten sich als Silhouetten im Halbdunkel des Wohnzimmers ab. Sie saß bereits länger als eine Stunde in einem Ohrensessel in der Mitte des Raums, still und mit geschlossenen Augen.

Die anderen waren in die Küche gegangen und unterhielten sich leise, um Victoria nicht zu stören. Kristin versuchte halbherzig, Petter und Lise davon zu überzeugen, dass Victoria möglicherweise allein durch ihre Anwesenheit Ruhe ins Haus bringen konnte. Es war der Tatort eines grausamen Doppelmordes, vielleicht konnte ein Medium wie Victoria den Geistern der Toten hinaushelfen. Eine Art Exorzismus. Aber nicht einmal sie selbst glaubte an ihre geschwollenen Phrasen. Trotzdem nickte Petter ernst und scheinbar einverstanden.

Als Roffern ihr zuwinkte, schloss Kristin die Küchentür und schlich in den Flur. Roffern stand mit der Kamera in der geöffneten Tür vom Flur zum Wohnzimmer. Kristin blickte verstohlen in den dunklen Raum. Victoria saß zusammengesunken im Ohrensessel. Die Falten zogen sich wie schwarze, tiefe Scharten durch ihr Gesicht. Ihre geschlossenen Augen und Lippen bewegten sich hastig.

Sie ist in Trance, dachte Kristin.

Die flackernden Flammen der Kerzen warfen diffuse Schatten.

Roffern zoomte Victorias Gesicht heran. Ihr Körper zuckte. Die Finger klammerten sich krampfhaft um die Lehne des Sessels. Sie warf den Kopf hin und her. Ihre Stimme war nur ein unverständliches Murmeln, kaum hörbar; ein gutturaler, summender Laut, der tief aus ihrer Kehle emporstieg. Ihr Körper begann zu zittern. Ihre Hände klatschten auf die Armlehnen. Die Absätze ihrer Schuhe schlugen rhythmisch auf den Boden. Victoria rang nach Atem und zuckte zusammen.

2
Tatort, Mittwochabend

Abrupt richtet sie sich auf. Sie wimmert. Wo sind sie alle? Wo ist Kristin, wo sind Roffern und sein Kollege? Der Kopf schmerzt. Das Herz hämmert. *O, mein Gott, was geht hier vor?* Es gelingt ihr nicht, deutlich zu sehen. Alles ist unscharf. Schimmernd. Aber sie sieht, dass es hell ist. Tag. Das Fenster glänzt im Morgenlicht, die Sonne steht noch tief. Sommer. Laub und Gras. Blütenstaub. Das Zimmer ist das gleiche, aber alles ist ... verändert. Andere Farben. Andere Möbel. Sie denkt: *In einer anderen Zeit.* Wieder stöhnt sie. Die Kopfschmerzen sind unerträglich. Sie kommt mühsam auf die Beine. Bleibt schwankend stehen. *Wo seid ihr?* Sie versucht, ihren Blick scharfzustellen, aber alles ist undeutlich. Das Licht schimmert in einem dunkleren Ton. In der Tür zum Flur glaubt sie zwei Gestalten zu erkennen, durchsichtig wie Gespenster. Kristin und Roffern? Aber sie sind nicht wirklich. »Wo seid ihr?«, will sie fragen, aber es kommen nur unverständliche Laute über ihre Lippen. Nicht sie ist es, die spricht. *Mein Gott, wer bin ich?* Sie fasst sich an die Brust. Dann versinkt alles um sie herum in Dunkelheit, als wäre es plötzlich Nacht geworden, und als das Licht mit einem Mal zurückkommt, blendend und grell, steht sie draußen vor der Tür, sie geht eine Treppe hoch, drinnen wartet jemand, das Böse wartet auf sie, doch sie geht hinein und alles wird undeutlich, als füllten sich die Augen mit Tränen; flüchtig sieht sie Gesichter aufblitzen, unerkennbar und undeutlich, sie spürt ihre Panik wie eine Explosion aufsteigen, hört einen Laut, einen Schrei, und sie sieht eine Axt, endlose Sekunden, jemand fällt schwer zu Boden, sie blickt auf, in die Augen des Dämons, leuchtend, stechend, es ist kein Gesicht, nur zwei brennende Augen, und sie spürt einen schneidenden Schmerz, der ihren Kopf spaltet, sieht eine Gestalt weglaufen und Blut, überall Blut, will schreien, hat aber keine Stimme, ihr Kopf fühlt sich an, als wollte er platzen, *was ist das nur?*, aufgerissene Augen, die Axt, ein gespaltener Schädel, der mit Blut getränkte Teppich, Schreie, die lautlos durch ihren Kopf wogen und sich mit den Schmerzen vereinen. *Jetzt sterbe ich*, denkt sie, *das überlebe ich nicht, jetzt platzt mein Kopf, es zerreißt mich in Stücke, das ist zu viel, ich kann nicht mehr*, und sie fällt.

3
Tatort, Mittwochabend

Victoria Underland fiel zu Boden und blieb von Krämpfen geschüttelt liegen. Ihre Augen waren weit geöffnet, sie rang nach Atem. Kristin stürzte zu ihr und drehte sie auf den Rücken.

»Victoria!«, schrie sie und schlug ihr mit der flachen Hand auf die Wange. »Was ist mit Ihnen? Victoria!«

Victoria warf den Kopf hin und her.

»*O shit!*« Roffern trat hinter der Kamera vor und blieb unschlüssig stehen. »Soll ich einen Krankenwagen rufen?«

»Roffern! Film das!«, rief Kristin.

Victoria röchelte und rollte mit den Augen.

Widerwillig ging Roffern zurück an die Kamera. »Aber Kristin ...«

Kristin schüttelte sie. »Victoria! Hören Sie mich? Victoria!«

Gunnar und die anderen kamen aus der Küche gestürzt.

»Roffern!«, sagte Kristin verbissen. »Filmst du das auch?«

»Kamera läuft«, antwortete er missmutig.

Kristin tätschelte weiterhin Victorias Gesicht. Gunnar kniete neben ihr nieder und maß ihren Puls.

Victoria versuchte, etwas zu sagen. Ihre Augen öffneten sich, und sie blickte sich im Zimmer um.

»Victoria!«, rief Kristin.

Gunnar schüttelte sie. »Was ist mit Ihnen?«

»Ich ...«, stöhnte Victoria. Sie holte mehrmals tief Luft und versuchte, sich zu sammeln.

»Hören Sie mich?«, fragte Gunnar.

»Ich bin ohnmächtig geworden. O Gott, was für eine Migräne.«

Gunnar stützte sie, so dass sie auf dem Boden sitzen konnte. Sie presste sich die Fingerkuppen an die Schläfen.

»Immer diese Migräne danach«, stöhnte sie.

»Brauchen Sie einen Arzt?«, fragte Gunnar.

»Nein, nein.«

»Sind Sie sicher?«, erkundigte sich Kristin.

Sie halfen ihr auf einen Stuhl, auf dem sie, die Stirn in die linke Hand gestützt, sitzen blieb.

»Wäre es nicht doch besser, einen Arzt zu rufen?«, fragte Kristin.

»Keine Sorge. Das wird schon wieder.«

»Was ist passiert?«, fragte Gunnar.

»Ich weiß nicht, was passiert ist.«

»Sie erinnern sich nicht?«

Victoria schloss die Augen. »Ich – war – jemand anders.«

Keiner sagte etwas.

»Jemand anders?«, fragte Gunnar und sah Kristin beunruhigt an.

»Wer waren Sie?«, fragte Kristin.

»Ich glaube, ich habe – die Morde gesehen.«

»Sie haben die Morde gesehen?«, wiederholte Kristin.

»Ich war hier.«

»Sie steht unter Schock«, sagte Gunnar.

»Haben Sie den Mörder erkennen können?«, fragte Kristin.

»Ich habe mit den Augen eines anderen Menschen gesehen, vielleicht mit den Augen des Mörders. Ich kann es nicht sagen.«

»Sie haben die Morde… mit den Augen des Mörders gesehen?«

»Setz sie nicht so unter Druck«, sagte Gunnar scharf.

»Weiß – ich – nicht.«

»Aber was haben Sie gesehen?«

»Nichts. Und alles.«

»Ja, aber den Mörder, haben Sie den gesehen?«

»Nein. Er war hier. Aber nur als eine Art – Gefühl. Ich kann ihn nicht beschreiben. Tut mir leid. Ich war da. Ich habe ihn gespürt. Vielleicht habe ich durch seine Augen gesehen. Aber ich kann ihn nicht beschreiben. Das waren nur Bruchstücke. Fragmente. Gefühle. Aber ihn selbst habe ich nicht gesehen.«

»Lass sie jetzt in Ruhe«, sagte Gunnar.

Kristin hockte sich neben Victoria und hielt ihre Hand. War sie wirklich in der Vergangenheit gewesen? Hatte sie tatsächlich gesehen, was geschehen war?

War das möglich?

Schon seit sie ein kleines Mädchen war, dachte Kristin über das Wesen der Zeit nach. Tief in Gedanken versunken, hatte sie den Lauf des Sekundenzeigers über das Zifferblatt verfolgt und dem gleichmäßigen Ticken der Uhr gelauscht. Jeden Sommer war sie oben auf der Alm auf einen gigantischen Felsbrocken geklettert, den die Gletscher der Eiszeit zurückgelassen hatten. Sie nannte ihn ihren Denkstein. Zehntausende von Jahren hatte er an genau diesem Platz gelegen, in genau dieser Stellung. Schwer, unbeweglich, unveränderlich. Ein Anker in der Zeit. Von dort oben konnte sie über die Alm und den Wald schauen, über das Tal, das Dorf und die Berge dahinter. Sie stellte sich vor, in den Tag zu blicken, in die Zukunft. Auf dem Denkstein war ihr zum ersten Mal bewusst geworden, dass sie Journalistin werden wollte. Sie hatte schon immer gerne geschrieben. Ihre Schreibtischschublade war voller Gedichte, Novellen und Skizzen. Auch später war sie hin und wieder noch auf den Denkstein geklettert, um die alte Magie zum Leben zu erwecken. Das letzte Mal unmittelbar nach der Beerdigung von Halvor, ihrem großen Bruder. Die Beisetzung hatte an einem Donnerstag stattgefunden. Auf der harten Bank der Kirche war ihr durch den Kopf gegangen, dass das Leben nur eine endlose Reihe von Augenblicken war. Eine Abfolge kleinerer und größerer Ereignisse und Begebenheiten; eine zerbrechliche Kette, die jederzeit reißen konnte. Was geschieht mit der Zeit, wenn wir sterben? Nach der Beerdigung war sie hinauf auf die Alm gegangen. Wie ein Waldgeist war sie über die Wiesen gelaufen, hatte Halme gepflückt und den Duft des Spätsommers eingesogen. Der Sonnenschein lag weich auf den Hängen, als sie auf den Felsen kletterte. Sie erinnerte sich noch immer daran, wie die Spitze des Kirchturms geglänzt hatte und dass oben auf den Bergen schon Schnee gefallen war und der

Mårvatn-See wie ein dunkler Spiegel inmitten des blauschwarzen Waldes gelegen hatte.

Sie drückte Victorias Hand.

»Sie müssen sich ausruhen«, flüsterte sie.

Linda und Bitten nahmen gemeinsam mit Victoria ein Taxi zurück zum Hotel, während Kristin und Gunnar Roffern halfen, das Material zusammenzupacken. Petter und Lise saßen stumm in der Küche, der Schrecken war ihnen in die Glieder gefahren, und sie hatten sich jeder einen ordentlichen Whisky eingeschüttet.

Kristin setzte sich hinter das Steuer und ließ den Motor an. Gunnar hantierte am Gurt herum.

»Und du glaubst es noch immer nicht?«, fragte sie.

»Glauben?«, fragte Gunnar.

»Dass es – dass es mit dieser Victoria etwas auf sich hat?«

»Wegen des Anfalls da drinnen?«

»Du hast doch mit eigenen Augen gesehen, was da geschehen ist!«

Langsam und nachdenklich begann er, sich den Nacken zu massieren.

»Gunnar? Stimmt etwas nicht?«

Er nahm die Hand weg. »Was weiß denn ich, was da drin passiert ist.«

»Gunnar! Glaubst du wirklich, sie blufft?«

»Natürlich nicht. Victoria mag gut und gerne gefühlt haben, was sie uns beschrieben hat. Aber beweist das irgendetwas? Ich weiß wirklich nicht, Kristin. Das menschliche Gehirn ist undurchschaubar. Die Fantasie kann uns manchen Streich spielen. Ja, es war erschreckend. Aber beweist das etwas?«

Kristin sah ihn an und richtete ihren Blick dann wieder auf die Straße.

Sie fuhren einen lang gezogenen Hang hinauf, vorbei an einem eingeschneiten Verkehrsschild, und bogen dann nach rechts ab.

»Ich habe mir etwas überlegt«, sagte Kristin. »Berit ist 1963 von zu Hause weggelaufen, weil sie schwanger war, nicht wahr?«

»Hm«, murmelte Gunnar.

»Wenn der Vergewaltiger etwas mit den Morden von 1978 zu tun hatte, müsste doch etwas über ihn in ihrem Tagebuch stehen?«

»Das ist anzunehmen.«

»Also muss der Mörder es gestohlen haben. Direkt vor den Augen der Polizei.«

»Sollte es so sein, hat er es sicher vor langer Zeit verbrannt oder vernichtet.«

»Oder«, sagte Kristin, »es als eine Art Trophäe behalten.«

4
Zu Hause bei Thomas Holmen, Mittwochabend

Juvdal war vor der Pest, die in den dicht bevölkerten Küstenstreifen und Tälern Norwegens wütete, ein ~~abseits gelegener~~ Zufluchtsort, doch bereits in der Wikingerzeit regierten Großbauern und Häuptlinge in diesem ~~dunklen~~, versteckten Tal. Die ersten Siedler kamen durch tiefe Bachtäler und im Schutz der mächtigen, dunklen Fichten und Kiefern hierher – Bauern und Wildbeuter – und errichteten die ersten einsamen Höfe. Unten im Tal entstand rasch eine Art Sammlungsplatz: Das ~~Unser~~ Dorf, das …

Thomas Holmen brach den Satz mittendrin ab.

Er blickte auf das Blatt in der Schreibmaschine und wartete darauf, dass ihm die richtigen Worte einfielen.

Nichts.

Alles in ihm war ins Stocken geraten.

Seine Finger schwebten über den Tasten, aber alles stand still. Die Gedanken, die Bewegungen, alles. Er versuchte, tief durchzuatmen, seinen Gedankengang wieder aufzugreifen und zu der Kette der Worte zurückzufinden, die soeben durchtrennt worden war. Er zog es vor, den Entwurf für seine lokalhistorischen Bücher mit der Schreibmaschine zu schreiben und nicht mit dem PC. Die mechanische Underwood-Maschine zwang ihn, anders zu denken, als wenn er am PC saß und die Finger manchmal so schnell über die Tastatur huschten, dass die Gedanken kaum mit den Worten Schritt halten konnten. Mit der Schreibmaschine schrieb er langsamer und überlegter. Er liebte das Gefühl der Finger auf den Tasten, die mechanischen Geräusche, den Rhythmus des Anschlags auf dem Papier.

Kristin Bye.

Die Morde.

Die Briefe.

Seine Gedanken kamen davon nicht los. Er saß zu Hause in seinem Arbeitszimmer, das ihm gleichzeitig als Bibliothek diente. Auf dem Tisch stand ein Glas kalifornischer Rotwein, und er hatte der Stimmung halber eine dicke Kerze angezündet. Er las die letzten Worte noch einmal durch und zwang seine Finger auf die Tasten:

```
... heute unter dem Namen Juvdal bekannt ist.
Schon bald entstand eine lokale Machthierar-
chie. Wer waren die ...
```

Als die Klingel ertönte, die das Zeilenende ankündigte, schob er die Walze zurück und fuhr in einer neuen Zeile fort:

```
... Landesfürsten, die das erste Jahrhundert
Juvdals geprägt haben? Rangvald Bårdssønn -
der mächtige, mythenumsponnene Häuptling in
der Übergangszeit zwischen altnordischem
Glauben und Christentum - wird von vielen
~~geschichtsinteressierten Dorfbewohnern~~ als
der ...
```

Wieder hielt er inne. Der Gedanke war weg. Wie in Luft aufgelöst. Diese verdammte Kristin Bye!

Er blickte von dem Blatt auf und starrte vor sich auf das Bücherregal, Meter an Meter Literatur. Wie wenig es doch bedurfte, um einem den Seelenfrieden zu rauben, die innere Ruhe, dachte er. Ein Brief. Eine bescheuerte Fernsehsendung.

Er beugte sich wieder über die Maschine und hämmerte weiter:

```
... erste Häuptling angesehen, der Juvdal zu
einem »Reich« geeint hat. Das war keine leich-
te Aufgabe. Jahrelang trugen er und seine
Männer einen bewaffneten Konflikt mit den
übrigen Großbauern aus. Rangvald Bårdssønns
Hof Dalheim war ein mächtiger Häuptlings-
sitz, erbaut von Rangvalds Vorfahren: Gjer-
mund, Arne und ...
```

Er nahm einen kräftigen Schluck Rotwein und las noch einmal durch, was er gerade geschrieben hatte. Es war nicht besonders gelungen. Um die sprachlichen Details musste er sich kümmern, wenn er das Ganze auf dem PC ins Reine schrieb.

Er versuchte, sich zu konzentrieren...

```
...Bård. Aber im Gegensatz zu seinem Vater,
war Rangvald kein beliebter Herrscher. Sein
jüngerer Bruder Njål führte eine Schreckens-
herrschaft (vermutlich hinter dem Rücken
seines Bruders) und war bekannt für seine
gnadenlose und völlig überhöhte Steuerein-
treibung bei den Kleinbauern im Tal.
```

... aber die Gedanken flatterten wie ungeduldige Vögel davon. Hatte er zu viel gesagt? Sich missverständlich ausgedrückt? Etwas preisgegeben, das ihn entlarven konnte?

Er legte den Kopf nach hinten und dachte an den letzten Brief. Der Wortlaut der geheimnisvollen, anonymen Schreiben war über die Jahre beinahe identisch geblieben:

Thomas Holmen. Hast Du Berit getötet? Wie schwarz ist Dein Gewissen?

Wer bist du? Warum schreibst du mir? Was weißt du?

Er trug eine immerwährende Angst in sich, dass irgendjemand entdecken könnte, was er unter Verschluss gehalten hatte. All die Lügen, Verheimlichungen. Das eine würde zum anderen führen. So war es immer bei Kriminalfällen. Die kleinste Bagatelle würde aufgeblasen werden, bis sie ungeahnte Dimensionen annahm. Die kleinste Bagatelle.

5
Juvdal, Gjæstegaard, Mittwochabend

Victoria lag blass und erschöpft auf dem Bett. Sie hatte Kopf und Rücken gegen das Bettgitter gestützt und sich in ein graues Tuch gehüllt.

Kristin setzte sich auf den Holzstuhl, der unter ihrem Gewicht knarrte. Gunnar stellte sich ans Fenster.

»Wie geht es Ihnen?«, fragte Kristin.

»Kümmert euch nicht um mich«, sagte Victoria. Sie seufzte. »Die Migräne ist nicht gerade angenehm. Ich habe eine Tablette genommen. Das hilft meistens.«

»Was ist passiert?«

»Ich habe das niemals zuvor so stark erlebt. So intensiv. Noch nie.«

»Sie hatten einen Kollaps«, sagte Gunnar. Er stand am Fenster und blickte nach draußen.

Victoria runzelte die Stirn. »Kollaps? Ich würde das eher als Trance bezeichnen.«

»Trance?«, entgegnete Gunnar skeptisch und betrachtete ihr Spiegelbild im Fenster.

»Ich bin in Kontakt mit ... etwas gekommen.«

Etwas.

»Aber mit was?«, fragte Kristin.

Victoria schlug das Tuch enger um sich. Sie blickte zuerst zu Kristin, dann auf Gunnars Spiegelbild. Lange.

»Dem Mord.«

»Wie meinen Sie das?«, fragte Kristin.

»Ich habe den Mord erlebt, ich war dort.«

»Sie sollten vielleicht ein bisschen schlafen«, schlug Gunnar vor.

»Ich habe den Mord gesehen«, sagte Victoria.

»Aber den Mörder haben Sie nicht erkannt?«, fragte Kristin.

»Leider. Da waren nur Gefühle, Sinneseindrücke, keine Gesichter.«

»Unglaublich«, sagte Kristin.

»Das kannst du laut sagen«, stimmte ihr Gunnar zu.

»Könnten Sie versuchen zu beschreiben, was Sie gefühlt haben?«, fragte Kristin.

»Er war da. Der Mörder. Ich habe ihn gespürt. Nur gesehen habe ich ihn nicht.«

»Wenn Sie ihn doch nur erkannt hätten!«, rief Kristin.

»Sie können doch unmöglich etwas erlebt haben, das vor fünfundzwanzig Jahren passiert ist!«, platzte Gunnar hervor.

Victoria antwortete nicht.

Als Kristin nach unten an die Rezeption kam, um Zeitungen zu kaufen, stand Pia am Empfang. »Ach, übrigens, da ist ein Brief für Sie gekommen«, sagte sie und nahm etwas aus dem Schlüsselfach. *An Kristin Bye* war mit Blockbuchstaben auf den Umschlag geschrieben worden. Kristin blickte verwundert auf den Umschlag. »Der lag heute Morgen im Briefkasten. Ohne Briefmarke«, erklärte Pia. »Entschuldigen Sie, darf ich Sie etwas fragen?«

»Natürlich«, erwiderte Kristin lächelnd und gab ihr das Geld für die Zeitungen.

»Ich weiß nicht, wie ich es sagen soll. Ich…« Ihre Stimme versagte und zwang sie, sich zu räuspern. »Ich hatte in der letzten Zeit einige Träume.«

»Träume?«

»Albträume.«

»Aber was kann ich…«

»Ich hatte so etwas früher nie. Das heißt, natürlich hatte ich

Albträume. Aber nicht so. Irgendwann wurde mir klar, dass es anfing, nachdem Sie sich hier angemeldet hatten.«

»Oje«, sagte Kristin mit einem vorsichtigen Lachen. »Das tut mir leid.«

»In den Träumen geht es nicht um Sie. Sondern um bestimmte ... Orte. Beängstigende Orte. In meinen Träumen habe ich Plätze gesehen, die vollkommen unwirklich sind. Und in all diesen Träumen läuft ein Mensch herum. Manchmal eine Hexe. Manchmal eine Priesterin. Ich habe sie als Göttin und als Schamanin gesehen.«

»Jetzt sagen Sie aber nicht, dass Sie mich meinen«, sagte Kristin und versuchte das beklemmende Gefühl wegzulächeln, das in ihr emporkroch.

»Nein, nicht Sie. Sie hätte ich sofort wiedererkannt. Ich habe erst gestern kapiert, wer da durch meine Träume irrt.«

Kristin wusste die Antwort, als sie die Frage stellte: »Wer?«

»Victoria Underland.«

Mit fragender Miene folgte Kristin Pia in das hinter der Rezeption liegende Wohnzimmer. Bjørn-Tore, der mit einer Zeitung auf dem Sofa saß, nickte Kristin mit einem verwirrten Lächeln zu. Pia bat Kristin, im Ruhesessel Platz zu nehmen, und goss ihnen allen Kaffee ein. Dann setzte sie sich neben ihren Mann.

»Ich ... «, begann Pia, doch die Worte wollten nicht über ihre Lippen.

Bjørn-Tore legte den Arm um ihre Schulter. »Hat sie mit Ihnen über ihre Träume gesprochen?«

»Ein bisschen«, antwortete Kristin.

»Ich weiß, dass sich das dumm anhört«, sagte Pia.

»Sie haben also Albträume von Victoria Underland gehabt?«, fragte Kristin.

Pia knetete ihre Hände. »Was soll ich sagen? Ich kenne sie ja nicht. Aber als ich sie an der Rezeption stehen sah, wusste ich instinktiv, dass das die Frau aus meinen Träumen ist.«

»Was für Träume sind das?«

Pia schloss für einen Moment die Augen. Dann antwortete sie: »Es ist immer der gleiche Ort. Eine Landschaft. Karg, verlassen. Ruinen. Grundmauern, eingestürzte Häuser. Tote, kahle Bäume. Keine Sonne, kein Himmel. Keine Farben. Ein Ort, den es nicht gibt. Ohne jedes Leben. Und jedes Mal taucht *sie* auf. Die Frau. Victoria. Manchmal in zerrissenen Kleidern, als Bettlerin. Manchmal als Hexe. Dann wieder als strahlend schöne Göttin, umgeben von einem überirdischen Lichterglanz. Sie spricht mich nie an, aber sie scheint nach jemandem zu suchen. Ich weiß nicht, nach wem. Aber aus einer der Ruinen hört man Schreie. Jemand ruft nach ihr. Verzweifelt. Doch diesen Menschen findet sie nie. Und ich kann ihr nicht helfen.«

»Wissen Sie, wer da aus den Ruinen ruft?«

Pia blickte zu Boden.

»Wie hören sich die Rufe an? Die Stimme?«

»Verzweifelt, ängstlich, hoffnungslos.«

»Was ruft die Stimme?«

»Das höre ich nie.«

»Und Victoria?«

Pia sah noch immer zu Boden. »Sie lauscht. Und sucht. Doch dann erblickt sie mich. Und das ist der Moment, in dem ich aufwache.«

Kristin nahm einen kleinen Schluck Kaffee. »Wie lange quälen Sie diese Träume schon?«

»Ein paar Wochen.«

»Sie ist nicht mehr sie selbst«, sagte Bjørn-Tore.

»Was kann das sein?«, fragte Pia erleichtert, als wäre Kristin eine Ärztin, die eine Diagnose und die entsprechende Therapie parat hat.

Kristin breitete die Arme aus. »Ich bin kein Traumdeuter. Und auch keine Psychologin.« Sie lächelte. »Tut mir leid, ich habe keine Ahnung.«

»Aber das kann doch kein Zufall sein?«, fragte Bjørn-Tore.

Kristin blickte von ihm zu ihr. »Wer weiß? Wohl kaum. Wenn…«, sie zögerte, »…man an so etwas glaubt. Victoria ist jedenfalls niemand, vor dem man Angst haben muss.«

»So etwas…?«, wiederholte Bjørn-Tore.

»Ich bin nicht verrückt! Wenn Sie das meinen«, sagte Pia.

»Nein, das meine ich nicht«, sagte Kristin.

»Du hast nur… wie nennt man das… Wahrträume!«, beruhigte sie Bjørn-Tore.

»Da sei Gott vor, dass sich meine Albträume bewahrheiten«, sagte Pia.

»Wahrträumer träumen die Dinge selten so, wie sie sind oder sein werden«, erläuterte Kristin. »Träume sind eigentlich Codierungen.«

»Von was?«, fragte Pia.

»Das sollten Sie vielleicht besser Victoria fragen«, schlug Kristin vor.

Pia schüttelte den Kopf.

Bjørn-Tore lächelte. »Sie hat ein bisschen Angst.«

»Wer hätte das nicht?«, erwiderte Kristin verständnisvoll.

»Besonders, wenn man in eine Familie wie die meine eingeheiratet hat«, sagte Bjørn-Tore und drückte die Hand seiner Frau.

»Eine nette Familie«, sagte Pia.

Kristin erwiderte nichts.

»Wir haben unsere Macken. Wie wohl alle Familien«, seufzte Bjørn-Tore.

»Es ist nicht deine Schuld, dass deine Schwester ermordet wurde«, sagte Pia.

Kristin trank einen Schluck Kaffee. »Wie war es, in Ihrer Familie aufzuwachsen?«, fragte sie.

Bjørn-Tore starrte vor sich hin. »Speziell«, sagte er leise.

»Inwiefern?«

»Mutter und Vater waren tief religiös. Entschieden, streng. Wir beteten vor jeder Mahlzeit, gingen in die Kirche, nahmen an Bibeltreffen teil, während unsere Freunde Elvis und Beatles hörten. Aber keins von uns Kindern war wirklich gläubig. Das war ja das Komische. Keiner von uns hat einen Bezug zur Kirche entwickelt. Wir haben bei Tisch die Hände gefaltet, aber heimlich Radio Lux gehört.«

»Wie ist Berit mit dieser Erziehung zurechtgekommen?«, fragte Kristin.

Bjørn-Tore lebte auf. »Berit war ein lebhaftes Mädchen. Wach. Sie ließ die Religion nie an sich heran. Aber sie war keine Aufrührerin. Sie sang im Kirchenchor, schrieb viel, arbeitete bei der Schulzeitung. Solche Sachen. Statt aufzubegehren, hat sie sich in andere Aktivitäten gestürzt.«

»Darf ich Ihnen eine schwierige Frage stellen? Von wem, glauben Sie, war Berit schwanger, als sie 1963 von zu Hause weglief?«

Bjørn-Tore und Pia sahen sich an.

»Was, wenn der Mann, der sie vergewaltigte, auch derjenige ist, der sie fünfzehn Jahre später getötet hat?«, fragte Kristin.

Bjørn-Tore trank einen Schluck Kaffee und dachte nach. »Sie hatte nie einen Freund«, sagte er. »Jedenfalls keinen, von dem wir wussten.«

»Sie war nicht so«, sagte Pia. »Sie war viel zu verschlossen, schüchtern. Physisch reif, aber innerlich noch ein kleines Mädchen.«

»Was wissen Sie über das Tagebuch, das sie geschrieben hat?«

»Nicht viel. Ich durfte es ja nie lesen«, sagte Bjørn-Tore mit einem Lachen. »Aber sie schrieb ständig darin. Wenn ich in ihr Zimmer kam und sie am Schreiben war, hat sie es immer sofort zugeklappt.«

»Was meinen Sie, wo das Tagebuch hingekommen ist?«

»Das habe ich mich auch schon mehr als einmal gefragt. Vielleicht hat der Mörder es mitgenommen? Weil sie über ihn geschrieben hat? Oder Berit hatte es so gut versteckt, dass es bis heute nicht gefunden wurde?«

»Wenn sie mit vierzehn einen Freund hatte, hätte sie doch vermutlich etwas in ihrem Tagebuch über ihn geschrieben?«

»O ja, ganz sicher. Ich glaube, sie hat ihrem Tagebuch alles anvertraut.«

»Aber nicht ihrer Familie?«

»Berit war schüchtern. Wenn sie mit einem Jungen zusammen gewesen wäre, hätte ich das sicher gewusst«, sagte Bjørn-Tore. »Sie hat sich mir eigentlich immer anvertraut, wissen Sie. Ihrem großen Bruder. Aber ich habe nie etwas von einem Jungen gehört. Das hätte sie bestimmt nicht geheim halten können.«

»Wer weiß«, warf Pia ein.

»Und wie sah Ihr eigener Widerstand aus, Bjørn-Tore?«

»Meiner?« Er lachte leise. »Ich war und bin kein Aufrührer. Eher ein Langweiler. Ein gehorsamer, braver Junge. Im Gegensatz zu Birger, er war der Rebell der Familie. Frisierte mit vierzehn oder fünfzehn sein Mofa, bohrte die Zylinder auf, trank. Ich war schon weit über zwanzig, ehe ich mit Pia zusammenkam.« Er nahm ihre Hand und drückte sie. »Da hatte Birger schon die verschiedensten Freundinnen gehabt. Ja, bis er dann mit Anita zusammenkam.«

»Sind Sie sehr unterschiedlich?«

»Birger und ich? O ja, das kann man wohl sagen. Oder, Pia? Ich bin ziemlich ruhig und ausgeglichen. Ziehe es vor, erst einmal nachzudenken. Birger ist impulsiv. Ein Mann der Tat. Immer schnell bei der Sache.«

»Er schlägt!«, sagte Pia.

»Birger? Er ist gewalttätig?«, fragte Kristin überrascht.

»Früher. Ja, er ist leider sehr aufbrausend«, bestätigte Bjørn-Tore. »Er hat Arild geschlagen.«

»Ich glaube aber nicht, dass er Anita gegenüber handgreiflich geworden ist«, sagte Pia. »Obwohl ich weiß, dass er Arild verprügelt hat. Auf jeden Fall bis zu den Morden. Arild kam oft zu Bjørn-Tore und mir, wenn es zu schlimm wurde. Aber nach den Morden ist irgendetwas passiert. Jedenfalls hat er aufgehört, Arild zu schlagen. Zum Glück.«

»Sein Temperament geht einfach manchmal mit ihm durch«, sagte Bjørn-Tore. »Birger war immer so ungeduldig, schon als Kind. Immer war er es, der im Sandkasten zu streiten und zu schlagen angefangen und die anderen von der Bank geschubst hat. Immer ungeduldig. Der Erste, der wütend wurde. Und das wurde in der Pubertät natürlich nicht besser. Er befand sich in einem ständigen Kampf mit Mutter und Vater. Ein Rebell. Hat ihren Glauben nie akzeptiert. Wir dachten natürlich, er würde das mit der Zeit ablegen. Aber es wurde auch später kaum besser. Nur Anita hat ihn im Griff gehabt. Wirklich erstaunlich, wie sie das geschafft hat. Aber so ist es eben.«

6
Zu Hause bei Thomas Holmen, Mittwochabend

Es gibt Abende, dachte Gunnar Borg, an denen man einfach nicht mehr man selbst ist. Man stürzt in dunkle Abgründe, die sich um einen schließen, einen auffressen, durch ihre verschlungenen Gedärme pressen. Abende, an denen einen der eigene

Körper verrät, die Gedanken auf Abwege geraten, und an denen es nur noch um ein einziges Thema geht: wieder zu sich zurückzufinden.

»Auch ein Schlückchen?«

Thomas Holmen musterte Gunnar über die Brillengläser hinweg, als er sich einen Johnny Walker eingoss. Sie saßen im Arbeitszimmer.

»Nein, danke«, murmelte Gunnar halbherzig, zögernd, »nicht für mich.«

»Nicht? Sicher? Sie scheinen aber auch einen brauchen zu können!« Mit leisem Lachen schob Thomas das Glas bis an den Rand der Schreibtischplatte, wo es wie eine Versuchung stehen blieb. Dann goss er sich selbst ein halbes Glas ein, nahm genüsslich einen Schluck Whisky und nickte.

Gunnar wandte den Blick ab. *Mein Gott, was ist denn los?* An diesem Abend war er noch wütender als sonst über den körperlichen Verfall, den das Alter mit sich brachte. Sein rechtes Auge tränte unablässig, und seine Hände kribbelten und zitterten. Er gab sich einen Ruck. Sein Hals war trocken, als hätte er den Kopf in einen Sack Zement gesteckt und tief inhaliert.

Thomas holte eine angebrochene Flasche Mineralwasser. »Soda?«

»Ich glaube, ich verzichte lieber«, sagte Gunnar mit einem Räuspern und blickte voller Sehnsucht auf das Glas Whisky.

Thomas trank noch einen Schluck. »Ich war auch schon mal trocken. Dann habe ich aber herausgefunden, dass mich das Laster glücklicher leben lässt. Freut mich, dass Sie vorbeischauen.«

»Ich brauche bloß ein bisschen... Normalität. Ich störe doch nicht?« Gunnar nickte in Richtung Schreibmaschine, neben der ein Stapel Zettel lag.

»Heute Abend lief es ohnehin nicht. Also – was ist denn nun passiert?«

»Wir haben Aufnahmen am Tatort gemacht.« Gunnar hielt inne. »Victoria Underland hatte einen... Kollaps. Sie klappte einfach zusammen. Ging vornüber zu Boden.« Er stützte seine Stirn für einen Moment in die Hände. »Sie war in einer Art Trance.«

Er griff mit beiden Händen nach dem Whiskyglas am Rand des Tisches und hielt es sich dicht vor sein Gesicht. Übel, wie seine Hände zitterten.

»Trance?«, fragte Thomas. »Was ist mit ihr passiert?«

Gunnar zuckte mit den Schultern. Er sog den Duft des Whiskys ein. Das Aroma erfüllte ihn mit Wärme. *Tu es nicht, Gunnar, du wirst es nur bereuen!*

»Sie behauptete, in der Vergangenheit gewesen zu sein.«

Später dachte Gunnar, dass es nicht seine Hände waren, die das Glas zum Mund geführt hatten, nicht seine Lippen, die sich öffneten, nicht sein Mund, der trank. Es gibt Abende, dachte er, da ist man einfach nicht mehr man selbst. Der Whisky löste eine Explosion von Sinneseindrücken in ihm aus. Es war lange her. Sieben Jahre. Und trotzdem. Es gibt Abende, da stürzt man in dunkle Abgründe, die sich um einen schließen und einen auffressen. Der Alkohol brannte in seinem Bauch. Aber dann: die Ruhe. Diese unglaubliche Ruhe.

Thomas' Stimme: »Sie hat behauptet – in der Vergangenheit gewesen zu sein?«

Gunnar lehnte sich auf seinem Stuhl zurück. »Das hat sie gesagt«, bestätigte er. »In der Vergangenheit. Sie war wirklich – nicht richtig – bei uns!«

»Ist ja verrückt. Und danach, ist sie heil da rausgekommen?«

Gunnar nahm noch einen Schluck Whisky. Er stellte sich einen trockenen Schwamm vor, der in Kontakt mit der Flüssigkeit langsam aufquoll. So fühlte er sich. Er schluckte den Alkohol und hielt den Atem an. »Ja, sie kam glücklicherweise wieder zu sich. Konnte wieder aufstehen.«

»Und ihr fehlte nichts?«

»Nein, nichts. Sie hat wirklich was Besonderes. Ich bekomme sie nicht mehr aus dem Kopf.« Er lachte verlegen. »Sie drängt sich einfach in meine Gedanken. Vielleicht eine Form von Zauber? Möglicherweise hat sie mit all dem Kram ja recht. Oder sie hat mich verhext.«

»Ich glaube, Sie mögen sie«, sagte Thomas herausfordernd.

»Gott bewahre. Aber sie hat was. Ich weiß nur nicht, was.« Er nahm noch einen Schluck, diesmal einen größeren. »Ich trinke nicht, wissen Sie«, sagte er.

»Verstehe.«

»Bin seit Jahren trocken.«

Schwamm.

»Glauben Sie ihr«, fragte Thomas, »dass sie diese Fähigkeiten hat?«

»Niemals!«

Thomas lachte. »Gut! Wissen Sie eigentlich, dass Sie eins meiner Vorbilder waren, als ich mit dem Journalismus begann? Ich habe sämtliche Bücher von Ihnen gelesen.«

Gunnar spürte, wie der Whisky alle scharfen Kanten glättete. Mit fünfzehn war er das erste Mal betrunken gewesen. Gemeinsam mit seinem Freund Trond hatte er eine der Flaschen von Tronds Stiefvater gefunden. Sie tranken bis zwei Uhr in der Nacht. Die beiden folgenden Tage waren sie krank gewesen. Man sollte meinen, dass einen ein solches Erlebnis ein für alle Mal kuriert, doch sein Leben und der Alkohol hingen eng zusammen. Er war immer rastlos, unruhig, angefüllt mit einer fernen, undefinierbaren Angst. Die Tage auf seinen langen Reisen, die Aufenthalte in Städten, deren Namen er zuvor kaum je gehört hatte, hatten immer in den Bars der Hotels geendet. Gemeinsam mit anderen Presseleuten. Oder allein. Oder mit zufälligen Bekanntschaften. Das Trinken? Eine Gewohnheit. Leichtfertig. Einen kleinen, um morgens wach zu werden. Einen, um sich auf den Beinen zu halten, einen, um den Stress vor der Deadline zu verkraften. Einen, um schlafen zu können. Und natürlich einen, oder fünf, um die gute Laune zu behalten, das Selbstvertrauen, den Charme. Um sicherzugehen, hatte er Wohnung, Keller und Büro mit geheimen Vorräten ausgerüstet. Eau de Vie. Notrationen hinter Büchern, Vasen und in Kartons mit alten Super-8-Filmen und verblichenen Schwarz-Weiß-Fotos aus seiner Kindheit.

Thomas drehte sich um und zog einige Bücher aus dem Regal. »Ein paar Sachen habe ich auch verbrochen: Lokalgeschichte.« Er reichte Gunnar die Bände, der sie durchblätterte, einen kleinen Abschnitt anlas und anerkennend nickte.

»Nichts Weltbewegendes«, räumte Thomas ein.

»Das Buch, das Kristin und ich zusammen schreiben wollen, wird mein erstes richtiges Buch sein. Ich freue mich wie ein Kind.«

Sie stießen an und prosteten sich zu.

»Ich wollte gerne so sein wie Sie«, sagte Thomas. »Jemand, der in der Welt herumreist und berichtet.«

»Aber Sie sind hiergeblieben.«

»Ich bin geblieben, ja. Vielleicht wegen des Doppelmordes. Vielleicht wegen meiner Mädchen. Wie dem auch sei, ich blieb hier. Und dann wurde ich verantwortlicher Redakteur, Ressortleiter und schließlich Chefredakteur. Story of my life.«

»Haben Sie Töchter?«

»Töchter? Nein! Ach so, wegen *meiner Mädchen*. Haha. Nein, ich meinte Freundinnen. Sie wissen schon. Geliebte.«

Gunnar grinste kameradschaftlich.

»Ich hätte wohl irgendwann zur Ruhe kommen sollen«, sagte Thomas. »Heiraten.«

»Da sind Sie nicht der Einzige.«

»Mit einundzwanzig habe ich die Frau meines Lebens getroffen. Aber...« Er schwieg und schloss die Augen.

Gunnar wurde verlegen.

»Ich wurde ein übler Zyniker«, fuhr Thomas fort. »Einer, der sich nahm, was er wollte. Die Frauen anderer Männer. Ich wollte sie mir nur ausleihen, sie nicht besitzen. Sie nur ausprobieren. Sie jemandem wegnehmen, den sie liebten. Ich war einer von den Männern, über die die Frauen voller Verachtung reden. Mit denen sie aber gerne ficken.« Er lachte ein trockenes, kaltes Lachen, während er Gunnar musterte, um dessen Reaktion zu sehen.

Gunnar verzog keine Miene. »Davon verstehe ich nichts«, sagte er und prustete los.

Sie saßen noch eine ganze Weile zusammen und amüsierten sich. Thomas schenkte Whisky nach und stopfte sich fluchend eine Pfeife. Draußen schneite es. Es gibt Abende, dachte Gunnar, an denen sich alles darum dreht, zu sich selbst zurückzufinden. Er nahm sein Glas. Thomas hob das seine. Sie tranken.

7
Juvdal, Gjæstegaard, Mittwochabend

Oben in ihrem Zimmer riss Kristin den gelben Briefumschlag auf, den Pia ihr gegeben hatte. Er beinhaltete einen dünnen, linierten Zettel.

ROBIN HAT BERIT GETÖTET

stand dort mit großen roten Blockbuchstaben.

Sie las die vier Worte mehrmals hintereinander, versuchte, die Schrift zu deuten, zu verstehen, was dort stand.

Robin?, dachte sie. Wer ist Robin? Hat er Berit getötet? Wer verrät ihn?

Nachdenklich trat sie ans Fenster. Sie sah nur sich selbst und die Lichter unten in Juvdal. Sie wurde immer ein bisschen unruhig, wenn sie ihr eigenes Spiegelbild erblickte. Oben auf der Alm der Familie hing ein uralter Spiegel an der hölzernen Wohnzimmerwand. Ein Zauberspiegel. Der Familienlegende nach war eine der kleinen Töchter von Kristins Ururgroßeltern in diesem Spiegel gefangen. Sie war eines Tages im Wald verschwunden, doch zwei Wochen später, in einer dunklen Nacht, als der Herbststurm an den Fenstern zerrte, hatte die Ururgroßmutter ihr kleines Mädchen in dem Spiegel gesehen. Da hatte sie den Verstand verloren. Kristin hatte dieser Spiegel immer Angst gemacht. Wenn sie sich in ihm sah, schien sie immer in eine andere Wirklichkeit zu blicken. Dann sah sie nicht wirklich sich selbst, wusste aber auch nicht, was sich dort spiegelte. Die Krümmungen und Unebenheiten verzerrten alles, doch nicht so stark, dass das Spiegelbild nicht noch in der Realität verhaftet gewesen wäre. Kristin hatte nie jemandem davon erzählt. Nicht einmal Gunnar. Aber einmal hatte auch sie für einen kurzen Moment das kleine Mädchen im Spiegel erblickt. Ein verängstigtes Kindergesicht, zwei tiefgründige Augen. Später hatte sie sich mit wechselndem Erfolg davon zu überzeugen versucht, dass ihr nur ihre Fantasie einen Streich gespielt hatte. In dem körnigen Spiegel konnte man schließlich alles sehen, was man wollte. Doch wenn sie abends allein in ihrem dunklen Zimmer lag, wusste sie es besser. Sie streckte nie ein Bein über die Bettkante, denn sie war sich sicher, dass früher oder später eine kalte Hand unter dem Bett hervorschnellen und sich um ihren Knöchel legen würde.

Sie klopfte an Gunnars Zimmerwand. Keine Antwort. Wahrscheinlich schlief er schon. Dann musste es eben bis morgen warten.

Sie las die vier Worte wieder und wieder.
Wer bist du, Robin?
Hast du Berit getötet?

8
Juvdal, Gjæstegaard, Nacht auf Donnerstag

Jeden Morgen und jeden Abend überprüfte er die Zyste.

Wenn er mit den Fingern die Haut darüber straffte, konnte er ihre Form und Größe erkennen. Sie erinnerte Gunnar an eine Paranuss. Wie oft hatte er sich ausgemalt, sie vorsichtig mit einem Rasiermesser herauszuschneiden! Ein verlockender Gedanke, wie wenn man nachts davon träumte, sich einen schmerzenden Zahn auszureißen.

Seine Hände waren faltig und voller Leberflecken, die Adern wanden sich wie blaue Schlangen über die Sehnen, und seine Nägel waren groß und rissig. Er dachte, alles, was mit dem Körper passiert, wenn man erst die zwanzig hinter sich hat, ist doch ein unabänderlicher Verfall, der zielstrebig auf den endgültigen Zusammenbruch des Organismus hinsteuert.

Furcht, dachte Gunnar, ist ein seltsamer Zustand.

Als ihm die Zyste das erste Mal aufgefallen war, hatte er sich kaum Gedanken darüber gemacht. Bloß eine Schwellung. Eine Verhärtung. Doch ein paar Tage später hatte sich die Furcht gemeldet. Eine Geschwulst! Der Gedanke hatte einen ungemein lähmenden Effekt. Alles erstarrte, wurde unwesentlich. Das Einzige, was noch etwas bedeutete, war dieses eine: die Furcht!

Nach zwei bis drei Tagen voller Angst begann er sich nicht nur damit zu versöhnen, dass er eine Geschwulst und Krebs hatte, sondern auch mit der Gewissheit, bald sterben zu müssen. Es war eine trügerische Versöhnung. Immer wieder meldete sich unvermittelt der Schrecken. Manchmal fühlte er sich wie ein kleiner Junge, mit Todesangst und ganz allein auf der Welt.

Einige wenige Male in seinem Leben war er wirklich in Lebensgefahr gewesen. Vietnam. Biafra. Korea. Aber diese Furcht hatte einen vollkommen anderen Charakter gehabt, wie ein akuter Adrenalinschock. Die Furcht vor einer lebensbedrohenden Krankheit war anders: eine kriechende Angst. Er zog die akute Panik vor. Diese kriechende Angst war eine schwelende, schmerzhafte Beule, die klopfend und pochend ihre klebrigen Fäden durch seinen Körper spann. Mag sein, dass er kein mutiger Mann war. Vielleicht sollte er sich wenigstens *das* eingestehen!

9
Juvdal, Gjæstegaard, Nacht auf Donnerstag.

Victoria zog sich aus, ging ins Bad, schaltete das Licht aus und legte sich ins Bett. Die Kälte von Laken und Decke drang durch ihr Nachthemd. Sie schloss die Augen, versuchte, zur Ruhe zu kommen, musste aber an all die Geschehnisse des Tages denken. Die Bilder, Gefühle, Ängste. Das Wohnzimmer, das sich plötzlich vor ihren Augen verändert hatte. Der Winter, aus dem Sommer geworden war.

Licht, Dunkel, Lärm, Stille …

Das Blut, die Axt, die Gesichter.

Die Furcht.

Stöhnend drehte sie sich auf die Seite. Hatte sie den Mord wirklich erlebt? Hatten ihre sensiblen Sinne tatsächlich die gewaltigen Gefühle empfangen, die nach den Morden an Boden, Decke und Wänden hafteten? Konnte es Berits Geist sein? Sie drehte sich wieder auf den Rücken, zog die Decke bis unter die Nasenspitze und atmete aus. Sie spürte, wie ihr ganzer Körper zu zittern begann, wie *etwas* durch ihre Gedanken irrte. Berit? War es Berit, die aus dem Jenseits Kontakt zu ihr aufzunehmen versuchte? Der Raum fühlte sich eiskalt an, der schwache Duft von etwas Fremdem, Verdorbenem, wie der Atem eines Sterbenden, drängte sich auf. Sie hatte Angst. Sie versuchte, sich umzuschauen. War sie allein? Hatte sich jemand in der Dunkelheit des Zimmers versteckt? Sie hatte noch nie einen Geist gesehen. Die Geister, so es sie denn gab, befanden sich in den Menschen, in ihren Köpfen, Gedanken, in ihrer Furcht. Doch nun war sie zum ersten Mal in ihrem Leben unsicher. Dieser… Geist… war so intensiv und stark, dass er gleichwohl eine physische Form haben könnte. Eine Gestalt, die verborgen vom Dunkel in der Ecke stand und sie in diesem Augenblick ansah, sie beobachtete, in sie eindrang. Wie würde ein solches Wesen aussehen? War es die schimmernde, undeutliche Gestalt eines Menschen oder eine dämonische Kreatur mit langen Gliedmaßen und verzerrtem Gesicht? Etwas, das das Menschliche sucht, es aber nicht finden kann, eine Missgeburt, geboren aus der Vorstellung des Geistes, wie ein Mensch auszusehen hat?

Sie hörte, wie ihr Atem stockte, spürte den Puls in ihrer Schläfe. Die Bilder und Laute, die sie am frühen Abend wahrgenommen hatte, durchfuhren sie erneut. *O mein Gott, erspar mir das, mach diesen grausamen Bildern ein Ende, lass mich schlafen, erspar mir das, ich kann nicht mehr, bitte!* Sie richtete sich im Bett auf, ihr Atem ging pfeifend, ihr Herz hämmerte.

Und dann war es, ebenso plötzlich, wie es begonnen hatte, auch wieder vorbei. Sie blieb liegen, atmete schwer und starrte vor sich ins Dunkel.

Sie erwachte vom Klopfen ihres Herzens.

Es war stockfinster; nur ein schmaler Streifen fahles, gelbes Licht fiel durch den Spalt der Gardine in den Raum. Ihr Herz hämmerte hart und schnell. Victoria sah blinzelnd zu dem alten Wecker mit den leuchtenden Ziffern und Zeigern. Es war 03.37 Uhr. Sie hatte zwei Stunden geschlafen.

Ein Traum? Sie lag mit dem Kopf auf dem Kissen und starrte nach vorn. Still. Wachsam. In einem Strudel aus Furcht.

Sie fühlte sich alt. Eine alte Frau in einem fremden Bett in einem Hotel in einem Kaff irgendwo in Norwegen. Ein Traum? Sonst nichts? War sie deshalb aufgewacht? Klopfte ihr Herz deshalb so wahnsinnig? In dem gedämpften Licht wirkte ihr Gesicht blass und grau, Falten und Runzeln sahen aus wie tiefe Furchen. Sie schloss die Augen. Fest. Atmete aus und ein. Es musste ein Traum gewesen sein. Ein Traum, der sie geweckt hatte. Der sie erschreckt hatte. Nur ein

!!! Hilf mir !!!

Traum. Sie erstarrte. Eine lautlose Stimme. In ihrem Inneren. O, mein Gott! O nein! Dann war sie also deshalb aufgewacht. O nein, nein, nein! Lass mich in Ruhe! Sie kniff die Augen zusammen. Irgendwo begann eine Leitung zu rauschen. Entfernte Geräusche, die zu ihr drangen. Sie biss sich auf die Unterlippe. Lass es nur einen schlechten

!!! Hilf mir ... bitte !!!

Traum sein. O Gott, nein! *Wer bist du?* Sie öffnete die Augen, rasch, richtete sich im Bett auf, stützte sich auf die Ellenbogen. Ihr Atem ging ruckhaft. Wem gehörte diese innere Stimme? Die Angst explodierte in ihr. Bilder leuchteten in ihr auf. Die Stimme schrie in ihrem Kopf. Sie war nicht verrückt. Sie wusste, dass sie nicht verrückt war. Das waren nur

!!! Bitte ... hilf mir !!!

ihre Fähigkeiten. Diese verfluchten Fähigkeiten. Lass mich in Ruhe, dachte sie. Hinter ihren Augen begann sich die Migräne zu melden. Sie schüttelte sich. Die Bettfedern knirschten. Lieber Gott, erspar mir das, ich bin alt, ich kann nicht mehr, bitte.

Wer bist du?, dachte sie. Was willst du von mir? Was versuchst du, mir zu sagen? Willst du etwas Bestimmtes? Bist du Berit? Bist du irgendwo zwischen dem Irdischen und der Ewigkeit eingeschlossen? Oder bist du meine Zwillingsschwester? Von der mir Mutter zu erzählen versucht hat: meine Zwillingsschwester, die bei der Geburt gestorben ist.

Dunkles Holz. Fremde Gerüche, entfernte Laute. Das Gefühl, nicht allein zu sein

!!! Nein, tu es nicht !!!,

durchfuhr sie kalt. Als gäbe es irgendwo jemanden, der sie im Verborgenen bewachte. Aber das Zimmer war leer. Groß und leer und dunkel. Trotzdem ... Sie schlug die Decke um sich. *Wer bist du? Ich kann dir nicht helfen, wenn du dich nicht zu erkennen gibst.* Aber sie bekam keine Antwort. Sie sah wieder auf den Wecker. Die Zeiger hatten sich kaum bewegt. 03.39 Uhr.

Vergangenheit: Doppelmord (I)

MITTWOCH, 5. – DONNERSTAG, 6. JULI 1978

Mich überkam Panik.
Ich konnte nirgendwohin. Mich nirgends verstecken.
Ich war gefangen! Rannte in den Flur. Aber sie waren bereits auf der Treppe.

*

Er hatte noch nie eine Leiche gesehen.

Es war halb drei am Nachmittag. Ein drückend warmer Tag, dieser Mittwoch, der 5. Juli 1978. Seit dem frühen Morgen kippelte Polizeiassistent Vidar Lyngstad auf seinem Stuhl herum und erledigte anspruchslosen Papierkram, während er hoffte, zeitig aus dem Büro zu kommen. Er hatte Lust auf eine Angeltour; in Gummistiefeln zum Mårvatn-See zu marschieren, Proviant und eine Thermoskanne Kaffee im Rucksack, vielleicht die eine oder andere Flasche Bier, an einen Felsen gelehnt und mit der Schnur im Wasser den Sonnenuntergang genießen. Sein Blick wanderte immer wieder sehnsuchtsvoll aus dem Fenster, hoch zum See, der Geröllhalde und dem Wald. Oben am Hang flötete ein Star.

Dann klingelte das Telefon.

Die Leiche lag im Flur auf dem Boden. Rolf Anthonsen. Vidar kannte ihn kaum. Er war vor etwa einem Jahr mit seiner Frau Berit hierhergezogen. Ein stiller, introvertierter Typ. Ganz anders als Berit. Vidar versuchte, sich seine Stimme ins Gedächtnis zu rufen, vergeblich.

*Drüben am Schuhständer lehnte eine Axt.
Ich will die Verantwortung keinesfalls von mir schieben.
Aber mal ehrlich! Wer lässt denn eine Axt im Eingangsbereich seiner Wohnung stehen?*

*

Er lag auf dem Bauch, das Gesicht zur Seite gewandt. Der Schädel war in zwei Hälften gespalten. Ein Schwarm Fliegen surrte um den Leichnam. In den folgenden Jahren waren es merkwürdigerweise immer die Fliegen, an die er dachte, wenn er sich an diesen Augenblick erinnerte. Das eindringliche Summen. Das Geräusch von Sommer, trägen Julinachmittagen in praller Sonne, Brotscheiben mit Großmutters Himbeermarmelade, das Außenklo mit dem Hochglanzbild von König Olav, das mit Heftzwecken an die Holzwand geheftet war. Und das Summen der Fliegen.

Vidar hatte nicht gewusst, dass so viel Blut in einem Menschen floss. Die Augen des Toten standen offen und waren in ihre Höhlen gesunken, sie wirkten matt, das Gesicht bläulich weiß. Die Finger beider Hände waren gekrümmt.

Vidar schluckte hektisch und atmete mehrmals nacheinander tief ein, um dem Drang zu widerstehen, sich zu übergeben.

Und die ganze Zeit summten die Fliegen.

»Willst du nichts unternehmen?«

Vidar hob den Blick und sah Birger Borgersen an, Berits Bruder, der ihn alarmiert hatte. Er stand in der Türöffnung, als wagte er es nicht, einzutreten. Sein Gesicht war bleich, und seine Hände zitterten so heftig, dass er sie in die Hosentaschen stecken musste. Der Jeansstoff vibrierte.

»Sie sind tot!«, sagte Birger. Bei dem letzten Wort brach seine Stimme. Er nahm die Hände aus den Taschen und ballte sie zu Fäusten, als wollte er Vidar niederschlagen.

Seine Gedanken verknoteten sich. Vidar war die höchste Amtsperson am Tatort, der einzige anwesende Polizist. Tatsache war, dass er nicht wusste, was er tun sollte. Er erinnerte sich an nichts mehr, was er im Unterricht in Tatortsicherung an der Polizeihochschule gelernt hatte. In seinem Kopf spulte eine mentale Checkliste ab, ohne dass er sie an einem der Punkte anzuhalten vermochte. Den Tatort sichern! Überprüfen, ob sich der Täter noch in der Nähe befindet! Falls Verstärkung gebraucht wird, die übergeordnete Polizeibehörde verständigen. Aber keiner seiner Lehrer hatte die Fliegen erwähnt, die Gerüche, den Anblick von Blut und Gehirnmasse. Vidar füllte seine Lungen mit Luft, kniff die Augen zusammen und versuchte, die Selbstbeherrschung wiederzugewinnen. *Konzentrier dich! Denk nach!*

Aber die Gedanken sausten wie Squash-Bälle in seinem Kopf herum.

»Jetzt tu doch endlich was!«, raunzte Birger ihn an.

Er brauchte Ruhe, um sich zu konzentrieren, und erwiderte mit gedämpfter Stimme: »Dann stör mich nicht dauernd!«

Okay, okay. Alles unter Kontrolle. Er würde das schon schaffen. Zuerst den Tatort sichern, dann ...

»Verdammt noch mal, sie sind tot!«, sagte Birger.

Sie?

Ein lähmendes Gefühl strömte von einem Punkt am Zwerchfell aus. *Das geschieht nicht.*

»Sie?«, fragte Vidar. »Was willst du damit sagen?«

»Rolf und meine Schwester! Berit! Verdammt, du kennst doch Berit!«

»Wo ist Berit?«

»Im Wohnzimmer. Ich habe sofort angerufen, als ich sie gefunden habe! Verdammt, ich konnte nichts mehr machen! Nichts!«

Vidar stützte sich am Türrahmen ab. *Den Tatort sichern. Nichts vergessen. Kein Detail übersehen.* Er sah auf die Leiche auf dem Boden. Erst jetzt bemerkte er die blutigen Fußabdrücke, die zur Wohnzimmertür führten. *O verdammt. Den Tatort sichern. Verstärkung rufen. Was zuerst?* Die Alternativen prallten wie Billardkugeln zusammen und fuhren in alle Richtungen auseinander.

Den Tatort sichern, ohne Spuren zu verwischen.
Das Blut.
Die Fußabdrücke.

Er war alleine. Konnte niemanden fragen. Niemand nahm ihm die Verantwortung ab. Klock war eine Stunde entfernt auf Dienstreise. *Jetzt keine Fehler begehen. Konzentrier dich!*

»Tu doch was!«, drängte Birger.

Okay, Vidar, ganz ruhig atmen. Eins nach dem anderen. Immer mit der Ruhe.

Vidar holte tief Luft und ging an der Wand entlang durch den Flur, an der Blutlache vorbei, um der Spurensicherung nicht alles kaputtzumachen. Dann betrat er das Wohnzimmer.

*

Plötzlich hing sie in meinen Armen. Leblos. Unfassbar.
Ich hatte keine Ahnung, wie das passieren konnte. In einem
Moment noch quicklebendig, im nächsten schlaff und ohne
Leben. Die Zunge hing zwischen den Lippen heraus, die
Augen quollen vor, ihr Gesicht war blau und aufgedunsen.

*

Berit Borgersen lag wie ein Bündel zwischen dem Ohrensessel und dem Wohnzimmertisch.

Er blieb stehen. Sah die Leiche an. Eine Wachspuppe, dachte er. So sieht keine Leiche aus. Nicht in Wirklichkeit.

»Was ist los?«, rief Birger aus dem Flur.

Er näherte sich der Leiche ganz langsam, fast so, als rechnete er damit, dass sie jeden Augenblick aufspringen und ihn zu Tode erschrecken könnte.

Das hier ist nicht wahr. Ich träume. Gleich wache ich auf, gehe zur Arbeit, und hinterher nehme ich meine Angel und marschiere hoch zum Mårvatn.

Er kniete sich neben sie und holte durch den Mund Luft, um den Uringestank nicht einatmen zu müssen. Wie schön sie ist, dachte er. Ihre Augen waren halb geschlossen; sie sah aus, als wäre sie ohnmächtig und kurz davor, wieder zur Besinnung zu kommen. Seine Hand suchte die Halsschlagader.

Ihre Haut war kalt. So kalt.

Seine Fingerkuppen strichen über ihren Hals. Er bemerkte einen blaugrünen Fleck neben der Kehle. Tod durch Ersticken, dachte er.

Sie zu berühren, kam ihm fast obszön vor.

Kalt, eiskalt. Kein Puls.

Er zog die Hand weg, blieb neben ihr knien und sah sie an. So schön. Wer kam darauf, etwas so Schönem das Leben zu nehmen? Er zitterte am ganzen Körper. Was jetzt? Sollte er einen Krankenwagen rufen oder einen Leichenwagen? Sollten die Leichen liegen bleiben, bis die Kripo aus Oslo angerückt war? Wie lange war er eigentlich schon hier?

»Ist sie tot?«, rief Birger.

*

Steh auf!, rief ich. Meine Stimme zitterte.
Sie blieb einfach liegen. Ich konnte nicht klar denken. Hatte Angst! Ich hockte mich hin und versuchte erfolglos, sie wach zu rütteln.
Ich saß lange im Sessel und starrte sie an. War nicht ganz bei mir. Die Minuten flossen ineinander, verlangsamten sich, blie-

ben stehen. Die Sonne verharrte in ihrer Position. Und dann hörte ich ein Auto.

*

Vidar stand auf. Ihm wurde erneut schlecht. Sein Blick schweifte durchs Wohnzimmer. Ein Kreuzworträtsel auf dem Sofa. Ein aufgeschlagenes Tagebuch auf dem Tisch, der Stift lag im Falz, als wäre sie beim Schreiben unterbrochen worden. Eine Obstschale mit Bananen und Äpfeln. Die Gardinen bewegten sich im Windzug.

»Ist sie tot?«, wiederholte Birger schrill.

»Ja«, antwortete Vidar leise. Dann hob er die Stimme. »Ja, tut mir leid!«

Einen Augenblick herrschte Schweigen zwischen den beiden. Vidar hörte nur die Fliegen im Flur.

»Und was willst du jetzt tun?«, rief Birger.

Vidar trat zurück in den Flur.

»Sei so gut und geh nach draußen«, sagte er. »Ich muss den Tatort sichern.« *Und ertrage dein verfluchtes Gequengel nicht länger.*

Er hatte Protest erwartet, aber Birger Borgersen drehte sich wortlos um und ging hinaus.

Vidar kniff die Augen zu. *Konzentrier dich, denk nach! Den Tatort sichern! Die Polizeibehörde und Klock alarmieren! Okay. Alles geht gut. Ich schaffe das. Das Schlimmste haben wir hinter uns.* Er schlug die Augen auf und sah die Leiche auf dem Boden. Die Fliegen. Das Blut. *So ist es gut. Es läuft alles nach Plan.*

Wahrscheinlich hätte er das Geräusch gar nicht gehört, wenn er nicht den Atem angehalten hätte, so leise war es.

Ein kurzes Schnappen nach Luft.

Er hielt inne.

Da ist wer!

Instinktiv sah er sich nach etwas um, womit er sich verteidigen konnte. Er war unbewaffnet. War aufgrund der hysterischen Meldung eines Todesfalles ausgerückt und nicht, um jemanden festzunehmen. Die Vorstellung, dass sich der Mörder noch im Haus aufhielt, die Axt zum Schlag erhoben, paralysierte ihn. Er stellte sich einen wahnsinnigen, blutüberströmten Axtmörder vor, wie in einem Horrorfilm. Er rief sich zur Vernunft. *Reiß dich zusammen, Vidar, denk nach!* Schließlich war er Polizeianwärter. Im Dienst.

Da war es wieder, das Geräusch.

Schwach, aber eindeutig. Wie ein Seufzer.

Es kam aus der Garderobe.

*

Ich stand ganz still.
Muss die Axt wohl über den Kopf gehoben haben, denn als er den Vorhang zur Seite zog, um seine Jacke wegzuhängen, ging sie auf seinen Kopf nieder.

*

Vidar spannte die Muskeln an. Bereitete sich darauf vor, einem rabiaten Mörder mit erhobener Axt und irrem Blick entgegenzutreten. Sein Herz hämmerte, er schnappte nach Luft. Am liebsten wäre er zur Tür raus und die Treppe hinuntergestürmt. *Also wirklich, Vidar! Zeig Verantwortung!*

Ganz langsam und ohne ein Geräusch zu machen, schlich er zu der Garderobe, die durch einen halb aufgezogenen Türvorhang vom Flur getrennt war. Von dort kam das Geräusch.

»Hier spricht die Polizei!«, sagte er. »Kommen Sie mit erhobenen Händen heraus!«

Das Licht in der Garderobe war aus. Er versuchte, durch den Vorhangspalt etwas zu erkennen. Die Mäntel und Jacken sahen so aus, als könnte sich dahinter jemand verbergen, der jeden Moment mit erhobenen Armen auf ihn zustürzte. Aber es kam niemand.

»Ich bin bewaffnet«, log er. »Kommen Sie jetzt mit den Händen über dem Kopf heraus!«

Seine Augen gewöhnten sich an das Halbdunkel. Überzieher, Jacken, Mäntel – Regale mit Hüten, Mützen, Handschuhen und Schals.

Hatte er sich getäuscht?

Aber was war das dann für ein Geräusch?

Er schob die Hand hinter den Vorhang und tastete die Wand ab, bis er den Lichtschalter fand.

*

Sie stand die ganze Zeit da und starrte mich an. Ohne zu schreien. Hätte sie wenigstens geschrien! Aber sie starrte mich nur an mit ihren blauen Augen.

Erst, als ich einen Schritt auf sie zu machte, um ihr alles zu erklären, sie zu trösten, fuhr sie herum und wollte losrennen.

*

Sie lag halb über dem Schuhbord.

Als Erstes sah er ihre dünnen Beine, danach den Rest des Körpers, zur Hälfte unter einem Mantel verborgen. Ihre Hand lag zuckend am Boden.

Mit zwei Schritten war er in der Garderobe und zog das Mädchen unter dem Mantel hervor. Wie hieß sie noch gleich? Es fiel ihm nicht ein. Irgendwas mit S? Er stöhnte. Mein Gott. In ihrem Schädel klaffte eine tiefe Wunde, das Haar war von dicken Blutklumpen verklebt.

Ihm wurde schwindelig. *Na, ist das ein bisschen zu viel für dich, Vidar? Nicht taff genug für einen echten Sheriff, was?* Er taumelte aus der Garderobe, blieb einen Moment stehen und schnappte nach Luft. Dann stürzte er aus dem Haus, vorbei an Birger Borgersen, der ihn irgendetwas fragte, weiter zu seinem Dienstwagen. Zitternd griff er nach dem Mikrofon und versuchte, eine Verbindung zur Funkleitstelle herzustellen. Es dauerte einen Moment, bis jemand antwortete. Code oder Rufzeichen waren ihm entfallen, aber er strengte sich an, ruhig zu bleiben und gleichmäßig zu atmen, weil Hysterie seinerseits nur mehr Zeit kosten würde. Er nannte seinen Namen und die Amtsbezeichnung und dass er so schnell wie möglich einen Krankenwagen in Juvdal benötigte für ein minderjähriges Mädchen mit gebrochenem Schädel und starken Blutungen. Außerdem, sagte er und merkte, wie der Herzschlag den Puls derart hochpeitschte, dass es seiner Stimme anzuhören war, gäbe es zwei Tote im Haus, beide Opfer eines Mordes. Er bräuchte so schnell wie möglich Verstärkung von der Oberen Polizeibehörde und der Kripo in Oslo. Noch während er das sagte, überlegte er, ob ein Polizeianwärter überhaupt die Befugnis hatte, auf diese Weise Verstärkung anzufordern, oder ob das nicht Klocks Aufgabe gewesen wäre. Den Wachhabenden der Leitstelle schien das nicht weiter zu stören. Nüchtern und ruhig, als würden täglich solche Meldungen bei ihm eingehen, bat er um Bestätigung, dass es zwei Tote und einen Schwerverletzten gab. Als die Leitstelle alle nötigen Informationen hatte, wechselte Vidar die Frequenz und versuchte, Klock zu erreichen. Er bekam Verbindung.

»Wie bitte?«, sagte Klock. Vidar hörte, wie er noch während ihres Gesprächs die Sirene einschaltete. In Juvdal benutzten sie nie Sirenen. In den seltensten Fällen eilte es. Klock war erstaunlich gelassen, als er seine Fragen stellte. Ob Vidar den Rettungsdienst alarmiert hatte? Ob die Leitstelle unterrichtet sei und er Verstärkung von der Oberen Polizeibehörde und der Kripo angefordert habe? Ob der Tatort gesichert sei? Vidar fühlte bei jedem Ja eine sanfte Befriedigung. Als hätte er es nach fünf Anwärterjahren im Behördenapparat bis zur Abschlussprüfung geschafft und bestanden. Klock sagte, er bräuchte etwa vierzig Minuten. Dreißig bei wenig Verkehr. Er bat Vidar, ins Haus zu gehen und sich um das verletzte Mädchen zu kümmern.

Birger Borgersen stand noch immer auf der Treppe vor dem Haus. Er hatte sich eine Zigarette angezündet.

»Sie lebt«, sagte Vidar, als er an ihm vorbeilief.

Birger folgte ihm in den Flur. »Berit? Lebt sie?«

»Die Kleine. Das Mädchen. Sie lebt noch.«

»Siv?«

»Heißt sie so?«

»Oh, verdammt. Verdammt.«

»Sie liegt in der Garderobe. Sie lebt. Noch.«

Der Zigarettenstummel klebte an Birgers Unterlippe, als er Vidar mit leerem Blick anstarrte.

»Hast du Ahnung von Erster Hilfe?«, fragte Vidar.

Birger schloss die Lippen um den Stummel und zog daran. »Ne.«

»Hier drinnen nicht rauchen!«

Birger warf die Kippe durch die offene Tür nach draußen.

Vidar ging zu dem Mädchen und nahm seine Hand. Nur, um etwas zu tun. Sie fühlte sich kalt an. Er drückte sie vorsichtig. Vielleicht nahm sie das ja wahr. Aber sie rührte sich nicht. Bis auf die klamme Hand, die unaufhörlich zuckte.

»Oh, verdammt«, sagte Birger wieder.

»Der Rettungsdienst ist unterwegs.«

Sie schwiegen beide, während sie daran dachten, wie lange es dauerte, nach Juvdal zu fahren. Selbst für einen Krankenwagen.

Vidar schloss die Augen.

Spürte die zuckende Hand.

Manche Momente wollen niemals enden.

*

Später, als er die Sirene hörte, ließ er die zuckende Hand los und trat auf die Treppe. Er hatte gehofft, der Krankenwagen würde zuerst kommen, aber natürlich war es Klock. Der Polizeiobermeister parkte den Wagen mit einer Vollbremsung mitten auf der Straße vor der Auffahrt und ließ das Blaulicht an. »Alles unter Kontrolle?«, rief er Vidar zu. Was sollte er darauf antworten? Kontrolle. Im gleichen Moment hörte er das Martinshorn des Krankenwagens. Gefolgt von zwei Einsatzfahrzeugen und einem zivilen Volvo von der Polizeibehörde.

Vidar ließ sich dankbar in die Rolle des Untergeordneten zurückfallen, während sich die Sanitäter um die kleine Siv kümmerten und Klock und die Beamten von der Polizeibehörde die erste Besichtigung von Leichen und Tatort vornahmen. Er lief bis zur Kreuzung vor, spannte ein Sperrband über die Straße und gab zwei Schaulustigen, die er aus dem Sportverein kannte, die Anweisung, das Band für die Einsatzfahrzeuge hochzuheben, damit sie passieren konnten.

Als die Sanitäter die Bahre mit Siv die Treppe nach unten trugen, sah Vidar den schwarzen Volkswagentransporter, der diskret vor dem Zaun parkte. Der Leichenwagen. Sobald die beiden Leichen fotografiert und ihre Position mit Kreide umrissen war, würden sie in dicke Säcke mit Reißverschlüssen gelegt, auf einer Bahre festgeschnallt und hinten in den Leichenwagen geschoben, der sie direkt zur Obduktion ins Rechtsmedizinische Institut bringen würde.

Der Fahrer des Krankenwagens hatte Mühe, den großen Dodge auf dem schmalen Weg zu wenden, bevor er das Blaulicht anstellte und losbrauste. Unten auf der Hauptstraße schaltete er die Sirene ein.

Inzwischen hatte sich vor dem Absperrband eine große Traube Neugieriger versammelt. Das Blaulicht auf Klocks Streifenwagen blinkte immer noch. Vidar ging hin und schaltete es aus.

Als er auf das Haus zuging, blitzte es. Vidar drehte sich um. Der Journalist von der Lokalzeitung, Thomas Holmen, war gekommen. Sympathischer Kerl, fand Vidar. Zwei, drei Jahre jünger als er. Es kam vor, dass sie nach dem Training ein Bier zusammen tranken. Aber jetzt ignorierte er geflissentlich dessen Winken und aufgeregtes Rufen.

Selbst der Polizeiobermeister und die Kollegen von der Polizeibehörde gingen zögerlich vor, unsicher, als befürchteten sie, etwas falsch zu machen, und hofften, das Ganze so schnell wie möglich an die Experten der Kripo übergeben zu können. Sie schüttelten die Köpfe, murmelten vor sich hin, tauschten verhaltene Blicke. Die haben auch Angst, dachte Vidar, Angst, etwas falsch zu machen, so dass die Kollegen aus Oslo in ihnen nur die Amateure vom Land sahen.

Er spürte eine gewisse Erleichterung.

Er sammelte hin und wieder einen betrunkenen Schläger ein oder jemanden, der eine Frau belästigt hatte, einen eifersüchtigen Ehemann. Aber da wurde es nie wirklich ernst. Manchmal bettelte er bei Klock, die Verkehrskontrollen machen zu dürfen, um wenigstens ab und zu mal das Gefühl zu haben, etwas Nützliches zu tun, etwas, das an Polizeiarbeit erinnerte. Sie ermittelten in dem einen oder anderen Einbruch, illegaler Schnapsbrennerei und Schwarzhandel von Alkohol, Hehlerei im kleinen Stil, unerlaubter Jagd und Fischerei. Zwangsvollstreckungen und Eintreiben von Außenständen. Von Raub, Vergewaltigungen und Mord las man nur in der Zeitung.

Ein Doppelmord. Der möglicherweise zum Dreifachmord wurde. Eine ganze Familie, einfach ausradiert. In Juvdal. Nicht zu glauben. Aber der Gestank des Todes ließ keinen Zweifel zu.

Vidar ging hinaus und setzte sich auf die Treppe. Erst jetzt merkte er, wie erschöpft er war. Ihm war zum Weinen zumute. Aber das ging natürlich nicht. *Du bist Polizist, Vidar.* Er biss die

Zähne zusammen, legte die Hände übereinander und sah den Gartenweg hinunter zu dem Aufgebot der Polizeifahrzeuge.

Ihm ging durch den Kopf, dass jedem Mord eine eigene, verrückte Logik innewohnte. Es kam nur darauf an, sie zu erkennen. Manche Morde waren kaltblütig, berechnend – andere spontan und voll geballter Wut. Und in diesem Fall? Vidar versuchte, sich vorzustellen, was passiert war. Wer von den beiden war zuerst ermordet worden? Hatte die Frau mit ansehen müssen, wie Mann und Kind mit der Axt erschlagen wurden? Unwahrscheinlich. Oder war sie zuerst erdrosselt und die anderen beiden anschließend attackiert worden, um das erste Verbrechen zu vertuschen? Schon wahrscheinlicher. Er war sich nicht sicher, ob die Obduktion Unterschiede des Todeszeitpunktes in Minuten ermitteln konnte. Vielleicht würden sie niemals erfahren, wer zuerst gestorben war. Aber vielleicht brachten ja die technischen oder bereits die taktischen Ermittlungen Licht ins Dunkel. Oder ein Geständnis. Aber das war wohl zu optimistisch.

Er sah auf die Uhr, dann über den Wald. Da oben wollte ich jetzt sitzen, dachte er, mit meiner Angel und einem Pils. Die wärmende Abendsonne im Nacken. Im Rücken einen festen Felsen. Der Duft von Moos und Wasser. Er stellte sich die Insekten vor, die übers Wasser liefen und Ringe auf der blanken Oberfläche hinterließen.

Er war unendlich durstig.

Er fragte sich, ob er in der Lage wäre, einen Menschen zu töten. Er konnte es sich nicht vorstellen. Was musste passieren, dass man dazu getrieben wurde? Vielleicht, wenn das Leben bedroht war. Im Krieg. Aber kaltblütig? Aus Eifersucht, Wut, Habgier? Niemals. Er versuchte, sich in die Psyche eines Mörders hineinzuversetzen. In einen Zorn, der sich nicht zügeln ließ. Eine Eifersucht, die alle anderen Gefühle verdrängte. Nein, es kam ihm undenkbar vor, dass er jemals einen Menschen umbringen könnte. Aber man konnte ja nie wissen.

Mit der Hand am Geländer zog er sich hoch und warf einen Blick in den vorderen Flur. Die Leichen waren fotografiert und ihre Positionen mit Kreide auf dem Boden aufgezeichnet worden. Die beiden Bestatter konnten die Toten jetzt bald mitnehmen. Vidar hörte das Raunen der Schaulustigen, als die Bahren in den Leichentransporter geschoben wurden.

Die Polizisten schienen einen kollektiven Seufzer der Erleichterung auszustoßen. Jetzt, wo die Toten abtransportiert worden waren, konnte man wieder etwas lauter sprechen und sich den einen oder anderen Scherz erlauben. Vidar öffnete die Fenster, um zu lüften. Er hatte jetzt, da die Kollegen vor Ort waren, keine bestimmte Funktion mehr, konnte nur helfend einspringen oder dafür sorgen, dass die Schaulustigen nicht zu aufdringlich wurden. Er ging im Haus ein und aus und beobachtete, was Klock und die Mitarbeiter der Polizeibehörde trieben. Im Großen und Ganzen nicht viel. Sie sperrten das Wohnzimmer und den Eingangsbereich für eine gründlichere technische Untersuchung ab, die von der Kripo durchgeführt werden würde. Klock rief Olav Fjellstad an, den Pastor, damit er Berits Mutter und ihren Bruder Bjørn-Tore verständigte. Birger Borgersen stand noch immer an der Kreuzung, mehr oder weniger unter Schock, schien es. Vidar dachte einen Moment daran, dass sich jemand um ihn kümmern müsste, aber der Gedanke verpuffte genauso schnell, wie er aufgetaucht war. Klock erinnerte ihn daran, sich mit der Polizei in Oslo in Verbindung zu setzen, damit Rolf Anthonsens Verwandte informiert wurden. Eine weitere Einheit der Polizeibehörde traf ein, Vidar war sich nicht ganz sicher, um wen es sich handelte oder welche Funktion sie hatte. Aber nach der Art, wie die Beamten auftraten, schienen sie ziemlich weit oben auf der Rangliste zu stehen. So ein Verbrechen wollten sie sich sicher nicht entgehen lassen.

*

Es war kurz nach sechs, der Gipfel des Svartberges begann in der schwindenden Sonne die ersten Schatten zu werfen, als die Kollegen von der Kriminalpolizeizentrale aus Oslo in die stille Nebenstraße einbogen und die beiden schwarzen Zivilfahrzeuge abstellten. Vidar, der auf der unteren Treppenstufe gesessen und mit Kieseln auf einen Tannenzapfen gezielt hatte, stand auf und versuchte den Eindruck zu erwecken, er bewache den Eingang. Zu seiner Überraschung begrüßten ihn die Männer von der Kripo mit Handschlag. Er führte sie durch den Flur an den Kreideumrissen der ersten Leiche vorbei. Klock und die anderen von der Polizeibehörde saßen in der Küche und tranken Kaffee. Sie nahmen Haltung an, leicht perplex und verärgert, beim Nichtstun ertappt worden zu sein. Vidar argwöhnte, dass sie gerne den Eindruck vermittelt hätten, die Ermittlungen unter Kontrolle zu haben. Gleichzeitig mussten sie sich eingestehen, dass keiner von ihnen Ahnung von taktischer und technischer Mordermittlung hatte. Ein schwieriger Balanceakt, dachte Vidar. Aber die leicht angespannte Stimmung legte sich rasch. Der Leiter des Einsatzkommandos der Kripo, Sigmunn Bjørnholt, war ein kräftiger, freundlich lächelnder Mann, der jeden mit Handschlag begrüßte und die Männer für die umsichtige Sicherung des Tatortes lobte. Und dann fragte er Klock doch tatsächlich, wie er und seine Männer zu Diensten stehen könnten.

»Ihr legt wohl am besten los, wie ihr es gewohnt seid«, sagte Klock ausweichend.

»Wo und wann wird die Soko eingerichtet?«

»Die Kommando- und Operationszentrale wird morgen früh

eingerichtet. In den Räumen der Polizeiwache. Sagen wir neun Uhr? Oder ist das zu früh?«

»Acht Uhr!«, sagte Bjørnholt. »Damit wir den Tag voll nutzen können.«

*

Drei Stunden später kehrten Vidar und Klock in die Polizeiwache zurück, die in der ersten Etage auf der Rückseite des neuen Einkaufszentrums in der Storgata lag. Sie parkten die Polizeifahrzeuge vor der Wildrosenhecke, die entlang der Backsteinmauer wuchs, gingen die Metallrosttreppe hoch und schlossen auf. Vidars Schreibtisch stand im Dienstraum der Wache hinter einem hohen tresenartigen Tisch. Klocks Büro hatte eine Tür mit Milchglas und Fenstern zum Dienstraum. Klock blieb ein paar Sekunden in der Tür stehen, musterte Vidar mit schweren Augenlidern, schien etwas sagen zu wollen, überlegte es sich dann aber anders. Er war fünfundfünfzig Jahre alt, hatte aber schon alt ausgesehen, als Vidar ihn kennengelernt hatte. In seinen Augen lag etwas ewig Graues, eine schwermütige Resignation, als empfände er jedes Verbrechen als persönliche Beleidigung.

Als Klock wieder nach draußen kam, hatte er Uniformjacke und Mütze abgelegt. Dunkle Schweißflecken zeichneten sich unter den Achseln des blauen Hemdes ab. Das schafft er nicht, dachte Vidar. Das ist eine Nummer zu groß für uns, zu brutal. Die Erkenntnis bedrückte ihn. Das Telefon klingelte. Sie sahen sich an. Vidar nahm den Hörer ab. Ein Journalist der Zeitung *VG* stellte sich vor und feuerte eine Reihe Fragen zu dem Mord ab. Vidar unterbrach ihn und verwies ihn an den diensthabenden Juristen der Oberen Polizeibehörde. Danach schaltete er den Anrufbeantworter ein.

Klock sah sich in dem Raum um. »Wir müssen versuchen, hier eine Einsatzzentrale einzurichten.«

»Glauben Sie, der Platz reicht?«, fragte Vidar.

»Mehr haben wir nicht.«

»Ich hab schon gedacht, ob wir nicht Rolf-Erik fragen sollten, ob wir das Gemeindehaus nehmen können.«

»Denken Sie, dafür reicht unser Budget?«

»Was heißt hier Budget?« Er zuckte mit den Schultern. »Es geht um einen Doppelmord. Für den haben wir eigentlich auch kein Budget.«

»Wir werden sehen. Ich werde mit dem Polizeipräsidenten über eine Sondergenehmigung reden.«

Vidar sagte nichts. Typisch Klock.

»Und was jetzt?«, fragte Vidar.

Klock sah seinen Kollegen kurz an, bevor er sich auf das Besuchersofa setzte und die Fingerspitzen zu einem Dach zusammenlegte. »Haben Sie eine Theorie?«

Die Frage überrumpelte Vidar. Er war es nicht gewohnt, nach seiner Meinung gefragt zu werden. Klock hatte normalerweise Antworten, keine Fragen.

»Niemand von hier!«, stellte Klock fest, ehe Vidar dazu kam, zu antworten. »Es kann niemand von hier sein, da bin ich ziemlich sicher.«

»Wie können Sie da so sicher sein?«

»Herrgott, wer sollte das sein?« Er sah Vidar herausfordernd an. »Können Sie sich einen einzigen Bewohner des Ortes vorstellen, der zu so etwas in der Lage wäre?«

»Nein…« Vidar schüttelte den Kopf.

»Raubmord. Das ist meine Theorie. Ich will mich nicht darauf festlegen, aber es scheint mir doch ganz offensichtlich zu sein. Ich tippe auf zwei Täter. Ja, zwei Männer. Auf Einbruchstour. Vielleicht war Juvdal ihr erster Stopp. Wahrscheinlich gehen in nächster Zeit weitere Anzeigen von Einbrüchen bei uns ein.«

»Aha.«

»Merken Sie sich meine Worte, Vidar! Es ist wichtig, auf seine Intuition zu hören. Daran erkennt man einen guten Polizisten. Hören Sie auf Ihren Bauch. Versuchen Sie, sich vorzustellen, was passiert sein könnte.«

»Hab ich. Aber ich verstehe es trotzdem nicht ganz«, murmelte Vidar.

»Inwiefern?«

»Warum wurde Berit erdrosselt und Rolf mit der Axt erschlagen?«

»Weil die Eindringlinge überrascht wurden! Sehen Sie es nicht vor sich? Der eine hat Berit umgebracht, während der andere Rolf und Siv angriff!«

Vidar versuchte, sich die Szene vorzustellen, aber das Einzige, was er sah, war Klock auf dem Sofa mit Schweißrändern unter den Armen. Er heftete den Blick auf den Linoleumboden. Als er draußen auf der Treppe auf die Leute der Kripo gewartet hatte, hatte er sich vorgestellt, wie Berit erdrosselt worden sein könnte und wie Ehemann und Tochter unmittelbar nach dem Mord nach Hause kamen. Der Mörder hatte zur Axt gegriffen, um den ersten Mord zu vertuschen.

»Wir müssen die Axt finden«, sagte Vidar. »Hat der Mörder die Axt mitgebracht? Oder gehörte sie den Borgersens?«

Klock stand auf, wobei das Kunstledersofa ein schmatzendes Geräusch von sich gab, und trat ans Fenster. Er legte die Hände auf den Rücken und betrachtete die Landschaft. Es dämmerte.

»Ein unbegreifliches Verbrechen«, sagte er zu seinem Spiegelbild in der Scheibe.

»Das können wir erst sagen, wenn wir das Motiv kennen«, wandte Vidar ein.

»Raubmord. Ein missglückter Überfall. Das ist meine Meinung.«

»Es waren keine Zeichen eines Einbruchs zu sehen.«

»Bei uns schließt niemand seine Tür ab. Das wäre natürlich ein Argument dafür«, er räusperte sich, »dass der Mörder doch von hier ist.«

»Was sollte er für ein Motiv haben?«

»Frag mich was Leichteres. Eifersucht? Rache?«

»Aber warum bringt er alle drei um?«

»Zuerst hat er Berit getötet. Dann sind die anderen beiden überraschend nach Hause gekommen. Er musste sie umbringen, um sich selbst zu schützen. Vielleicht haben sie ihn erkannt!«

»Vielleicht. Vielleicht aber auch nicht. Wir müssen auf alle Fälle mit möglichst vielen Leuten sprechen. Rauskriegen, wer fremde Autos in Juvdal bemerkt hat und was die Leute über die Familie sagen können. Wie lange leben die drei schon hier?«

»Ungefähr ein Jahr. Das prüfe ich nach.«

»Du kennst die Vorgeschichte?«

»Von Berit?«

»Eine traurige Sache. Sie ist von zu Hause weggelaufen. 1963. Nach Oslo. Ich bin mit ihren Eltern befreundet, Inger und Ove. Nette Leute. Wir sind zusammen im Kirchenvorstand. Traurige Geschichte.«

»Wieso ist sie nach Oslo gezogen?«

»Gezogen? Sie war vierzehn! Abgehauen ist sie.«

»Aber wieso?«

Klock senkte die Stimme. »Die Polizei wurde nicht eingeschaltet, obwohl ihre Eltern zuerst nach ihr fahnden lassen wollten. Eine Mordsaufregung war das. Bis Doktor Vang das Ganze aufgeklärt hat. Eine Alltagstragödie...«

Die Tür ging auf. Thomas Holmen von *Juvdalens Avis* trat ein. Um seinen Hals hingen zwei Kameras.

»Was wollen Sie?«, fragte Klock brüsk.

Thomas sah ihn verdutzt an. »Hallo«, sagte er, »ich wollte eigentlich nur...«

»Kein Kommentar«, sagte Klock.

»Aber *Juvdalens Avis* könnte doch…«, nuschelte Thomas.

»Wir werden morgen eine… wie heißt das noch gleich… Pressekonferenz einberufen.«

»Augenblick mal, Thomas«, sagte Vidar und zog Klock hinter sich her in dessen Büro. »Es wäre vielleicht gar nicht so dumm, etwas zu sagen. Das ist *unser* Lokalblatt, nicht die *VG*. Wir könnten die Bevölkerung um Mithilfe bitten. Die Leute fangen sonst schnell an, sich zu wundern.«

Klock brummte und schnaufte, gab aber schließlich nach. »Also gut, aber dann musst du mit ihm reden!«

Vidar ging raus zu Thomas, legte ihm die Hand auf den Arm und führte ihn nach draußen. Der Juliabend war voller Mücken. Allmählich wurde es etwas kühler. Einige Nachtschwärmer steuerten das grelle Außenlicht über der Tür an.

»Ein paar Dinge kann ich sagen, weil es sich um die hiesige Lokalzeitung handelt«, sagte Vidar.

»Und – das wäre?«

Vidar hatte das Gefühl, dass Thomas anders war als sonst. Sein Blick war irgendwie abwesend, fern, als wäre er nicht richtig bei der Sache.

»Wie viel weißt du?«, fragte Vidar.

»Nicht viel. Zwei Tote und das kleine Mädchen lebensgefährlich verletzt.«

»Da weißt du genauso viel wie wir.«

»Ist es Berit?«

»Berit?«

»Die Tote?« Seine Stimme versagte.

»Das kann ich nicht bestätigen. Die Angehörigen müssen erst verständigt werden, du weißt, wie das läuft. Kanntest du Berit?«

Thomas hielt inne. »Ja.« Dann schwieg er einen Moment. »Wie ist sie gestorben?«

Vidar schüttelte den Kopf. »Zu den Details kann ich nichts sagen. Da musst du mit der Polizeibehörde oder der Kripo reden. Wir werden morgen eine Pressekonferenz geben. Da wirst du erfahren, mit welchen Informationen wir an die Öffentlichkeit gehen.«

»Glaubst du … hat sie gelitten? Bevor sie tot war?«

»Darauf kann ich nicht antworten, Thomas. Tut mir leid.«

»Aber es ist Berit? Und ihr Mann? Rolf?«

»Wie gesagt…«

»Ich weiß doch, dass sie es sind.«

»Trotzdem…«

»Wann sind die Morde passiert?«

»Das wissen wir noch nicht. Hör mal, Thomas – wir wissen noch so gut wie nichts. Darum wollen wir mit der Pressekonferenz bis morgen warten. Ich kann bestätigen, dass zwei Menschen tot aufgefunden wurden, aller Wahrscheinlichkeit nach ermordet. Und dass eine dritte Person mit lebensgefährlichen Verletzungen ins Krankenhaus gebracht wurde.«

»Siv?«

»Das kann ich nicht bestätigen.«

»Wie ist ihr Zustand?«

»Wegen Siv musst du dich direkt an das Krankenhaus wenden.«

»Habt ihr schon irgendwelche Verdächtigen?«

Er hat meinen Ausrutscher nicht bemerkt, dachte Vidar erleichtert.

»Verdächtige, nein, auch dazu kann ich keinen Kommentar geben. Aber du kannst dir sicher denken…«

»Und die Todesursache?«

»Kein Kommentar.«

»Was kannst du dann überhaupt sagen?«

»Wir brauchen Hilfe. Von den Leuten. Hier in Juvdal. Hat

jemand einen oder mehrere Fremde im Ort gesehen? Wurden unbekannte Fahrzeuge auf dem Weg nach Juvdal oder von Juvdal weg beobachtet? Wer was gesehen hat, soll sich melden. Alles kann von Nutzen sein, selbst das kleinste Detail. Etwas Ungewöhnliches. Außerdem würden wir gerne so viel wie möglich über die ... die Verstorbenen erfahren.«

»Wie sollen euch die Leute Informationen über die Toten geben, wenn ihr nicht damit rausrücken wollt, um wen es sich handelt?«

Vidar schluckte. Jetzt wusste er, wieso Klock keine Lust hatte, interviewt zu werden.

»Darauf kommen wir bei der morgigen Pressekonferenz zurück.«

»Darf ich ein Foto von dir machen?«

»Ihr habt doch jede Menge Fotos von mir in eurem Archiv!«

»Wir brauchen aktuelle Bilder. Das verstehst du doch.« Er hob die Kamera vors Gesicht und schoss beim Reden schnell hintereinander fünf, sechs Bilder. »Danke, Vidar. Du hast meine Nummer, falls du neue Informationen hast. *VG*, *Dagbladet* und die ganze Horde lauern schon hinter der Ecke. Ich hoffe, du vergisst mich nicht, wenn sie kommen. Trotz allem!«

Klock stand neben dem Telefon und redete mit der Polizeibehörde. Es klang ganz nach dem regionalen Polizeipräsidenten persönlich.

Klock versicherte, die Ermittlungen seien in vollem Gange. Eine leichte Übertreibung, dachte Vidar.

*

Es war dunkel und fast Mitternacht, als Vidar von der Polizeiwache zu seiner Wohnung über dem Sportgeschäft spazierte. Die Straße war still. Irgendwo weit weg spielte ein wenig zu laut »If You Leave Me Now« von Chicago. Eine laue Brise, die schwach nach Jauche roch, strich durch die Buche vor dem Möbelgeschäft und ließ die Blätter rascheln.

Er schloss auf und ging die enge Treppe hoch, die zu seiner Wohnung führte. Schlafzimmer, Wohnzimmer, Küche, Bad. Mehr brauchte er nicht. Er lebte allein. Ab und zu ging er mit Una aus, die als Verkäuferin in einem Kurzwarengeschäft arbeitete. Mehr würde daraus nicht werden.

Er hatte einen Bärenhunger, briet sich zwei Spiegeleier mit Schinken, viertelte eine Tomate, schenkte sich ein großes Glas Milch ein und setzte sich an den Küchentisch. Dann stand er noch einmal auf und legte eine Kassette mit Steely Dan ein.

Raubmord. Einbrecher auf der Durchreise. Klocks Theorie überzeugte ihn nicht wirklich.

Angenommen, du wärst ein Einbrecher. Kommst in ein abgelegenes Dorf. Observierst ein Haus, bis du sicher bist, dass niemand da ist. Die Tür unverschlossen. Du schleichst hinein und suchst nach Wertgegenständen. Plötzlich steht eine Frau hinter dir. Du kriegst Panik und erwürgst sie. Dann kommen Mann und Tochter nach Hause. Du findest eine Axt und erschlägst sie. Dann flüchtest du.

Nicht sehr wahrscheinlich, dachte Vidar.

Er schob einen großen Bissen Spiegelei in den Mund und kaute gründlich, während er nachdachte. Zwischen den Morden bestand kein innerer logischer Zusammenhang. Er wusste nicht, wieso er sich dessen so sicher war. Intuition? Ahnung? Manchmal war es eben so. Man hat eine Vorstellung. Keine Gewissheit. Der Mord an Berit hatte einen völlig anderen Charakter als der an Rolf und dem Mädchen. Aber aus welchem Grund brachte jemand Berit Borgersen um?

Eifersucht?

Rache?

Er zerstach das Eigelb und verteilte es über dem Eiweiß. Wenn es ein Mord aus Eifersucht war, musste sie ein Verhältnis gehabt haben. Möglicherweise mit dem Täter. Vidar beschloss, dieser Spur nachzugehen. Ihre Freundinnen müssten doch etwas wissen. Die Mutter. Eventuell die Nachbarn. Rache? Dann musste sie irgendwann etwas getan haben. Etwas Furchtbares, das erklärte, wieso jemand bereit war, sie zu töten. Was war eigentlich 1963 vorgefallen? Konnte ein vierzehnjähriges Mädchen ein derart schreckliches Geheimnis haben? Aber in den Jahren, in denen sie in Oslo gelebt hatte, konnte eine Menge passiert sein. Etwas, das die Morde erklärte. Natürlich konnte sie ein Verhältnis gehabt haben. Einen Geliebten. Mit dem sie vor Kurzem Schluss gemacht hatte. Der es nicht ertrug, abgewiesen zu werden, und der sie umbrachte, weil sie bei ihrem Mann bleiben wollte.

Vidar spießte das erste Stück knusprig gebratenen Schinken auf. Er war fünfundzwanzig Jahre alt und arbeitete seit zwei Jahren als Polizeianwärter in Juvdal. Er wollte nicht ewig bleiben, wollte raus. In die Stadt. In Kriminalfällen ermitteln, nicht nur in Einbruchsdelikten und Wochenendprügeleien.

Er hatte zu den Unsichtbaren in seiner Klasse gehört, hatte ganz hinten gesessen und sich um seinen eigenen Kram gekümmert. Einer von vielen. Der auf allen Klassenfotos in der dritten Reihe stand, als Zweiter von rechts. Mit fünfzehn war ihm klar geworden, dass sein Jungentraum, Polizist zu werden, nicht unerreichbar war. Er hatte sich alle amerikanischen Action-Filme im Dorfkino angesehen, liebte Autojagden und die coolen Cops, die für Ordnung sorgten. Er war realistisch genug, um zu wissen, dass kein Polizist so ein Leben führte, nicht hierzulande, aber das Unvorhersehbare an der Arbeit zog ihn an, die plötzlichen Einsätze, dafür verantwortlich zu sein, verworrene Situationen zu entwirren. Während der Zeit auf dem Gymnasium hatte er hart trainiert, um den physischen Anforderungen der Polizeischule gewachsen zu sein. Seinen Militärdienst hatte er bei der Militärpolizei absolviert, und mit zwanzig hatte er einen Platz an der Hochschule bekommen. Während des Studiums stand er in Briefkontakt mit einem Mädchen, mit dem er während des Abiturs zusammengekommen war. Mindestens jedes zweite Wochenende fuhr er heim nach Juvdal, um sich mit ihr zu treffen. Gegen Ende seines dritten Jahres auf der Polizeischule war der Anruf von Klock gekommen. Einer seiner Mitarbeiter hatte eine Stelle in Kristiansand bekommen, und Klock würde sich freuen, wenn Vidar sich bewerben würde. Vidar hatte das Gefühl, es Juvdal schuldig zu sein, das Angebot anzunehmen. Also hatte er sich beworben, den Job bekommen, und war wieder in sein früheres Kinderzimmer gezogen. Vier Monate später hatte seine Mutter den Vater verlassen und war zurück nach Bergen gegangen. Und Vidar hatte für eine lächerlich niedrige Miete die Wohnung über dem Sportgeschäft bekommen, weil der Hausbesitzer es beruhigend fand, einen Polizisten im Haus zu haben.

Aber in Juvdal bleiben wollte er nicht.

Als er sich im Bett ausstreckte, rechnete er damit, wach zu liegen und über all die Ereignisse des Tages und alle möglichen Fragen zu brüten. Aber er schlief auf der Stelle ein.

*

Als der Wecker um halb sieben klingelte, war Vidar bereits seit einer Viertelstunde hellwach.

Beim Frühstück las er die Lokalzeitung. Der Mordfall nahm den größten Teil der Titelseite ein. Ein großes Foto vom Tatort. Ein Archivbild von Berit. Und das Foto, das Thomas gestern von ihm vor der Polizeiwache gemacht hatte.

Doppelmord in Juvdal – die Polizei bittet die Bevölkerung um Mithilfe

Von Thomas Holmen

Die Polizei bittet um Hinweise aus der Bevölkerung in Juvdal und Umgebung, nachdem das Ehepaar Berit Borgersen (30) und Rolf Anthonsen (30) gestern ermordet in seinem Haus im Trollvegen gefunden wurde. Wer etwas Ungewöhnliches beobachtet oder fremde Fahrzeuge nach Juvdal hinein- oder wieder hinausfahren sehen hat, möge sich bei der Polizeiwache in Juvdal melden.

Die zehnjährige Tochter des Paares, Siv, wurde mit schweren Kopfverletzungen ins Krankenhaus Ullevål gebracht. Der diensthabende Arzt verweigerte gestern jede Aussage über den Zustand des Mädchens. Unbestätigten Meldungen zufolge soll sie mehrere Schläge mit einer Axt auf den Kopf überlebt haben. Weder die Polizei noch das Krankenhaus bestätigen das.

Polizeianwärter Vidar Lyngstad sagte der *Juvdalens Avis*, die Polizei würde erst heute bekannt geben, wie die beiden ermordet wurden und ob es bereits Verdächtige gibt. Die *Juvdalens Avis* hat Grund zu der Annahme, dass die Polizei zwei Hauptspuren verfolgt: Entweder sind die Eheleute zufällige Opfer von Einbrechern geworden, oder die Morde waren geplant. Nach wie vor ist völlig offen, welches Motiv den Morden zugrunde liegen könnte.

Die Verstorbenen wurden gestern Nachmittag von Berit Borgersens Bruder Birger gefunden, der sofort die Polizei verständigte.

Die Osloer Kripo ist in Juvdal, um die Ermittlungen zu unterstützen.

Den Nachbarn Gunn-Solveig und Knut-Andreas Skogsdal zufolge war das Paar ruhig und freundlich. Sie haben nichts bemerkt, das die gestrige Tragödie erklären könnte. Für sie sind die Morde ein schwerer Schock. »So etwas liest man sonst nur in der Zeitung«, so Gunn-Solveig Skogsdal.

Von der Kripo wollte sich gestern noch niemand äußern. Polizeiobermeister Gerhard Klock gab ebenfalls keinen Kommentar ab und verwies die Lokalzeitung weiter an seinen Assistenten Vidar Lyngstad.

»Das Wichtigste ist nun, dass wir uns einen Überblick über die Situation verschaffen«, sagt Lyngstad. »Darum sind wir auf Hinweise aus der Bevölkerung angewiesen. Ungewöhnliche Aktivitäten und fremde Fahrzeuge sind von besonderem Interesse. Wer etwas gesehen oder bemerkt hat, möge sich bitte sofort mit der Polizei in Verbindung setzen.«

Nach dem Frühstück fuhr Vidar mit dem Fahrrad zur Polizeiwache. Die Morgenluft war warm und feucht. Kurz vor halb acht war er da. Klock und die Kollegen von der Oberen Polizeibehörde und der Kripo waren bereits eingetroffen. Man hatte beschlossen, das Gemeindehaus zu mieten, um mehr Platz für die vorläufige Einsatzzentrale zu haben, erklärte Klock.

Nach der Pressekonferenz um 11.00 Uhr versammelte sich die Sonderkommission in der Polizeiwache zur Lagebesprechung und weiteren Planung der Ermittlungen. Die Luft war zum Schneiden. Die Ermittler der Kreispolizeibehörde saßen hinter vorgezogenen Gardinen und sahen verstohlen zu Klock. Vidar hatte das Gefühl, dass sie sich im Laufe der Nacht kurzgeschlossen hatten. Klock, der die Ermittlungen formell leitete, war der am wenigsten Qualifizierte für die Durchführung eines derart komplizierten Falles. Es wäre klüger gewesen, er hätte die Leitung der Ermittlungen an einen qualifizierteren Kollegen abgetreten. Aber Vidar kannte ihn gut genug, um zu wissen, dass er das niemals tun würde. Juvdal war sein Territorium.

Der Polizeiobermeister stand in der Mitte des Raumes und wippte auf den Schuhsohlen vor und zurück. »Wir können in diesem Fall theoretisch von vier verschiedenen Typen von Mördern ausgehen«, sagte er. »Meiner Meinung nach ist es am wahrscheinlichsten, dass wir es mit einem Täter zu tun haben, der nicht aus Juvdal kommt. Vielleicht ein Einbrecher auf Beutezug in der Gegend. Die zweite Theorie geht von einer Person aus der Gegend aus, die Borgersen und Anthonsen nicht kannte. Die dritte Theorie zielt darauf ab, dass das Verbrechen von einem Ortsansässigen begangen wurde, der die Opfer kannte. Und die vierte, dass der Täter die Opfer kannte, aber nicht in Juvdal zu Hause ist.«

Der Leiter der Kripogruppe wollte genauer erläutert haben, wieso Klock es für wahrscheinlich hielt, dass der Täter nicht aus Juvdal kam.

»Davon würden Sie auch ausgehen, wenn Sie Ihr ganzes Leben in Juvdal verbracht hätten.«

Während drei Ermittler von der Polizeibehörde mit der Befragung begannen und die Fremden unter die Lupe nahmen, die in den letzten Tagen Juvdal besucht und wieder verlassen hatten, wurde Vidar damit betraut, einen taktischen Ermittler von der Kripo bei den Verhören im Ort zu begleiten. Er hieß Erik Dypvik und war einige Jahre älter als Vidar. Ein blonder, sympathischer Mann mit einem lustigen, kaum hörbaren Sprachfehler, wenn er »r« sagte.

*

Sie fuhren in Erik Dypviks zivilem Volvo 244 zum ersten Verhör. Vidar hatte angerufen und ihren Besuch angekündigt. Im Fußraum vor dem Beifahrersitz rollte ein magnetisches Blaulicht mit Spiralkabel hin und her. Mit dem Zeigefinger an der Windschutzscheibe dirigierte Vidar Erik durch den Ort, die Hauptstraße runter, hinter der Esso-Tankstelle links und den staubigen Kiesweg zu dem weiß gestrichenen Haus von Birger und Anita Borgersen hinauf. Sie parkten neben einem Traktor, der neben der Scheune stand und vor sich hin rostete. Ein Autowrack war von Brennnesseln überwuchert. Im Garten flatterte eine Fahne auf Halbmast. Ein rot angemaltes Jungenfahrrad lehnte an einer verbeulten Tonne mit Paraffin.

Birger und Anita erwarteten sie draußen auf dem Hofplatz. Beide waren etwa Mitte dreißig. Ihr Sohn Arild stand ein paar Meter hinter ihnen, im Arsenal-Trikot und mit einem Fußball unter dem rechten Arm. Er wirkte verschüchtert, wollte sich am liebsten hinter seiner Mutter verstecken. Anita trug ein geblümtes Sommerkleid. Sie hatte sich fein gemacht. Trotz ihrer kräftigen, etwas fülligen Statur war sie auf eine mütterliche Art hübsch. Birger trug einen blauen, oft getragenen Overall voller

Ölflecken und eine Schirmmütze mit Reklame für Hiab-Kräne. Er war mager, sehnig, wie eine gespannte Sprungfeder.

Birger schüttelte den beiden Polizisten die Hand. Wie sein Blick war sein Handschlag hart, verbissen.

»Dypvik! Kripo!«, stellte Erik sich kurz und bündig vor.

»Haben Sie schon jemanden festgenommen?«, fragte Birger.

Vidar schüttelte den Kopf.

»Hab ich mir schon gedacht! Zum Teufel! Na gut. Das ist meine Frau Anita«, sagte er mit einem kurzen Nicken. »Und dieser junge Stürmer da drüben ist mein Sohn Arild.«

Vidar zwinkerte ihm zu. »Warten die anderen Jungs auf dich?«

Der Junge senkte den Blick.

Birger brach in Lachen aus. »Die anderen Jungs? O nein. Unser Arild spielt meist allein.« Er boxte den Fußball aus Arilds fester Umklammerung und kickte ihn weit weg. Dann grinste er seinen Sohn an.

Dieser Blick, dachte Vidar.

Arild flitzte dem Ball hinterher. Vidar folgte ihm mit den Augen.

Anita hatte Kaffee gekocht und in der Stube gedeckt. Ihr Gesicht war unbeweglich. Birger verschränkte die Arme vor der Brust und seufzte ungeduldig. Vidar fühlte sich unwohl, wie ein unwillkommener Gast. Er mochte es nicht, sich trauernden Leuten so aufzudrängen. Erik schien das weniger zu beeindrucken. Er nahm ungeniert Platz und sah sich im Wohnzimmer um, wobei er ein Gähnen unterdrückte. Bevor Anita sie aufforderte, doch zuzugreifen, hatte er sich bereits ein Stück Sandkuchen genommen.

»Also«, sagte Vidar unsicher und schlug seinen Notizblock auf. »Darf ich euch zuerst mein Beileid aussprechen?«

Birger sah zu Boden, Anita bedankte sich so leise, dass er es von ihren Lippen ablesen musste. Vidar nahm einen Schluck Kaffee. Er war kochend heiß und stark. Er versuchte, Blickkontakt zu Birger herzustellen.

»Geht es dir gut?«

Kurz, hart: »Gut?«

»Ich dachte nur... nach gestern?«

Birger starrte ihn an.

Vidar merkte, wie ihm die Situation bereits jetzt zu entgleiten drohte. Er hatte keine Übung darin, Menschen zu verhören. Jedenfalls nicht in einer ernsten Angelegenheit wie dieser. Er wusste nicht, ob er Mitgefühl zeigen oder eher formell und korrekt auftreten sollte. Er sah Erik an, der die Familienfotos an den Wänden betrachtete.

Vidar räusperte sich. »Wie ich bereits am Telefon sagte, werden wir eine Reihe Verhöre in der Verwandtschaft und im Freundeskreis von Berit und Rolf durchführen.«

Birger stieß Luft durch die Nase aus und beobachtete die Polizisten.

»Ja, um uns einen Überblick zu verschaffen«, fuhr Vidar fort.

Keiner sagte etwas.

Die Untertasse klirrte, als er die Tasse wieder abstellte.

Anita rutschte nervös hin und her. »Ach, wie schrecklich.«

»Ja...«, sagte Vidar nach einer Weile. Womit sollte er beginnen? Wie das Gespräch in Gang bringen?

Draußen auf dem Kiesweg fuhr ein Moped vorbei.

Erik beugte sich vor und trommelte mit dem Zeigefinger auf den Wohnzimmertisch. »Sie haben also die Ermordeten gefunden?«, sagte er zu Birger. Kurz, knapp, emotionslos. Vidar dachte, dass die Jungs von der Kripo schon wussten, wie man ein Verhör durchzuführen hatte.

»Ja, ich habe Bescheid gegeben«, sagte Birger.

»Können Sie beschreiben, wie Sie sie vorgefunden haben?«

»Rolf lag im Flur, Berit im Wohnzimmer...«

Anita holte schluchzend Luft.

Für uns sind die Leichen nur Objekte, dachte Vidar. Unpersönlich. Teile eines Puzzles. Für Birger und Anita sind es Verwandte. Menschen aus Fleisch und Blut.

»Ich meine: Können Sie im Detail beschreiben, was unmittelbar vor und nach dem Fund passiert ist?«, sagte Erik.

Unmittelbar vor und nach dem Fund. So kann man es auch ausdrücken, dachte Vidar. Was hätte er selbst gesagt? Vor und nachdem du deinen Schwager und deine Schwägerin gefunden hast. Etwas, das persönlicher klang. Aber vielleicht war gerade das Unpersönliche der Schlüssel, um Distanz zu schaffen.

Birger schloss einen kurzen Moment die Augen. Seine Hand zitterte, als er die Kaffeetasse anhob. »Ich stand eine Weile vor der Tür, ehe ich klingelte. Aber niemand kam, um mir aufzumachen. Da drückte ich gegen die Tür. Sie war offen.«

»Offen?«, wiederholte Erik.

»Hören Sie nicht, was ich sage?«, platzte Birger gereizt heraus. »Ich habe Rolf sofort gesehen.« Er zögerte. »Wusste gleich, dass was passiert sein musste.«

»Was dachten Sie?«, fragte Erik.

»Da lag eine Leiche auf dem Boden, was glauben Sie denn, was man da denkt? Ich stand zuerst wie angewurzelt da. Dachte, dass vielleicht jemand im Haus ist. Der Täter. Aber dann bemerkte ich die Fliegen.«

»Die Fliegen?«

»Und da war mir klar«, er schluckte, »dass er wohl schon etwas länger dort lag.«

Vidar dachte an die Fliegen. Den Geruch. Es ist schwierig, sich an Gerüche zu erinnern, aber den Geruch im Flur konnte er aus der Erinnerung abrufen.

»Und dann?«, drängte Erik.

»Ich rief. Ich weiß nicht mehr, was. Wahrscheinlich nach Berit. Aber es antwortete niemand. Dann dachte ich, dass sie womöglich verletzt war. Ich war unsicher, ob ich hineingehen sollte, weil ich keine Spuren zerstören wollte, für euch Leute von der Polizei und so, man guckt schließlich Fernsehen, aber ich konnte nicht klar denken. Und außerdem hatte ich Angst, dass Berit verletzt sein könnte. Also ging ich in die Wohnung.«

Vidar schielte zu Anita. Ihr Blick war komplett abwesend.

»Hatten Sie Kontakt mit der Leiche? Mit Rolf?«, fragte Erik.

»Kontakt?«

»Haben Sie ihn angefasst? Oder untersucht?«

»Er war tot. Daran habe ich keine Sekunde gezweifelt. Das ganze Blut überall. Und dann die Fliegen! Ich ging an ihm vorbei. Schaute ins Wohnzimmer.«

Er verstummte.

»Ja?«, sagte Erik.

»Und da sah ich Berit.«

»Was haben Sie getan?«

»Euch angerufen.«

»Von welchem Telefon?«

»Im Flur. An der Tür zum Wohnzimmer.«

»Und Sie haben mit Vidar Lyngstad gesprochen?«

»Die Sekretärin hat mich zu ihm durchgestellt, und ich habe ihm gesagt, was passiert ist.«

Ihm gesagt, was passiert ist. Vidar dachte an das unzusammenhängende Geschrei in der Telefonleitung.

»Warum hast du nicht nach Siv gesucht?«, fragte Vidar.

»Ich habe in diesem Moment gar nicht an sie gedacht.«

»Sie haben nicht an sie gedacht?«, fragte Erik.

»Ich dachte: Armes Mädchen, du hast deine Eltern verloren. Aber ich habe nicht damit gerechnet, dass sie zu Hause sein könnte. Fragen Sie mich nicht, wieso. Ich hatte Angst, sie könnte nach Hause kommen, bevor die Leichname abtransportiert worden waren. Verstehen Sie?«

»Was dachten Sie, wo sie war?«

»Darüber habe ich mir keine Gedanken gemacht. In der Schule, vielleicht. Oder bei einer Freundin.«

»In der Schule? Im Juli?«

»Ich sagte doch, ich konnte nicht klar denken! Schließlich hatte ich gerade zwei Leichen gefunden. Da denkt man nicht logisch. Ich jedenfalls nicht.«

»Wie viel Zeit verging zwischen dem Fund der Leichen und dem Anruf bei uns?«, fragte Vidar.

»Schwer zu sagen. Ich hab die Zeit nicht gestoppt. Eine Minute? Zwei? Drei? Mein Gott, ich stand mit zwei Leichen da!«

»Mehr Kaffee?«, fragte Anita.

Sie bedankten sich alle gleichzeitig.

»Und was haben Sie getan, während Sie auf die Polizei warteten?«, fragte Erik.

»In etwa das Gleiche wie Vidar: nichts.«

»Wie würden Sie uns Berit beschreiben?«

»Beschreiben?«

»Wir kannten sie schließlich nicht. Jedenfalls ich nicht. Wie war sie? Was für ein Typ?«

Eine kurze Stille trat ein.

»Sie war eigen«, sagte Anita kurz.

»Wie meinen Sie das?«, fragte Erik.

»Es fällt mir nicht leicht, darüber zu reden…«

Birger seufzte. »Anita versucht zu sagen«, half er, »dass Berit mitunter sehr speziell sein konnte.«

»Speziell?«

»Sie ist mit vierzehn nach Oslo abgehauen. Jetzt verstanden?«

»Nein.«

»Das Leben hier im Dorf war Berit offensichtlich zu langweilig.«

»Langweilig?«, wiederholte Erik.

»Hören Sie mal! Verdammt! Ich finde das nicht in Ordnung, in dieser Weise über meine Schwester zu reden. Mein Gott, sie ist gestern gestorben.«

»Aber?«

»Also – einige Leute behaupten, sie hätte einen lockeren Lebenswandel gehabt.«

Birger und Anita sahen sich an. Anita wollte etwas sagen, schluckte es aber hinunter.

»Ich weiß ja nicht, wie sie sich in Oslo benommen hat«, sagte Birger. »Aber ich kann es mir denken. Sie war schon immer sehr sozial. Suchte den Kontakt zu anderen Menschen. Und sie war hübsch. Ich glaube, sie war stolz auf ihr Aussehen. Wenn Sie wissen, was ich meine.«

»War sie immer noch so, als sie letztes Jahr hierhergezogen ist?«, fragte Vidar.

»Dazu kann ich wenig sagen.«

Anita schaute von Birger zu den Polizisten. »Man hört so das eine oder andere«, sagte sie.

»Zum Beispiel?«, fragte Erik.

»Gerüchte!«, sagte Birger.

»Über Berit?«

»Und diesen – Pastor.«

»Welchen Pastor?«, sagte Erik.

»Meinst du Olav Fjellstad?«, fragte Vidar.

Anita nickte.

»Wirklich? Hatten Berit und Olav Fjellstad was miteinander?«, fragte Vidar.

»Gerüchte, sag ich doch!«, schnauzte Birger. »Wir wissen genauso wenig wie die meisten anderen.«

Vidar und Erik machten sich Notizen.

»Man denkt sich seinen Teil«, sagte Anita still.

»Könnt ihr genauer sagen, was ihr gehört habt?«, fragte Vidar.

»Dass sie sehr gut befreundet sind«, sagte Anita.

»Jeder soll glauben, was er will.«

»Wer hat euch das erzählt?«

»Die Leute. Was im Dorf halt so geredet wird. Ich weiß nicht mehr, wer was gesagt hat.«

»Warum ist sie eigentlich nach Oslo gezogen?«, fragte Vidar.

»Sie ist abgehauen!«, sagte Anita.

»Aber warum?«

»Woher sollen wir das wissen?«, fragte Birger.

»Gibt es einen Grund für ihr Ausreißen? Ist etwas vorgefallen?«

Anita legte ihre rechte Hand auf die ihres Mannes.

»Besser, wir sagen es. Bevor sie es von jemand anderem erfahren«, sagte Birger. »Berit hat sich mit Anita und mir überworfen, bevor sie 1963 von zu Hause weggelaufen ist. Sie war ziemlich stur. Ließ sich nichts sagen. Da ich wusste, worüber die Leute sich das Maul zerrissen, habe ich versucht, ihr ins Gewissen zu reden, dass sie sich … ordentlich aufführte. Es passte ihr gar nicht, dass ich mich in ihr Leben einmische.«

»Ist Ihnen etwas aus der Zeit in Oslo bekannt, das die Tat von gestern erklären könnte?«

»Was meinen Sie damit?«

»Hat sie vielleicht in Oslo jemanden verlassen, ehe sie zurück nach Juvdal kam, jemanden, der sich jetzt an ihr rächen wollte? Aus Eifersucht? Etwas in der Art?«

»Keine Ahnung.«

»Wie gut war Ihr Kontakt nach Berits Rückkehr nach Juvdal?«, fragte Erik.

»Nicht besonders gut.«

»Waren Sie zerstritten?«

»Nein, wir hatten einfach kaum Kontakt.«

»Das lag wohl hauptsächlich an mir, ich wollte nichts mit ihr zu tun haben«, sagte Anita.

»Warum nicht?«

»Wir haben uns nicht sonderlich verstanden. Nachdem sie einfach so ... abgehauen war.«

»Obwohl das fünfzehn Jahre her ist?«

»Trotzdem. Es gibt für alles einen Grund. Alle Wunden heilt die Zeit nicht.«

»Warum haben Sie Ihre Schwester an diesem Tag besucht?«, fragte Erik.

Birger senkte den Blick. »Braucht es dafür einen Grund? Sie ist schließlich meine Schwester.«

»Ja?«

»Ich wollte mit ihr besprechen, was mit dem Hof passieren soll, wenn Mutter mal nicht mehr ist. Wir mussten darüber reden, jetzt, nachdem Berit wieder zurück in Juvdal war.«

Weiße Wolken warfen Schatten über das Tal, als sie vom Hof zur Landstraße fuhren. Die Bergwand schimmerte im Sonnenlicht. Vidar kurbelte das Fenster herunter. Die Luft war warm, und das Wageninnere füllte sich schnell mit dem schweren Duft von fetter Erde. Er legte den Ellenbogen auf den Fensterrahmen und schaute träge in die Landschaft. Unterhalb eines Birkenwäldchens, auf einer morastigen Grasebene, entdeckte er Arild, der für sich allein mit dem Ball rumtrickste. Vidar winkte, aber als der Junge ihn sah, drehte er sich rasch um und schoss den Ball mit Wucht auf das Tor, für das er zwei dünne Birkenstämme mit Weidengerten zusammengebunden hatte. Er wandte ihnen den Rücken zu, bis sie hinter der Kurve verschwanden.

*

Mit schlurfenden Schritten, als hätte sie zu viele Beruhigungspillen genommen, ging Inger Borgersen vor ihnen ins Wohnzimmer. Sie bewohnte das Altenteil am Waldrand, wenige hundert Meter vom Hof entfernt, deren Bewirtschaftung ihr Sohn und die Schwägerin übernommen hatten.

Inger Borgersens Augen waren rot gerändert. Sie knetete unablässig die Hände und verschränkte die Arme vor der Brust, als wollte sie die Trauer mit Gewalt in sich wegsperren. Ihr Atem roch leicht nach Kampfer.

Sie zeigte mit einem Nicken zum Tisch. Zögernd, unsicher, ob das Nicken eine Aufforderung war, Platz zu nehmen, zogen Erik und Vidar einen Stuhl vor und setzten sich.

Vidar hüstelte, sah Erik an und machte den Anfang. »Es tut uns leid, Sie in Ihrer Trauer stören zu müssen, Frau Borgersen.«

Sie setzte sich und holte in einer Abfolge von kurzen, trockenen Schluchzern Luft.

»Aber Sie werden sicher verstehen, warum es sich nicht vermeiden lässt«, fuhr er fort. »Wir brauchen Ihre Hilfe, um den- oder diejenigen zu finden, die Ihre Tochter ermordet haben. Und Rolf. Und die Siv... das angetan haben.«

Ihre Augen verengten sich. Die Wanduhr tickte laut und hohl.

»Ich verstehe, dass das sehr schmerzlich für Sie sein muss«, sagte Vidar. »Grausam. Ich kann mir kaum vorstellen, was Sie durchmachen.«

»Es ist alles Gottes Wille«, sagte sie.

Darauf wussten weder Vidar noch Erik eine Antwort. Vidar überlegte, ob »Welcher Wille?« eine gute Reaktion gewesen wäre, sagte aber nichts.

»Wenn Sie uns zuerst Berit beschreiben könnten?«, fragte Erik.

Inger Borgersen ließ sich mit der Antwort Zeit. Ihr Gesicht wurde weicher.

»Sie war immer etwas ganz Besonderes, unsere Berit. Etwas ganz Besonderes. Schön wie kaum eine. Sie unterschied sich von den anderen, müssen Sie wissen. Seit sie gehen und reden konnte. Sie ging ihre eigenen Wege und traf ihre eigenen Entscheidungen. Für mich war sie immer ein Kind Gottes. Heute Nacht, als ich wach lag, dachte ich, dass er sie vielleicht deshalb so früh zu sich geholt hat. Sie war nicht für das irdische Leben bestimmt.«

»Aha«, sagte Erik.

»Sie war nicht perfekt, weiß Gott. Manche Leute würden sie sicher starrköpfig nennen. Sie wusste halt, was sie wollte. Das ist doch kein Verbrechen, oder? Sie wusste immer, was sie wollte.« Die Gefühle holten sie mit einem lauten Schluchzer ein.

Vidar schaute auf die Wanduhr. Hinter der Glastür schwang ein Pendel hin und her.

»Frau Borgersen, ich muss Sie etwas fragen: Haben Sie eine Vorstellung, wer Berit und Rolf ermordet haben könnte?«

Sie hob den Blick. »Das weiß allein unser Herrgott.«

»Ja, und der Mörder«, ergänzte Erik leise.

»Aber haben Sie eine Idee, wer das getan haben könnte?«, fuhr Vidar fort. »Eine Mutter weiß manchmal Dinge...« Er brach den Satz ab, damit das Unausgesprochene auf sie wirken konnte.

Ihr standen Tränen in den Augen. Vidar sah aber auch noch etwas anderes in ihrem Blick, wusste nur nicht, ob er es als Zorn oder Furcht deuten sollte. Oder als etwas ganz anderes.

»Gab es etwas in Berits Vergangenheit?«, trieb Erik das Ganze voran. »Oder meinetwegen auch in der Gegenwart? Etwas, das eine Erklärung geben könnte?«

»Wenn ich darauf nur eine Antwort wüsste.«

»Stimmt es, dass Berit mit vierzehn Jahren nach Oslo ausgerissen ist?«, fragte Vidar.

Inger Borgersen sah ihn an, als hätte er sie angespuckt.

»Sie ist dorthin gezogen!«, korrigierte sie ihn und richtete sich auf.

»Ist vierzehn dafür nicht sehr jung?«, fragte Erik.

»Sie war erwachsen für ihr Alter.«

»Wo in Oslo ist sie hingezogen?«, fragte Vidar.

»In ein Heim für junge Frauen. Später hat sie mit mehreren Leuten eine Wohnung geteilt. Aber nicht so, wie Sie glauben. Das waren alles anständige, junge Menschen. Dann hat sie Rolf kennengelernt und ihn geheiratet.«

»Ein Heim für junge Frauen, sagen Sie? In Oslo?«

»Die haben sich gut um sie gekümmert. Das war das Wichtigste. Der Doktor hatte ein paar Kontakte. Er hat ihr geholfen. Uns.«

»Doktor Vang?«

»Er ist ein Freund der Familie. Er hat uns geholfen.«

»Aber warum?«

»Weil Berit es so wollte. Sie wollte wegziehen. Fort.«

»Was waren das für Leute, mit denen sie zusammengewohnt hat?«, fragte Erik.

»Ich war niemals dort.«

»Vielleicht finden wir ja bei ihr zu Hause etwas, das uns weiterhilft«, sagte Vidar.

»Wie meinen Sie das?«, fragte Inger Borgersen.

»Na ja, etwas, das Aufschluss darüber gibt, was in Oslo passiert ist. Briefe. Ein Tagebuch.«

Sie rang die Hände.

»Das wollen Sie doch nicht etwa lesen?«, sagte sie.

»Ich befürchte, das lässt sich nicht vermeiden. Die Spurensicherung wird heute und morgen das Haus untersuchen.«

»Dürfen Sie das einfach so? In ein Tagebuch schreibt man doch sehr persönliche Dinge!«

»Wir haben es mit einem sehr ernsten Verbrechen zu tun, Frau Borgersen.«

»Stand nicht in der Zeitung, sie sei von Einbrechern überfallen worden?«

»Das ist nur eine Vermutung. Die Morde können aber auch vorsätzlich, also im Voraus geplant worden sein. Darum müssen wir Tagebücher, Briefe und Ähnliches einsehen, solange nicht ausgeschlossen werden kann, dass das Motiv für die Tat in Berits und Rolfs Vergangenheit zu finden ist. Selbstverständlich unter Wahrung der vollen Diskretion.«

Inger Borgersens Atem ging schneller. »Was für ein Motiv soll das sein?«

»Das wissen wir noch nicht. Oft haben Morde ganz banale Erklärungen. Eifersucht, zum Beispiel. Rache für ein vergangenes Ereignis. Bislang können wir nur mutmaßen.«

»Ich hoffe doch, dass die Polizei noch etwas anderes tut, als zu mutmaßen.«

»Natürlich, Frau Borgersen, darum sind wir hier.«

»Sie war eine gute Frau. Eine hübsche, kluge Frau. Als sie letztes Jahr wieder hierhergezogen ist, war ich so stolz auf sie. Sie war so elegant, so erwachsen.«

»Sie haben sie in all den Jahren nie gesehen?«, fragte Erik.

»Ein paar Mal. Ich bin mit dem Bus nach Oslo gefahren, und wir haben uns dann in Halvorsens Konditorei getroffen. Ove, mein Mann, war nicht sehr begeistert davon. Es hat ihn sehr verletzt, dass Berit weggezogen ist.«

»Warum verletzt?«

»Darüber wollte er nie sprechen.«

»Aber Sie haben sich doch bestimmt Gedanken darüber gemacht?«

»Er war nie sehr redselig, mein Mann. Aber so weit kannte ich ihn, um zu wissen, wie sehr es ihn getroffen hat, dass sie so früh zu Hause ausgezogen ist. Als wollte sie mit der Familie brechen. Er dachte wohl, dass wir in ihren Augen nicht gut genug für sie sind.«

»Das heißt, sie hat ihn vor seinem Tod nicht mehr gesehen?«

Sie schüttelte den Kopf.

Erik räusperte sich. »War sie ein beliebtes Mädchen? Bei den Jungen?«

»Sie war außergewöhnlich hübsch. Aber sie war ein anständiges Mädchen.«

»Hatte sie viele Freunde?«

»O nein, dafür war sie viel zu schüchtern.«

»Schüchtern?«, fragte Vidar.

»Still und in sich gekehrt. Sie schrieb viel und gern. Verfasste die schönsten Gedichte. Gereimt. Ich finde sicher noch welche, wenn Sie welche lesen wollen. Aber Schäkerei und Techtelmechtel mit Jungs lagen ihr nicht. Obwohl sie wohl wusste, dass sie gut aussah. Schönheit ist Gottes Gabe an den Menschen. Nicht alle missbrauchen dieses Geschenk. Sie war ein schüchternes, stilles Mädchen. Bescheiden und häuslich. Sie war neunzehn, als sie Rolf kennenlernte. Und sie haben zusammengehalten ... ihr ganzes Leben, kann man wohl sagen.«

Eine Träne rollte langsam über ihre Wange. Sie kniff die Lippen zusammen und versperrte jedem weiteren Wort den Weg.

*

Polizeiobermeister Gerhard Klock hatte den Großteil des Tages damit zugebracht, das alte Gemeindehaus als Einsatzzentrale herzurichten. Im Versammlungsraum hatten die Ermittler zwei Fernschreiber, drei Kopierer, fünf elektrische Schreibmaschinen (darunter eine nagelneue IBM-Kugelkopfmaschine) und zehn Telefonleitungen installiert. Zehn Schreibtische standen im Hufeisen, während die technische Ausrüstung auf Schulbänken an der Wand aufgebaut war. In einer Ecke saß Astrid Isachsen, die mit einer vollen Stelle als Sekretärin für das Ermittlungsteam eingestellt worden war.

Klock thronte mitten im Raum, als Vidar und Erik mit einem doppelten Hotdog eintrafen. Kauend und nicht wenig verblüfft sahen sie sich in dem frisch eröffneten Hauptquartier um.

»Es läuft wie geschmiert!«, sagte Klock und rieb sich zufrieden die Hände. Vidar, der gerade versuchte, einen etwas zu großen Bissen runterzuschlucken, hatte den Verdacht, dass er das mehr auf die Organisation als auf die Ermittlungen bezog. Eine von Klocks Schwächen war, Dinge besser vorzubereiten als auszuführen.

»Wir haben zwei Verhöre durchgeführt«, sagte Erik. »Sollen wir einen Bericht schreiben?«

Klock sah auf die Wanduhr, die er über der Tür angebracht hatte. »Um 18.00 Uhr ist Lagebesprechung«, sagte er. »Macht bis dahin mit den Verhören weiter.«

*

Der Parkplatz zwischen den Fichten vor dem *Juvdal Gjæstegaard* war fast leer. Erik pfiff vor sich hin, als sie über den Platz zum Hoteleingang gingen.

Pia und Bjørn-Tore Borgersen erwarteten sie in der Rezeption. Nachdem sie sich begrüßt hatten, gingen sie in das Zimmer hinter der Rezeption. Mehr ein Arbeitszimmer als ein Privatraum. Natursteinkamin, Kiefernmöbel. Ein alter Fernseher auf einem Hocker in der Ecke.

»Lasst uns gleich zur Sache kommen«, sagte Vidar, als sie saßen. »Zuerst einmal herzliches Beileid. Wir verstehen, wie furchtbar es für euch sein muss, Berit und Rolf auf diese Weise zu verlieren. Aber wir sind gezwungen, schnell zu arbeiten, wenn wir mit den Ermittlungen vorankommen wollen.«

Bjørn-Tore und Pia murmelten, dass sie das natürlich verständen.

Irgendwo im Hotel fiel eine Tür zu.

»Können Sie beschreiben, wie Berits Kindheit war?«, fragte Erik.

Bjørn-Tore und Pia sahen sich nachdenklich an, auf der Suche nach einem Anfang. Bjørn-Tore begann. »Ich war zehn Jahre alt, als Berit zur Welt kam, für mich war sie immer das Nesthäkchen: Die Kleine. Beständig gut gelaunt und süß. Ein bisschen grüblerisch veranlagt. Sie schrieb und las gerne. Konnte gut dichten. Liebte es, zu zeichnen. Ich glaube, ich habe noch einen Schuhkarton mit Gedichten und Bildern, die sie mir zu Geburtstagen und anderen Anlässen geschenkt hat. Ein ruhiges Kind. Ich hab sie sehr gemocht.«

Seine Stimme wurde heiser, und Vidar fiel auf, wie natürlich Pia übernahm, um ihrem Mann Zeit zu geben, sich wieder zu sammeln. »Berit war dreizehn oder vierzehn, als ich mit Bjørn-Tore zusammenkam, ich war also nur ein paar Jahre älter als sie. Aber irgendwie war sie für mich immer das Kind und ich für sie die Erwachsene. Sie hatte etwas Kindliches, Unschuldiges. Obwohl sie körperlich für ihr Alter sehr reif war.«

Erik räusperte sich. »Es soll Gerüchte geben, dass Berit, na ja, als junges Mädchen ein wenig leichtlebig war?«

»Berit?«, platzte Bjørn-Tore überrascht heraus. »Nie im Leben! Ich kann mich nicht erinnern, sie hier im Dorf jemals mit einem Jungen zusammen gesehen zu haben. Nicht so. Ganz im Gegenteil, sie war extrem schüchtern. Das erste Mal, dass ich mitbekam, dass sie einen festen Freund hatte, war, als sie Rolf kennenlernte.«

»Das wäre mir auch neu«, sagte Pia. »Sie war nicht der Typ dafür.«

Vidar und Erik schauten auf ihre Notizblöcke.

»Warum ist sie 1963 nach Oslo gezogen?«, fragte Erik.

»Ein Mysterium«, sagte Bjørn-Tore. »Mama und Papa weigerten sich beharrlich, darüber zu reden. Wir haben uns zusammengereimt, dass sie das Dorfleben satt hatte. Juvdal satt hatte. Sie suche das Abenteuer, hieß es. Aber das hatte so absolut nichts mit der Berit zu tun, die ich kannte. Ich hab das nie richtig verstanden. Mir kam es vor, als wäre sie vor irgendetwas geflüchtet. Aber vor was? Oder wem?«

»Habt ihr sie mal danach gefragt?«, wollte Vidar wissen.

»Eine Zeit lang glaubte ich, sie wäre in eine Anstalt eingewiesen worden. Eine Nervenklinik.« Bjørn-Tore senkte den Blick. »Bei uns zu Hause war es nicht einfach, solche Dinge anzusprechen. Wir machten Andeutungen, haben aber eigentlich nie eine klare Antwort bekommen. Später habe ich rausgefunden, dass Doktor Vang ihr einen Platz in einer Art Mädchenheim besorgt hatte.«

»Wie war das, als sie fortging?«, fragte Erik.

»Eines Morgens war sie einfach weg«, sagte Bjørn-Tore. »Sie hatte nur eine kurze Mitteilung für Mama hinterlassen.«

»Im ersten Moment haben wir uns fürchterliche Sorgen gemacht«, sagte Pia. »Wir wussten nicht, was wir denken sollten. Aber als uns klar wurde, dass sie von zu Hause weggelaufen war, waren wir schrecklich enttäuscht. Ja, enttäuscht trifft es ganz gut. Wir hatten das Gefühl, von ihr verraten worden zu sein. Dass sie auf uns herabsah. Ove ist nie darüber hinweggekommen. Er hat jede Verbindung zu ihr abgebrochen. Inger war verständnisvoller, aber auch sie war enttäuscht. Birger und Anita ebenfalls.«

»Wie habt ihr rausbekommen, dass sie in Oslo war?«, fragte Vidar.

»Nach ein paar Tagen hat sie Mama angerufen«, sagte Bjørn-Tore.

»Hatten Sie Kontakt zu ihr?«, fragte Erik.

»Nach einer Weile kamen die ersten Briefe«, sagte Pia. »Sie hat es nie direkt gesagt, aber ich hatte den Eindruck, dass sie keine andere Wahl hatte. Das war schwer nachzuvollziehen.«

»Hattet ihr eine Vermutung?«, fragte Vidar.

»Natürlich haben wir darüber gesprochen«, sagte Bjørn-Tore. »Pia und ich, mit meinen Eltern, mit Birger. Anfangs dachten wir, sie hätte sich vielleicht verliebt. Aber das kann es nicht gewesen sein. Es hat noch etliche Jahre gedauert, bis sie Rolf begegnete.«

»Kann es sein, dass sie vor etwas oder jemandem hier in Juvdal geflohen ist?«, fragte Erik.

Bjørn-Tore schüttelte langsam und zweifelnd den Kopf.

»Vor was oder wem denn?«, fragte Pia. »Alle mochten sie. Niemand wollte ihr was Böses. Wovor sollte sie fliehen?«

»Und sie hat nie was angestellt«, sagte Bjørn-Tore.

»Mit anderen Worten: Es gibt nichts, was ihre Flucht irgendwie erklären könnte?«, stellte Vidar fest.

»So ist es«, bestätigte Bjørn-Tore.

»Auch nicht die Morde?«, sagte Erik.

»Nein, leider.«

»Wie gut war Ihr Kontakt, nachdem Berit zurück nach Juvdal gezogen war?«

»Na ja…« Bjørn-Tore seufzte. »Anita und Birger fühlten sich vor den Kopf gestoßen, als sie 1963 verschwand. Mein Vater und Birger haben sich da gegenseitig reingesteigert. Sie nahmen Berits Flucht persönlich, fühlten sich in ihrer Ehre gekränkt. Vater hat ihr das nie verziehen. Und Birger ist nachtragend. Ich landete irgendwo zwischen den Stühlen.«

»Was waren Ihre ganz persönlichen Gefühle?«

»Sie war doch meine Schwester! Ich habe es wohl nicht so persönlich genommen wie die anderen. Natürlich habe ich sie vermisst, war traurig. Habe mich gefragt, was in sie gefahren ist.

Aber ich habe es nie persönlich genommen. Sie wird schon ihre Gründe gehabt haben... Ich hab sie ein paar Mal in Oslo besucht. Unser Verhältnis war ganz gut. Sie hat sich im Laufe der Jahre ziemlich verändert. Wurde städtischer, weltgewandter, offener. Es war nicht die Berit von früher, die nach Juvdal zurückkehrte.«

»Trotzdem hattet ihr im letzten Jahr keinen regelmäßigen Kontakt?«, fragte Vidar.

Bjørn-Tore atmete schwer durch die Nase, ihm fiel keine Antwort ein.

»Wir waren viel mit Birger und Anita zusammen«, sagte Pia. »Bjørn-Tore und ich haben keine Kinder, und als Anita Arild bekam, wurde er auch ein bisschen unser Sohn. Wir haben ihn verwöhnt. Man kann eigentlich sagen, dass wir mehr als nur Tante und Onkel für den Jungen sind. Wir kümmern uns um ihn, wenn es passt. Ein cleveres Kerlchen. Ich persönlich hatte nichts gegen Berit und Rolf.« Sie seufzte. »Berit war ein gutes Mädchen.«

»Birger ist nicht der einfachste Zeitgenosse«, erklärte Bjørn-Tore. »Er hat ein ziemliches Temperament. Und so rastlos, wie Berit war, konnte man nie wissen, wie lange sie in Juvdal bleiben würde. Ich wollte die Beziehung zu meinem Bruder nicht gefährden. Darum hat es sich so ergeben.«

»Sie sind der Älteste und haben den väterlichen Hof, ist es nicht so?«, fragte Erik.

»Das stimmt. Aber schon lange vor Vaters Tod habe ich die Bewirtschaftung der Landwirtschaft und des Waldes Birger übergeben. Ich habe mehr als genug mit dem Hotel zu tun. Aber rein rechtlich gehört der Hof noch mir. Wir haben uns darauf geeinigt, dass Birger die Landwirtschaft und den Wald für mich bewirtschaftet, und wir teilen uns den Überschuss.«

»Und Berit?«

»Was das angeht, war Berit nie im Gespräch. Sie hat fast alle Brücken hinter sich abgebrochen, als sie damals gegangen ist. Ich bin juristisch nicht so beschlagen, aber sie stellte nie irgendwelche Forderungen. Außerdem lebt unsere Mutter ja noch ... nein, bisher war das nie ein Thema.«

»Birger sagt, er wollte mit Berit über den Hof und das Erbe sprechen, als er sie tot aufgefunden hat«, sagte Vidar.

Bjørn-Tore sah seine Frau an. »Das hat er uns gegenüber nicht erwähnt. Oder, Pia? Merkwürdig. Was er sich wohl dabei gedacht hat? Aber das sieht Birger ähnlich. Er hat öfter solche Einfälle.«

*

Berits Freundin Nina Bryn bewohnte gemeinsam mit ihrem Ehemann Jon Wiik ein altes Haus in der Nähe der Steinbrücke über dem Fluss. »Müllerhaus« hieß es im Volksmund. Seltsam eigentlich, dachte Vidar, weil dort nie eine Mühle gestanden hat.

Nina sah blass und mitgenommen aus, als sie die Tür öffnete. Vidar fragte sich, ob sie krank war. Sie rauchte eine Selbstgedrehte, mit zittrigen, vom Nikotin gelben Fingern, und sah sie mit leerem Blick an, als wüsste sie nicht, wer sie waren oder weshalb sie gekommen waren. Vidar fühlte sich wie ein unerwünschter Prediger.

»Wie ich schon am Telefon gesagt habe, brauchen wir ein paar Informationen«, sagte Vidar. »Dürfen wir reinkommen?«

»Werde ich verdächtigt?«

»Wir sprechen mit allen, die Berit gekannt haben«, sagte Erik.

Auf dem Wohnzimmertisch lag ein Zeitungsstapel. Auf dem Sofa stand ein Korb mit Stricksachen.

»Ist Jon nicht zu Hause?«, fragte Vidar.

»Er ist angeln.«

Erik nahm seinen Notizblock heraus. »Soweit ich es verstanden habe, waren Sie eine von Berits besten Freundinnen«, sagte er. Vidar setzte sich neben ihn aufs Sofa.

»Ich werde verdächtigt, stimmt's?«

»Antworten Sie einfach auf meine Frage!«, sagte Erik.

Sie zögerte. »Beste Freundin? Ja, das war ich wohl, aber eher früher.« Sie drückte die Kippe im Aschenbecher aus und zündete sich eine neue Zigarette an. »Und in gewisser Weise jetzt auch noch. Aber hauptsächlich, weil sie kaum Freundinnen hat. Hatte«, fügte sie leise hinzu.

»Wie lange kennen Sie Berit schon?«

Sie starrte vor sich in die Luft. »Seit unserer Kindheit. Wir sind zusammen eingeschult worden. Haben die gesamte Kindheit zusammen verbracht. Wie Zwillinge …« Sie nickte.

»Wie war der Kontakt, nachdem sie nach Oslo gezogen war?«, fragte Vidar.

Sie nahm einen tiefen Zug und blies den Rauch durch die Nase aus. »Wir haben uns geschrieben, telefoniert und so was. Aber es wurde nie mehr so wie vorher.« Sie blinzelte mehrmals. »Mein Gott, ich hab heute Nacht kein Auge zugetan.«

»Wie sah es mit dem Kontakt aus, nachdem sie nach Juvdal zurückgekommen ist?«, fragte Erik.

»Ziemlich gut. Oder – ich weiß nicht. Sie war irgendwie anders. Halt anders, als ich sie kannte. Erwachsener, natürlich. Aber auch mehr … wie man in Oslo eben ist, nehme ich an. Distanzierter. Es war schwieriger, an sie ranzukommen.«

»Warum ist sie damals nach Oslo gegangen?«, fragte Vidar.

Nina Bryn nahm mehrere hektische Züge von der Zigarette und drückte den Rauch durch die Nase heraus. »Keine Ahnung!«

»Das müssten Sie, wenn überhaupt jemand, doch am ehesten wissen?«, sagte Erik.

»Sie hat mir nie etwas gesagt. Nie.« Sie fingerte an ihrer Zigarette herum. »Und ich finde es nicht richtig, meine Vermutungen der Polizei mitzuteilen.«

»Darauf können wir später noch mal zurückkommen«, sagte Vidar. »Erzähl uns von Berit, wie du sie kanntest.«

Sie inhalierte. »Ein wenig introvertiert. Sie schrieb gerne, hat all die Jahre ein Tagebuch geführt. Zumindest als sie jung war. Und sie war sehr hübsch. Die Jungs flogen auf sie. Obwohl sie zu naiv war, das auszunutzen.«

»Hatte sie einen Freund, bevor sie nach Oslo ging?«, fragte Vidar.

»Nicht, dass ich wüsste.« Sie zog nervös an der Zigarette.

Vidar klopfte langsam und ungeduldig mit dem Stift auf seinen Block.

»Manchmal lohnt es sich, auf seine Intuition zu hören«, sagte Erik.

Vidar dachte: Das wäre mir im Leben nicht eingefallen.

»Ich weiß nur, dass ich mir damals meinen Teil gedacht habe. Schon eine Weile, bevor sie weggezogen ist. Aber besonders, als sie wegging. Ich hab mich gefragt, ob sie vielleicht ausgenutzt wurde. In der Zeit wurde ziemlich viel über sexuellen Missbrauch und so was geredet. Ich habe mich gefragt, ob sie von jemandem ausgenutzt wurde. Ob sie gegangen ist, um dem zu entkommen. Oder vielleicht, weil sie schwanger war. Sie wissen schon – um abzutreiben.« Sie sah die Männer unsicher an. »Aber wie gesagt, ich weiß es nicht. Das ist nur eine Vermutung.«

»Hm«, sagte Erik.

»Wer könnte sie missbraucht haben?«, fragte Vidar.

»Das weiß ich nun wirklich nicht. Im Grunde genommen jeder, oder?«

»Sie haben überlegt, ob sie schwanger war? Da waren Sie wie alt? Dreizehn, vierzehn, fünfzehn Jahre?«

»Vierzehn. Sie benahm sich so merkwürdig. Das fing schon im Frühling an. 1962. Ohne dass ich es genau benennen könnte. Es war nur eine Kleinigkeit, etwas in ihrem Blick, verstehen Sie? Ich nahm etwas wahr, wusste aber nicht, was. Anfangs hab ich noch nicht daran gedacht, dass sie schwanger sein könnte. Ich war eher der Meinung, sie hätte sich verliebt oder vielleicht einen heimlichen Freund. Aber sie wirkte alles andere als glücklich. War extrem bedrückt. Da hab ich mich allmählich gefragt, ob sie möglicherweise ausgenutzt wird. Oder ob sie jemand vergewaltigt hat. So was in der Richtung. Ich hab ein paar Anläufe unternommen, sie darauf anzusprechen. Und dann zog sie Hals über Kopf nach Oslo. Kurz nach Neujahr. Da habe ich erstmals gedacht, dass sie vielleicht gehen *musste*. Um abzutreiben.«

»Du bist mit Jon Wiik verheiratet?«, sagte Vidar.

Sie sah ihn an. »Warum fragst du das, das weißt du doch ganz genau.«

Vidar wurde rot. »Er war Berits und dein Lehrer, nicht wahr?«

»Warum fragst du lauter Dinge, die dir bekannt sind?« Nina nahm einen tiefen Zug und strich sich mit den Fingern durchs Haar. Sie sah aus, als ob sie jeden Augenblick in Tränen ausbrechen wollte. »Glaubt ja nicht, dass er ... so einer war.«

»So einer?« Erik blickte von Vidar zu Nina.

»Ich wusste, dass es so kommen würde!«, platzte sie heraus. »In dem Augenblick, als ich erfahren habe, dass sie umgebracht wurde, wusste ich, dass der alte Klatsch wieder ausgegraben wird.«

»Wir haben doch gar nicht...«, begann Vidar.

»Ich bin doch nicht dumm! Ich weiß genau, was ihr denkt. Aber als Jon und ich zusammengekommen sind, war ich bereits über zwanzig.«

»Kann mich vielleicht mal jemand einweihen?«, fragte Erik verwirrt.

Nina drückte unwirsch die Zigarette im Aschenbecher aus.

»Es gab Gerede im Dorf«, sagte Vidar. »Jon Wiik war ein gut aussehender, junger Lehrer. Beliebt bei den Mädchen, um es mal so auszudrücken. Da wurde halt geredet.«

»Er ist nie einer Schülerin hinterhergestiegen!«, rief Nina. »Hat nie jemanden ausgenutzt. Niemals! Jon ist der gutmütigste Mensch auf der Welt. Es ist ungerecht, den alten Klatsch wieder auszugraben.«

»Natürlich«, sagte Vidar. »Ich wollte doch nur die Bestätigung dafür, dass er euer Lehrer war.«

*

Klock bat sie über den Polizeifunk, auf dem Rückweg am Tatort vorbeizufahren und einige technische Beweisstücke mit in die Polizeiwache zu bringen.

Sigmunn Bjørnholt von der Kripo stand in der Einfahrt, als sie ankamen. Vidar hielt neben ihm und kurbelte das Seitenfenster runter. Bjørnholt hielt einen durchsichtigen Plastikbeutel mit einem aufgerollten, mit rosa Band zusammengehaltenen Papierstapel in der Hand. »Briefe! Liebesbriefe!«

»Jesses! Von wem?«, fragte Erik.

»Ein heimlicher Bewunderer. Und Liebhaber. Der nicht unterschrieben hat. Weder mit Vor- noch mit Nachnamen. Wohl für den Fall, dass der Ehemann die Briefe entdeckt.«

»Wo habt ihr die gefunden?«, fragte Erik.

»Ganz hinten in einer Kommodenschublade mit persönlichen Unterlagen.« Bjørnholt hielt die Plastiktüte hoch. »Ich mache noch Kopien für die später angesetzte Lagebesprechung, bevor die Briefe ans Labor gehen. Ich kann mir kaum vorstellen, dass jemand Liebesbriefe mit Handschuhen schreibt.«

Nicht ein Windhauch bewegte die Laubkronen. Die Reporter standen sich die Beine in den Bauch und warteten. Die Luft war warm und drückend, voller Pollen und Mücken. In der niedrig stehenden Sonne schimmerte der Blütenstaub wie ein durchsichtiger Schleier über den Wiesen und Äckern an den Berghängen. Eine Gruppe Jugendlicher hatte ihren Stammplatz vor dem Straßenimbiss aufgegeben und parkte nun mit ihren Asconas und Escorts in der Nähe des Tatorts, um ein wenig von der Spannung aufzusaugen. Sie grölten gedämpft und schlugen nach den Insekten, die sich in Schwärmen auf sie stürzten. Aus den Kassettenrekordern und Autoradios strömte eine Kakophonie aktueller Hits – »How Deep Is Your Love«, »Rivers of Babylon«, »Love is in the Air« – und übertönte den Lärm der laufenden Motoren. Ein junges Mädchen saß auf der Kofferraumklappe eines Ford Cortina und knutschte mit ihrem Freund. Zwei Jungs bewarfen sich mit Kronkorken. Auf der Straße raste ein burgunderfarbener Ford Capri vorbei, machte eine Vollbremsung und setzte zurück, um sich zu den bereits parkenden Autos zu gesellen.

Die Stimmung im Gemeindehaus war von unterdrückter Erwartung geprägt. Vidar sah auf die Uhr. Noch drei Minuten bis zur Besprechung. Er fühlte eine ungewohnte Erregtheit, Teil dieser großen, fremdartigen Maschinerie zu sein. Die besten Polizisten des Landes sind hier versammelt, dachte er. Einige hatten sich auf Stühle gesetzt, die Truppe von der Kripo saß auf der Podiumskante, Klock stand in der Mitte des Hufeisens aus Schreibtischen.

Punkt 18.00 Uhr klatschte Klock dreimal in die Hände. Die Versammelten verstummten.

»Zuerst einen Dank an das ganze Team für die bisherige gute Arbeit«, sagte Klock und ließ den Blick über die Anwesenden schweifen. »Wir stehen zwar noch nicht vor dem unmittelbaren

Durchbruch, aber ich bin mir sicher, dass wir auf der richtigen Spur sind.« Er nahm ein Blatt Papier von seinem Schreibtisch und schob die Brille auf die Nasenspitze. »Einleitend möchte ich die aktuellsten Informationen zusammenfassen, die heute Nachmittag aus der Gerichtsmedizin eingetroffen sind. Die vorläufigen Obduktionsberichte bestätigen, was wir bereits wissen: Berit Borgersen wurde erdrosselt.« Mit zusammengekniffenen Augen und mithilfe seines Zeigefingers suchte er die betreffende Zeile auf dem Blatt. »Blutergüsse und zerquetschter Knorpel zeugen von einem kräftigen Würgegriff. Ausgehend von der Körpertemperatur der Leiche und des Rigor mortis, der Totenstarre, geht der Pathologe davon aus, dass der Todeszeitpunkt Mittwoch, der 5. Juli, zwischen neun und elf Uhr vormittags ist. Derselbe Zeitraum wird für Rolf Anthonsen angegeben. Es wird nicht möglich sein, nachzuweisen, wer von beiden zuerst getötet wurde, aber das Fehlen von Blutspuren im Wohnzimmer lässt darauf schließen, dass Rolf nach seiner Frau ermordet wurde. Laut pathologischem Bericht wurde er, ich zitiere: ›durch einen massiven Schlag gegen den Schädel, ausgeführt mit einem schweren, scharfen, metallischen Gegenstand, vermutlich einer Axt‹ erschlagen. Die Ärzte, die die kleine Siv behandeln, beschreiben ihren Zustand als kritisch, aber stabil. Sie wurde in ein künstliches Koma versetzt, um das Gehirn nicht zu überlasten. Es steht jedoch zu befürchten, dass sie im Laufe der nächsten Tage stirbt.«

Klock hielt inne.

»Lassen Sie uns mit der Zusammenfassung der Verhöre und Ermittlungen in Juvdal fortfahren.«

Klock wandte sich zum Podium. »Vegard Hebbevik von der Spurensicherung würde gern so schnell wie möglich zurück an den Tatort. Wenn Sie anfangen wollen?«

Hebbevik rutschte von der Podiumskante. »Wir haben ansehnliche Mengen Material sichergestellt und zur weiteren Analyse in unser Labor geschickt«, sagte er. »Es ist noch offen, ob oder welche dieser Spuren für die Ermittlungen relevant sind. Wie Klock bereits erwähnte, glauben wir, dass Berit vor Rolf ermordet wurde, da weder im Wohnzimmer noch an ihr Blutspuren festzustellen sind. Die Blutmenge lässt vermuten, dass der Täter einiges abbekommen haben muss, außerdem haben wir Blutreste und Spuren im Eingangsbereich und auf der Außentreppe gefunden, trotz der gehörigen Verschmutzung des Tatortes vor unserem Eintreffen. Ich bitte, das nicht als Kritik zu verstehen. Ich rechne damit, dass es drei bis vier Tage dauern wird, bis wir wissen, ob das Spurenmaterial von Interesse ist.«

»Was können Sie über die Liebesbriefe sagen, die Sie gefunden haben?«, fragte Klock.

Vegard Hebbevik lächelte. »Ziemlich schnulzig. Leider ist keiner der Briefe signiert. Und soweit ich bisher herausfinden konnte, gibt es auch nirgends einen Hinweis darauf, wer sie geschrieben haben könnte. Ich habe Kopien für alle gemacht, aber ich warne Sie, die Briefe sind wirklich *mushy*!«

»Gibt es einen Grund zur Annahme, dass der Liebhaber der Mörder ist?«, fragte Erik.

»Nicht, wenn man sich nur auf das Geschriebene bezieht«, sagte Hebbevik. »Aber ein heimlicher Geliebter ist immer ein naheliegender Verdächtiger. Neben dem gehörnten Ehemann.«

»Der ebenfalls umgebracht wurde«, bemerkte Vidar.

»Es liegt auf der Hand, dass wir den Liebhaber ausfindig machen müssen«, sagte Klock. »Bisher ist er der offenkundigste Verdächtige unserer Ermittlungen!«

»Ich schicke die Briefe nach dieser Besprechung ins Labor«, sagte Hebbevik, »und gehe davon aus, dass die Analyseergebnisse und die Fingerabdrücke im Laufe des morgigen Tages vorliegen. Oder etwas anderes, das uns Aufschluss darüber geben kann, wer sie geschrieben hat.«

»Handschriftenanalyse aller Bewohner von Juvdal?«, schlug Vidar vor.

Die Anwesenden lachten höflich.

»Die Kopien der Briefe«, sagte Hebbevik und verteilte einen Stapel Blätter. »Lesen Sie sie, und achten Sie darauf, ob Ihnen etwas bekannt vorkommt.«

Liebe Berit!
Tausend Dank für gestern. Du bist fantastisch! Ich verstehe gar nicht, was Du an mir findest. Aber dass Du das tust, habe ich gemerkt. Ich war noch nie mit jemandem wie Dir zusammen. Du bist mehr, als ich mir je zu träumen erhofft habe. Die ersten Male, die wir miteinander gesprochen haben, warst Du so unnahbar. Und jetzt ... jetzt gehörst Du mir. In gewisser Weise. Tausend Dank für gestern, Liebste. Du bist wunderschön. Und nun versteck diesen Brief gut, damit Du-weißt-schon-wer ihn nicht findet.

Für immer Dein

Geliebte Schöne!
Ich vermisse Dich! Gestern im Pub habe ich ein kleines Gedicht auf einer Serviette zusammengeschustert. Es ist nicht besonders gelungen, aber wenigstens etwas, das ich selber nur für Dich geschrieben habe:

Ein Sommer, im Juni, eine Wiese voll Sonne
Du vor Spannung fast berstende Jungfrau, im Bett voller Wonne
Verlockend, gefährlich, verführerisch schön und rank
Vollendet, fest und griffig, grazil und schlank.

Mein Kandiszucker!
Geht es Dir gut? Ich liege in meinem Bett und atme Deinen Duft, der noch in meinem Laken hängt. Der wunderbare, prickelnde Duft Deines Parfüms, Deines Körpers. Ich wünschte, Du lägest anstelle des Schreibblocks neben mir. Ich glaube, Du weißt, was ich dann mit Dir machen würde.
Mmmmmmmmmmmmmmmm...
Vermisse Dich. Liebe Dich.
Zärtliche Küsse von Deinem Jungen

»Danke«, sagte Klock. »Damit lassen wir Sie und Kjell Nedre Helland wieder Ihre Arbeit machen. Skogstad, machen Sie weiter?«

Polizeikommissar Niklas Skogstad von der Oberen Polizeibehörde stand auf. Er war groß und schlaksig und hatte borstiges, graues Haar. Er leitete die Gruppe, die den Verkehr nach und von Juvdal überprüft hatte.

»Ausgehend von den Informationen, die wir bis jetzt gesammelt haben«, sagte er, »nehmen wir an, dass in etwa dreihundert bis dreihundertfünfzig Fahrzeuge den Weg nach Juvdal hinein und aus Juvdal hinaus genommen haben. Wie viele doppelte Registrierungen vorliegen – also Fahrzeuge, die zuerst rausgefahren und dann wieder reingefahren sind oder umgekehrt –, können wir nicht mit Sicherheit sagen. Vorläufig haben sich zweihundertsiebenundzwanzig Personen gemeldet, die auf der Straße gefahren sind, und wir rechnen im Laufe der nächsten Tage mit weiteren Meldungen. Damit haben wir eine relativ überschaubare Anzahl Fahrzeuge, die wir bei Bedarf ausfindig machen können. Unser Material gibt nichts her, was darauf schließen lässt, dass der Täter in dieser Gruppe zu suchen ist, aber ausschließen lässt es sich natürlich nicht.«

»Danke schön.« Klock sah über seinen Brillenrand, ehe er den nächsten Kandidaten auf seiner Liste entdeckte. »Viggo Egaas, was ist bei der Befragung der Nachbarn rausgekommen?«

Viggo Egaas erhob sich. »Die Nachbarn haben auffallend wenig mitbekommen«, sagte er. »Vier von ihnen waren zum Zeitpunkt der Morde zu Hause, haben aber nichts von Interesse beobachtet. Und damit meine ich wirklich nichts! Acht waren zum Zeitpunkt der Morde abwesend und konnten keine Informationen geben.«

Klock legte Vidar eine Hand auf die Schulter. »Sie und Erik haben die Familie und Freunde verhört?«

Vidar stand auf und war sich der Aufmerksamkeit der fremden Kollegen unangenehm bewusst. »Wir haben die Mutter der Ermordeten, Inger Borgersen, verhört, sowie ihre beiden Brüder, Bjørn-Tore und Birger mit ihren Ehefrauen Pia und Anita. Des Weiteren haben wir Berits Freundin Nina Bryn vernommen. Dabei haben wir verschiedene Informationen bekommen, die man, wie wir meinen, weiter verfolgen sollte.«

»Ja?«, fragte Klock interessiert.

»Zunächst einmal ist es unklar, warum Berit als Vierzehnjährige nach Oslo gezogen ist. Man kann wohl davon ausgehen, dass sie von zu Hause weggelaufen ist, aber in der Frage nach dem Grund dafür klaffen die Aussagen auseinander. Am weitesten ging ihre Freundin Nina, die andeutete, Berit könnte sexuellem Missbrauch oder einem Übergriff ausgesetzt gewesen sein und wäre nach Oslo gegangen, um dem zu entkommen oder um eine Abtreibung vorzunehmen. Die Zeugin betonte nachdrücklich, dass es sich nur um Vermutungen ihrerseits handelt, aber Erik und ich sind der Meinung, dass diese Spur unbedingt weiter verfolgt werden sollte. Zudem sind wir auf einen auffälligen Widerspruch in den Aussagen gestoßen. Während der eine Bruder, Birger, andeutete, seine Schwester könne als leichtlebig bezeichnet werden, haben ihre Mutter, Bjørn-Tore und die Freundin Nina ein sehr viel sympathischeres Bild von ihr gezeichnet.«

»Kann man sagen, wer glaubwürdiger ist?«, fragte Klock.

»Nicht anhand der Zeugenaussagen, die wir bisher haben. Aber in diesem Zusammenhang sollten wir uns merken, dass Birger ein schlechtes Verhältnis zu seiner Schwester hatte, nachdem sie im letzten Jahr nach Juvdal zurückgekehrt war. Fünfzehn Jahre später! Wollen Sie weitermachen, Erik?«

»Ich habe den dringenden Verdacht, dass die Mutter uns etwas verschwiegen hat«, sagte Erik. Sein Stuhl kratzte über den Boden, als er aufstand, »obwohl ich nicht genau sagen kann, warum. Vielleicht wegen der Art, wie sie sich benahm. Wie sie antwortete. Ausweichend. Leicht abweisend. Und das nicht nur als trauernde Mutter. Ansonsten habe ich festgehalten, dass Berit ein schlechtes Verhältnis zu ihrem Vater hatte, bis zu seinem Tod 1976.«

»Ich danke Ihnen«, begann Klock.

»Ich würde gern noch etwas hinzufügen«, fiel ihm Vidar ins Wort. »Ich weiß nicht, wie bedeutungsvoll es ist, aber Berit hat Tagebuch geschrieben.«

»Ach ja?« Klock sah ihn fragend an.

Vidar zögerte ein paar Sekunden. »Es lag auf dem Wohnzimmertisch, als sie ermordet wurde. Möglicherweise finden wir dort Antworten auf etliche Fragen, mit denen wir uns jetzt beschäftigen. Der Witz eines Tagesbuches ist doch gerade, ihm alles anzuvertrauen, nicht wahr?«

Klock sah ihn an. »Das Tagebuch liegt auf dem Wohnzimmertisch, sagen Sie? Sehr interessant. Erik, würden Sie Vegard Hebbevik bitte auf das Tagebuch aufmerksam machen? Sie scheinen es bisher noch nicht weiter beachtet zu haben. Das klingt interessant. Sagen Sie ihm, er soll die Untersuchung des Wohnzimmertisches vorziehen!«

Erik nickte, nahm ein Walkie-Talkie und ging nach draußen.

Klock lächelte zufrieden. »Ich sehe, es gibt eine Menge zu tun. Berits Vergangenheit und ihr Weggehen nach Oslo müssen weiter untersucht werden. Lassen Sie mich außerdem erwähnen, dass ich bei der Polizeidirektion in Oslo um Unterstützung ersucht habe, um etwas über Berits und Rolfs Leben dort zu erfahren. Freunde, Kollegen, Nachbarn. Ein Zusammenhang zwischen den Morden und der Zeit, die sie in der Hauptstadt verbracht haben, ist nicht auszuschließen. Ich rechne damit, dass die dortigen Kollegen uns im Laufe des morgigen Tages informieren werden. Falls nicht...«

Erik kam mit dem rauschenden Walkie-Talkie in der Hand herein.

»Entschuldigt«, sagte er laut, »ich denke, das solltet ihr hören.« Er hielt das Gerät vor den Mund und drückte die Sendetaste. »Hebbevik, ich bin wieder drinnen. Würdest du bitte wiederholen, was du mir gerade gesagt hast, damit alle es hören können?«

Es knackte und pfiff im Lautsprecher.

»Hebbevik hier! Ich bin gerade am Tatort eingetroffen.« Seine Stimme rauschte und knackte. »Unbefugte haben sich Zutritt zum Tatort verschafft. Als ich den Gartenweg entlanggegangen bin, habe ich gesehen, dass die Haustür angelehnt war. Jemand hat das Polizeisiegel an der Tür aufgebrochen und war im Haus!«

Sowohl in dem Lokal als auch im Funkgerät wurde es still.

Dann setzte das Rauschen des Lautsprechers wieder ein. »Da wir allein hier sind, würde ich gern um Verstärkung bitten, bevor wir ins Haus gehen und die Durchsuchung vornehmen. Sicherheitshalber. Falls der Mörder an den Tatort zurückgekehrt ist, wäre es vielleicht besser, wenn ein paar mehr Leute hier wären. Wer weiß, ob er seine Axt wieder mitgebracht hat!«

Der Versuch, unbeschwert und humorvoll zu klingen, ging in der Tonverzerrung und dem chaotischen Durcheinander unter, das entstand, als alle ihre Stühle auf einmal zurückschoben und zum Ausgang liefen.

DONNERSTAG (I)

Das Omen

DONNERSTAG, 9. JANUAR 2003

I
Juvdal, Gjæstegaard, Donnerstagmorgen

Robin hat Berit getötet.

Kristin hielt den unsignierten Brief in der Hand und starrte nach draußen in das Schneetreiben. Die Morgendämmerung war noch nicht angebrochen. Es schneite heftig. Dicke, schwere Flocken legten sich auf den Boden. »Da war ich noch eine Schneeflocke«, hatte Kristin im Alter von drei Jahren über die Zeit vor ihrer Geburt gesagt. Ihre Mutter fand diese Worte so schön, dass sie sie auf ein Kopfkissen stickte, das sie Kristin, als diese sechzehn war, zu Weihnachten schenkte. Damals war ihr das unangenehm gewesen, das Geschenk hatte sie verlegen gemacht, doch heute hatte dieses Kissen einen Ehrenplatz daheim auf Kristins Sofa.

Robin hat Berit getötet.

Robin?

Sie hatte die letzte Nacht schlecht geschlafen. Victorias Trance, der anonyme Brief, die unbeantworteten Fragen – das alles war ihr beständig durch den Kopf gegangen.

Sie griff zum Telefon und wählte Gunnars Handy-Nummer, aber wie gewöhnlich hatte er sein Telefon abgeschaltet.

Auf dem Weg nach unten zum Frühstücksraum klopfte Kristin an Victorias Tür.

Keine Antwort. Sie klopfte noch einmal, fester, und versuchte schließlich, die Tür zu öffnen. Verschlossen. Beunruhigt ging sie nach unten zur Rezeption und bat darum, Victoria in ihrem Zimmer anzurufen, aber Bjørn-Tore teilte ihr mit, Victoria habe bereits gegen acht Uhr das Haus verlassen. Ohne zu sagen, wohin sie wollte. Aber sie habe ausgeruht und fit gewirkt.

2
Juvdal, Gjæstegaard, Donnerstagmorgen

Gunnar lag im Bett und stöhnte. Sein Körper schmerzte, der Kopf dröhnte, und sein Gewissen quälte ihn. Ein alter Kauz mit Kater, gebrechlich, jämmerlich.

Gedankenverloren strich er sich mit den Fingerspitzen über die Zyste im Nacken, dann nahm er das Handy aus seiner Dokumentenmappe. Nachdem er es eingeschaltet hatte, tippte er mühsam eine SMS und erklärte, dass er sich nicht fit genug fühle, das Interview mit Arild zu führen. Er schickte die Nachricht an Kristin und legte sich voller Selbstmitleid wieder ins Bett.

3
Zu Hause bei Arild Borgersen, Donnerstagvormittag

»Erinnern Sie sich an Ihre Tante und Ihren Onkel?«

Arild Borgersen blickte auf das Mikrofon, das vor ihm stand, und befeuchtete seine Lippen mit der Zungenspitze.

»Erinnern...«, murmelte er zögernd. Sein Blick huschte vom Mikrofon zur Kameralinse, und plötzlich lösten sich die Worte: »Ich kann nicht behaupten, mich wirklich an Tante Berit und Onkel Rolf zu erinnern. Als sie hierherzogen, gab es sehr viel

Gerede. Warum waren sie nicht in Oslo geblieben? Papa war der Meinung, es hätte etwas mit dem zukünftigen Erbe von Großmutter zu tun. Dass sie ihren Anteil sichern wollten. Mama war einfach nur traurig. Sie ist so sensibel.« Er lachte nervös. »Doch mit der Zeit beruhigte sich die Stimmung. Die Leute haben wohl gemerkt, dass sie einfach nur hierhergekommen waren, weil... nun, weil sie hier wohnen wollten.«

»Ihr Vater war nicht so begeistert darüber, dass seine Schwester wieder zurück war?«

Er blickte rasch auf. »Papa? Er... Warum sollte Papa... Entschuldigung. Ich bin etwas nervös. Rede ich zu viel? Aber Sie haben recht, Papa war nicht begeistert darüber, dass Tante Berit wieder ins Dorf gezogen war.«

Kristin versuchte, seinen Blick einzufangen, doch der schwirrte im Raum umher, als wäre ihm gerade etwas in den Sinn gekommen, das er zu verfolgen versuchte.

»Und Ihre Mutter?«, fragte sie. »Sie sagten, sie sei traurig gewesen?«

Er lächelte. »Wissen Sie, Mutter möchte immer, dass alle froh und glücklich sind. Sie will, dass alle gute Freunde sind. So ist sie einfach.«

»Hatten Sie Kontakt mit Berit und Rolf?«

»Sehr wenig. Sie waren nie da, wenn wir sonntags bei Großmutter zum Essen waren. Manchmal habe ich sie zufällig auf der Straße oder im Winter auf der Loipe getroffen, und dann haben wir ein paar Worte gewechselt.«

»Und Siv?«

»Siv? Kaum. Sie war erst neun, als sie hierherzogen.«

»Sie waren noch recht jung, als die Morde passierten. Können Sie beschreiben, wie der Vorfall auf die Jugendlichen hier gewirkt hat? Wurde in der Schule darüber gesprochen? Hat sich danach etwas verändert?«

»Nach diesem Sommer war nichts mehr wie vorher. Juvdal war immer ein friedlicher Ort gewesen. Niemand schloss seine Türen ab. Die Eltern ließen ihre Kinder bis spätabends draußen spielen. Doch nach den Morden wurden alle vosichtiger. Verriegelten ihre Türen. Wir hatten plötzlich Angst und achteten darauf, was wir sagten und taten. Weil uns die Wirklichkeit so brutal um die Ohren gehauen wurde. Ich meine – Mord! So etwas gab es in Amerika oder vielleicht in Oslo. Und dann natürlich auch, weil wir misstrauisch wurden. War der Mörder einer von uns? Lief er zwischen uns herum?«

»Hatten Sie oder allgemein die Jugendlichen einen bestimmten Verdacht?«

»O ja, jede Menge. Aber ich möchte vor laufender Kamera keine Namen nennen.«

»Ich verspreche Ihnen, das, was Sie jetzt sagen, nicht zu senden. Wer waren diese Verdächtigen?«

Er zögerte. »Wenn Sie es rausschneiden, kann ich es ja ruhig sagen. Der Pastor stand ganz oben auf unserer Liste. Fjellstad, der Rocker. Er war so alternativ, so geheimnisvoll. Und dann natürlich Jon Wiik, weil wir alle Lehrer hassten und weil er immer den kleinen Mädchen hinterherhechelte. Und dessen Frau Nina, falls Berit was mit Wiik gehabt hatte. Thomas Holmen, der heutige Chefredakteur der Zeitung, weil er ständig in alles seine Nase steckte. Wer sonst noch? Ja, der Polizist und der Doktor natürlich. Sogar über Papa wurde geredet. Aber das war alles nur Geschwätz. Wir wussten viel zu wenig, vermutlich noch weniger als alle anderen.«

»Wie sieht es mit Robin aus?«

»Mit wem?«

»Robin. Wurde der auch verdächtigt?«

»Hab ich nie von gehört.«

»Na gut«, antwortete sie enttäuscht. »Könnten Sie das, was Sie gerade gesagt haben, vielleicht noch einmal wiederholen, natürlich ohne Namen und Details? Etwas Allgemeines über die Verdächtigungen und die Stimmung, das ich für die Sendung verwenden kann?«

Er starrte vor sich in die Luft. Kristin fragte sich, ob er sie verstanden hatte.

Dann sagte er: »Wir haben alle und jeden verdächtigt, besonders diejenigen, bei denen es im Grunde genommen am abwegigsten war. Weil gerade das sie in unseren Augen verdächtig machte. Die Stützen der Gesellschaft. Jeder, der sich irgendwie von der Allgemeinheit abhob. Jeder verdächtigte jeden. So einfach war das.«

»Super!«, platzte Kristin hervor. »Möchten Sie noch etwas ergänzen? Fällt Ihnen noch was ein, wonach ich noch nicht gefragt habe?«

Er dachte nach. Dann schüttelte er den Kopf.

»Okay«, sagte Kristin. »Wie ich bereits am Telefon angesprochen habe, würden wir gerne ein paar Aufnahmen von Ihnen unten im Sägewerk machen. Das dauert sicher nicht lange.«

»Ich muss ohnehin runter zur Arbeit. Wollen Sie gleich mitkommen?«

Linda warf einen Blick auf den Produktionsplan. »Geht nicht!«

»Morgen? Am frühen Nachmittag?«, schlug er vor. »Es kommt jemand aus unserer Hauptgeschäftsstelle, aber gegen eins sind wir bestimmt fertig.«

Kristin sah zu Linda. Linda nickte.

4
Juvdal, Zentrum, Donnerstagvormittag

Victoria Underland saß an einem Fenstertisch in der Cafeteria des neuen Einkaufszentrums in der Storgata und betrachtete die Fußgänger und Autos, die draußen vorüberzogen. Sie hatte sich eine Tasse Kaffee und eine Waffel bestellt. Hin und wieder kam die Bedienung, die sie aus einem Magazin wiedererkannt hatte, und goss ihr nach.

Geistesabwesend starrte Victoria auf die Straße. *Wer bist du? Wer ist das, der mit mir redet?* Es musste jemand von hier sein. Aus Juvdal. Das spürte sie. Robin? Berit? Jemand anders?

Victoria hatte es noch nie erlebt, dass die Toten zu ihr sprachen. Nicht auf diese Weise. War es Berits Geist, der im Augenblick des Todes verharrte? Spielte sich das, was Berit beim Sterben gesehen und gespürt hatte – die Furcht, die Panik –, wie ein mentales Videoband ab, das seine Signale direkt in Victorias Hirn sendete? *Unmöglich!*

Sie nippte an dem heißen Kaffee und sah einem älteren Mann nach, der seinen Hund ausführte. Laika, dachte sie. Der Hund heißt Laika.

Etwas später fuhr sie mit einem Taxi zurück ins Hotel. Das Laufen fiel ihr schwer. Der Taxifahrer musterte sie im Rückspiegel. Als sie aussteigen wollte, fragte er, ob sie Victoria Underland sei. Er hielt die Lokalzeitung hoch. Über drei Spalten prangte ein Bild von ihr. Mein Gott, auch das noch!

Die telepathisch veranlagte Victoria Underland will das Rätsel von Juvdal lösen!, tönte der Titel.

»Wissen Sie, wer es war?«, fragte der Taxifahrer.

»Mitnichten«, antwortete sie. Ihr gefiel das altmodische Wort. *Mitnichten.*

5
Juvdal, Gjæstegaard, Donnerstagvormittag

»Gunnar, hast du getrunken?«

Er blickte zu Boden und hustete in seine zur Faust geballte Hand. Kristin hatte ihn gerade geweckt. In zehn Minuten hatten sie eine Verabredung mit Doktor Vang.

»Ich sehe es dir doch an!«, sagte sie.

Schweigen.

»Deshalb warst du also nicht mit bei dem Interview mit Arild Borgersen!«

Er räusperte sich.

»Ich rieche es, auch wenn du Mentholpastillen lutschst!«, sagte sie.

»Gestern«, begann er. »Bei Thomas Holmen. Ein paar Gläser.«

»Gunnar!«

Sein Blick wog Tonnen, als er ihn vom Boden hob und langsam auf sie richtete.

»Ich hatte keinen Rückfall!«, sagte er hart. Er, der sonst nie laut wurde. »Der Tag gestern hat mir nur ganz schön zugesetzt«, fuhr er etwas milder fort. »Diese Sache mit Victoria…«

»Spar dir deine Erklärungen, Gunnar.«

»Es wird schon nicht wieder vorkommen.«

Keiner von beiden sagte etwas.

»Du, es ist etwas passiert«, brach sie schließlich das Schweigen.

Er sah sie fragend an. Sie reichte ihm den Zettel mit der handschriftlichen Nachricht. *Robin hat Berit getötet.*

»Robin?«, fragte er.

Kristin zog die Schultern hoch. »Robin«, wiederholte sie.

6
Juvdal, Alten- und Pflegeheim, Donnerstagvormittag

Ein schmächtiger Körper in einem viel zu großen Bett. Der haarlose Kopf ruhte auf einem Berg weicher Kissen. Adern wanden sich blau zwischen dem Schädel und der durchscheinenden Haut. Die Arme waren nur noch Haut und Knochen. Als wäre alles Fleisch des Körpers aufgezehrt worden.

»Doktor Vang?«, sagte Kristin fragend.

Der Alte hob blinzelnd den Kopf. Die Augen hatten zu viel Glanz für den verfallenen Körper. Kristin beugte sich vor und reichte ihm die Hand. Die Finger des Arztes waren kraftlos und kalt. Als Gunnar ihn begrüßte, hielt er sich die linke Hand vor den Mund, um den Alkoholatem zu verbergen.

»Ich habe auf Sie gewartet«, sagte Doktor Vang und richtete sich auf.

Gunnar schob einen Stahlrohrstuhl ans Bett und steckte sich zwei Mentholpastillen in den Mund. Kristin setzte sich auf die Bettkante. Der Arzt begegnete ihrem Blick. Seine trockenen Lippen verzogen sich zu einer Grimasse, bei der seine zahnlosen Kiefer zum Vorschein kamen. Der Kopf schwankte vor und zurück.

»Sie wollten uns sprechen?«, fragte Gunnar mit seiner tiefen, ruhigen Stimme. Die Worte waren eingehüllt in eine Wolke aus Whisky und Menthol.

Ein Zucken huschte über das Gesicht des Doktors. Er faltete die Hände auf der Decke. Seine Haut war voller Altersflecken. Er schnitt eine Grimasse. »In einem kleinen Ort wie Juvdal erfährt ein Arzt eine ganze Menge. Die Menschen kommen mit ihren Wehwehchen zu einem. Sie vertrauen sich einem an. Wir erfahren mehr, als uns lieb ist.«

Kristin sah ihn abwartend an.

»Und damit müssen wir dann zurechtkommen«, fuhr er fort. »Das ganze Leben lang. Krankheit und Leiden. Die Geheimnisse der anderen. Die zu unseren Geheimnissen werden.«

Gunnar steckte sich zwei weitere Pastillen in den Mund.

»Es ist nicht ganz leicht für mich«, sagte der Arzt. »Ich werde bald nicht mehr da sein. In dem Brief, den Sie mir geschrieben haben, Kristin, haben Sie ein paar sehr interessante Dinge erwähnt. Auch wenn ich es abgelehnt habe, mich für Ihre Sendung interviewen zu lassen, könnte ich Ihnen einige nützliche Informationen geben. Ich denke dabei an Berits Schwangerschaft.«

»Ja?«, sagten Kristin und Gunnar im Chor.

Der Arzt sah sie an. »Sie wurde missbraucht.«

»Missbraucht?«, wiederholte Kristin.

»Sexuell.«

»Vergewaltigt?«, fragte Gunnar.

»So kann man es wohl nennen. Und sie wurde schwanger. Es war nicht das, was ich eine Heubodenschwangerschaft nenne. Sie hat sich nicht selbst in Schwierigkeiten gebracht. Das Mädchen wurde gegen ihren Willen missbraucht. Vergewaltigt.«

»Wissen Sie, wer der Vergewaltiger war?«, fragte Kristin.

»Nein.«

Gunnar räusperte sich. »Hat sie Ihnen jemals von ihrem Tagebuch erzählt?«

»Tagebuch? Nein.«

»Sie wissen also nicht, wo es sein könnte?«

»Nein, da habe ich keine Ahnung.«

»Kann sie einen heimlichen Geliebten gehabt haben?«, fragte Kristin.

»Sie wurde missbraucht«, wiederholte der Doktor. »Sie hatte keinen Geliebten.«

»Haben Sie jemanden in Verdacht?«

»Darüber haben wir uns wohl alle unsere Gedanken gemacht.«

»Aber Sie wollen uns nicht sagen, wen Sie verdächtigen?«

»Sie ging nach Oslo«, sagte er ausweichend. »Und war damit nicht mehr meine Patientin.«

»Wer hat dann die Abtreibung vorgenommen?«, fragte Kristin.

»Sie war nicht mehr meine Patientin«, wiederholte er.

Kristin räusperte sich. »Klingelt bei Ihnen etwas, wenn ich den Namen *Robin* erwähne?« Es war ein Schuss ins Blaue. Aber wenn jemand etwas über Robin wusste, dann doch wohl der alte Dorfarzt.

Doktor Vang sah aus, als sei ihm polare Kaltluft in die Lungen geraten. Er blickte von Kristin zu Gunnar und wieder zurück. »Robin?«

»Was können Sie uns über diesen Robin erzählen, Doktor Vang?«

»Robin hat damit nichts zu tun!« Eine Ader auf seiner Stirn schwoll pochend an. »Ich habe Robin einmal aus der Klemme geholfen. Ein einziges Mal. 1958. Eine Abtreibung. Die verlief nicht so, wie sie sollte. Und sie war illegal. Ich schäme mich dafür. Aber ich hatte keine andere Wahl. Aber das hatte nichts mit Berit zu tun, nichts, war lange, bevor sie wegging. Das kann ich Ihnen versichern. Es besteht kein Zusammenhang! Überhaupt kein Zusammenhang.«

»Wer ist dann ...«

»Das spielt keine Rolle. Lassen Sie mich jetzt bitte in Ruhe. Ich bin müde und erschöpft. Es gibt keinen Grund, die alten Wunden wieder aufzureißen. Keinen Grund. Ich brauche Ruhe.«

Er sah sie an. Sein Blick brachte sie zum Schweigen. Ein lebensmüder, trauriger Blick. Sie erkannte, dass es keinen Sinn hätte, ihn zu bedrängen. Er hatte dieses Geheimnis so fest und lange in seinem Herzen eingeschlossen, dass es jetzt wie von einer Schale aus Granit umgeben war.

»Darf ich an einem anderen Tag noch einmal wiederkommen?«, fragte Kristin.

»Vielleicht«, antwortete er leise. Seine Augenlider waren schwer. »Aber ich kann Ihnen nicht garantieren, dass ich Ihre Fragen dann beantworten werde.« Er lachte heiser. Ein alter Mann, der in einem Bett lag und auf den Tod wartete.

»Wer ist Robin, Doktor Vang?«, fragte Kristin.

»Ich verstehe nicht, was Robin mit der Sache zu tun haben soll!«

»Wer ist er?«

»Robin«, sagte Vang schließlich und richtete sich halb auf, »war mein Sohn.«

Sein Blick krallte sich an ihren Gesichtern fest, ehe er auf dem Bett zusammensackte. »Aber Robin ist jetzt schon viele Jahre tot.«

7
Juvdal, Gjæstegaard, Donnerstagnachmittag

»Frau Borgersen?«

Gunnar hielt das Handy dicht an den Mund. Er war mit Kristin allein im Kaminzimmer des Hotels.

»Ja?«

»Hier ist Gunnar Borg, der Journalist. Danke noch einmal für unser letztes Gespräch!«

»Ich danke Ihnen. Es kommt selten vor, dass man so netten Besuch bekommt.«

»Frau Borgersen, ich hätte da eine Frage.«

»Sie haben doch schon so viele Fragen gestellt.«
»Es sind neue Informationen aufgetaucht.«
»Was wollen Sie wissen?«
»Kannten Sie den Sohn des Doktors?«
»Robin? Kennen ist wohl zu viel gesagt ... Ein hübscher Junge. Aber ein wenig seltsam.«
»Wissen Sie, ob er und Berit sich kannten?«
»Berit und Robin? Nicht, dass ich wüsste. Er war ja viel älter als sie.«
»Hat sie mal über ihn gesprochen?«
»Ich kann mich nicht daran erinnern.«
»Ist Berit möglicherweise mit ihm zusammen gewesen? 1962? Vor ihrem Verschwinden?«
»Berit und Robin? Niemals!«
»Frag sie nach dem Tagebuch!«, flüsterte Kristin.
»Ich hätte noch eine Frage, Frau Borgersen.«
»Ja?«
»Es geht um Berits Tagebuch.«
Zögernd: »Ja?«
»Das gleich nach den Morden verschwunden ist.«
»Ja?«
»Was denken Sie, Frau Borgersen, wer es an sich genommen haben könnte?«
»Warum fragen Sie das?«
»Weil in dem Tagebuch vielleicht die Lösung für die Tat zu finden ist.«
»Die Polizei ist der Meinung, dass der Täter es mitgenommen hat. Was weiß ich? Aber jetzt muss ich leider auflegen, der Kaffee kocht.«
»Frau Borgersen ...«, Gunnar verdrehte die Augen und steckte das Handy in die Innentasche. »Sie hat aufgelegt.« Er sah Kristin an. »Aber sie weiß was. Sie weiß etwas!«

»Könnte sie das Tagebuch an sich genommen haben?«, fragte Kristin.

»Durchaus möglich. Aber warum in aller Welt stiehlt sie vor den Augen der Polizei das Tagebuch ihrer Tochter?«

Kristin schüttelte den Kopf. »Inger Borgersen ist die Letzte, der ich diesen Mord zutraue.«

»Das ist alles ganz schön verwirrend.«

»Wir müssen herausfinden, mit wem dieser Robin zusammen war«, sagte Kristin. »Und wann er gestorben ist.«

Gunnar massierte sich stöhnend die Nasenwurzel.

»Stimmt was nicht?«, fragte sie.

Er rieb sich die Augen und sah sie mit einem wässrigen *Was-glaubst-du-denn*-Blick an.

»Das hast du dir selbst zuzuschreiben«, sagte sie spitz.

»Ich weiß«, seufzte er. »Aber nach der Sache mit Victoria...« Er ließ den Satz im Raum stehen.

Sie sagte kein Wort.

»Bist du böse auf mich?«, fragte er.

»Enttäuscht!«

»Ich auch, Kristin, aber versuch mal...«

»Lass uns später darüber reden!«, unterbrach sie ihn.

»Ja, sicher...«, sagte er so betroffen, dass sie seine Hand nahm.

»Gunnar«, sagte sie zärtlich, »ich will mich nicht mit dir streiten. Dazu ist die Sache zu wichtig. Und im Augenblick habe ich dafür keine Geduld. Lass uns das später ausführlich besprechen, ja?«

Er schloss die Augen. Dann lächelte er und nickte. »Okay«, sagte er geschäftsmäßig. »Was ist jetzt mit diesem Robin? Hat er Berit geschwängert? Und umgebracht?«

»Und wer hat den anonymen Brief geschrieben, in dem er beschuldigt wird?«

Die Treppe knarrte. Pia brachte den Thunfischsalat, den Kristin bestellt hatte. Als sie das Besteck auf die Serviette legte, fragte Kristin, ob sie den Sohn des Doktors kannte.

»Robin?« Pia richtete sich auf und stützte die Hände auf ihre Hüften. »Eine traurige Geschichte.«

»Was ist passiert?«, fragte Gunnar.

»Eines Tages war er einfach weg. Auf Nimmerwiedersehen.«

»Ist er tot?«

»Wer weiß. Er ist auf jeden Fall auf die schiefe Bahn geraten. Alkohol, Drogen, Tabletten. Manche behaupten, er habe Selbstmord begangen. Andere meinen, er lebt in Saus und Braus irgendwo in Rio oder auf Hawaii. Wieder andere sagen, er habe eine neue Identität angenommen und lebt irgendwo inkognito. Aber das Wahrscheinlichste ist wohl, dass er tot ist.«

»Wann ist er verschwunden?«, fragte Kristin.

Sie dachte nach. »Irgendwann nach dem Sommer 1977. Ich weiß noch, dass das kurz nach Berits Rückkehr war. Ich habe ihn damals im Sommer einmal unten auf der Storgata gesehen.«

Kristin und Gunnar sahen sich an.

»Was war er für ein Typ?«, fragte Gunnar.

Sie lachte kokett. »Er war schon besonders, das muss man sagen. Hübsch. Gut gebaut. Schöne, eisblaue Augen, blond. Lange Haare, als das noch gar nicht modern war. Ein kleiner Philosoph, las Poesie, schrieb Gedichte, malte. Aber er hat viel getrunken. Ist nach Oslo gegangen und soll mit Drogen zu tun gehabt haben. Einige Leute aus dem Dorf hatten ihn an einem Drogentreffpunkt gesehen. Aber was weiß ich – das alles können natürlich auch bloß Gerüchte sein.«

»Und dann verschwand er?«, fragte Kristin.

»Ja, irgendwann war er einfach weg.«

»Wissen Sie, mit wem er zusammen war, als Berit von zu Hause weggelaufen ist?«

Sie lachte. »Nein, so gut kannte ich ihn nun auch wieder nicht. Aber ich glaube, dass er mit einer ganzen Reihe Mädchen zusammen war. So schön und interessant, wie er war. Der Sohn des Doktors und so weiter. An dem waren doch alle interessiert. Ich auch, wenn ich ehrlich sein soll. Aber das war nicht mehr als jugendliche Verschossenheit – aus der Ferne.«

Gegen drei rief Linda an und sagte, dass sie in einer Dreiviertelstunde zu Birger Borgersen mussten, um im Stall zu filmen. Eigentlich hätte es gereicht, wenn Roffern, Bitten und Linda allein gefahren wären, schließlich ging es nur um Stimmungsbilder. Aber Kristin hatte das Gefühl, sie sollte trotzdem mitkommen. Dieses ewige Pflichtgefühl. Und da Kristin mitkam, wollte auch Gunnar dabei sein. Komplett ausgestattet mit Kopfweh, Frösteln und Gewissensbissen.

8
Juvdal, Gjæstegaard, Donnerstagnachmittag

Bald, dachte Victoria Underland mit Schaudern.

Sie blickte auf. Unwissend, was sie gerade jetzt auf diesen Gedanken gebracht hatte. Bald? Sie lag auf dem Bett im Hotelzimmer. Sah blinzelnd auf die Armbanduhr. 15.15 Uhr. Die anderen wollten zu einer weiteren Aufnahme. Sie war froh, nicht mit zu müssen. Sie hatte etwas anderes zu tun.

Bald?

Sie war gerade aufgewacht. Hatte ständig das Bedürfnis, sich auszuruhen, weil sie nachts so schlecht schlief. Wegen der Stimmen. Der Bilder. Der Angst. All der Sinneseindrücke, die ihr auf den Magen schlugen. Ihre Selbstsicherheit war verschwunden. In all den Jahren hatte sie immer das Gefühl gehabt, durch ihre besonderen Fähigkeiten geschützt zu sein. Als passte jemand auf sie auf, wachte über sie. Doch mit einem Mal war alles anders. Sie war allein. Voller Furcht.

Wenigstens hatten sie etwas über Robin herausgefunden. Den Sohn des Doktors.

Sie trat ans Fenster, sah in das Schneetreiben hinaus und versuchte, an etwas Schönes zu denken. Schneemänner, Skitouren, Weihnachtskarten. Doch das Einzige, das ihr in den Sinn kam, waren die Erinnerungen an den vergangenen Abend. Die Stimmen. Und die Angst. Das Gefühl, dass etwas Schreckliches bevorstand.

Sie ging zurück zum Bett und brachte sich mit Ach und Weh in eine halb sitzende Position. Dann nahm sie das Telefon vom Nachttischchen, stellte es auf ihren Bauch und bat die Rezeption, sie mit Petter und Lise zu verbinden.

Bald...

9
Zu Hause bei Birger und Anita Borgersen, Donnerstagnachmittag

»Du! Hast! Sie! Getötet!«

Sie stieß die Worte jedes für sich aus. Ihre Stimme klang fremd und zähflüssig. Anita Borgersen starrte Birger an. Er stand mit seinem schmutzigen Overall und der zerschlissenen Kappe mitten in der Küche. Sein Mund stand offen. Die Zähne waren vom Kautabak schwarz gerändert. Sein Blick huschte von Anita zur Anrichte. Auf dem Herd standen Töpfe mit geräuchertem Schellfisch, Rührei, Pellkartoffeln und Karotten.

Er machte den Mund auf und schloss ihn wieder.

Sie trat einen Schritt näher an ihn heran und sah ihm in die Augen. »Wie konntest du nur?«

Sein Mund öffnete und schloss sich unablässig.

»Birger!« Der Name klang wie ein Peitschenhieb.

Seine Augen wurden schmal. Sie kannte diesen Ausdruck. So hatte er früher immer ausgesehen, wenn er auf Arild losgegangen war. Aber sie hatte keine Angst vor ihm.

»Wie konntest du?«, wiederholte sie.

Er atmete schwer. Er war es nicht gewohnt, dass sie so mit ihm sprach.

Er trat einen Schritt zurück, schob die Kappe auf seinem Kopf hin und her und wusste nicht, wohin er seinen Blick wenden sollte.

Er räusperte sich. »Wann gibt's Essen?«

»Birger! Warum hast du sie getötet?«, schrie sie.

Er sah sie an. Schloss den Mund so fest, dass sich seine Kiefermuskulatur straffte.

Sie begegnete seinem Blick. Herausfordernd.

Da schlug er zu.

Sie hielt den Atem an – mehr aus Überraschung denn aus Schmerz.

Er hatte nicht fest zugeschlagen. Nur mit der flachen Hand. Fast wie ein Tätscheln.

Trotzdem: Es war das erste Mal, dass er sie geschlagen hatte.

Wie oft hatte sie dabei zugesehen, wenn er ihren Sohn verprügelte. Hatte Arilds Schmerzen in sich aufgenommen und seine Verzweiflung gefühlt. Aber an ihr selbst hatte er sich nie vergriffen.

Sie starrte ihn an. *Du hast mich geschlagen!*

Er blickte wieder zur Anrichte. Zu Putte. Das tote Wellensittichweibchen lag tropfnass auf einer Zeitung. Sie war im Stall gewesen, um dort für die Fernsehleute ein bisschen aufzuräumen, und auf dem Weg nach oben hatte sie den gelb-grünen Vogel im Schnee gesehen. Putte war fast platt. Birger hatte ihn zerquetscht. Seine Stimme hatte so merkwürdig geklungen, als er ihr gesagt hatte, er habe den Vogel tot im Bauer gefunden. Sie hätte es gleich wissen sollen.

Sie fasste sich an die Wange. Es tat nicht weh. Trotzdem brannte ihre Haut. Sie sah ihn noch einmal an. *Du hast mich geschlagen!*

Sein Mund stand offen, die Brust hob und senkte sich.

Sie strich sich mit den Fingerspitzen über die Wange.

»Ich muss wieder runter in den Stall«, brummte er.

Sie erwiderte nichts.

»Muss was an der Melkmaschine justieren.«

Sein linker Nasenflügel begann zu zittern. Er zog sich die Kappe tief in die Stirn und ging nach draußen ins Schneetreiben.

10
Juvdal, Alten- und Pflegeheim, Donnerstagnachmittag

Siv Borgersen lag in ihrem Bett in dem dunklen Zimmer des Pflegeheims und riss die Augen auf. Sie versuchte, sich aufzurichten, aber ihr Körper gehorchte ihr nicht. Ihre Hände zitterten. Sie fuhr mit den Fingern vor sich durch die Luft. Ihr Mund öffnete sich zu einem stummen Schrei. Stöhnend fiel sie nach hinten zurück aufs Bett und blieb nach Atem ringend liegen.

11
Zu Hause bei Inger Borgersen, Donnerstagnachmittag

»Lieber Gott, lass mich sterben! Hol mich zu dir, Vater im Himmel, und erspar mir dieses Leiden!«

Die Finger der gefalteten Hände pressten sich so hart ineinander, dass sie zitterten. Inger Borgersen kniete am Boden in ihrem Schlafzimmer, die Ellbogen auf die Matratze gestemmt.

»Vater im Himmel, lass mich Berit wiedersehen. Ich weiß, dass sie bei Dir ist, dass Du Dich ihrer angenommen hast. Lieber Gott, ich will sie so gerne wiedersehen, und ich glaube nicht, dass ich das überstehe, was mich erwartet.«

Sie hielt inne, während ein Schluchzen ihren mageren Körper schüttelte. »Es ist jetzt so viele Jahre her, mein geliebter Gott. Ove ist tot. Er starb so jung. Vielleicht war sein früher Tod die Strafe für seine Sünden. Das weißt nur Du, mein Vater. Aber mein Ove ist tot, und meine Berit ist tot. Können wir uns die weiteren Prüfungen nicht ersparen? Mein Gott? Muss ich wirklich noch mehr Kummer ertragen?«

Sie holte tief Luft, öffnete die Lider und blickte abwesend vor sich hin, als erwartete sie eine Antwort. Dann schloss sie ihre Augen wieder.

»Du weißt, mein Gott, alles, was ich tat, habe ich mit reinem Herzen getan. Nicht aus Bosheit. Nicht zum Vorteil für mich selbst, sondern um denen zu helfen, die mir nahestehen. Mein Schöpfer, wir haben wahrlich unseren Teil an Sorgen und Leid abbekommen. Ich weiß, ich habe gegen die irdischen Gesetze verstoßen, aber, geliebter Gott, ich hoffe, nicht gegen Deine. Ich wollte meinen Nächsten das Leid ersparen, mein Herr, daran kann doch nichts Falsches sein?«

Aus dem Wohnzimmer ertönte das mechanische Ticken einer alten Wanduhr, die schon lange nicht mehr richtig ging und nur noch ihrem eigenen Tempo folgte, ihrer eigenen Zeit.

»Lieber Gott, vielleicht bin ich schlecht. Die Sünden, die ich verberge, und die Geheimnisse, die ich zu bewahren versuche, trage ich auch um meiner selbst willen in mir. Vielleicht strafst Du mich deshalb, o Herr, indem Du mich so lange leben lässt, obwohl jeder Tag doch nur eine Verlängerung meines Leidens ist. Vergib mir meine Sünden, o Herr. Ich bete zu Deinem eingeborenen Sohn, Jesus Christus. Erbarme Dich meiner. Amen.«

Inger Borgersen rappelte sich mühsam auf und ging in die Küche. Sie stellte das Radio an und ließ Wasser in eine Kanne rinnen. Sie dachte an Siv. Die arme Kleine. Zweimal in der Woche besuchte sie ihre Enkelin im Pflegeheim. Meistens nahm sie eine Stickerei oder eine andere Handarbeit mit. Sie wusste nicht, ob Siv sie hören konnte. Aber der Gedanke beruhigte sie.

Sie wollte nur zu gerne daran glauben, dass ihre Worte bis in das ewige Dunkel drangen, das Siv umgab.

Als sie die Blumen ins Wasser stellte, blieb sie stehen und blickte über die verschneite Wiese vor dem Gesindehäuschen. Sie sah die spielenden Kinder vor sich – Bjørn-Tore auf Skiern, Berit, die einen Schneemann baute, und Birger bei einer Schneeballschlacht. Sie sah die blauen Schneeanzüge, die roten Pudelmützen, hörte das glückliche Rufen und roch den Duft des Kakaos, der auf dem Herd auf die Kinder wartete. Dann meldete sich mit jähem Schmerz der Alltag wieder.

Sie ging ins Wohnzimmer und legte sich aufs Sofa, zog eine Decke über sich und schlief bald ein. Sie träumte, in einem Buchenwald zu sein und leichtfüßig über Moos und Gras zu schweben, über die Blumen auf den Lichtungen. Dann wurde der Wald dichter, die Bewegungen träger, bis sie auf einmal von dicken Fichten und windschiefen Kiefern umgeben war. Sie hörte entfernte, heisere Schreie. Raben. Bald verfinsterte ein Vogelschwarm den Himmel. Zu Tausenden flogen sie über die Baumwipfel.

Mit einem Ruck wachte sie auf.

12
Tatort, Donnerstagnachmittag

»Ich hoffe, ich bin nicht zu aufdringlich?«

Victoria Underland reichte Petter ihren Mantel. Er hängte ihn an die Garderobe und versicherte ihr, sie sei jederzeit herzlich im Haus willkommen. »Wenn Sie nur nicht wieder so einen Anfall wie gestern bekommen«, fügte er halb im Spaß hinzu und sah rasch zu seiner Frau Lise, die Finn auf dem Arm hatte.

»Keine Angst«, sagte Victoria beruhigend. Sie nahm ihren Hut ab und reichte ihn Petter. »Ich habe nicht vor, in Trance zu fallen. Aber da waren gestern so viele Bilder und Eindrücke, die ich noch nicht verarbeitet habe.«

Victoria ging ins Wohnzimmer. Petter und Lise folgten ihr. Das Licht war an. Der Fernseher lief ohne Ton.

Victoria ging ein paar Minuten im Raum auf und ab, berührte die Möbel mit den Fingerspitzen und sah aus dem Fenster.

Nichts.

Sie ging in die Küche, in der es schwach nach Essen und Spülmittel roch. Ein Reiseradio und eine Schale mit gekochten Kartoffeln standen auf der Arbeitsfläche. An der Wand hing eine Keramikfliese mit einem Gedicht von Arnulf Øverland. Die Kühlschranktür war mit Merkzetteln und Magneten übersät. Von der Küche ging Victoria in den Flur und trat an die Garderobe. Sie spürte ein leises Zittern in ihrem Inneren. Alte Mäntel und Umhänge, Anoraks und eine Zivilschutzuniform. Sie schloss die Augen. Nichts. Finn gab ein paar gurgelnde Laute von sich. Beide, Petter und Lise, versuchten, ihn zu beruhigen. Victoria öffnete die Augen und blickte an der Stelle zu Boden, an der das kleine Mädchen gelegen hatte. Siv. Die arme Kleine.

Sie schritt durch den Flur und ging über die knirschende, frisch gestrichene Treppe nach oben.

Kinderzimmer, Bad, Schlafzimmer, Abstellkammer.

Nichts.

»Kann ich Ihnen einen Kaffee anbieten?«, fragte Lise, als Victoria wieder nach unten kam.

»Danke«, sagte Victoria. »Sehr gerne.«

Als sie einen Schritt nach vorn machte, spürte sie wieder das Zittern in ihrem Körper. Das Gefühl statischer Elektrizität. Sie stützte sich an der Wand ab, um das Gleichgewicht zu halten.

»Alles in Ordnung?«, fragte Petter.

»Ich ...«, begann sie. Sie glaubte

(glückliches Lachen),

das Lachen eines Kindes zu hören.

»Victoria?«, fragte Lise ängstlich. Victoria lehnte sich an die Wand, sie sah

(ein Mann legte ab),

einen fremden Mann, der seine Jacke auszog. Wo war sie? Hier? Im Flur? In dem Haus in Juvdal? Sie schien alles doppelt zu sehen, wie eine Doppelprojektion dieses Flures. Im gleichen Moment blitzte etwas

(blank, scharf)

(eine Axt)

auf, das durch die Luft fuhr.

»Was ist los?«, fragte Petter unruhig.

»Einen Augenblick«, murmelte Victoria

(der Mann fällt um)

(Blut),

»...ich... es ist...« Sie stöhnte und spürte Petters stützende Hände.

Seine Stimme aus tiefer, weiter Ferne: »Victoria?«

Sie nickte. »Ich bin hier«, sagte sie. Öffnete die Augen und sah

(Augen)
(in der Garderobe)
(die Augen des Dämons)
den Flur, unscharf, doppelt. Durchsichtig wie Geisterwesen erkannte sie Lise mit Finn auf dem Arm. Der Vorhang der Garderobe raschelte.

Und dann sah sie
(aus dem Dunkel)
den Dämon.

13
Zu Hause bei Arild Borgersen, Donnerstagnachmittag

Arild Borgersen stapfte ins Haus, trat sich den Schnee von den Stiefeln und klopfte sich die Kleider ab. Er war wütend.

Nach dem Fernseh-Interview hatte er in seinem Büro im Sägewerk gesessen und sich Gedanken gemacht, wie er die Abweichungen in den Bilanzen erläutern sollte. Er brauchte eine wasserdichte Erklärung! Morgen um 12.00 Uhr würden die Revisoren des Mutterwerks kommen. Er wusste, wie es laufen würde. Sie würden sich über die Bilanzen setzen, mit ihren Laptops die Excel-Dateien durchforsten, sich ihm zuwenden und sagen: »Herr Borgersen, hier stimmt doch etwas nicht!«

Nur gut, dass Kristin Bye sich ebenfalls ins Sägewerk eingeladen hatte. So konnte er die Bluthunde nach einer Stunde Schnüffeln unterbrechen. Er wusste nicht, ob seine Taktik Erfolg haben würde. Aber einen Versuch war es wert.

Er zog seine Pantoffeln an. Durch das Schneegestöber vor dem Wohnzimmerfenster erkannte er gerade eben den Hof seiner Eltern.

Eine gebeugte Gestalt ging zum Stall.

Sein Vater.

Die Silhouette, die Bewegungen – alles an seinem Vater widerte ihn an.

Sein Gesicht. Die Augen. Seine Stimme.

Die Schläge.

Dieses Schwein. Sein Vater war ihm aus dem Weg gegangen, seit die Geldgeschäfte seines Kumpels aufgeflogen waren.

Er schloss die Augen, blieb schwer atmend stehen und versuchte, sich wieder unter Kontrolle zu bekommen.

»*Borgersen, entschuldigen Sie, aber können Sie mir diesen Differenzbetrag in der Bilanz erklären?*«

»*Du Hurensohn, ab ins Bett mit dir, und halt dein Maul!*«

»*Du kleines Arschloch, kannst du nicht einmal tun, was ich sage?*«

»*Tut mir leid, mein Schatz, ich habe keine Ahnung, wo Papa ist.*«

»*Borgersen, der Wirtschaftsvorstand und ein Buchhalter werden vorbeikommen und die Bilanz gemeinsam mit Ihnen durchgehen müssen.*«

Arild Borgerson nahm einen Apfel aus der Obstschale und schleuderte ihn durchs Zimmer. Er traf eine Blumenvase, die auf den Boden fiel und zersplitterte.

Er suchte nach einem Ziel und warf einen weiteren Apfel, so fest er konnte, in Richtung Stehlampe. Der Apfel verfehlte knapp sein Ziel und traf das Bild seiner Mutter, das erst auf die Kommode und dann weiter auf den Boden knallte. Erschrocken fasste er sich an den Mund. Verdammt.

In diesem Moment klingelte das Telefon.

Keuchend nahm er den Hörer ab. »Ja?«

»Ich hab gesehen, dass du das Licht angemacht hast.«

Seine Mutter. Sie klang so eigenartig. Da stimmte doch etwas nicht.

»Mama? Was ist los?«

Sie fragte, ob er nicht herüberkommen wolle. Es gäbe geräucherten Schellfisch und Rührei.

»Was ist los?«, wiederholte er.

Sie versuchte, ihn zu beschwichtigen. Aber er kannte sie viel zu gut.

»Was ist passiert?«, fragte er.

Sie wollte es nicht sagen. Vielleicht verstand er es gerade deshalb. Sie kannten einander so gut. Manchmal brauchte es keine Worte.

Seine Stimme zitterte: »Hat Papa dich geschlagen?«

14
*Zu Hause bei Birger und Anita Borgersen,
Donnerstagnachmittag*

Die Wange brannte noch immer. Das Fernsehteam konnte jeden Augenblick kommen, um unten im Stall zu filmen.

Der Fisch war kalt, die Kartoffeln waren kalt, die Karotten waren kalt.

Wo blieb Birger nur?

Anita Borgersen warf sich den Mantel über. Schlüpfte aus den Pantoffeln und trat in die hohen Stiefel.

Was für ein Tag. Was für ein furchtbarer Tag.

Der kalte Wind blies ihr entgegen, als sie die Haustür öffnete und die vereiste Treppe nach unten ging. Blinzelnd sah sie zu Arilds Haus hinüber. Durch das Schneetreiben erkannte sie, dass noch immer Licht im Wohnzimmer brannte. Es gefiel ihr, ihn im Auge zu behalten. Sie sah, wann das Licht im Wohnzimmer anging, hinter dem kleinen Fenster im WC und im Schlafzimmer. Sie wusste, wann er zu Bett ging und wieder aufstand.

Sie hielt den Mantel mit der Hand zu und folgte den Fußspuren ihres Mannes durch den Schnee.

Etwas oberhalb des Stalls bemerkte sie eine weitere Spur, die sich der von Birger anschloss.

Arild?

Sie blieb stehen. Er hatte abgelehnt, als sie ihn eben zum Essen eingeladen hatte.

Was hatte er mit Birger zu bereden?

Unten auf dem Fjellveien hörte sie Autos, die sich näherten. Das musste das Fernsehteam sein. Sie hastete die letzten Meter weiter, klopfte sich den Schnee von den Schultern und öffnete die Stalltür.

15
Juvdal, Gjæstegaard, Donnerstagnachmittag

»Pia?«

Bjørn-Tore Borgersen stand in der Schlafzimmertür und starrte seine Frau an, die weinend auf dem Bett lag. Er setzte sich auf die Bettkante und umarmte sie.

»Warum weinst du?«

»Ich habe einen Mittagsschlaf gemacht. Und da habe ich wieder geträumt – ich weiß nicht mehr, was. Nur dass es schrecklich war. Diese Träume, Bär, sie sind so grausam.«

»Ich glaube wirklich, du solltest damit mal zum Arzt gehen.«

»Aber mir fehlt doch nichts!«

»Trotzdem. Es kann doch nicht schaden.«

16
Stall auf dem Borgersen-Hof, Donnerstagnachmittag

Er lag auf dem Boden unter einer der grellen, nackten Glühbirnen.

Anita Borgersen blieb stehen.

Starrte.

Das Bild wollte ihr nicht in den Kopf.

Sie sah ihn, aber zwischen ihren Augen und ihrem Gehirn schien keine Verbindung zu bestehen.

Ein paar Kühe muhten.

Birger war neben der Pumpe zu Boden gegangen. Eine Mistgabel ragte schief aus seinem Brustkorb. Der blaue Overall war vom Bauch aufwärts schwarz von Blut. Um ihn herum war das Blut auf dem schmutzigen Beton geronnen. Er hatte die orangefarbene Kappe verloren. Die Beine waren gespreizt, die Arme zu beiden Seiten ausgestreckt. Die Augen waren weit offen, der Mund war in einem Schrei erstarrt, der längst verstummt war.

»Birger?«

Langsam näherte sie sich, mit schleppenden, wachsamen Schritten.

Als starrten seine Augen sie noch immer an.

»Birger?«

Sie blickte auf den Leichnam ihres Ehemannes. Die Gedanken gefroren. Sie fühlte sich eiskalt. Würde ich in einem Film mitspielen, müsste ich jetzt schreien, dachte sie. Er war tot. Birger war tot. Ermordet. Nie wieder würde sie seine Stimme hören, seine boshaften spitzen Worte. Tot! Und das einzige Gefühl, das in ihr aufzusteigen begann, war Ungläubigkeit. Tot? Ermordet? Wer konnte ihn derart gehasst haben, dass er ihm mit einer Mistgabel das Leben genommen hatte?

Arild!

O mein Gott, das muss Arild gewesen sein, o Gütiger, wer sonst? Es muss Arild gewesen sein. Gott im Himmel. Ist es am Ende doch zu viel für ihn geworden. Mein armer kleiner Junge, armer, kleiner Arild, mein Schatz, du hattest alles Recht der Welt, dich gegen deinen Vater zu wehren, aber Arild, ARILD! Was hast du nur getan?

Ein eisiger Wind fegte durch sie hindurch.

Sein Blick war erstarrt, tot. Sie ging langsam um die Leiche herum. Rang nach Atem. Ihr Herz flatterte wie ein Vogel in ihrer Brust.

Sein Blick. So unwirklich.

»Birger?«, wiederholte sie.

Dieser Blick.

Sie kniete nieder, betrachtete seine Augen, als versuchte sie, seinen Blick einzufangen, der längst erloschen war. Mechanisch, als würde das auch nur das Geringste helfen, packte sie den Schaft der Mistgabel, die aus seiner malträtierten Brust ragte.

O Arild, was hast du getan?

Vielleicht war es der kalte Luftzug, der sie zurück in die Wirklichkeit holte. Sie hielt die Mistgabel fest umklammert. Kniff die Augen zusammen. *Mein Gott, Birger. O Arild.* Ihr wurde übel. Sie musste wieder und wieder schlucken. Dann öffnete sie die Augen und drehte sich in den Windzug.

In der Stalltür standen Kristin Bye und Gunnar Borg.

Zweiter Teil
Geheimnisse der Vergangenheit

DONNERSTAG (II)

Die Stimme des Todes

DONNERSTAG, 9. JANUAR 2003

I

Borgersen-Hof, Donnerstagnachmittag

Gunnar fasste sich an die Stirn und schwankte rückwärts.

Das erste Mal, dass er einen Menschen hatte sterben sehen, war 1953 in Korea. Der Krieg war sozusagen vorbei gewesen. Er hatte mit seinem Dolmetscher in der Sonne gestanden und sich mit ihm unterhalten, vor den provisorischen Baracken, die die Amerikaner direkt neben der Helikopterbasis errichtet hatten. Es stank nach vergammelten Gemüseresten und Abgasen. Die amerikanischen Sanitätshubschrauber kreisten über ihnen wie ungeduldige Aasgeier. Er war in seinem ersten Auslandsauftrag für die Zeitung *Dagsavisen* unterwegs. »Die Freiheit unseres Volkes ist ganz und gar abhän-«, begann der Dolmetscher, dann sagte er nichts mehr. Ein Projektil hatte ihm das halbe Gesicht wegrasiert. In einem Kamelienbusch begann ein Vogel zu zwitschern. Fröhliches Trillern. Ein oder zwei Sekunden stand der Dolmetscher da und sah Gunnar mit seinem erhaltenen Auge an. Dann fiel er um. Gunnar war wie angewurzelt stehen geblieben. Notizblock in der linken, Stift in der rechten Hand. Die Helikopterrotoren schlugen und ratterten über ihm. Der Vogel in dem Busch sang sein lockendes Lied. Das Sonnenlicht glitzerte in dem hellroten Blut, das aus dem Kopf des Dolmetschers strömte. In dem Augenblick riss ihn ein riesiger, schwarzer MP-Soldat zu Boden und begrub ihn unter sich. Er roch streng nach

Schweiß und viel zu süßem Rasierwasser. Ein weiteres Projektil zischte über sie hinweg. Wahrscheinlich traf es den Vogel. Jedenfalls erstarb das fröhliche Flöten. Der MP-Soldat hieß Bob und kam aus Alabama. Das erfuhr Gunnar später in der Feldbar. Sie schrieben sich noch heute Weihnachtskarten.

Jetzt, in der Tür von Birger Borgersens Stall, hatte er das gleiche unwirkliche Gefühl wie damals in Korea. *Das passiert nicht! Das ist nicht wahr!* Er hörte Roffern nach Luft schnappen, Linda wimmerte, und Bitten taumelte rückwärts durch den Schnee. Er drehte sich zu Kristin um.

2
Borgersen-Hof, Donnerstagnachmittag

Sie begriff nicht, was sie sah. Das Bild auf der Netzhaut ergab keinen Sinn. Sie registrierte nur lauter absurde Details: den Gestank von Kuhmist, das grellgelbe Licht der Deckenbeleuchtung, das Gebrüll der Kühe, den Riss in der Scheibe des Geräteschuppens oder was das war. Erst, als sie in Anitas Augen sah, gab es eine Kopplung zwischen ihren Sehnerven und dem übrigen Sinnesapparat. Ihre Knie begannen zu zittern. Der Magen füllte sich mit Blei. Die Beine gaben unter ihr nach. Sie fiel gegen Gunnar. Seine starken Arme legten sich sicher und wohltuend um sie. Aber sie konnte die Augen nicht von dem grauenvollen Anblick losreißen.

Anita Borgersen umklammerte die Mistgabel mit beiden Händen. Ihr Mann lag wie eine Stoffpuppe auf dem Boden. Anita schüttelte den Kopf, als könne auch sie nicht glauben, was sie sah. In Zeitlupe glitt ihr Blick von Kristin zu Gunnar, dann am Schaft der Forke hinunter zu Birger.

Ihr Gesicht verzerrte sich. Sie schüttelte heftig den Kopf.

»Nein, nein, nein!«, schrie sie.

Sie ließ die Forke los.

»Nein, nein, nein!«

Der Protest mündete in einen lang gezogenen Schrei.

Sie fuhr blitzschnell herum, stürzte durch den Mittelgang und verschwand durch eine rot gestrichene, rostige Eisentür nach draußen.

Eine Kuh muhte.

Sie liefen in den Stall. Gunnar kniete sich neben Birger. Sein Overall war blutdurchtränkt. Roffern rannte zu der roten Eisentür, blieb aber abrupt stehen, als ihm einfiel, dass Anita womöglich auf der anderen Seite auf ihn lauerte.

Schwer atmend und mit zittrigen Fingern tippte Kristin die Notrufnummer auf ihrem Handy. Es dauerte eine Weile, bis jemand antwortete. Der Polizist versprach, sofort jemanden vorbeizuschicken.

Sie gingen raus auf den Hofplatz – möglicherweise, um am Tatort nicht alles zu zertrampeln oder aus Respekt vor dem Toten, hauptsächlich aber wohl, um dem Anblick der Leiche und dem Gestank nach Tod und Kuhmist zu entfliehen.

Die Gefühle brachen über Kristin herein. Sie begann zu weinen. Sie zitterte. Da fühlte sie einen Arm auf der Schulter; Gunnar zog sie an sich und hielt sie fest. So verharrten sie einige Minuten. Roffern tröstete Birten, während Linda etwas abseits stand, blass und stumm.

»Das ist meine Schuld!«, flüsterte Kristin Gunnar zu.

»Deine Schuld?« Gunnar schob sie von sich weg. »Mädchen, du kannst doch nicht für alles die Verantwortung übernehmen.«

»Begreifst du denn nicht? Das hat mit unseren Recherchen zu dem Doppelmord zu tun. Und der Tatsache, dass wir hier sind. Darum ist er jetzt tot.«

»Wie meinst du das?«

»Sie hat Birger umgebracht! Wegen uns! Ich weiß, dass es meine Schuld ist. Wären wir nicht hier, wäre das nicht passiert!«

»Unsinn!«, sagte Gunnar. Aber er klang nicht überzeugt.

Der erste Einsatzwagen kam drei Minuten später.

Eine junge Polizistin parkte den Wagen auf dem Hofplatz und folgte Gunnar in den Stall. Als sie kurz darauf, sichtlich erschüttert, wieder nach draußen kam, gab sie ein paar rasche Anweisungen über Funk weiter. Dann stellte sie sich zwischen Kristin und Gunnar und den Stall, verschränkte die Arme vor der Brust und sagte streng: »Würden Sie sich bitte zu dem Streusandbehälter da drüben begeben!«

Kristin und die anderen zogen sich zurück. Kristin atmete tief durch, um sich zu sammeln, ehe sie ABCs Nachrichtenredaktion anrief und sie von dem Mord informierte. Gunnar lieh sich ihr Handy und rief beim *Dagbladet* an – »*for old times sake*«.

Die Schneeflocken legten sich auf ihre Schultern und blieben an den Kleidern haften. Es war ein paar Grad unter Null. Kristin und Gunnar trampelten auf der Stelle, um die Wärme zu halten.

Nach fünf Minuten kam Polizeiobermeister Vidar Lyngstad in seinem Privatwagen vorgefahren. Er ließ sich von der jungen Beamtin aufklären, bevor er in den Stall ging. Als er einige Minuten später wieder herauskam, erteilte er der jungen Polizistin ein paar Anweisungen, worauf sie sich unmittelbar daranmachte, in einem weiten Bogen um die Stalltür herum ein Absperrband zu spannen. Vidar trat beiseite und führte ein Gespräch übers Handy. Weit entfernt setzte eine Sirene ein. Gleich darauf raste ein Krankenwagen auf den Hof. Vidar bedeutete den Sanitätern, dass es keinen Grund zur Eile gab.

Danach nahm er die Aussagen von Kristin, Gunnar, Roffern, Bitten und Linda auf und gab über Polizeifunk eine Fahndung nach Anita Borgersen durch. Zwei Einsatzwagen wurden losgeschickt, um nach ihr zu suchen.

Roffern bekam einen Anruf von der »24 Stunden!«-Nachrichtenredaktion aus Oslo mit der Aufforderung, Aufnahmen für die Abendnachrichten zu machen. Er filmte die Polizistin, die einer Sphinx gleich das Absperrband bewachte, und konnte Vidar dazu überreden, sich so hinzuhocken, als hätte er etwas im Schnee entdeckt. Dann filmte er noch die Sanitäter, die im Krankenwagen saßen und sich langweilten. Die Blaulichter blinkten ohne Nutzen.

Als Arild Borgersen, vom Blaulicht auf dem Hofplatz der Eltern alarmiert, durch den Schnee angestapft kam, zogen Kristin und die anderen sich noch ein Stück weiter zurück. Arild lief eilig auf Vidar zu. Kristin hörte nicht, was gesagt wurde, aber den Gesten nach zu urteilen, wollte Arild in den Stall, woran Vidar ihn hinderte. Arild sackte in sich zusammen und schlurfte zu Kristin und dem übrigen Team.

»Unser herzliches Beileid«, sagte Kristin.

Er nickte. »Das ist unfassbar«, sagte er. Seine Stimme klang erstaunlich gefasst. »Wer hat einen Grund, Papa umzubringen?«

O Gott, dachte Kristin. Es hat ihm noch niemand von seiner Mutter erzählt.

»Wissen Sie etwas?«, fragte Arild.

»Ich denke, Sie sollten mit dem Polizeiobermeister sprechen«, sagte Gunnar.

»Weiß er etwas?«

»Reden Sie mit ihm«, bekräftigte Kristin mit einem Nicken in Vidars Richtung.

Arild ging noch einmal zu Vidar. Wieder bekamen sie nichts von der Unterhaltung mit, sahen aber, wie Arild zusammenzuckte und sich zu ihnen umdrehte.

»Was ist das für ein Unsinn?«, rief er.

Niemand antwortete.

»Warum lügen Sie?«

»Lügen?«, sagte Kristin.

»Mama hat Papa nicht umgebracht! Wieso behaupten Sie so etwas?« Arilds Mund öffnete sich und blieb offen stehen. »Sie wissen, dass das nicht wahr ist! Mama hat Papa nicht getötet!«

»Wir haben nur gesagt, was wir gesehen haben«, sagte Gunnar.

»Sie lügen! Sie haben es nicht gesehen! Lügner! Verdammte Lügner!« Er starrte sie an. Die Tränen liefen ihm übers Gesicht. Kristin versuchte, seinen Blick einzufangen, aber Arild drehte sich plötzlich um und rannte davon.

Kristin biss sich auf die Unterlippe. Das ist alles meine Schuld, dachte sie. Die Ereignisse des Tages weckten die Erinnerungen an den Mord an ihrem großen Bruder Halvor. Sie hatte sich immer Vorwürfe gemacht, für seinen Tod verantwortlich zu sein.

Mord war das schlimmste aller Verbrechen. Vielleicht war sie deshalb so von dem Juvdal-Fall besessen. Weil er nie aufgeklärt worden war und der Mörder frei herumlief. Ungestraft.

3
Tatort des Doppelmordes, Donnerstagnachmittag

Victoria legte die kalten Finger um die Kaffeetasse. Ihr Kopf tat weh, als hätte ein Hirnchirurg einen Bohrer in ihrem Schädel vergessen.

»Geht's wieder besser?«, fragte Petter.

»Ja, danke«, murmelte sie.

Sie saß in dem Schaukelstuhl im Wohnzimmer, eine Decke

über den Beinen. Finnemann lag vor ihr auf dem Teppich und schlug hingerissen zwei große Duplosteine gegeneinander.

»Was haben Sie eigentlich gesehen?«, fragte Lise, die neben ihr auf dem Boden kniete.

»Bilder«, sagte Victoria. »Nur Bilder.« Dann fügte sie hinzu: »Grauenvolle Bilder.«

»Aber was…?«

»Ich habe den Mord gesehen! Den Mörder!«

»Sie haben ihn gesehen?«

»Nicht das Gesicht. Nur die Augen. Verschwommen. Aber nicht das ganze Gesicht.«

Sie nahm einen Schluck von dem heißen Kaffee und spürte, wie er die Kälte aus ihrem Körper verscheuchte. In ihrem Kopf pochte es spitz, aggressiv.

»Können Sie tatsächlich den Mord sehen?«, wollte Petter wissen.

Lise richtete sich aufgeregt auf. »Der Doppelmord passiert noch immer, nicht wahr?«, sagte sie. »In unserem Haus. Immer wieder. Es sind die Morde, die wir hören, oder?«

»Das, was 1978 geschah, hat sich auf unerklärliche Weise in der Zeit verhakt«, sagte Victoria. »Etwa so wie ein Kratzer in einer Schallplatte.«

»Dann gibt es hier also Gespenster?«, fragte Petter. »Sie sind eine Hellseherin! Können Sie… Gespenster… sehen?«

Victoria lachte leise. »Was *ist* ein Gespenst? Ein Geist, der in der Sphäre zwischen Erdenleben und Unendlichkeit festhängt. Manche Gehirne besitzen die Fähigkeit, Geister wahrzunehmen, so wie andere Menschen Farbauren wahrnehmen, für die andere blind sind. Man sieht sie nicht mit den Augen, und trotzdem erscheinen sie einem wie physische Wesen, weil das Gehirn sie zu einem Sinneseindruck umwandelt, der dem entspricht, wie der Geist sich selber empfindet.«

Petter griff nach Lises Hand.

»Dann gibt es sie also – wirklich?«, fragte Petter.

»Genauso, wie es Atome und Moleküle gibt. Man kann Atome nicht sehen. Aber sie sind Teil der Natur. So ist es auch mit den Geistern. Nur haben wir ihre Natur noch nicht ergründet. Aber eines Tages wird die Wissenschaft bis in den Tod hineinreichen und aufdecken, was es damit auf sich hat.« Sie sah erst sie und dann Finnemann auf dem Boden an.

»Der Tod. Verfall des irdischen Leibes. Man hört auf, als biologisches Wesen zu existieren. Aber der Geist oder die Seele bestehen immer weiter. Die Wissenschaft konzentriert sich auf die Biologie und überlässt die Existenz der Geister den Religionen. Aber die Religionen verkomplizieren alles, hüllen alles in Mystik und Göttlichkeit. Ein Geist ist genau den gleichen Naturgesetzen unterworfen wie ein biologischer Körper. Aber wir verstehen die Geister nicht. Weil wir sie nicht sehen und beschreiben können. Darum machen wir sie zu etwas Mystischem, Unbegreiflichem, Gefährlichem.«

»Sie meinen also, dass Geister eine ganz natürliche Erscheinung sind?«, sagte Lise.

»O nein!«, platzte Victoria heraus. »Geister sind etwas sehr Seltenes. Nur in dem seltenen Fall, wenn ein Geist im Augenblick seines Todes verharrt, anstatt zu seinem Ursprung zurückzukehren – in die Ewigkeit –, kann er zu dem werden, was wir als Geist oder Wiedergänger bezeichnen. Eine Fehlprogrammierung im Kosmos sozusagen.«

»Aber wieso können wir die Geister hier nur hören?«, fragte Lise.

Victoria sah sie nachdenklich an. »Ein Geist ist Energie. Körperloses Bewusstsein. Ein Zustand, eine Wahrnehmung im Äther. In der Regel unsichtbar. Aber manchmal gelingt es dem Geist, Partikel so um sich herum zu sammeln, dass sie die Konturen des biologischen Körpers formen, wie er ihn selber erinnert. Oder er stimuliert unser Gehirn, eine Halluzination zu schaffen. Sie versuchen, sich selber wiederherzustellen. Nicht weiter verwunderlich, dass das erschreckend sein kann. Und manchmal kann man sie eben nur hören, aber nicht sehen. Oder man nimmt sie wahr, ohne sie zu sehen oder zu hören.«

»Was Sie beschreiben, ist Reinkarnation?«, fragte Lise.

»Nicht unbedingt«, sagte Victoria. »Reinkarnation ist eine religiöse Theorie. Die Vorstellung von der Wiedergeburt und dem ewigen Kreislauf.«

»Aber das, woran Sie glauben, ist doch wohl das Gleiche«, sagte Lise. »Dass der Geist nicht mit dem Leib stirbt. Wir leben durch unsere Körper. Und manchmal bleibt ein Geist in dem verzweifelten Wunsch, auf der Erde weiterzubestehen, bei uns hängen. Oder weil er nicht weiterkann.«

»Ich habe mal gelesen«, sagte Petter, »der Grund, weshalb man an Orten Geister sieht, an denen etwas Schreckliches passiert ist, sei der, dass die gewaltsamen Emotionen in einem physischen Äther festgefroren sind. So wie hier. Ein Haus, in dem ein Mord geschehen ist. Die damit verbundenen intensiven Gefühle – Aggression, Todesangst, Panik –, die dem Mord vorausgingen, sind im Äther gespeichert, wie Bilder auf einer Chip-Karte. Und wenn ein empfindsamer Mensch kommt, fungiert er oder sie als eine Art Aufnahmegerät. Das Geschehene wiederholt sich direkt vor seinen Augen.«

»Manche Leute halten Geister für eine Erscheinung«, sagte Victoria. »Einen Abdruck in der Zeit von jemandem, der gelebt hat, von etwas, das geschehen ist. Sie sind nicht wirklich anwesend, nur in unserem Kopf. Wir können sie sehen, aber wenn wir ein Foto machen würden, wären sie nicht darauf abgebildet. Unsere Gedanken schaffen ein Abbild von ihnen. Weil wir in der Lage sind, sie wahrzunehmen.«

»Wir hören sie«, sagte Petter leise.

»Meistens nachts«, sagte Lise.

»Wir hören sie, aber es sind keine Geräusche«, sagte Petter. »Wir haben versucht, es auf eine Kassette aufzunehmen, aber darauf ist nichts.«

»Weil sie in uns sind.« Victoria nickte. »Das ist ein intensives Haus. Und Sie beide sind empfindsam. Sie haben die Gabe.«

4
Borgersen-Hof, Donnerstagnachmittag

Eine knappe Stunde, nachdem sie Alarm geschlagen hatten, hörte Kristin die mehrstimmigen Sirenen der Einsatzfahrzeuge von der Oberen Polizeibehörde. Kurz darauf sahen sie vier Polizeiwagen in zügiger Kolonne die Straße aus dem Dorf herausfahren; ein Volvo, ein Dodge-Sondereinsatzfahrzeug sowie zwei Zivilwagen mit aufgesetzten Blaulichtern.

Die Mannschaften, die den vier Wagen entstiegen, verwandelten den Hofplatz innerhalb kürzester Zeit in einen Tatort. Ermittler in Overalls verschwanden im Stall. Große Scheinwerfer tauchten den Platz in grelles Licht. Stimmengewirr in rauschenden Polizeifunkanlagen.

5
*Zu Hause bei Polizeiobermeister a.D. Gerhard Klock,
Donnerstagabend*

»Klock? Hallo, hier ist Vidar. Es ist was passiert. Birger Borgersen ist ermordet worden! In seinem Stall. Von seiner Frau Anita! Mit der Mistgabel. Ich dachte, das würde Sie interessieren.«

Vidar Lyngstads Stimme, gehetzt und undeutlich über der rauschenden Handy-Verbindung, hallte in seinem Kopf wider.

Das Denken lief inzwischen langsamer. Der alte Polizist schloss die Augen und konzentrierte sich. Aber es half alles nichts, die Gedanken schwammen herum wie in dickflüssigem Öl und entglitten ihm immer wieder.

Er versuchte, eine Patience auf dem Küchentisch zu legen. Aber sie ging nicht auf.

Birger. Ermordet. Von Anita.

»Was hat das zu bedeuten, Laika?«, fragte er.

Laika lag auf dem Wohnzimmerboden. Ein Ausdruck von Mutlosigkeit hatte sich in ihren Blick geschlichen.

Sie winselte leise.

Birger.

Anita.

Laika bereitete ihm Kummer. Sie war so antriebslos und still. Vielleicht sollte er mit ihr zum Tierarzt gehen.

»Bist du nicht in Form, Alte?«, fragte er.

Laika hob den Kopf. Er gab ihr ein Stück Zucker. Das Erstaunliche an Hunden ist, dachte er, dass sie genau verstehen, was man sagt. Sie verstehen die Worte, den Sinn, selbst, was man denkt.

Er erinnerte sich an ihre Bergtouren, lange Tage im Fjell und an die Touren im Wald, wo Laika stundenlang zwischen den Bäumen verschwand, um plötzlich und überraschend wieder vor ihm auf dem Pfad aufzutauchen, schwanzwedelnd und mit abenteuerlustigem Blick. Die Abende vor dem Zelt, am Lagerfeuer, den Kaffeekessel an einem Stock und Laika neben sich.

»Erinnerst du dich noch an unsere Touren, Laika?«, sagte er, und als würde das Wort »Tour« ein Signal durch ihre Nervenbahnen schicken, zuckte sie zusammen und erhob sich. Der Schwanz ging langsam hin und her.

»Jetzt nicht«, sagte Klock. »Du kannst dich ausruhen.«

Sie sank wieder auf den Boden und legte den Kopf auf die Vorderpfoten.

Polizeiobermeister Klock hatte immer mal wieder daran gedacht, dass Birger vielleicht der Mörder war. Aber die Vermutung passte nicht zu der Tatsache, dass er heute selbst zum Opfer geworden war. Wieso sollte ein Mörder mit fünfundzwanzig Jahren Verspätung ermordet werden? Von seiner eigenen Ehefrau? Wollte sie sich für irgendetwas an ihm rächen?

Er trank seinen Kaffee, legte eine schwarze Pik-Neun auf eine rote Herz-Zehn, starrte aus dem Fenster und versuchte, seine Gedanken in die richtige Reihenfolge zu bringen.

6
Borgersen-Hof, Donnerstagabend

Der Pastor, Olav Fjellstad, hatte Inger Borgersen die wenigen hundert Meter vom Altenteil in seinem Auto mitgenommen. Vor der Einfahrt wurden sie von einem Polizisten angehalten. Inger Borgersen musste auf unsicheren Beinen durch den Schnee laufen, gut gestützt vom Pastor.

Gunnar schloss die Augen.

Als Polizeiobermeister Vidar Lyngstad sah, wer da über den Hofplatz auf ihn zukam, duckte er sich unter dem Absperrband hindurch und ging ihr entgegen. Er nickte dem Pastor kurz zu, griff nach Inger Borgersens Hand und sagte etwas. Die Alte zuckte zusammen, schloss die Augen und nickte.

Der Pastor und Vidar halfen ihr über den Platz und unter dem Absperrband hindurch. Vor der Stalltür blieben sie stehen. Vidar sagte etwas zu Inger Borgersen und ließ sie mit dem Pastor allein.

Als Inger Borgersen Gunnar, Kristin und das Fernsehteam auf der anderen Seite der Absperrung entdeckte, lächelte Gunnar ihr mitfühlend zu.

Eine Weile starrte sie ihn nur an, als erwartete sie etwas von ihm. Gunnar wusste nicht, wie er sich verhalten sollte.

Schließlich war sie es, die auf ihn zukam. Langsam, als ob jeder Schritt ihr Schmerzen bereitete, kam sie die kurze Steigung vom Stall herauf. Vor dem Absperrband blieb sie stehen, als markierte es eine Grenze, die sie nicht überschreiten konnte. Gunnar ging zu ihr.

»Ich weiß nicht, was ich sagen soll«, sagte er. »Es tut mir schrecklich leid. Ich vermag mir nicht vorzustellen, wie es Ihnen jetzt geht.«

Ihr Gesicht war so weiß wie der Schnee um sie herum. Die Haut wirkte durchscheinend. In ihren Augen war jeder Lebensfunke erloschen.

Sein Kopf war leer. Die Zunge trocken. Gunnar Borg, ein Mann der Worte, war stumm.

»Ich war sicher, dass etwas passieren würde«, begann sie. »Ich wusste nicht, was. Oder wann. Aber ich wusste es. Und das habe ich Ihnen auch gesagt.«

Er sah sie an. Sie zitterte vor Kälte. Ein Windstoß rüttelte an dem Absperrband zwischen ihnen. Der Kunststoff fabrizierte ein knatterndes Geräusch. Sie hoben die Hände, um ihre Gesichter vor dem Schneegestöber zu schützen. Er wartete, dass sie noch etwas sagte. Das Absperrband flatterte weiter, als würde an beiden Enden daran gezerrt.

»Ich…« Die Worte blieben ihr im Hals stecken.

Er streckte einen Arm über die Absperrung und legte ihr die Hand auf die Schulter.

»Nehmen Sie sich so viel Zeit, wie Sie brauchen«, sagte er.

Ihr Blick war leer.

»Ich würde gerne mit Ihnen reden, Gunnar Borg.«
»Selbstverständlich.«
»Nicht jetzt. Meine Seele muss erst zur Ruhe kommen.«
»Das verstehe ich. Wann passt es Ihnen?«
»Morgen.«
»Bei Ihnen zu Hause?«
»Nur Sie! Nicht die da.« Sie nickte in Kristins Richtung.
»Ich werde allein kommen.«
»Danke. Vielleicht könnten Sie …« Die Verzweiflung holte sie ein und erstickte ihre Worte. Sie drehte sich um und ging zu den Polizisten.

»Ich komme morgen früh«, rief Gunnar hinter ihr her.

Der große amerikanische Allradwagen donnerte kurz nach 21.00 Uhr auf den Hofplatz. Erneute Aktivität, hastige Schritte, gedämpfte Stimmen, elektronische Signale in den Funkgeräten. Weitere Männer in Plastikoveralls verschwanden im Stall.

Kristin, Gunnar und die anderen wurden nacheinander zum Verhör in den Sondereinsatzwagen gerufen. Ein älterer Polizist in einer dicken, schwarzen Lederjacke stellte die Fragen und machte sich Notizen. Sein Ton verunsicherte Kristin einen Moment lang, und sie fragte sich, ob sie selbst in irgendeiner Weise unter Verdacht stand. Durch die Scheibe verfolgte sie die Aktivitäten auf dem Hofplatz. Gegenstände wurden aus dem Stall getragen und zu einem der Polizeiwagen gebracht. Nach Beendigung des Verhörs brachte ein Polizist Kristin einen Kaffee im Styroporbecher. Während Gunnar verhört wurde, lehnte sie mit dem Rücken an einem Polizeiwagen und beobachtete einen Polizisten, der mit einer starken Taschenlampe bewaffnet vor dem Stall hockte und den Schnee von einigen Fußabdrücken fegte. Plötzlich begann er, aufgeregt mit der Stablampe zu winken. Zwei andere Polizisten liefen zu ihm und hockten sich neben die

Fußabdrücke. Einer von ihnen grub. Ein anderer legte einen Klumpen Schnee in eine Plastikbox. Danach fegten sie sich weiter durch die dicke Schicht Neuschnee.

Um 22.00 Uhr wurde Kristin über eine Life-Schaltung für die ABC-Nachrichtensendung »24 Stunden!« interviewt. Eine Viertelstunde später wurde Birger Borgersen in einem grünen Leichensack auf einer Bahre aus dem Stall getragen. Auf dem Hofplatz trat Stille ein. Zwei Sanitäter und zwei Polizisten hoben die Bahre in den Krankenwagen.

7
Juvdal, Gjæstegaard, Donnerstagabend

Die Sirenen waren verstummt. Andächtige Ruhe hatte sich über den Ort gesenkt.

Der Schnee fiel in leichten Flocken. Victoria stand in ihrem Hotelzimmer und starrte in die Dunkelheit hinaus. Die Schmerzmittel hatten ihre Migräne weitestgehend betäubt.

Sie fror noch immer.

Gerade hatte Gunnar angerufen. Birger Borgersen war umgebracht worden. In seinem Stall. Mit einer Mistgabel.

Sie lehnte die Stirn gegen die eiskalte Scheibe. Draußen war es weihnachtlich still. Friedlich. Leise rieselte der Schnee.

Anita Borgersen hatte ihren Mann umgebracht, hatte Gunnar gesagt. Victoria zitterte. Im gleichen Augenblick

!!! Bitte, hilf mir !!!

wurde die stumme Stimme in ihr laut. Sie zuckte zusammen, ihre Stirn schlug mit einem Knall gegen die Scheibe. O mein Gott, dachte sie, warum lässt du das wieder geschehen? Ist es noch nicht vorbei? Sie griff sich an die Brust, zog den Blusenkragen auseinander, hatte das Gefühl, ihre Kehle

!!! Hilfe !!! Mama !!! Papa !!!

würde sich zusammenschnüren und viel zu eng werden für all die Luft, die raus und rein wollte. Sie kniff die Augen zu, sah Blut über den Boden strömen und eine

!!! Halt !!! ... böse !!! Die Axt !!!
!!! Nein !!! Nicht die Axt !!!

Axt durch die Luft sausen. Starrende Augen. Stumme Schreie. Sie sah doppelt. Bilder einer diffusen Gestalt, die eine Axt hob, immer wieder, wie in einer unerträglichen Wiederholung, eine ferne Stimme, Wimmern.

Der Mord, dachte sie. Ich erlebe den Mord.

Es ist Sommer, es ist warm, eine Fliege summt, trinkt sich an dem Blut satt, ein Mensch atmet schwer, die Toten und

!!! Angst !!! Gefährlich !!! Ich sterbe !!!

Sterbenden liegen auf dem Boden, und die ganze Zeit: der schwere Atem.

Victoria taumelte zurück und fiel aufs Bett. Ihre Hände zitterten unkontrolliert. Tränen liefen ihr übers Gesicht. *Gott, o mein Gott*. Sie musste sich konzentrieren, um gleichmäßig zu atmen, die Lungen zu füllen und die Panik zurückzuhalten.

»Was willst du?«, fragte sie in den leeren Raum. »Wer bist du? Ich kann dir nicht helfen, wenn du mir nicht sagst, wer du bist!«

!!! Sieh mich !!! Ich bin hier !!!

»Berit? Bist du das? Hast du keine Ruhe gefunden? Wie kann ich dir helfen? Bist du Berit? Ich verstehe nicht. Ich bin nicht stark genug! Wer bist du? Bist du Berits Geist? Was willst du? Sag mir, wie ich dir helfen kann!«

!!! Komm !!!

8
In den Wäldern von Juvdal, Donnerstagabend

Birger ist tot.
Tot. Tot. Tot.
O mein Gott! Tot!
Anita Borgersen hatte auf dem Wendeplatz geparkt, wo die Flutlichtloipen Richtung Mårvatn abgingen. Ihre Finger umklammerten das Steuer. Sie saß reglos da und beobachtete ihre weißen Atemwolken. Die Innenseiten der Scheiben waren beschlagen. Der Schnee legte sich weich auf die Motorhaube und die Windschutzscheibe.
Birger. Ist. Tot.
Jemand hatte ihn ermordet. Jemand hatte ihn mit der Mistgabel erstochen und auf dem Stallboden in einer Lache aus Blut und Mist liegen lassen, während das Leben aus ihm herausgesickert war.
Jemand.
Sie kniff die Augen zusammen.
Arild. Das konnte nur er gewesen sein.
Und ich bin schuld daran.
Sie öffnete die Augen, schloss sie wieder. Wollte die Gedanken verdrängen. Arild. *Mein geliebter, lieber, guter Junge.* Dem Birger sein Leben lang zugesetzt hatte. Den er geschlagen und

schikaniert und wie einen Straßenköter behandelt hatte. Arild hatte die Schläge eingesteckt, ohne zu mucksen. Als hätte er gewusst, welche Bürde er trug. Als wäre er davon ausgegangen, dass er die Strafe verdient hatte.

Die Tränen. Der Blick. Wie ein gepeinigtes Tier. Die Bilder bedrängten Anita. Das verheulte Gesicht des Jungen. Die erschrockenen Gesten, wenn Birger eine abrupte Bewegung machte. Die Angst.

Sie hatte versucht, Birgers Ungerechtigkeiten mit Liebe wettzumachen, und ihn mit Zärtlichkeiten und Fürsorge überschüttet. Ihm das Gefühl gegeben, geliebt zu sein, geschätzt, willkommen. Birger hatte den Jungen nie geliebt, hatte in ihm nie etwas anderes gesehen als die Strafe für die Triebe, die ihn beherrschten.

Und jetzt? Jetzt war alles zu spät. Arild hatte es nicht länger ertragen. All die Jahre hatte er der Bosheit des Vaters widerstanden. Aber heute war das Fass übergelaufen.

Weil Birger sie geschlagen hatte?

O Gott im Himmel, mein Junge.

Es war meinetwegen, dachte sie. Seinen eigenen Schmerz konnte er ertragen. Nicht aber meinen.

Mein armer kleiner, guter Junge…

Sie verstand ihn, verstand seinen maßlosen Hass. Jemanden, der einen gezeugt hat und es dann bereut, konnte man doch nur hassen?

Das war nicht Arilds Schuld. Das konnte ihm keiner anlasten.

Sie versuchte, klar zu denken, aber ihre Gedanken verhakten sich ineinander. Sie betrachtete die Schneeflocken, die langsam die Windschutzscheibe zudeckten.

Mein Junge.

Die Fernsehleute hatten sie gesehen. Bei Birger. Hatten beobachtet, wie sie geflohen war. Natürlich hielten die sie für die Mörderin. Einleuchtend. Jeder andere hätte den gleichen Schluss gezogen.

Sie wusste, was sie zu tun hatte.

Arild, mein Junge, ich tue das für dich.

Sie musste sich opfern. Für den Jungen. Natürlich. Außer Arild hatte sie niemanden. Wenn sie einen Beitrag leisten konnte, das Unrecht wiedergutzumachen, das er erlitten hatte, dann diesen. Ein kleines Opfer. Sie hatte nichts zu verlieren. Nichts zu gewinnen, sie tat das nur für Arild.

Sie starrte vor sich hin. Bis dahin gab es noch viel zu erledigen. *Birger ist tot. Mein Gott. Arild, mein Junge.*

9
Juvdal, Alten- und Pflegeheim, Donnerstagabend

Die Pflegerinnen hatten ihm vor einer Viertelstunde ins Bett geholfen. Sie hatten ihn aus dem Rollstuhl gehoben, ihn zugedeckt, das Licht gelöscht und ihm eine gute Nacht gewünscht.

Aber er konnte nicht schlafen.

Der alte Doktor Eilert Vang lag mit aufgerissenen Augen da und stierte in die Dunkelheit. Er konnte die vertrauten Konturen der Möbel erkennen. Den Bauernschrank, den alten Fernseher, den Teak-Tisch, das Regal mit seinen liebsten Büchern, die Uhr. Mehr hatte er bei seinem Auszug aus der Arztvilla nicht mitnehmen dürfen.

Die Hände ruhten auf seinem Brustkorb. Das Herz schlug hektisch und widerspenstig. Ein trotziger, halsstarriger Muskel. Genau wie ich, dachte er und holte tief Luft. Die Rippen traten vor, als sich die eingesunkene Brust hob. Der Atem fühlte sich an wie Stacheldraht.

Birger war tot. Anita hatte ihn umgebracht.

Anita?

An dem Fernseher leuchtete ein rotes Lämpchen. Wie ein Auge. Er fühlte sich beobachtet und drehte sich weg.

Wir haben alle etwas, wofür wir uns schämen müssen, dachte er, etwas, das wir bereuen.

Das Dunkel hüllte ihn ein.

Auf dem Flur klapperten ein paar Holzpantinen vorbei.

Hätte er den Mord verhindern können? Möglicherweise. Doch! Natürlich. Hätte er in seinem Leben nur ein paar andere Entscheidungen getroffen und die Wahrheit gesagt. Vor fünfundzwanzig Jahren.

Er hatte geschwiegen, weil er ein elender Feigling war.

Selbst jetzt, da er die Chance gehabt hatte, diesen Journalisten zu erzählen, wie alles zusammenhing, hatte er geschwiegen.

Er bewegte sich unruhig.

Gut, er hatte das alles für Robin getan. Wo immer der jetzt sein mochte. Robin ist tot, dachte er. Schon lange. Seit über fünfundzwanzig Jahren. Vielleicht war es ihm deshalb damals so schwergefallen zu sagen, was er wusste. Was macht mich so sicher, dass Robin tot ist? Vielleicht lebt er ja noch. Irgendwo?

Dummkopf!

Die Konturen in der Dunkelheit verwischten und verschwammen.

Oder war sein Sohn nur eine Entschuldigung für sein Versagen? Schob er die Erinnerung an Robin als einen Schutzschild aus Feigheit vor sich her? Um sich selber zu schützen?

Doktor Vang fror. Das Laken und die Bettdecke fühlten sich kalt an. Er zitterte.

Hätte ich etwas tun können? Trage ich die moralische Verantwortung für die Morde an Birger, Berit und Rolf?

Auf dem Flur klapperten erneut die Holzpantinen vorbei. Haben die in diesem Heim noch nie was von Filzpantoffeln gehört?, dachte er und zog die Decke fester um sich. Er bezweifelte, in dieser Nacht schlafen zu können. Manche Nächte waren endlos.

10
In den Wäldern von Juvdal, Donnerstagabend

Birger…

Arild, mein Junge…

Ein paar angstvolle Sekunden setzte ihr Atem aus. Der Toyota war eine Grabkammer, der Schnee die Erde, die den Sarg einschloss. Anita kniff die Augen zusammen.

In ihrem Auto. Im Wald.

Birger. Arild. So viele dornenvolle Erinnerungen. So viele schreckliche Bilder, an denen die Gedanken sich verhaken. Die Erinnerungen wirbelten in ihrem Kopf durcheinander. Stimmen, Bildfetzen. Sie legte die eiskalten Hände vors Gesicht.

Die Schluchzer zerrissen die Stille. Sie fühlte die Tränen an den Fingern. Warum frieren Tränen nicht zu Eis?, dachte sie.

Wann hatte sie eigentlich das letzte Mal geweint?

Sie lehnte sich gegen die Nackenstütze. All die Jahre der Verstellung. Das vorgetäuschte Lächeln. Die gespielte Wärme und Freundlichkeit.

Sie richtete sich auf. Startete den Motor. Das Brummen hatte etwas Beruhigendes. Sie schaltete die Heizung ein und blieb noch eine Weile in dem warmen Luftzug der Lüftung sitzen. Sie tastete herum, bis sie den Hebel für die Scheibenwischer fand, die den Schnee von der Windschutzscheibe wischten.

Plötzlich fiel ihr ein, dass in ihrer Manteltasche das Handy steckte. Sie schaltete es aus und warf es aus dem Seitenfenster. Wollte nicht riskieren, dass die Polizei sie darüber ortete.

Dann legte sie den ersten Gang ein und fuhr los. Im Licht der Scheinwerfer sah das Schneegestöber aus wie eine weiße Wand.

11
*Zu Hause bei Jon Wiik und Nina Bryn,
Donnerstagabend*

Fünf senkrecht: Epoche. Acht Buchstaben. Erster Buchstabe: A. ALTERTUM?

Nina Bryn lehnte im Arm ihres Mannes Jon Wiik und versuchte, ein Kreuzworträtsel zu lösen, während er fernsah und einen Gin Tonic trank. Hatte er jemals etwas gemerkt? Sie durchschaut? Nina glaubte es nicht. Aber vielleicht hatte er mehr gewusst, als sie ahnte – und geschwiegen. Oder es verdrängt. Er war nicht dumm. Aber Jon gehörte zu denen, die lieber nichts wussten. Die alles Unangenehme verdrängten und ihre Sicherheit in der Unwissenheit suchten.

»Schrecklich«, sagte er. »Das mit Birger.«

Mit einem Seufzer sah Nina ihren Mann an und lächelte zärtlich. Jon erwiderte ihr Lächeln. Sie hoffte, dass er keinen Verdacht hatte. Wollte ihn nicht verletzen.

Sie hatte ihm nie von ihrem neun Monate dauernden Verhältnis mit Thomas Holmen erzählt. Die Beziehung war unmittelbar nach Berits Tod zu Ende gegangen. Alles war so schwierig geworden. Thomas war nicht mehr derselbe gewesen. Sie war nicht dieselbe gewesen. Die Liebesmomente wurden zu erschlichenen Pflichtübungen halbherziger Leidenschaft.

In den ersten Wochen nach der Trennung von Thomas war Nina ein paar Mal kurz davor gewesen, sich Jon anzuvertrauen. Dem guten, lieben, verständnisvollen Jon. Jon, der sie vergötterte. Sie war sicher, dass er ihr den Seitensprung verzeihen würde.

Große, dramatische Gefühle lagen Jon nicht. Aber irgendwann war so viel Zeit vergangen, dass ihr ein Geständnis sinnlos vorkam. Die Zeit hatte die scharfen Kanten ihres schlechten Gewissens abgeschliffen.

Sie beendete das Kreuzworträtsel und gab ihm einen Kuss auf die Wange.

»Ich geh ins Bett, Lieber!«

Er lächelte und hob das Gin-Glas. »Gute Nacht«, sagte er.

Vielleicht war es das bevorstehende Rentnerdasein, das ihn bedrückte. Vielleicht auch etwas anderes. Es passte nicht zu Jon, dass er trank.

»Alles in Ordnung bei dir?«, fragte sie.

Er hob erneut das Glas. Als ob das eine Antwort wäre.

»Willst du nicht auch schlafen gehen?« Sie lächelte sanft. Sie hatten seit über einem Monat nicht mehr miteinander geschlafen.

»Ich bin nicht müde.«

»Na, dann…«

Sie schwiegen.

»Möchtest du reden, Jon?«, fragte sie.

Er sah sie an, ohne sie zu sehen. »Nein, nein«, sagte er. »Geh ruhig ins Bett. Schlaf gut.«

12
Juvdal, Donnerstagabend

Thomas Holmen spazierte von der Zeitungsredaktion nach Hause. Es war kalt. Im Schein der Straßenlaternen sah man seinen Atem als weißen Dunst vor seinem Mund stehen. Birger! Der gute, alte Birger. Ein Hitzkopf. Kein enger Freund, aber ein Bekannter. Ein Pokerkumpan. Einer, der immer da gewesen war.

Und plötzlich war er nicht mehr da. Ermordet! Thomas schob die Hände tief in die Jackentaschen. Anita? Nicht zu glauben. Die grundgütige, stille Anita. Er war nie richtig schlau aus ihr geworden. Anita war nicht von der Sonne beschienen. Aber eine Mörderin? Niemals! Sollte ausgerechnet sie imstande sein, Birger umzubringen? Mit einer Mistgabel? Nein, das konnte er sich beim besten Willen nicht vorstellen.

Na gut, dachte er, was braucht es, um zum Mörder zu werden? Was unterscheidet einen Mörder von uns anderen, wenn es hart auf hart kommt? Nichts. Rein gar nichts, außer dass etwas in seiner Seele kaputtgeht, im Gewissen, etwas, das für immer zerstört wird.

Hatte Anita ihm vielleicht all die Jahre die Briefe geschrieben? Hatte sie etwas geahnt? Hatte sie Berit zusammen mit ihm gesehen? Unwahrscheinlich.

Er trat gegen einen Schneeklumpen, der einen weißen Strich auf dem Teer hinterließ. Oben im Wald kläffte ein Fuchs. Er blieb stehen, lauschte und ging weiter.

Der Mord an Birger würde morgen auf allen Titelseiten stehen. Möglicherweise gab es einen Zusammenhang mit dem fünfundzwanzig Jahre zurückliegenden Doppelmord.

Die Kollegen aus der Hauptstadt waren vor einigen Stunden eingetroffen. Die ganze Meute. *VG, Dagbladet, TV2, Dagsrevyen, TV Norge, P4* und zuletzt *Aftenposten*. *Juvdalens Avis* sollte Material an die Norwegische Presseagentur schicken, bis man dort entschieden hatte, ob man selbst Leute schicken wollte. Thomas hatte den Sitzungsraum als »Pressezentrum« zur Verfügung gestellt. Es war wohl besser, sich mit den Osloer Kollegen gutzustellen.

Auf dem »Pflaster« machte er einen Zwischenstopp am Kiosk und kaufte sich eine Doppelportion Wiener mit gebratenen Zwiebeln. Ein paar Jugendliche fragten ihn, ob er was über den

Mord wüsste. Mit vollem Mund schüttelte er den Kopf. Ein aufgedonnerter Ford Capri schnurrte vorbei. Er schlenderte gemütlich über die erleuchtete Hauptstraße, vorbei an Autos, die im Leerlauf am Rand parkten oder langsam hin und her rollten, während die Bässe gegen die Scheiben wummerten. In der Øvrekleiva bog er rechts ab, vorbei an den Einfamilienhäusern zu dem Haus, das er 1988 gebaut hatte. Er drehte sich um und schaute über Juvdal. Von hier aus hatte man eine großartige Aussicht. Das Tal breitete sich wie ein Teppich aus weißen und gelben Lichtern unter den dunklen Berghängen aus.

Er öffnete die Tür. Drinnen war es still und kalt.

13
Zu Hause bei Arild Borgersen, Donnerstagabend

Arild Borgersen hatte die Mobilnummer des Finanzdirektors auf seinem Handy gespeichert. Er räusperte sich, während es klingelte.

»Isaksen!« Die Stimme klang belegt und verschlafen.

»Tut mir leid, wenn ich Sie geweckt habe!«

»Wer ist da?«

»Arild.«

»Arild?«

»Borgersen! Arild Borgersen!«

Pause.

»Borgersen? Nein, nein, ich habe noch nicht geschlafen. Wie spät ist es denn? Worum geht es?«

»Es ist etwas passiert. Ich werde das Treffen morgen absagen müssen.«

»Absagen? Borgersen! Das geht nicht, wir haben das mit dem Rechnungsprüfer abgestimmt und ...«

»Mein Vater ist gestorben.«

Stille.

»Er wurde ermordet. Heute Abend.«

Pause.

»Mein herzliches Beileid. Ich habe von dem Mord in Juvdal gehört. Aber ich hatte ja keine Ahnung, dass…. Ihr Vater? Wie schrecklich. Das tut mir leid!«

»Darum habe ich morgen keine Zeit.«

»Nein. Das verstehe ich. Selbstverständlich.«

»Wir müssen unser Treffen auf einen späteren Zeitpunkt verschieben.«

»Natürlich.«

»Tut mir leid, dass ich Sie geweckt habe.«

»Lassen Sie mich nochmals mein herzlichstes Beileid ausdrücken.«

»Ich lasse von mir hören, wenn sich die Wogen etwas geglättet haben.«

14
Zu Hause bei Inger Borgersen, Donnerstagabend

»Lieber Gott«, betete sie leise. »Nimm meinen Birger bei Dir auf, er hatte viel zu leiden in seinem Leben, hab Erbarmen mit seiner armen Seele und verurteile ihn nicht zu hart!«

Inger Borgersen kniete auf dem Boden. Sie hatte keine Tränen mehr. Sie hatte die ganze Zeit geweint, seit sie nach Hause gekommen war. Der Pastor hatte ihr angeboten, noch ein wenig bei ihr zu bleiben, aber sie hatte sich bedankt und ihn nach Hause geschickt. Ein Pastor seiner Art hatte ihr keinen Trost zu bieten. Da zog sie es doch vor, alleine zu trauern und zu beten.

Sie dachte an Gunnar Borg. An seine Fragen. An das Tagebuch. Wie viel wusste er eigentlich?

»Gott Vater, führe meinen Birger mit seiner Schwester Berit und seinem Vater Ove im Himmel zusammen, und Herr, hol mich zu Dir! Das Leben hat keinen Sinn mehr. Vereine mich und Siv mit unseren Lieben in Deinem Reich. Im Namen des Vaters und des Sohnes und des Heiligen Geistes – Amen!«

15
*Zu Hause bei Jon Wiik und Nina Bryn,
Donnerstagabend*

Jon Wiik stellte das Gin-Glas auf dem Wohnzimmertisch ab und betrachtete die langsam schmelzenden Eiswürfel. Ja, ja, so kann's gehen, dachte er. Birger war ihm immer unheimlich gewesen. Er hatte etwas Verbissenes und Explosives gehabt. Aber dass Anita etwas so Furchtbares getan haben sollte, konnte er nur schwer fassen. Arild war sein Schüler gewesen. Pflichtbewusst, schnelle Auffassungsgabe, still. Und nach einer ähnlich aufopfernden Mutter wie Anita konnte man lange suchen.

Seine Gedanken glitten zu Nina. Sie war Fredrik eine gute Mutter. Der Junge hatte sich prächtig entwickelt. Aber war sie auch eine gute Ehefrau? Die hübsche, liebevolle Nina. Er griff nach dem Gin-Glas.

Natürlich hatte er es gewusst. Er war schließlich nicht dumm. Ihre heimlichen Ausflüge. Die abendlichen Treffen. Ihre roten Wangen. Natürlich! Ein paar Mal hatte er hinter ihr herspioniert, war ihr gefolgt, hatte sie in Thomas' Wohnung schleichen oder mit ihm in seinem Wagen davonfahren sehen.

Warum hatte er nie etwas gesagt? Sie damit konfrontiert? Die Fragen hatten den ganzen Sommer und Herbst in ihm gebrannt.

Hätte sie sich ihm nur anvertraut, er hätte ihr verziehen. Einen Strich unter alles gezogen. Aber Nina hatte geschwiegen.

Und er selbst hatte sich nichts anmerken lassen. Hatte seine Gedanken in sich weggeschlossen.

Dann hatte sich das Ganze von selbst erledigt. Gleich nach dem Doppelmord. Er verstand nicht genau, wieso. Aber plötzlich war das Verhältnis beendet. Ein oder zwei Wochen hatte sie getrauert, dann war sie wieder für ihn da gewesen. Lächelnd, warm, zärtlich. Die gute, alte Nina. Die liebenswerte, lustige Nina. Und da hatte er nicht mehr den Mut gehabt, die Sache anzusprechen. Aus Furcht, was die Fragen und Antworten auslösen könnten.

Hätte sie ihm nur davon erzählt.

Es war ihm nie gelungen, die Bilder aus seinem Kopf zu verbannen. *Nina und Thomas.* Diese verfluchten Bilder ...

Er schaute zu dem Treppenabsatz, auf dem sie vor zwanzig Minuten gestanden hatte. Schlank und ansehnlich wie ein junges Mädchen. Sie schlief jetzt, hoffentlich. Bald würde auch er nach oben gehen. Er hob das Glas und trank.

Nina und Thomas.

16
Juvdal, Gjæstegaard, Donnerstagabend

»Ich fasse es nicht!«, flüsterte Bjørn-Tore.

»Der arme Birger!«, schluchzte Pia.

Sie lag in seiner Armbeuge in dem dunklen, kühlen Schlafzimmer. Sie hatten zusammen geweint.

Bjørn-Tore strich ihr über die Wange.

Sie kuschelte sich an ihn. »Was mag sie dazu veranlasst haben ...« Ihre Stimme versagte.

Er drückte sie an sich.

»Alles in Ordnung mit dir?«, fragte sie.

»Ja, doch.«

»Glaubst du, das war es, wovon ich geträumt habe?«, fragte Pia. »Von Anita und Birger?«

»Kaum.«

»Ich bin nicht wie sie!«, flüsterte sie mit Nachdruck.

»Wie wer?«

»Victoria Underland.«

Wenig später sagte er: »Das ist so furchtbar.« Er hielt inne. »Ich weiß noch, wie ich ihm das Fahrradfahren beigebracht habe. Meine Güte, war er wütend, bis er die Balance gefunden hat.«

Er seufzte tief und lange.

»Arild und Anita haben es nicht immer leicht gehabt«, sagte Pia.

Er schüttelte den Kopf.

»Aber wie konnte sie so etwas tun!«, fragte er verbissen.

»Bär...«

»Mit einer verdammten Mistgabel!?«

Sie nahm ihn fest in den Arm.

»Glaubst du«, begann sie, »das mit meinen Träumen...«

»Mistgabel!«, wiederholte er.

»Glaubst du... dass ich in meinen Träumen vorhergesehen habe, was geschehen ist? Dass sie mich deswegen so gequält haben?«

Er wusste nicht, was er ihr darauf antworten sollte.

»Gute Nacht«, sagte sie nach einer Weile.

Er wandte ihr das Gesicht zu und küsste sie auf die Stirn. »Du bist nicht wie sie«, flüsterte er.

Und wenn doch?, dachte sie im Stillen.

17
Juvdal, Donnerstagabend

Mama regelt das für dich, Arild!

Anita Borgersen kreuzte das breite Bachbett und bog links in den fast unbewohnten Fjellvei, der sich am Berghang entlangzog. Sie hatte Angst, einer Polizeipatrouille oder einem Bekannten aus dem Dorf zu begegnen. Knut-Ole war noch nicht mit dem Schneepflug da gewesen, deswegen fuhr sie langsam durch den hohen Schnee. Sie schaltete das Fernlicht ein, aber es blendete sie im Schneegestöber. An der Kreuzung, wo der Fjellvei auf die Hauptstraße stieß, blieb sie stehen und dachte einen Augenblick nach.

Es wäre so einfach, nach rechts abzubiegen; weg, fort von hier, alles hinter sich zu lassen… Aber das ging nicht. *Arild*. Entschlossen schlug sie auf den Blinker und bog nach links in Richtung Ort ab.

Sie fuhr auf den Parkplatz oberhalb des Friedhofs und parkte direkt neben einem zugeschneiten Container. Im Kofferraum lag ein Aluminiumspaten. Mit dem schaufelte sie so viel Schnee, wie sie konnte, auf das Dach und die Motorhaube des Wagens. Wenn der Neuschnee sich darüber legte, sähe es so aus, als würde der Toyota schon tagelang dort stehen.

18
Juvdal, Alten- und Pflegeheim, Donnerstagabend

Jorunn Skjeberg bemerkte es als Erste.

Sie machte ihre Runde durch die Pflegeabteilung und dachte an ihren Freund Trond, als sie leise die Tür öffnete, um nachzusehen, ob alles in Ordnung war und alle Lichter gelöscht waren. Als sie die Tür zu Zimmer 363 öffnete, träumte sie von dem Urlaub im Süden, den Trond ihr über Ostern versprochen hatte. Sie stellte sich einen schillernden Hotelpalast vor, mit großem Swimmingpool und Sonnenliegen unter Palmen.

Siv Borgersen saß mit dem Rücken zu ihr, halb aufgerichtet auf dem Bett, die Beine hingen über die Bettkante, der Kopf war auf die Seite gelegt, als wäre sie mit den Füßen im Wasser auf einem Felsen eingenickt.

Jorunn blieb in der Tür stehen und wagte es nicht, den Raum zu betreten. Siv hatte sich in all den Jahren ohne Hilfe noch nicht einmal allein im Bett umgedreht.

Lautlos schloss sie die Tür und rannte den Flur hinunter und die Treppe hinauf zum Wachraum. Mit einem atemlosen »Das müssen Sie mit eigenen Augen sehen!« zog sie die Oberschwester vom Nachtdienst, Marianne Jacobsen, hinter sich her in Sivs Zimmer.

Siv saß noch immer zusammengesunken auf der Bettkante.

Die beiden Schwestern gingen um sie herum. Jorunn erwartete fast, dass Siv sie ansehen würde, aber ihre Augen waren geschlossen, ihr Blick wie gewohnt nach innen gerichtet.

»Wie hat sie das geschafft?«, flüsterte Jorunn.

»Hast du sie so gefunden?«, fragte Marianne.

»Genau so!«

»Du hast nicht nachgeholfen?«

»Nein! Sie hat so dagesessen!«

»Sie hat seit fünfundzwanzig Jahren keinen Muskel mehr aus eigener Kraft bewegt.«

»Wie hat sie es dann geschafft, sich hinzusetzen?«

Marianne schüttelte den Kopf.

Vorsichtig fassten sie Siv an und legten sie ins Bett. Sie leistete keinen Widerstand. Wie eine Stoffpuppe mit Stahldraht in den Armen und Beinen ließ sie sich in die Stellung bringen, in der zu liegen sie gewohnt war. Die Augäpfel hinter den Augenlidern vibrierten.

»Hast du so was schon mal erlebt?«, fragte Jorunn.
»Noch nie!«
»Müssen wir jemanden alarmieren?«
»Wen denn?«
»Die Angehörigen? Den Arzt?«

Marianne legte die Hand auf Sivs Stirn. »Lass uns bis morgen damit warten. Sie scheint sich wieder beruhigt zu haben. Was immer das war. Aber morgen müssen wir es dem Arzt erzählen. Vielleicht ist das ja gar nicht so ungewöhnlich.«

»Ich finde das ziemlich unheimlich.«

Marianne schaute von Siv zu Jorunn. Sie nickte. Dann gingen sie.

19
Borgersen-Hof, Donnerstagabend

Mit einem Kunststoffbesen fegte Polizeiobermeister Vidar Lyngstad den Schnee von den Scheiben, ehe er sich hinters Steuer setzte und den Motor startete. Er drehte die Heizung auf. Als er vom Hof fuhr und runter zur Straße, begann die Windschutzscheibe bereits abzutauen.

Er stellte das Radio an. Er mochte keine Stille. Stille erinnerte ihn an alles, was in seinem Leben schiefgelaufen war. Dass er hier geblieben war. Dass er sich nie mit jemandem zusammengetan hatte. Er hatte von sich selbst das Bild eines Mannes mit brauchbarem Aussehen – das Haar ein bisschen schütter und grau, aber ein fröhliches, freundliches Gesicht. Er war im Laufe der Jahre mit einigen Frauen zusammen gewesen, aber nach einer gewissen Zeit wurde er ihnen zu langweilig. Er sehnte sich nach einer Freundin. Versuchte, sich vorzustellen, wie sein Leben wohl verlaufen wäre, wenn er Juvdal verlassen hätte. Eine Stelle bei der Kripo in Oslo oder bei einer größeren Polizeibehörde in einer anderen Stadt. Karriere. Frau. Kinder. Ein ganz anderes Leben. Ein definitiv anderes Leben.

Die Spurensicherung der Kripo war noch im Stall, ein paar Techniker schwirrten draußen durch den Schnee, auf der Suche nach weiteren Blutspuren. Die Ermittlungsbeamten waren ins Hotel gefahren, um zu schlafen. Vidar musste noch auf die Polizeiwache, um ein Konzept zu erstellen, wenn die Kollegen am nächsten Morgen um 9.00 Uhr zur Dienstbesprechung kamen. Er wollte unbedingt die Fallen vermeiden, in die Klock vor fünfundzwanzig Jahren getappt war, indem er die Ermittlungen auf die falsche Spur gelenkt hatte.

Offenheit, dachte er. Fantasie und Intuition. Gute Eigenschaften für einen Polizisten.

Ein zufälliger Mord an einem Winterabend? Wohl kaum. Hing er in irgendeiner Weise mit dem Doppelmord zusammen? Er hatte den ganzen Abend über diese Frage nachgedacht. Durchaus möglich. Es fiel ihm schwer, keinen Zusammenhang zwischen den Morden zu sehen. Aber wie hingen sie zusammen? Er wechselte den Sender und bekam einen Kanal mit Siebziger-Jahre-Pop rein. »Hold the Line« von Toto. Hatte Anita Rache an Birger genommen, weil er der Mörder war? Wenn das der Fall sein sollte: Warum hatte *sie* den Mord gerächt? Immerhin war Berit Birgers Schwester. Was könnte Birger gesagt oder getan haben, das Anita dazu getrieben hatte, ihn zu töten?

Das alles passte nicht zusammen.

Er bremste ein wenig zu kräftig, als er nach rechts auf den Fjellvei abbiegen wollte. Das Auto schlitterte mehrere Meter, ehe die Reifen wieder griffen.

Auf den ersten Blick schien die Sache ganz offensichtlich zu sein. Es gab glaubwürdige Zeugen dafür, dass Anita ihren Ehemann ermordet hatte. Sie hatte mit der Tatwaffe in der Hand über ihn gebeugt dagestanden, als sie entdeckt wurde, und war Hals über Kopf geflüchtet.

Was konnte sich ein Ermittler mehr wünschen?

Trotzdem.

Vidar war nicht überzeugt.

An ihm nagten Zweifel. Das war alles ein bisschen zu offensichtlich, zu einfach. Was hatten die Journalisten tatsächlich gesehen? Kristin und Gunnar waren erstklassige Zeugen: aufmerksam, in der Lage, detailliert wiederzugeben, was sie gesehen hatten.

Trotzdem ...

Was hatten die Fußabdrücke im Schnee zu bedeuten? In einem hatten sie etwas gefunden, das aller Wahrscheinlichkeit nach Blut war. Birgers Blut? War Anita nach dem Mord über den Hofplatz gelaufen? Oder waren das gar nicht ihre Fußabdrücke? Kristin und die übrigen Zeugen waren ohne böse Absicht über die Spuren gegangen. Danach war Arild gekommen, um nachzusehen, was dort los war. Auch er war über viele Spuren gelaufen und hatte sie zertreten. Es war unmöglich, sie zu verfolgen.

Was, wenn Anita nun nicht die Mörderin war?, dachte Vidar. Wenn sie ihren Mann bloß tot im Stall gefunden hatte, kurz bevor Kristin und Gunnar in der Tür erschienen waren?

Hatte sie die Tatwaffe umklammert, wie viele Zeugen im Schock und in der Verwirrung nach Revolvern oder Messern greifen, die sie am Tatort finden?

Nicht sehr wahrscheinlich, das musste er zugeben. Aber möglich.

Und die Flucht? Ein Reflex? Panik?

Denkbar. Nicht sehr wahrscheinlich. Aber möglich.
Und definitiv eine Variante, die untersucht werden musste.
Er fuhr hinter die Polizeiwache und parkte auf seinem Platz. Er konnte Anne und Lisa durch das Fenster sehen und musste lächeln. Er hatte sie nicht gebeten zu kommen. Trotzdem waren sie da.

20
Juvdal, Stabkirche, Donnerstagabend

Heiliger Gott, Himmlischer Vater. Sieh in Gnade auf mich sündigen Menschen, der Dich mit Gedanken, Worten und Taten gekränkt hat und der ich Lust zum Bösen in meinem Herzen spüre.

Seine Finger falteten sich ineinander. Fest. Er kniete. Die Ellenbogen ruhten auf der Altarbank.
O ja, das bin ich *en miniature*, dachte er. Lust! *Oh yes*, diese Lust!
Er hatte die sieben Kerzen in dem Messingleuchter angezündet. Der ungeheizte Kirchenraum lag im Halbdunkel.
Olav Fjellstad kniete auf der Betbank und schaute zu der Christusfigur auf der Altartafel. Ein leidender Christus. War es möglich, Trost und Versöhnung in solchem Leiden zu finden?

Ich glaube an Jesus Christus, Gottes eingeborenen Sohn, unseren Herrn, empfangen durch den heiligen Geist...

Er saß seit einer halben Stunde ins Gebet vertieft. Den ganzen Abend war er in der Stube seiner Wohnung herumgetigert und hatte gegen die Lust auf den Wein in dem Eckschrank angekämpft. Um Viertel nach elf hatte er Mantel, Schal und Handschuhe angezogen und war durch die Eiseskälte zur Stabkirche gelaufen.

Die Stille wirkte beruhigend auf ihn. Nachdem er die Kerzen angezündet hatte, war er vor dem Altar auf die Knie gefallen. Dann hatte er die Hände gefaltet und begonnen zu beten.

Er hatte für Birger gebetet. Und für Anita. Für Arild. Und dann für sein eigenes Seelenheil. Etwas, das er nur selten tat. Seine Gebete galten immer anderen. Denjenigen, die Gottes Gnade nötiger hatten als er.

An diesem Abend aber, nachdem er für Birger, Anita und Arild gebetet hatte, war er endlich bereit gewesen, für sich selbst zu beten. Für einen stärkeren Glauben. Dafür, dass er es schaffte, sein Bedürfnis nach Alkohol zu zügeln. Dass er ein besserer Mensch wurde, ein besserer Pastor. Er war einsam. In all den Jahren waren Frauen mit ihrer Verletzlichkeit zu ihm gekommen. Manchen hatte er zugehört. Manche hatte er in den Arm genommen und getröstet. Und einige hatte er mit seinem Verständnis, seiner sanften Stimme und versteckten Andeutungen verführt. Diffuse Gesichter hinter den Fenstern eines vorbeifahrenden Zuges. Brachte er sie noch alle mit einem Namen in Verbindung?

... geboren von der Jungfrau Maria, gelitten unter Pontius Pilatus ...

Das Dunkel, die Kälte, die Stille, der große, leere Kirchenraum, versetzten ihn in einen tranceähnlichen Zustand. Eine sanfte Wärme durchrieselte seinen Körper, und zum ersten Mal seit langem fühlte er sich Gott wirklich verbunden.

... gekreuzigt, gestorben und begraben ...

Ein kühler Luftzug fuhr durch die Kirche. Zuerst dachte er sich nichts dabei. Sie hielten die Wärme auf einem Minimum, um Heizkosten zu sparen. Dann dachte er: Wieso zieht es hier? Habe ich die Tür nicht zugemacht? Er richtete sich auf und sah sich um.

Sie stand im Mittelgang. Ihr Gesicht war hinter dunklen Schatten verborgen. Trotzdem wusste er sofort, wer sie war. Er kam auf die Beine.

»Anita?«, sagte er. Einige Sekunden hallte das Echo seiner Stimme durch den Kirchenraum. Genau wie bei der Sonntagspredigt. Aber nachts hatte sie einen anderen Klang.

»Olav!«, sagte sie nur.

Ihre Stimme war tief und voll. Eine klare, schöne Singstimme, dachte er, obwohl er sie noch nie hatte singen hören. Vor zwanzig Jahren war er mal ein bisschen in sie verliebt gewesen. Sie war zu ihm gekommen, weil sie jemanden zum Reden brauchte. Ihr Nervenkostüm war so spröde. Aber hatten sie sich damals eigentlich ausgesprochen? Soweit er wusste, nicht. Ständig war etwas dazwischengekommen. Am Ende hatte er es aufgegeben, auf sie zu warten.

»Birger ist tot«, sagte sie.

In der schwachen Beleuchtung sah er ihr verweintes Gesicht.

»Mein Beileid.«

»Er ist ermordet worden.«

»Ich habe davon gehört. Das tut mir schrecklich leid.«

Sie zog ihre Handschuhe aus und legte sie auf eine Bank.

»Ich hatte nicht damit gerechnet, dass jemand hier ist.«

Er lächelte einfältig. »Normalerweise bin ich so spät auch nicht hier.«

»Ich wusste nicht, wohin ich gehen sollte.«

»Und warum bist du hierhergekommen?«, fragte er sanft, damit sie nicht den Eindruck bekam, nicht willkommen zu sein.

»Ich dachte, in der Kirche ist immer Platz. Für jemanden, der auf der Flucht ist.«

»Auf der Flucht?«

»Für jemanden, der einen Ort sucht, an dem er sich verstecken kann!«

»Anita, Kirchenasyl ist für Menschen, die keinen anderen Ausweg mehr haben.« Er lächelte entwaffnend.

»Ich bin froh, dass du hier bist.«

Olav schüttelte den Kopf.

»Ich muss mit dir reden, Olav.«

Er breitete die Arme aus und nickte verständnisvoll.

»Geht es um…« Er holte Luft. »Geht es um Birger?«

Sie stand vor ihm und sah ihn eine halbe Ewigkeit an. Ihre Augen füllten sich mit Tränen, ihr Gesicht begann zu zucken.

»Ich habe es getan«, sagte sie leise.

21
Juvdal Gjæstegaard, Donnerstagabend

Victoria saß auf einem Sprossenstuhl in ihrem Hotelzimmer. Sie hatte die Augen geschlossen und den Mund leicht geöffnet. Ihr Herz hämmerte wild. Das Licht war gelöscht und das Zimmer eiskalt. Sie

!!! Komm !!!

richtete sich auf, öffnete die Augen einen Spaltbreit. Ihr war klar gewesen, dass es wieder geschehen würde. Es war nur eine Frage der Zeit. Der Geduld. Sie wartete.

»Wer bist du?«, fragte sie in den Raum hinein.

Stille.

»Bist du Berit?«
Sie bekam keine Antwort.
»Bist du Berits Geist?«, sagte sie etwas lauter.
Stille.
»Wo bist du?«, fragte sie. Ihre Stimme klang dünn und fremd.

!!! zu mir !!!

»Ich weiß nicht, wo du bist!« Sie hörte, wie ungeduldig ihre Stimme klang, holte tief Luft und beruhigte sich. »Und ich weiß nicht, wer du bist. Wie soll ich zu dir kommen, wenn du mir nicht verrätst, wer du bist?«

jetzt !!! Sieh mich !!!

»Ich kann dich nicht sehen! Kannst du dich mir nicht zeigen?«
Einen Augenblick hoffte sie, gleich eine Erscheinung vor sich zu sehen, einen Geist, die Visualisierung eines Verstorbenen. Aber es tat sich nichts.
»Wer bist du?«, fragte sie zum wiederholten Mal. »Bist du Berit?«

22
Juvdal Gjæstegaard, Nacht auf Freitag

Kristin und Gunnar waren kurz nach Mitternacht zurück im Hotel. Sie klopften vorsichtig an Victorias Tür, die noch wach war, und erzählten ihr alles über den Mord an Birger und was an dem Abend passiert war. Victoria berichtete ihnen von der Stimme in ihrem Kopf. Kristin wusste nicht, was sie sagen sollte. *Stimmen im Kopf*, sagte Gunnars Blick vielsagend.

»Frau Borgersen hat mich morgen früh zu sich eingeladen«, sagte Gunnar. »Sie will mit mir über etwas reden.«

»Über das Tagebuch vielleicht?«, schlug Kristin vor.

»Sie wollte nicht sagen, worum es geht.«

»Hat sie das Tagebuch?«, fragte Victoria.

»Das ist nur eine Vermutung«, sagte Gunnar.

»Falls der Mörder es nicht mitgenommen hat«, sagte Kristin, »muss es jemand gewesen sein, der Berit nahestand. Der Betreffende muss gewusst haben, dass das Tagebuch auf dem Tisch lag. Und wenn das Tagebuch verschwunden ist, als das Siegel aufgebrochen wurde, kann man davon ausgehen, dass der Betreffende einen Schlüssel zum Haus hatte. Das grenzt die Zahl der Verdächtigen doch beträchtlich ein.«

»Aber – warum geht jemand das Risiko ein, das Tagebuch vor den Augen der Polizei zu stehlen?«, fragte Victoria.

»Wegen etwas, das Berit in das Tagebuch geschrieben hat?«, vermutete Kristin.

»Ich hatte einen Traum«, sagte Victoria leise.

»Was für einen Traum?«

»Ich war in einem fremden Haus. Das Licht fiel schräg durch die Fenster. Wie in einer Kirche. Eine altmodische Stube. Auf einem Mahagonitisch lag eine Bibel.«

Kristin und Gunnar sahen sich an.

»Ich sah eine alte Frau in einem Schaukelstuhl«, fuhr Victoria fort.

»Wie sah sie aus?«, wollte Gunnar wissen.

»Mager, blass, bedrückt.« Victoria sah sie an. »In meinem Traum hat sie etwas fest an sich gedrückt. Ein Buch.«

»Inger Borgersen!«, platzte Kristin heraus. »Das *muss* Inger Borgersen sein.«

Vergangenheit:
Doppelmord (II)

DONNERSTAG, 6. – FREITAG, 7. JULI 1978

Ich kann mich so schlecht erinnern.
Nichts ist wirklich deutlich.
Ich war wirklich nicht ich selbst.

*

Vegard Hebbevik von der Kripo und Kjell Nedre Helland von der Oberen Polizeibehörde standen vor dem Haus von Berit Borgersen und Rolf Anthonsen, als die Streifenwagen unten auf der Straße bremsten. Keiner hatte das Martinshorn eingeschaltet, aber auf einigen der Fahrzeuge blinkten Blaulichter. Türen wurden geöffnet und zugeschlagen, schnelle Schritte auf dem Kies, leise, entschlossene Stimmen.

Polizeianwärter Vidar Lyngstad stellte seinen Wagen hinter einem der anderen Fahrzeuge ab, schaltete das Blaulicht aus und hastete zur Eingangstür, an der der Leiter der lokalen Polizeidienststelle, Polizeiobermeister Gerhard Klock, gerade von Vegard Hebbevik instruiert wurde. Die Tür zum Tatort sei bei ihrer Ankunft angelehnt gewesen, wiederholte er, und das Siegel war zerrissen.

»Gibt es Anzeichen dafür, dass sich jemand im Haus befindet?«, fragte Klock.

Hebbevik antwortete, keinen Laut aus dem Haus vernommen zu haben. Aber man könne ja nie wissen.

Die Nachbarn kamen aus den Häusern und Gärten am unteren Ende der Straße. Sie wollten wissen, was los war. Überall roch es nach Gegrilltem. Die Kolonne der Asconas und Escorts, die den Einsatzfahrzeugen wie geduldige, wenn auch etwas träge Küken gefolgt war, reihte sich langsam unten an der Kreuzung auf. Das dumpfe Hämmern aus den Stereoanlagen schallte bis zu den Polizisten herüber. Ein Buchfink zwitscherte am Waldrand.

Gerhard Klock schickte zwei Männer auf die Rückseite des Hauses und postierte zwei weitere am Haupteingang. Vidar dachte: Für den Fall, dass sich der Mörder mit über den Kopf erhobener Axt aus einem Fenster stürzt?

Klock sah sich um und zeigte auf Hebbevik, Vidar, Erik Dypvik und Niklas Skogstad. Dann gab er den vier Männern das Zeichen, ihm zu folgen.

Im Eingang hing noch immer der Leichengeruch. Vidar atmete durch den Mund. Ein dicker, blau schimmernder Brummer, der immer wieder gegen eine Fensterscheibe flog, ließ ihn erschauern.

Die Garderobe und der Flur waren leer. Ebenso das Wohnzimmer, das Büro und die Küche. Vidar öffnete die Tür zu der kleinen Toilette. Leer. In den Abstellräumen waren nur Winterkleider, Ski, Marmeladengläser, leere Weinflaschen und Blechdosen mit Pinseln.

»Erdgeschoss sauber«, flüsterte Klock.

Hintereinander gingen sie die Treppe hoch, zuerst Klock, dann Vidar, gefolgt von den beiden Kollegen von der Kripo. Die schmale, alte Treppe knarrte unter dem Gewicht der Männer.

»Polizei!«, brüllte Klock unvermittelt. »Das Haus ist umstellt!«

Vidar zuckte zusammen, das Herz in seiner Brust explodierte.

Klock drehte sich um. »Dachte, es wäre gut, ihn zu erschrecken, wenn denn wer hier ist«, flüsterte er.

Vidar dachte: Warum flüsterst du, wenn du gerade gebrüllt hast?

Sie öffneten die Tür zum Elternschlafzimmer. Das Bett war gemacht, eine Schublade stand offen, der Wecker auf dem Nachttischchen tickte. Skogstad sah unter dem Bett nach. Klock öffnete eine Schranktür nach der anderen. »*Just in case*«, sagte er.

Die nächste Tür führte ins Kinderzimmer. Ein Bett mit Winnie-Pu-Bettwäsche und Regale voller Puppen, Kuscheltiere, Spielsachen und Kinderbücher, eine Donald-Duck-Lampe unter der Zimmerdecke und geblümte Gardinen.

Der letzte Raum, der genauso groß wie die beiden anderen war, erwies sich als Rumpelkammer, vollgestopft mit ungeöffneten Kartons, Koffern, einem Filmprojektor und einer Leinwand, Bücherstapeln und einem verblichenen Sonnenschirm.

Zur Sicherheit öffneten sie auch die Schranktür. Vidar atmete erleichtert aus.

»Damit können wir feststellen, dass das Haus sauber ist«, sagte Klock. »Überprüft es auf Fingerabdrücke und andere Einbruchsspuren.«

»Wer bricht denn in ein Haus ein, in dem gerade zwei Morde begangen wurden?«, fragte Vidar.

»Der Mörder?«, schlug Klock vor.

»Warum?«, fragte Vidar.

»Weil es etwas im Haus gibt, das ihn verraten könnte«, sagte Hebbevik. »Etwas, das er entfernen musste, bevor wir es finden.«

»Oh, verdammt«, sagte Vidar. »Liegt das Tagebuch noch auf dem Wohnzimmertisch?«

*

Sie nannten ihn den »Rockpastor«.

Olav Fjellstad hatte lange Haare, trug Bart und hatte das Repertoire des Kirchenchores »Impuls« derart aufgepeppt, dass der Kirchenvorstand die Sache aufgegriffen und den Pastor daran erinnert hatte, dass die Kirche das Haus Gottes und nicht eine Bühne für Rockmusik sei.

Der achtundzwanzigjährige Theologe war beliebt bei den Jugendlichen, und es war ihm im Laufe seiner bisher zweijährigen Dienstzeit in Juvdal gelungen, einen aktiven Jugendclub der Kirchengemeinde ins Leben zu rufen. Neben dem Streit über den Verlauf der neuen Straße war Rockpastor Olav Fjellstad das Thema, über das sich die Menschen in den Leserbriefen der *Juvdalen Avis* am häufigsten stritten.

Vidar saß vor Fjellstad in der Sakristei der Stabkirche und tippte mit dem Bleistift auf sein Notizbuch. Fjellstad redete über Jugendliche und ihren Glauben. Hin und wieder versuchte Vidar, ihn zu unterbrechen – er hatte nur danach gefragt, wie viele aktive Gemeindemitglieder es in Juvdal gab. Der Kripobeamte Erik Dypvik starrte auf die Dielen am Boden, die über die Jahrhunderte hinweg von den Füßen der Menschen abgeschliffen worden waren.

»Zurück zu Berit Borgersen«, sagte Vidar trocken, als Fjellstad einmal Luft holen musste. »Wie gut kannten Sie sie?«

Fjellstad schien verwirrt darüber zu sein, dass man ihn mitten in einem Gedanken unterbrochen hatte. »Berit? Was verstehen Sie unter ›gut‹?«

»Wie gut kannten Sie sie?«, wiederholte Vidar ungeduldig.

»Gut ist ein relativer Begriff«, sagte Fjellstad. »Das kann alles sein von alltäglich bis intim.«

»Aber Sie kannten sie?«, fragte Vidar.

»Sie war kein aktives Mitglied der Gemeinde, falls Sie das meinen.«

»Sie kennen doch wohl auch Leute, die keine aktiven Gemeindemitglieder sind?«

»Aber natürlich.«

»War sie anderweitig aktiv?«, fragte Vidar.

»Wie meinen Sie das jetzt wieder?«

»Es wurde angedeutet, dass sie ein Verhältnis hatte. Mit Ihnen«, sagte Erik.

Sein Gesicht war ausdruckslos. Er erwiderte erst Vidars, dann Eriks Blick.

»Entschuldigung?«, sagte er.

»Hatten Sie ein Verhältnis mit ihr?«

»Mit Berit Borgersen?«

Stille.

»Ein Verhältnis?«, wiederholte Olav Fjellstad.

»Waren Sie mit ihr zusammen oder nicht?«, fragte Erik. »Hatten Sie eine sexuelle Beziehung zu ihr, ja oder nein?«

Der Pastor schüttelte lächelnd den Kopf. »Wäre interessant zu wissen, wer derart boshafte Gerüchte in Umlauf bringt. Ein Verhältnis ... mit einer verheirateten Frau. Wie würde das denn aussehen? Nein, tut mir leid, so einfach ist das nicht. Meine so genannte Beziehung zu Berit Borgersen, wenn man das denn überhaupt so nennen kann, war rein zwischenmenschlicher Natur. Manchmal hat sie für ihren Sportverein beim Kirchenbasar mitgeholfen. Und hin und wieder habe ich sie zufällig in der Stadt getroffen und ein paar Worte mit ihr gewechselt. Vielleicht kommen die Gerüchte daher. Aber ein Verhältnis im Sinne von romantisch und sexuell hatten wir definitiv nicht.«

»Wann haben Sie sie zuletzt gesehen?«

»Berit? Tja, wann kann das gewesen sein? Im Juni, schwer zu sagen.«

»Sie leugnen also mit Nachdruck, dass da etwas zwischen ihnen lief?«, fragte Vidar.

»Absolut.«

»Ihr Zivilstand?«, fragte Erik.

»Ledig.«

»Wo waren Sie am Vormittag des Mittwochs, 5. Juli?«, fragte Vidar.

»Als die Morde begangen wurden?« Olav Fjellstad dachte nach. »Da war ich hier.«

»In der Kirche? Waren Sie den ganzen Tag in der Sakristei? Nirgendwo sonst?«

»Ich habe in der Sakristei gearbeitet.«

»Kann das jemand bestätigen?«

»Ob ich ein Alibi habe?« Er lachte leise. »Das ist ja wie im Krimi. Aber tut mir leid. Der Einzige, der mir ein Alibi geben kann, ist unser Herrgott. Mir persönlich reicht das. Aber ob es der Polizei genügt?«

»Sind Sie religiös?«, fragte Erik Dypvik.

Sie saßen im Wagen und fuhren von der Kirche weg. Die Sonne blendete, so dass sie beide die Sonnenblenden nach unten geklappt hatten.

»Wieso?«

»Ich frage mich, ob wir dieses göttliche Alibi akzeptieren können.«

Vidar amüsierte sich. »Ich glaube ihm.«

»Gott?«

»Dem Pastor!«

*

Eilert Vang – in Juvdal seit mehr als vierzig Jahren als »Doktor Vang« bekannt – war achtundsechzig Jahre alt, sah aber aus wie ein Fünfzigjähriger. Ein kleinwüchsiger Mann mit kugelrundem Kopf, schütteren Haaren, runder Brille und runden Wangen.

Er empfing die beiden Polizisten in der Praxis, die am Samstag geschlossen war. Trotzdem trug er seinen weißen Arztkittel. Vidar hatte ihn in Verdacht, damit zu schlafen. Er konnte sich jedenfalls nicht daran erinnern, Doktor Vang jemals ohne diesen Kittel gesehen zu haben.

»Mal sehen, ob ich euch helfen kann«, sagte der Doktor kameradschaftlich und klopfte Vidar auf die Schulter. »Schlagt ihr am Wochenende den FK Valle?«

»Ich glaub kaum, dass ich spielen kann«, sagte Vidar, der im Heimatclub wechselweise im linken Mittelfeld oder in der Verteidigung kickte.

»Ja richtig, so weit hatte ich noch gar nicht gedacht. Was kann ich zu euren Ermittlungen beitragen?«

»Wir versuchen, uns ein Bild von Berit Borgersen zu machen«, sagte Erik.

»Und es gibt wohl kaum jemanden hier im Dorf, der die Menschen besser kennt als Sie«, fügte Vidar hinzu.

»Berit Borgersen. Eine Tragödie.« Er schüttelte den Kopf. »Wirklich. Was für eine Tragödie. Die arme Berit. Wie sie war? Ein freundliches, nettes Mädchen. Ich kannte sie ja hauptsächlich als Jugendliche. Nach ihrer Rückkehr 1977 war sie nur dreimal bei mir. Reine Routineuntersuchungen. Ich habe kaum mit ihr gesprochen. Sie sah gut aus. Strahlend. Eine hübsche Frau. Aber das wissen Sie ja.«

»Routineuntersuchungen? Was heißt das genau?«, fragte Erik.

»Ich bin ja wohl von der Schweigepflicht entbunden, wenn jemand stirbt«, sagte Doktor Vang leise. Er blätterte in einem gelben Journal, das auf seinem Schreibtisch lag. »Montag, 20. Juli 1977: Rezept für die Anti-Baby-Pille. 14. September 1977: Schmerzen nach Zerrung eines Muskels beim Jogging, Rezept für Schmerztabletten. 22. Mai 1978: Erneut Rezept für Anti-Baby-Pille. Das ist alles.«

»Wissen Sie etwas, das für unsere Ermittlungen von Interesse sein könnte?«, fragte Erik.

»Nein, nichts. Leider. Ich bedaure das wirklich. Aber das

habe ich ja schon am Telefon gesagt. Ich befürchte, Sie haben Ihre Zeit vergeudet, wenn das alles war.«

»Was war 1963?«, fragte Vidar.

Der Doktor blieb ruhig, er zuckte weder zusammen, noch wurde er blass. Trotzdem veränderte sich etwas in seinem Blick.

»1963?«

»Warum ist sie nach Oslo gezogen?«

»Ich verstehe nicht, was das mit den Morden zu tun haben soll?«

»Einige Spuren weisen darauf hin, dass des Rätsels Lösung möglicherweise in der Vergangenheit zu finden ist. Was wissen Sie?«, fragte Vidar.

»Ich verstehe nicht...«

»Es wäre uns eine große Hilfe«, sagte Erik.

Doktor Vang schien zu schrumpfen.

»Du meinst wirklich, dass das, was 1962 und 1963 passiert ist, in Zusammenhang mit den Morden steht?«, fragte er.

»Eventuell«, erwiderte Vidar.

»Für uns ist es auf jeden Fall eine wahrscheinliche Theorie«, ergänzte Erik.

»Uff«, sagte der Doktor leise.

Weder Erik noch Vidar erwiderten etwas.

»Dann werde ich es wohl sagen müssen, ja. Obwohl ich geschworen habe, es nie auch nur einer Seele gegenüber zu erwähnen.«

»Was sagen?«, fragte Vidar.

Der Doktor stand auf. Er trat an den grünen Archivschrank, öffnete ihn aber nicht. Dann wandte er sich den Polizisten zu.

»Sie war schwanger«, sagte Doktor Vang.

»Schwanger?«, platzte Vidar heraus.

»1963?«, fragte Erik.

»Sie war noch ein Kind. Gerade mal vierzehn Jahre alt«, sagte der Doktor. »Sie kam kurz vor Weihnachten 1962 zu mir. Ein paar Wochen, bevor sie … verschwand, wie es hier heißt.«

»Also, was ist mit ihr passiert?«, fragte Erik.

»Sie ist nach Oslo gegangen. Um sich … um diese Sache zu kümmern. Dort war das weniger kompliziert.«

»Was soll das heißen? Um diese Sache kümmern?«, fragte Erik.

»Abtreibung.« Der Doktor zögerte und blickte zu Boden. »Ich habe ihr geholfen. Habe ihr ein paar Namen genannt. Von Ärzten. Die damals so etwas durchgeführt haben. In Oslo.«

»Wer?«, fragte Vidar.

Sein Blick flackerte. »Die Namen stehen verständlicherweise nicht in meinem Journal. Tut mir leid! Auf solche Sachen ist man ja nicht gerade stolz.«

»Wussten ihre Eltern von der Schwangerschaft?«

»Ich habe ihr versprochen, nichts zu verraten, doch als sie verschwand, wollten ihre Eltern sie vermisst melden. Zur Polizei gehen. Ich war gezwungen, ihnen … die Wahrheit zu sagen.«

»Wie haben sie reagiert?«, fragte Erik.

»Das können Sie sich doch wohl denken.«

»Wer war der Kindsvater?«, fragte Vidar.

Der Doktor begegnete Vidars Blick. »Darüber wollte sie nichts sagen.«

»Was glauben Sie, wer es war?«, fragte Vidar.

»Es steht mir nicht zu, irgendetwas zu glauben. Damals dachte ich an irgendeinen Schürzenjäger. Wer es wirklich war, habe ich aber nie herausgefunden.«

*

Das frenetische Klicken von drei IBM-Kugelkopfmaschinen klang wie ein Sperrfeuer, als Vidar und Erik durch die Tür der Redaktion der *Juvdalens Avis* blickten, die im ersten Stock eines alten Backsteingebäudes an der Hauptstraße lag. Die Schreibtische bogen sich unter Stapeln von Papier, wackeligen Bergen aus alten Zeitungen und halb vollen Plastikbechern mit Kaffee und Kippen.

Sie traten ein und blieben stehen. Drei Journalisten saßen konzentriert über ihren Schreibmaschinen. Hinter ihnen fiel die Tür ins Schloss.

Das Klicken verstummte, drei Köpfe wippten nach oben und blickten von den Blättern auf, die aus ihren Maschinen ragten. Thomas Holmen zuckte zusammen, als er Vidar und Erik erkannte. Er hatte eine qualmende Zigarette zwischen den Lippen und sah mit seinen langen, blonden Locken aus wie ein Rockmusiker.

»Oje, da seid ihr ja schon«, sagte Thomas. »Ich dachte, ihr wolltet erst in einer Stunde kommen.«

»Das letzte Verhör ging schneller, als wir dachten«, sagte Vidar.

Thomas schaltete die elektrische Schreibmaschine aus, stand auf und reichte ihnen die Hand. »Wie ungewöhnlich«, sagte er, »dass ich mal Fragen beantworten soll.« Er lachte kurz und nervös. »Kommen Sie, wir leihen uns dieses Büro hier aus.« Er führte sie in das Büro des Chefredakteurs und schloss die Tür. Drinnen roch es intensiv nach Zigarren. An der Wand hing ein gerahmtes Diplom der Norwegischen Journalistenschule.

»Danke, dass du dir die Zeit nimmst. Wir erhoffen uns ein paar wichtige Informationen von dir«, sagte Vidar.

»Stehe ich unter Verdacht?«

Vidar war sich nicht sicher, ob Holmen das ironisch meinte oder nicht.

»Sie kennen die Menschen hier im Ort«, sagte Erik Dypvik.

»Doch, schon, vielleicht«, räumte Thomas zögerlich ein. Er setzte sich auf die Ecke des schweren Schreibtisches und nahm einen kräftigen Zug von seiner Zigarette. Die Schreibmaschine des Chefredakteurs war ein altes, mechanisches Modell.

»Wissen Sie etwas, das uns helfen könnte, diese Morde aufzuklären?«

Thomas schluckte. »Hört sich an, als stünden Sie ziemlich im Nebel, wenn Sie solche Fragen stellen«, sagte er. »Wenn ich etwas wüsste, hätte ich es mit Sicherheit in der Zeitung gebracht. Aber leider: Ich habe wirklich keine Ahnung, diese Morde sind vollkommen – unerklärlich.«

»Wie gut kannten Sie Berit Borgersen?«, fragte Erik.

»Ziemlich gut.«

»Das heißt?«

»Ziemlich... gut«, wiederholte Thomas. Er sah die beiden Polizisten unsicher an. »Ich habe sie mal für eine Umfrage interviewt. Danach haben wir Kontakt gehalten. Hin und wieder. Sporadisch. Ich habe ihr bei ein paar Sachen geholfen, die sie hier in der Zeitung veröffentlicht hat. Sie schreibt nicht schlecht. Schrieb...«

»Eine etwas heikle Frage, aber sind dir jemals... Gerüchte über sie zu Ohren gekommen?«, fragte Vidar.

Überrascht registrierte er, dass Thomas rot wurde. »Gerüchte?«

»Wir dachten, ihr Journalisten wüsstet über so etwas Bescheid?«, sagte Erik.

Thomas nahm wieder einen tiefen Zug, wobei sich die Glut bedrohlich nah an seine Finger heranfraß. »Was für Gerüchte?« Er spuckte etwas Tabak aus, der sich auf seine Zunge geheftet hatte.

»Über Berit als Jugendliche.«

»Als Jugendliche?«

»Du antwortest so, als wüsstest du nicht, auf was ich hinauswill«, sagte Vidar.

»Ehrlich gesagt, nicht ganz.«

»Es kursierten Gerüchte, bevor und insbesondere nachdem Berit Borgersen 1963 Juvdal verlassen hatte.«

Thomas beugte sich über den Schreibtisch und drückte die Zigarette hart im Aschenbecher aus. »Davon weiß ich nichts. Aber ich war damals auch erst sieben Jahre alt.« Er wischte sich ein paar Tabakkrümel von der Lippe.

»Und wie sieht es mit Gerüchten nach ihrer Rückkehr aus?«, erkundigte sich Erik.

Thomas neigte den Kopf zur Seite. »Hat es Gerüchte gegeben?«

»Ich frage ja nur. Ihnen sind also keine solchen Gerüchte zu Ohren gekommen?«

Thomas schüttelte unsicher den Kopf. »Nein.«

»Aber sicher sind Sie sich nicht?«

»Ich frage mich eher, warum Sie das fragen?«

»Wir versuchen, uns ein Bild von ihr zu machen«, sagte Erik.

»Wir drucken in unserer Zeitung keinen Klatsch. Ich habe aber auch nie von solchen Gerüchten gehört. Ich glaube nicht, dass Berit so ein Mensch war. Sie ... nein, ach vergessen Sie's.«

Erik sagte: »Eine Frage, die wir allen stellen, mit denen wir reden: Wo waren Sie am Mittwochvormittag?«

»Als die Morde begangen wurden?« Thomas lächelte fahrig. »Ob ich ein Alibi habe, wollen Sie wissen?«

»Ja.«

»Muss ich darauf antworten?«

»Hast du einen Grund, nicht darauf zu antworten?«, fragte Vidar.

»Wenn ich nicht verdächtigt werde, brauche ich doch auch nicht zu antworten, oder?«

»Im Augenblick wirken Sie verdächtiger als jemals zuvor«, sagte Erik.

Thomas seufzte. »Ich war bei einer Frau. Mit einer Frau zusammen. Reicht das?«

»Mit wem?«

»Das ist es ja gerade. Eine Frau, mit der ich nicht zusammen sein durfte.«

»Verheiratet?«

Er nickte.

»Wir brauchen den Namen!«

»Ist das wirklich nötig? Ich hab doch mit den Morden nichts zu tun!«

»Bei wem warst du, Thomas?«, fragte Vidar.

»Nina Bryn«, antwortete er leise.

»Eine letzte Frage«, sagte Vidar. »Reine Neugier: Warum hat der Chefredakteur eigentlich eine alte Schreibmaschine und nicht so ein neumodisches Ding wie ihr da draußen?«

Thomas blickte auf die alte Commodore.

»Er behauptet, die hätte eine Seele.«

*

»O mein Gott«, sagte Nina Bryn entsetzt. Ihr Gesicht flammte auf. Sie presste die Hände an die Wangen und blickte durch ihre gespreizten Finger. »Woher …? Wer … hat …?«

»Stimmt das?«, fragte Erik.

»Hat Thomas das gesagt?«

»Wir mussten darauf bestehen«, sagte Vidar.

»Er hatte kein Alibi«, sagte Erik.

»Steht er unter Verdacht?« Sie senkte die Stimme: »Ja, wir haben ein Verhältnis!« Sie nickte in Richtung der Tür, hinter der ihr Ehemann Jon Wiik saß und auf sie wartete. »Muss er davon etwas erfahren?«

»Nicht zwingend«, sagte Vidar. »Wir haben nicht vor, es ihm zu sagen.«

Sie schloss die Augen.

»Sie bestätigen also, ein Verhältnis mit Thomas Holmen zu haben?«, fragte Erik.

»Ja, das sage ich doch.«

»Und am Mittwochvormittag mit ihm zusammen gewesen zu sein.«

Stille: »Ja. Er war hier. Bei mir.«

»Wann?«, fragte Vidar.

»Er kam, als Jon fuhr. So gegen halb neun.« Sie wurde wieder rot. »Und er ist so gegen elf Uhr wieder gegangen. Er hatte Spätdienst.«

»Mehr wollten wir nicht wissen«, sagte Erik.

»Das sollte ein Geheimnis sein. Unser Geheimnis.«

Weder Vidar noch Erik sagten etwas.

Vidar dachte: Was für ein Job, immer ins Privatleben der Menschen einzudringen und die dünnen Wände einzureißen, die sie um sich herum aufgebaut haben.

»Noch etwas… Gestern haben Sie angedeutet, dass Berit möglicherweise schwanger war, als sie nach Oslo ging«, sagte Vidar.

»Das war eine Vermutung, mehr nicht.«

»Sie war schwanger. Das haben wir inzwischen bestätigt bekommen.«

Nina sah sie lange an und nickte. »Hatte ich also doch recht. Wissen Sie, von wem?«

»Nein.«

»Arme Berit. Sie wollte es damals nicht einmal mir erzählen.«

»Sie haben noch immer keine Idee, wer sie damals missbraucht haben könnte?«

»Nein. Und nein, es war ganz sicher nicht Jon.«

Sie gingen ins Wohnzimmer. Auf dem Tisch stand Ninas halb volle Kaffeetasse. Jon rauchte. Er sah seine Frau besorgt an.

»Stimmt was nicht?«, fragte er.

»Nein, nein«, sagte Vidar. »Reine Routine.«

»Sie waren Berit Borgersens Lehrer?«, fragte Erik.

»Richtig. Ich habe hier an der Schule 1960 angefangen und Berit gut zwei Jahre unterrichtet. Bis sie nach Oslo ging. Ein aufgewecktes Mädchen.«

»Anziehend?«

»Ich weiß, worauf Sie hinauswollen, deshalb lassen Sie es mich gleich klipp und klar sagen: Ich ... hatte ... nie ... ein ... Verhältnis ... mit ... Berit. Oder mit einer meiner anderen Schülerinnen. Verstanden? Nie! So etwas widerspricht wirklich allen meinen Prinzipien! Ja, sie war ein anziehendes junges Mädchen. Reif für ihr Alter. Auch wenn ich damals selbst erst dreiundzwanzig war: Es wäre mir nie in den Sinn gekommen, ein Verhältnis mit einem vierzehnjährigen Mädchen einzugehen. Noch dazu mit einer Schülerin. Niemals!«

»Wissen Sie, warum Berit nach Oslo gegangen ist?«, fragte Erik.

»Keine Ahnung. Ich weiß, dass wir darüber geredet haben. Viele glaubten, sie habe dort jemand kennengelernt. Andere waren der Meinung, sie sei vor irgendetwas oder irgendwem hier weggelaufen. Ohne dass ich allerdings sagen könnte, vor was oder wem.«

»Sie war schwanger«, sagte Vidar.

Jon nahm einen tiefen Zug von seiner Zigarette und schnippte sie in den Aschenbecher. Dann begegnete er Vidars Blick: »Und jetzt fragen Sie sich, ob ich der Vater war?«

Vidar antwortete nicht.

»Ich wusste nicht, dass sie schwanger war. Und ich habe keine Ahnung, wer mit ihr zusammen gewesen sein könnte. Ich war es jedenfalls nicht.«

»Es kursieren da so einige Gerüchte«, sagte Vidar. »Zum einen, sie sei leichtfertig gewesen. Zum anderen, sie sei missbraucht worden.«

»Leichtfertig war sie nie. Das kann ich nicht bestätigen. Hingegen kann sie sehr wohl vergewaltigt worden sein. So etwas weiß man ja nicht, oder? Viele Mädchen behalten das für sich. Verschweigen es. Aber ich habe damit nichts zu tun. Obgleich ich nachvollziehen kann, dass ein solcher Gedanke naheliegt.«

»Mir ist da was in den Sinn gekommen«, sagte Nina zögernd. »Etwas, das ich gestern vergessen habe.«

»Ja?«, sagten Vidar und Erik wie aus einem Munde.

»Ach, wahrscheinlich ist das auch nur dummes Zeug.«

»Nur raus damit«, sagte Jon.

»Es geht um einen Vorfall vor einem Jahr«, sagte sie.

»Sagen Sie's«, bat Vidar.

»Aber Sie dürfen nicht lachen. Wir haben damals eine Séance abgehalten.«

»Eine Séance?«, sagte Erik. »Eine spiritistische Séance?«

»Wir hatten so ein Brett, ein Ouijabrett.«

»Was für ein Ding?« Vidar blickte von Nina zu Jon.

»Ein Hexenbrett«, erklärte Jon. »Ein Brett, auf dem sich aus einzelnen Buchstaben Worte bilden können, angeblich durch den Einfluss von Geistern.«

»Berit war mit dabei. Jon und ich auch. Und einige andere. Der Pastor, Bjørn-Tore, Pia. Thomas, der Journalist.«

»Das Brett hat eine Art Warnung formuliert«, sagte Jon.

»An wen?«

»Wenn wir das nur gewusst hätten«, sagte Jon. »Auf dem Brett entstanden Wörter wie Tod, Dunkel, Nebel. Und dann kam mit einem Mal die Warnung.«

»Mit welchem Wortlaut?«, fragte Erik.

»Geh weg«, sagte Nina. »Es war irgendwie die Rede vom Weggehen, Wegziehen. Das war ziemlich unheimlich.«

»Weggehen?«, wiederholte Erik fragend, während er etwas in seinem Spiralblock notierte. »Und warum?«

»Das ist schwer zu sagen«, antwortete Nina.

»Hat keiner verstanden, was das bedeutete? Und wem die Warnung galt?«, fragte Vidar.

»Wir haben damals doch gar nicht in eine solche Richtung gedacht«, sagte Jon.

»Das war doch bloß ein Gesellschaftsspiel«, sagte Nina. »Ein dummes Brettspiel.«

*

»Schwanger? Wer sagt denn so etwas!«, rief Inger Borgersen.

Sie standen im Flur ihres Hauses. Inger Borgersen trug eine karierte Schürze über Bluse und Rock.

»Wir hätten Ihnen das gerne erspart«, fuhr Vidar fort. »Aber es kann von großer Bedeutung für die Ermittlungen sein. Wir kommen direkt von Doktor Vang.«

»Er hat gesagt, dass es nie herauskommen würde, nie! Das hat er versprochen!«

»Es ist ein Mord passiert, Frau Borgersen. Da ist es nicht statthaft, der Polizei wichtige Informationen vorzuenthalten.«

»Sie wurde vergewaltigt! Was haben Sie in Berits Vergangenheit herumzukramen?«

»Vergewaltigt?«, fragte Vidar.

»Ja! Für was halten Sie sie denn?«

»Wurde die Vergewaltigung angezeigt?«

»Nein! Was sollte das denn bringen?«

»Wer kann es gewesen sein, der sie vergewaltigt...«, begann Erik.

»Sie haben kein Recht, in dieser alten Sache herumzuwühlen!«, fiel Inger Borgersen ihm ins Wort.

»Aber es ist wichtig«, entgegnete Vidar.

»Sie ist tot! Das alles ist so schrecklich lange her.«
»Fünfzehn Jahre sind keine lange Zeit«, sagte Erik.
»Hatte sie damals einen Freund?«, fragte Vidar.
»Hören Sie nicht, was ich sage? Sie war nicht so eine!«
»Frau Borgersen. Das kann für die Ermittlungen von essenzieller Bedeutung sein«, sagte Erik.
»Lassen Sie die Sache auf sich beruhen!«, wiederholte sie schrill. »Ziehen Sie das Gedenken an Berit nicht so in den Schmutz! Gehen Sie jetzt!« Tränen rannen ihr über die Wangen. »Ich will allein sein. Ich habe nichts mehr zu sagen. Gehen Sie. Bitte!«

Sie schwiegen, als sie wieder im Auto saßen. Erik fuhr. Vidar blickte gedankenverloren zum Wald, dachte an die Jagdausflüge, an denen er teilgenommen hatte, den Geschmack des über dem Feuer gekochten Kaffees und der Dauerwurst, den Geruch von Fichtenzweigen und frisch zerlegtem Elch.

Zehn Kilometer weiter nördlich, hinter dem Mårvatn-See, lag ein Moor, in dem die saftigsten Multebeeren wuchsen. Er dachte an die Multebeercreme seiner Mutter, die es immer zu Weihnachten gab.

*

»Schwanger? Berit? 1963?«
Bjørn-Tore Borgersen sah sie überrascht an.
Sie nickten.
»Das kann doch nicht wahr sein!«
»Wir haben die Information von Doktor Vang«, sagte Vidar.
»Sie war schwanger«, wiederholte Erik.
»Doktor Vang?« Bjørn-Tore Borgersen schüttelte ungläubig den Kopf. »Deshalb ist sie also verschwunden. Schwanger!?«
»Wir versuchen herauszufinden, wer der Vater war«, sagte Erik.

»Der Vater! Tja, wer kann das gewesen sein?«

»Hatte sie einen Freund?«, fragte Vidar. »Es gibt Andeutungen, dass sie vergewaltigt wurde. Aber sollte sie einen heimlichen Geliebten gehabt haben, würde das natürlich einiges erklären. Unter anderem auch, warum die Vergewaltigung nicht angezeigt wurde.«

»Darüber weiß ich nichts.«

»Kann sich jemand an ihr vergangen haben?«

»Vergan...« Er brachte das Wort nicht heraus. »Wer sollte denn so etwas Grausames tun? Sie war doch noch ein kleines Mädchen.«

»Irgendjemand hat sie auf jeden Fall geschwängert!«, sagte Vidar.

Bjørn-Tores Gesicht nahm einen Ausdruck an, als sähe er die Situation gerade vor sich. »Ich kann nur Vermutungen anstellen. Ein Schulkamerad? Einer aus dem Kirchenchor? Der Dirigent? Ich weiß noch, wie sie von diesem Chorleiter geschwärmt hat. Aber dass er sich an ihr vergangen hat, kann ich mir nicht vorstellen. Ein Lehrer? Jon Wiik war damals ihr Lehrer. Aber allein der Gedanke daran, dass Jon so etwas getan haben soll, ist komplett absurd. Ich habe wirklich keine Ahnung. Mein Gott, war sie wirklich schwanger?«

*

»Jon Wiik!«

Birger Borgersen stand im Overall draußen im Garten und ließ Paraffin aus der alten, rostigen BP-Tonne in einen Plastikkanister laufen.

»Warum sagen Sie das?«, fragte Vidar.

»Weil Sie gefragt haben, verdammt noch mal!«

»Aber warum gerade er?«

»Hatte den Typen immer unter Verdacht!«

»Warum?«

Der Plastikkanister lief über, und Birger schraubte mit wütenden Bewegungen den roten Deckel zu.

»Hab mir eben mein Teil gedacht«, sagte er schließlich. Er rieb das Paraffin an seinen Kleidern ab. Sein Blick war stechend. »Ist das so schwer zu verstehen? Die Schulmädchen haben alle für ihn geschwärmt! Junger, gut aussehender Lehrer. Glaubt ihr wirklich, dass er es geschafft hat, nicht vom Kuchen zu naschen?«

Er hob den Kanister an, blieb aber stehen und sah sie fragend an, als wartete er auf eine Genehmigung, mit seiner Arbeit weiterzumachen.

»Sie verdächtigen Jon Wiik, seine Schülerinnen missbraucht zu haben?«, fragte Vidar.

»Nennen Sie es, wie Sie wollen!«

»Wenn sie minderjährig sind, ist das juristisch gesehen eine Straftat«, sagte Erik.

»Hab noch nie mit einem geilen Schulmädchen über Jura diskutiert!«

»Aber Sie beschuldigen ...«

»Ich beschuldige niemand! Ihr stellt Fragen! Ich antworte! Sage, was ich glaube. Und ich glaube, dass es Jon Wiik gewesen sein kann. Ich habe keinen Beweis. Ich vermute nur, okay?«

»Gestern«, sagte Vidar, »haben Sie angedeutet, dass Berit ein Verhältnis mit dem Pastor gehabt haben könnte.«

»Würde mich nicht wundern.«

»Er hat das geleugnet.«

»Ach, was Sie nicht sagen! Überrascht Sie das?«

»Es hat auch sonst niemand bestätigt, dass so ein Verhalten zu Berit gepasst hätte.«

Er zuckte gleichgültig mit den Schultern. »Ich habe noch im Stall zu tun ...«, sagte er dann.

*

Die Besprechung hatte bereits begonnen, als Vidar und Erik in den Besprechungsraum kamen. Sie nahmen ganz hinten Platz. Klock stand in der Mitte des Zimmers und wippte auf den Füßen.

»Wie sieht es mit dem Einbruch am Tatort aus, Hebbevik?«, fragte er.

»Ich weiß nicht, ob wir rein technisch von einem Einbruch sprechen können«, sagte Hebbevik. »Der Metallfaden des Siegels war zwar zerrissen, aber die Tür ist nicht aufgebrochen worden.«

»Der Täter muss also einen Schlüssel gehabt haben«, folgerte Klock.

»Sieht so aus«, bestätigte Hebbevik, »Schlüssel oder Dietrich. Ohne das Siegel wäre uns das mit Sicherheit nicht aufgefallen.«

»Außer dem Tagebuch hat nichts gefehlt?«

»Nicht dass wir wüssten. Aber der Einbrecher kann natürlich etwas entfernt haben, von dem wir keine Kenntnis haben. Oder etwas aus der ersten Etage. Aber das Tagebuch ist definitiv verschwunden. Ich hätte es gleich sichern sollen, es ist mein Fehler, aber ich pflege die Tatorte nach einer festen, systematischen Methode durchzugehen.«

»Machen Sie sich keine Vorwürfe. Gibt es in den Verhören irgendwelche Hinweise darauf, dass Berit einen Geliebten gehabt hat?«, fragte Klock.

»Nichts«, sagte Vidar. »Alle beschreiben sie als sehr tugendhaft. Abgesehen von einer Andeutung ihres Bruders Birger. Aber wir sind auf eine skurrile Information gestoßen.«

Klock sah ihn neugierig an.

Vidar schien verschüchtert. »Also. Vor einem Jahr wurde eine Séance abgehalten. Eine spiritistische Sitzung. Berit Borgersen war dabei.«

Vereinzeltes Lachen und Flüstern.

»Laut Aussage einiger Teilnehmer gab es dabei eine Warnung«, fuhr Vidar fort. »Ein sogenanntes Ouijabrett, ein Hexenbrett, hat Worte geformt, denen zu entnehmen war, dass jemand in Gefahr war und wegziehen sollte.«

Es war vollkommen still.

»Ah ja«, sagte Klock zögernd.

»Wir haben die Teilnehmerliste«, sagte Erik. Er wirkte verärgert. »Nicht dass wir daran glauben. Aber da es eine Art Drohung gegeben hat, könnte es interessant sein, sich das noch mal... näher anzusehen.«

»Natürlich«, sagte Klock.

Einige der Kripobeamten versuchten, ihr Lächeln zu unterdrücken.

»Noch etwas Interessantes«, sagte Vidar. »Ich habe mit Sigurd Slettevold gesprochen, dem Nachbarn von Berit und Rolf. Er war nicht zu Hause, als Egaas und Co. ihre Runde gemacht haben. Sigurd sagte, er hätte Birger auf dem Weg zum Haus gesehen. Unmittelbar bevor er die Leichen gefunden und uns informiert hat.«

»Ach ja?«, sagte Klock. »Aber wir wissen doch bereits, dass Birger tatsächlich dort war, schließlich war er es, der angerufen und uns über die Morde informiert hat.«

»Das Interessante an seiner Beobachtung ist«, sagte Vidar, »dass Birger Slettevold ebenfalls gesehen hat.«

»Ja und?«

»Ihm war also klar, dass er beobachtet worden war.«

»Ja und?«, fragte Klock noch einmal.

»Das muss nicht unbedingt etwas heißen. Doch falls Birger etwas mit den Morden zu tun haben sollte, könnte es doch theoretisch sein, dass er uns nur angerufen und informiert hat, weil er wusste, dass er gesehen worden war?«

»Sie halten Birger für den Mörder?«, fragte Klock.

»Hinter seinem Namen stehen bislang auf jeden Fall die meisten Fragezeichen.« Vidar schüttelte den Kopf. »Vielleicht hatte er etwas am Tatort vergessen. Und die Tatsache, dass er bei der Rückkehr gesehen worden ist, könnte erklären, warum er die Polizei gerufen hat. Was er ursprünglich vielleicht gar nicht vorgehabt hatte.«

»Ziemlich viel Wenn und Aber«, sagte Klock.

»Es gibt noch eine Theorie«, ergänzte Erik Dypvik.

»Bitte«, sagte Klock.

»Was, wenn Rolf Berit getötet hat?«

»Rolf?«

»Was, wenn er herausgefunden hat, dass sie einen Liebhaber hatte? Vielleicht hat er Berits Tagebuch gelesen und sie in wilder Eifersucht erwürgt. Eine klassische Situation.«

»Verstehe«, sagte Vidar.

»Ich leider nicht«, sagte Klock.

»Rolf erwürgt seine Frau. Zufällig kommt ihr Geliebter hinzu. Vielleicht ist er ein Freund des Hauses. Vielleicht war er bereits im Haus und hatte sich nur versteckt. In Wut oder aus Furcht greift er nach einer Waffe, der Axt, und geht auf Rolf los. Da steht die kleine Siv plötzlich in der Tür, er gerät in Panik und versucht, auch sie zu töten.«

»Zwei Mörder«, sagte Klock zögernd. »Und der eine macht dem anderen den Garaus.«

»Faszinierende Theorie«, sagte Erik.

»Für mich klingt das ein bisschen zu sehr nach Agatha Christie«, warf Hebbevik ein.

»Wir sollten diese Theorie nicht so ohne Weiteres verwerfen«, sagte Klock, »dürfen uns aber auch nicht darauf versteifen. Vidar, Sie kennen die Leute hier am besten, sehen Sie irgendeine Verbindung zwischen potenziellen Verdächtigen und Berits Schwangerschaft?«

»Vorläufig nicht. Ich habe keine Vorstellung, wer für diese

Schwangerschaft verantwortlich sein könnte. Entweder muss es ein mehr oder weniger gleichaltriger Freund gewesen sein oder ein Erwachsener, der sie missbraucht hat. Olav Fjellstad war erst zwölf, als Berit schwanger wurde, Thomas Holmen sieben. Wir müssen noch einige ihrer damaligen Lehrer verhören. Ihre Freunde, den Chorleiter.«

»Tja«, sagte Klock. »Sieht so aus, als könnten wir nicht sagen, ob wir das Mordmotiv in der Vergangenheit oder in der Gegenwart suchen müssen.«

»Oder in beiden«, ergänzte Erik Dypvik.

»Etwas, das seinen Ausgangspunkt in der Vergangenheit hat«, ergänzte Vidar, »und in einem Mord fünfzehn Jahre später gipfelt.«

»Was trägt man so lange mit sich herum?«, fragte Klock.

»Eifersucht?«, schlug Vidar vor. »Wut? Trauer?«

»Er wurde betrogen«, sagte Erik.

»Vielleicht hat er versucht, das Verhältnis wiederaufzunehmen, wurde von ihr aber abgewiesen?«, sagte Hebbevik.

Klock nickte. »Wir werden all diese Möglichkeiten im Blick behalten müssen.«

*

Als die Kollegen nach der Besprechung in Grüppchen weiterdiskutierten, nahm Vidar Klock beiseite.

»Es gibt etwas, das ich gerne mit Ihnen besprechen würde. Unter vier Augen.«

»Ach ja?«, sagte Klock streng, abwartend.

»Es geht um Berit und diese Vergewaltigung 1962.«

Kalt: »Ja?«

»Wurden da jemals Ermittlungen aufgenommen?«

»Die Vergewaltigung wurde nie angezeigt.«

»Aber als Berits Eltern bei Ihnen waren ...«

»Da baten sie darum, die Sache unter Verschluss zu halten. Sie wollten jedes Aufsehen vermeiden. Sie wissen, wie das ist.«

»Hätten wir in dieser Sache nicht trotzdem ermitteln müssen? Bei einer derart ernsten Anklage?«

Klocks Miene verfinsterte sich. »Keine Anzeige. Ein Opfer, das nicht zur Zusammenarbeit bereit ist. Eltern, die uns bitten, uns da rauszuhalten.«

»Trotzdem.«

»Lieber Vidar, Sie dürfen nicht vergessen, wo Sie sich befinden. Sie sind Teil eines eng umrissenen Milieus. Einer Dorfgemeinschaft. Das ist hier nicht Oslo. Nicht Kristiansand, nicht einmal Skien. Das ist Juvdal. Wir dienen unserer Gemeinde. Und jede Gemeinde hat ihre Geheimnisse. Wir machen die Arbeit hier auf unsere Weise. Auch wenn man streng nach Vorschrift vielleicht anders hätte vorgehen müssen. Wir können nicht mit Sicherheit sagen, ob Berit 1962 wirklich vergewaltigt wurde. Oder ob sie einen heimlichen Geliebten hatte. Weder sie noch ihre Eltern wollten, dass diesbezüglich Nachforschungen angestellt wurden. Das haben wir zu respektieren!«

»Auch wenn das heißt, dass ein Vergewaltiger weiter frei herumläuft?«

Klock sah Vidar lange an. Dann nickte er langsam. »So ist es.«

»Und was, wenn die Vergewaltigung den Mord erklären kann?«

Vidar sah, wie Klock die Zähne zusammenbiss. »Lassen Sie die Vergewaltigung ruhen«, sagte er leise, eindringlich. »Die Morde sind so schon schlimm genug. Lassen Sie uns nicht alles noch schlimmer machen.«

*

Später las ich in der Zeitung, dass sie von einer Axt am Kopf getroffen wurde. Aber daran erinnere ich mich nicht.

FREITAG (I)

Das Tagebuch
FREITAG, 10. JANUAR 2003

I
Zu Hause bei Inger Borgersen, Freitagmorgen

»Guten Morgen, Frau Borgersen.«

Es fiel Schnee. Schwer, dicht, nass. Aschegraue Wolken hatten sich über Juvdal zusammengezogen. Gunnar trat an den Schieferstufen den Schnee von den Stiefeln, ehe er Inger Borgersens Blick hinter dem Türspalt begegnete. Ihre Haut war bleich, die Augen stumpf. Sie war zerbrechlich, wie eine Puppe aus Porzellan. Er war sich nicht sicher, ob sie überhaupt geschlafen oder sich umgezogen hatte. Er sah sie vor sich, wie sie die kalten Stunden der Nacht durchwachte.

Sie löste die Sicherheitskette, öffnete die Tür und ließ ihn herein. Es war kühl in der Diele. Der Stecker eines alten Heizstrahlers lag auf dem Boden unter der Steckdose. Er hängte seinen Mantel auf, klopfte sich den Schnee von der Hose und blieb vor ihr stehen. Die muffige Luft ließ ihn innerlich schaudern. Er wusste nicht, was er sagen oder fragen sollte. Ein ungewohntes Gefühl.

»Danke, dass Sie gekommen sind«, flüsterte sie leise. Mit einem tiefen Seufzer oder einem Schluchzer, da war er sich nicht so sicher, ging sie vor ihm ins Wohnzimmer. In den Ecken der Fensterscheiben waren Eisblumen.

»Wie geht es Ihnen?«, fragte er.

»Muss ja.« Sie nickte langsam. Als wäre das eine Antwort.

Auf dem Ohrensessel lag Strickzeug. Auf dem Wohnzimmertisch aus Teak die Bibel. In einem geflochtenen Korb eine Stickerei. Die Uhr war stehen geblieben. Als wäre der Raum in der Vergangenheit eingefroren, dachte Gunnar.

Sie zeigte zum Sofa. Er setzte sich, während sie auf einen Stuhl sank.

»Wie viel kann ein Mensch eigentlich ertragen?«, sagte sie.

Gunnar sah vor sich hin. Die Frage war nicht an ihn gerichtet, sondern an Gott.

»Mein Beileid«, sagte er, um die Stille zu füllen.

»Erst Berit und jetzt Birger.«

Ihre Blicke begegneten sich. Der Journalist in ihm wollte fragen, ob sie einen Zusammenhang zwischen den Morden sah. Aber selbstverständlich fragte er nicht danach.

»Grausam«, sagte sie.

»Hoffen wir, dass die Polizei die Sache bald aufklärt.«

»Die Polizei!« Sie spuckte das Wort aus.

»Sie tut, was sie kann.«

»Sie war keine große Hilfe, als Berit und Rolf gestorben sind.«

»Ich weiß.«

»Berit. Birger. Wie viel Kummer muss eine Mutter ertragen?«

»Das ist zu viel.«

»Ich habe Gott gefragt.« Sie schaute mit aufgerissenen Augen an die Decke.

»Was ist mit dem Pastor?«, fragte Gunnar. »Kann er Ihnen nicht vielleicht…«

»Der!«, fiel sie ihm ins Wort. »Fjellstad? Dieser Mann? Hören Sie mir mal gut zu, Gunnar Borg! Ich bin seit meiner Kindheit jeden Sonntag in die Kirche gegangen. Unter unserem Probst Diderichsen war ich eine gottesfürchtige Kirchgängerin. Ebenso unter Pfarrer Wilhelmsen und Aslaksen. Probst Byhring. Und unserem guten Gemeindepfarrer Olaussen, den ich ungeheuer geschätzt habe. Aber seit dieser Fjellstad mit seinen langen Haaren und der Rockmusik und seinem ketzerischen Glauben hier ist, habe ich keinen Fuß mehr in die Kirche gesetzt. Er ist der Kirche von Juvdal nicht würdig. Ich habe meine eigenen Andachten gehalten. Mithilfe des Radios. Und der Bibel. Aber der – niemals!«

»Und zur Polizei haben Sie auch kein Vertrauen, Frau Borgersen?«

»Was hat dieser Klock denn je für mich getan? Er hat meine ganze Familie verdächtigt und Tratsch und Lügen verbreitet. Über Berit, über uns alle.«

Stille.

»Haben Sie Berits Tagebuch, Frau Borgersen?«, fragte Gunnar.

Sie hielt seinem Blick stand. Mit gichtgeplagter Trägheit erhob sie sich und schlurfte ins Esszimmer. Er folgte ihr abwartend.

Mit einem Schlüssel, den sie in der Schürzentasche bei sich trug, schloss sie einen alten Bauernschrank auf, zog eine Schublade auf, entfernte einen doppelten Boden und nahm ein rotes, stoffgebundenes Buch heraus. Das reichte sie Gunnar.

»Berits«, sagte sie.

Das Tagebuch! Berits Tagebuch! Die Mutter hatte es all die Jahre versteckt.

Er sah es an. Schlug es auf. Blätterte darin.

»Wie sind Sie an das Tagebuch gekommen, Frau Borgersen?«

»Ich habe es geholt. Bei Berit. Am Tag nach ihrem Tod.«

»Das Haus war versiegelt. Ein Tatort. Von der Polizei bewacht.«

»Es lag auf dem Wohnzimmertisch. Ich habe mit einem Schlüssel aufgeschlossen und es geholt, als die Polizisten mal weg waren.«

»Die Polizei hat überall danach gesucht!«

Ihre Augen verengten sich.

»Wieso haben Sie es genommen?«, fragte Gunnar.

»Um meiner Familie zu ersparen ... was die Polizei damit gemacht hätte.«

Er runzelte die Stirn.

»Sie wissen ebenso gut wie ich, was dann geschehen wäre. Die Polizisten hätten es gelesen, und die Presse wäre darüber hergefallen. Alles wäre ans Licht gekommen.«

»Alles, Frau Borgersen?«

»Und ich habe das Schlimmste von meinem guten Ove geglaubt. Wie konnte ich ...«

»Von Ove?«

Ihre Stimme war zerbrechlich wie dünnes Eis. »Ove, mein Mann. Ich habe geglaubt ...« Sie schluchzte und versuchte, sich zu sammeln. »Ich habe Berit einen besseren Nachruf gegönnt. Ich wollte nicht, dass die Polizei und die Zeitungen in ihren privatesten Gedanken herumwühlten. Sie besudelten. Darum habe ich das Tagebuch genommen. Berit war ein gutes Mädchen!«

»Haben Sie es gelesen?«

Sie nickte.

»Steht dort etwas ..., das ...«

Ihre Augen liefen über. »Das habe ich geglaubt. Bis gestern. Ich dachte ...« Sie hielt inne und gab sich alle Mühe, ihre Stimme und Gefühle wieder unter Kontrolle zu bringen. Zuerst schluchzte sie nur leise, dann brach sie in Tränen aus.

Gunnar legte ihr einen Arm um die Schulter und führte sie zum Sofa, wo sie sich neben ihn setzte und ihren Kopf an seine Brust legte. Er sagte nichts, hielt sie einfach nur fest. Ihm traten ebenfalls Tränen in die Augen. Er sah sich in der fremden Stube um und wartete geduldig, bis die Schluchzer der schmächtigen Frau allmählich verebbten. Sie richtete sich auf und trocknete ihre Augen und die Nase mit einem umstickten Taschentuch.

»All die Jahre habe ich geglaubt, sie hätte über Ove geschrieben. Berit hätte über ihren Vater geschrieben. Ove hätte sie missbraucht.«

»Der eigene Vater?«

»In letzter Zeit steht so viel über Inzest in den Zeitungen, aber damals wurde über so etwas noch nicht geredet…« Sie schloss die Augen, schluchzte leise. »Als ich das Tagebuch las, glaubte ich, dass ihr Vater sie in andere Umstände gebracht hatte. Das durfte die Polizei doch nicht erfahren! Ich konnte doch nicht zulassen, dass jemand solche Schande über meine Familie brachte!«

»Nein, das verstehe ich«, murmelte Gunnar.

»Aber ich habe mich geirrt! Gestern, als Birger umgebracht wurde, wurde mir klar, dass ich Ove unrecht getan habe. All die Jahre. Kann so etwas je vergeben werden?«

Er drückte ihre Hand.

Sie sah ihn sanft an. »Birger war ein guter Junge. Er liebte seine Schwester. Und Anita. Arme Anita. Was wird nun aus ihr werden? Schwache Nerven hat sie. Werfen Sie nur mal einen Blick in ihren Medizinschrank! Sie war von Birger abhängig. Ohne Birger wäre sie nicht einen Tag zurechtgekommen.«

Gunnar sagte nichts.

»Ich fürchte um Berits Seele«, sagte Inger Borgersen unvermittelt.

Gunnar schüttelte fragend den Kopf.

»Sie hatte ein Verhältnis mit einem Mann. Als sie schon mit Rolf verheiratet war. Sie schreibt über ihn in ihrem Tagebuch.«

»Wer war es?«

»Ich schicke ihm Briefe. Zweimal im Jahr. Damit er Berit niemals vergisst. Falls er es war...«

»Wer ist es?«

»Das werden Sie sehen, wenn Sie das Tagebuch lesen.«

»Darf ich es mitnehmen?«

»Sie sind ein guter Mann, Gunnar Borg.«

Gunnar wusste nicht, was er darauf antworten sollte.

»Nehmen Sie es.« Sie schaute zu dem Tagebuch. »Wenn jemand eine Lösung findet, dann Sie. Jetzt, wo ich sicher sein kann, dass mein Ove frei von jedem Verdacht ist, bin ich froh, es anderen zu überlassen, die was damit anfangen können.«

Er sah das Buch an. »Danke für Ihr Vertrauen.«

»Sie sind ein guter Mann, Gunnar Borg. Ein guter Mann.«

2
Juvdal, Gjæstegaard, Freitagvormittag

»Du hast das *Tagebuch*?«

Kristin stand in der Tür, im Bademantel und mit einem Handtuch um die Haare, und starrte Gunnar an. Er sah aus wie ein Schneemann. Sie wie aus einer Shampoo-Reklame.

»Das Tagebuch, meine liebe Kristin!« Gunnar hielt es triumphierend in die Luft. »Berit Borgersens vermisstes Tagebuch!«

»Du bist unglaublich!« Sie lachte begeistert.

»Und weißt du, wo es war?«

»Bei Inger Borgersen?«

»Die ganzen Jahre. Bei Berits Mutter!«

Kristin trat zur Seite und ließ Gunnar herein.

»Hast du schon darin gelesen?«

»Ich bin auf direktem Weg zu dir gekommen, mein Mädchen.«

Er zwinkerte. Sie streckte ihm die Zunge raus.

Gunnar setzte sich auf ihr Bett. Die Sprungfedern knarrten. Seine Kleider waren tropfnass.

»Sie hat die ganze Zeit geglaubt, ihr Mann Ove, Berits Vater, hätte seine Tochter missbraucht. Darum hat sie das Tagebuch entwendet. Sie wollte nicht, dass das rauskam.«

»Dass der Vater seine eigene Tochter geschwängert hat?«

»Das hat sie befürchtet. Aber als Birger nun ermordet wurde, war ihr plötzlich klar, dass das nicht stimmte.«

»Warum nicht?«

»Das musst du Inger Borgersen fragen. Sie hat da offensichtlich eine ganz eigene Logik.«

»Aber Anita hat doch ihren Mann umgebracht!«

»Das glaubt Inger nicht.«

»Das glaubt sie nicht? Wir haben es doch mit eigenen Augen gesehen!«

»Wir beide wissen das. Aber sie hat es nicht mit ihren Augen gesehen. Darum glaubt sie, was sie für richtig hält.«

Kristin setzte sich neben Gunnar auf die Bettkante. Die Federn knarrten wieder.

»Lesen wir?«, fragte Kristin.

Gunnar schlug das Tagebuch auf. Ohne sich dessen bewusst zu sein, massierte er die Zyste im Nacken.

3
Juvdal, Gjæstegaard, Freitagvormittag

Victoria schlief tief und traumlos bis halb zehn.

Erfreulicherweise war die Migräne nur noch ein schwaches Grummeln im hintersten Winkel ihres Gehirns.

Sie stand auf und lief auf nackten Füßen ins Bad. Der Boden

war eiskalt. Danach schlüpfte sie schnell wieder unter die warme Decke.

Sie ließ die Gedanken schweifen. Sie war es gewohnt, ungewöhnliche Dinge zu erleben. Aber so etwas? Das war alles derart intensiv. Ihre Sinne waren so sensibel, wie auf höchste Empfangsstufe gestellt.

Sie dachte an die reizende Kristin Bye. Und an den sturen Bock Gunnar Borg. Was für ein charmanter Querkopf, dachte sie schmunzelnd. Ein Herr der alten Schule. Störrisch und streitsüchtig, aber auf eine liebenswerte Art, die zeigte, dass er gern provozierte. Aber irgendetwas überschattete seine Aura, quälte ihn. Sie konnte nicht genau sagen, was es war. Aber es machte ihm Angst. War er vielleicht krank?

Sie sah auf die Uhr. Viertel vor zehn. Sie hatte noch bis eins Zeit. Dann sollte sie zu der Séance interviewt werden. Obwohl – nach dem Mord an Birger waren wahrscheinlich alle Pläne über den Haufen geworfen worden. Sie würde bei Kristin oder der jungen Produktionsleiterin nachfragen. Wie hieß sie noch gleich? Linda.

Wieder begannen ihre Gedanken um die Frage zu kreisen, wer versuchte, Kontakt mit ihr aufzunehmen.

Berit? Es sprach alles dafür, dass es Berit war.

Mit wem kann ich mich über Berit unterhalten?, dachte sie. Mit ihrer Mutter? Nein… Vielleicht mit jemandem, der sie kannte. Aus der Schule? Ich muss möglichst viel über sie herausfinden. Wo findet man das Gedächtnis eines Ortes?

Beim Pastor?

Sie setzte sich im Bett auf.

Das Gedächtnis eines Ortes…

Natürlich! Die Lokalzeitung!

4
Juvdal, Stabkirche, Freitagvormittag

So eine arme, bedauernswerte Frau, dachte Olav Fjellstad.

Er hatte die lange kalte Nacht zusammen mit Anita Borgersen in der Sakristei der Stabkirche verbracht. Jetzt saß er übernächtigt und benommen hinter seinem Schreibtisch und betrachtete sie. Seit ein paar Stunden lag sie auf dem Sofa und schlief.

Sie hatten bis tief in die Nacht geredet. Irgendwann hatte er Decken geholt, in die sie sich einwickeln konnten, und Kerzen angezündet, die immer noch leise flackerten. Stundenlang hatten sie geredet. Es war nur so aus ihr herausgeströmt – unzusammenhängend, verwirrt, verrückt.

Am Ende hatte sie ihm anvertraut, dass sie sich das Leben nehmen wollte.

Als es dämmerte, hatte er ihr das Sofa zurechtgemacht und sie mit einer Decke zugedeckt. Eine halbe Stunde später war er ebenfalls auf dem Stuhl eingenickt, aber es war nur ein leichter Schlaf gewesen, voller grausamer Träume und viel zu kurz. Olav Fjellstad seufzte tief und lange. Eigentlich müsste er sich um die Sonntagspredigt kümmern – das Evangelium nach Matthäus, von Jesu Taufe. Frustriert malte er kleine Kringel aufs Papier, wo er über die Gabe der Taufe hätte schreiben sollen. Er blickte zu Anita. Arme Frau.

Eigentlich müsste er die Polizei verständigen. Aber das brachte er nicht über sich. Anita Borgersen hatte die Kirche und ihn aufgesucht, im Vertrauen. Er konnte seine Schweigepflicht nicht brechen. Nicht, nachdem sie Hilfe und Seelsorge bei ihm erbeten hatte. Man musste die Kirche, seinen Gott und Pastor in der Gewissheit aufsuchen können, hinterher nicht angezeigt zu werden.

Dennoch... er sah Anita an und malte weiter Kringel aufs Papier; die immer kleiner wurden, als suchten sie ihren inneren Kern.

5
Juvdalens Avis, Freitagvormittag

Das achtköpfige *VG*-Team hatte das größte Sitzungszimmer in der Zeitungsredaktion bekommen. *Dagbladet* und *Aftenposten* teilten sich einen der kleineren Räume, während man *TV 2* ein Büro zur Verfügung gestellt hatte, in dem das Team die Nachrichtenbeiträge direkt bearbeiten konnte, ohne vom Lärm in der Redaktion gestört zu werden. Thomas Holmen fand es selbstverständlich, den Kollegen zu helfen. Und – er musste es sich eingestehen – ihm gefiel die lebhafte Atmosphäre, die die Osloer Kollegen in das Zeitungshaus brachten. Die unterschiedlichsten Handy-Klingeltöne, das Gewusel, das Fluchen und Rufen. Die Journalisten aus der Hauptstadt fuhren ein anderes Tempo. Ständig passierte was. Jedenfalls sah es so aus. Aber jedes Mal, wenn er sich in den hektischen Trubel mischte, bekam er zur Antwort, dass sich nichts getan hätte.

Thomas bat die Teams aus Oslo nacheinander in sein Büro und gab ihnen einen kurzen Überblick über Juvdal, wen es zu interviewen lohnte, wer Birger kannte und wer damals mit dem Doppelmord befasst war. Als *VG* und *TV 2* spitzkriegten, dass Thomas selbst 1978 den Juvdal-Fall als Journalist begleitet hatte, machten sie sofort ein Interview mit ihm.

Hier im Ort waren sie es gewohnt, über Alltägliches zu berichten. Konflikte in der Gemeinde. Jagd und Fischerei. Schule und Freizeit. Alles, wozu die Einwohner und Leser eine Beziehung hatten. Die Journalisten aus Oslo lebten in ihrem eigenen Universum.

Sie versuchten rauszukriegen, ob der Mord an Birger in irgendeiner Weise mit dem Doppelmord zusammenhing. Aber noch neugieriger waren sie auf Anita Borgersen. Wo steckte sie? Was war sie für eine Frau? Und warum hatte sie ihren Mann getötet? *VG* hatte einige Kinderbilder von ihr aufgestöbert, die eventuell in der Samstagausgabe gedruckt werden sollten. Die Zentralredaktion des *Dagbladet* hatte sein Team aufgefordert, an den Stellen zu suchen, »an die die Polizei nicht denkt«, was dazu führte, dass der Journalist und der Fotograf in der einzigen düsteren Kneipe des Ortes landeten, Juvdal Pub & Pizza, wo sie geduldig darauf warteten, sie nicht zu finden.

6

Zu Hause bei Polizeiobermeister a.D. Gerhard Klock,
Freitagvormittag

Gerhard Klock hatte die ganze Nacht wach gelegen. In der Dunkelheit hatte er mehrere Theorien durchgespielt. Laika lag wie gewohnt neben ihm im Doppelbett. Ihre Wärme, der gleichmäßige Atem, das Gefühl, nicht alleine zu sein, beruhigten ihn. Möglicherweise war er zwischendurch mal eingenickt, aber gemerkt hatte er davon nichts. Weil er die ganze Zeit über das Mysterium nachgegrübelt hatte. Gegen Morgen hatte sich dann eine neue Theorie herausgeschält: War es möglich, dass Anita Birger umgebracht hatte, um den Doppelmord zu rächen? Hatte Birger vor fünfundzwanzig Jahren seine Schwester und seinen Schwager ermordet? Und hatte Anita das jetzt – wie auch immer – herausgefunden?

Er war aufgestanden und hatte Kaffee aufgesetzt. Laika trottete hinter ihm her. War sie heute ein wenig frischer, oder kam ihm das nur so vor?

Was, wenn Rolf und Anita ein Verhältnis hatten, hinter das Birger gekommen war? Mit Birgers Temperament war nicht zu spaßen. Je länger er über diese Möglichkeit nachdachte, desto wahrscheinlicher erschien sie ihm. Wenn Rolf und Anita ein Verhältnis hatten und Birger dahintergekommen war, dann war durchaus denkbar, dass er seinen Rivalen aufgesucht hatte, um ihn sich vorzuknöpfen. Vielleicht hatte Berit ihn dabei überrascht, und um den Mord am Liebhaber seiner Frau zu vertuschen, musste Birger Borgersen seine eigene Schwester umbringen!

Klock setzte sich an den Küchentisch, sah in das Schneetreiben hinaus und schüttelte sich. Er nahm einen Schluck Kaffee. Gab Laika ein Zuckerstückchen.

»Kann man ein so grausames Geheimnis fünfundzwanzig Jahre vor seiner Frau verborgen halten?«, fragte er. Laika schüttelte den Kopf und bettelte um ein weiteres Zuckerstück. »Und wieso hat Anita es erst jetzt herausgefunden?«

Laika streckte die Pfote vor. Er warf ihr ein Zuckerstück zu, das sie im Flug aufzuschnappen versuchte.

Oder –! Klock setzte sich aufrecht hin.

Berit hatte doch einen heimlichen Geliebten!

War sie womöglich von ihrem eigenen Ehemann erdrosselt worden?

Und Birger – oder Berits Liebhaber – hatte ihn auf frischer Tat erwischt und ihn im Affekt erschlagen?

Hatten sie diese Theorie jemals in Betracht gezogen? Dass es nicht nur einen, sondern zwei Mörder gab? Das musste überprüft werden!

Er stand mühsam auf und schlurfte zum Telefon, um Vidar anzurufen. Laika folgte ihm schwanzwedelnd.

7
Juvdal, Zahnarztpraxis, Freitagvormittag

Wie mein Leben wohl verlaufen wäre, wenn ich Jon verlassen hätte, um mit Thomas zusammenzuleben?

Es war nicht das erste Mal, dass Nina Bryn dieser Gedanke kam. Im Frühjahr 1978 war sie so verliebt gewesen, dass sie Jon auf der Stelle verlassen hätte, wenn Thomas sie darum gebeten hätte. Aber das hatte er nie getan. Und es war auch besser so.

Sie saß hinter dem Rezeptionstresen der Zahnarztpraxis und versuchte, Ordnung in die Terminübersicht und das Patientenregister zu bringen, doch sie schaffte es nicht, sich zu konzentrieren. Ihre Gedanken kreisten unentwegt um die alten Fragen.

Mehr Sex hätte sie auf alle Fälle gehabt, dachte sie und merkte, wie sie rot wurde. Sie warf einen Blick zu den zwei Patienten im Wartezimmer. Beide waren in eine Zeitschrift vertieft. Thomas war unersättlich gewesen. Jon hingegen hatte sich nie viel aus Sex gemacht. In der Regel war sie diejenige, die die Initiative ergriff, aber in letzter Zeit wies er ihre Annäherungen meistens ab. Potenzprobleme?, dachte sie. Sollte er mal mit einem Arzt sprechen? Als ob Jon mit so etwas Privatem zum Doktor gehen würde! Da litt er lieber still.

Und Thomas? Sein Blick flirtete immer noch, wenn er sie ansah. Sie hatte sich gut gehalten. Was, wenn … Ach was! Sie hatte keinerlei Ambitionen, das Verhältnis wieder aufleben zu lassen. Himmel, nein! Aber es war ja wohl erlaubt, mit dem Gedanken zu spielen.

8
Juvdal, Polizeiwache, Freitagvormittag

Anne, die Telefondienst hatte, hielt die Hand über die Sprechmuschel, lehnte sich zurück und rief in Vidar Lyngstads Büro: »Telefon für dich!«

»Nicht jetzt! Schalt es zu Bogen durch!«

Leiser: »Es ist Klock! Er will dich sprechen.«

Vidar verdrehte die Augen und nickte. »Schalt ihn durch.« Er horte das Klicken in der Leitung. »Klock? Vidar hier! Was kann ich für Sie tun? Ich hab nicht viel Zeit.«

»Hier ist Klock!«, antwortete er, als hätte er nicht zugehört. Seine Stimme hatte dieselbe gebieterische Schärfe, die Vidar aus früheren Tagen kannte.

»Ja? Worum geht es?«

»Haben wir jemals untersucht, ob es eventuell zwei Mörder gibt?«

»Klock, hören Sie, ich habe alle Hände voll mit einem Mord zu tun, der noch nicht mal vierundzwanzig Stunden her ist. Die Dienstbesprechung hinkt jetzt schon anderthalb Stunden hinterher, und ich glaube nicht...«

»Verstehen Sie nicht? Der Mord an Birger hängt mit dem Doppelmord zusammen!«

»Die Möglichkeit haben wir natürlich berücksichtigt.«

»Anita hat sich gerächt! Sie hat ihren Mann ermordet, weil sie aus irgendeinem Grund – und ich wette, das hat was mit dem zu tun, das Kristin Bye aufgedeckt hat – erkannt hat, dass Birger etwas mit dem Mord an Berit zu schaffen hatte.«

»Ja und?«

»Ich denke Folgendes: Was, wenn Birger Rolf umgebracht hat... weil Rolf Berit umgebracht hat!?«

»Sie meinen also, Rolf hätte Berit umgebracht?«
»Haben wir die Theorie jemals in Betracht gezogen?«
»Soweit ich mich erinnere, nicht.«
»Vielleicht«, sagte Klock, »sollten wir das jetzt nachholen!«

9
Juvdal, Schule, Freitagvormittag

Es wurde über nichts anderes gesprochen. Im Lehrerzimmer, auf dem Schulhof. In den Klassenzimmern. Der Mord beschäftigte alle.

Jon Wiik saß in seinem Büro, trommelte mit den Fingern auf die PC-Tastatur und überlegte, ob er eine Vollversammlung einberufen sollte. Um rauszukriegen, wer was über den Mord wusste. Eine Vollversammlung würde hoffentlich die Spekulationen im Zaum halten.

Der Konrektor argumentierte dagegen. Eine Vollversammlung würde die Situation nur unnötig dramatisieren und die Schüler noch mehr verunsichern, meinte er. Darin stimmte Jon ihm zu. Aber ihm wäre es wichtig gewesen, dass die Schule die Morde in den richtigen Zusammenhang setzte. Auch wenn er gar nicht genau wusste, welcher »Zusammenhang« das sein sollte. Anstelle der Vollversammlung bat er sämtliche Lehrer, mit ihren Schülern in der letzten Stunde darüber zu reden. Immer ist irgendwas, dachte Jon.

Es war bald elf. Er hatte vorgehabt, sich einen Stapel Arbeit mit nach Hause zu nehmen. Er kriegte zu Hause so viel mehr geschafft als in seinem Büro in der Schule, wo ständig das Telefon klingelte oder jemand bei ihm klopfte.

10
Juvdal, Zentrum, Freitagvormittag

Mama, wo bist du?

Sein Gehirn war wie in Watte gepackt. Er war nicht er selbst. Hatte nicht geschlafen. Die ganze Nacht wach gesessen. Den Kopf voller Bilder, die ihn nicht zur Ruhe kommen ließen.

Arild Borgersen fuhr langsam die Storgata entlang. Dieser verfluchte Schnee! Er suchte zwischen den Passanten nach dem Gesicht seiner Mutter, hielt nach dem Toyota Ausschau. Bei wem mochte sie Zuflucht gesucht haben? Und warum war sie geflüchtet?

Sie hatte doch nichts zu verbergen!

Mein Engel.

Er versuchte, sich zu konzentrieren, aber sein Hirn war ein zäher Klumpen.

»Verdammt, verdammt, verdammt!«, schrie er plötzlich.

Zumindest war es ihm gelungen, die Bilanzprüfung zu verschieben. In einem Fall wie diesem müssten doch selbst die Leute von der Wirtschaftskriminalität auf einen trauernden Sohn Rücksicht nehmen?

Er zuckte zusammen, als er vor sich einen roten Toyota Corolla ausscheren sah, stellte aber schnell fest, dass es nicht das Auto seiner Mutter war.

Er schaltete einen Gang runter und bog rechts in die Fjellgata ab. Zum x-ten Mal versuchte er, seine Mutter auf dem Handy zu erreichen. *Der Teilnehmer ist momentan nicht zu erreichen.* Hinter dem Supermarkt bog er auf den Parkplatz und fuhr im Schritttempo die Reihen der parkenden Autos ab. Danach bog er wieder auf die Storgata, Richtung Bekkefaret.

Mama?

Wo konnte sie sein? Das sah ihr gar nicht ähnlich. Sie war noch nie einfach verschwunden. Arild verstand das nicht. Er rief in der Polizeiwache an, aber Anne von der Telefonzentrale hatte keine Neuigkeiten für ihn.

Wo hatte sie sich nur versteckt? Und wieso?

Zumindest blieb ihm der Besuch aus der Mutterfirma heute erspart.

Bilder, Stimmen...

Mama?

11
Juvdal, Gjæstegaard, Freitagvormittag

Bjørn-Tore Borgersen holte seine Mutter am Freitagvormittag zu sich. Pia hatte frischen Kaffee aufgesetzt und Waffeln gebacken mit Sahne und selbst gemachter Erdbeermarmelade. Bjørn-Tore hatte seiner Mutter vorgeschlagen, so lange im Hotel zu wohnen, bis sich alles wieder etwas beruhigt hatte, und Inger hielt das für eine gute Idee.

Sie saßen zusammen und redeten und weinten, tranken Kaffee, aßen Waffeln und trösteten sich gegenseitig.

12
Juvdal, Alten- und Pflegeheim, Freitagvormittag

Der alte Doktor Vang schaltete das Radio aus, humpelte ans Fenster und schaute ins Schneetreiben hinaus.

Als Junge hatte er Schnee geliebt. Da hatte ihn nichts drinnen halten können. Seit er erwachsen war, konnte er es nicht mehr leiden, bei Schnee vor die Tür zu gehen.

Mit den Jahren war ein richtiger Stubenhocker aus ihm geworden. Wie hatte er die Winterabende gehasst, an denen er in die Kälte raus musste, um nach Kranken, Gebärenden und Sterbenden zu sehen! Aber das gehörte nun mal zu seiner Arbeit. Seine Arbeit hatte er geliebt. Sie war mehr als nur Arbeit für ihn gewesen: eine Aufgabe, eine Berufung, sein Lebenswerk. Besonders, nachdem seine Frau allzu früh gestorben war. Da hatte es für ihn nur noch Robin und die Arbeit gegeben.

Und mit den Jahren nur noch die Arbeit.

13

AUSZUG AUS DEM PATIENTENPROTOKOLL DER NACHTSCHICHT
FREITAG 10/1-03, MARIANNE JACOBSEN:

Die Patientin Siv Borgersen wurde von der Nachtschwester Jorunn Skjeberg um Mitternacht sitzend auf der Bettkante vorgefunden. Die Unterzeichnende wurde gerufen. Da die Patientin in guter gesundheitlicher Verfassung zu sein schien und sich widerstandslos zurück ins Bett legen ließ, haben wir niemanden alarmiert. Aber der Arzt sollte heute bei Siv vorbeischauen, da es das erste Mal vorgekommen ist, dass sie sich ohne fremde Hilfe aufgesetzt hat. Sollte jemandem zuvor etwas Derartiges aufgefallen sein, soll er es bitte im Dienstprotokoll vermerken.

M.J.

AUSZUG AUS DEM PATIENTENPROTOKOLL DER TAGSCHICHT
FREITAG 10/1-03, ELIN KRISTENSEN:

Ich habe Siv gegen 10:30 Uhr nach meiner Runde untersucht. Während der Untersuchung hatte sie plötzlich Spasmen im ganzen Körper. Sie schlug die Augen auf und sah mich an, als wäre sie bei Bewusstsein. Sie wollte etwas sagen (das war ziemlich unheimlich!), fiel dann aber unmittelbar zurück ins Koma. Keiner meiner Versuche, Kontakt herzustellen, war erfolgreich. Der diensthabende Arzt ist informiert. Er wird entscheiden, ob die Angehörigen wegen der Veränderungen ihres Zustands informiert werden sollen. Die nächste Verwandte ist Inger Borgersen (Großmutter). Ihr Sohn Birger ist Donnerstag ermordet aufgefunden worden, deshalb sollte vorher mit dem Arzt besprochen werden, ob sie informiert werden soll.

E.D.

14
Juvdalens Avis, Freitagvormittag

Der Leseraum der *Juvdalens Avis* befand sich in einem offenen, hellen Geschäftsraum auf der Straßenseite der Redaktion. In der Mitte stand ein langer Tisch, an dem man Zeitung lesen oder im Internet recherchieren konnte. Zwei Schüler und eine jüngere Frau waren die einzigen Besucher an diesem Vormittag.

Victoria ging zum Empfangsschalter. Die beiden Schüler sahen sie an, gaben sich gegenseitig Zeichen und flüsterten sich etwas zu. Victoria blieb unter einem Schild stehen, auf dem »Dokumentationszentrum« stand. Früher hieß so was Archiv, dachte sie. Kurz darauf kam aus einem hinteren Raum eine ältere Frau. »Bitte schön?«, sagte sie lächelnd. An ihrem Gesichtsausdruck konnte Victoria sehen, dass sie sie erkannt hatte.

»Gibt es die Möglichkeit, in älteren Ausgaben der Zeitung zu blättern?«, fragte Victoria.

»Selbstverständlich. Dafür sind wir schließlich hier. Die Zeitungen der letzten acht Jahre sind elektronisch gespeichert...«

Sie zeigte mit einem Nicken zu dem Computer auf dem Tresen. »Aber ich gehe mal davon aus, dass Sie in der Zeit noch etwas weiter zurück wollen, oder?«

»Es geht um die Morde 1978.«

»Dachte ich mir schon. Die Donnerstagausgabe vom 6. Juli 1978«, sagte die Frau. »Sie sind nicht die Erste, die danach fragt. Polizisten, Journalisten, Forscher. Gestern stand übrigens was über Sie in der Zeitung. Aber das wissen Sie sicher schon.«

»Die Schlagzeile war ziemlich übertrieben«. Victoria lächelte. »Das haben Schlagzeilen so an sich.«

Die Archivarin holte einen dicken Ordner mit vergilbten Zeitungen und trug ihn zu dem Tisch in der Mitte des Raums. Victoria setzte sich und schlug den Ordner auf. Die erste Zeitung datierte vom 1. Juli 1978. *Trockenheit führt zu Krise bei Bauern im Tal. Zwei Verletzte bei Verkehrsunfall.* Sie blätterte weiter. *Unterschriftenaktion gegen Schließung der Juvdaler Bibliothek. Jäger bei Mårvatn vermisst.* Schließlich kam sie bei der Ausgabe vom 6. Juli 1978 an. *Doppelmord in Juvdal – die Polizei bittet die Bevölkerung um Mithilfe.*«

Obgleich sie bereits Bilder von Berit Borgersen gesehen hatte, versetzte ihr das zweispaltige, grob gerasterte Schwarz-Weiß-Porträt einen Stromstoß. Der Blick kam ihr so bekannt vor. Sie konnte nicht sagen, was es war. Das Porträt von Rolf Anthonsen war genauso groß. Ein Mann. Ein Mann, der seit fünfundzwanzig Jahren tot war. Das Bild sagte ihr nichts, löste nichts bei ihr aus. Aber das Bild von Berit... Victoria blieb sitzen und starrte auf die Seite. Bist du es?, dachte sie. Sprichst du zu mir? Bittest mich um Hilfe? Weil du den Mord immer und immer wieder erlebst und nicht davon loskommst?

Sie sah sich das Foto vom Tatort an – eine unscharfe, vierspaltige Fotografie vom Haus im Trollveg, von Polizeiwagen und Schaulustigen umstellt. Ihr Blick glitt zurück zu Berits Bild.

Bist du es?

Mit zusammengekniffenen Augen machte sie sich an die Lektüre des Artikels. »Die Polizei bittet um Hinweise aus der Bevölkerung in Juvdal und Umgebung, nachdem das Ehepaar Berit Borgersen (30) und Rolf Anthonsen (30) gestern ermordet in seinem Haus im Trollveg aufgefunden wurde. Wer etwas Ungewöhnliches beobachtet oder fremde Fahrzeuge nach Juvdal hinein- oder wieder hinausfahren sehen hat, möge sich bitte bei der Polizeiwache in Juvdal melden.«

Seitdem hatte sich im Grunde genommen nichts getan, dachte Victoria missmutig. Niemand wurde festgenommen. Die meisten Fragen sind weiterhin unbeantwortet. Der Fall ist so unklar wie im Juli 1978, als Berit und Rolf ermordet wurden.

Sie sah sich das Foto von Berit noch einmal an.

Ist es das, was du willst, Berit?, dachte sie. Willst du mir Antworten geben?

Berit?

Victoria studierte die Fotografie ganz genau. Sie versuchte, in Berits Augen zu sehen, durch die Zeit zu dringen, das Zeitungspapier und die Druckerschwärze, die Kameralinse und den Kodakfilm, bis in sie hinein. Vor den Fenstern der *Juvdalens Avis* zogen lautlos Autos und Fußgänger vorbei. Um sie herum kamen und gingen Menschen. Aber sie sah nicht auf. Ab und zu hörte sie, wie ihr Name geflüstert wurde, aber sie ließ sich von nichts stören. Berit starrte sie von der vergilbten Titelseite an. Schöne Augen. Schmale Lippen. Ein verspieltes Lächeln, als hätte der Fotograf ihr eben ein Kompliment gemacht.

Du warst sehr hübsch, dachte Victoria.

Sie hätte Berit gern über die Stirn und die Wangen gestreichelt, um sie zu trösten. Ein Mord war etwas so Sinnloses. Einen Menschen aus der Zeit zu reißen... Victoria ließ ihre Fingerkuppen sanft über Berits Gesicht

!!! Beeil dich ! Komm ! Komm !!!

gleiten.

Diesmal machte ihr die Stimme keine Angst. Sie klang wie ein leises Wispern. Eher wie ein Versprechen, keine Drohung. Victoria hatte das Gefühl, als ob Berit sich im gleichen Raum wie sie befand.

!!! Komm schnell !!!

»Berit?«, sagte Victoria leise. »Wo bist du? Gib dich zu erkennen.«

Sie sah vor sich durch den Raum. Einer der Jugendlichen im Leseraum zeigte auf sie und kicherte nervös.

Aber die Stimme meldete sich nicht noch einmal.

»Berit?«, wiederholte Victoria.

Sie sah auf die Fotografie und in Berits Augen. Aber sie bekam keine Antwort. Ein Blick, gefangen in der Zeit, für alle Zeit auf das spröde Zeitungspapier gebannt.

15
Juvdal, Gjæstegaard, Freitagvormittag

Kristin und Gunnar saßen mit dem Rücken am Bettgestell auf Kristins Bett. Kristin im Schneidersitz, Gunnar mit ausgestreckten Beinen daneben. Kristin hatte das Tagebuch auf ihre Oberschenkel gelegt. Sie waren bis Freitag, den 28. Juli 1963, gekommen:

Freitag
Es ist ein Junge. Er sieht genauso hässlich aus wie sein Vater.
Um Viertel nach drei nachts war es überstanden. Ich hätte nicht

gedacht, dass etwas so wehtun kann. Stunde um Stunde um Stunde. Als würde jemand glühenden Stacheldraht durch meine Beine ziehen. Ich musste mich übergeben, ich schrie, hab der Hebamme und dem Arzt, die kamen und gingen, die fiesesten Sachen an den Kopf geworfen. Und als der Junge endlich aus mir raus war, war ich einfach bloß erleichtert. Sie hoben ihn hoch und klatschten ihm auf den Po. Sein spitzes Geschrei füllte das ganze Krankenzimmer. Aber ich hab nichts gefühlt. Sie wuschen und wogen ihn und zeigten ihn mir – ein rosa verkniffenes Gesicht in einer hellblauen Baumwolldecke –, aber ich habe nichts für ihn empfunden. Nichts. Durch meine Tränen sah ich seine zusammengepresste, rote Fratze und dachte an seinen Vater. Armer Teufel, dachte ich, von einer Mutter wie mir geboren zu werden und wie sein Vater auszusehen.

Sonntag
Ich kann nichts schreiben. So müde. Ausgelaugt.

Montag
Ich...
Ach, vergiss es...

Dienstag
Kann nicht schreiben.

»Oh, oh, oh«, sagte Gunnar.

»Sie hat gar nicht abgetrieben!«, platzte Kristin heraus. »Ich werd verrückt, Gunnar!« Sie drehte sich zu ihm um. »Sie hat das Kind bekommen! Dass wir daran nicht gedacht haben. Sie hat überhaupt nicht abgetrieben! Sie hat das Kind gekriegt!«

Gunnar, der vor sich hin starrte, nickte. Nachdenklich strich er sich über das Kinn und weiter über den Nacken und die Zyste.

»Und was ist aus dem Jungen geworden?«, fragte er.
»Hat sie ihn zur Adoption freigegeben?«
»Wahrscheinlich.«

Mittwoch

Er ist weg. Als ob mich das interessieren würde. Meine prallen Brüste tropfen und tun weh, aber das gibt sich hoffentlich bald. Hoffentlich hängen sie hinterher nicht.
Sie haben mich gefragt, ob ich mich von ihm verabschieden oder ihm noch ein paar Worte mit auf den Weg geben wolle, bevor sie ihn mitnahmen. Mein Gott! Er ist fünf Tage alt und tut nichts anderes außer scheißen und schreien. Verabschieden? Nein, danke. Viel Glück im Leben, rief ich dann doch hinter ihm her, als sie ihn nach draußen trugen. Aber vielleicht habe ich es auch nur gedacht. Himmelherrgottschwarzehölle!!! Das ist gar nicht so leicht. Trotz allem!!! Er ist schließlich mein Kind. Oder vielmehr: war es. Jetzt gehört er ihnen. Ich bin bloß froh, ihn los zu sein. Irgendwie. Jetzt sind sie dran! Bitte schön! Viel Erfolg!
Mein Junge...

»Du hattest recht«, sagte Gunnar. »Er wurde adoptiert.«
»Könnte der Junge der Mörder sein?«
Gunnar zog die Schultern hoch. »Aus Rache? Weil die Mutter ihn nicht behalten wollte? Das hieße, er wäre nach Juvdal gekommen, um seine leibliche Mutter zu töten. 1978 war der Junge vierzehn oder fünfzehn Jahre alt. Ein bisschen zu jung, um jemanden umzubringen, oder?«
»Kann schon sein... Was, glaubst du, ist wohl aus ihm geworden? Wo lebt er heute?«
»Wer weiß. Hier? An einem anderen Ort im Land? Im Ausland?«

»Wer ihn wohl adoptiert hat?«

Sie lasen weiter. Ein ganzes Leben zwischen zwei steifen Buchdeckeln. Die verzerrte, verkürzte Zusammenfassung eines Lebens, dachte Kristin. Gedanken, Träume, Geheimnisse...

Die Jungmädchenschrift wurde reifer, flüssiger. Und die ganze Zeit über hörten sie Berits Stimme durch die Zeilen; die nachdenkliche, unsichere, suchende Berit.

Eine halbe Stunde später waren sie beim 12. Mai 1977.

Donnerstag
Natürlich ist mein Junge der Grund, dass ich zurückziehen will. Es ist schon ein komisches Gefühl, dass Rolf nichts von ihm weiß. Ich habe ihm nie erzählt, was damals geschehen ist. Das war ein anderes Leben. Ich will nicht, dass Rolf und Siv etwas von ihm wissen. Aber das bedeutet nicht, dass ich keine Gefühle für den Jungen habe, schließlich bin ich seine Mutter.
In den ersten Jahren nach der Geburt wollte ich nichts von ihm wissen. Aber seit wir Siv haben und ich sie aufwachsen sehe, wird die Sehnsucht nach ihm immer größer. Und wenn es nur bedeutet, dass ich ihm nahe bin, ihn sehen, seine Stimme hören kann.
Soll man mich meinetwegen eine Heuchlerin nennen, aber ich will nicht, dass meine Familie von ihm erfährt. Rolf würde ausrasten. Wegen dem, was geschehen ist, keine Frage, aber auch, weil ich es vor ihm geheim gehalten habe. Und Siv? Meine arme kleine Siv. Sie würde ihre Mama wahrscheinlich überhaupt nicht mehr verstehen.

Sie sahen sich an.
»Er lebt hier!«, sagte Kristin.
»In Juvdal!«

»Mein Gott. Wer ist er?«
»Und wer sind seine Adoptiveltern?«

17. Mai

Mein Junge!
Heute habe ich ihn zum ersten Mal wiedergesehen. In mir
kam alles zum Stillstand; meine Gefühle schmolzen zu einem
Edelstein aus purem Glück zusammen.
Er spielt Klarinette in der Schüler-Blaskapelle. Seit vierzehn
Jahren habe ich ihn nicht mehr gesehen, und trotzdem wusste
ich in dem Augenblick, als ich ihn sah, dass er es ist. Alles stand
still. Mein Herz, der Puls, mein Atem, meine Gedanken. Alles
stand still. Die Musik – ich glaube, es war der »Jägermarsch« –
gefror zu einem einzigen langen Ton.
Ich sah nur noch meinen Jungen.
Hinterher bin ich nach Hause gegangen und habe geweint.
Vor Freude. Vor Trauer. Vor Überwältigung. Die Trauer
über unsere verlorenen Jahre, über sein und mein Leben,
das in getrennten Bahnen verläuft. Trauer über all das,
was wir nie zusammen erleben werden. Und doch – auch
Freude darüber, dass es ihn gibt. Dass er lebt. Und dass er
es gut hat.
Ich kann es nicht erklären. Ich kann nur fühlen.

3. Juni

Ich bin schrecklich verwirrt. Und begreife immer mehr. Habe
mit seinem Vater gesprochen. Bin zu ihm nach Hause gegan-
gen. Als ich wusste, dass er alleine war. Es war merkwürdig.
Wir wussten beide nicht, wie wir uns benehmen sollten. Ob
wir tun sollten, als wäre nichts gewesen. Ob wir wütend
aufeinander sein sollten. Oder traurig. Irgendwie ging es
trotzdem. Ich fragte, wie es ging. Mit dem Jungen. Gut, sagte

*er. Wusste er was? Nein, tat er nicht. Keiner ahnte etwas. Keiner hatte etwas gemerkt.
Er ist alt geworden. Grau und ausgezehrt. Die Augen voller Schmerz. Sein Blick birgt ein langes Leben.
Ich hatte erwartet, dass er etwas sagen, sich bei mir entschuldigen würde. Irgendwas. Aber er sagte nichts. Als ich ging, stand er da und sah hinter mir her, als wäre ich ein Hausierer, den er soeben vor die Tür gejagt hatte.
Er hätte sich wenigstens entschuldigen können.*

»Mein Gott«, sagte Kristin.
»Er lebt bei seinem Vater. Seinem leiblichen Vater.«
»Aber wer ist es? Wer ist der Vater? Und wer ist Berits Sohn? Wer ist der Vergewaltiger?«

*Montag, 24. April 1978
Ich beobachte ihn weiter heimlich. Ich bin die Frau, die langsam neben der Musikkapelle herläuft, wenn sie die Hauptstraße runtermarschieren. Ich bin die Frau, die im Schutz der großen Eiche steht, wenn es wie aus Eimern gießt und die Jungen vom Fußballtraining nach Hause rennen. Ich bin die Frau, die sehnsüchtig über den Schulhof starrt, während sie mit ihrem Einkaufswagen gemächlich an dem Maschendrahtzaun entlanggeht. Ich bin die Frau, die bis zu den Knöcheln im Schnee versinkt, wenn er mit seinen Freunden johlend mit seinem Schlitten angelaufen kommt. Hin und wieder schaut er zu mir rüber. Neugierig. Manchmal winkt er sogar. Er glaubt zu wissen, wer ich bin. Aber wer ich wirklich bin, weiß er nicht. Das ist hart. Aber es ist das Beste so.*

28. Juni

Heute ist sein Geburtstag. Er wird fünfzehn. Ich habe mit ihm gesprochen. Zum ersten Mal.
Er war beim Kiosk gewesen und hatte Chips und Cola gekauft. »Hallo!«, habe ich gesagt. Er blieb stehen und wurde knallrot. Ich habe ihn gefragt, ob es in Ordnung wäre, wenn wir uns ein wenig unterhalten. Er tat, als wäre es ihm egal. Wir schlenderten den Weg am Fluss entlang und setzten uns auf eine Bank. Er war ziemlich zögerlich. »Ich darf nicht mit dir reden«, sagte er. Seine Stimme kiekste. Er war im Stimmbruch. »Wer sagt das?«, fragte ich. »Mama und Papa.«
Er war so süß, wie er da so neben mir saß. Ich hätte ihn am liebsten in den Arm genommen, fest an mich gedrückt. Aber das ging natürlich nicht, er hätte es nur missverstanden. Es machte ihm ganz offensichtlich Sorgen, mit mir zusammen gesehen zu werden. Seine Unsicherheit ist leicht nachzuvollziehen, so wie die Leute im Dorf mich sehen. Mein plötzliches Verschwinden vor fünfzehn Jahren hat alle maßlos provoziert. Als wäre ich desertiert oder hätte sie verraten. Dabei war ich nur verreist. Niemand weiß von dem Jungen. Keiner außer mir und ihnen. Die Einzige, die mir die ganze Zeit über den Rücken gestärkt hat, ist Mama. Und nicht einmal sie weiß von dem Jungen.
»Herzlichen Glückwunsch zum Geburtstag!«, rief ich hinter ihm her, als er ging. Er blieb stehen. Drehte sich um. Sah mich verwundert an. »Ich hab erst in fünf Tagen Geburtstag«, sagte er. Er zögerte einen Moment, dann lief er los. Ich blieb noch sitzen und dachte darüber nach. Und verstand.
Sie feiern seinen Geburtstag nicht an seinem Geburtstag, sondern an dem Tag, an dem sie ihn aus der Klinik geholt und zu ihrem Sohn gemacht haben.

3. Juli
Sie war nicht erfreut, als ich kam. Ich habe sie heute aufgesucht. Wollte mit ihr über den Jungen reden. Sie wollte wissen, warum, um alles in der Welt, sie das tun sollte. Was ich eigentlich glaubte, wer ich sei? Sie wollte mich nicht sehen. Ich hab richtig Angst vor ihr bekommen. Sie scheint nicht ganz beieinander zu sein. Aber das Gleiche denkt sie wahrscheinlich von mir. Also bin ich einfach gegangen. Mit Tränen in den Augen. So was Erniedrigendes! Genau wie … damals.

4. Juli
Ich habe viel darüber nachgedacht, was wohl das Beste für den Jungen wäre. Soll ich ihm erzählen, wer ich bin? Oder mein Geheimnis für mich behalten und es mit ins Grab nehmen, damit er sein Leben in seliger Unwissenheit über seine leibliche Mutter leben kann? Es ist ein Dilemma. Entscheide ich mich, ihm die Wahrheit zu sagen, muss ich zuerst Rolf und Siv davon erzählen. Das wird nicht leicht werden. Siv hätte plötzlich einen Halbbruder. Und Rolf, der Arme. Auch, wenn es nicht meine Schuld war, was geschehen ist. So viele schwere Entscheidungen …
Ich habe überlegt, ob ich Thomas fragen soll. Aber das kommt mir auch verkehrt vor. Es gibt eine Grenze, wie weit ich ihn in mein Leben einbeziehen möchte (oder sollte). Ich glaube sicher, dass er in mich verliebt ist, auf seine Weise, aber ich bin für ihn in erster Linie eine Geliebte, keine Partnerin.
Hab meinen Jungen heute wiedergesehen. Aber diesmal war es ganz zufällig. So was passiert. Wir hatten nicht mehr als »Hallo« gesagt, als sie auftauchte. Seine »Mutter«. Sie packte ihn am Arm und zog ihn mit sich. Als wollte sie ihn vor einem

Angreifer schützen. So kam mir das jedenfalls vor. Und wieder schossen mir Tränen in die Augen. Ich werde das ansprechen müssen. Nicht bei ihr. Das nützt nichts. Aber bei ihm. Er soll für Ordnung sorgen. Also wirklich!

»Thomas!«, sagte Kristin. »Mit Thomas Holmen hat Berit Borgersen also das Verhältnis gehabt, als sie umgebracht wurde? Mit dem Redakteur?«

»Ich verstehe gar nichts mehr«, sagte Gunnar verwirrt. »Thomas Holmen? Und Berit? Er kann aber doch unmöglich 1963 der Vater von Berits Kind gewesen sein. Dazu ist er zu jung. Also, 1978 hatte er ein Verhältnis mit ihr. Bevor sie ermordet wurde. Der hat doch, verdammt noch mal, mit jeder Frau im Dorf was gehabt.«

»Hatte er in der Zeit nicht auch ein Verhältnis mit Nina Bryn?«

»Ja, natürlich! Davon stand etwas in den Polizeiunterlagen! Dann hatte Thomas also ein Verhältnis mit Berit und Nina! Gleichzeitig!«

»Heißt das, dass er der Mörder einer seiner Geliebten sein kann?«

»Oder dass Nina Berit aus Eifersucht getötet hat?«

Sie sahen sich an.

»Und was ist mit den anderen, die sie erwähnt?«, fragte Gunnar. »Wer sind die?«

»Sie nennt sie nie beim Namen. Nicht mal andeutungsweise. Weder den Sohn, noch den Vergewaltiger.«

»Weil er ihr nahesteht?«

»Genau! Um ihn zu schützen.«

Kristin nickte nachdenklich. »Glaubst du, es war ihr Vater? Wie Inger befürchtet hat?«

»Er war doch schon tot, als Berit nach Juvdal zurückkam.«

»Stimmt. Oder einer der Brüder?«

»Aber warum sollte sie ihn schützen? Selbst in ihrem Tagebuch.«

»Scham?«, sagte Kristin. »Schuldgefühle? Sie war ja noch sehr jung.«

»Und in den Sechzigerjahren wurde nicht über sexuellen Missbrauch gesprochen.«

»Fassen wir zusammen, was wir bisher wissen oder zu wissen glauben. Die Gedanken sortieren hilft immer. Du zuerst!«

Gunnar räusperte sich. »Also gut. Berit Borgersen war von Mai 1962 und mehrere Monate danach sexuellen Übergriffen ausgesetzt. Der Vergewaltiger war jemand, zu dem sie ein Vertrauensverhältnis hatte. Ein Verwandter, eine Bezugsperson, einer, dem sie vertraute. Oder vielleicht der Sohn vom Doktor, Robin. Im Spätherbst stellt sie fest, dass sie schwanger ist.«

»Niemand wusste von der Schwangerschaft«, sagte Kristin. »Niemand ahnte das Geringste von den Übergriffen.«

Gunnar brachte sich in eine andere Position. »Neujahr 1963 verschwindet sie plötzlich. Es heißt, sie wäre von zu Hause weggelaufen. Nach Oslo.«

»Und wir wissen jetzt«, sagte Kristin, »dass sie nicht hat abtreiben lassen, sondern das Kind zur Welt gebracht hat. Und dass jemand es unmittelbar nach der Geburt adoptiert hat.«

Beide sahen hoch und starrten sich an. Sie hatten das Gefühl, sich etwas Wesentlichem zu nähern.

»Die nächsten fünfzehn Jahre hielt sie sich von Juvdal fern.«

»Wo war in dieser Zeit das Kind? Wer sind die Adoptiveltern?«

»Robin? In jedem Fall kann man davon ausgehen, dass der Doppelmord etwas mit dem Kind zu tun hat, das Berit in die Welt gesetzt hat«, sagte Gunnar. »Wer ist der Vergewaltiger? Und wo ist das Kind?«

»Der Vergewaltiger ... Da hätten wir Robin auf unserer Liste. Frau Borgersen hat Berits Vater Ove als möglichen Kandidaten ins Gespräch gebracht. Es könnten aber genauso gut die Brüder Bjørn-Tore oder Birger gewesen sein.«

»Nicht zu vergessen der Lehrer, Jon Wiik. Ein gut aussehender, junger Lehrer, der seine hübsche, junge Schülerin missbraucht.«

»Aber wenn Jon Wiik der Vergewaltiger von 1962 ist«, sagte Kristin, »dann kommt auch Nina Bryn als Berits Mörderin 1978 infrage. Mord aus Eifersucht.«

»Und um zu vertuschen, was ihr Mann getan hatte«, ergänzte Gunnar. »Gehen wir mal davon aus, Berit hat Nina anvertraut, dass es Jon war, der sie damals geschwängert hat. Nina wird wütend. Auf Berit. Auf Jon. Und wenn sie Nina von ihrem Verhältnis zu Thomas erzählt hat?«

»Noch was anderes: Könnte Berit Jon nicht auch direkt damit konfrontiert haben? Vielleicht hat sie ihm gedroht, Nina alles zu verraten? Worauf Jon sie umgebracht hat und Rolf obendrein, aus Selbstschutz.«

Gunnar nickte. »Außerdem sollten wir den Dirigenten von dem Chor überprüfen, in dem sie 1962 gesungen hat.«

»Und den Doktor!«, platzte Kristin heraus. »Der Mann hat was zu verbergen. Über Robin hinaus. Doktor Vang steckt voller Geheimnisse.«

Kristin blähte die Wangen auf und ließ die Luft langsam entweichen. Es gab so viele Theorien und Dinge zu bedenken. »Das ist alles reichlich unwahrscheinlich, nichts passt wirklich richtig zusammen«, sagte sie. »Warum hat dann ausgerechnet Anita Birger umgebracht? Ihren eigenen Mann? Das macht doch keinen Sinn!«

»Kann Birger der Mörder von 1978 gewesen sein? Ganz sauber war der Kerl nicht. Was, wenn Anita irgendwie herausgefunden hat, dass Birger Berit und Rolf getötet hat? Und sich dann an ihm gerächt hat?«

»Wie sollte sie das entdeckt haben? Es waren schließlich fünfundzwanzig Jahre vergangen. Sie müssen in all diesen Jahren doch geredet haben. Warum sollte sie Birger jetzt umbringen? Könnte....« Kristin stockte. »Könnte sie dahintergekommen sein, dass er nicht nur Berit umgebracht hatte, sondern auch derjenige war, der sich damals an ihr, seiner eigenen Schwester, vergriffen hatte?«

Sie sahen sich an.

»Der Bruder?«, sagte Gunnar.

»Birger?«

»Birger«, wiederholte Gunnar zögerlich.

»War er 1962 der Vergewaltiger? Hat er sie 1978 umgebracht? Weil sie ihm gedroht hat, den Missbrauch bekannt zu machen?«

»Und weil Anita die Wahrheit erfahren hat, musste er sterben?«

»Anita muss etwas rausgekriegt haben. Sie muss begriffen haben, dass es ihr Ehemann war, der Berit und Rolf auf dem Gewissen hatte.«

»Berit ist 1977 nach Juvdal gekommen. Eine ganze Weile ging alles gut. Sie machten einen Bogen umeinander. Aber dann eskalierte die Situation. Berit drohte Birger, ihn zu verraten. Ihn als Vergewaltiger an den Pranger zu stellen. Einer, der seiner eigenen Schwester ein Kind gemacht hat. Das war zu viel für ihn. Er musste seiner Schwester das Maul stopfen. Also hat er sie getötet. Und den Mann gleich mit. Und um ein Haar auch noch deren Tochter.«

»Aber wo der Sohn geblieben ist, wissen wir immer noch nicht. Wer hat den Sohn von Berit und Birger adoptiert?«

Kristin schlug das Tagebuch wieder auf und legte einen Finger auf die Aufzeichnung vom Mittwoch, dem 3. Juli 1963.

Viel Glück im Leben, rief ich dann doch hinter ihm her, als sie ihn nach draußen trugen. Aber vielleicht habe ich es auch nur gedacht. Himmelherrgottschwarzehölle!!! Das ist gar nicht so leicht. Trotz allem!!! Er ist schließlich mein Kind. Oder vielmehr: war es. Jetzt gehört er ihnen. Ich bin bloß froh, ihn los zu sein. Irgendwie. Jetzt sind sie dran! Viel Erfolg!

»Wer sind *sie*, von denen sie schreibt?«, fragte Kristin. »Die Adoptiveltern. Wildfremde Menschen? Jemand, den sie kennt?«

»Der Junge ist am 28. Juni 1963 geboren. Also inzwischen um die vierzig. Vielleicht Birgers Sohn. Warte mal. Verdammt, warte mal eine Sekunde. Wo waren wir bloß mit unseren Gedanken? Wie alt ist eigentlich Arild Borgersen?«

Kristin nahm ihren Notizblock und blätterte darin.

»Er ist vierzig. Geboren am 3. Juli 1963.«

»Nur fünf Tage später.«

»*O shit!*«, rief Kristin. »Genau das hat sie doch geschrieben! Der 3. Juli. Das war der Tag, an dem jemand den Jungen aus dem Krankenhaus abgeholt hat!«

»Sie haben sein Geburtsdatum geändert und den Tag, an dem sie ihn geholt haben, zu seinem Geburtstag gemacht.«

»Birger war der Vergewaltiger! Berit hatte einen gemeinsamen Sohn mit ihrem Bruder!«

»Und dann haben Birger und Anita den Jungen zu sich genommen! Anita ist Arilds Stiefmutter!«

»Aber wieso? Warum tut Anita so etwas?«

»Und wieso bringt sie jetzt ihren Mann um, fünfundzwanzig Jahre nach dem Mord an Berit? Das passt doch nicht zusammen! Was will Anita durch den Mord an ihrem Mann vertuschen?«

»Vielleicht will sie gar nichts vertuschen. Kann doch sein, dass sie im Affekt gehandelt hat.«

»Aber warum? Warum jetzt?«

»Wo hat sie sich versteckt? Wohin ist sie geflüchtet?«

»Und wie ist so was möglich? Man kann nicht einfach ein Kind zur Welt bringen und es weggeben. Was ist mit den Vorschriften, dem Papierkram, all den Formularen…?«

»Warum soll man Adoptionspapiere nicht fälschen können?«

»Oder eine Geburtsurkunde?«

Gunnar legte die Stirn in Falten. »Wenn jemand die Möglichkeiten hat, eine falsche Geburtsurkunde auszustellen, Adoptionspapiere und was es sonst noch braucht, um einen Säugling seiner Mutter wegzunehmen und falschen Eltern zu geben, dann ja wohl ein Arzt.«

»Klar, ein Arzt hätte die Möglichkeiten!«

»O verdammt!« Gunnar starrte vor sich hin.

»Was ist?«

»Mir ist was eingefallen. Erinnerst du dich noch, als wir bei Birger und Anita waren? Erinnerst du dich an die Bilder an den Wänden?«

»Ja, und?«

»Mir ist grad wieder eingefallen, dass ich mich gewundert habe, warum sie Arilds Geburtsurkunde aufgehängt hatten. Ich hab aber bloß gedacht, dass der Junge ihnen sehr viel bedeutet.«

»Und?«

»Die Geburtsurkunde war von Doktor Vang unterschrieben.«

16
Juvdal, Stabkirche, Freitagvormittag

Sie wachte mit einem Ruck auf. Als wäre sie mit einem Stromstoß ins Leben zurückgerufen worden.

Anita Borgersen setzte sich auf und kämpfte sich panisch aus den Decken, als steckte sie in einer Zwangsjacke. Die unzusammenhängenden Traumfetzen schwirrten noch durch ihren Kopf. *Birger, der zuschlug. Arild, der weglief. Doktor Vang, der höhnisch lachte. Olav, der mit ihr schlief.*

Olav.

Er saß da und sah sie an, lächelnd, einen Bleistift in der Hand.

Sie errötete. Solche Träume hatte sie normalerweise nicht.

»Scheint kein erholsamer Schlaf gewesen zu sein«, sagte er.

Sie gab einen Laut von sich, der wohl Zustimmung ausdrücken sollte.

Sie fragte sich, wie sie es machen sollte. Sich umbringen. Sie hatte noch nicht darüber nachgedacht. Aber sie musste sich entscheiden. Früher oder später. Hauptsache, schmerzfrei.

»Ich muss mit Arild reden«, sagte sie.

»Du darfst gerne das Telefon benutzen.«

»Ich muss ihm ein paar Dinge erklären. Von Angesicht zu Angesicht. Von Mutter zu Sohn.«

»Selbstverständlich. Das verstehe ich.«

Ihre Stimme wurde härter: »Aber zuerst muss ich mit dem Doktor reden!«

17
*Juvdal, Alten- und Pflegeheim,
Freitagvormittag*

Doktor Eilert Vang saß in seinem Rollstuhl und legte eine Patience, als es klopfte. Er lächelte verhalten, nicht sicher, ob das eine willkommene Abwechslung in der Monotonie seines Tagesablaufs bedeutete oder einen unangenehmen Besuch, auf den er lieber verzichtete.

»Gunnar und Kristin!«, sagte er übertrieben freundlich. »Schon wieder? Wäre ich nicht so wackelig auf den Beinen, würde ich Sie natürlich ordentlich begrüßen!« Er lachte nervös.

»Sie haben sicher gehört, was gestern passiert ist?«, fragte Kristin.

»Schrecklich.« Er schüttelte den Kopf. »Wirklich schrecklich. Und Anita soll es getan haben? Das kann ich gar nicht glauben. Wirklich nicht. Sie ist eine so reizende Frau.«

»Sie wissen, warum wir hier sind?«, sagte Gunnar.

Der Doktor sah sie an. »Nein.«

»Wir haben Berits Tagebuch gelesen«, sagte Kristin.

»Ach ja?« Dann kam die Mitteilung bei ihm an. »Sie haben das Tagebuch gefunden?«

»Ja. Und wir haben eine Frage an Sie«, sagte Gunnar.

»Ja?«

»Ist Arild Borgersen Berits Sohn?«

Der Doktor verzog keine Miene.

Sie ließen die Stille auf ihn wirken.

Am Ende platzte er heraus: »Fünfundvierzig Jahre!«

»Was meinen Sie damit?«, fragte Kristin.

»Fünfundvierzig Jahre habe ich den Mund gehalten!«

Seine Stimme war leise, aber intensiv.

Er sprach jedes Wort mit Nachdruck aus, als wallte eine gewaltige Wut in ihm auf.

»Den Mund gehalten?«, fragte Kristin.

»Fünfundvierzig Jahre lang!«

»Haben Sie Birger und Anita Borgersen eine falsche Geburtsurkunde ausgestellt?«, drängte Kristin ihn. »Und damit Arild zu ihrem leiblichen Sohn gemacht?«

Der Doktor schaute an ihnen vorbei, schloss die Augen und nickte.

»Oder war Robin der Vater?«, fragte Kristin. »Ist es das, was Sie verbergen wollen?«

Der Doktor zuckte zusammen und sah sie verdutzt an. »Robin?«

»Hat Robin Berit geschwängert?«, verdeutlichte Gunnar.

»Ganz sicher nicht. Zu der Zeit war er nicht in Juvdal. Er ist 1958 nach Oslo gezogen. Robin war ein Künstlertyp. Er schrieb Gedichte. Malte. Versuchte sich in Grafiken, Keramik. Er trank ziemlich viel. Experimentierte mit Hasch und LSD, als es Ende der Sechziger auftauchte. Man kann wohl sagen, dass er ein Hippie war. Das letzte Mal habe ich ihn 1977 gesehen. Da war er ziemlich am Boden. Wir hatten eine ... Diskussion. Danach verschwand er einfach. Er ist gestorben. Ich bin mir sicher. Die einen sagen, er wäre nach Kopenhagen gegangen, in die Freistadt Christiania. Die anderen glauben, er hätte sich mit Drogen eine goldene Nase verdient und sich nach Südamerika oder auf eine Südseeinsel abgesetzt, wie er es sich immer erträumt hat. Wieder andere behaupten, er wäre wegen Drogenschulden getötet worden. Ich glaube einfach, dass er gestorben ist. An einer Überdosis. Weil er die Lust am Leben verloren hat.«

»War Robin Arilds Vater?«, wiederholte Gunnar seine Frage.

»Nein«, antwortete der Doktor.

»Doktor Vang«, sagte Kristin, »ich muss Sie nochmals fragen. Es ist ein weiterer Mensch gestorben. Gestern! Niemand kann wissen, wer als Nächstes an der Reihe ist. An wem haben Sie damals die Abtreibung vorgenommen? Wen hat Robin geschwängert?«

Er sackte in seinem Rollstuhl zusammen. »Ich habe es für Robin getan. Er hatte ein Mädchen geschwängert. Ich musste ihm doch helfen. Sie war minderjährig. Ich musste das tun. Es war meine Pflicht. Als Vater. Zuerst ist man Vater, danach Arzt.«

»Wer war sie?«, beharrte Kristin.

Der Doktor überhörte sie. »Die Rücksicht auf die Menschen, die einem am nächsten stehen, kommt in jedem Fall vor der ärztlichen Ethik. Ist es nicht so? Hätten Sie nicht auch so gehandelt?«

Kristin sah ihn an. »Sie hatte etwas gegen Sie in der Hand, ist es so?«

Er breitete die Arme aus.

»Sie wissen etwas«, sagte Kristin. »Etwas, worüber Sie nie mit jemandem reden konnten. Das Sie geheim halten mussten. Weil sie Ihnen gedroht hat, sonst von der Abtreibung zu erzählen.«

»Verstehen Sie doch«, sagte er leise. »Es war 1958. Abtreibungen waren damals noch nicht gang und gäbe wie heute. Sie wurden nur im Krankenhaus vorgenommen, in einem bewachten, geordneten Rahmen und allein aus medizinischen Gründen. Das freie Recht zur Abtreibung gab es damals noch nicht. Oder man ging zu einer Engelmacherin. Die dann ihre Stricknadeln holte. Ein Dorfarzt konnte so etwas nicht machen. Das hätte das Ende seiner Karriere bedeutet. Als Arzt machte man keine Abtreibung – außer es galt, den eigenen Sohn zu retten. Wenn das herausgekommen wäre – Sie können es sich vorstellen.«

Der Doktor sah Kristin an.

»Er war zwanzig«, sagte er. »Sie war minderjährig. Ich hatte keine andere Wahl.«

»Und nach der Abtreibung hat sie versucht, Sie zu erpressen?«

»Sie hat mir gedroht, mich anzuzeigen. Und Robin auch. Robin hätte eine Anzeige wegen Unzucht mit Minderjährigen bekommen, möglicherweise auch wegen Vergewaltigung. Das hätte Gefängnis bedeutet. Und ich? Der Doktor?« Er hob die Hände in einer fragenden Geste. »Was wäre aus mir geworden? Sie können es sich denken. Polizeiverhöre. Gesundheitsbehörde. Ärzteverband. Ministerium. Sie hätten mir die Arztlizenz entzogen. Mir meine Ehre genommen. Ich hätte wegziehen müssen, wäre ein Nichts gewesen. Ein Nichts! Das konnte ich nicht zulassen.«

»Und was haben Sie getan?«

»Nicht viel. Anita und Birger kamen zu mir und sagten, sie wollten Berits uneheliches Kind adoptieren. Es zu ihrem Kind machen. Aber an allen offiziellen Kanälen vorbei. Zuerst wollte ich nicht. Aber sie haben mich erpresst. Im Grunde war das, worum sie mich baten, das Beste für alle Seiten. Auch für das Kind. Also besorgte ich Berit einen Platz in dem Heim in Oslo. Und unterschrieb die notwendigen Papiere, die Arild zu Anitas leiblichem Sohn machten.«

»Wer ist der leibliche Vater des Kindes?«

»Das habe ich nie erfahren.«

»Wenn ich Ihnen sage, dass es Birger war?«

Der Doktor senkte den Blick. »Ich ... weiß ... nicht.«

»Aber?«

»Natürlich habe ich mir damals meine Gedanken gemacht.«

»Und das alles haben Sie für sich behalten.«

Er schaute nach unten. »1958«, sagte er. »Zwanzig Jahre vor den Morden an Berit und Rolf. Fünf Jahre, bevor Berit ihren Sohn bekam. Das, was 1978 geschehen war, kann doch unmöglich mit dem zusammenhängen, was ich 1958 für Robin getan habe. Ganz unmöglich. Das war zwanzig Jahre vorher. Und fünfundvierzig Jahre vor dem Mord an Birger.«

»Genau diese Frage stellen wir uns aber jetzt«, sagte Gunnar. »Gibt es einen Zusammenhang?«

»Ich hatte keine andere Wahl«, sagte Doktor Vang. Er seufzte. »Nein. Ich kann keinen Zusammenhang sehen.« Der Doktor musterte sie mit einem Blick, der nicht zu dem alten Mann passte, sondern zu der Autorität des Arztes. »Hören Sie«, sagte er, »was 1978 geschehen ist, ist geschehen! Es kann nicht ungeschehen gemacht werden. Der Schaden war schon groß genug. Hätte ich nach den Morden das, was ich wusste, ans Tageslicht gebracht – es hätte weitere Opfer gegeben. Ich konnte nicht. Konnte es einfach nicht. Es hätte niemandem geholfen.«

»Aber möglicherweise den gestrigen Mord verhindern können, Doktor Vang?«, fragte Kristin.

Die Hände des Doktors ballten sich zu Fäusten.

»Wer war das Mädchen?«, fragte Gunnar.

Der Doktor schloss die Augen.

»Wer war sie?«, wiederholte Kristin. »Wer war das Mädchen, an dem Sie 1958 eine illegale Abtreibung durchgeführt haben?«

Er öffnete die Augen und sah Kristin an.

»Anita«, sagte er. »Anita Borgersen.«

Vergangenheit:
Zu den Akten gelegt

1. JANUAR 1981

Ein oder zwei Jahre nach den Morden fanden die Tage wieder zu ihrer alten Form zurück.
Das Leben fand zu seinem alten Rhythmus zurück.

*

1981. Am ersten Tag des neuen Jahres wurde der Juvdal-Fall zu den Akten gelegt.

Es gab keine Pressemitteilung. Die Einstellung des Falles wurde nie öffentlich bekannt gegeben. Natürlich vergisst man so eine Sache nicht einfach. Besonders die nicht, die daran gescheitert sind. Aber am Neujahrstag wurde der Fall still und diskret als »unaufgeklärt« in den Annalen der Kripo, der Oberen Polizeibehörde und in der Polizeiwache Juvdal abgeheftet. Die aktiven Ermittlungen waren damit abgeschlossen.

Es gab keine weiteren Spuren, keine konkreten Verdächtigen.

Ein halbes Jahr nach den Morden hatten die Kripo und die Obere Polizeibehörde fünfundzwanzig Ermittler nach Juvdal geschickt. Zur Unterstützung, wie es hieß. Praktisch wurden damit allerdings Klocks Ermittlungen unter Aufsicht gestellt.

Vidar hatte sie »Darth Vaders Sturmtruppe« getauft. Er und Klock hatten herzlich über den Spitznamen gelacht. Erst später stellte sich heraus, dass Klock überhaupt nicht wusste, wer Darth Vader war.

Sie waren vier Wochen in Juvdal geblieben. Hatten sämtliche

Unterlagen noch einmal von vorne bis hinten durchgekämmt und alle Zeugen ein weiteres Mal verhört.

Vidar hoffte, dass er nicht zu deutlich hatte durchscheinen lassen, wie unzufrieden er mit Klocks Ermittlungsführung war. Vidar war ein loyaler Mensch. Ungeachtet seiner persönlichen Meinung legte er großen Wert darauf, sich hinter seinen Vorgesetzten zu stellen.

Vidar und Klock zogen eine gewisse Befriedigung aus der Tatsache, dass die Ermittler nichts fanden, das sie selber übersehen hatten.

Genau genommen fanden sie gar nichts.

*

Am frühen Morgen des 1. Januar 1981 machte Polizeiobermeister Gerhard Klock eine Skitour. Er stopfte warme Kleider, Proviant, eine Thermoskanne mit Kaffee und einen zusammenklappbaren Aluminiumspaten in seinen Rucksack und lief auf der Loipe am Mårvatn-See vorbei. Bei Bråtetjern verließ er den Weg und stapfte vier Kilometer durch den tiefen Schnee bis zu der alten, unter den Schneemassen begrabenen Waldarbeiterhütte. Er grub sich bis zum Eingang durch und machte ein Feuer im Ofen. Zwei Tage verbrachte er in der Hütte und dachte nach.

Später, nachdem die Suchmannschaft ihn gefunden und zurück ins Dorf gebracht hatte, sagten viele, dass er nicht mehr der Alte war. Ein gebrochener Mann. Desillusioniert. Einer, der versagt hatte, als es drauf ankam.

Vidar hatte nie ganz verstanden, was eigentlich schiefgelaufen war. Er hatte die ganze Zeit über gespürt, wie nah sie der Lösung waren. War nachts manchmal aufgewacht und hatte die Erklärung vor Augen gehabt, doch am nächsten Morgen konnte er sich nicht mehr erinnern.

Als Klock ihn am späten Silvesterabend anrief, um ihm ein

gutes neues Jahr zu wünschen, und ihm mitteilte, er hätte einen Anruf von der Dienstbehörde bekommen, die Einstellung des Falls sei jetzt beschlossene Sache, war er zugleich erleichtert und verärgert gewesen. Diese Entscheidung hatte kommen müssen. Die Ermittlungen waren so häufig in Sackgassen gelandet, dass sie eigentlich nur noch aus Stolz weitermachten. Gegen den Willen der Oberen Behörde, bei der vermehrt Beschwerden eingegangen waren, dass andere Vergehen – Einbrüche in Wochenendhäuser, Steuerhinterziehungen, Autodiebstähle und so weiter – aufgrund der noch immer laufenden Mordermittlungen nicht gründlich genug verfolgt wurden.

Nach dem Telefonat hatte Vidar eine Weile am Fenster gestanden und sich das Feuerwerk angesehen, das den Nachthimmel erhellte. Klock hatte irgendwie merkwürdig geklungen. Fremd.

Danach hatte er sich den ersten Drink eingegossen.

Er war zu mehreren Festen im Dorf eingeladen worden, hatte aber überall abgesagt. Wollte die Fragen und Kommentare, die unausgesprochenen Vorwürfe nicht hören. Voller Selbstmitleid hatte er in seinem Sessel gesessen und sich betrunken und darüber nachgedacht, wie einsam er doch war und warum er immer noch in diesem gottverlassenen Kaff hockte.

*

Am 1. Januar 1981 wurde Vidar am späten Vormittag vom wilden Klingeln des Telefons geweckt. Er nuschelte etwas in den Hörer und registrierte, dass die Dienstbehörde am Apparat war. Polizeiobermeister Klock sei vermisst gemeldet worden; er habe einen Brief hinterlassen, der darauf schließen lasse, dass er sich etwas antun wolle. Jemand habe ihn morgens auf der Loipe in Richtung Mårvatn gesehen. Das Rote Kreuz sei verständigt.

Die Dienstbehörde bat Vidar, in Abwesenheit des Polizeiobermeisters die Suchaktion zu leiten.

Es vergingen zwei Tage, ehe sie Klock in der Waldarbeiterhütte nördlich von Bråtetjern fanden.

DRITTER TEIL

Das Auge des Dämons

FREITAG (II)

Die letzten Stunden:
13.05 Uhr – 14.10 Uhr

FREITAG, 10. JANUAR 2003

1

Juvdal, Freitagnachmittag

In einer warmen Mainacht vor fünfundzwanzig Jahren hatte jemand mit roten Buchstaben *ABI 78 !!!* an die große, grüne Metalltür des Transformatorenhäuschens am Waldrand gesprayt. Wie Blut war die rote Farbe von den ungleichmäßigen Buchstaben nach unten gelaufen. Mit der Zeit war die Farbe verblichen und ausgewaschen. Die heftigen Herbstregen, die Schneestürme, Frühlingswinde und die vom Himmel brennende Sommersonne hatten die Buchstaben beinahe unsichtbar werden lassen und rostige Flecken zurückgelassen, wo die Farbe weggewaschen worden war. Jetzt hatte sich der Schnee so hoch an den Türen aufgetürmt, dass nur noch ihre bleichen, obersten Spitzen sichtbar waren.

2

Juvdal, Stabkirche, Freitagnachmittag

So viele, mit denen sie noch reden musste, so vieles, woran es zu denken galt, ehe sie starb.

Anita Borgersen lief in der Sakristei auf und ab. Olav Fjellstad folgte ihr mit den Augen. Sie mochte seinen Blick nicht. Früher hatte er sie einmal mit Wärme und Verständnis angesehen. Jetzt schwang etwas ganz anderes darin mit. Mitleid. Leichte Verwunderung. Mitgefühl.

»Ich muss aufbrechen!«, sagte sie plötzlich.

»Warum so eilig?«

Sie war sich sicher, dass er sie aufhalten wollte. Dass er sie daran hindern wollte, sich das Leben zu nehmen. Sie hatte ihm alles erzählt. Aus Rücksicht auf Arild hatte sie den Mord an Birger auf sich genommen. Jetzt war die Zeit der Sühne gekommen. Und das ging ihn nichts an.

»Es gibt noch einige, mit denen ich reden muss«, sagte sie.

»Willst du dich nicht noch ein bisschen ausruhen, bevor du aufbrichst?«

»Schlafen kann ich noch genug, wenn ich tot bin.«

Olav kam um den Schreibtisch herum und umarmte sie. »Denk noch einmal darüber nach, Anita.«

Er strahlte eine solche Sicherheit und Wärme aus. Seine Arme. Sein Körper. Sie lehnte sich an ihn, kniff die Augen zusammen und spürte seine Hände auf ihren Haaren und ihrem Rücken.

Birger. Ist. Tot.

Sie biss sich auf die Unterlippe, presste sich an ihn. Wollte schlafen. Neben ihm liegen, die Arme um ihn geschlungen, schlafen. Sicher, warm und gut.

»Alles wird gut«, flüsterte er in ihre Haare.

Ja, alles wird gut...

»Hab keine Angst, Anita.«

Ich habe keine Angst. Nicht, wenn du mich so hältst.

»Wir kümmern uns um dich.«

Ich liebe dich auch, Olav.

»Anita, wenn du willst, kann ich mit jemandem reden. Jemandem, der sich um dich kümmern kann. Dir helfen kann.«

Ja, sich um mich kümmern...

Halt! Halt! Halt!!!

Sie riss sich aus seiner Umarmung los. »Sich um mich kümmern?«

»Du brauchst Hilfe, Anita! Du stehst unter Schock!«

»Du willst mich einsperren?«

»Nein, Anita. Du weißt, dass ich das nicht so meinte. Aber du brauchst professionelle Hilfe.«

Sie bohrte ihren Blick in ihn. »Du bist genau wie die anderen. Ich dachte, du würdest mich verstehen.«

Sie schnappte sich ihren Mantel, der auf der Bank lag, und stürzte aus der Sakristei.

3
Polizeiwache Juvdal, Freitagnachmittag

Die Dienstbesprechung war ausgesetzt worden, weil die Kripobeamten noch auf den vorläufigen Obduktionsbericht und zwei technische Analyseergebnisse aus dem Labor in Oslo warteten. Unter anderem wollten sie eine Antwort auf die Frage haben, ob es sich bei dem, was sie im Schnee außerhalb des Stalls gefunden hatten, um Blut handelte, und falls ja, ob es Menschenblut, genauer gesagt, Birgers Blut war.

Als die Ermittlungsgruppe endlich versammelt war – Vidars eigene Leute, die Kripobeamten und die schweigsamen Männer von der Oberen Polizeibehörde –, ging Vidar zuerst noch einmal auf den alten Doppelmord ein. Er präsentierte die verschiedenen Theorien, die fehlgeschlagenen Ermittlungsschritte und antwortete auf polizeiliche Fragen, aus denen hervorging, dass sich die Anwesenden mehr für den alten Juvdal-Fall interessierten als für den gestrigen Mord. Danach berichtete er kurz über Birger und Anita Borgersen.

»Der Fall scheint klar zu sein«, sagte er. »Glaubwürdige Zeugen haben detailliert beschrieben, wie Anita mit der Tatwaffe in der Hand dastand. Und die Verdächtige ist getürmt und noch immer flüchtig. Trotzdem: Keiner hat den Mord beobachtet, und wir müssen diesen Blutspuren außerhalb des Stalls nachgehen. Wir sollten dafür offen sein, dass der Fall möglicherweise doch nicht so einfach ist, wie er sich uns im Augenblick darstellt.«

Die Anwesenden murmelten leise. Alle wussten, dass Vidar recht hatte, trotzdem war es wahrscheinlicher und wohl auch willkommener, weiterhin in Anita die Täterin zu sehen.

Sie diskutierten verschiedene Theorien über potenzielle andere Verdächtige und erwogen mögliche Tatmotive. Aber die einzigen Theorien, die wirklich Gehör fanden, führten sie zurück zu dem Doppelmord.

»Mein Vorgänger, Polizeiobermeister Klock, hat mich heute Vormittag angerufen und mir gegenüber eine Theorie geäußert, die wir 1978 nicht berücksichtigt haben«, sagte Vidar. Er räusperte sich und ließ seinen Blick über die Anwesenden schweifen. »Lassen Sie uns folgendes, gedankliches Experiment durchspielen: Anita tötete gestern ihren Mann, weil sie sich an ihm rächen wollte. Möglicherweise hatte sie zuvor erkannt, dass ihr Mann Birger 1978 Rolf Anthonsen umgebracht hatte. Weil Rolf wiederum Berit erdrosselt hatte. Warum? Könnten Rolf und Anita ein Verhältnis gehabt haben?«

Er ließ die Frage im Raum stehen.

Einer der Taktiker der Kriminalpolizei hob die Hand: »Warum sollte Rolf seine Frau töten, wenn er selbst ein Verhältnis mit seiner Schwägerin hatte?«

»Berit kann ihm auf die Schliche gekommen sein«, schlug Vidar vor. »Und damit gedroht haben, ihrem Bruder alles zu erzählen. Rolf hatte Angst vor Birger.«

»Aber warum sollte sie fünfundzwanzig Jahre warten, um sich zu rächen?«, wandte Skogstad ein.

»Na schön«, sagte Vidar. »Diskutieren wir lieber die nächsten Ermittlungsschritte und die Aufgabenverteilung.«

4
Juvdal, Schuhgeschäft, Freitagnachmittag

Das Handy klingelte. Sie war im Schuhgeschäft, denn freitags arbeitete sie nur halbtags. Es verging eine Weile, bis ihr bewusst wurde, dass das melodische Klingeln von ihrem eigenen Handy in ihrer Tasche kam.

Im Display stand eine unbekannte Handy-Nummer.

»Nina?«, meldete sie sich halb fragend, halb ängstlich, wie sie es immer tat, als fürchtete sie, dass jeder unbekannte Anruf etwas Schlechtes mit sich brachte.

»Nina Bryn?« Eine Frauenstimme. Sie konnte sie nicht zuordnen.

»Am Apparat, ja?«

»Guten Tag, hier ist Kristin Bye, vom Sender ABC!«

»Ja, guten Tag«, antwortete sie, überrascht darüber, dass sich die Journalistin noch einmal bei ihr meldete.

»Ich habe neue Ermittlungsergebnisse, die ich gerne mit Ihnen besprechen würde.«

»Ermittlungsergebnisse? Worüber?«

»Wir haben Berits Tagebuch gefunden.«

»Das Tagebuch? Wirklich! Wow! Wo war es denn?«

»Da stand etwas...«

»Ja?«

»Das ist ein bisschen schwierig, Nina. Ich weiß nicht recht, wie ich Sie danach fragen soll.«

»Geht es um mich?«

»Es geht um Thomas.«

»Thomas? Thomas Holmen?«

»Laut Polizeidokumenten hatten Sie 1978 ein Verhältnis mit Thomas Holmen?«

Sie senkte die Stimme. »Also ehrlich, das geht weder Sie noch sonst jemanden etwas an. Das ist fünfundzwanzig Jahre her. Nicht einmal mein Mann ahnt etwas davon. Es kann doch heute keine Rolle mehr spielen, dass Thomas und ich...«

»Warten Sie, da ist noch mehr«, unterbrach Kristin sie.

»Und das wäre?«

Kristin seufzte. »Wussten Sie, dass Thomas gleichzeitig ein Verhältnis mit Berit hatte, während er mit Ihnen zusammen war?«

»Thomas? Nein, das kann nicht sein. Sie müssen da was missverstanden haben.«

»Tut mir leid, Nina. Aber Berit schildert das ziemlich detailliert und intim. Thomas und Berit haben am 11. Juli 1977 ein Verhältnis begonnen. Es gibt allerdings keinen Hinweis darauf, dass sie wusste, dass Thomas auch mit Ihnen zusammen war. Das Verhältnis dauerte bis zu ihrem Tod.«

11. Juli 1977.

Mein Gott. Dann war er mit Berit zusammen, als ich nach der Silvesterfeier mit zu ihm gegangen bin!

Sie sah sich um, die Schuhregale, die Angebotsplakate, das Schneechaos vor dem Schaufenster.

Dann war er die ganze Zeit mit Berit und mir zusammen. Gleichzeitig.

»Nina? Sind Sie noch dran?«

»Ja, ja, bin ich. Das ist nur...«

»Tut mir leid.«

»Ich wusste nichts davon. Wirklich. Was soll ich sagen?«

»Ich musste das fragen.«

»Ich begreife nicht, wie ich so naiv sein konnte. Das muss Thomas aber gut geplant haben.«

»Sie verstehen vielleicht, was das bedeutet?«

»Er ist ein Arschloch.«

»Ich nehme an, dass Sie jetzt beide als mögliche Verdächtige gelten werden. Es tut mir leid.«

5
Juvdal, Stabkirche, Freitagnachmittag.

Olav Fjellstad starrte an die Decke der Sakristei. Er konnte sie nicht bei der Polizei anzeigen. Durfte es nicht. Anita hatte ihn als Pastor aufgesucht. Er unterlag der Schweigepflicht. Hatte ein heiliges Versprechen gegeben. Ein Abkommen zwischen ihm und Gott.

Das alles war so schwierig. Sollte er der Polizei einen Tipp geben, um ihr Leben zu retten? Oder damit sie festgenommen und wegen Mordes angeklagt werden konnte? Mit welchem Recht wollte er das heilige Versprechen brechen, dass sich jeder vertraulich an einen Pastor wenden konnte? Jederzeit?

Was für ein Tag, dachte er mit einem ironischen Lächeln auf den Lippen. Manchmal fand er es seltsam, seine Berufung und Tätigkeit im Hause Gottes als »Arbeit« zu bezeichnen. Aber das war es. Eine Arbeit. Das Einfachste wäre, wenn die Polizei sie einfach schnappte. Das würde alles so viel leichter machen. So unendlich viel leichter.

6
Juvdalens Avis, Freitagnachmittag

»Du Scheißkerl!«

Thomas Holmen hatte sich gerade eine Tasse Kaffee geholt, als Nina Bryn anrief. Er zog die Augenbrauen zusammen und räusperte sich: »Nina? Bist du das? Was sagst du da?«

»Dass du ein Scheißkerl bist!«

»Nina! Was…?«

»Du warst auch mit Berit zusammen! Als wir zusammen waren! Du Scheißkerl!«

Zuerst antwortete er nicht. Woher, zum Teufel, wusste sie das? Das war doch sein Geheimnis. Ihm wurde kalt. Es war etwas geschehen. Jemand wusste Bescheid.

»Was… wie meinst du das?«, fragte er, um Zeit zu gewinnen und das Unvermeidbare noch ein Weilchen aufzuschieben. Er musste ihr entlocken, was sie wusste.

Sie klang, als ob sie geweint hätte.

»Thomas, du Arschloch!«

»Nina«, sagte er so ruhig wie möglich. »Wovon redest du?«

»Ich hätte es besser wissen müssen«, sagte sie. »Ich war doch nicht blöd. Ich wusste doch, dass du ein Schürzenjäger bist. Aber *gleichzeitig*?« Sie holte ein paar Mal tief Luft. Die Wut ließ ihre Stimme zittern. »Du hast es mit mir und mit Berit getrieben! Gleichzeitig!«

»Nina, versuch bitte, mich…«

»Hat dir das einen Kick gegeben? Zwei Freundinnen zu verführen? Zwei, die keine Ahnung hatten, dass sie sich den gleichen Liebhaber teilten?«

»Moment mal«, sagte er. Er musste sich beruhigen. Er stand auf und schloss seine Bürotür. Holte tief Luft.

»Ich bin wieder da«, sagte er schließlich.

»Dann hast du also die Briefe geschrieben?«

»Was für Briefe?«

»Über die die Zeitung nach den Morden geschrieben hat! Die Liebesbriefe an Berit. Die Gedichte. Deren Verfasser nie ermittelt werden konnte.«

Er kniff die Augen zusammen. Briefe. Gedichte. Sie hatten es herausgefunden.

»Bist du noch dran?«, fragte sie.

»Du musst mir erklären, woher du das alles weißt, Nina.«

»Sie haben das Tagebuch gefunden.«

»Das Tagebuch?«

»Berits Tagebuch.«

Etwas Schweres ging in ihm zu Boden, wie ein Aufzug, der durch einen Schacht nach unten stürzt, wenn das Seil reißt.

»Sie haben Berits Tagebuch gefunden?«, fragte er.

»Ja, hab ich doch gesagt!«

»Wer hat es gefunden? Und wo?«

»Diese Fernsehleute. Sie haben mich angerufen. Weil Berit über ihr Verhältnis mit dir geschrieben hat, während wir uns ja gegenseitig ein Alibi gegeben haben.«

Der Aufzug raste immer schneller in die Tiefe.

»Hast du aufgelegt?«, fragte sie.

»Nein, ich bin noch dran.«

»Hast du nichts dazu zu sagen?«

»Nina ...«

»Du bist ein Arschloch, weißt du das?«

»Ich weiß. Es tut mir leid, Nina.«

»Ich habe dich damals wirklich geliebt.«

»Ich dich auch.«

»Aber nicht so sehr, dass du es nicht auch noch mit meiner besten Freundin getrieben hättest. Gleichzeitig!«

»Was soll ich sagen? Entschuldige. Es tut mir leid. Ich war jung. Für mich gab es damals nicht entweder – oder, sondern nur sowohl als auch. Ich hab dich gern gehabt. Aber ich hab auch Berit gern gehabt. Ich kann das weder erklären noch mich verteidigen. So war es einfach. Ich erwarte nicht, dass du das verstehst.«

»Scheißkerl!«

Sie legte auf.

Er blieb mit dem Hörer in der Hand stehen. Schwer atmend. Konnte Nina die anonymen Briefe geschrieben haben?, fragte er sich.

7
Zu Hause bei Polizeiobermeister a. D. Gerhard Klock, Freitagnachmittag

Ungeduldig lief Gerhard Klock in der Küche hin und her. Vor und zurück. Die Unruhe zehrte an ihm. Warum hörte er nichts? Warum rief Vidar ihn nicht an? Wenn seine Theorie nun stimmte? Wenn Rolf Berit und Birger Rolf getötet hatte und jetzt Anita Birger, weil sie damals ein Verhältnis mit ihrem Schwager gehabt hatte? Es erschien zu unwahrscheinlich, um wahr zu sein. Aber war es nicht oft so, dass sich die unwahrscheinlichste Theorie als die richtige erwies?

Gibt es so etwas wie pathologische Boshaftigkeit?, fragte er sich. Oder ein Verbrechergen? Nach 1978 hatte er viele Nächte wach im Doppelbett gelegen und darüber nachgedacht, was einen Mörder kennzeichnete. Ein Mangel an Selbstkontrolle? Berechnende Gewissenlosigkeit? Oder sind Mörder nur die Opfer irgendwelcher inneren Kräfte, die sie nicht steuern können? Warum gibt es in einer Gesellschaft, in der alles auf das Glück der

Menschen ausgerichtet ist, so viel Gewalt? Die Menschen, die im Affekt töteten, glaubte er zu verstehen. Sie explodierten vor plötzlicher Wut, brachen hinterher aber immer zusammen und bereuten ihre Tat. Ein vorsätzlicher, berechnender Mörder dagegen, der sein Verbrechen plant und durchführt und dann wie ein Schatten in der Nacht verschwindet?

Laika lag unter dem Tisch und sah ihn mit traurigen Augen an.

»Mädchen, mit mir ist alles in Ordnung, mach dir keine Sorgen, ich bin nur ein bisschen aufgeregt.«

Er sah die Schlagzeilen vor sich. *Polizist im Ruhestand löst rätselhafte Juvdal-Morde!*

Laika legte den Kopf auf ihre Vorderläufe und schloss die Augen.

Er hatte alle Nachrichten gehört und im Videotext nachgeschaut, aber nichts Neues erfahren. Viermal hatte er versucht, Vidar zu erreichen, doch jedes Mal hatte der Wachhabende betont, der Polizeiobermeister sei beschäftigt und könne nicht ans Telefon gehen. Klock wusste ja, dass es so war. Trotzdem verstand er nicht ganz, warum Vidar ihn nicht zurückrief, um ihn kurz auf dem Laufenden zu halten.

Noch einmal wählte er die Nummer der örtlichen Polizeiwache.

8
Juvdal, Alten- und Pflegeheim, Freitagnachmittag

Doktor Eilert Vang rollte im Rollstuhl zum Radio, stellte den Sender P2 ein und drehte die Lautstärke hoch. Er war ganz benommen. Er hatte alles verraten. Alles!

Robin.

Die Abtreibung
Anita.
Die Geburtsurkunde.
Alles ...

Seltsamerweise empfand er keine Erleichterung. Nur Leere. Er hätte seine Geheimnisse früher preisgeben können. 1978. Schließlich hatte er nur eine falsche Geburtsurkunde ausgestellt. Einem Kind zu Eltern verholfen, das sonst zugrunde gegangen wäre.

Doch jetzt hatte er also die Wahrheit gesagt. Was auch immer sie wert war. Warum empfand er dann keine Erleichterung?

9
Juvdal, Alten- und Pflegeheim, Freitagnachmittag

Sie lag mit offenen Augen da und starrte an die Decke, als der Arzt kam.

Siv Borgersens Blick wanderte von der Zimmerdecke zu Doktor Aslak Zahl, der sich gemeinsam mit Schwester Elin Kristensen dem Bett näherte. Keiner von beiden sagte etwas. Doktor Zahl platzierte seinen schwarzen Arztkoffer auf dem Stuhl neben dem Bett und setzte sich auf die Bettkante. Er erwiderte ihren Blick.

»Siv?«, fragte er.

Sie starrte zurück.

»Kannst du mich hören, Siv?«

Ihre Augen flackerten.

Er nahm ihre Hand. »Siv, wenn du hören kannst, was ich sage, versuch, meine Hand zu drücken.«

Nichts. Aber ihr Blick hielt seinem stand.

Er hatte diese Geschichten über Menschen, die nach zehn

oder zwölf Jahren aus dem Koma erwacht waren, immer mit großer Skepsis verfolgt.

»Wacht sie auf?«, fragte Elin Kristensen.

»Schwer zu sagen. Aber es scheint so…« Er schüttelte den Kopf, beugte sich vor und starrte ihr in die Augen. »Siv?«

»Sie war seit 1978 kaum bei Bewusstsein«, sagte Elin.

»Nicht sonderlich wahrscheinlich, dass sie aufwacht. Nicht nach fünfundzwanzig Jahren. Ich muss andere Spezialisten zu Rate ziehen. Wenn sie wirklich aufwachen sollte, wäre das eine internationale Sensation!« Er musste plötzlich lachen. »Bist du ein medizinisches Wunder, Siv?«

Er senkte seinen Kopf noch weiter und sah ihr aus unmittelbarer Nähe in die Augen. »Na ja, vermutlich ist das eine Art Funktionsstörung. Falsche Signale des Gehirns.«

Siv sah ihn an.

Als sie gegangen waren, starrte sie in ihrem Bett vor sich hin.

Nach einer Weile begannen sich ihre Lippen zu bewegen. Sie formten ein Wort. Hätte jemand seinen Mund an ihre Lippen gelegt und gelauscht, hätte er verstanden, was sie flüsterte.

»*Mama.*«

10
Juvdal, Alten- und Pflegeheim, Freitagnachmittag

Wie in einer Schneekugel, dachte sie. Sie stellte sich eine glänzende Kugel vor, in der die weißen Flocken langsam zu Boden schwebten und eine schmucke Miniaturlandschaft umhüllten. Anita Borgersen lächelte zum Himmel und schloss die Augen. Die Schneeflocken schmolzen auf ihrem Gesicht. Eiskaltes Wasser rann über ihre Wangen. Was, wenn jetzt gerade jemand in die Kugel blickt? Sie unterdrückte den Wunsch, aufzublicken und zu winken.

Die Beine in einem Schneehaufen, stand sie versteckt hinter dem weißen Lieferwagen des Rohr- und Sanitärdienstes. Ihre Schultern waren bereits weiß von Schnee. Der schnelle Gang von der Kirche zum Pflegeheim hatte ihr die Müdigkeit genommen.

Zwei Pfleger standen rauchend vor dem Haupteingang. Sie wartete. Schloss die Augen. Ein plötzlicher Schwindelanfall übermannte sie. Sie befand sich in einer wilden, dunklen Landschaft aus Felsen und kahlen Bäumen, hörte das Fauchen von Raubtieren hinter dem Bergkamm und roch den Gestank von verdorbenem Fleisch. Ein Schrei drängte über ihre Lippen, doch mit einem Mal verschwanden die Bilder wieder aus ihrem Kopf, und sie erkannte, wo sie war.

Wer war sie? Eigentlich? In ihrem tiefsten Inneren? An diesem Tag vor fünfundvierzig Jahren war etwas in ihr zerbrochen. Als wäre die Anita, die sie damals gewesen war, in einen finsteren Brunnen gefallen. Die andere Anita, die, die oben in der Sonne verharrte, war ein Schattenwesen, das sie kaum kannte.

Sie öffnete die Augen und betrachtete die Schneeflocken. Wie Zuckerwatte, dachte sie. Jeden Sommer kam eine schwedische Kirmes in das Dorf und machte sich auf dem Sportplatz breit. Als Arild noch klein war, hatte sie ihn dorthin mitgenommen, um Karussell zu fahren und Zuckerwatte zu essen. Ihr war immer schrecklich schlecht geworden, aber sie erinnerte sich noch an Arilds Lachen, wenn das Karussell sie mit seinen irrsinnigen Wendungen hin und her schleuderte. Jedes Mal, wenn seine glücklichen Augen über ihr Gesicht gehuscht waren, hatte sie gejohlt und gelacht. Doch in ihrem Inneren war keine Freude gewesen. Sie hatte nichts gespürt. Das war das Schlimmste. Nichts.

Ein vergeudetes Leben, dachte sie. Ein Blendwerk aus Lügen und aufgesetzter Menschlichkeit. Gefühllos. Sogar meine Trauer ist kalt und rational.

O Arild, mein Junge.

Warum hatte sie nie eingegriffen, wenn Birgers Wut überkochte?

Sie hatte nie Angst vor Birger gehabt. Und der einzige Mensch auf der Welt, für den sie wirklich etwas empfand, war Arild. Trotzdem hatte sie es geschehen lassen. All die Jahre. Warum?

Ich war nie anwesend, dachte sie. Nie wirklich. Stand neben mir. Die Anita, die eingegriffen hätte, hockte zusammengekauert in der feuchten Tiefe des Brunnens und sah und hörte nichts. Ein Haufen Verzweiflung. Ich war nicht anwesend, wiederholte sie innerlich. *O mein Gott, Arild, mein Junge! Wo war ich, als du mich so dringend gebraucht hättest?* Sie hätte Birger aufhalten können. Sie hätte zwischen sie gehen können. Mit dem Jungen davonlaufen. Doch in ihrer blauen Finsternis war sie ein Wesen ohne Gefühle. *Ein Insekt!*

Sie rang nach Atem. Etwas in ihr war im Begriff aufzuwachen. Ein Murren tief in ihrem Inneren. Als wenn sie tief in ihrem Brunnen den Kopf in den Nacken legte und in den Kreis aus Licht blinzelte. Als ob sie, nach fünfundvierzig Jahren, den Drang verspürte, nach oben zu klettern, raus aus dem Brunnen und hinein ins Licht.

Ein Taxi hielt vor dem Haupteingang des Altenheims und ließ eine Frau aussteigen, die rasch unter das Vordach schlüpfte, wo sie zwei Schwestern zunickte, ehe sie durch die Tür nach drinnen verschwand. Etwas später kam ein älterer Mann heraus, ging zu einem geparkten Volvo und fuhr weg. Die zwei Schwestern drückten ihre Zigaretten in einem großen Aschenbecher aus. Die eine der beiden sagte etwas. Beide lachten. Lächelnd gingen sie wieder hinein.

Anita ließ den Blick über die Straße schweifen. Niemand zu sehen. Der Parkplatz war leer. Sie verdeckte ihr Gesicht mit dem Schal und trat hinter dem Lieferwagen hervor. Sie hatte Schnee in ihren Stiefeln. Mit eiligen Schritten überquerte sie den Parkplatz. Unter dem Vordach blieb sie stehen. Auch an der Pforte war niemand.

Wärme schlug ihr entgegen, als sich die automatischen Türen öffneten. Sie durchquerte die leere Halle. Sofagruppen und ein Münzfernsprecher neben der verwaisten Pforte. An einer Wand hing ein Wegweiser mit der schematischen Übersicht aller Stationen und Etagen des Pflegeheims:

Verwaltung
Pflegestation I – II – III
Geriatrische Station I – II – III
Medizinische Station
Speisesaal
Gemeinschaftsräume
Küche
Schwimmbad
Fitness und Physiotherapie
Kapelle

Medizinische Abteilung!, dachte sie. Da muss Siv liegen. Zweiter Stock.

Sie warf einen prüfenden Blick durch den Flur. Aufzüge und Treppe lagen ein Stück hinter der Pforte. Zwischen ihr und der Treppe standen zwei Patienten und hielten sich an ihren Gehhilfen fest. Sie musste es wohl darauf ankommen lassen. Anita straffte den Schal vor ihrem Gesicht und ging zur Treppe.

11
Juvdal, Gjæstegaard, Freitagnachmittag

Berit, Berit, Berit ...

Victoria Underland stand am Fenster ihres Hotelzimmers und spürte, wie sich ihr Herz von der Umklammerung zu befreien versuchte. Noch immer hatte sie das Zeitungsbild von Berit Borgersen vor Augen. Manchmal, wenn sie in Trance fiel, konnte sie Gesichter erahnen. Lächelnde Gesichter, schreiende Gesichter. Sie wusste nicht, wer diese Menschen waren, wohl aber, dass sie sich diese Gesichter nicht einbildete. Heute sah sie niemanden. Keine Gesichter, keine diffusen Gestalten, keine Berit, nur Schnee, Schnee, Schnee.

Was willst du?, fragte sie sich.

Ihr Herz hämmerte wie wild. *Bin ich krank? Vielleicht bin ich deshalb so rastlos und nervös?*

Berit, du musst mir helfen, das alles zu verstehen.

Irgendwo im Hotel rauschte eine Leitung. Eine tiefe Stimme sagte etwas, sie verstand aber nicht, was. So ist es auch mit meinen Fähigkeiten, dachte sie. Als vernähme ich Stimmen durch eine Wand. Manchmal hört man nur, dass sie da sind, versteht aber nicht, was sie sagen.

12
Polizeiwache Juvdal, Freitagnachmittag

Vidar Lyngstad hatte die Tür seines Büros geschlossen und den Kopf auf die Hände gestützt. Die Dienstbesprechung war gerade zu Ende. Die Aufgaben des Tages waren verteilt. Verhöre, Befragungen, Durchsuchungen, technische Analysen. Er hörte die

Stimmen der Kollegen – militärisch effektiv – und dachte, wie sehr die jetzige Situation der vor fünfundzwanzig Jahren glich. Mit einem einzigen Unterschied. Jetzt war *er* der Chef. Jetzt hatte *er* die Verantwortung.

Er fragte sich, wie sein Leben aussehen würde, wenn er sich seinen Traum erfüllt und versucht hätte, an einen anderen Ort zu kommen. Vielleicht wäre er dann einer der Beamten der Kripo, die jetzt hierher beordert worden waren, um ihm beizustehen. Der Gedanke amüsierte ihn. Vielleicht würde er sich dann jetzt mit den Kollegen darüber das Maul zerreißen, wie unfähig dieser lokale Dorfpolizist war, vollkommen unqualifiziert, die Ermittlungen in einem derart komplizierten Mordfall zu leiten. Und zu Hause im Reihenhäuschen warteten die Frau und die beiden aufgeweckten Jungs.

Vidar hatte nie geraucht, doch jetzt verspürte er den ungeheuren Drang, sich eine Zigarette anzuzünden, sich zurückzulehnen und seine Lungen mit Rauch zu füllen. Ab und an hatte er überlegt, ob er nicht beginnen sollte, Pfeife zu rauchen. Nur weil es so gemütlich aussah.

Das Telefon klingelte. Er seufzte. Doch es war nur Lisa vom Empfang, die wissen wollte, ob sie ihm einen Kaffee und etwas zu essen bringen könne. Er bat sie um eine Tasse Kaffee. Kurz darauf klopfte sie an die Tür. Sie hatte ihm auch ein Stück Gebäck dazugelegt. Erst jetzt merkte er, dass er ziemlich hungrig war.

»Sie sind ein Engel«, sagte er und lehnte sich stöhnend zurück. »Wenn man doch jetzt eine Skitour machen könnte! Hoch zum Trolljuvet!«

»Sie würden es doch nicht übers Herz bringen, uns hier allein zu lassen!«, sagte sie mit einem Grinsen.

Er nahm einen Schluck Kaffee und einen Bissen vom Gebäck. Anita, Anita... War sie nach dem Mord zu ihrem Sohn gelaufen? Hatte sie die Blutspuren im Schnee hinterlassen?

Konnte es sein, dass Arild seine Mutter zu Hause bei sich versteckte? Oder war sie mit dem Auto geflüchtet? Der Wagen war verschwunden. Vermutlich war sie schon weit weg. Oslo. Schweden. Aber von wem waren dann die Blutspuren im Schnee? Von den Zeugen?

Anita Borgersen ... eine ganz besondere Frau. Er mochte sie. Sie war immer irgendwie anders gewesen. Sie hatte etwas, das sich nicht richtig greifen ließ. Etwas in ihrem Blick, etwas Unausgesprochenes. Er konnte es nicht eindeutig benennen. Polizeiliche Ermittlungen basierten auf Fakten. Doch er hatte nichts außer seiner Intuition. Seinen Gefühlen. Ahnungen. Nicht gerade das Fundament, auf dem man eine Mordermittlung aufbauen konnte. Er war frustriert. So vieles passte da nicht zusammen.

Wo war Anita jetzt? War sie noch immer hier in Juvdal? Ziemlich unwahrscheinlich. Wenn Arild sie nicht zu Hause bei sich versteckte. Das musste er überprüfen. Er trank seinen Kaffee aus und aß das Gebäck.

Aber wer sonst hatte Birger Borgersen getötet, wenn Anita nicht die Schuldige war? Wer? Und warum? Und warum war Anita dann weggelaufen?

In der Regel war es so, dass Täter und Opfer sich kannten, das hatte er auf der Polizeihochschule gelernt. Häufig waren es Familienmitglieder. Konnte es der Sohn der Familie gewesen sein? Arild? Oder Birgers Bruder Bjørn-Tore? Die Schwägerin? Kristin Bye? Jede dieser Theorien kam ihm gleichermaßen konstruiert vor.

Das Telefon klingelte. Er seufzte, ließ es ein paar Mal schellen, bis er sich räusperte und zum Hörer griff. Er meldete sich kurz und hart: »Ja?« Es war Lisa, sie hatte wieder Klock am Telefon. Er hatte es schon den ganzen Vormittag probiert, und Lisa wollte wissen, ob er jetzt in der Stimmung sei, mit ihm zu reden.

13
Juvdal, Alten- und Pflegeheim, Freitagnachmittag

Die Türen des Fahrstuhls öffneten sich. Kristin und Gunnar traten in die Lobby des Pflegeheims. Langsam gingen sie auf den Ausgang zu.

»Also wirklich«, sagte Gunnar.

»Anita Borgersen und der Sohn des Doktors.«

»Eine illegale Abtreibung 1958 und ein Leben voller Dunkelheit und Geheimnisse.«

»Und dann hat er Anita geholfen, Arild zu bekommen. Als eine Art Wiedergutmachung. Ein Kuckuckskind. Verdammt, Gunnar, was für eine Geschichte.«

»Eine Tragödie.«

»Aber ich kann immer noch nicht verstehen, was Anita dazu gebracht hat, ihren Mann zu töten.«

»Oder wer 1978 Berit und Rolf getötet hat.«

»Wir müssen mit ihr reden«, sagte Kristin.

»Mit Anita? Ich glaube, das würde die Polizei auch ganz gerne.«

»Auf jeden Fall sollten wir uns mit Arild unterhalten. Armer Mann. Was für ein Wirrwarr.«

»Wir sollten Lyngstad sagen, was wir wissen.«

»Das müssen wir wohl. Aber nur die Götter wissen, wie sie das dann wieder vermurksen.«

Beide blieben stehen, als sich die Türen öffneten.

»Wie das schneit!«, sagte Kristin.

Sie hasteten zum Auto. Kristin setzte sich hinter das Steuer, Gunnar auf den Beifahrersitz.

»Lass es uns folgendermaßen angehen«, schlug Kristin vor. »Ich setze dich an der Polizeiwache ab. Dann kannst du Lyngstad in aller Ruhe erklären, was wir herausgefunden haben. Es gibt sicher nur Chaos, wenn wir erst anrufen und das alles seiner Sekretärin am Telefon erklären müssen, ehe wir direkt mit ihm reden können.«

»In Ordnung. Und du?«

»Wir haben doch eine Verabredung mit Arild, erinnerst du dich?« Kristin ließ den Wagen an und fuhr vom Parkplatz. »Ich fahre zum Sägewerk und rede mit ihm. Vielleicht kann ich ihm entlocken, was er weiß.«

»Glaubst du wirklich, dass der heute bei der Arbeit ist?«

»Es schadet nichts, das zu überprüfen. Wenn nicht, wird er wohl zu Hause sein.«

»Du darfst ihm aber nicht gleich die ganze Geschichte erzählen!«

»Nein, bist du verrückt! Ich werde überhaupt nichts erzählen.«

»Ist das wirklich klug, Kristin?«

»Wir müssen zuschlagen, solange wir noch im Vorteil sind. Solange das alles noch frisch ist. Danach kann es zu spät sein!«

14
Juvdal, Alten- und Pflegeheim, Freitagnachmittag

Eine Schwester hastete an ihr vorbei und über die Treppe nach unten, als Anita den zweiten Stock erreichte. Sie war außer Atem.

Ein Schild wies ihr den Weg zur medizinischen Station. Sie hielt den Kopf gesenkt. Der Linoleumboden war grüngrau.

Da sie ihr Gesicht zu verbergen versuchte, hätte sie beinahe das Schild Medizinische Station übersehen, das an zwei dünnen Ketten von der Decke herabhing. Anita blieb stehen. Der Flur war lang. An beiden Seiten gab es nummerierte Türen. An den Wänden standen Betten und Rolltischchen. Hinter einer Tür piepste ein Alarm. An den Wänden hingen billige Reproduktionen von Stillleben und Landschaften. Das Winterlicht strahlte durch die großen Fenster am Ende des Korridors.

Siv?

Anita blickte nach links und rechts. Zimmer 350 und 351. Sie hatte Siv nie besucht. Hatte keine Ahnung, in welchem Zimmer sie lag.

Zögernd ging sie über den Flur. Zimmer 352 und 353. Wie sollte sie herausfinden, wo Siv lag? Musste sie erst jede Tür öffnen und nachsehen? Würde sie Siv überhaupt erkennen? Nach fünfundzwanzig Jahren? Sie erinnerte sich an ein kleines Mädchen in einem hellblauen Sommerkleid. Große, glückliche Augen. Das Haar zu einem Pferdeschwanz gebunden. Rosa Ranzen. Fetzen der Erinnerung aus vergangenen Jahrzehnten.

Eine Schwester kam aus einem der Zimmer am Ende des Flures.

Anita drehte sich schnell um und begann, die gerahmte Übersicht der Fluchtwege zu studieren. Das Klappern von Holzpantinen näherte sich: Die Holzpantinen blieben stehen.

»Kann ich Ihnen helfen?«

15
Juvdal, Gjæstegaard, Freitagnachmittag

Victoria kam gerade aus dem Badezimmer, als es geschah. Die Stimme

!!! Komm komm komm !!!

schoss wie elektrischer Strom durch ihren Körper. Sie fasste sich an die Kehle, rang nach Atem und taumelte nach hinten. Fiel rücklings aufs Bett, schnappte nach Luft, riss die Augen auf und versuchte, die Panik in den Griff zu bekommen, damit sie endlich wieder atmen konnte.

Jedes

!!! Hilf mir ... sie kommt her... bitte...
hilf mir !!!

Wort war eine Explosion aus Licht und Schall in ihrem Inneren. Ein

Angst !!! ... Hilf mir !!! ... Lass das nicht
geschehen !!!

Zucken durchfuhr ihren Körper, und ihre Finger verkrampften sich, als jagte jemand immer wieder mit hoher Spannung Strom durch sie.

16
Polizeiwache Juvdal, Freitagnachmittag

»Ihr Name?«
»Borg.«
»Vorname?«
»Gunnar. Gunnar Borg.«

Früher hatte ihm sein Name auf beinahe magische Weise alle Türen geöffnet. Die Menschen hatten zu ihm aufgeblickt, ungläubig zweifelnd, ob das wirklich Gunnar Borg sein konnte, *der* Gunnar Borg. Aber das war lange her. Das rundliche, junge

Mädchen am Empfang – Lisa, laut Namensschildchen – schrieb seinen Namen auf einen Zettel und lächelte entgegenkommend. »Der Polizeiobermeister ist im Moment sehr beschäftigt«, sagte sie bedauernd und zuckte mit ihren Schultern, als wollte sie ihm signalisieren, dass er sich damit abfinden müsse.

Er fühlte sich wie ein Scharlatan, der mit einer wilden Theorie auf der Wache auftauchte. Gunnar räusperte sich. »Sagen Sie ihm, dass ich Mitarbeiter des Fernsehteams bin, das den Dokumentarfilm über den Juvdal-Fall dreht. Wir sind auf äußerst zentrale Informationen gestoßen. Ich glaube, er wird sich sehr dafür interessieren. Gunnar Borg«, wiederholte er.

Gunnar setzte sich auf einen der Stühle, während die junge Frau die Nachricht überbrachte. Die hektische Aktivität in der Wache – das Klingeln der Telefone, die hastigen Schritte, die gedämpften Gespräche – erinnerte ihn an die Stimmung in der Zeitungsredaktion. Er dachte an die zahllosen Abende zurück, die er über die Schreibmaschine gebeugt verbracht hatte, eine Zigarette zwischen den Lippen und eine Tasse Kaffee auf dem Schreibtisch. Ein Wunder, dass er vierundsiebzig geworden war!

Als Lisa zurückkam, winkte sie ihn zu sich. »Einen kleinen Moment, Herr Berg«, sagte sie, »der Polizeiobermeister muss nur noch schnell etwas fertig machen, dann möchte er gerne mit Ihnen reden.«

»Borg«, korrigierte er sie, aber er sagte das so leise, dass sie ihn kaum hören konnte.

17
Sägewerk und Borgersen-Hof, Freitagnachmittag

Kristin fuhr durch die tiefen Reifenspuren in der Storgata und bog dann nach rechts zum Sägewerk ab. Direkt unterhalb der

Straße lagen auf einem großen Areal Baumstämme. Gigantische Sägen kreischten. Sogar drinnen im Auto roch es nach frischem Sägemehl.

Kristin fuhr an dem eingezäunten Firmengelände vorbei und parkte auf dem Gästeparkplatz vor dem Verwaltungsgebäude. Hinter ihr war ein Traktor dabei, den Schnee vom Platz zu räumen.

Ehe sie das Auto verließ, schickte sie Christoffer eine kurze SMS: *I<3U! Alles o.k.! Und bei dir?* Danach schickte sie eine Nachricht an Gunnar: *Im Sägewerk.*

Auf der vereisten Treppe hatte jemand Salz gestreut. Sie ging vorsichtig, um nicht auszurutschen. Die Glastür ließ sich nur schwer öffnen, weil sich Eis und Schnee zwischen Schwelle und Tür gesetzt hatten.

Sie trat sich den Schnee von den Schlangenlederstiefeln und öffnete die Tür.

Die junge Frau am Empfang sah Kristin mit leerem Blick an, bis sie sie plötzlich erkannte und Leben in ihr Gesicht kam.

»Guten Tag, ich habe eine Verabredung mit Arild Borgersen«, sagte Kristin. »Ist er heute hier?«

»Nein, tut mir leid.« Sie senkte die Stimme, als verriete sie ein Geheimnis. »Sein Vater ist gestern ermordet worden.«

»Wissen Sie, wo ich ihn finden kann?«

»Keine Ahnung. Zu Hause? – Entschuldigen Sie, aber könnten Sie mir ein Autogramm geben?«

Anfangs hatte es sie immer verblüfft, wenn sie um ein Autogramm gebeten worden war. Was wollten die Leute nur mit ihrem Namenszug auf einem Blatt Papier? Doch mit der Zeit hatte sie sich daran gewöhnt.

Kristin fuhr schneller, als gut war, vom Sägewerk in Richtung Storgata. Als sie Richtung Vestlifaret abbiegen wollte, wäre sie beinahe mit einer jungen Mutter mit einem Tretschlitten und einem Kind in einem Schneeanzug kollidiert. Ihr Herz hämmerte noch Minuten danach.

Sie bog in die Einfahrt von Arild Borgersens Haus. Hinter den Fenstern war kein Licht. Der Gartenweg vom ungeräumten Parkplatz bis zur Treppe war verschneit. Trotzdem machte sie den Motor aus, stieg aus dem Auto und lief gebückt durch das Schneetreiben zur Haustür, um zu klingeln.

Niemand da.

Als sie auf die Straße zurücksetzte, fiel ihr Blick auf den Hof der Eltern.

Sie konnte es ja mal dort versuchen.

18
*Zu Hause bei Nina Bryn und Jon Wiik,
Freitagnachmittag*

»Und noch etwas«, sagte Nina Bryn und versuchte, sich zu beruhigen.

Sie saß jetzt schon eine Viertelstunde ruhelos auf dem Sofa und starrte das Telefon an. Die Standpauke, die sie Thomas gehalten hatte, hatte nicht geholfen. Trotzdem hatte sie ihn noch einmal angerufen.

»Ja?«

»Ich habe mich entschlossen, alles, was ich weiß, der Polizei zu erzählen.«

»Aber Nina!« Seine Stimme bebte.

»Alles! Über dich und mich und Berit!«

»Das tust du nicht!«

»Das wirst du schon sehen.«

»Nina. Darf ich dich was fragen?«

»Was denn?«

»Hast du die Briefe geschrieben?«

»Was für Briefe?«

»Du weißt schon, diese Briefe. An mich. Über Berit.«

»Briefe über Berit?«

»In denen du mich beschuldigst, sie getötet zu haben…«

»Du bist ja noch jämmerlicher, als ich dachte, weißt du das, jämmerlich!«

Sie knallte den Hörer auf die Gabel und kniff die Augen zusammen. Sie wollte nicht weinen. Dieses Arschloch! *Nicht weinen!* Und für ihn hätte sie fast ihre Ehe geopfert? Sicher würde die Polizei ohnehin von der Affäre zwischen Thomas und Berit erfahren. Vielleicht hatte Lyngstad bereits ihr Tagebuch. Aber die Angst in Thomas' Stimme bereitete ihr Freude, die Gewissheit, ihn auf diese Art demütigen zu können.

Sie atmete ein paar Mal tief durch, drehte sich um und öffnete die Augen.

Jon.

Sie zuckte zusammen. Jon! Er war zu Hause?

»Jon! Hast du mich erschreckt!«, sagte sie vorwurfsvoll und schlug sich die Hände vor die Brust. Wie lange hatte er da schon gestanden?

»Jon?«

»Stimmt etwas nicht?«, fragte er.

Sie sah ihn nur an.

»Geht es um Thomas?«, fragte er.

Die Worte explodierten in ihr wie eine Splittergranate.

Geht es um Thomas?

»Komm, meine Liebe«, sagte Jon und reichte ihr die Hand. »Ich glaube, es ist an der Zeit, dass wir zwei mal miteinander reden.«

19
Polizeiwache Juvdal, Freitagnachmittag

Polizeiobermeister Vidar Lyngstad lehnte sich zurück und sah Gunnar ungläubig an.

»Moment mal!« Vidar hob seine Hände, als versuchte er, Gunnar oder die Informationen, die dieser ihm gerade gegeben hatte, von sich zu schieben. »Arild Borgersen ist der Sohn von Birger und ... *Berit?*«

Gunnar nickte.

»Berit Borgersen? Aber Berit war Birgers Schwester!«

»Inzest.«

»Aber ...« Vidar versuchte, seine Gedanken zu sammeln.

»Es war Birger, der sie missbraucht hat«, fuhr Gunnar fort. »Deshalb ist sie so plötzlich aus Juvdal verschwunden. Weil sie schwanger war. Von ihrem eigenen Bruder. Sie ging nach Oslo, um das Kind zur Welt zu bringen!«

»Also ... das hört sich, ehrlich gesagt ...« Vidar schüttelte den Kopf. »Ihr Bruder? Birger?«

»Anita und Birger nahmen sich des Jungen an«, sagte Gunnar. »Wir waren bei Doktor Vang. Er hat die Geschichte bestätigt. Er hat ihnen bei den Formalitäten geholfen, das Baby zu adoptieren. Und er hat für Anita eine Geburtsurkunde gefälscht.«

»Doktor Vang? Warum, um alles in der Welt, sollte er so etwas tun?«

»Um seine eigene Haut zu retten. Sein Sohn Robin hatte 1958 Anita geschwängert, und Vang hat illegal eine Abtreibung vorgenommen.«

»Und deshalb hat er Birger geholfen, den Inzest und die Geburt zu vertuschen?«

»Anita hat ihm gedroht. Ich weiß nicht, ob Vang wusste, dass

Birger der Vater war. Auf jeden Fall aber hat er Birger und Anita geholfen, das Kind in aller Stille zu sich zu nehmen. Nach der illegalen Abtreibung hatte Anita ihn in der Hand. Er hat es nicht gewagt, aufzubegehren.«

Vidar zog die Stirn in Falten, während er über die neuen Informationen nachdachte.

»Weiß Arild davon?«, fragte Vidar.

»Das bezweifle ich.«

»Aber wie ...« Er stockte, fand weder die richtige Antwort noch eine Frage. »Wann haben Sie das herausgefunden?«

»Heute Vormittag.«

»Aber wie?«

»Wir haben das Tagebuch!«

»Das Tagebuch?«, fragte Lyngstad. Dann wurde ihm alles klar. Er stand von seinem Schreibtischstuhl auf. »Was sagen Sie da? Sie haben das Tagebuch von Berit Borgersen gefunden?«

20
Juvdal, Alten- und Pflegeheim, Freitagnachmittag

»Nein, danke, ich komme schon zurecht«, antwortete Anita.

»Die Besuchszeit beginnt erst um 17.00 Uhr«, sagte die Schwester mit Bergenser Dialekt. Ihre Stimme war gleichermaßen freundlich und zurechtweisend.

Anita drehte sich langsam um. Ihr Atem staute sich warm hinter ihrem Schal. Die Schwester war jung, kaum älter als zwanzig, sie ist vielleicht gerade mit der Ausbildung fertig, dachte Anita.

»Ich weiß«, sagte Anita leise und begegnete ihrem Blick. »Aber Sie verstehen vielleicht, es ist nicht so leicht ... Wir hatten einen Todesfall in der Familie.«

Der Blick der jungen Schwester wurde milder. »Oh, das tut mir leid«, sagte sie nur.

»Deshalb wollte ich… dachte ich, ich könnte vielleicht… reden…« Sie wusste nicht recht, was sie sagen sollte.

Die Schwester legte die Hand auf ihren Arm. »Das verstehe ich«, sagte sie mit tröstendem, professionellem Tonfall. »Zu wem wollen Sie?«

Anita zögerte. Siv lag im Koma. Die Schwester würde Lunte riechen.

»Sie weiß nichts davon…«, sagte sie ausweichend. »Es ist ja nicht so leicht…«

»Das verstehe ich«, sagte das Mädchen voller Mitgefühl.

»Deshalb habe ich hier gestanden… und… gelesen«, sagte Anita. »Um meine Gedanken zu sammeln. Mich vorzubereiten.«

Die Schwester nickte und lächelte warm. »Zu wem… ?«

»Danke, es geht schon«, sagte Anita. »Ich kenne mich aus. Sie müssen sich nicht um mich kümmern. Ich muss mich bloß noch… vorbereiten.«

»Wollen Sie, dass ich mitgehe?«

»Nein danke, es wird schon gehen. Danke.«

»Melden Sie sich, wenn Sie etwas brauchen. Oder wenn sonst noch etwas ist.«

»Das werde ich tun.«

Die Schwester nickte abwartend, zögerte noch einen Augenblick, ging dann aber lächelnd weiter.

21
Juvdalens Avis, Freitagnachmittag

Thomas Holmen starrte auf das Telefon, als erwartete er jeden Augenblick einen weiteren Anruf von Nina Bryn, der ihm den Gnadenstoß versetzte.

Die Geräusche aus der Redaktion – das Klackern der Tastaturen, das Klingeln der Telefone, die munteren Rufe – drangen nicht zu ihm durch. Er blickte nach draußen durch die Fenster. Hektische Freitagsaktivität. Aber das alles erschien ihm wie eine andere Dimension. In ihm war alles stehen geblieben.

Du warst auch mit Berit zusammen! Als wir zusammen waren! Du Scheißkerl!

Die Polizei hatte die ganze Zeit über ihn und Nina Bescheid gewusst. Doch dass er auch ein Verhältnis mit Berit gehabt hatte, wusste niemand. Niemand außer ihm und dem unbekannten Briefschreiber. Das war sein Geheimnis, sein Schicksal.

Wenn die Ermittler jetzt davon erfuhren, würden sie ihre Schlüsse ziehen und ihn unmittelbar vor der Verjährungsfrist verurteilen. Um sicherzugehen. Schließlich waren sie nicht dumm. Ein junger Mann mit zwei verheirateten Geliebten ist nicht gerade unverdächtig, wenn eine von beiden getötet wird.

Er dachte: Ich muss die Wahrheit sagen. Von mir aus. Es ist nicht sicher, dass mir das hilft. Es stellt mich aber auf jeden Fall in ein besseres Licht.

22
Borgersen-Hof, Freitagnachmittag

Auf den ersten Blick war der BMW leicht zu übersehen, der im Schutz der Scheunenauffahrt stand. Kristin blieb einen Moment nachdenklich hinter dem Steuer sitzen. Warum hatte Arild Borgersen nicht auf dem Hofplatz geparkt? Wollte er nicht gesehen werden?

Sie vermutete, dass er sich oben im Haus der Eltern befand, doch als sie aus dem Auto stieg, sah sie die Fußspuren, die vom BMW in den Stall führten.

Sie stapfte durch den Schnee zum großen Tor, das sie mit einiger Mühe öffnen konnte.

Arild Borgersen saß auf einem wackligen Holzstuhl an genau der Stelle, an der am Abend zuvor sein Vater gefunden worden war. Zuerst schien er nicht zu bemerken, dass jemand den Stall betreten hatte. Dann hob er den Kopf und erblickte sie.

Etwas an ihm ließ sie erstarren. Die rot unterlaufenen Augen? Der leere Blick?

»Hallo, Arild, ich bin es, Kristin Bye. Hier sind Sie also«, sagte sie betont kameradschaftlich. Ihre Stimme hallte im Stall wider. Es roch streng. Eine Kuh drehte ihr den Kopf zu.

Arild starrte sie noch immer an.

»Ich habe nach Ihnen gesucht«, sagte Kristin.

Er antwortete nicht.

»Wir hatten eine Verabredung, nicht wahr?«

»Mir ist was dazwischengekommen.«

»Ich muss mit Ihnen reden.«

»Worüber?«

»Wir können das später machen. Nicht hier.«

»Warum lügen Sie?«

»Lügen?«

»Über Mama?«

Ein erster Anflug von Angst...

Er stand auf. Seine Haare waren ungekämmt und nass vom Schnee. »Warum lügen Sie? Warum behaupten Sie, Mama hätte Papa umgebracht?«

Was war mit ihm geschehen?, dachte sie entsetzt. Er ist nicht mehr er selbst. Etwas war mit ihm geschehen.

»Was treiben Sie eigentlich hier?«, fragte sie so beiläufig wie nur möglich.

»Papa...«, sagte er und machte eine Armbewegung, als beträte er im gleichen Augenblick eine Bühne.

Sie sah sich im Stall um und fragte sich, wer sich jetzt, nach Birgers Tod, um die Kühe kümmerte. Arild?

»Ich dachte, ich würde hier vielleicht Mama finden«, sagte er mit einem Schulterzucken. »Sie hat ihn nicht getötet.« Seine Stimme wurde schneidend scharf. »Hören Sie.«

Sie nickte gehorsam.

»Er hat sie geschlagen«, sagte er verbissen.

»Oh?«

»Ich habe es an ihrer Stimme gehört. Als ich mit ihr telefoniert habe. Ins Gericht. Dieser Teufel! Sie zu schlagen.«

»Er hat Ihre Mutter geschlagen?«

»Als ich klein war, hat er immer mich verprügelt.«

»Arild, wenn es nicht Ihre Mutter war, die Ihren Vater getötet hat, wer war es dann?«

»Ich.«

Sie zuckte zusammen.

Arild beugte sich vor und stemmte die Hände auf seine Oberschenkel, als wäre ihm schwindelig. Nach einer Weile sah er zu ihr auf, sein Gesicht war schmutzig. »Er war es, der Berit und Rolf getötet hat, wissen Sie.«

»Wirklich?«, fragte sie dünn.
»Papa hat sie getötet, und ich habe Papa getötet!«
Stille.
Kristin spürte, wie ihre Unterlippe zitterte.
Arild schien irgendwie in sich selbst zu versinken, als er zu erzählen begann: »Als ich kam, stand er im Stall. An dieser Stelle! Ich sehe ihn noch genau vor mir. Blauer Overall. Grüne Gummistiefel. Orangefarbene Schirmmütze. Mit diesem Grinsen, mit dem er mich immer gemustert hat. Als wäre er so verdammt viel mehr wert als ich. Er blickte nur flüchtig auf, als er hörte, dass sich die Tür öffnete. ›Hast du Mama geschlagen?‹, fragte ich. Er arbeitete weiter. Schraubte an der Pumpe der Melkmaschine herum. Sein Werkzeug hatte er auf einen Stuhl gelegt. ›Hast du Mama geschlagen?‹, schrie ich. Er gab mir keine Antwort. Schließlich hob er den Kopf. ›Ach, du bist das‹, sagte er abschätzig und schraubte weiter. Ich sagte ihm, dass das Dezernat für Wirtschaftskriminalität angerufen hätte. Wegen der Pyramide. Wir hatten jeder eine halbe Million eingezahlt. Bei einem Kumpel von Vater. Ich sagte, dass ich das Geld zurückhaben müsste, das er mir schuldete. Er sagte, er habe kein Geld. Und dass auch er angerufen worden sei. Er meinte, wir stünden auf irgendeiner Liste. Er hatte erzählt, dass er sich das Geld von mir geliehen hatte. ›Aber da müssen die sich doch fragen, woher ich das Geld habe‹, sagte ich. ›Ja, ja‹, sagte er und schraubte weiter. Hätte er nur etwas gesagt. Sich betroffen gezeigt. Aber das tat er nicht. Und dieser Teufel war mein Vater? Ich spürte, wie sich etwas in mir löste und nachgab. Ich erinnerte mich daran, wie er mich einmal eine ganze Nacht im Treppenverschlag eingesperrt hatte oder wie er mit dem Gürtel auf meinen Hintern eindrosch oder mich zu Boden schlug, weil ich eine Kanne Milch im Stall umgestoßen hatte. Daran, dass er die Katze getötet hatte. All die Jahre der Erniedrigung und Demütigung kamen wieder hoch.

Sein Gelächter. Sein Hass, den ich nie verstanden habe. Was hatte er nur gegen mich? Warum konnte er mich nicht gern haben, wie Mama? Ich stand da und sah ihn an, starrte auf seinen Rücken, den er mir zugedreht hatte und der mir all seine Gleichgültigkeit, seine Verachtung zeigte. Hätte er nur ein Wort gesagt!«

Er verstummte. Kristin rührte sich nicht. Ihr Herz schlug so fest, dass es in den Ohren schmerzte.

Arild schloss die Augen und fuhr fort: »Die Mistgabel stand neben mir an dem Pfosten. Ich packte sie. Und dann stieß ich sie ihm mit aller Wucht in den Rücken. Er riss im Fallen den Stuhl mit dem Werkzeug um. Als er auf die Seite kippte, sah ich in seinen Augen zum ersten Mal etwas anderes als Verachtung. Da war Angst. Das war ein gutes Gefühl. Können Sie verstehen, was ich meine? Herrlich. Papa stöhnte. ›Verdammt, was machst du?‹, sagte er. Ich zog die Mistgabel heraus. Sie war nicht sehr tief eingedrungen, aber sein Rücken war bereits dunkel von Blut. Er kämpfte sich auf die Knie. Ich trat ihm in die Seite, und er brach wieder zusammen. Ich drehte ihn auf den Rücken, hielt ihn mit dem Knie am Boden und presste ihm einen Schraubenzieher an die Kehle. Sein Gesicht war weiß. Die Augen groß und ängstlich. Ich habe mich niemals zuvor so mächtig gefühlt. Er hatte Angst vor mir! Mir! Er flehte mich an, aufzuhören. Mit weit aufgerissenen Augen. All die Jahre der Misshandlungen. Alles nur, weil er ein jämmerlicher, feiger Scheißkerl war, der sich nie einen Sohn gewünscht hatte. Tränen liefen ihm aus den Augen. Er war nicht wiederzuerkennen. Das war ein anderer Mann als der, den ich kannte. Mein Gesicht war nur zwanzig Zentimeter von seinem entfernt, als ich fragte: ›Hast du sie getötet?‹ Er stöhnte. ›Nein, nein‹, sagte er nur. Ich erhob mich. Packte die Mistgabel. Seine Augen folgten meinen Bewegungen. ›Du verstehst das nicht!‹, stöhnte er. Er hatte verflucht recht. Ich verstehe das nicht! Und ich werde es auch nie verstehen, niemals!

Ich packte den Schaft der Mistgabel und hob sie hoch. Seine Augen wurden weiß. Mit all meiner Kraft stieß ich ihm die Mistgabel in die Brust. Ich hörte eine Rippe knacken. Blut spritzte aus seinem Körper, als er sich zusammenkrümmte. Ich begegnete seinem Blick. Dann verlosch er. Eine Sekunde später ging ein letztes Zucken durch ihn. Lange stand ich über ihn gebeugt und umklammerte den Schaft der Mistgabel. Sah auf ihn hinab. Was ich fühlte? Das klingt so banal. Aber ich fühlte mich leer. Erschöpft. Als wäre nichts mehr von Bedeutung. Als wäre ich innerlich gelöscht worden, geleert. Mir war kalt. Ich fror. Aber ich war geistesgegenwärtig genug, den Schaft abzuwischen. Dann warf ich ihm einen letzten Blick zu, drehte mich um und ließ ihn liegen. Ging aus dem Stall.«

In den nächsten Minuten sagte keiner von beiden etwas.

Schließlich räusperte sich Kristin: »Wo ist Ihre Mutter? Sie ist verschwunden.«

»Ich verstehe das nicht!«

»Ich muss mit Ihrer Mutter sprechen. Es geht um Sie beide. Es ist wichtig.«

Er nickte, als verstünde er, wovon sie redete. Sie fragte sich, ob er Medikamente genommen hatte, starke Medikamente.

»Was glauben Sie, wo ist sie?«, fragte sie.

»Vielleicht auf der Alm.«

»Der Alm?«

Er machte eine Kopfbewegung, als wollte er zeigen, in welcher Richtung die Alm lag.

»Ich wusste nicht, dass Sie eine Alm haben?«

»Sie gehört zum Hof. Oben am Hang. Wir nutzen sie nicht oft. Eigentlich nur ich. Wenn ich jagen gehe.«

»Und Sie glauben, sie ist dort?«

»Vielleicht.«

»Sollen wir nicht die Polizei anrufen...«

»Nein!«, schrie er.

Entsetzt wich sie einen Schritt zurück. Sah ihn an. *Kristin, jetzt hast du etwas verdammt Blödes gemacht!*

»Halten Sie die Polizei da raus!«, sagte er. »Die hat genug Schaden angerichtet.«

»Aber«, stotterte sie. »Wäre es nicht besser, wenn die Polizei...«

»Nein!«

»Okay. Die Entscheidung liegt bei Ihnen.«

»Was fahren Sie für einen Wagen?«

»Blazer«, sagte sie, ehe sie nachgedacht hatte.

»Allrad? Gut. Dann kommen Sie mit nach oben!«

»Ich?« *O mein Gott!*

Er trat auf sie zu. Nein nein nein!

»Tut mir leid«, sie blickte hektisch auf die Uhr, »aber ich habe noch einen anderen Termin...«

Er machte vier, fünf rasche Schritte auf sie zu und nahm ihren Arm, fest.

»Was tun Sie?«, jammerte sie.

Die Finger fest um ihren Oberarm gekrallt, zog er sie zur Stalltür. Eine Kuh muhte. Kristin taumelte und wäre beinahe gefallen.

»Was machen Sie da?«, jammerte sie.

Er antwortete nicht.

Aus irgendeinem Grund fand sie das noch beunruhigender, als wenn er sie angeschrien hätte.

Die letzten Stunden:
14.10 bis 14.55 Uhr

FREITAG, 10. JANUAR 2003

I
Juvdal, Alten- und Pflegeheim, Freitagnachmittag

Als die junge Schwester endlich weg war, ging Anita den Flur hinunter. Zimmer 353 und 354, 355 und 356. Auf der Tür von Zimmer 357 klebte ein Zettel mit einem gedruckten Namen. Bård Espen Hammerø. Auch auf den Türen 359 und 360 standen Namen. Mette Kalvig und Thomas Lohne.

Siv lag im Zimmer 363.

Siv Borgersen.

Der Name prangte mit roten Lettern auf einem vergilbten Klebestreifen.

Anita holte tief Luft. Schloss kurz die Augen. Spähte den Flur entlang. Niemand zu sehen. Sie öffnete die Tür und trat ein.

Siv lag mit geschlossenen Augen da. Sie war sehr dürr, knochig, die Haare waren ganz kurz geschnitten. Trotzdem fand Anita, dass sie aussah wie ein Engel.

Sie blieb direkt hinter der Türschwelle stehen. Der Schal rutschte ihr herunter. Ihr Herz hämmerte wie wild. Fünfundzwanzig Jahre waren vergangen, seit sie sie zuletzt gesehen hatte. Damals war Siv ein kleines Mädchen gewesen.

Sie ging langsam näher ans Bett heran. Lächelte. Wie hübsch du bist, dachte sie.

»Siv?«, sagte sie leise.

Ein Zucken.

Sie ging noch näher ran. Vor dem Bett blieb sie stehen. Mit zärtlichem Blick sah sie die erwachsene Frau an, die für sie immer noch ein Mädchen war. Wie lange das her war... Wie viel sie ihr zu sagen hatte...

»Siv?« ...

»Mein kleiner Schatz. Ich bin's, Tante Anita. Jetzt bin ich da. Endlich! Ich bin zurückgekommen.«

2
Juvdal, Zentrum, Freitagnachmittag

Das lang gezogene Heulen der Sirenen schwoll an und ab. Vidar saß hinter dem Steuer des Polizeiwagens und warf Gunnar, der angeschnallt neben ihm saß und sich am Türgriff festklammerte, einen kurzen Blick zu. Sie waren auf dem Weg zum Hotel.

Die Autos in der Storgata machten zögerlich Platz. Der Verkehr lief träge wegen des Schneewetters, und er konnte nicht übermäßig schnell fahren. Der Schneematsch spritzte zu beiden Seiten hoch.

Unglaublich!, dachte Vidar begeistert. Sie haben das Tagebuch gefunden!

Vor ihnen, mitten auf der Straße, blieb ein Fiat stehen. Vidar betätigte die Lichthupe und drängte sich auf der linken Fahrbahn vorbei.

Er war gespannt, wer das Tagebuch die ganzen Jahre über gehabt hatte. Der Mörder womöglich?

Gunnar hatte behauptet, es gäbe im ganzen Buch keinen Hinweis darauf, wer das Ehepaar umgebracht haben könnte, gleichzeitig aber eingeräumt, es nur überflogen zu haben. Zumindest hatte er von einem jungen Liebhaber erzählt, Thomas Holmen, dem Redakteur. Ob er...

Vidar riss das Steuer zur Seite, um einem Minibus auszuweichen, der aus dem kleinen Schleichweg zwischen dem Einkaufszentrum und der Apotheke zurücksetzte. Gunnar stieß hörbar die Luft aus.

Und dann die Sache mit Arild. Vidar griff das Steuer fester. Dass er gar nicht Anitas, sondern Berit Borgersens leiblicher Sohn war.

Und dass Birger, Berits eigener Bruder, der Vater sein sollte!

Ob Arild davon wusste?

Vidar begann der Kopf zu schwirren.

Hinter dem Supermarkt bog er links zum Hotel ab und schaltete die Sirene aus.

3
Juvdal, Gjæstegaard, Freitagnachmittag

Victoria lag mit geschlossenen Augen auf dem Bett und versuchte, ihren Atem und die Gedanken zu beruhigen. Der Schrei

!!! NEINNEINNEINNEINNEIN !!!

durchzuckte sie lautlos und markerschütternd. Sie keuchte. Einige Minuten war es ruhig gewesen. Aber dann, unerbittlich, ertönte wieder die innere Stimme.

!!! Bitte !!! KOMM UND HILF MIR !!!

*

Sie wollte sich aufsetzen, aber eine unsichtbare Hand schien sie auf die Matratze zu drücken. Sie starrte an die Decke und schnappte nach Luft.

Berit?, dachte sie. Wie soll ich dir helfen? Ich kann dir nicht helfen! Es sind fünfundzwanzig Jahre vergangen, begreif das doch. Ich lebe nicht in deiner Zeit. Ich kann dir nicht helfen! Bitte, Berit, versteh doch…

!!! Nneinneinneinneinneinneinneinnein
NEIN !!!

4
Borgersen-Alm, Freitagnachmittag

Sie brauchten eine Viertelstunde vom Hof bis zur Almhütte. Kristin saß am Steuer, und Arild erklärte ihr den Weg. Ihre Beine gehorchten ihr kaum. Mehrmals rutschte ihr der Fuß vom Gaspedal. Sie klammerte die Finger um das Steuer, damit er nicht sah, wie sehr sie zitterte.

Auf den letzten hundert Metern vom Gebirgsweg zur Sennhütte lag der Schnee so hoch, dass sie ohne Vierradantrieb keine Chance gehabt hätten.

Unterwegs hatte er in wirren, unzusammenhängenden Bruchstücken von der alten Hütte gesprochen und ihr erzählt, wie wütend es ihn gemacht hatte, dass sein Vater sie verfallen ließ. In den letzten Jahren hatten nur noch Arild, der oft zum Jagen hier hinaufging, und ab und zu seine Mutter die Hütte genutzt. Darum konnte er sich vorstellen, dass sie dorthin geflüchtet war. Um sich zu verstecken. Um nachzudenken.

»Es ist sicher nicht leicht für Mama«, platzte er heftig heraus, »beschuldigt zu werden, den eigenen Mann umgebracht zu haben!«

Kristin erwiderte nichts.

5
Juvdal, Gjæstegaard, Freitagnachmittag

Victoria starrte vor sich hin. »Du musst mir helfen!«, sagte sie mit zusammengebissenen Zähnen in den leeren Raum. »Du musst mir helfen, zu

!!! Wo bist du ... !!!

verstehen! Wie soll ich dir helfen, wenn du mir nicht verrätst, wer du bist, was du willst?«

!!! Komm ... ich warte auf dich !!!

»Du wartest? Wo wartest du? Was meinst du damit?«

!!! Beeil dich ... hilf mir !!!

»Ich weiß nicht, wie ich dir helfen soll!«

!!! Komm !!!

»Warum können wir uns verständigen? Wie kann ich zu dir kommen? Berit! Du bist doch tot!«

!!! Nicht Mama ... komm ... zu mir !!!
Nicht tot !!!

6
Borgersen-Alm, Freitagnachmittag

Die Almhütte lag am Waldrand, am Ende einer offenen, steilen Wiese. Die Holzwände waren von der Sonne ausgebleicht und grau.

Es war kein Auto zu sehen.

Sie stapften durch den tiefen Schnee bis zur Tür. Er ging vor und schleifte sie nahezu hinter sich her.

Der Schlüssel hing an einem Nagel unter dem Dach. Hinter der Tür, die nach innen aufging, kamen sie in einen Windfang und dahinter in eine dunkle, eiskalte Stube, in der es nach Holz und Staub roch.

»Mama?«, fragte er, obwohl beiden klar war, dass sie nicht dort war.

Er machte Licht, ließ sich auf einen Stuhl fallen und legte das Gesicht in die Hände.

Gütiger Gott, hilf mir aus dieser Situation, dachte Kristin, während sie versuchte, ihre Atmung unter Kontrolle zu bringen.

»Sie ist nicht hier!«, sagte er tonlos.

»Meinen Sie nicht, es wäre das Beste, auch für Ihre Mutter, wenn wir der Polizei helfen?«, sagte sie leise, fast flüsternd, um ihn nicht in Rage zu bringen. »Sie braucht Hilfe. Vielleicht muss sie ja gar nicht ins Gefängnis. Vielleicht kommt sie in Behandlung, häufig…«

»Nein!«, brüllte er.

7
Juvdal, Gjæstegaard, Freitagnachmittag

O mein Gott, dachte Victoria, warum habe ich es nicht eher begriffen? Wie konnte ich nur so dumm sein? Wo war ich mit meinen Gedanken?

Die Aufregung nahm ihr den Atem, und der Herzschlag hallte in ihren Ohren wider. Sie kämpfte sich aus dem Bett und schwankte zum Schrank.

!!! Sie ist hier !!! Der Dämon !!!

»Ich komme! Ich komme! So schnell ich kann! Ich komme!«

Bei allen guten Geistern, dachte sie, ich hätte es begreifen müssen!

Der Kleiderbügel fiel auf den Boden, als sie den Mantel aus dem Schrank nahm. Der Hut lag auf dem oberen Brett. Sie hatte Schwierigkeiten, die Stiefeletten anzubekommen, der Reißverschluss verhakte sich, und ihre Beine fühlten sich geschwollen an. Der Dämon? Mit zitternden Händen knöpfte sie den Mantel zu. Sie warf einen prüfenden Blick in den Spiegel über dem Waschbecken, aber zum Schminken blieb nicht die Zeit.

!!! Komm !!! KOMM !!!

Victoria lief die Treppe runter zur Rezeption. Sie ist nicht tot, sagte sie innerlich, sie ist nicht tot! Sie hätte es gleich beim ersten Mal begreifen müssen. Aber sie hatte nicht daran gedacht. Weil sie so sicher gewesen war, dass der Geist eines Toten versucht hatte, ihr die stummen Schreie und erschreckenden Bilder vom Augenblick des Todes zu übermitteln. Aber so war es nicht.

Siv!

Es war Siv, die mit ihr kommunizierte. Siv aus ihrem Krankenhausbett. Siv, die in ihrem persönlichen komatösen Albtraum gefangen war und seit fünfundzwanzig Jahren immer wieder dasselbe grenzenlose Grauen durchlebte. Siv hatte einen telepathischen Kanal geöffnet. Nicht Berit.

Siv!

Wie ein Videoband spulten sich die Bilder des Massakers in einer Endlosschleife in Sivs Gehirn ab. Immer und immer wieder durchlebte sie den Albtraum im Hausflur. Wie ihr Vater erschlagen und sie selbst schwer verletzt wurde. Immer und immer wieder. Sie war noch immer zehn Jahre alt. In ihrem zerstörten Gehirn war kein Tag vergangen. Die Panik, die Angst, der Schock – all das schickte sie Victoria auf telepathischem Weg.

»Würden Sie mir bitte ein Taxi rufen?«, sagte sie zu Pia, die in der Rezeption stand. »Es eilt.«

»Die Polizei ist hier!«, sagte Pia nervös, als hätte sie sie nicht gehört.

»Die Polizei? Hier?« Victoria schaute durch die Glastür. Direkt davor parkte schräg ein Polizeiauto mit blinkendem Blaulicht.

»Der Polizeiobermeister mit Gunnar Borg! Es scheint ganz dringend zu sein!«

8
Juvdal, Gjæstegaard, Freitagnachmittag

»Das gibt's doch nicht...«

Vidar Lyngstad warf Gunnar einen kurzen Blick zu, ehe er weiterblätterte. Er hielt Berits Tagebuch in Händen. Roffern, der gerade dabei gewesen war, das Tagebuch zu filmen, als der Polizeiobermeister und Gunnar hereingestürmt kamen, schaltete den Scheinwerfer aus und sah Gunnar abwartend und ungeduldig an.

Vidar blätterte durch die Seiten, hielt inne und zog die Augenbrauen hoch, dann blätterte er weiter. Beim Lesen bewegte er langsam die Lippen. Er sah aus wie ein aufgeregter Schuljunge, dachte Gunnar. Endlich sah Lyngstad von dem Tagebuch hoch.

»Das ist unglaublich! Wo war es?«

»Ich habe es bekommen«, sagte Gunnar ausweichend. »Von einem Informanten.«

»Aber wer hatte es?«

»Das kann ich nicht sagen. Die Presse muss ihre Informanten schützen.«

»Aber Ihnen ist schon klar, dass derjenige, der das Tagebuch fünfundzwanzig Jahre lang bei sich gehabt hat, sehr wohl der Mörder sein könnte?«

Gunnar lächelte. »Ich kann Ihnen versichern, dass das nicht der Fall ist.«

»Das Tagebuch wirft ein ganz neues Licht auf den Doppelmord. Und möglicherweise auch auf den Mord an Birger. Ich muss es natürlich beschlagnahmen.«

»Verständlich«, sagte Gunnar.

»Ähm, ich bin aber noch nicht ganz mit den Aufnahmen fertig«, wandte Roffern ein.

»Das lässt sich nicht ändern«, sagte Vidar.

Roffern sah Gunnar verzweifelt an, der überlegte, wie Kristin wohl reagieren würde. Wie er sie kannte, hätte sie das Tagebuch sicher gern noch ein paar Tage behalten. Er fragte sich, wo sie jetzt wohl war. Offenbar hatte sie Arild angetroffen. Sollte er sie anrufen? Es widerstrebte ihm, er wollte sie nicht stören. Außerdem würde sie sicher ausrasten, wenn sie erfuhr, dass Lyngstad das Tagebuch beschlagnahmt hatte.

Die Tür ging auf. Victoria trat ein.

»Es ist Siv!«, platzte sie heraus.

Vidar und Gunnar sahen sich an.

»Siv?«, sagte Vidar.

»Die zu mir spricht! Sie ist in Gefahr!«

»Äh, ich verstehe nicht ganz...«

»Siv!«, sagte sie aufgewühlt. »Siv Borgersen! Siv ist es, zu der ich Kontakt habe. Telepathischen Kontakt. Sie ist in Gefahr. Wir müssen auf schnellstem Wege ins Pflegeheim! Sofort!«

9
Juvdal, Alten- und Pflegeheim, Freitagnachmittag

»Verstehst du, was ich sage?«

Anita streichelte Sivs Hand, drückte sie zärtlich. Sie saß schon einige Zeit auf der Bettkante und sprach mit ihrer Nichte. Siv lag mit geschlossenen Augen da, aber auf ihrer Stirn standen Schweißperlen, und ihr Gesicht zuckte.

Anita strich ihr über die Hand. Sie sprach mit leiser, monotoner, kaum hörbarer Stimme.

»Es ist wichtig für mich... dass du verstehst.«

Sie schwieg, als erwartete sie eine Antwort.

»Es ist mir wichtig... dass du keinen Groll gegen mich hegst.«

Siv warf sich herum und stieß wimmernde Laute aus. Anita drückte ihre Hand und versuchte, sie zu beruhigen.

»Hörst du, was ich sage? Verstehst du mich?« Anita wandte den Blick ab. »Wir haben so viel zu besprechen, Siv, und so wenig Zeit...«

10
Juvdal, Gjæstegaard, Freitagnachmittag

»Glaubst du, Anita könnte hier irgendwo sein?«, fragte Pia Borgersen. »Im Hotel?«

Bjørn-Tore sah sie an. »Ich weiß nicht. Warum sollte sie ausgerechnet hierherkommen?«

»Weil man sich hier gut verstecken kann. In einem der freien Zimmer.«

Sie standen hinter dem Rezeptionstresen. Neben ihnen knisterten ein paar Scheite im Kamin.

»In dem Fall hätte Vidar doch wohl was gesagt«, meinte er.

»Er hatte die Sirene eingeschaltet! Das heißt, dass es dringend ist.«

Bjørn-Tore stellte zwei Rechnungsbücher in das Regal neben dem Schlüsselbord.

Er legte die Hände auf das Regalbrett, ließ den Kopf hängen und stieß einen tiefen Seufzer aus.

»Denkst du an Birger?«, fragte Pia.

Er nickte.

»Wir werden uns wohl um die Beerdigung kümmern müssen«, sagte sie.

»Mutter wird das nicht schaffen.«

»Soll ich es übernehmen, beim Beerdigungsunternehmer anzurufen?«

»Es wird reichen, wenn wir das am Montag erledigen. Ich weiß ja nicht, was sie mit seinem ... Leichnam vorhaben. Weil es doch ein Mord war.«

Sie nickte nachdenklich.

»Es fällt mir so schwer, mir vorzustellen, dass er tot ist«, sagte Bjørn-Tore.

Sie umarmte ihn fest.

»Ich hoffe nur, dass Anita – nichts Unbedachtes tut«, sagte Pia.

Er sah sie an. Dann nickte er. »Wenn sie es nicht schon getan hat«, sagte er.

11
Juvdal, Zentrum, Freitagnachmittag

»Komische Alte«, sagte Vidar. Gunnar und er waren mit dem Polizeiwagen auf dem Weg zur Polizeiwache. Die Scheibenwischer schoben den Schneematsch von links nach rechts.

»Was soll ich dazu sagen?«, murmelte Gunnar.

»Mit der stimmt doch was nicht – zu glauben, sie wäre hellsichtig! Uns zu bitten, so schnell wie möglich zu einer Person zu fahren, die seit fünfundzwanzig Jahren im Koma liegt, das geht ja wohl ein Stück zu weit«, sagte Vidar.

»Sie ...« Gunnar schüttelte den Kopf. »Sie ist sehr speziell. Sie hätten ihren Anfall miterleben sollen, den sie an dem Tatort bekam, an dem Berit und Rolf ermordet wurden. Das war wirklich eigenartig ...«

»Sie hat doch gewusst, dass an dem Ort ein Mord begangen wurde!«

»Ja, schon. Aber trotzdem.«

»Sie wird ja wohl verstehen, dass wir im Moment wichtigere Dinge zu erledigen haben. Ich hoffe, sie akzeptiert das.«

12
Borgersen-Alm, Freitagnachmittag

Arild saß aufrecht auf dem Stuhl und starrte vor sich hin. Plötzlich krümmte er sich zusammen und begann, wie ein Kind zu weinen. Die Verletztheit in seinen Schluchzern weckte bei Kristin das Bedürfnis, zu ihm zu gehen und ihn zu trösten, ihm über den Rücken zu streichen, doch aus Angst vor seiner Unberechenbarkeit ließ sie es bleiben.

Das ist wieder mal typisch, mich in so eine Situation zu manövrieren, dachte sie. Ich muss die Polizei alarmieren. Sie holte tief Luft und hörte den Pulsschlag in ihrem Ohr. Ihr Mobiltelefon steckte in der Manteltasche.

»Entschuldigung«, sagte sie so leise und ruhig wie möglich. »Arild? Gibt es hier eine Toilette?«

Augenblicklich hörte er auf zu weinen. Er hob den Kopf und sah sie misstrauisch an, dann stand er auf.

Unwillkürlich machte sie einen Schritt nach hinten.

»Ein Plumpsklo? Egal, was ...«

»Nein!«, sagte er.

»Nein?«

»Das ist eingeschneit.«

Er ging zu dem großen, mit Rosen bemalten Eckschrank und öffnete ihn. »Der Jagdschrank«, sagte er. Kristin unterdrückte ein Stöhnen, als er ein Gewehr herausnahm.

»Ein fabelhaftes Gewehr«, sagte er. »Vierundzwanzigtausend Kronen.« Er drehte sich mit einem Lächeln im Gesicht zu ihr um, das ihr Todesangst einjagte. Gleich darauf verdunkelte sich sein Blick. »Versuch es gar nicht erst!«, wisperte er so leise, dass sie kaum verstand, was er sagte.

Kristin schloss die Augen.

Sie tastete nach dem Mobiltelefon in ihrer Tasche. Sie könnte versuchen, Gunnar eine SMS zu schicken. In der Hoffnung, dass er sie las. Sie war geübt in diesen Dingen und müsste es eigentlich auch blind schaffen. Gunnars letzte SMS an sie war noch gespeichert, wenn sie sich recht erinnerte.

Sie schob den Daumen über die Tasten, den Blick konzentriert auf Arild gerichtet, der an der Waffe herumhantierte. Sie drückte die Menü-Taste, Pfeil nach unten und Bestätigung. Jetzt konnte sie schreiben.

13
Juvdal, Gjæstegaard, Freitagnachmittag

Sie haben mir nicht geglaubt!

Victoria stand vor dem Hotel und wartete auf das Taxi. In kurzen, hektischen Atemzügen sog sie die frische, kalte Bergluft ein. Auf ihrem Hut und den Schultern lagen Schneeflocken.

!!! Komm !!!

Ich bin auf dem Weg zu dir.

Weshalb sollten sie ihr auch glauben? Sie waren in ihrer rationalen Welt gefangen, in der alles greifbar und wirklich war. Polizeiarbeit. Journalistendenken. Warum sollten sie etwas glauben, das sie weder sehen noch greifen konnten, noch nicht einmal fühlen? Sie machte ihnen keinen Vorwurf. Für sie war sie wahrscheinlich nur ein schrulliges, merkwürdiges altes Weib. Und im Großen und Ganzen hatten sie damit wohl auch recht.

!!! Hilf mir !!!

Siv! Sie verstand es selbst kaum. Wie war der Kontakt zustande gekommen? Sie hatte keine Ahnung. Solche Fragen ließen sich wohl nie beantworten. Sivs Gedanken hatten sich von ihrem irdischen Leib gelöst. Wie bei einer Astralreise. Auf diese Weise hatte Siv versucht, Kontakt zu ihr aufzunehmen, einen Empfänger zu finden. Wie ein Funksignal eine Antenne ansteuert. Ob außer ihr noch andere die Hilferufe empfangen hatten? Vielleicht spürten gleich mehrere Leute Sivs verzweifelte Rufe, ohne zu wissen, was das war. Vielleicht war Victoria eine von vielen, die Sivs Panik begriff.

Aber Victoria hatte die Nachricht falsch interpretiert...

!!! Komm !!! Hilf mir!!!

Ich komme, Siv, ich bin unterwegs!

Ein schneebepacktes Mercedes-Taxi fuhr vor dem Hoteleingang vor.

14
Juvdal, Alten- und Pflegeheim, Freitagnachmittag

In Sivs Gesicht zitterte ein Muskel. Hinter den geschlossenen Lidern bewegten sich die Augäpfel hektisch hin und her.

Anita strich sanft und tröstend mit ihrer Hand über die feuchte Haut.

»Ich wüsste zu gern, was du denkst«, flüsterte sie. »Ich will doch nur, dass du verstehst. Hörst du, Siv? Verstehst du, was ich dir sage? Siv?«

Draußen auf dem Flur waren Schritte zu hören. Anita erstarrte, verstummte, lauschte. Die Schritte kamen näher und gingen vorbei.

Anita griff nach Sivs Hand und drückte sie. Mit zur Seite geneigtem Kopf betrachtete sie die zartgliedrige junge Frau im Bett. Sie würde so gerne zu ihr durchdringen.

»Siv, ich weiß, dass du mich hören kannst…«

15
Juvdal, Polizeiwache, Freitagnachmittag

Gunnars Mobiltelefon piepste.

Er klopfte seine Taschen ab und fand es in der rechten Innentasche. Wann hatte er es da reingesteckt? Er nahm die Lesebrille aus der Brusttasche und sah auf das viel zu kleine Display. Gunnar, der so gut wie nie eine SMS bekam, drückte zögernd die Menü-Taste, danach auf Meldungen und auf Eingang. Unter zwei Umschlagsymbolen stand Kristins Name. Er drückte auf Lesen.

Im Sägewerk.

Dann fragte er die nächste Meldung ab.

avf a5m mht aqhld fr h7t isre

Hä?, dachte er.

Er betrachtete die Nachricht genauer. Ein Fehler in der technischen Übertragung? Ein Geheimcode? Gunnar seufzte, notierte sich die Hieroglyphen auf einem Zettel und steckte das Handy gemeinsam mit dem Blatt Papier zurück in die Innentasche. Ich glaube, ich bin zu alt für dieses Zeug, dachte er.

16
Juvdal, Alten- und Pflegeheim, Freitagnachmittag

Mit einem jähen, schrillen Schrei setzte sich Siv in ihrem Bett auf und riss die Augen auf.

Anita, die auf diese heftige Reaktion nicht vorbereitet war, sprang mit einem erschrockenen Japsen auf, taumelte rückwärts, weg vom Bett, und blieb mit vor der Brust verschränkten Armen vor der Wand stehen.

Siv starrte mit weit aufgerissenen Augen vor sich hin. Die Lippen waren zurückgezogen und legten die Zähne bloß.

Anita sah sie ängstlich an. Ihr Atem ging schnell. Der Schrei war kurz gewesen und nicht sonderlich laut, war aber plötzlich und ohne jede Vorwarnung gekommen.

Siv saß aufrecht im Bett. Sie sah Anita nicht. Überhaupt schien sie nichts zu sehen.

»Siv?«, sagte Anita leise.

Keine Reaktion.

»Ich muss noch mal kurz weg.«

Noch immer reagierte Siv nicht.

»Hier im Heim ist noch jemand, mit dem ich reden muss. Aber ich bin bald wieder zurück, Schatz.«

17
Borgersen-Alm, Freitagnachmittag

Arild nahm einen Putzlappen, eine Flasche Waffenöl und eine Aluminiumschachtel mit Munition aus dem Waffenschrank. Er klemmte den Kolben zwischen die Oberschenkel und putzte mit geübten Bewegungen den dunklen, glänzenden Lauf.

»Ich bin ein guter Jäger«, sagte er.

»Das glaube ich.«

»Papa hat nie verstanden, dass ausgerechnet ich mich für die Jagd begeistere. *Ich*.«

Sie wickelte sich fest in ihren Mantel. »Wollen wir nicht bald wieder zurückfahren?«

»Ich hab ein Händchen für Waffen. Letztes Jahr habe ich aus dreihundert Metern Entfernung einen Elchbullen erlegt. Mit einem Schuss.«

»Unglaublich!«

»Haben Sie Angst?«, fragte er.

»Angst?«, sagte sie beiläufig.

Er lud die Waffe. Presste den Kolben fest an die Schulter und zielte.

Kristin schob die Hand in die Manteltasche und legte sie um das Handy. Mit dem Daumen tastete sie über die Tastatur, bis sie den Wahlwiederholungsknopf gefunden hatte, um heimlich eine Verbindung zu Gunnar herzustellen.

Hoffentlich hörte Arild nichts!

18
Zu Hause bei Polizeiobermeister a.D. Gerhard Klock, Freitagnachmittag

»Nein, Laika, jetzt können wir nicht länger warten!«

Gerhard Klock stellte die Kaffeetasse mit Nachdruck auf den Küchentisch. Laika, die gedöst hatte, hob schlaftrunken den Kopf. Als sie sah, dass er die Hundeleine vom Haken nahm, wackelte sie zu ihm, voller Vorfreude bei der Aussicht auf einen Spaziergang.

»Wir gehen jetzt zu Vidar und erkundigen uns, was sich tut. Komm!«, sagte er zu der Hündin, die aufgeregt zu hecheln begann.

Er zog die dicke Jacke an, die schwarze Lodenmütze, Überschuhe und schwarze Handschuhe. Laika trippelte auf der Stelle und wedelte mit dem Schwanz.

»Vielleicht haben sie ja festgestellt, dass meine Theorie stimmt«, sagte er. Er grinste vor sich hin, als er Laika die Leine anlegte. Das wäre was, in der Tat!

Er machte die Tür auf und sah missmutig in den fallenden Schnee hinaus. Bis zur Polizeiwache waren es zu Fuß zwanzig Minuten, jedenfalls für ihn, der er nicht mehr so flott auf den Beinen war. Und bei diesem Wetter sicher eine halbe Stunde. Aber ein Spaziergang würde ihm guttun. Und Laika auch.

19
Juvdal, Polizeiwache, Freitagnachmittag

Gunnar seufzte verärgert, als sein Handy klingelte. Er saß vor dem Empfangstresen der Polizeiwache und fragte sich, wo Kristin blieb. Er war drauf und dran, das Handy auszuschalten, als er Kristins Nummer auf dem Display erkannte. Er drückte die Antworttaste.

»Kristin?«, sagte er. »Wo, um alles in der Welt, steckst du? Und was sollte diese komplett unverständliche Textmeldung?«

Zuerst hörte er nichts. Er kontrollierte das Display, um sich zu versichern, dass er eine Verbindung hatte. Dann legte er das Handy wieder ans Ohr. »Kristin?«, wiederholte er, diesmal lauter.

Er hörte eine Art Kratzen oder Rauschen. Weit weg war ein Hüsteln zu hören.

»Kristin, bist du da?«

Er überlegte, ob sie eventuell unbeabsichtigt an die Anruftaste gekommen war, wie es ihm schon mehrmals passiert war, aber gerade, als er die Verbindung beenden wollte, hörte er Stimmen. Er musste sich konzentrieren, um etwas zu verstehen.

Kristin: »Arild, sollten wir nicht allmählich zurück ins Dorf fahren?«

Arild? Dann war sie also bei ihm.

Arilds Antwort war nicht zu verstehen.

Kristin: »Wir finden Ihre Mutter nie, wenn wir nicht…«

Arild: »Klappe, sage ich!«

Kristin: »Nein, nicht auf mich zielen…«

Arild: »Klappe, hab ich gesagt, dumme Kuh!«

Gunnar sprang auf, das Handy weiter am Ohr, und lief zu dem Tresen. Die junge Frau, die dort saß, sah ihn fragend an.

»Der Polizeiobermeister!«, flüsterte Gunnar und zeigte auf den Hörer.

»Telefonieren Sie mit Vidar?«, fragte sie.

»Holen! Sie! Ihn! Sofort!«, flüsterte Gunnar.

20
Juvdal, Alten- und Pflegeheim, Freitagnachmittag

!!! Komm !!!

Ich komme, Siv, sagte sie mit ihrer inneren Stimme, als das Taxi am Alten- und Pflegeheim vorfuhr. Ich bin da. Gleich bin ich bei dir.

Sie sah das große Gebäude an. Merkwürdig, dass diese Heime alle gleich aussehen, egal, wo im Land man sich befindet, dachte sie.

»Soll ich Ihnen hineinhelfen?«, fragte der Taxifahrer.

Victoria nahm zerstreut das Portemonnaie aus der Tasche und sah ihn an. »Mir helfen?«

»Sie sehen aus, als könnten Sie…«, fing er an, doch dann verkniff er sich den Rest des Satzes.

Sie bezahlte, stieg aus und stapfte durch den nassen Schnee zum Eingang.

21
Juvdal, Alten- und Pflegeheim, Freitagnachmittag

Anita schloss die Tür zu Sivs Zimmer und ging zurück zum Treppenhaus. Ihren Mantel hatte sie im Zimmer hängen lassen. Was wäre, wenn jemand sie sah und wiedererkannte? Sollten sie doch. Wenigstens hatte sie mit Siv geredet.

Am Ende des Flurs saßen einige Patienten in einer Sitzgruppe und tranken Kaffee. Vor der Toilette stand ein Gehwagen.

Links neben der Treppe entdeckte Anita ein Haustelefon. Sie nahm den Hörer ab und las das Blatt mit der Gebrauchsanweisung durch, hörte ein Summen und wählte die 9. Es klingelte zweimal.

»Hallo?«, antwortete eine Stimme.

Anita räusperte sich und stellte ihre Frage.

»Einen Augenblick.« Sie hörte, wie in Papieren geblättert wurde. »Mal schauen. Da haben wir ihn ja. Zimmer 214. Pflegestation 2. Soll ich Sie verbinden?«

»Nein, nein, nicht nötig. Ich wollte es nur wissen.«

Sie legte auf und ging eine Etage nach unten. Auf der Treppe begegneten ihr zwei Schwestern.

Die zweite Etage war übersichtlich. Die Pflegestation I lag rechts, die Pflegestation II links. Anita las die Türschilder, nachdem sie nach links abgebogen war. Zimmer 214 war die vierte Tür. Sein Name stand an der Tür.

Eilert Vang.

Sie holte tief Luft und trat ein.

22
Juvdal, Polizeiwache, Freitagnachmittag

Vidar Lyngstad lief aus seinem Büro zum Empfangstresen, wo Gunnar ihm sein Handy reichte und einen Zeigefinger vor die Lippen legte. Vidar presste das Mobiltelefon ans Ohr und versuchte zu verstehen, was gesagt wurde.

Der Mann: »Tun Sie, was ich sage!«

Die Frau: »Legen Sie die Schrotflinte weg!«

Der Mann: »Gewehr! Das ist ein Gewehr! Mein Gott, Sie haben ja überhaupt keine Ahnung!«

Gunnar zeigte auf den Hörer und formte »Kristin« mit den Lippen.

»Und der Mann?«, flüsterte Vidar.

Der Name kam lautlos über Gunnars Lippen. »Arild Borgersen!«

Vidar fasste sich an die Stirn. Arild? Zusammen mit Kristin Bye? Und er bedrohte sie mit einem Gewehr?

Er sah Gunnar an, der die Zähne so fest aufeinanderbiss, dass die Kieferknochen vortraten. Armer Mann, er ist außer sich vor Sorge, dachte Vidar.

Vidar versuchte zu begreifen, wie alles zusammenhing. Hatte Arild Birger umgebracht und nicht Anita? War es Arilds blutverschmierter Fußabdruck gewesen, den sie im Schnee gefunden hatten?

Er bat einen der Angestellten, Arild Borgersen zu suchen und in die Polizeiwache zu bringen, um ihn zu verhören. Nicht als Angeklagten, sondern als Zeugen. Vorläufig. Vermutlich war er irgendwo zusammen mit Kristin Bye.

Es sei nicht auszuschließen, fügte er hinzu, dass er bewaffnet war, darum sei Vorsicht geboten.

23
Juvdal, Alten- und Pflegeheim, Freitagnachmittag

Es klopfte. Dreimal, kurz und effektiv.

Doktor Eilert Vang zögerte einen Augenblick, ehe er seinen Rollstuhl so drehte, dass er die Tür im Blick hatte. Ich bin ja ganz schön gefragt in letzter Zeit, dachte er. Er war noch immer ganz benommen von Kristins und Gunnars Besuch. Aber schlimmer konnte es wohl kaum werden.

»Ja?« Seine Stimme war so kratzig, dass er sich räuspern musste.

Er erkannte sie nicht gleich, als die Tür aufging und sie das Zimmer betrat. Erst als er ihr in die Augen sah, wusste er, wen er vor sich hatte. Sie war alt geworden, vom Leben gezeichnet. Ihre Haut war blass, das Haar kraftlos und stumpf. In Gedanken sah er sie immer noch als das hübsche, junge Mädchen vor sich. Die Vierzehnjährige.

Es konnte also doch noch schlimmer kommen.

Er hatte sie seit vielen Jahren nicht mehr gesehen. Wie lange? Fünfundzwanzig oder dreißig Jahre? War ihr all die Jahre erfolgreich aus dem Weg gegangen. Ihr und ihrem Mann. Und dem Sohn.

Er saß in seinem Rollstuhl und sah sie fragend an. Die Tür fiel ins Schloss. Aber Anita rührte sich nicht.

»Es ist lange her, dass wir uns gesehen haben, Anita«, sagte er.

24
Juvdal, Gjæstegaard, Freitagnachmittag

»Im Namen des Vaters, des Sohnes und des Heiligen Geistes, Amen.«

Inger Borgersen blieb auf den Knien sitzen. Tränen strömten aus ihren geschlossenen Augen. *Mein lieber, guter Birger!* Sie legte die Stirn auf ihre gefalteten Hände. Die Bodenbretter unter ihren Knien waren kalt. *Was kann ich sonst noch tun?*

Bjørn-Tore und Pia hatten ihr angeboten, weiter im Hotel zu wohnen. Ihnen war das lieber so. Als ob sie in ihrem eigenen Haus nicht mehr sicher wäre.

Sie hatte das Richtige getan. Das fühlte sie. Sie hatte das Tagebuch herausgegeben. Nun waren andere an der Reihe, etwas herauszufinden. Gunnar Borg. Die Polizei.

Trotzdem wurde offenbar noch mehr von ihr erwartet.

Sie hatte geglaubt, ihre Familie zu schützen, indem sie das Buch behalten hatte, aber jetzt kamen ihr Zweifel. Hatte sie das Elend dadurch noch verschlimmert? Wäre Birger noch am Leben, wenn sie der Polizei 1978 das Tagebuch überlassen hätte? Sie mochte gar nicht daran denken.

Was erwartest du noch von mir, Herr?

Sie starrte vor sich hin, sah die Konturen der Stabkirche von Juvdal vor sich und spürte, wie sich eine leichte Wärme in ihrem Körper ausbreitete. In ihrem Kopf hallte der tiefe Klang der Kirchenglocken wider. Nach und nach wurde sie von einer Erkenntnis erfüllt. Als ob Gott zu ihr spräche. Ohne Worte. Und sie verstand. Nach all den Jahren. »*Herr, ich verstehe.*« Ihre gefalteten Hände begannen zu zittern. »Selbstverständlich, Herr«, flüsterte sie. »Amen.«

25
Juvdal, Alten- und Pflegeheim, Freitagnachmittag

Siv Borgersen saß aufrecht in ihrem Bett, die Arme um die Knie geschlungen, als Victoria vorsichtig die Tür öffnete und das Zimmer betrat.

Victoria blieb direkt hinter der Tür stehen und betrachtete sie. So fremd und gleichzeitig so vertraut. Ein mageres, blasses Wesen in einem Nest aus Kissen und Decken. Ein Vogeljunges. Victorias Augen füllten sich mit Tränen, aber sie sagte nichts. Ganz still blieb sie bei der Tür stehen; eine alte Frau mit einer Tasche über der Schulter, sprachlos.

Das Gesicht der schmächtigen Frau war abgewendet, zum Fenster. Ein leichtes Zucken ging durch den Körper wie ein warmer Luftzug durch raschelndes Laub.

!!! Du bist gekommen !!!

»Ja, Siv«, antwortete sie leise.
Siv bewegte langsam den Kopf hin und her.
»Ich bin es. Victoria. Ich bin jetzt da.«
Sivs Arme waren dünn, so dünn.

!!! Victoria!!!

Die Worte strömten durch sie hindurch.
»Ja. Ich bin es.«
Siv drehte sich um.
Ihre Augen waren tiefe Höhlen, ihr Gesicht ein mit Haut bespannter Schädel.
Trotzdem, dachte Victoria, ist sie ausgesprochen hübsch.

»Ich habe nicht begriffen, wer du bist«, sagte sie. »Erst heute. Es tut mir so leid, Siv, ich habe es einfach nicht verstanden.«

!!! Hilf mir, Victoria !!!

»Jetzt bin ich ja hier. Du musst keine Angst haben. Ich werde dir helfen. Auf dich aufpassen.«

26
Juvdal, Alten- und Pflegeheim, Freitagnachmittag

Anita blieb stehen und sah ihn an. Es war ihr so wichtig gewesen, ihn zu finden. Mit ihm zu reden. Ihm zu erklären, wie er und sein Sohn ihr ganzes Leben zerstört hatten. Aber jetzt, da sie ihn vor sich hatte, von Angesicht zu Angesicht, wusste Anita nicht mehr, was sie sagen sollte.

»Ich habe mit dir gerechnet«, sagte der alte Doktor. »Früher oder später.«

»Wieso?«

»Es ist noch nicht lange her, dass ich den Journalisten aus Oslo alles erzählt habe. Sie haben Berits Tagebuch gefunden, weißt du.«

»Ein Tagebuch?«

»Es wird alles aufgedeckt werden, Anita Borgersen. Alles! Ich habe alles gestanden. Dein Verhältnis mit Robin. Die Abtreibung. Birger und Berit. Arild. Alles.«

Die Verwirrung griff mit kalter Hand nach ihr. Wie hatten sie… Wer hatte… Warum hatten sie… Robin?… Die Abtreibung?… Arild?… Aber wieso…?

»Und jetzt kommst du«, sagte er. »Im Grunde genommen hat das noch gefehlt. Was willst du?«

Sie wusste nicht länger, was sie wollte. Ihn zur Verantwortung ziehen? Bevor sie sich für Arild das Leben nahm. Sie wollte nicht, dass Eilert Vang starb, ohne zu erfahren, wie Robin und er ihr Leben zerstört hatten. Das Leben vieler Menschen. Aber plötzlich war sie nur noch verwirrt. Sah instinktiv ein, dass sie dem alten Mann gar nichts zu erzählen brauchte, damit er begriff. Er hatte längst verstanden. Hatte es von Anfang an begriffen. Und sein Leben war, so weit möglich, noch kaputter als das ihre. Das wurde ihr klar, als sie in seine matten Augen sah.

»Ich bin gekommen, um mit Ihnen zu reden, Doktor Vang«, sagte sie.

»Reden?«, fragte er.

»Ich werde bald sterben«, erklärte sie.

»Bist du krank?«

»Nein, ich bin nicht krank. Ich will mich umbringen.«

Der Doktor erwiderte nichts.

»Soll ich Ihnen was erzählen?«, fragte Anita. »Seit vierzig Jahren bin ich von Medikamenten abhängig. Ein paar Mal bin ich für wenige Tage eingewiesen worden. In die psychiatrische Abteilung. Das haben Sie nicht gewusst, oder?«

Er schüttelte den Kopf.

»Und wissen Sie, warum? Wegen Ihnen und Ihrem Sohn. Wegen dem, was Sie beide mir angetan haben. Und Sie haben geglaubt, alles über die Leute im Dorf zu wissen! Wie es um mich bestellt ist, haben Sie nicht gewusst!«

»Das tut mir leid«, sagte er.

»Ich konnte ja wohl schlecht zu Ihnen kommen und um ein Rezept bitten«, sagte sie. »Vierzig Jahre lang.«

»Ich hätte dir geholfen, wenn du zu mir gekommen wärst.«

»Ach ja? Sind Sie sich da so sicher? Mal ehrlich, hätten Sie nicht eher dafür gesorgt, dass ich abgeholt werde? Weggesperrt? Damit alle die Augen verdrehen und keiner mir glaubt, wenn ich auf die Idee kommen sollte, von Doktor Vang und seinem Sohn Robin zu erzählen?«

Er schüttelte wieder den Kopf.

»Sie haben ja wahrscheinlich gehört, was ich gestern mit Birger gemacht habe?«

Er schloss die Augen.

»Sie haben mich kaputtgemacht!«, sagte sie.

In dem Moment ging die Tür auf.

»Doktor Vang! Ich…« Anita kannte die junge Schwester. Es war Jorunn Skjeberg, die in der Gemeinde aktiv war.

»Entschuldigung!«, stotterte sie und schaute vom Doktor zu Anita. »Ich wusste ja nicht, dass Sie Besuch haben. Ich komme gerne später wieder! Entschuldigen Sie die Störung.«

Schnell zog sie die Tür hinter sich zu. Man hörte, wie sie mit ihren Holzpantinen hastig den Flur entlanglief.

Sie hat mich erkannt, dachte Anita. Gleich werden sie hier sein.

»Doktor Vang«, sagte sie. »Was halten Sie von einem kleinen Ausflug?«

27
Juvdalens Avis, Freitagnachmittag

Thomas sah durch die Redaktionsräume. Am Nachrichtentisch ging es hektisch zu. Bin ja mal gespannt, ob ich morgen auf der Titelseite bin, dachte er. *Chefredakteur als Doppelmörder entlarvt.* Knackige Schlagzeile.

Er ging hinter dem diensthabenden Nachrichtenredakteur her und klopfte ihm auf die Schulter. »Ich muss kurz weg, was erledigen«, sagte er.

Der Kollege sah ihn fragend an. »Bei diesem Scheißwetter?«

Thomas warf einen Blick aus den großen Fenstern, an denen der Schnee hängen blieb. »Es gibt Schlimmeres im Leben«, sagte er leise.

28
Juvdal, Polizeiwache, Freitagnachmittag

Gunnar wickelte sein Handy in einen Schal, damit sie sich unterhalten konnten, ohne dass ihre Stimmen Kristin verrieten.

»Kristin muss es irgendwie geschafft haben, meine Nummer zu wählen, aber sie kann nicht reden«, erklärte er Vidar. »Sie hat Arilds Namen genannt, vermutlich, um uns zu verstehen zu geben, dass sie bei ihm ist und dass er sie bedroht.«

»Wo sind sie?«, fragte Vidar.

»Sie wollte ihn an seinem Arbeitsplatz aufsuchen. Das war vor anderthalb Stunden. Seitdem habe ich nichts mehr von ihr gehört.«

»Überprüfen Sie, ob Arild Borgersen im Sägewerk ist!«, sagte Vidar zu der Frau hinter dem Tresen.

»Und dann hat sie mir das hier als SMS geschickt«, sagte Gunnar, holte den Zettel aus der Innentasche und zeigte Vidar die unverständliche Nachricht.

avf a5m mht aqhld fr h7t isre.

»Ein Code?«, fragte Vidar.

»Keine Ahnung. Sie können überall sein«, sagte Gunnar. »In seinem Büro. Bei ihm zu Hause. Wo auch immer.«

Die junge Frau fragte nach Arild, bedankte sich und legte auf. »Im Sägewerk ist er nicht!«, sagte sie. »Er hat heute frei, wegen der Sache mit seinem Vater.«

»Hat er ein Handy? Prüfen Sie das nach und rufen Sie ihn an. Ich will mit ihm sprechen! Und rufen Sie bei Telenor an! Wie lange dauert es, rauszufinden, über welche Basisstation das Mobiltelefon sendet?«

Sie sah im Computer nach, wählte die Nummer und reichte Vidar den Hörer.

29
Borgersen-Alm, Freitagnachmittag

In was bin ich da nur wieder reingeraten?, dachte Kristin und atmete mit einem tiefen Seufzer aus.

Arild sah sie gereizt an.

Sie fror. Es war kalt in der Hütte. Mit überkreuzten Armen rieb sie ihre Oberarme. Warum fuhren sie nicht einfach zurück? Zurück zu Gunnar, in die Zivilisation, dahin, wo es sicher war. Sie sah Arild an, der rastlos durch die Hütte tigerte.

Irgendwann, dachte Kristin mutlos, sollte ich lernen, meine Nase nicht in Dinge zu stecken, die mich nichts angehen.

Als Arilds Handy klingelte, hielt er ihren Blick fest und legte Gewehr und Putzzeug auf den Tisch. Sie rührte sich nicht.

»Borgersen!«, sagte er mit einer Stimme voller Autorität und Selbstbewusstsein.

…

»Oh, ich danke Ihnen« sagte er.

…

»Im Pflegeheim?«, platzte er heraus. »Was hat sie da zu suchen?«

…

»Bei wem?«

…

»Ja, das weiß ich, sie hat es im Augenblick nicht ganz leicht, aber warum ist Mama bei Doktor Vang?«

…

»Die Polizei?«

…

»Aber ich verstehe nicht, was sie dort macht? Bei ihm?«

…

»Ist die Polizei schon benachrichtigt?« Er warf einen gehetzten Blick auf die Uhr.

…

»Was wollen Sie damit sagen? Dass im Moment niemand bei ihr ist?«

…

»Ja! Ich komme! Auf der Stelle!«

30
Juvdal, Polizeiwache, Freitagnachmittag

»Besetzt!«, rief Vidar verärgert. »Versuchen Sie in ein paar Minuten noch mal, Arild zu erreichen!«

Lisa nickte.

»Er hat sie bedroht!«, sagte Gunnar.

»Hm.«

»Haben Sie ihn nicht gehört?«

»Doch. Aber ich verstehe das nicht. Haben wir womöglich etwas Wichtiges nicht mitbekommen?«

»Seine Stimme klang so komisch.«

»Ausgerechnet Arild?« Der Polizeiobermeister schüttelte den Kopf. Er dachte, er würde Arild kennen. Den Geschäftsführer. Den Poker- und Jagdkumpan. Er konnte sich nicht vorstellen, was passiert war.

»Es ist mir scheißegal, wer er ist. Er hat Kristin in seiner Gewalt!«

Vidar sah ihn nur an.

Frank Hoff, einer der Ermittler von der Kripo, kam aus dem Büro. »Vidar? Gerade ist ein Anruf vom Altenheim eingegangen«, sagte er. »Anita Borgersen ist dort gesehen worden. Im Zimmer von«, er sah in seinen Notizen nach, »Doktor Vang.«

31
Juvdal, Polizeiwache, Freitagnachmittag

Thomas parkte auf dem Hinterhof der Polizeiwache und zog den grauen Mantel fester um sich, als er durch das Schneetreiben zur Treppe stapfte. Mehrere Kripoleute kamen ihm entgegen und liefen zu ihren Autos. Drinnen sah er als Erstes Gunnar, der aufgewühlt wirkte, und Vidar, der seine Jacke anzog.

»Hallo, Gunnar!«, begrüßte er ihn und lächelte bedrückt. »Vidar, hast du eine Minute Zeit?«

»Nicht jetzt!«

»Es ist wichtig. Es geht um Berit Borgersen.«

»Ich muss zu einem Einsatz, Thomas! Wir wissen jetzt, wo Anita ist.«

Thomas blieb unverrichteter Dinge zurück, als Gunnar und Vidar eilig durch die Tür zu dem Dienstwagen liefen.

»Wären Sie wohl so nett«, sagte er zu Lisa, »zu protokollieren, dass ich hier war und um ein Gespräch mit dem Polizeiobermeister gebeten habe?«

32
Juvdal, Polizeiwache, Freitagnachmittag

Laika schnüffelte am Treppengeländer, als Thomas Holmen aus der Polizeiwache kam. Es war lange her, dass Gerhard Klock Thomas Holmen gesehen hatte. Sie begrüßten sich mit Handschlag. Thomas erzählte ihm, er sei auf dem Weg zum Altenheim, weil Anita Borgersen dort gesehen worden war.

»Du meine Güte«, murmelte Gerhard Klock und versuchte, eine Erklärung dafür zu finden, was sie dort zu suchen haben könnte.

»Wollen Sie mitfahren?«, fragte Thomas.

»Ich muss erst mit Vidar sprechen.«

»Der ist schon unterwegs dorthin.«

»Ja, natürlich. Dann nehme ich das Angebot gerne an.«

»Und unterwegs muss ich Ihnen was erzählen.«

33
Juvdal, Alten- und Pflegeheim, Freitagnachmittag

Anstatt zurück zum Haupteingang zu gehen, schob Anita Doktor Vang in seinem Rollstuhl durch die Pflegeabteilung II, danach durch die Geriatrische Abteilung II bis zum Fahrstuhl. In der dritten Etage wurde gerade renoviert, weswegen dort kein Mensch war. Die einzige nicht abgeschlossene Tür führte auf einen Flur, den sie nicht kannte. Erst als sie den Quergang erreichten – und sie die Zimmernummern sah –, wurde ihr klar, dass sie in der Medizinischen Abteilung waren.

Sie schob Doktor Vang vor sich her, und als sie um die nächste Ecke bogen, erkannte sie den Flur, auf dem Sivs Zimmer lag.

34
Juvdal, Alten- und Pflegeheim, Freitagnachmittag

Der Polizeiwagen machte eine Vollbremsung vorm Eingang des Altenheims und rutschte noch einige Meter weiter durch den Matsch. Gunnar klammerte sich krampfhaft am Türgriff fest und atmete erleichtert auf, als der Wagen endlich zum Stehen kam. Durch das Schneetreiben sah er in der Ferne Blaulichter blinken. Vidar hatte sämtliche Einheiten aufgefordert, keine Sirenen einzuschalten.

Der Polizeifunk summte und knackte, Gunnar erkannte Lisas Stimme, die zwei Streifenwagen von der Oberen Polizeibehörde dirigierte. Eins der Kripofahrzeuge traf zeitgleich mit Vidar und Gunnar ein, die anderen folgten mit einer Minute Abstand.

Zwei Schwestern warteten unter dem überdachten Eingang und nahmen die Polizisten in Empfang. Beide waren nervös.

»Sie war beim Doktor, bei Doktor Vang!«, sagte Jorunn Skjeberg zu Vidar. »Ich dachte, er wäre allein, darum bin ich auch direkt rein zu ihm. Und da saß sie. Ich hab sie gleich erkannt.«

»War mit dem Doktor alles in Ordnung?«, fragte Vidar.

»Sie saßen da und unterhielten sich.«

»Es war also alles ruhig?«

»Ich denke schon. Aber beide zuckten zusammen, als ich kam.«

Sie gingen durchs Foyer zu den Treppen. Kristensen und Skjeberg brachten sie in die zweite Etage zum Zimmer des Doktors.

Alle blieben stehen.

»Warten Sie hier!«, signalisierte Vidar den anderen.

Dann trat er ein.

35
Juvdal, Alten- und Pflegeheim, Freitagnachmittag

Victoria saß auf der Bettkante und streichelte Siv über den Rücken. So saßen sie bereits einige Minuten nebeneinander. Ohne Worte, ohne Gedankenaustausch. Nach einer Weile begann Siv, sich hin und her zu wiegen, während Victoria ihr zärtlich über die Schultern und den Rücken strich. Siv gab einen tiefen, gutturalen Laut von sich, nicht unähnlich einer schnurrenden Katze. Victoria summte eine leise, monotone Melodie.

Siv verkrampfte sich. Sie war ganz entspannt gewesen, ganz still, aber plötzlich spannten sich ihre Muskeln.

»Sch, sch«, flüsterte Victoria. »Ich passe auf dich auf, mein Schatz.« Victoria legte die Arme um sie und drückte sie sanft an sich.

Sivs Atem ging schwerer.

!!! Sie kommt !!!

»Wer?« Victoria hielt sie an den Schultern fest und sah sie an. »Was meinst du, Siv? Wer kommt?«

Siv fiel rückwärts auf das Bett. Ihre Augäpfel zuckten hektisch unter den geschlossenen Augenlidern.

!!! Gefährlich !!! Der Dämon !!!

»Der Dämon?«

!!! Sie kommt !!! Hilf mir !!!

»Wen meinst du?«

!!! Neinneinnein !!!

36
Juvdal, Freitagnachmittag

»Du liebe Zeit! Hätten wir das 1978 gewusst, wärst du mit größter Wahrscheinlichkeit als Mörder angeklagt worden«, sagte Gerhard Klock nachdenklich.

Der alte Polizeiobermeister saß neben Thomas Holmen auf dem Beifahrersitz. Laika lag wie ein warmes Bündel auf seinem Schoß. Thomas hatte Klock soeben erzählt, dass er und Berit Borgersen bis zu ihrer Ermordung ein Verhältnis hatten.

»Genau deswegen habe ich nie etwas gesagt«, sagte er. »Ich wusste, dass ich mich auf verdammt dünnem Eis befand.«

»Du hättest es uns trotzdem sagen müssen«, sagte Klock. »Um unsere Ermittlungen voranzubringen. Aber auch, um dich nicht unnötig verdächtig zu machen.«

»Sie haben es doch selbst gesagt – ich wäre angeklagt worden.«

»Am Ende hätten wir die Wahrheit schon herausgefunden.«

»Auf meine Kosten«, sagte Thomas. »Ein Mordopfer mit einem jungen Geliebten und einem unbekannten Täter? Anklage, öffentlich an den Pranger gestellt, möglicherweise ein Verfahren. Na, danke, ich glaube nach wie vor, dass es das Schlauste war, den Mund zu halten.«

»Möglich. Aber richtig war es nicht.«

»Da wäre noch etwas anderes.«

»Ja?«

»Ich kriege seit fünfundzwanzig Jahren anonyme Briefe. Von jemandem, der mich beschuldigt, Berit umgebracht zu haben.«

»Warum bist du damit nicht zu uns gekommen? Zur Polizei?«

»Glauben Sie, das hätte meine Situation verbessert?« Thomas lachte abgehackt.

»Von wem sind die Briefe?«

»Ich weiß es nicht. Von ihrer Freundin, Nina Bryn? Von einer der Schwägerinnen? Ihren Brüdern? Der Mutter? Ich weiß es wirklich nicht.«

»Und warum ausgerechnet an Sie?«

»Das ist es ja! Warum? Irgendwie muss der Schreiber von dem Verhältnis erfahren haben.«

»Vielleicht hat Berit jemandem davon erzählt?«

»Entweder das, oder aber der Verfasser ist derjenige, der das Tagebuch geklaut hat. Berit hat darin über unser Verhältnis geschrieben.«

»Woher weißt du das?«

»Weil das Tagebuch aufgetaucht ist.«

Klock wurde kalt. »Das Tagebuch? Wo war es?«

»Keine Ahnung. Aber ich kann mir denken, dass da eine ganze Menge drinsteht. Darum wollte ich Lyngstad von Berit erzählen, bevor er es liest. Jetzt habe ich es zumindest Ihnen erzählt.«

37
Juvdal, Alten- und Pflegeheim, Freitagnachmittag

Victoria und Siv saßen eng umschlungen auf dem Bett, als Anita Doktor Vangs Rollstuhl ins Zimmer schob. Siv zog sich in sich selbst zurück und reagierte nicht mehr auf Bewegungen oder Geräusche.

Anita hielt inne, als sie Victoria entdeckte. »Wer sind Sie?«

Der Klang ihrer Stimme jagte Victoria einen Schauer über den Rücken.

»Eine Freundin«, sagte sie leise. »Sivs Freundin.«

»Gehen Sie!«

Anita schob den Rollstuhl ans Bett. Victoria blieb sitzen. Doktor Vang schaute von Victoria zu Siv. »Das ist also Siv? Wie erwachsen sie geworden ist. Aber ich habe sie auch ewig nicht mehr gesehen. Und wenn ich an sie gedacht habe, war sie immer das zehnjährige Mädchen.«

»In gewisser Weise«, sagte Anita, »ist sie das auch noch.« Sie warf Victoria einen strengen Blick zu. »Ich habe doch gesagt, Sie sollen gehen!«

Doktor Vang sah zu Anita hoch, dann drehte er sich wieder zu Siv um. »Ja«, sagte er. »In gewisser Weise ist sie das wohl.«

»Sie braucht mich!«, sagte Victoria.

Anita packte Victoria am Mantel und zog sie hoch. »Gehen Sie jetzt, bitte!«

!!! Nein, nein, nein !!!

»Ich kann nicht…«, begann Victoria, doch Anita schob sie zur Tür.

»Vielen Dank für den Besuch! Aber jetzt lassen Sie uns in Ruhe!«

38
Juvdal, Freitagnachmittag

»Schneller!«, schrie Arild.

Kristin bremste. »Ich trau mich nicht. Es ist spiegelglatt!«

Bald waren sie wieder im Dorf. Die Scheibenwischer schlugen hektisch hin und her. Die Scheiben beschlugen von der warmen Heizungsluft.

»Schneller!«, sagte er leiser, was noch bedrohlicher klang.

Das Gewehr klemmte zwischen seinen Knien. Mechanisch

putzte er den blanken Lauf. Warum, um alles in der Welt, hatte er das Gewehr mitgenommen?

Er hatte einen Anruf aus dem Altenheim bekommen. Irgendwas war mit seiner Mutter. Was, wusste Kristin nicht. Er hatte nicht viel gesagt. Nur, dass sie dorthin mussten. So schnell wie möglich.

In einer scharfen Rechtskurve merkte sie, dass die Reifen wegrutschten. Sie schaltete die Automatik in den Leerlauf und lenkte den Wagen durch die Kurve.

»Schneller!«

»Wir wären gerade fast von der Straße abgekommen!«

»Sie ist dort.«

»Ihre Mutter?«

»Bei Doktor Vang.«

»Sie werden wohl was zu besprechen haben.«

Die letzten Stunden:
14.55 Uhr – 16.10 Uhr

FREITAG, 10. JANUAR 2003

I

*Juvdal, Alten- und Pflegeheim, Zimmer 214,
Freitagnachmittag*

Das Zimmer war leer.

»Keiner da!«, rief Polizeiobermeister Vidar Lyngstad den anderen zu.

Verdammt! Er war sich so sicher gewesen, dass sie hier war. Sicherheitshalber warf er auch einen Blick in die enge Toilette.

Die zwei Schwestern blickten ins Zimmer. »Mein Gott!«, sagte Elin Kristensen. »Doktor Vang ist auch weg?«

»Der sitzt im Rollstuhl«, erklärte Jorunn Skjeberg.

»Anita muss ihn mitgenommen haben«, sagte Gunnar.

»Warum, um alles in der Welt, sollte sie das tun?«, fragte Vidar.

»Sie müssen noch im Pflegeheim sein«, sagte Jorunn. »Es liegt so viel Schnee, dass sie den Rollstuhl nicht weit schieben kann.«

»Wo können sie sich versteckt haben?«, fragte Gunnar.

Elin Kristensen und Jorunn Skjeberg sahen sich an. »In einem der Aufenthaltsräume?«, schlugen sie vor. »Im Fernsehzimmer oder im Speisesaal?«

»Wir müssen die Suche organisieren«, sagte Vidar. »Können Sie mir einen Plan des ganzen Heims besorgen?«

»Natürlich«, sagte Elin Kristensen. »Kommen Sie mit ins Büro im Erdgeschoss.«

2
*Juvdal, Alten- und Pflegeheim, Eingangshalle,
Freitagnachmittag*

Victoria hatte nicht eine Schwester gefunden, die ihr helfen konnte. Verzweifelt stand sie in der Eingangshalle im Erdgeschoss, als der nächste Polizeiwagen vor der Tür hielt und zwei groß gewachsene Polizisten hereinstürmten.

»Entschuldigen Sie«, begann Victoria.

»Tut uns leid, gute Frau! Wir haben einen Notfall.«

Der eine redete in ein Mikrofon, das an seiner Lederjacke befestigt war. »Delta Foxtrott vor Ort in der Eingangshalle.«

»Es geht ...«, sagte Victoria.

»Tut mir leid! Wir haben keine Zeit!«

»Delta Foxtrott, Objekt sichern«, kam es knisternd durch das Funkgerät der Polizisten. »Absperren und den Eingang kontrollieren.«

»Verstanden«, antwortete einer der beiden.

»Da ist eine Frau gekommen«, sagte Victoria, »mit einem alten Mann im Rollstuhl. Ich habe Grund zur Annahme, dass ...«

»Entschuldigen Sie, gute Frau, aber wir haben einen dringenden Einsatz! Bitte entfernen Sie sich!«

»Es ist dringend!«

»Ich bin hier nur zu Besuch«, sagte sie.

»Wenn Sie keine Heimbewohnerin sind, möchte ich Sie bitten, das Haus zu verlassen.«

»Verlassen? Ich habe Ihnen doch gerade gesagt, dass ...«

Der größere der beiden Polizisten fasste sie an der Schulter und führte sie zur Eingangstür, die sich automatisch öffnete. »Lassen Sie uns jetzt bitte unsere Arbeit tun«, sagte er entschlossen.

Draußen war ein dritter Polizist dabei, ein Absperrband um die Pfosten des Vordachs zu spannen.

»Hören Sie nicht, was ich sage?«, rief Victoria erregt.

»Darum müssen wir uns ein andermal kümmern, gute Frau«, sagte der Polizist. »Jetzt müssen wir unsere Arbeit machen.«

3
Juvdal, Alten- und Pflegeheim, Flur, Freitagnachmittag

Die Polizeipatrouille, die zu Hause und am Arbeitsplatz nach Arild Borgersen gesucht hatte, meldete, er sei nicht zu finden, sein Wagen stehe aber auf dem Hof seiner Eltern.

Vidar wurde wütend. Er hatte so schon genug zu tun und brauchte nun wirklich nicht noch weitere Komplikationen.

Anita war verschwunden. Arild war verschwunden. Und Kristin Bye befand sich bei Arild – warum? Und wo?

Er hatte das unangenehme Gefühl, etwas Wesentliches übersehen zu haben.

Wenn Arild seinen Vater getötet hatte, konnte er auch seine Mutter getötet haben. Seine Stiefmutter. Das würde Anitas Verschwinden erklären, nicht aber die Behauptung, sie sei im Altenheim gesehen worden. Wie zuverlässig war diese Behauptung eigentlich?

Immerhin erklärte die Theorie die Blutspuren im Schnee. Vidar versuchte, sich das Ganze bildlich vorzustellen: Erst war Arild durch den Schnee von sich zu Hause zum Stall des elterlichen Hofs gelaufen. Dort hatte er seinen Vater getötet. Dann war er wieder nach Hause gegangen und hatte dabei die Blutspuren hinterlassen, die sie gefunden hatten. Nachdem Anita später ihren toten Mann entdeckt hatte, war sie zu ihrem Sohn gelaufen. *Ihrem Stiefsohn.* Und war von diesem getötet worden. Aus Rache für den monumentalen Betrug. Er musste die Leiche irgendwo versteckt haben. Vermutlich zu Hause bei sich. Oder im Garten unter dem Schnee. Dann war Arild in seinen eigenen Spuren an den Tatort zurückgekehrt und hatte so die vorherigen Spuren verwischt.

Gerissen, dachte er, wirklich gerissen.

Aber dann konnte es nicht Anita sein, die im Altenheim gesehen worden war.

4
Juvdal, Alten- und Pflegeheim, Freitagnachmittag

Zwei Streifen- und ein Rettungswagen standen mit eingeschaltetem Blaulicht vor dem Altenheim, als Kristin von der Hauptstraße abbog. Hinter den Einsatzfahrzeugen erkannte sie Reportagewagen der Osloer Zeitungen. Journalisten, Polizisten und Schaulustige standen in Grüppchen zusammen im Schneetreiben.

»Verdammt!«, fauchte Arild und duckte sich. »Fahren Sie zur Rückseite!«

»Rückseite?«

»Hier rechts, bei den geparkten Autos! Und dann nach links, immer am Gebäude entlang.«

Sie fuhren an der Lieferantenrampe des Altenheims vorbei, an der Kapelle und einer großen Belüftungsanlage, bis sie schließlich zum Personalparkplatz auf der Rückseite des Gebäudes kamen. Kristin parkte zwischen einem Renault und einem Saab. Als sie aus dem Auto stiegen, schob Arild das Gewehr unter seinen Mantel und hielt es mit der rechten Hand fest, die er in die Manteltasche gesteckt hatte.

Mein Gott, was hat er bloß vor?

Sie gingen durch den Personaleingang und einen Windfang und kamen in eine große Küche, an die ein Personalraum angeschlossen war. Drei Schwestern in weißen Kitteln tranken Kaffee. Alle drei starrten Arild und Kristin erstaunt an.

»Arild?«, sagte eine der Frauen. Ihr Blick huschte von ihm zu Kristin und zurück.

»Hallo, Frau Sørsdahl. Mama soll hier sein, habe ich gehört?«, sagte er mit überraschend ruhiger Stimme.

»Ja, sie war da...« Frau Sørsdahl deutete mit dem Kopf nach oben. »Aber jetzt wissen wir nicht... die Polizei ... ja, du hast die Polizei doch bestimmt bemerkt«, stotterte sie.

»Sie wissen nicht, wo sie ist?«, fragte Arild.

»Sie war oben beim Doktor. Bei Doktor Vang. Aber jetzt sind beide verschwunden. Die Polizei und alle hier im Haus sind auf der Suche nach ihr.«

»Verstehe«, sagte Arild. »Dann schauen wir mal, ob sie sie finden.«

Er warf den drei Schwestern ein Lächeln zu, packte Kristin diskret am Mantel und zog sie mit sich aus dem Personalraum und durch die Umkleide. Eine rote Brandschutztür führte auf einen Flur, der sie weiter in die Pflegestation I brachte.

Sie blieben stehen. Im Eingangsbereich, den sie zu ihrer Linken sehen konnten, herrschte hektische Aktivität. Arild zog sie mit sich nach rechts zum Personalaufzug. Er drückte den Knopf für die zweite Etage.

»Wohin gehen wir?«, fragte Kristin.

»Ich weiß, wo sie ist«, sagte er.

5
Juvdal, Alten- und Pflegeheim, Eingangsbereich, Freitagnachmittag

»Polizeiobermeister Lyngstad?«

Doktor Aslak Zahl kam mit einer gelben Mappe in der Hand in den Eingangsbereich.

Vidar sah ihn ungeduldig an.

»Ich habe etwas gefunden, das Sie interessieren dürfte«, sagte er zögernd.

»Ja?«

»Ich bin rein zufällig darauf gestoßen. Sie ist nämlich keine Patientin von uns. Aber weil das jetzt passiert ist …«, er breitete die Arme aus, um seinen Worten Nachdruck zu verleihen, »bin ich auf die Idee gekommen, mal nachzuschauen, ob wir etwas über sie haben. Aufgrund einer Umorganisierung des regionalen Gesundheitsdienstes ist ihre Krankenakte vorübergehend zu uns gelangt, weil sie hier in der Gemeinde wohnt.«

»Um was geht es? Und von wem reden Sie?«

Doktor Zahl reichte ihm die Dokumente:

Journalnr. 838-343/78B
Vorgang: 343/78b/2389983
Dok.nr.: 838/78b/343/12-PA-PP-SA

Patientenjournal
Telemark-Zentralkrankenhaus, Abt. Skien
Psychiatrische Abteilung / Psychiatrische Poliklinik
Psychiatrische Ambulanz

Patient: ANITA BORGERSEN   Geburtsdatum: 9.4.1943
Personnr: 09044324938   aktualisiert: 6.6.1999
Einlieferungsdatum: 3.6.1999

Archivhinweis: Archiviert mit Referenz 838-343/78B d. Psy/Poly/ Ambul.

Frühere Konsultationen: 21.3.1963, 29.7.1965, 2.2.1968, 28.5.1972, 12.3.1975, 4.1.1976, 25.3.1976, 9.10.1977, 10.11.1977, 22.4.1978, 13.5.1978, 12.6.1978, 28.6.1978, 5.8.1978, 12.12.1978, 31.1.1979, 3.4.1979, 11.9.1981, 5.5.1988, 29.7.1992, 3.3.1996, 8.6.1997, 5.5.1998

Behandelnder Arzt: Oberarzt Dr. med K. Veierland, Dr. med Steffen Kongshaug, Dr. V. Tobiassen, Dr. K. Wilhelmsen, Dr. S. Kristiansen, Dr. W. Jeremiassen, Dr. Henriette Wiik

Anamnese/Krankengeschichte: Depressives Trauma, Niedergeschlagenheit, zeitweise bipolare Tendenzen, Zwangsvorstellungen, traumatischer Familienhintergrund (Schwager und Schwägerin wurden 1978 ermordet), der das Krankheitsbild aber nicht ausgelöst, sondern allenfalls verstärkt hat, verheiratet, ein Kind, gut funktionierendes Zuhause, nur kurzzeitige Einlieferungen infolge akuter traumatischer Zustände.

Diagnose: Etwas unklar. Unstimmigkeiten zwischen den behandelnden Ärzten, Einigkeit in der Diagnose: »Depressive Reaktion«; Ungewissheit über Bipolarität, suizidale Tendenzen, paranoide Persönlichkeitsstörung. Es sei verwiesen auf die Detailinformation 1b–12c.

Behandlung: Medikamentös. Folgende Medikamente sind mit Rezept verordnet worden:

Vidar schloss den Umschlag und gab Doktor Zahl das Dokument zurück. »Und was hat das alles zu bedeuten?«

»Anita Borgersen bekommt seit 1963 sehr starke Medikamente gegen Depressionen und Wahnvorstellungen und ...«, er blätterte rasch durch die Papiere, »auch andere psychische Leiden.«

»Ja?«, Vidar sah ihn verständnislos an.

»Ich dachte, das könnte von Interesse sein.«

»Sie meinen, das erklärt den Mord? Wenn es denn sie war, die Birger getötet hat.«

»Das meine ich nicht«, sagte Doktor Zahl. »Aber es ist seltsam, dass sie in all diesen Jahren in Skien in Behandlung war. Und nie hier in Juvdal. Höchst seltsam.«

6
Juvdal, Alten- und Pflegeheim, Eingangsbereich, Freitagnachmittag

Gunnar wartete nervös im Eingangsbereich. Vidar hatte ihn gebeten, sich ruhig zu verhalten, und Gunnar fühlte sich unerträglich machtlos. Warum durfte er nicht mithelfen, das Heim zu durchsuchen? Er hatte Roffern, den Fotografen, angerufen, um ihm zu sagen, was gerade vor sich ging. Jetzt waren Roffern und die Mädchen auf dem Weg. Er hatte ihnen in Kristins Abwesenheit den Auftrag zu filmen gegeben, damit die neueste Wendung des Falls dokumentiert werden konnte. Er glaubte, in Kristins Sinn zu handeln.

Gunnar versuchte, zu der Geduld zurückzufinden, die ihm im Laufe seiner Karriere so oft geholfen hatte. In Algerien hatte er einmal acht Tage in einer Hotelrezeption gewartet, um den Rebellenführer Ahmed Ben Bella zu treffen, damals war die Geduld auf ein konkretes Ziel gerichtet gewesen und hatte Sinn gemacht. Jetzt hatte er lediglich das Gefühl, Zeit zu vergeuden. Auf Kristins Kosten. Er hatte schreckliche Angst, dass ihr etwas zustoßen könnte.

7
Juvdal, Alten- und Pflegeheim, Eingangsbereich, Freitagnachmittag

Sie breiteten die großformatigen Baupläne auf dem Boden im Eingangsbereich aus – ein riesiges, graublaues Blatt für jede Etage. Vidar Lyngstad ließ seinen Blick über die Myriaden von Zimmern und Fluren, Kammern und Hallen, Treppen und Aufzügen schweifen. Er begegnete dem Blick seiner Assistentin Anne Bryhn und seufzte laut. »Da reden wir wohl von einer Nadel im Heuhaufen!«, schimpfte er.

»Sie muss hier irgendwo sein«, sagte einer der Kripobeamten, Vidar erinnerte sich nicht an seinen Namen.

»Lassen Sie uns auch gleich nach Arild Borgersen suchen!«, sagte Vidar. »Wir sollten hier unten mit der Suche anfangen. Fünf Mannschaften, bestehend aus je zwei Mann und möglichst einem Freiwilligen, der sich hier auskennt. Wir müssen Raum für Raum durchkämmen.«

»Viele der alten Leute sind beunruhigt«, sagte Elin Kristensen. »Müssen wir das Heim evakuieren?«

»Wohin denn? Nach draußen in den Schnee?«, fragte Vidar. »Wir halten Anita nicht für gefährlich. Nur für instabil. Und Arild – wo der steckt, wissen die Götter. Wir müssen sie einfach finden.« Er wandte sich seinen Kollegen zu, klatschte in die Hände, um die Aufmerksamkeit aller zu bekommen, und teilte sie in fünf Gruppen ein.

»Wir suchen nach Anita Borgersen«, sagte er laut. »Sechzig

Jahre, vermutlich in Begleitung von Doktor Vang, der im Rollstuhl sitzt. Wir müssen ...«

»Entschuldigung?«, unterbrach ihn einer der Beamten.

Vidar sah ihn ungeduldig an.

»Als wir hier ankamen, um den Eingangsbereich zu sichern«, sagte er, »hat uns eine ältere Frau angesprochen. Sie sagte etwas von einer Frau und einem Mann im Rollstuhl.«

»Ja?«, sagte Vidar.

»Wir haben uns nicht um sie gekümmert«, sagte der Beamte. »Sie machte einen etwas verwirrten Eindruck.«

»Wo hatte sie Anita und den Doktor gesehen?«

Der Polizist zögerte. »Tut mir leid, ich erinnere mich nicht. Das heißt, ich habe nicht danach gefragt.«

»Und wo ist diese Frau jetzt?«

»Sie lebt nicht im Heim.«

»Das heißt?«

»Ich ... wir ... wir haben sie auf die Straße geschickt.«

8
*Juvdal, Alten- und Pflegeheim, vor dem Eingang,
Freitagnachmittag*

»Entschuldigen Sie«, sagte Victoria zu dem Polizisten, der die Absperrung bewachte. »Ich muss da rein.«

!!! Komm !!!

»Wohnen Sie im Heim?«

»Nein, aber ich muss ...«

»Tut mir leid«, sagte der Polizist. »Wir führen im Heim gerade einen Polizeieinsatz durch.«

!!! Sie ist hier !!!

»Was ist passiert?«

»Wir suchen nach einer Person.«

Victoria runzelte die Stirn. »Anita Borgersen?«

»Wenn Sie jetzt bitte gehen würden, gute Frau.«

Victoria blieb stehen und starrte vor sich in das Schneetreiben, während sie langsam begriff.

»Mein Gott!«, sagte sie. »Dann war das Anita Borgersen, die ich gesehen habe! Anita ist hier! Bei ihr!«

»Bitte entfernen Sie sich jetzt. Sie können ein andermal wiederkommen. Es tut mir leid.« Der Polizist schickte sie mit einer ungeduldigen Handbewegung weg.

Victoria ging ein wenig abseits von der Schar der wartenden Journalisten und Schaulustigen, die eng beieinanderstanden, um der Kälte zu trotzen. Sie stellte sich zwischen zwei geparkte Autos, verschränkte die Arme vor der Brust und schloss die Augen. Der Schnee rieselte unablässig herab. Bald waren ihr Hut und ihre Schultern von einer dünnen Schicht bedeckt. Sie stand da und wiegte langsam den Kopf hin und her.

!!! Komm !!!

Ich komme nicht ins Haus, meine Freundin, sie lassen mich nicht hinein!

!!! Komm ... hilf mir ... komm !!!

Ich versuche es ja, ich versuche es.

!!! Sie !!! Sie ist hier !!! Sie ist es !!!

Wer, meine Freundin? Anita? Wen meinst du?

!!! Sie !!!

Anita?

*!!! Hilf mir !!! Jetzt !!! Bitte !!! Hilf mir !!!
Sie ist hier !!! Sie !!!*

9
*Juvdal, Alten- und Pflegeheim, Eingangsbereich,
Freitagnachmittag*

Gunnar stand mit einem Pappbecher Kaffee am Fenster, als er sie im Schneetreiben zwischen den geparkten Autos stehen sah. Er stellte den Becher auf die Fensterbank und schirmte das Gesicht an der Scheibe mit den Händen ab, um die Reflexionen zu unterbinden.

Victoria?

Natürlich, das war doch Victoria! Draußen im Schneegestöber? Was tat sie dort?

Mit dem Kaffeebecher in der Hand, eilte er zu Vidar. »Entschuldigen Sie, dass ich Sie unterbreche«, sagte er, »aber Victoria Underland – Sie wissen schon, die Frau mit den telepathischen Fähigkeiten – steht da draußen.«

»Ja, und?«

»Draußen im Schnee«, sagte Gunnar. »Sie ist in den Fall involviert. Geht es in Ordnung, wenn ich sie reinhole? Möglicherweise weiß sie etwas, das uns weiterhelfen kann.«

»Ja, doch«, antwortete Vidar, der mit den Gedanken offensichtlich ganz woanders war.

Gunnar hastete durch die Halle nach draußen. Dem Polizisten an der Absperrung sagte er, er habe vom Einsatzleiter die Erlaubnis erhalten, jemanden zu holen. Der Polizist zog das Absperrband hoch und ließ Gunnar darunter hindurchschlüpfen.

Victoria stand mit geschlossenen Augen zwischen einem geparkten Audi und einem Mitsubishi.

»Victoria?«, sagte er leise. Er näherte sich vorsichtig.

Sie reagierte nicht, aber ihre Lippen bewegten sich, als redete sie mit sich selbst.

»Victoria!«, wiederholte er etwas lauter.

Sie öffnete die Augen, langsam, als hätte er sie mitten aus einer Trance gerissen.

»Kommen Sie!«, sagte er. »Kommen Sie mit rein! Sie können doch nicht hier draußen im Schnee stehen.«

»Sie ist hier«, sagte sie. »Siv.«

»Ich weiß«, antwortete er. »Kommen Sie, gehen Sie mit mir rein.«

»Und Kristin. Ist hier.«

»Kristin? Hier?«

»Dass ich das nicht erkannt habe«, sagte sie abwesend. »Siv...«

10
Juvdal, Alten- und Pflegeheim, Zimmer 363,
Freitagnachmittag

Arild schob Kristin vor sich her in Zimmer 363. Anita Borgersen wandte sich ihnen zu. Ihr Blick erschreckte Kristin. Sie hörte, wie Arild beim Anblick seiner Mutter nach Luft schnappte.

»Mama«, platzte er hervor. Er stürzte zu ihr und umarmte sie.

»Mein Junge!«

Er lehnte das Gewehr, das er unter dem Mantel versteckt hatte, ans Bett. Kristin wechselte ängstliche Blicke mit Doktor Vang, dessen Rollstuhl schräg vor ihr stand. Im Bett saß eine Frau, die Kristin an eine blasse, magere Wachspuppe erinnerte.

Arild hatte seinen Arm um die Schultern seiner Mutter gelegt. »Ich wusste, dass ich dich hier finden würde. Ich wusste es einfach! Wo bist du nur die ganze Zeit gewesen?«

»Hier und da«, sagte Anita. »Heute Nacht war ich in der Kirche. Ich musste ... nachdenken. Reden. Aber, Junge, warum hast du das Gewehr dabei?«

»Ich ...«, sein Blick wurde abwesend. Die Stimme bekam einen fremden Klang. »Ich werde auf dich aufpassen. Sie glauben, du hättest Papa getötet.« Sein Lachen klang eiskalt. »Ich werde auf dich aufpassen, Mama. Hab keine Angst, sie werden dir nichts tun.«

»Aber Arild ...« Sie sah rasch zu Kristin hinüber. »Ich war es doch.«

»Nein, du warst es nicht!«

Sie beugte sich zu ihm vor und flüsterte ihm etwas ins Ohr.

»Nein!«, schrie er.

»Doch, mein Junge, so ist es am besten!«

»Nein, Mama, ich werde dich beschützen!«

Kristin bewegte sich langsam rückwärts zur Tür, doch Arild schien zu spüren, was sie vorhatte.

»Du ... bleibst ... hier!«, rief er.

»Warum?«, fragte sie. Sie hörte, dass ihre Stimme zitterte.

»Weil ich es sage!«

»Aber Arild!«, sagte Anita. »Was ist denn los mit dir?«

»Ich ... Mama ... ich ...« Er rang nach Atem. Tränen strömten über seine Wangen.

»Mein Junge!« Sie blickte ihm tief in die Augen. »Mein lieber, guter, kleiner Junge! Wir müssen reden! Du und ich! Wir müssen miteinander reden!«

Er lehnte sich an sie. Eine Weile standen sie regungslos da. Keiner sagte etwas.

Kristin sah zu Doktor Vang hinüber, dem alten, zusammengesunkenen Greis in dem glänzend neuen Rollstuhl.

Die fremde Frau im Bett starrte mit leerem Blick vor sich hin.

»Darf ich etwas fragen?«, sagte Kristin.

Arild und Anita sahen sie an.

»Was tun wir hier?«

Keiner antwortete ihr.

»Und wer ist diese Frau?«, fuhr Kristin fort und nickte zu der blassen, mageren Gestalt im Bett hinüber.

Arild und Anita schwiegen noch immer.

»Das ist Siv«, sagte der Doktor. Seine Stimme klang dünn und brüchig. »Siv Borgersen.«

II
*Zu Hause bei Nina Bryn und Jon Wiik,
Freitagnachmittag*

Jon wusste es. Die ganze Zeit.

Sie saßen auf der Bettkante. Das Nachmittagslicht fiel schräg durch die leichte, weiße Gardine, die wie immer zugezogen war. Aus irgendeinem Grund hatte er sie ins Schlafzimmer geführt, um sich mit ihr auszusprechen. Vielleicht, dachte Nina, lag darin eine unbewusste Symbolik?

Er hielt ihre Hand. Das war gut. Aber er sah sie nicht an. Nicht gut.

»Warum hast du nie etwas gesagt?«, fragte sie flüsternd.

Er erwiderte nichts. Der alte Wecker tickte unablässig.

»Vielleicht, weil du nie etwas gesagt hast?«, sagte er schließlich.

Das saß.

Er wusste es. Hatte all ihre Lügen durchschaut. Die ganze Zeit. Wie sie, hatte er alles in sich weggeschlossen. All die Jahre.

»Warum?«, fragte er.

Sie lachte traurig. *Warum? So eine typische Frage für Männer. Als ob es für alles eine Erklärung gäbe, als ob Gefühle immer rational wären.*

»Ich weiß es nicht. Ich war jung. Naiv. Anfangs war ich verliebt. Aber ich habe dich immer geliebt, Jon. Das weißt du doch?«

Er antwortete nicht. Aber er drückte ihre Hand.

Sie sah ihn an.

»Was jetzt, Jon? Was willst du jetzt tun?«

12
*Juvdal, Alten- und Pflegeheim,
Kommandoraum der Polizei, Freitagnachmittag*

Vidar Lyngstad blickte auf. Gunnar war gemeinsam mit Victoria Underland auf dem Weg in die gerade eingerichtete Kommandozentrale im Altenheim.

»Gunnar!«, rief Vidar. »Lassen Sie mich noch mal den Zettel mit der SMS sehen, mir ist eine Idee gekommen!«

Vidar eilte Gunnar und Victoria entgegen. Gunnar stützte Victoria, die sich schwer auf ihn lehnte. Er half ihr, auf einem Stuhl Platz zu nehmen.

»Ist sie krank?«, fragte Vidar.

»Ich glaube nicht«, sagte Gunnar. »Sie ist in einer Art… Trance.«

»Trance?«

»Etwas in der Art.« Er reichte ihm den Zettel.

»Wenn Kristin die Tasten beim Schreiben nicht sehen konnte«, sagte Vidar, »kann sie versehentlich mal zu wenig oder zu oft gedrückt haben, so dass trotz der richtigen Taste der falsche Buchstabe gekommen ist.«

Er studierte die Nachricht auf dem Zettel: avf a5m mht aqhld fr h7t isre, und verglich sie mit seiner eigenen Telefontastatur.

»Das A kann A, B, C, Ä À, Ç, Æ oder Å sein. Das V … T, U, V, Ü oder Ù, wahrscheinlich aber U. Mit dem F ergäbe es AUF.«

Er sah sich das nächste Wort an.

»Bei A und M muss die jeweilige Taste nur einmal gedrückt werden, gehen wir mal davon aus, dass die Buchstaben stimmen. Statt 5 kommen auch noch J, K und L in Frage… AJM, AKM…«

»Alm«, sagte Gunnar.

»Oh, verdammt!«, sagte Vidar. »Sie ist mit Arild auf der Alm! Hoff, schicken Sie sofort zwei meiner Männer zur Borgersen-Alm. Die wissen, wo das ist.«

Hoff nickte. Gleichzeitig kam einer der anderen Polizisten in den Kommandoraum. Er blieb stehen, als er Victoria erblickte. »Da ist sie ja!«, platzte er hervor.

Vidar blickte vom Polizisten zu Victoria. »War sie das? Die Anita und den Doktor gesehen hat?«

»Genau!«

»Entschuldigen Sie!«, sagte Vidar laut und schüttelte Victoria leicht. »Stimmt es, dass Sie Anita Borgersen und den Doktor gesehen haben?«

Victoria zuckte zusammen und versuchte, Vidars Blick zu erwidern.

»Was ist mit ihr?«

»Trance«, antwortete Gunnar automatisch.

Der Polizist zog die Augenbrauen hoch.

»Ich habe das schon einmal miterlebt«, sagte Gunnar.

Die Polizisten sahen sich skeptisch an. Gunnar war nicht ganz wohl in seiner Haut.

»Hallo!«, wiederholte Vidar laut. »Wo haben Sie Anita und den Doktor gesehen? In welches Zimmer sind sie gegangen?«

13
Juvdal, Alten- und Pflegeheim, Außenbereich, Freitagnachmittag

Thomas Holmen fuhr an der Polizeiabsperrung vor dem Altenheim vorbei und parkte seinen Wagen auf einem freien Platz hinter dem Reportagewagen von TV2. Er fragte sich, ob sich einer der Uniformierten auf ihn stürzen und ihn verhaften würde. »Hier ist er – Berit Borgersens heimlicher Geliebter! Unser Hauptverdächtiger!« Doch niemand schien ihn zu bemerken. Er sah zu Klock hinüber. Der alte Polizist wirkte müde und verwirrt. Sein Hund lag hechelnd auf seinem Schoß.

Er öffnete Klock die Tür und ging zu der Gruppe der wartenden Journalisten. Die meisten kannten ihn aus dem Redaktionsgebäude der Zeitung und grüßten ihn. Einige machten Bilder von Klock, der zur Absperrung ging und eingelassen wurde.

Der Schnee schmolz in seinen Haaren und tropfte ihm kalt den Nacken herunter. Keiner wusste was Genaues; Anita Borgersen war in einem der Altenheimzimmer gesehen worden, und jetzt war sie verschwunden. Sie glaubten aber, dass sie sich noch immer im Altenheim befand.

»Fehlt Ihnen Personal, wenn Sie selbst ausrücken müssen?«, wurde er lachend von einem der Reporter aus Oslo gefragt.

Thomas brummte amüsiert. »Juvdal ist ein friedlicher Ort. Ich war 1978 zum letzten Mal als Journalist an einem Tatort.«

Ein weiteres Einsatzfahrzeug näherte sich. Durch die gläserne Eingangstür des Heims konnte Thomas sehen, wie Gunnar Klock mit Handschlag begrüßte.

14
Juvdal, Stabkirche, Freitagnachmittag

Der Gesang der Engel erfüllte sie. Die Christusfigur am Kreuz oberhalb des Altars erstrahlte in überirdischem Glanz.

»Herr, hier bin ich.«

Inger Borgersen schwankte mit unsicheren Schritten durch den Mittelgang der Stabkirche. Draußen hörte sie das Taxi davonfahren, ein Geräusch wie aus einer anderen Welt.

»Herr, ich bin zu Dir gekommen.«

Vor dem Altar blieb sie stehen. Der Gesang der Engel war himmlisch. Sie blickte zu der glänzenden Christusfigur auf und lächelte.

»Herr!«

Eine Tür knirschte. Der Gesang verstummte schlagartig. Der Strahlenglanz verblasste.

Olav Fjellstad trat mit fragender Miene aus der Sakristei.

»Frau Borgersen?«

Sie begegnete seinem Blick.

»Ich bin gekommen.«

»Ja?«

»Ich habe Ihnen Unrecht getan«, sagte sie sachlich, rasch. »Deshalb bin ich hier.«

Er sah sie verständnislos an.

»Ihnen, der Polizei, der Kirche. Ich habe Ihnen allen Unrecht getan.«

»Frau Borgersen, wovon reden Sie?«

»Ich bin gekommen, um um Vergebung zu bitten.«

»Vergebung? Meine Liebe, aber für was denn?«

»Für all jene, die ich von mir gestoßen habe. Weil ich selbstsüchtig war. Ich wollte meine Familie beschützen. Ich habe niemandem getraut. Mich allen widersetzt.«

Er lächelte. »Ich bin mir sicher, unser Herrgott wird Sie verstehen.«

»Ich habe allen getrotzt. Meinem Pastor! Der Polizei. Ich war selbstsüchtig! Ich habe das Tagebuch meiner Tochter vor den Augen der Polizei entwendet. Um sie zu beschützen! Und meine Familie. Dabei war das... falsch.«

»Sie hatten sicher Ihre Gründe, Frau Borgersen.«

»Aber ich habe es völlig falsch verstanden. Habe nicht begriffen, was Berit geschrieben hat. Alles missdeutet.«

»Das Ganze war schließlich nicht leicht für Sie.«

»Gott will, dass ich um Vergebung bitte. Er hat mich aufgefordert, hierherzukommen.«

»Und Er wird Ihnen Vergebung zuteil werden lassen.«

»Erst habe ich etwas zu bekennen.«

»Lassen Sie uns in die Sakristei gehen.«

»Nein, hier, vor Christus.«

Der Pastor folgte ihrem Blick zu der verblichenen Holzfigur am Kreuz.

»Wenn Sie wollen«, sagte er zögerlich.

»Ich will etwas bekennen, das mit dem Mord an Berit zu tun hat«, sagte Inger Borgersen.

15
Juvdal, Alten- und Pflegeheim,
Kommandoraum der Polizei, Freitagnachmittag

»Sie sind bei Siv!«, sagte Victoria schwer atmend, ihr Blick war abweisend und glitt ins Leere.

»Siv?«, fragte Vidar.

»Sie meint Siv Borgersen!«, sagte Gunnar.

»Oh, verdammt! Finden Sie heraus, welches Zimmer das ist!« Hoff rannte nach draußen.

»Soll ich einen Arzt rufen?«, fragte Vidar.

Victoria schüttelte den Kopf und rang nach Atem.

»Sie macht keinen gesunden Eindruck«, stellte Vidar fest.

Gunnar sah ihn nur an.

Hoff kam zurück. »Zimmer 363!«

»Okay. Mögliche Lokalisierung von Anita Borgersen!«, sagte Vidar laut. »Zimmer 363!«

»Aber sie ist nicht allein«, sagte Victoria.

»Wie meinen Sie das?«, fragte Vidar.

Victoria bewegte den Kopf hin und her. »Es sind mehr geworden.«

»Wer?«

»Kristin ist dort. Siv. Anita und der Doktor. Und ein Mann. Mit einem Gewehr.«

»Arild!«, rief Gunnar

»Woher weiß sie das?«, fragte Vidar.

»Siv sitzt im Bett«, sagte Victoria kurzatmig. »Kristin steht neben der Tür an der Wand. Anita und Arild sind mitten im Zimmer. Da steht auch der Rollstuhl mit dem Alten. Der Mann hat das Gewehr abgestellt.«

»Wie kann sie das alles wissen?«, fragte Vidar.

»Victoria«, sagte Gunnar leise, »wir wissen, wo Kristin und Arild sind. Sie sind oben auf der Alm. Eine Streife ist gerade auf dem Weg dorthin.«

»Sie sind hier. Nicht mehr auf der Alm. Er ist gefährlich«, sagte Victoria. Sie fasste sich stöhnend an den Kopf.

»Ich glaube, wir sollten einen Arzt rufen«, sagte Vidar.

»Gefährlich!«, wiederholte sie.

»Wir gehen nach oben und überprüfen das Zimmer«, sagte Vidar.

»Gefährlich!«, rief ihm Victoria hinterher.

Gunnar hockte sich neben sie. Er drückte ihre eiskalte Hand.

»Versuchen Sie, sich zu beruhigen«, sagte Gunnar. »Es wird sich alles klären. Wir haben gerade herausgefunden, dass Kristin mit Arild oben auf der Alm ist. Sie hat mir eine SMS geschickt. Wir haben sie nur nicht gleich verstanden. Jetzt suchen wir hier im Heim nach Anita. Sie werden sie bestimmt finden.«

»Sie ist hier«, stöhnte Victoria und massierte sich die Schläfen. »Alle sind hier!«

»Migräne?«, fragte er.

Sie nickte.

»Wir wissen, dass Anita hier ist«, sagte er.

»Und Siv. Und Kristin. Und Arild.«

Er drückte ihre Hand. »Alles wird gut.«

16
*Juvdal, Alten- und Pflegeheim, Zimmer 363,
Freitagnachmittag*

Das ist ja das reinste Familientreffen, dachte der alte Doktor.

Aus dem Rollstuhl beobachtete Eilert Vang das Wiedersehen von Arild und Anita.

Mutter und Sohn!

Wenn Arild wüsste, dachte er. Oder wusste er es bereits? Der alte Doktor musterte den jungen Mann. Vielleicht war er deshalb durchgedreht? Weil er hinter die Wahrheit gekommen war?

Unwahrscheinlich, dachte er. Außer, es hat ihm jemand erzählt, wie alles zusammenhängt. Damals. Als alles den Bach runterging.

Kristin Bye schluchzte auf. Er bemerkte, dass ihre Knie zitterten. Sie stand ein Stück neben ihm, mit verschränkten Armen. Armes Mädchen, dachte er.

Im gleichen Moment ging die Tür auf.

17
*Zu Hause bei Nina Bryn und Jon Wiik,
Freitagnachmittag*

Jon ließ Ninas Hand los, trat ans Fenster und zog die Gardine zur Seite. Eine Weile stand er da und starrte nach draußen in den Winter.

Er wird mich verlassen, dachte sie. Gleich wird er mir das sagen. Deshalb war er in der letzten Zeit so schweigsam. Er hat eine andere kennengelernt.

»Wirst du mich verlassen, Jon?«

Ihre Stimme klang unsicher wie bei einem kleinen Mädchen.

Er drehte sich zu ihr um und lehnte sich mit dem Rücken gegen das Fenster. Er sah sie nur an, mit verschränkten Armen.

»Jon?«

Ein kleines Lächeln: »Du hältst mich doch wohl nicht für so dumm, Nina?«

Er setzte sich wieder aufs Bett und nahm ihre Hand.

Sie schluckte. »Wie … Wieso dumm?«

»Glaubst du wirklich, dass ich dich jetzt deshalb verlasse? Nachdem die Geschichte nun schon seit fünfundzwanzig Jahren an uns nagt? Glaubst du wirklich, dass ich dich verlasse, nachdem wir es endlich, endlich geschafft haben, darüber zu reden?«

Ihre Blicke begegneten sich.

Und dann begannen sie beide gleichzeitig zu lachen.

18
Juvdal, Alten- und Pflegeheim, Zimmer 363, Freitagnachmittag

Später wurde Polizeiobermeister Vidar Lyngstad bewusst, wie logisch das Ganze zusammenhing. Victoria Underland hatte natürlich recht.

Er öffnete die Tür, während sein Blick noch an dem verblassten Schild hing, auf dem Siv Borgersens Name stand. *Na klar! Siv! Natürlich ist sie bei Siv!*

Alles war, wie Victoria es gesagt hatte. Gleich hinter der Tür stand Kristin Bye, mit dem Rücken an der Wand. Im Bett saß Siv. Zusammengesunken im Rollstuhl hockte Doktor Vang. Und in der Mitte des Raumes: Anita Borgersen und ihr Sohn Arild.

Arild bückte sich und nahm das Gewehr, das ans Bett gelehnt stand.

»Ah ja«, sagte Vidar. Mehr kam nicht über seine Lippen. Die Szene vor ihm war derart obskur, dass es ihm nicht gelang, seine verschiedenen Eindrücke richtig zu sortieren. Dann hatte Arild seine Mutter also doch nicht getötet. *Seine Stiefmutter.* Das war doch schon mal was.

Kristin, Siv, der Doktor, Anita, Arild ...

Alle außer Siv starrten ihn an.

»Hier sind Sie also«, stellte er fest.

Er betrachtete Arild, der beide Hände um das Gewehr gelegt hatte. Erst jetzt erkannte Vidar, dass die Situation gefährlich werden konnte. Und dass er selbst unbewaffnet war.

Kristin trat einen Schritt auf ihn zu.

»Du – bleibst – stehen!«, schrie Arild.

Sie erstarrte. Ihre Unterlippe zitterte.

»Aber Arild!«, flüsterte Anita zurechtweisend.

Vidar blickte von Kristin zu Arild. »Arild, leg die Waffe hin!«, sagte er mit ruhiger Stimme.

»Du kommst her zu mir!«, sagte Arild zu Kristin.

»Arild!«, befahl Vidar. »Nimm die Waffe runter!«

»Tu, was er sagt!«, sagte Anita.

Kristin blieb stehen, wo sie war.

»Komm her!«, schrie Arild.

Mit einem unterdrückten Schluchzen taumelte sie auf ihn zu.

»Arild?«, mahnte Vidar.

Arild sah zu Vidar hinüber. Sein Blick war wässrig, leer, tot. Was ist mit ihm passiert?, dachte Vidar.

»Arild Borgersen«, wiederholte er, »nimm bitte die Waffe runter!«

Arild rührte sich nicht.

»Hörst du?«, fragte Vidar. »Arild!«

»Tu, was der Polizist sagt«, ermahnte Anita ihn streng.

Vidar trat einen Schritt vor. Hinter ihm fiel die Tür ins Schloss.

Im gleichen Moment riss Arild den Lauf der Waffe hoch und richtete ihn auf Vidars Brust. »Du – rührst – dich – nicht!«, sagte er mit zusammengebissenen Zähnen.

»Arild, jetzt hör aber auf«, platzte Anita erschrocken heraus.

Vidar blieb wie erstarrt stehen. Er sah Arild in die Augen.

»Kennst du mich denn nicht mehr?«, fragte er. »Ich bin es, Vidar!«

Arild zielte weiter auf ihn.

»Arild! He, wir pokern zusammen, wir gehen zusammen jagen. Ich bin es! Vidar!«

Leerer Blick.

Anita: »Arild, mein Junge. Tu, was er sagt. Nimm die Waffe …!«

»Ruhe!«, brüllte Arild.

»Aber, Arild, was ist los mit dir?«, fragte Anita.

»Raus!« Arild wedelte mit dem Gewehr vor Vidars Nase herum, der einen Schritt zurücktrat. »Verschwinde! Raus hier! Du störst uns! Wir haben etwas zu besprechen!«

Vidar machte einen weiteren Schritt zurück, spürte die Türklinke an seiner Hand.

»Raus!«

Er drückte die Klinke und ging langsam rückwärts, wobei er Arild nicht aus den Augen ließ. Dann ließ er die Tür los, die von allein ins Schloss fiel.

Die beiden anderen Polizisten, die draußen stehen geblieben waren, zogen ihn hastig aus der Schusslinie.

19
Juvdal, Alten- und Pflegeheim, Außengelände, Freitagnachmittag

Roffern parkte den Reportagewagen des Senders ABC neben den Übertragungswagen von TV2 und NRK. Bitten und Linda saßen auf dem Rücksitz. Sie machten sich Sorgen um Kristin. Die Nachrichtenredaktion von ABC hatte Roffern gebeten, die Kriminaljournalistin Katrine Tverbrække ausfindig zu machen, die seit gestern in Juvdal war. Wenn die Polizei Anita Borgersen nicht bald schnappte, planten sowohl TV2 als auch NRK Sondersendungen. Der Sender ABC musste da mitziehen, schließlich war das seine Story.

20
*Juvdal, Alten- und Pflegeheim, Zimmer 363,
Freitagnachmittag*

»Du«, brüllte Arild Borgersen und deutete mit der Waffe auf Kristin. »Versuch ja nicht noch mal irgendwas!«

Kristin zog den Kopf ein. Als Lyngstad rückwärts durch die sich langsam schließende Tür verschwand, hatte sie ihm ein stilles Stoßgebet hinterhergeschickt, dass er sie retten möge. Doch jetzt war er schon einige Minuten weg. Draußen vom Flur war kein Laut mehr zu vernehmen. Als hätte die Polizei mit Sack und Pack das Weite gesucht und sie sich selbst überlassen. Sie war sich zwar sicher, dass die Beamten irgendwo dort draußen waren, aber sie fühlte sich so schrecklich allein.

»Arild ...«, versuchte es Doktor Vang.

Arild wandte sich abrupt dem alten Doktor zu und zielte auf ihn.

»Maul halten!«

»Aber Junge«, jammerte Anita Borgersen.

Was geht hier eigentlich vor?, fragte sich Kristin. Hatte Arild vollkommen die Kontrolle über sich verloren? Und, dachte sie, hatte er tatsächlich tags zuvor seinen Vater getötet? War es denkbar, dass Anita gar nicht die Täterin war und sie und Gunnar lediglich in einem schicksalsträchtigen Moment im Stall aufgetaucht waren, der sie etwas ganz anderes hatte sehen lassen, als wirklich geschehen war?

Arild legte den Kopf in den Nacken und starrte an die Decke. Sein Blick glitt hin und her, als folgte er etwas Unsichtbarem.

Bleib ruhig, sagte Kristin zu sich selbst. Tu nichts, was ihn provozieren könnte. Sag nichts, tu nichts, sei unsichtbar …

21
Juvdal, Alten- und Pflegeheim, Eingangsbereich, Freitagnachmittag

»Wir gehen davon aus, dass wir es mit einer Geiselnahme zu tun haben«, sagte Vidar Lyngstad.

Er hatte die Beamten um sich herum im Eingangsbereich versammelt. Zwei Mann waren auf dem Flur vor dem Zimmer 363 postiert worden. Die Obere Dienstbehörde hatte die Erlaubnis erteilt, Waffen zu tragen. Alle Angestellten und Bewohner, die körperlich fit genug waren, hielten sich in den Aufenthaltsräumen der jeweiligen Stationen auf. Dorthin hatte er auch Klock verwiesen, der plötzlich mit seinem struppigen, hinkenden Hund im Altenheim gestanden und behauptet hatte, neue, wichtige Informationen über den Doppelmord von 1978 zu haben.

»Bis auf Weiteres warten wir einfach ab«, sagte Vidar. »Ich sehe keinen unmittelbaren Grund, eine Reaktion zu provozieren. Die Situation ist vorläufig stabil. Ich glaube, es ist das Beste, die Zeit für uns spielen zu lassen. Außerdem warten wir auf einen Psychiater, der aus dem Distriktskrankenhaus hierherkommen und uns helfen soll, ein Psychogramm von Arild Borgersen zu erstellen. Vielleicht kann er uns auch einen Tipp geben, wie wir uns ihm nähern können.«

»Ist Kristin Bye die Geisel?«, fragte einer der Polizisten.

»Kristin, ja. Und Doktor Vang, Siv Borgersen, außerdem seine Mutter«, sagte Vidar. »Die Situation im Zimmer 363 ist, gelinde gesagt, unübersichtlich.«

»Halten Sie es für sicher, die Bewohner hier im Altenheim zu belassen?«, fragte seine Assistentin Anne Bryhn.

»Es bleibt uns wohl keine andere Wahl, als die gesamte zweite Etage zu räumen und die Alten an einer anderen Stelle im Haus zu sammeln«, sagte Vidar. »Es sind zu viele, als dass wir so kurzfristig geeignete Räumlichkeiten für eine Evakuierung finden könnten. Es würde Stunden dauern, bis wir genug Busse und Krankenwagen hätten, um die Kranken und Gebrechlichen abzutransportieren. Es schneit, und es ist kalt.«

»Was machen die eigentlich bei Siv Borgersen?«, fragte Anne Bryhn.

Vidar zuckte mit den Schultern.

»Und warum haben sie Doktor Vang und Kristin Bye dabei?«, fragte einer der Kripo-Beamten.

»Das verstehe, wer will«, sagte Vidar nachdenklich.

22
Juvdal, Stabkirche, Freitagnachmittag

»Ich weiß, wer Berit getötet hat«, sagte Inger Borgersen.

Olav Fjellstad setzte sich vorsichtig auf die Betbank.

»Aber ich konnte es der Polizei nicht sagen«, fuhr sie fort. »Ich habe denen nicht vertraut. Und ich konnte ihnen ja auch nicht sagen, woher ich es wusste.«

»Und woher wussten Sie es, Frau Borgersen?«

»Sie hat in ihrem Tagebuch über ihn geschrieben. Über ihren Geliebten.«

Sie kniff die Augen fest zusammen und schüttelte den Kopf.

»Wer war das?«

»Ich habe ihm geschrieben. Zweimal im Jahr. An sein Gewissen appelliert. Jedes Jahr zwei Briefe. Damit er sich selber stellt.«

»Frau Borgersen, von wem reden Sie?«

»Aber ich konnte die Polizei doch das Tagebuch nicht lesen lassen. Das ging einfach nicht. Ich dachte, Ove... Ich habe es nicht... übers Herz gebracht... über das Schreckliche zu reden, was er... mit Berit gemacht hat...«

»Frau Borgersen, wer?«

Sie kniff die Augen zusammen.

»Frau Borgersen?«

»Es war ihr Liebhaber! Thomas Holmen!«

Die letzten Stunden:
16.10 Uhr – 17.15 Uhr

FREITAG, 10. JANUAR 2003

I

Juvdal, Alten- und Pflegeheim, Kommandoraum der Polizei,
Freitagnachmittag

Gunnar war gegangen, um Victoria ein Glas Wasser zu holen.

Während er über den Flur hinkte – er hatte es geschafft, sich einen Muskel im rechten Oberschenkel zu zerren –, massierte er sich unbewusst, aber nervös die Zyste im Nacken. Sie rollte unter seinen Fingerkuppen wie ein geölter Gummiball hin und her.

Am Waschbecken fand er einen Plastikbecher, den er bis zum Rand mit Wasser füllte. Die ganze Zeit über fragte er sich, wie Victoria wissen konnte, dass Kristin und Arild hierher ins Altenheim gekommen waren. Hatte sie sie gesehen? So musste es sein. Sie musste sie gesehen haben, als sie von der Alm heruntergefahren waren.

Vorsichtig und mit kurzen Schritten, um kein Wasser zu verschütten, ging er zurück zum Kommandoraum. Beim Anblick der hektisch herumlaufenden Polizisten wurde ihm schlecht. Wenn Kristin etwas zustieß, würde er sich für den Rest seines Lebens Vorwürfe machen. Warum, um alles in der Welt, war er nicht gemeinsam mit ihr zu Arild gefahren? Das Alter musste der Grund für diese Gedankenlosigkeit, diese Unvorsicht sein. Kristin war so etwas wie eine Tochter für ihn. Das Kind, das zu bekommen, ihm immer die Zeit, die Geduld oder der Mut gefehlt hatte.

Eine Tochter, was er Kristin gegenüber jedoch niemals zugeben würde. Niemals. Aber so fühlte er. Außerdem war er überzeugt davon, dass sie einen »Vater« brauchen konnte. Einen, der immer da war und sich um sie kümmerte, auf sie aufpasste.

Er reichte Victoria den Plastikbecher mit Wasser. Sie leerte ihn in einem Zug.

»Danke«, flüsterte sie.

Resigniert sackte er auf einem Plastikstuhl gegenüber von Victoria zusammen. Er fragte sich, was Klock hier wollte. Der alte Polizeiobermeister hatte bei seiner Suche nach Vidar reichlich verwirrt gewirkt. Hoffentlich würde er nicht enden wie Klock.

Ein altkluger Störenfried, der sich überall einmischen musste. Gunnar Borg fuhr sich mit den Fingerkuppen über die Bartstoppeln und blickte betroffen vor sich hin.

2
*Juvdal, Alten- und Pflegeheim, Zimmer 363,
Freitagnachmittag*

Arild war so ein hübsches Baby, dachte Anita Borgersen. Große blaue Augen. Grübchen. Viele Haare, schon bei der Geburt. Wenn sie daran zurückdachte, sah sie ihn immer auf einem hellblauen Handtuch auf dem Wickeltisch. Der blasse, kleine Körper. Strampelnde Beinchen und Arme. Gurgeln und Lallen, zufriedenes Quietschen und immer diese lächelnden, vertrauensvollen Augen.

Wann war dieses Lächeln aus seinen Augen verschwunden?

Anita sah traurig zu ihrem Sohn hinüber. Er stand mit dem Gewehr unter dem Arm da und sah sich im Raum um. Wie der Bösewicht aus einer Fernsehserie. *O Arild.*

Er atmete schwer und rasch durch die Nase und musterte die Anwesenden im Zimmer, einen nach dem anderen.

Anita folgte seinem Blick. Siv. Der alte Doktor. Kristin. Dann sah er sie an.

Arild. Siehst du mich?

Ihre Blicke trafen sich nicht.

Wann ist das Lächeln aus deinen Augen verschwunden, Arild?

Anita erkannte ihn nicht wieder. Er war wie ein Fremder. Was ist nur mit dir geschehen?, dachte sie. *Mein armer, kleiner Junge.*

Er war noch klein gewesen, als Birger zum ersten Mal auf ihn losgegangen war. Sie erinnerte sich nicht mehr, warum. Ein umgestoßenes Glas Milch? Vielleicht hatte er über etwas geweint. Schwer zu sagen. Es brauchte nicht viel, damit Birger die Beherrschung verlor.

Irgendwann im Alter von drei oder vier Jahren war etwas in ihm erloschen. Das Lächeln. Die Freude. Das Lachen. Sie konnte nicht sagen, wann genau. Sie hatte das nicht konkret bemerkt, nicht an einem speziellen Tag oder in einer Woche. Alles war langsam und kontinuierlich gegangen, doch eines Tages hatte sich Dunkelheit über Arilds Seele gesenkt.

Und dieses Dunkel spürte sie.

O ja, wenn es etwas gab, das sie spürte, dann diese Dunkelheit.

Mein lieber, kleiner Junge.

Er muss es erfahren, dachte sie. Die Wahrheit. Das ist nicht mehr als recht und billig. Vielleicht würde ihm die Wahrheit helfen, mit der Tatsache fertig zu werden, dass er seinen Vater umgebracht hatte. Weil es wie eine Buße wäre. Es ist besser, er weiß es, dachte sie.

Mein armer kleiner Junge.

»Arild«, sagte sie.

Er drehte ihr den Kopf zu.

»Arild«, wiederholte sie und holte tief und zitternd Luft, »wir müssen miteinander reden.«

Sein Blick war tot.

»Mein Junge?« Sie legte den Kopf zur Seite. »Mein lieber Junge! Wir müssen reden, du und ich. Es gibt etwas, das ich dir sagen muss.«

3
*Juvdal, Alten- und Pflegeheim,
Kommandoraum der Polizei, Freitagnachmittag*

Vidar Lyngstad und Anne Bryhn nutzten die grüne Wandtafel im Kommandoraum des großen Sitzungssaales im Erdgeschoss, um eine Skizze der Räume und Flure anzufertigen, die neben Zimmer 363 lagen. Vidar stellte eine weitere Wache auf – am anderen Ende des Flures auf der zweiten Etage –, um eine eventuelle Flucht zu verhindern. Damit war Zimmer 363 durch zwei Posten innerhalb des Hauses gesichert. Vidar ging zum Schreibtisch und setzte sich. Ich habe alles unter Kontrolle, dachte er. Wirklich?

»Kaffee?«, fragte Anne Bryhn.

Er lächelte, nickte und schloss für einen Moment die Augen.

Wie gut erinnerte er sich an den Tag vor fünfundzwanzig Jahren, als er zum ersten Mal eine Leiche gesehen hatte. Den Tag, an dem der ganze Albtraum begonnen hatte. Begonnen? Vermutlich lag die Erklärung dafür wiederum Jahre zurück.

Die Fäden des Schicksals, die sich durch die Zeit erstrecken, dachte er.

Er erinnerte sich an die unterdrückte Panik, die er, allein am Tatort, verspürt hatte. Inzwischen hatte er sich besser unter Kontrolle. Aber was, wenn Arild seine Geiseln erschießt, Vidar? Solltest du nicht bald etwas tun? Bevor er zur Waffe greift?

»Bitte«, sagte Anne Bryhn und reichte ihm einen Plastikbecher mit Kaffee. Er dankte ihr, ohne sie anzusehen.

Zum Glück hatte er die Unterstützung von der Kripo und der Oberen Polizeibehörde, doch keiner dieser Männer war besser trainiert als er selbst, um mit einer Geiselnahme wie dieser fertig zu werden. Sie schienen alle froh darüber zu sein, ihm die Verantwortung überlassen zu können.

Beruhige dich, Vidar! Du kriegst das hin!

Er hatte einen Polizisten und einen Hilfspfleger nach draußen an den Hang geschickt, um das Fenster von Sivs Raum zu lokalisieren. Als sie zurückkamen, waren beide außer Atem und von Schnee bedeckt.

»Gute Neuigkeiten«, sagte der Polizist. »Von einem Aussichtspunkt in etwa zweihundert Metern Entfernung kann man gut sehen, was im Zimmer vor sich geht. Die schlechte Nachricht ist, dass dort draußen überall etwa ein Meter Schnee liegt. Verflucht viel!«

Einige der Kollegen amüsierten sich.

»Wie konnten Sie erkennen, was im Raum passiert?«, fragte Gunnar.

»Hiermit...«, er hielt ein Fernglas hoch.

»Na schön«, sagte Vidar. »Dann richten wir am Hang einen Posten mit zwei Mann ein.«

4
Juvdal, Alten- und Pflegeheim, Kommandoraum der Polizei, Freitagnachmittag

Gunnar saß auf dem Fenstersims im Kommandoraum und blies in seinen heißen Kaffee. Die Journalisten und Schaulustigen harrten geduldig draußen auf dem Parkplatz aus. Er lehnte die Stirn gegen die kalte Scheibe. Ebenso gut könnte ich da jetzt auch stehen, dachte er, mit einem feuchten Notizblock in der Innentasche und einem Kugelschreiber, der bei der Kälte nicht schreibt. *Arme Teufel.* Stattdessen hockte er im Warmen im Zentrum des Geschehens. Ein bisschen zu nah dran, nach seinem Geschmack. *Verdammt, Kristin, mach jetzt keine Dummheiten! Hörst du? Mein Mädchen!*

Er seufzte laut und sah sich um. Vidar und seine Kollegen diskutierten, statt das Zimmer zu stürmen und die Geiseln zu befreien. Das war ihm unbegreiflich. Als Journalist zog er rasches Handeln vor.

Victoria saß schwer atmend auf ihrem Stuhl. Er sah sie an. Sie sah alt aus. Genau wie er. Aber ihr Blick war klar. Er zwinkerte ihr zu, doch sie schien es nicht zu bemerken.

Der Kaffee war endlich kalt genug, dass er ihn trinken konnte. Dünn war er, aber immerhin war es Kaffee. Er fragte sich, wie es Kristin jetzt ging. Warum hatte er sie nur allein zu Arild gehen lassen, ohne einen einzigen Gedanken daran zu verschwenden, dass das gefährlich für sie werden könnte? *Du bist ein alter, gedankenloser Trottel, Gunnar!* Als er die Augen schloss, sah er Kristin. *Mein Mädchen!*

Er stellte die Tasse so fest ab, dass der Kaffee auf das Fensterbrett und den Fußboden schwappte. Wie, zum Teufel, hätte er denn ahnen können, dass Arild plötzlich durchdrehte!

5
Juvdal, Alten- und Pflegeheim, Kommandoraum der Polizei, Freitagnachmittag

Lyngstad betrachtete die Skizze von Zimmer 363, die ihm eine der Schwestern gezeichnet hatte. Tür, Bett, Waschbecken, Ins-

trumente, Fenster, Schrank, Stühle. Fünfzehn bis zwanzig Quadratmeter. Welche Möglichkeiten hatte er? Verhandeln? Eine Blendgranate? Tränengas? Oder – was er bevorzugte: ein Überraschungsangriff im Schutz eines vorsätzlichen Stromausfalls?
Denk nach, Vidar!
Er hörte Gunnar Borg fluchen, und obwohl er Gunnar mochte, fragte er sich, was er hier drinnen eigentlich verloren hatte.

Vidar versuchte, sich auf seine Aufgabe zu konzentrieren – die Situation in Zimmer 363 musste stabilisiert und Arild und Anita festgenommen werden, ohne dass eine der Geiseln zu Schaden kam. Er stellte sich die Position der Personen vor. Siv im Bett. Doktor Vang im Rollstuhl. Arild und Anita. Kristin. Die drei Letztgenannten konnten ihre Positionen am ehesten verändern. Laut Observationsbericht der Männer am Hang stand Kristin an der Wand, während Arild und Anita neben Sivs Bett standen. Etwa so wie in dem Moment, als er sich selbst im Zimmer befunden hatte.

Gemeinsam mit einigen Kollegen von der Kripo ging er noch einmal die Strategie durch. Geiselnahmen waren für ihn – vorsichtig ausgedrückt – nichts Alltägliches. Er erinnerte sich dunkel daran, dieses Thema auf der Polizeihochschule behandelt zu haben. Das Wichtigste war, Kontakt zu dem Geiselnehmer herzustellen. Vidar nahm an, dass die Aktion von Arild ausging, war sich aber nicht einmal in dem Punkt sicher. Waren Arild und Anita möglicherweise Komplizen? Sobald der Kontakt hergestellt war, musste er wissen, welche Forderungen die Geiselnehmer stellten. So sie denn Forderungen hatten. Geld? Freies Geleit? Dann galt es, sie mürbe zu machen, Zeit zu gewinnen, ohne sie zu provozieren. Er musste sich persönlich darum kümmern.

Mit einem Seufzer blickte er zum Telefon. Die interne Nummer von Zimmer 363 war mit dickem Filzschreiber auf einen

Zettel geschrieben worden, der auf dem Schreibtisch lag. Er musste nur den Hörer abnehmen, die Nummer wählen und reden.

»Wollen Sie nicht anrufen?«, fragte Hoff.

Vidar biss sich auf die Lippe. Dann nickte er. »Das sollte ich wohl.«

6
*Juvdal, Alten- und Pflegeheim, Zimmer 363,
Freitagnachmittag*

»Mama?«

Arild legte den Kopf auf die Seite. Seine Stimme klang wie die eines kleinen Kindes. Anita lächelte warmherzig.

Kristin dachte: Er hat den Halt verloren und treibt aufs offene Meer hinaus.

Sie hatte sich unmerklich zur Wand geschoben, damit sie nicht so auffällig mitten im Raum stand.

Anita ging zu ihrem Sohn und umarmte ihn. Er presste sein Gesicht an ihre Schulter. Eine ganze Weile standen sie so da. Kristin fragte sich, ob sie aus dem Zimmer stürmen und das Weite suchen sollte, aber sie wagte es nicht. Es erschien ihr sicherer, stehen zu bleiben und sich unsichtbar zu machen.

»Du hast mich belogen«, sagte Arild.

Anita hielt seine Schultern fest, schob ihn ein Stück zurück und begegnete seinem Blick.

»Belogen?«, fragte sie.

»Papa hat Berit und Rolf getötet.«

»*Birger*? Was sagst du denn da?«

»Und du hast es die ganze Zeit über gewusst!«

»Nein, das stimmt nicht!«

»Warum hast du mich belogen?«

»Ja«, sagte sie, »ich habe gelogen. Aber nicht so, wie du glaubst.«

»Du hast gelogen.«

»Weil ich dich lieb habe, Arild. Weil du mein Junge bist. Weil ich solche Angst hatte, dich zu verlieren.«

»Mich zu verlieren?«

»Ach, Arild! Nichts ist so, wie du glaubst!«

»Ich weiß, wie es war.«

»Dein Vater hat Berit und Rolf nicht getötet!«

»Er war verrückt!«

»Er hatte seine Probleme.«

Arild schnaubte.

»Ich weiß, dass er schlimm mit dir umgesprungen ist, Arild, ich weiß.«

»Du weißt nicht, was er getan hat.«

»Doch, Arild, das weiß ich.«

Seine Augen wurden hart. »Mama! Du weißt nicht einmal die Hälfte!«

»Arild, ich ...«

»Nicht mal die Hälfte!«

»Ich sage doch ...«

»Du, du, du warst doch nie da, wenn er ...«

Die beiden standen da und sahen sich an. Anita schüttelte den Kopf und weinte: »Mein Junge. Ich will dir sagen, wie es war. Auch wenn du mich dafür hassen wirst.« Sie starrte Arild an, als gäbe es außer ihnen beiden niemanden sonst auf der Welt. »Versuch wenigstens, mich zu verstehen.« Sie wischte sich die Tränen von der Wange.

Wo fängt man an, wenn man etwas sagen will, das das Leben des Menschen, den man liebt, auf den Kopf stellen, ihn zerstören wird?

Arild suchte ihren Blick. Ängstlich. »Mama?«

»Du bist nicht mein Sohn, Arild!«

Sie sah zu Boden, verstummte.

»Du bist nicht…«, wiederholte sie, ehe sie von den Tränen übermannt wurde.

Kristin drehte sich zu Arild. Er stand starr da, blass, mit offenem Mund. Sein Oberkörper schwankte vor und zurück. Er rang nach Luft. Seine Lippen zitterten.

»Warum… warum sagst du so etwas?«, stammelte er.

»Du bist Berits Sohn«, sagte Anita. »Ich durfte dich nur… ausleihen.«

Kristin würde seinen Blick nie wieder vergessen. Mit aufgerissenen Augen starrte Arild Borgersen seine Mutter an. Seine Stiefmutter. Seine Finger umklammerten das Gewehr. Seine Brust hob und senkte sich, und die ganze Zeit über starrte er Anita an.

Sein Blick…

»Berit und Birger waren deine Mutter und dein Vater, Arild. Ich durfte dich nur ausleihen.«

Er begann zu zittern. Zuerst die Hände. Dann die Beine. Bald der ganze Körper.

Kristin spürte, wie ihr Herz hämmerte.

»Aber ich habe dich deswegen genauso lieb wie meinen eigenen Sohn, Arild. Genauso«, sagte Anita.

In dem Moment klingelte das Telefon.

»Arild, mein Junge, es war nicht dein Vater, der Berit und Rolf getötet hat. Das war ich. Deine Mama! Ich hatte solche Angst, dich zu verlieren. Ich dachte, sie würden dich mir wegnehmen. Vergib mir, Arild! Du musst versuchen, mich zu verstehen!«

7
Juvdal, Stabkirche, Freitagnachmittag

Olav Fjellstad erhob sich von der Betbank und ergriff Inger Borgersens magere Hände. »Aber meine Liebe, es war nicht Thomas Holmen, der Berit und Rolf getötet hat.«

»Berit hat in ihrem Tagebuch über ihn geschrieben.«

»Es mag ja sein, dass sie sich geliebt haben…«

»Die Polizei sagt, dass es Berits Liebhaber gewesen sein muss, der…«

»Er hat sie nicht getötet!«

»Woher wollen denn Sie das wissen?«

»Weil der Mörder seine Sünden bekannt hat. Mir gegenüber. Ich weiß alles, Frau Borgersen. Ich weiß, was passiert ist. Wer es getan hat und warum.«

Ihr Blick glitt nach oben zur Christusfigur am Kreuz.

»Ich habe ihm Briefe geschrieben«, sagte sie. »Zweimal im Jahr. Damit er sich selbst anzeigt.«

»Aber er war es nicht.«

Sie schüttelte langsam den Kopf. »Nicht?«, flüsterte sie. »Noch einer, dem ich über so viele Jahre Unrecht getan habe?« Sie hob ihren Kopf und sah dem Pastor in die Augen, vermochte aber nicht weiterzusprechen.

»Sie war heute Nacht bei mir. Hier in der Kirche. Und hat gebeichtet«, sagte er.

Sie blieb stumm. Wortlos wartete sie darauf, dass er fortfuhr.

Er holte tief Luft. »Es war Anita, Frau Borgersen. Es tut mir leid, Ihnen das sagen zu müssen. Es war Anita.«

8
*Juvdal, Alten- und Pflegeheim, Zimmer 363,
Freitagnachmittag*

Anita Borgersen registrierte das Klingeln wie eine ferne, irritierende Störung. Es vergingen ein paar Sekunden, ehe sie begriff, dass es das Telefon war. Der beigefarbene Apparat war direkt über dem Bett an die Wand geschraubt. Ein durchsichtiger Plastikknopf blinkte wie ein zwinkerndes, böses Auge.

Sie begegnete Arilds Blick. *Mein Junge*, formten ihre Lippen lautlos. Er starrte sie kalt an. Sein Blick: leer, fremd. *Mein Junge...* Sie öffnete ihre Arme, wollte, dass er sie umarmte, wollte ihn halten, ihn an sich drücken und ihn spüren lassen, dass alles war wie früher, dass sich nichts verändert hatte und sie immer noch seine Mama war. Die Wahrheit hatte nicht das Geringste verändert, sie liebte ihn, er war ihr Junge, alles war wie immer.

Aber er kam nicht.

Mama?, sagten seine Lippen und sein Blick.

Das Telefon hörte nicht auf zu klingeln.

9
*Juvdal, Alten- und Pflegeheim,
Kommandoraum der Polizei, Freitagnachmittag*

Polizeiobermeister Vidar Lyngstad presste sich den Hörer ans Ohr und seufzte verunsichert.

»Heben sie nicht ab?«, flüsterte Frank Hoff und beugte sich über den Schreibtisch.

Vidar knallte den Hörer etwas zu hart auf die Gabel. »Nein!«

Die zwei sahen sich an. Was jetzt? Vidar trommelte mit den Fingern auf die Tischplatte.

»Sie hat es jetzt erzählt«, sagte Victoria.

Vidar hatte vergessen, dass sie da war. Hoff richtete sich auf und wandte sich ihr zu.

»Wer hat was erzählt?«, fragte Vidar.

»Anita Borgersen.« Victoria fuhr sich mit den Fingern durchs Haar. »Sie hat alles erzählt. Arild weiß es jetzt.«

»Alles?«

»Dass sie Berit und Rolf getötet hat. Dass sie nicht Arilds Mutter ist. Dass Birger seine Schwester Berit geschwängert hat und Arild ihr Sohn ist.«

»Was sagen Sie da?«, platzte Hoff hervor.

»Anita Borgersen hat gestanden, dass sie Berit und Rolf getötet hat?«, fragte Vidar.

Victoria starrte still vor sich hin, ohne jemanden anzublicken.

»Aber ... woher wissen Sie das?«, fragte Hoff.

Als hätte sie die Frage nicht verstanden, verbarg Victoria ihr Gesicht in den Händen. Vidar und Hoff sahen sich an.

»Das ...«, sagte Vidar. Dann schwieg er. Hoff schüttelte den Kopf.

10

Juvdal, Alten- und Pflegeheim, Zimmer 363,
Freitagnachmittag

Anita gibt mir die Schuld, dachte der alte Doktor Eilert Vang. Und das mit vollem Recht. Er blickte zu Boden.

O Robin! Warum konntest du dich nicht ...

Er schob den Gedanken beiseite. All die Jahre der Reue. Der Lügen. Der Scham. Jetzt war es so gekommen, wie er es immer befürchtet hatte. Nein, noch schlimmer. Anita gab ihm die Schuld für all die Morde. *Ihm!* Und sie hatte recht: Berit. Rolf. Birger. Sogar das mit Siv. All das war seine Schuld. Seine Verantwortung. Und deine, Robin.

11
*Juvdal, Alten- und Pflegeheim, Zimmer 363,
Freitagnachmittag*

»Mein lieber Junge«, sagte Anita Borgersen. Sie streckte ihm noch immer die Arme entgegen.

Arilds Blick war leer. Als sei er nicht richtig da.

»Komm zu Mama«, lockte sie.

Arild reagierte nicht.

»Mein Junge!«, drängte sie. »Arild ... mein Lieber ... bitte!«

»Halt's Maul!«, schrie er. Seine Stimme überschlug sich. Schluchzend presste er sich den Gewehrkolben an die Schulter und zielte auf Anita. »Du hältst jetzt das Maul, verstanden! Du verdammte Hexe!«

O mein Gott, jetzt schießt er! Kristin wandte sich ab, biss die Zähne zusammen und wartete auf den Knall. Ihr Blick fiel auf Siv.

Siv, die die ganze Zeit über nur mit abwesendem Blick im Bett gesessen hatte, hatte sich umgedreht und sah sie an. Ihr Blick war glasig, aber wach. Aus ihrem leicht geöffneten Mund rann ein dünner Faden Speichel. Ihre Brust hob und senkte sich unter dem weißen Krankenhauspyjama.

Arild blickte rasch von seiner Mutter zu Siv. Er ließ das Gewehr sinken. »Was ist mit ihr?«, fragte er erregt.

Siv richtete ihren Blick auf ihn. Starrte.

»Warum sieht die mich so an?«, brüllte Arild.

»Siv?«, sagte Anita verblüfft.

Unendlich langsam glitt Sivs Blick von einem zum anderen. Als sie Anita ansah, verdrehte sie die Augen, rang nach Atem und begann zu röcheln.

12
*Juvdal, Alten- und Pflegeheim, Zimmer 363,
Freitagnachmittag*

In Gedanken war sie im Jahr 1978. Es war Juli, warm. Sie und Vater waren gerade vom Baden im Mårvatn-See nach Hause gekommen. Siv sah das Haus vor sich, in dem sie wohnten. Vater ging ein paar
    Schritte
        vor ihr
            und will seine Jacke in die Garderobe hängen.
Alles geschieht so schnell. So wahnsinnig schnell. Etwas trifft Papa am Kopf. Eine Axt! EINE AXT!? O neeeein! Papa fällt um, er blutet, blutet. Überall ist Blut. Hilf mir!!! MAMA! Bitte, schreie ich in meinem Inneren, ich kann mich nicht bewegen, die Welt ist stehen geblieben. Wo ist Mama? Papa liegt auf dem Boden, sein Kopf ist ganz offen, und er hört nicht auf zu bluten. Stopp! Blut, überall Blut! So viel Blut! Mama! Papa! Bitte, helft mir! Ich schreie und schreie. Stumme Schreie. Im Dunkel der Garderobe erblicke ich ein Augenpaar!!! Nein, nein, nein!!! Ich will wegrennen. Schreien. Aber ich kann es nicht. Angst, so viel Angst! Bitte, jemand muss mir helfen, bitte! Alles, was ich sehe, sind diese zwei Augen, die Augen des Dämons. Hilf mir!, schreie ich stumm. Aber es hört mich niemand. Komm!, schreie ich. Bitte! Komm jetzt zu mir! Hilf mir! Bitte! Hilfe!!! Und dann steigt der Dämon aus dem Dunkel. O Mama, Mama, Mama! Hilf mir! Lass das nicht geschehen! Ich werfe mich herum. Will rennen, fliehen,

nur weg. Aber alles geht so langsam. Ich will weg, bleibe aber wie angewurzelt stehen. Ich spüre den Luftzug von etwas, das durch die Luft saust !!! Nein, nein, nein !!! Die Axt !!! Ein scharfer Schmerz explodiert in meinem Kopf !!! Aua, Aua, Aua !!! Ich taumele nach hinten, etwas Warmes rinnt an meinem Körper herab, ich will mich verstecken, suche Schutz in der Garderobe... sacke zu Boden... falle... stürze und bleibe liegen, endlich kann ich schlafen,
alles
    ist
        dunkel
            und still...

13
Juvdal, Alten- und Pflegeheim, Kommandoraum der Polizei, Freitagnachmittag

Jetzt geht es wieder los, dachte Gunnar.

Entsetzt betrachtete er Victoria. Ihr Körper zuckte unruhig. Die Hände, die auf ihren Oberschenkeln ruhten, zitterten unkontrolliert. Ein Muskel im Gesicht zog ihren Mundwinkel zurück.

»Kann jemand einen Arzt rufen?«, rief Vidar.

»Warten Sie!«, unterbrach Gunnar ihn. »Sie ist nicht krank.«

»Epilepsie?«, fragte Vidar.

»Ich habe das schon einmal erlebt. Sie...«

Victoria warf sich auf dem Stuhl hin und her und stöhnte tief.

»Was passiert mit ihr?«, fragte Vidar besorgt.

»Sie ist in Trance! Sie... sie hat... Kontakt mit... jemandem«, sagte Gunnar.

»Äh, Trance? Kontakt? Mit jemandem?« Vidar musterte Gunnar mit gerunzelter Stirn.

14
Juvdal, Alten- und Pflegeheim,
Kommandoraum der Polizei, Freitagnachmittag

Victoria schnappte nach Luft. Jeder Atemzug war eine Überwindung. Ihr Herz hämmerte. Zitternd sackte sie auf dem Stuhl zusammen. Sogar durch die Kleider spürte sie den scharfen Rand der Stuhllehne. Ein schwacher Schmerz, der ihr half, sich an der

!!! Hilf mir ... bitte ... !!!

Wirklichkeit festzuhalten. *Siv, ich kann dir nicht helfen, ich tue, was ich kann.* Gequält sah sie zu Gunnar und Lyngstad auf. O mein Gott, warum tun sie nichts? Warum stürmen sie nicht das Zimmer? Alle starrten sie

!!! Hilf mir !!!

an. Fremde, besorgte Gesichter. Starrende, verblüffte Augen. Verstehen sie denn nichts?, fragte sie sich. Ist das so schwer zu verstehen? Zu akzeptieren? O mein Gott!

!!! Komm zu mir !!! Hilf mir !!! Bitte !!!

»Siv!«, schrie sie. Sie sah, dass Gunnar einen Schritt auf sie zu trat. *Ich bin hier, kleine Freundin. Ich bin hier, Siv, aber ich kann nichts tun!*

15
Juvdal, Alten- und Pflegeheim,
Kommandoraum der Polizei, Freitagnachmittag

»Das ist doch nicht möglich!«, platzte Gunnar hervor.

»Was ist nicht möglich?«, fragte Lyngstad.

»*Siv*? Hat sie Siv gesagt? Haben Sie das gehört? Hat sie Siv gesagt?«

Er starrte von Victoria zu Vidar.

»Siv? Ja. Doch. Wieso?«, fragte Vidar.

»O verdammt!«, sagte Gunnar leise. »Sie hat Siv gesagt!«

Vidar sah ihn fragend an. »Siv?«

»Verstehen Sie denn nicht?«

»Siv Borgersen? In Zimmer 363.«

Gunnar seufzte und breitete die Arme aus. Er wusste nicht, wie er sich ausdrücken sollte. Ein paar lange Sekunden blickte er Lyngstad in die Augen.

»Victoria«, begann Gunnar zögernd, »behauptet, gewisse Fähigkeiten zu haben.«

»Ja«, sagte Vidar lächelnd und wechselte mit einigen der anderen ein paar rasche Blicke, »das haben wir verstanden.«

»Sie hat gesagt, sie habe telepathische Verbindung mit jemandem aufgenommen.«

Vidar sah Gunnar ungläubig an. »Tele … pa … thisch?«, wiederholte er unglaublich langsam.

»Sie behauptet das, ja«, sagte Gunnar.

Vidar blickte unsicher zu Hoff, der frenetisch in einem Stapel Papiere blätterte. »Ja, ja, ja«, sagte Hoff.

»Ja, wir sollten wohl weiterarbeiten«, sagte Vidar.

»Warten Sie!«, fiel ihm Gunnar ins Wort. Er war erregt, und sein Gesicht war rot geworden. »Ich weiß, dass sich das unglaublich anhört, und ... verdammt, ich glaube ja selbst nicht daran!«

»Glauben? Woran?«

»An das, was sie da macht! Was sie sagt! Aber was, wenn es Siv ist, mit der sie kommuniziert?«

»Aäh, kommuniziert? Mit Siv?«

Hoff räusperte sich.

»Fragen Sie mich nicht, wie!«, sagte Gunnar. »Wie gesagt: Ich glaube ja selbst nicht daran!«

»Auf was wollen Sie eigentlich hinaus?«

Gunnar seufzte, dann sagte er leise: »Was, wenn Victoria telepathischen Kontakt zu Siv Borgersen in Zimmer 363 hätte?«

»Das«, sagte Vidar, »ist einfach nicht möglich.«

16
Juvdal, Stabkirche, Freitagnachmittag

»Thomas?«, Olav Fjellstad presste den Hörer fest ans Ohr. »Hörst du mich? Hier ist Olav! Wo bist du, die Verbindung ist so schlecht.«

»Ich stehe vor dem Altenheim«, krächzte die Stimme von Thomas Holmen über die schwache Mobilverbindung. »Hier ist die Hölle los«, platzte er heraus, »wenn du mir diesen Ausdruck nachsiehst.«

»Ich muss mit dir reden!«

»Hat das nicht Zeit? Hier unten läuft eine Geiselnahme.«

»Was sagst du da?«

»Arild und Anita haben Doktor Vang und Kristin Bye in ihrer Gewalt. Sie sind als Geiseln in einem Zimmer hier unten.«

»Thomas, ich stehe hier mit Inger Borgersen. Sie muss mit dir reden.«

»Mit mir?«
»Persönlich. Ich bringe sie zu dir. Es ist wichtig, Thomas.«

17
Juvdal, Alten- und Pflegeheim, Zimmer 363, Freitagnachmittag

Eine klassische Psychose, dachte der alte Doktor.

Er saß in seinem Rollstuhl und beobachtete Arild Borgersen. Sein Gesicht war schweißgebadet, sein Blick entrückt. Mit Worten konnte man nicht zu ihm durchdringen. Das war auch für den alten Arzt zu erkennen. Wäre es möglich gewesen – er hätte es versucht. Er konnte gut reden. Seinen Körper konnte man vergessen, das stimmte, aber die Gabe zu reden hatte er noch nicht verloren. Er brachte die Menschen dazu, sich zu entspannen, zu beruhigen und einzusehen, dass das, was sie bedrückte, vielleicht doch nicht so schlimm war, wie sie dachten. Aber mit Arild Borgersen zu reden, wäre ebenso aussichtslos, wie gegen eine Steinlawine anzukämpfen, dachte er. Den ersten Stein konnte man vielleicht noch aufhalten, aber danach war es zu spät, dann konnte man nur noch um sein Leben laufen.

18
Juvdal, Gjæstegaard, Freitagnachmittag

Pia telefonierte an der Rezeption und bat Bjørn-Tore, leise zu sein.

»Im Altenheim, sagen Sie? Wann?«

Sie lauschte und gab Bjørn-Tore Zeichen.

»Ach ja?... Anita? *Arild?*... O mein Gott. *Was sagen Sie da?*... Ich verstehe... Wir kommen!«

Sie legte auf und sah ihn entgeistert an. »Sie haben unten im Altenheim Geiseln genommen. Arild und Anita. Ich verstehe gar nichts mehr. Sie haben Siv, den alten Doktor und Kristin Bye als Geiseln!«

Bjørn-Tore starrte sie an.

Dann sprangen sie wortlos auf und rannten zum Auto.

19
*Juvdal, Alten- und Pflegeheim, Zimmer 363,
Freitagnachmittag*

Panisch zitternd blickte Siv zu Anita Borgersen. Sie schluchzte. Ihr Gesicht verzog sich zu einer Grimasse. Ihr Mund ging auf und zu, als käme ein Strom lautloser Worte über ihre Lippen. Ihre Haut war kreideweiß und klamm. Mit den Fingern krallte sie in die Luft vor sich.

Dann schrie sie wieder. Doch dieses Mal materialisierte sich der Schrei in Worten: »Nein!«, heulte sie. »Nein, nein! Hör auf! Bitte!«

Sie ruderte mit den Armen und warf den Kopf hin und her.

»Komm!«, schrie sie. »Komm jetzt zu mir! Hilf mir! Bitte! Hilfe!«

Anita verbarg ihr Gesicht in den Händen und begann zu weinen. »Oh, was habe ich nur getan?«

Arild machte einen Schritt auf das Bett zu. »Mama?«, fragte er. Dann wurde ihm bewusst, was er gesagt hatte, und sein Gesicht verzog sich vor Ekel und Schmerz.

»Victoria! Komm!«, schrie Siv. »Komm zu mir! Jetzt! Hilf mir! Bitte! Hilf mir! Victoria!«

»Sei ruhig!«, sagte Anita weinend. »Liebe kleine Siv, sei ruhig!«

»Was geht hier vor?«, brüllte Arild.

Anita blickte zwischen ihren Fingern hindurch. »Sie erinnert sich an mich! Deshalb hat sie solche Angst. Sie erinnert sich an die Geschehnisse von damals. Sie erlebt alles noch einmal. Sie erinnert sich an mich, hat mich nie vergessen.«

»Lass das!«, rief Arild und trat an Sivs Bett.

»Was habe ich nur getan?«, schluchzte Anita. »O mein Gott, was habe ich getan!«

20
Juvdal, Alten- und Pflegeheim,
Kommandoraum der Polizei, Freitagnachmittag

Mit ungläubigem Blick beobachtete Vidar Lyngstad, wie sich Victoria auf dem Stuhl wand. Er dachte an das, was Gunnar gesagt hatte, aber er konnte es nicht verstehen. Was hatte er damit gemeint? Telepathischer Kontakt? *Das ging doch wohl zu weit!* Telepathischer Kontakt zwischen Victoria und Siv?

Er kniff die Augen zusammen, massierte sich die Nasenwurzel und atmete heftig aus und ein, um wieder zur Ruhe zu kommen.

»Okay!«, sagte er schließlich laut. »Wir brauchen ein paar starke Hände. Kann jemand einen Arzt oder eine Krankenschwester für die hier besorgen…«, er nickte in Richtung Victoria, »und dann müssen wir endlich einen Kontakt zu Zimmer 363 herstellen.«

Er nahm den Hörer ab und wählte. Er ließ es klingeln.

»Der Beobachtungsposten ist auf Leitung vier«, sagte Frank Hoff. »Wollen Sie ihn über Lautsprecher?«

Vidar nickte und presste sich den Hörer ans Ohr.

21
Juvdal, Alten- und Pflegeheim, Zimmer 363,
Freitagnachmittag

Das Telefon wollte nicht aufhören zu klingeln.

Das ist unbegreiflich, dachte Kristin. Wir dachten alle, sie läge in einem traumlosen Koma. Doch in all diesen Jahren hat sie wieder und wieder erlebt, was geschehen ist. Armes Mädchen! Seit fünfundzwanzig Jahren erlebt sie immer wieder den gleichen Albtraum und kann ihm nicht entrinnen. Die Furcht, die Schmerzen, die Panik. Wieder und wieder und wieder.

Siv schien das klingelnde Telefon nicht zu bemerken. Panisch schnappte sie nach Luft und kämpfte gegen den Dämon in ihrem Kopf. Endlich verstummte das Telefon. Siv ruderte mit den Armen durch die Luft und rief um Hilfe.

»Warum bringt sie niemand zum Schweigen?«, schnaubte Anita.

»Halt's Maul!«, brüllte Arild. Mit einer abrupten Bewegung richtete er die Waffe auf Anita.

Jetzt erschießt er sie, dachte Kristin. Sie kniff die Augen zusammen und spürte, wie ihre Knie nachgaben. Sie rutschte mit dem Rücken an der Wand nach unten und wartete auf den Schuss, der nicht kam. Schließlich öffnete sie die Augen.

Arild deutete mit dem Lauf der Waffe abwechselnd auf Siv und Anita. Er heulte lang und klagend. Jetzt schieß doch, mein Gott, jetzt schieß doch, dachte Kristin und steckte sich die Finger in die Ohren, um nichts mehr zu hören.

Bald würde er schießen. Das wusste sie.

Sein zitternder Zeigefinger krümmte sich um den Abzug.

22
Juvdal, Alten- und Pflegeheim,
Kommandoraum der Polizei, Freitagnachmittag

Victoria umklammerte die Lehne des Stuhls und drückte sich hoch. Alles verschwamm vor ihren Augen. Sie sah, wie sich Gunnar über sie beugte, die Polizisten an den Tischen, die fremden Gesichter. Sie spürte, wie ihr Herz hämmerte und ihre Lunge unter Schmerzen arbeitete. Ich kann nicht mehr, schoss ihr durch den Kopf, kann nicht mehr, nicht

!!! Hilf mir !!!

mehr.
Ich kann dir nicht helfen, bitte, Siv. Quäl mich nicht länger...
Plötzlich und unvermittelt erschienen ihr ganz klare Bilder aus Zimmer 363: Kristin an der Wand auf dem Boden, der alte Arzt im Rollstuhl, Arild und Anita. Nur Siv sah sie nicht. Ihr wurde schwindelig. Wo bist du, Siv?, dachte sie. Ich sehe dich nicht!

!!! Hilf !!!

Warum sehe ich dich nicht?
»Posten 1 an Basis«, krächzte es durch das Funkgerät.
»Basis hört, bitte kommen, Posten 1«, antwortete Vidar.

!!! Hilf mir, bitte !!!

»Posten 1 an Basis. Brauchbare Sicht, trotz des Schnees. Kann fünf Objekte im Raum ausmachen. Objekt Alpha: Frau neben der Tür am Boden sitzend. Objekt Beta: Frau im Bett sitzend. Objekt Charlie: Mann im Rollstuhl. Objekt Delta: Frau in der Mitte des Raumes stehend. Objekt Foxtrott: Mann in der Mitte des Raumes stehend – Achtung bewaffnet, wiederhole: bewaffnet.«

Die Worte erreichten Victoria. Sie zuckte zusammen.

Das ist genau das, was ich gerade gesehen habe!, dachte sie.

Wie kann ich das wissen?

Und dann verstand Victoria. Ganz langsam kam ihr die Erkenntnis. Ich sehe exakt das, was Siv sieht, dachte sie. Ich sehe mit Sivs Augen.

23
Juvdal, Alten- und Pflegeheim, Zimmer 363,
Freitagnachmittag

Der alte Doktor Eilert Vang lehnte sich im Rollstuhl zurück und versuchte, wieder ruhig zu atmen und seine Erinnerungen auszusperren.

Er sah das Zimmer vor sich, in dem er vor fünfundvierzig Jahren die Abtreibung bei Anita vorgenommen hatte. Seltsam, wie klar und deutlich die Erinnerung war. Die weißen Fliesen an den Wänden, die grünen Schranktüren. Das gelbe Licht. Der Geruch der Präparate. Der scharfe Klang der Instrumente, die er in die Metallschale legte.

Und die ganze Zeit: das erstickte Schluchzen der jungen Anita.

Anita... er sah sie vor sich. Wie jung sie war. Die angstgefüllten Augen, das grüne Tuch, die blasse Haut an den dünnen Schenkeln. Ein Kind.

Robin, wie konntest du?

Sein Sohn hatte hinter der Tür im Büro der Praxis gestanden. Ohne ein Wort zu sagen, ohne sie zu trösten.

Sein Sohn? Robin? So gefühllos?

Er erinnerte sich an den Eingriff. An ihr Weinen. Den Kloß im Hals. Das glühende, brennende Gefühl, etwas Falsches zu tun. Etwas, das er bereuen würde.

Verdammt, Robin!

Dann kamen ihm die Komplikationen in den Sinn. Das Blut, die Panik.

Und jetzt zahle ich den Preis dafür, dachte er. Ich und all die anderen. Ein Fehler. Ein verdammter Fehler. Was für eine Farce doch das Leben ist! Da ist man ein guter Mensch, lebt ein uneigennütziges Leben, tut sein Bestes für die Gesellschaft und begeht einen einzigen Fehltritt, für den man einen so hohen Preis zahlen muss. *Ist das gerecht?*

24
Juvdal, Alten- und Pflegeheim, Zimmer 363, Freitagnachmittag

Kristin versuchte, sich so klein wie nur möglich zu machen. Sie lehnte mit dem Rücken an der Wand. Siv bewegte den Oberkörper hin und her, verdrehte die Augen und atmete stoßweise. Arilds Mund stand halb offen, Speichel rann über sein Kinn. Er hatte sich den Gewehrkolben gegen die Schulter gestemmt, hielt mit der linken Hand den Lauf und hatte die rechte am Abzug.

»Verdammt!«, stieß er hervor. Er sah Anita an. »Verdammte Hexe!«

»Aber Arild!«

Kristin erinnerte sich an ein Erlebnis, das sie mit acht Jahren gehabt hatte. Sie hatte gemeinsam mit anderen einen Klassenkameraden gehänselt, der im Unterricht in die Hose gemacht hatte. In der Pause stürzten sie sich auf ihn, gefühllos, wie ein Schwarm Piranhas auf ein blutendes Kalb, das in den Fluss gefallen war. Sie erinnerte sich an das berauschende Gefühl der Übermacht, das sie zitternd durchströmt und mit dem Rest der gnadenlosen Horde vereint hatte. Es gab kein Gut oder Böse. Die Justiz ihrer Gruppe kannte keine Moral. Sie sah noch die ängstlichen, verzweifelten Augen des Jungen vor sich. Im Herbst darauf wechselte er die Schule. Schon oft hatte sie gedacht, dass in jedem Menschen etwas Boshaftes steckte, das ihn von den Tieren unterschied: eine angeborene, ausgekochte Boshaftigkeit. Kalkuliert und berechnend. Tiere kennen keinen Hass, was treibt einen Menschen dazu, einen anderen zu töten?

Arild senkte seine Stimme: »Ich werde dich erschießen.«

»Arild!«, antwortete Anita scharf.

Er wedelte mit dem Gewehr herum. Dann zielte er auf Anita.

25
Juvdal, Alten- und Pflegeheim,
Kommandoraum der Polizei, Freitagnachmittag

Victoria warf sich nach hinten und wandte ihr Gesicht ab, als würde sie von etwas geblendet.

»Er zielt auf sie!«, rief sie. »Auf Anita! Er zielt auf Anita! Er wird sie erschießen.«

Vidar sah Victoria resigniert an. Er räusperte sich, um Gunnars Aufmerksamkeit zu bekommen. »Borg, ich glaube, sie muss hier raus...«

»Posten 1 an Basis! Dringend!«, kam es über Funk.

»Posten 1, bitte kommen!«, sagte Vidar.

»Objekt Foxtrott zielt auf eine der Frauen!«

»Auf Anita!«, rief Victoria.

»Ich glaube, es handelt sich um Anita Borgersen«, sagte Posten 1.

»Arild wird sie erschießen«, sagte Victoria.

»Basis an Posten 1«, antwortete Vidar. »Wiederholen Sie! Was ist da los?«

»Objekt Foxtrott zielt auf Objekt Delta…«

»Lassen Sie Ihr blödes Objektgeschwafel!«, fiel ihm Vidar ins Wort. »Was ist los?«

»Arild zielt auf Anita!«, knackte es durch das Funkgerät. »Er scheint durchzudrehen!«

Vidar starrte Victoria verblüfft an. Hatte sie das nicht gerade gesagt?

»Basis an Posten 2! Bitte kommen!«, sagte er nachdenklich ins Funkgerät. Er musterte Victoria.

»Posten 2 hört.«

»Bereit machen zum Einsatz!«

»Verstanden! Posten 2 bereit zum Einsatz!«

»Warten Sie meinen Befehl ab!«

»Verstanden, warten Befehl ab.«

»Basis an Posten 1, bitte kommen!«

»Posten 1 hört.«

»Ist die Situation im Zimmer stabil?«

»Posten 1 bestätigt.«

»Sehen Sie alle Objekte?«

»Bestätige, alle Objekte sind zu sehen.«

26
Juvdal, Alten- und Pflegeheim, Zimmer 363, Freitagnachmittag

Wie konntest du nur, Robin!

Das Verhältnis des Arztes zu seinem Sohn war nach der Abtreibung nicht mehr so wie früher. Nach einem heftigen Streit noch am gleichen Abend hatte Robin seine Sachen gepackt und war nach Oslo gefahren. Es vergingen mehrere Jahre, bis er wieder von ihm hörte. Da malte er Aquarelle, töpferte und schrieb Gedichte, ohne dass Doktor Vang jemals verstanden hätte, wie man davon leben konnte. Robin schwebte wie ein Heliumballon durchs Leben, der sich von seiner Schnur losgerissen hatte.

Aber dann hatte er plötzlich eines Tages wieder vor seiner Tür gestanden, als wäre er bloß eben unten am Kiosk gewesen. Das war 1970. Drei Wochen lang hatte er zu Hause gewohnt und immer wieder etwas von einer Zukunft in der Südsee gefaselt. Vang hatte das Gefühl gehabt, sein Sohn wäre auf der Flucht.

Eines Morgens war er schließlich verschwunden.

Doktor Vang hörte jahrelang nichts von ihm, bis er im Sommer 1977 in einem alten, kunterbunt angemalten VW-Bus nach Juvdal gefahren kam. Er war über vierzig, trug aber immer noch seine langen, blonden Locken. Er hatte ganz offensichtlich etwas auf dem Herzen, ohne je darüber zu sprechen. Den Versuch des Doktors, mit ihm zu reden, tat Robin mit den Worten ab: »Das ist so lange her, ein anderes Leben!«

Und wie beim letzten Mal war er irgendwann einfach weg, ohne Abschied zu nehmen. Als hätte er sich in Luft aufgelöst. Das war das letzte Mal gewesen, dass Doktor Vang seinen Sohn gesehen hatte.

Verdammt, Robin!

Der alte Doktor hob seinen Blick und sah Arild Borgersen an. Seine Augen waren finster und leer. Kalter Schweiß perlte auf seiner Stirn.

»Keiner rührt sich!«, schrie er, obgleich sich niemand bewegt hatte.

Er fuchtelte mit dem Gewehr herum, als zielte er auf etwas, das sonst niemand sah.

»Arild, mein Liebling...«, sagte Anita leise.

»Du«, brüllte er, »hältst dein Maul!«

Sie wimmerte.

Der alte Doktor versuchte, sich im Stuhl aufzusetzen. Arild richtete die Waffe auf ihn.

»Immer mit der Ruhe, junger Mann«, sagte Vang und hob die Hände. »Ich habe nicht vor, mich auf Sie zu stürzen.«

Den Blick auf die anderen gerichtet, ging Arild langsam um das Bett herum. Er starrte Siv an. Als er das Fenster erreicht hatte, zog er mit einer überraschenden, ausschweifenden Bewegung die Gardine zu. Dann kehrte er ohne ein Wort zurück an seinen Platz zwischen Bett und Tür.

27
Juvdal, Alten- und Pflegeheim, Kommandoraum der Polizei, Freitagnachmittag

»Er hat die Gardinen zugezogen«, sagte Victoria.

Vidar sah sie ärgerlich an.

»Wer?«, fragte Gunnar.

»Arild. Er hat die Gardinen zugezogen.«

»Posten 1 an Basis. Verdammt!«, krächzte es durch das Funkgerät. »Jemand hat die Gardinen zugezogen.«

»Wiederholen, bitte«, sagte Vidar.

»Jemand hat die Gardinen zugezogen! Ich glaube, es war Arild. Posten 1 hat keine freie Sicht mehr in das Zimmer.«

»Sie sehen nichts mehr?«, fragte Vidar

»Korrekt! Ich wiederhole, die Gardinen sind zugezogen worden! Ich kann nichts mehr erkennen.«

Vidar starrte Victoria lange an.

»Er steht in der Mitte des Raumes«, sagte sie.

»Arild?«, fragte Gunnar.

»Ja, Arild! Er steht wieder an seinem alten Platz. Siv ist im Bett. Kristin an der Wand. Anita und Doktor Vang zwischen dem Bett und Arild.«

Vidar blickte fragend von Victoria zu Gunnar.

Gunnar zuckte mit den Schultern.

»Jetzt hebt er die Waffe«, sagte sie. »Er zielt auf Anita.«

Victoria schloss die Augen und bewegte den Oberkörper hin und her.

Vidar starrte sie nur an.

28
Juvdal, Alten- und Pflegeheim, Zimmer 363, Freitagnachmittag

Kristin presste sich hart an die Wand. Sie war taub vor Angst. Ihre Hände und Knie zitterten. Ihr Mund war trocken, ihre Kehle wie zugeschnürt.

Sie wagte es nicht, Arild anzublicken. Jedes Mal, wenn sie ihn ansah, spürte sie den Wahn, der von ihm Besitz ergriffen hatte.

Wenn ich ihn nicht ansehe, dachte sie, bin ich unsichtbar.

Den Kolben des Gewehrs an die Schulter gepresst, richtete Arild den Lauf der Waffe auf Doktor Vang. »Sie alter Teufel«, fauchte er. Der alte Arzt lehnte sich nach hinten, als erwarte er den Schuss.

Dann zielte er plötzlich auf Kristin.

Kristin kniff die Augen zusammen.

Sie hörte seinen keuchenden Atem.

»Sieh mich an, verdammt!«

Kristin blickte voller Angst auf, aber er sprach mit Siv, die reglos im Bett saß.

»Hörst du nicht, was ich sage?«, schrie er.

Siv reagierte nicht.

Arild trat einen Schritt zurück und fuchtelte mit dem Gewehr herum.

»Ich werde euch alle töten! Ihr verdient es nicht, auch nur noch eine Sekunde länger zu leben, ihr seid doch alle krank! Ich werde...«

»Arild«, schluchzte Anita.

Er schwieg. Lächelte sie an. Ein wahnsinniges Lächeln.

»Meine Mama«, sagte er mit spöttischer Babystimme. Ein Klang so fremd und grausig, dass sich Kristin die Ohren zuhielt.

29
Juvdal, Alten- und Pflegeheim, Außenbereich, Freitagnachmittag

»Was geht hier eigentlich vor?«

Inger Borgersen starrte entsetzt auf das Gewimmel von Einsatzfahrzeugen, Blaulichtern, Reportern und Schaulustigen. Auf dem Weg zum Altenheim hatte der Pastor ihr zu erklären versucht, dass Arild und Anita im Altenheim waren. Und dass es da gewisse ... Probleme gab. Sie hatte nichts verstanden. Siv? Doktor Vang? Kristin Bye?

Ein Polizist kam angerannt und winkte sie in Richtung des am weitesten entfernten Parkplatzes.

»Was geht hier eigentlich vor?«, wiederholte sie und sah Olav Fjellstad an. Der blieb ihr die Antwort schuldig.

Er stützte sie, als sie sich einen Weg durch die Menschenansammlung bahnten.

Ein Fernsehreporter sprach erregt in eine Kamera. Ein Blitz leuchtete auf. Sie fühlte die Blicke aller auf sich. Was sollte das Ganze? Und warum waren hier so viele Krankenwagen und Polizeifahrzeuge?

»Olav?«, fragte sie ängstlich.

»Wir werden Thomas finden!«, sagte er abweisend.

»Aber ...«, murmelte sie. *Was geht hier eigentlich vor? Warum sind hier so viele Menschen?*

Aus einem Autoradio hörte sie eine aufgeregte Frauenstimme. »Hier sind die P4-Nachrichten mit einer Sondersendung vom Geiseldrama in Juvdal ...«

30
Juvdal, Alten- und Pflegeheim, Zimmer 363, Freitagnachmittag

Ich hoffe, ich sterbe schnell, dachte der alte Doktor.

Obwohl er sich bereits vor vielen Jahren mit dem Tod versöhnt hatte, fürchtete er den Schmerz. In den letzten Jahren hatten ihn Gelenkschmerzen gequält und ihn Nacht für Nacht wach gehalten. Das war er gewohnt. Wie viele schlaflose Stunden hatte er deswegen hinter sich! Aber den Gedanken an den brennenden, explosiven Schmerz, den ein Projektil verursachte, das sich einen Weg durch Muskeln und Organe bahnte, konnte er nicht ertragen.

Er soll mir in den Kopf schießen oder ins Herz, dachte er, dann ist es gleich vorbei. Irgendwie müssen wir ja alle sterben.

Die Kante der Rückenlehne seines Rollstuhls schnitt ihm in die Seite, aber er änderte seine Sitzhaltung nicht. Der diffuse Schmerz half ihm in gewisser Weise, die Wirklichkeit nicht aus den Augen zu verlieren. Alles andere war wie ein Traum.

Hinter ihm im Bett leierte Siv unverständliche Worte herunter.

Am Boden an der Wand saß Kristin, die Hände über dem Kopf.

Neben ihm stand Anita Borgersen.

Und vor ihnen allen: Arild Borgersen. Mit einem Gewehr.

Der alte Arzt seufzte tief. *Wir haben alle eine Schuld zu begleichen.* Er umklammerte die Räder seines Rollstuhls und rollte ihn langsam auf Arild zu.

31
*Juvdal, Alten- und Pflegeheim,
Kommandoraum der Polizei, Freitagnachmittag*

»Gleich schießt er!«

Victoria flüsterte. Trotzdem hörten sie alle.

Es wurde vollkommen still. Gunnar und Vidar blieben stehen und starrten sie an.

»Schießt?«, fragte Vidar, als wolle er die Zeit in die Länge ziehen und sich mehr Raum zum Denken verschaffen.

Hoff räusperte sich. »Ich glaube nicht, dass wir aufgrund dieser... Hellseherin irgendwelche Aktionen starten sollten.« Er erntete bei den anderen unterdrücktes Lächeln.

»Er schießt...«, wimmerte Victoria wie im Schlaf. Ihre Augen waren zu schmalen Strichen zusammengekniffen. »Gleich!« Ein heiseres Hauchen. Sie hing auf ihrem Stuhl, die Beine weit gespreizt, die Arme fast auf dem Boden. Ihr Kopf war nach links gekippt.

»Der Doktor!«, rief sie plötzlich.

»Was meint sie?«

»Haltet ihn auf!«

Gunnar kniete nieder und nahm ihre eiskalte Hand.

»Victoria!«, fragte er. »Ist alles in Ordnung mit Ihnen?«

Sie wandte sich ihm zu. Aus ihren tränennassen Augen sprach die Pein.

»Gunnar, jemand muss den Doktor aufhalten«, flüsterte sie.

32
*Juvdal, Alten- und Pflegeheim, Zimmer 363,
Freitagnachmittag*

Anita schob ihren rechten Fuß vor und blockierte das linke Rad des Rollstuhls, so dass dieser abrupt stehen blieb.

Arild schwang mit dem Gewehr herum. »Stehen bleiben!«, schrie er.

»Das ist es nicht wert«, sagte sie leise zu Doktor Vang. Lächelnd legte sie die Hand auf seine Schulter, als verstünde sie seine Gedanken.

»Lassen Sie es mich tun«, sagte Vang. »Bitte.«

»Nein!«

»Ich bin dreiundneunzig Jahre alt«, sagte der Doktor und blickte mit einem verzerrten Lächeln zu ihr auf. »Alt genug, um selbst zu entscheiden, was ich tue, meinen Sie nicht auch?«

»Ich hasse Sie seit fünfundvierzig Jahren, Doktor Vang. Sie und Ihren Sohn ...«

»Und das mit vollem Recht.«

»Wenn Sie nur wüssten …«

»Ich weiß! Ich weiß, Anita! Und ich weiß auch, dass es Ihnen kein Trost sein wird, was ich Ihnen jetzt sage, aber es ist kein Tag vergangen, an dem ich nicht an dieses Ereignis zurückgedacht hätte, an Sie und an Robin. Kein Tag, an dem ich nicht bitter bereut hätte, was ich getan habe.«

»Ich habe von ihm geträumt«, sagte sie plötzlich. »Letzte Nacht habe ich von Robin geträumt.« Sie lächelte. »Er war auf einer Insel in der Südsee.«

Er schüttelte mit einem leichten Lachen den Kopf. »Natürlich, in der Südsee.« Er blickte zu ihr auf. »Bitte, Anita, lassen Sie mich das tun!«

Sie schüttelte den Kopf.

»Sie schaffen es, ihn zu überwältigen, ehe er ein weiteres Mal schießen kann«, sagte Doktor Vang.

Arild trat einen Schritt zurück. »Verdammt! Verdammt! Verdammt!«

Anita hielt den Rollstuhl fest und schob ihren Fuß noch fester unter das Rad.

»Nein, Doktor Vang, das ist meine Sache«, sagte sie und blickte auf. »Arild, du legst jetzt das Gewehr weg!«

33
*Juvdal, Alten- und Pflegeheim, Zimmer 363,
Freitagnachmittag*

Wie ruhig sie ist, dachte Kristin.

Anita Borgersen stand kerzengerade da, blockierte den Rollstuhl des Arztes und wartete darauf, dass Arild schoss. Sie lächelte ihn an. Vermutlich war es das, was Kristin am meisten verwunderte, denn dieses Lächeln war weder spöttisch noch herablassend. Es war warmherzig, mitfühlend, voller Liebe. Als wollte sie sagen: Es ist gut, mein Junge. Schieß nur. Ich verstehe dich. Das geht vollkommen in Ordnung.

Arild rang nach Luft und bewegte den Lauf der Waffe hin und her. Er trat von einem Bein aufs andere. Schweiß perlte von seiner Stirn. Mit einer hastigen Bewegung brachte er das Gewehr erneut in Position und zielte auf Anita.

Der alte Doktor versuchte, den Rollstuhl freizubekommen, doch es gelang ihm nicht. Er stöhnte vor Anstrengung und Frustration.

Arild sah sich mit schwerem, verschleiertem Blick um. Er stützte sich auf den linken Fuß, dann den rechten und wieder den linken. Er keuchte.

Anita versuchte, ihn zu beruhigen. Voller Liebe, Gelassenheit.

Sie hat keine Angst, dachte Kristin. Sie will, dass er schießt.

34
Juvdal, Alten- und Pflegeheim, Außenbereich, Freitagnachmittag

Thomas Holmen wischte sich den Schnee von den Schultern, als er sie bemerkte.

Inger Borgersen ging, gestützt von Olav Fjellstad, durch die Menge der Schaulustigen. Er winkte ihnen zu und sah, dass der Pastor auf ihn aufmerksam wurde.

»Olav!«, begrüßte er ihn. Er sah an der mageren Frau herab. »Frau Borgersen?«

Zuerst wich sie seinem Blick aus. Thomas blickte fragend zu dem Pastor. Dann hob sie ihr Gesicht und sah ihm in die Augen.

»Ich habe Ihnen Unrecht getan«, sagte sie.

Er verstand nicht.

»Ich bin gekommen, um mich bei Ihnen zu entschuldigen und um Sie um Verzeihung zu bitten.«

»Für was denn?«, fragte er. Doch im gleichen Moment begriff er. Seine Knie begannen zu zittern. *Die Briefe...*

»Ich habe sie geschrieben«, sagte sie. »Die Briefe! Weil ich dachte, Sie hätten es getan.«

Inger Borgersen.

Berits Mutter.

Thomas blickte von Inger Borgersen zu Olav Fjellstad.

»Vergeben Sie mir«, flüsterte sie. Die Worte gingen in dem Stimmengewirr um sie herum unter.

»Heißt das, Sie wissen, wer Berit und Rolf getötet hat?«, fragte Thomas.

35
Juvdal, Alten- und Pflegeheim,
Kommandoraum der Polizei, Freitagnachmittag

Vidar schnappte sich das Funkgerät. »Basis an Posten 1. Können Sie jetzt etwas sehen?«

»Posten 1 hier. Die Gardinen sind noch immer zugezogen.«

»Sie sehen nichts?«

»Korrekt.«

»Sie sind noch immer genau dort, wo sie vorher waren«, sagte Victoria.

Vidar blickte rasch zu ihr herüber.

»Aber Anita hält den Rollstuhl des Doktors fest«, fügte sie hinzu.

»An alle Einheiten. Klar zum Zugriff!«, befahl der Polizeiobermeister.

»Jetzt mal langsam«, sagte Hoff, »Sie wollen doch wohl nicht allen Ernstes eine Aktion starten ... auf Grundlage ... der Aussagen einer ... Hellseherin ...«

»Ruhe!«, fiel ihm Vidar ins Wort. »Posten 2, Sie rücken ein, sobald wir den Strom auf der Etage ausgestellt haben. Posten 3 – sind Sie am Sicherungskasten?«

»Posten 3 bestätigt. Wir unterbrechen auf Ihr Kommando die Stromzufuhr für die gesamte Etage.«

»Posten 2 bestätigt! Wie sieht es mit den Personen aus? Wo steht wer?«

Vidar blickte zögernd zu Gunnar. »Wir wissen es nicht.« Er warf einen Blick auf Victoria. »Gehen Sie davon aus, dass sie noch immer am gleichen Ort stehen.«

»Verdammt, Lyngstad, Sie zwingen mich, darüber Meldung zu machen!«, platzte Hoff hervor.

»Posten 2 hat verstanden!«, krächzte es über Funk.

Vidar wandte sich an den Kripobeamten. »Und was soll ich Ihrer Meinung nach tun?«

»Sie könnten damit anfangen, diese Frau da«, er deutete auf Victoria, »aus dem Kommandoraum zu schmeißen und eine Polizeiaktion zu leiten und nicht eine lächerliche Séance!«

Victoria richtete sich auf ihrem Stuhl auf. »Meine Herren«, sagte sie überraschend ruhig und fest, »hören Sie mir zu: Er wird jeden Augenblick schießen.«

Hoff breitete die Arme aus und verdrehte die Augen.

»Okay«, sagte Vidar und drückte den Mikrofonknopf. »Wir starten die Aktion. Ich wünsche uns allen Glück! Die Basis beginnt den Countdown! Bei Null wird der Strom unterbrochen.«

Vidar schloss für einen Moment die Augen und holte tief Luft:

»Zehn ... neun ... acht ....«

36
*Juvdal, Alten- und Pflegeheim, Zimmer 363,
Freitagnachmittag*

Jetzt erschießt er mich, dachte Anita Borgersen.

Sie spürte keine Angst. Ihr gingen all die Jahre durch den Kopf, die sie gemeinsam verbracht hatten, Arild und sie. Die kurzen Momente des Glücks. Sie sah ihn vor sich, auf der Wiese vor dem Haus, an einem warmen Sommertag, an einem Sonntag im Januar auf dem Skihügel oder im Frotteeschlafanzug in der Ecke des Sofas, während er einen Film sah, der eigentlich viel zu spät für ihn lief.

»Mein lieber, lieber Junge«, sagte sie voller Wärme.

Es gelang ihr nicht, seinen Blick einzufangen. Er sah direkt durch sie hindurch, an ihr vorbei.

Eilige Schritte draußen auf dem Flur.

Sie lächelte ihn an. So hatte sie ihn auch immer angelächelt, wenn er von der Schule zurückgekommen war oder wenn er krank war oder Birger ihn geschlagen hatte und er Trost brauchte. Das Lächeln einer Mutter.

Ihre Wärme drang nicht durch seinen Wahn.

Ich liebe dich, formten ihre Lippen stumm.

37
*Juvdal, Alten- und Pflegeheim,
Kommandoraum der Polizei, Freitagnachmittag*

»...sieben...sechs...fünf...«

Er zählt so unendlich langsam, dachte Gunnar und sah Vidar an. *Konnten die nicht einfach losschlagen?* Er seufzte laut.

»O mein Gott! Gleich!«, rief Victoria.

Er bemerkte, dass Vidars Hände zitterten.

»... vier ... drei ...«

Vidars Stimme zitterte nicht. Alle im Zimmer standen wie festgefroren an ihren Plätzen. Es ging jetzt jeden Augenblick los.

Eine Kaffeemaschine, die jemand vor ein paar Minuten eingeschaltet hatte, begann zu sprotzen.

Vidar hob den rechten Arm, als wäre er bereit für einen Hundert-Meter-Sprint.

Victoria wimmerte und wand sich auf ihrem Stuhl, ehe sie sich aufrichtete und nach Atem rang.

»Er schießt!«, stöhnte sie laut.

»... zwei ... eins!«

38
Juvdal, Alten- und Pflegeheim, Zimmer 363, Freitagnachmittag

Siv begann im Bett zu zittern. Ihr Körper bebte. Sie wimmerte mehrmals kurz.

Kristin biss die Zähne so fest zusammen, dass ihr Kiefer schmerzte. Ihre Beine waren im Begriff einzuschlafen. Das Kribbeln war unerträglich. *Ich kann mich nicht rühren, darf mich nicht rühren!*

Sie fragte sich, wie lange Christoffer sie vermissen würde, wenn sie starb. *Nicht sonderlich lange*, erkannte sie. Vielleicht würde er ein paar Monate lang die Rolle des Trauernden spielen. Niemand wird mich vermissen!, dachte sie entsetzt. Niemand außer Gunnar. Sie biss sich auf die Fingerknöchel. Ein leises Jammern kam über ihre Lippen.

Die Gummiräder von Doktor Vangs Rollstuhl quietschten über den Boden. Er versuchte noch immer, sich aus Anitas Griff zu befreien.

Anita hörte nicht auf zu lächeln.

Niemand wird mich vermissen!

Mit einem lauten Schluchzen warf sich Siv im Bett zurück. Schwer pfeifend rang sie nach Atem, während sie mit den Händen rhythmisch auf die Decke schlug. Ihre Augen waren weit aufgerissen, die Lippen waren geöffnet. Ihre Zunge bewegte sich im Mund hin und her, als versuchte sie zu schreien.

Mein Gott, flehte Kristin innerlich, tu doch was, *so tu doch was!*

Mit einer resoluten Bewegung legte Arild den Kolben des Gewehrs an Schulter und Wange. Der Schweiß rann ihm von der Stirn und vermischte sich mit den Tränen, die ihm über die Wangen liefen. Rote Flecken flammten auf seiner Haut, Adern traten blau unter der weißen Haut seines Gesichts hervor.

Kristin sah, wie sich sein Finger zitternd um den Abzug krümmte.

Jetzt schießt er, dachte sie hilflos und drückte sich an die Wand.

Im gleichen Moment ging das Licht aus. Jemand – Siv? Kristin? Anita? – schrie vor Schreck.

Alles geschah sehr schnell, aber trotzdem schienen die Sekunden endlos zu dauern.

Kristin kauerte sich zusammen und versuchte, sich so klein wie möglich zu machen. Irgendwo im Dunkel begann Siv, in ihrem Bett zu wimmern. Lang gezogene, heisere Laute. Ein Mann schrie mit schmerzerfüllter, tränenerstickter Stimme »Mama!«.

Arild.

Dann knallte ein Schuss.

Unerträglich laut. Kristins Ohren sausten. Sie presste sich auf den Boden. *O mein Gott, jetzt hat er geschossen, er hat wirklich geschossen!*

Ein weiterer Schuss knallte, jemand stürzte schwer.

Die Tür wurde so fest aufgestoßen, dass sie sich aus den Angeln löste. Lautes Rufen. Stiefelgetrampel. Plötzlich wimmelte es im Zimmer von Menschen. Scharfe Kommandos ertönten, gefolgt vom Blitzen heller Taschenlampen. Kristin kauerte sich zusammen und legte die Arme um ihren Kopf.

»Alles unter Kontrolle!«, rief eine Stimme.

»Hier auch!«, erwiderte eine zweite aus dem Flur.

Das Licht ging flackernd wieder an.

»Alles bleibt ruhig!«, befahl die Stimme.

Kristin richtete sich langsam auf, benommen, und versuchte zu verstehen, was sie sah.

Siv saß noch immer im Bett und bewegte leise wimmernd ihren Oberkörper hin und her.

Anita stand genau da, wo sie die ganze Zeit gestanden hatte.

Der alte Doktor saß zusammengesunken in seinem Rollstuhl. Auf dem Boden neben dem Waschbecken lag Arild Borgersen in einer Blutlache, die sich langsam auf dem Linoleumboden ausbreitete. Kristin sah zur Seite.

Mein Junge, wiederholte Anita Borgersen lautlos.

Anita lebt, dachte Kristin verblüfft. *Sie lebt!* Wie konnte er sie auf derart kurze Distanz verfehlen? Er hatte höchstens einen Meter entfernt gestanden, und trotzdem hatte er vorbeigeschossen?

Ein Arzt stürzte ins Zimmer. Er kniete neben Arild nieder, fuhr zurück, als er das zerfetzte Gesicht bemerkte, legte einen Finger auf die Halsschlagader und schüttelte den Kopf.

»Arild«, schluchzte Anita. »Arild!«

Siv Borgersen schrie.

War das seine Strafe, Anita am Leben zu lassen?, fragte sich

Kristin. Er hätte sie töten können. Wie er sich selbst getötet hatte. War es eine größere Strafe, sie am Leben zu lassen?

»Er blutet!«, sagte Anita laut. »Mein Junge blutet! Kann ihm denn niemand helfen? Sie sehen doch, dass er Blut verliert!«

Eine Schwester kam und schob Doktor Vang aus dem Zimmer. Eine andere setzte sich zu Siv auf die Bettkante, umarmte sie und versuchte, sie zu beruhigen.

Kristin blieb auf dem Boden sitzen.

»Wir brauchen einen Arzt, sonst verblutet er noch!«, klagte Anita.

Zwei Polizisten packten sie vorsichtig an den Armen und führten sie aus dem Zimmer. »Kann ihm denn niemand helfen?«, schrie sie und reckte den Hals, um ihm einen letzten Blick zuzuwerfen. »Er blutet doch! Mein Junge!«

»Sie müssen jetzt mitkommen, Frau Borgersen«, sagte einer der Polizisten.

Kristin spürte, wie sie zitterte. *Warum sieht mich denn keiner?* In dem Augenblick klopfte ihr jemand auf die Schulter, um ihr aufzuhelfen. Sie drehte den Kopf. Gunnar. *O Gunnar!* Sie rappelte sich auf und stützte sich an der Wand ab; ihre Beine wackelten. Dann bohrte sie ihr Gesicht in seine Schulter und begann zu weinen. »Gunnar!«, schluchzte sie und konnte gar nicht mehr aufhören zu weinen. Sie spürte seine Arme um sich. »Ist ja gut, ist ja gut, mein Mädchen«, flüsterte er ihr ins Ohr. »Es ist vorbei.«

Nachspiel

Aftenposten, 11. Januar 2003 (Auszug)

Familientragödie Grund für Juvdal-Morde 1978 und 2003

Der Juvdal-Fall ist gelöst: Ein halbes Jahr vor der Verjährung des legendären Doppelmordes wurde gestern Anita Borgersen (60) für die Morde an ihrer Schwägerin und ihrem Schwager 1978 verhaftet.
(…) Bei einer dramatischen Geiselnahme im Alten- und Pflegeheim von Juvdal beging ihr Sohn Arild Borgersen (40), der Geiselnehmer, gestern Selbstmord. Arild Borgersen gilt als mutmaßlicher Mörder seines Vaters.
(…) unter den Geiseln befanden sich neben Anita Borgersen und der Tochter des 1978 getöten Ehepaars Berit Borgerson und Rolf Anthonsen, Siv, auch die Fernsehjournalistin Kristin Bye vom Sender ABC sowie der frühere Arzt von Juvdal.

INGE D. JENSSEN
Juvdal

Der sogenannte Juvdal-Fall nahm gestern eine sensationelle Wendung: Anita Borgersen, die Schwägerin von Berit Borgersen, soll den Doppelmord 1978 gestanden haben.

Anita Borgerson wurde nach einer nervenaufreibenden Geiselnahme in Zimmer 363 des Alten- und Pflegeheims von Juvdal festgenommen.

Das Motiv ist bislang unbekannt.

Wie aus Polizeikreisen verlautete, soll eine Familientragödie hinter den Morden stehen.

Gleichzeitig wurde bekannt, dass es sich bei dem Täter, der am Donnerstag dieser Woche Birger im Stall seines Hofes in Juvdal ermordet hat, um dessen Sohn Arild Borgersen handelt. Laut Polizei soll auch dieser Mord in Zusammenhang mit der Familientragödie stehen…

Juvdal, 11. Januar 2003

Vorsichtig öffnete Victoria die Tür des Krankenzimmers. Siv lag im Bett. Das Koma hatte sie wieder gefangen genommen, aber endlich lag ein friedlicher Ausdruck auf ihrem Gesicht. Sie hatten ihr ein neues Zimmer gegeben. Nummer 368. In dem alten Raum war sie nicht zur Ruhe gekommen.

Victoria trat leise ans Bett. Lange stand sie da und betrachtete sie. So blass, so still.

»Siv«, flüsterte sie. »Siv! Hörst du mich?«

Sivs Augen bewegten sich hinter den geschlossenen Lidern.

»Wenn ich nur schneller verstanden hätte, Siv, meine kleine Freundin, wenn ich nur eher...«

Aber wie sollte ich das verstehen? Sivs Gedanken waren ein einziger Wirrwarr aus schrecklichen Erinnerungen an den Tag des Mordes. Diese Bilder und Gedanken hat sie mit mir geteilt. Weil ich da war. Weil ich diese Gabe habe, damit auf die Welt gekommen bin. Ich konnte sie fühlen, ihre Gedanken spüren. Und sie wusste das.

Victoria setzte sich auf die Bettkante und nahm Sivs Hand. So kalt, so leicht, so dünn. Vorsichtig streichelte sie sie.

»Ruh dich aus!«, flüsterte Victoria.

Bericht – erstes Verhör

Verdächtige/r, Beschuldigte/r, Angeklagte/r:
Anita Borgersen

Geburtsdatum: 10.4.1943
Dienststelle: Polizeiwache Juvdal
Datum: 11. Januar 2003 **Uhrzeit:** 12.38 Uhr
Anwesend: POM Lyngstad / Bjørnholt, Kripo
Protokollant: Lisa Ulrichsen

Vidar Lyngstad: Tja, Frau Borgersen, tja, ja, ja. Wo sollen wir anfangen. Wie hat das alles angefangen?
(Kurze Pause)
Vidar Lyngstad: Frau Borgersen?`
Anita Borgersen: Ja, womit soll ich anfangen?
Vidar Lyngstad: Mit dem Ersten, woran Sie sich erinnern und das mit dem Fall zu tun hat.
(Kurze Pause)
Anita Borgersen: Eigentlich hat alles mit Robin angefangen.
Vidar Lyngstad: Mit Robin? Robin Vang?
Anita Borgersen: Ja, so hieß er. Mein Geliebter.
Vidar Lyngstad: Der Sohn von Doktor Vang?
Anita Borgersen: Ich war erst vierzehn, als wir zusammen waren. Er war schon fast erwachsen. Sie wissen, wie sich ein Mädchen mit vierzehn Hals über Kopf verlieben kann!

Vidar Lyngstad: Nun …

Anita Borgersen: Ich schrieb seinen Namen auf den Rand meiner Schulbücher, in mein Tagebuch, wieder und wieder, Seite um Seite. Er hat die schönsten Aquarelle gemalt. Und von Tahiti erzählt, den Fidschi-Inseln und Tonga, als wäre er ein Prinz aus der Südsee.

Vidar Lyngstad: Ich verstehe. Können …

Anita Borgersen: Ich versuchte, ihn zu malen. Die blauen Augen, die schmale Nase, das lange Haar, sein Lächeln, die Art, wie seine Augen leuchteten, wenn er lachte, seinen Blick, wenn er mich ansah … Ich weiß noch, wie er sich bewegt hat, habe den Klang seiner Stimme noch im Ohr …

Vidar Lyngstad (lacht): Es reicht, Frau Borgersen, ich glaube, wir haben verstanden!

Anita Borgersen: Verstanden? Das bezweifle ich. Aber das macht nichts. Ich war nur eine Episode in seinem Leben, ein Windhauch. Ich war so dumm, so naiv, so gutgläubig.

Vidar Lyngstad: Naiv?

Anita Borgersen: Es kam, wie es kommen musste (Pause). Ich wurde schwanger.

Vidar Lyngstad: Wann war das?

Anita Borgersen: 1958.

Vidar Lyngstad: Wie haben Sie reagiert?

Anita Borgersen: Zuerst hatte ich Angst. Todesangst. Ich dachte daran, was Mama und Papa sagen würden. Aber dann erkannte ich, dass es nicht wirklich eine Tragödie war. Ich liebte Kinder mehr als alles andere auf der Welt. Auch wenn ich noch jung war. Aber ich hatte ja Robin. Ein paar Jahre konnte ich mit dem Kind noch zu Hause wohnen. Und wenn ich alt genug war, konnten wir heiraten. Ich hatte mich immer nach einem Baby gesehnt, einem kleinen Bündel, das ich an die Brust legen konnte, verwöhnen, großziehen, das in niedlichen

Kleidchen unsicher über den Boden tapsen würde, das ich auf meinen Schoß setzen konnte, wenn ich las. In den Schlaf wiegen, trösten, für das Kleine da sein. So wie ich für Arild da war.

Vidar Lyngstad: Wie hat Robin Vang reagiert?

Anita Borgersen: Ich erinnere mich noch an den Tag, an dem ich es ihm gesagt habe. Es hat geregnet. Die Luft duftete nach Erde und nassem Gras. Ich war so aufgeregt! Oh! Ich hatte mein schönstes Kleid und die weißen Seidenstrümpfe angezogen und mir das Haar so hochgesteckt, wie er es mochte. Ich hielt seine Hand, als ich ihm sagte, dass er Papa werden würde. Wir saßen auf seinem Bett, und ich lächelte, denn ich war so glücklich.

Sigmunn Bjørnholt: Wie hat er es aufgefasst?

Anita Borgersen: Robin wurde wütend. Er sprang auf und schrie mich an. Sein Gesicht war ganz rot vor Wut. Ich sollte zusehen, wie ich das Baby wieder loswurde. Er wollte nichts davon wissen. *Es loswerden*. Diese Worte dröhnen noch immer in meinen Ohren.

Vidar Lyngstad: Und ... sind Sie es losgeworden? Haben Sie abgetrieben, Frau Borgersen?

Anita Borgersen: Sein Vater hat sich darum gekümmert. Doktor Vang. O mein Gott, es war so grausam.

Vidar Lyngstad: An was erinnern Sie sich am besten? Was ist geschehen?

(Kurze Pause)

Vidar Lyngstad: Frau Borgersen?

Anita Borgersen: Woran erinnere ich mich am besten? Die Schmerzen? Die Trauer? Diese unsägliche Trauer? Ich sehe das blendende Licht der Operationslampen vor mir, meine von einem grünen Tuch verhüllten Knie. Ich erinnere mich an meinen Atem, an jeden Atemzug, jeden Herzschlag. Meine

Finger krallten sich in das Tuch. Die Stunden vergingen nicht, endlose Minuten, Sekunden auf Sekunden, in denen die Zeit stillstand. Die Bilder in mir: das kleine Dummerchen, der lachende Knirps. Das leise Murmeln des Doktors beim Arbeiten. Der Gestank des Äthers. Nach der Abtreibung schob er mich in ein Nebenzimmer. Hier kannst du dich ausruhen, sagte er.

Nach wenigen Minuten begann es zu bluten. Ich erinnere mich noch an die Panik des Arztes. Seine Augen über der Mundbinde. Mein Gott. Ich erinnere mich so deutlich an das alles, als wäre es gestern geschehen. Er hat mein Leben zerstört.

Vidar Lyngstad: Hat der Doktor etwas unternommen, um Ihnen zu helfen?

Anita Borgersen: Es täte ihm alles schrecklich leid, sagte er. Er hätte sein Bestes getan. Es sei aber zu Komplikationen gekommen. Etwas ist schiefgelaufen. Blutungen. Er sei gezwungen gewesen, das zu tun, was er getan hat. Um mein Leben zu retten. Du kannst keine Kinder mehr bekommen, Anita, sagte er.

Vidar Lyngstad: Das muss ein Schock für Sie gewesen sein.

(Kurze Pause)

Anita Borgersen (weint): Da ist in mir etwas zerbrochen. Zerbrochen. Ich wurde eine andere. Die Tage im Krankenbett – das alles war so unwirklich! Die Kälte. Gleichgültigkeit. Hass. Ich sage es, wie es ist. Ich war kalt geworden, berechnend. Eine, die sich rächen wollte. An Robin. An Doktor Vang.

Vidar Lyngstad: Sich rächen?

Anita Borgersen: Ich hatte sie in der Hand. Robin hatte sich an einer Minderjährigen vergriffen. Man kam damals für weniger ins Gefängnis. Doktor Vang hatte eine illegale Abtreibung vorgenommen, um den Übergriff seines Sohnes zu vertuschen.

Sigmunn Bjørnholt: Und dann?

Anita Borgersen: Es vergingen ein paar Jahre. Dann lernte ich Birger kennen. Den stillen Birger mit dem dunklen Blick. Warum wir uns ineinander verliebten? Wer weiß. Vielleicht haben wir gegenseitig die Dunkelheit im anderen erkannt. Ich war ein Mensch ohne jeden Funken Güte geworden. Ohne Mitgefühl. War verbittert, bedrückt, gehässig. Und auch Birger kämpfte mit den Narben auf seiner Seele. Wir hatten etwas gemeinsam.

Vidar Lyngstad: Wann haben Sie bemerkt, dass er seine Schwester missbrauchte?

Anita Borgersen: Ich weiß es nicht. Erinnere mich nicht.

Vidar Lyngstad: Wissen Sie, warum er …

Anita Borgersen (weint): Ich glaube … er … (Pause). Ich hatte eine Grenze gezogen. Ich wollte nicht intim mit ihm sein. Allein der Gedanke, dass mich jemand berühren könnte, widerte mich an. Bereitete mir Ekel. Wir waren Liebende, die einander nie angefasst haben.

Vidar Lyngstad: Sie glauben also, das war der Grund dafür, dass er …

Anita Borgersen: Natürlich hätte ich es merken müssen. Schließlich kannte ich ihn gut. Hinter meinem Rücken trieb er es mit seiner Schwester Berit.

Vidar Lyngstad: Wie haben Sie reagiert?

Anita Borgersen: Was mich entsetzt hat, war die Tatsache, dass es mir egal war. Es erschütterte mich nicht, ich wurde nicht wütend. Ich fühlte keine Eifersucht. Ich fühlte nichts! Verstehen Sie jetzt, dass mir etwas fehlte? Ich war schon damals ein zerstörter Mensch.

Vidar Lyngstad: Sie haben diesen Missbrauch also stillschweigend hingenommen?

(Kurze Pause)

Anita Borgersen: Das war die Zeit, in der ich erkannt habe, dass ich Hilfe brauchte mit meinen Nerven. Ich war bei einem Psychiater in Skien. Und in gewisser Weise bekam ich dort auch Hilfe. Medikamente. Pillen, die meine Angst dämpften, die Unruhe, die Qualen. Aber so wie sie meinen seelischen Auswüchsen die Spitze nahmen, machten sie mich nur noch leerer, nur noch gleichgültiger. Für alles.

Vidar Lyngstad: Sie sagten, Arild sei Berits Sohn, Frau Borgersen?

Anita Borgersen: Er ist mein Sohn.

Vidar Lyngstad: Aber …

Anita Borgersen: Es war Berit, die ihn geboren hat.

Vidar Lyngstad: Wie ging dieser »Tausch« vonstatten?

Anita Borgersen: Ich erinnere mich noch an den Abend, an dem Berit Birger gesagt hat, dass sie schwanger ist. Von ihm. Er kam in unsere Wohnung gestürmt. Mit weißem Gesicht, panisch. Ich spüre noch die Ruhe, die plötzlich über mich kam. Nach so vielen Jahren spürte ich endlich einen Funken Hoffnung. Wir können das Kind zu uns nehmen, sagte ich. Es zu unserem Baby machen. Er starrte mich nur an. Lächelte nicht. Aber ich sah ihm an, dass er einsah, dass diese Lösung die beste war. Für ihn. Für Berit. Für mich. Eine Abtreibung kam nie in Frage. Sie wollte nicht. Da war sie vollkommen unbeugsam. Wie ich es 1958 hätte sein sollen.

Sigmunn Bjørnholt: Wie haben Sie das gemacht?

Anita Borgersen: Ich habe unter einem anderen Namen einen Termin bei Doktor Vang gemacht. Als ich ins Behandlungszimmer kam, erkannte ich an seinem Gesichtsausdruck, dass er mich ohne diesen Trick niemals empfangen hätte. Er hatte mich verdrängt. Und jetzt stand ich plötzlich da, fast fünf Jahre später. Ich sagte, wie es war. Birger und ich wollten Berits Baby zu uns nehmen. Er sollte uns dabei helfen und sich um einen Platz kümmern, an dem Berit ihr Kind zur Welt bringen und wir es übernehmen konnten. Dann musste er noch die Geburtsurkunde ausstellen und es zu unserem Kind machen. Das geht nicht, sagte er. Aber natürlich ging es.

Vidar Lyngstad: Und das war ... wann?

Anita Borgersen: Kurz vor Weihnachten 1962. Berit ging Neujahr 1963 nach Oslo.

Vidar Lyngstad: Aber die Leute in Ihrer Umgebung müssen doch bemerkt haben, dass Sie nicht schwanger waren?

Anita Borgersen: Es war nicht schwer, allen etwas vorzuspielen. Ich hab mir Kissen unter den Pullover geschoben. Watschelte beim Gehen. Die Schwangerschaftsuntersuchungen hat Doktor Vang gemacht.

Vidar Lyngstad: Und die eigentliche »Geburt«?

Anita Borgersen: 28. Juni 1963, als wir von Berit die Nachricht bekamen, dass die Wehen eingesetzt hatten, fuhren Birger und ich mit Doktor Vang nach Oslo. Wir sagten allen, es bestünde die Gefahr einer Steißgeburt, so dass es besser sei, zu einem Spezialisten zu gehen. Als wir eine Woche später wieder nach Juvdal zurückkehrten, hatten wir Arild bei uns.

Sigmunn Bjørnholt: Und was war mit Berit?

Anita Borgersen: Berit? Ich habe sie aus meinem Leben gelöscht. Alle Erinnerungen an sie. Sie wurde zu einem Menschen, über den wir nie redeten und an den wir nie dachten. Berit gab es nicht mehr.

Vidar Lyngstad: Und Arild machten Sie zu Ihrem Sohn?

Anita Borgersen: Oh, wie ich ihn verwöhnte. Arild. Mein Sohn. Ich konnte ihm nie genug Liebe und Zärtlichkeit geben. War vom Morgengrauen bis abends, wenn er sich in den Schlaf weinte, bei ihm. Er saß auf meinem Schoß, hoppe hoppe Reiter, ich sang ihm Lieder vor, spielte mit ihm Ball und baute Burgen.

Vidar Lyngstad: Und Ihr Mann?

Anita Borgersen: Birger! (Pause) Er war nie ein Vater, der sich gekümmert hätte. Ich glaube, er hat in Arild die tägliche Erinnerung an seine schändlichen Untaten gesehen. Durch den Sohn hasste er sich selbst. Ich versuchte, das mit Liebe wieder wettzumachen. Für jeden Schlag überschüttete ich Arild mit Zärtlichkeit, für jedes giftige Wort mit Fürsorge.

Sigmunn Bjørnholt: Wie haben Sie reagiert, als Berit zurück nach Juvdal zog?

Anita Borgersen: Können Sie sich den Schock vorstellen? Berit! Den Schock, sie wieder hier in Juvdal zu sehen? Den Schock, als sie begann, um ihn herumzuschleichen? Berit wieder zurück. Hier in Juvdal. Was hatte sie hier verloren? Konnte sie nicht bleiben, wo sie war? Weit weg? Sie gehörte nicht hierher! Sie würde alles kaputtmachen. Das wusste ich! Alles!
Ich sah sie auf der Straße. Berit. Ihr Anblick ließ mich innerlich gefrieren. Ich blieb wie angewurzelt stehen und folgte ihr mit den Augen. Dieses Miststück. Zum Glück bemerkte sie mich nicht. Danach ging ich direkt nach Hause. Ich war vollkommen am Boden zerstört.

Vidar Lyngstad: Wovor hatten Sie Angst?

Anita Borgersen: Am meisten fürchtete ich, Arild zu verlieren. An sie. Von morgens bis abends loderte die Panik in mir. Die Angst. Die Wut. Die Furcht, dass sie etwas sagen könnte. Dass Arild verstand und ich ihn verlor! Sie spionierte ihm nach. Als ob ich es nicht geahnt hätte! Was sollte ich tun? Wie konnte ich sie stoppen?
Für wen hielt sie sich eigentlich? Zu guter Letzt musste ich mit ihr reden. Von Angesicht zu Angesicht. Von Frau zu Frau. Ich hielt es nicht mehr aus.

Sigmunn Bjørnholt: Haben Sie sie getötet, Frau Borgersen? (Lange Pause).

Vidar Lyngstad: Frau Borgersen?
Anita Borgersen: Ja?
Vidar Lyngstad: Haben Sie Berit und Rolf getötet?
Anita Borgersen: Ja.
(Pause)
Vidar Lyngstad: Wenn Sie an den Tag des Mordes denken, an was erinnern Sie sich dann?
Anita Borgersen: Dieser Tag… So unwirklich! Wie verzerrte Reflexe auf den Scherben eines zerbrochenen Spiegels.
Ich hatte Medikamente genommen, um meine schlimmen Gedanken im Zaum zu halten. Ich spürte, dass ich nicht ganz so war, wie ich sein sollte. Meine Gedanken… (weint).
Vidar Lyngstad: Wir haben es nicht eilig, Frau Borgersen. Nehmen Sie sich die Zeit, die Sie brauchen. Also, Sie sind zu Berit gegangen, um sich mit ihr auszusprechen? Versuchen Sie, wenn möglich, den Tag noch einmal gemeinsam mit uns zu durchleben.
Anita Borgersen: Ich weiß noch, dass es früher Vormittag war. Ein Mittwoch. Obgleich die Sonne hoch am Himmel stand, es war Juli, ein warmer Hochsommertag, war die Luft noch frisch. Jedenfalls habe ich das so empfunden. Die Sonnenstrahlen waren ohne Wärme.
Vidar Lyngstad: Wie kommt es, dass Sie niemand gesehen hat?
Anita Borgersen: Ich habe den Pfad am Waldrand genommen. Der Wald duftete feucht. Der Tau lag noch immer auf Steinen und Moos und tropfte von den Bäumen. Alles war dunkel. Oben am Hang blieb ich auf der Lichtung stehen und sah zu ihrem Haus hinunter. Alles war so friedlich. Der Wimpel hing schlaff vom weißen Fahnenmast in dem vor Farben explodierenden Garten. Ich überquerte den Weg und öffnete die Gartentür, die kreischend protestierte. Der Kies knirschte unter meinen Füßen, als ich zur Treppe ging. Eine der Schiefer-

platten war lose. Ich klingelte. Die Türglocke schellte trocken. Schnelle Schritte. Die Tür ging auf. Die Zeit blieb einen Moment lang stehen. Du, sagte sie. Ja, antwortete ich, ich bin es.

Vidar Lyngstad: Wie hat sie auf Ihr Kommen reagiert?

Anita Borgersen: Sie war überrascht.

Sigmunn Bjørnholt: Sie hatte aber keine Angst?

Anita Borgersen: Angst? Nein, nein. Ganz im Gegenteil. Wäre sie doch nur so schlau gewesen, draußen auf der Treppe mit mir zu reden. Oder mich fortzuschicken. Dann wäre das niemals geschehen. Ich wäre gegangen. Aber sie lächelte bloß. Schön, dass du kommst, sagte sie. Schön? Ich war ganz verwirrt. Willst du nicht reinkommen?, fragte sie. Gerne, gab ich zur Antwort.

Vidar Lyngstad: Dann hat Berit Sie hereingebeten?

Anita Borgersen (nickt): Wir sind ins Wohnzimmer gegangen. Ich erinnere mich noch daran, dass es im Haus stark nach frischer Farbe roch. Mein Kopf wurde ganz benebelt. Alles stand leuchtend und klar vor mir. Geht es um den Jungen?, fragte sie. Sie war so ruhig. Ihre Stimme war weich und hell und warm. Natürlich geht es um den Jungen, sagte ich ihr. Mag sein, dass ich da schon geschrien habe.

Vidar Lyngstad: Geschrien?

Anita Borgersen: Das müssen die Medikamente ausgelöst haben. Ich war wirklich nicht ich selbst. Ich weiß noch, dass sie einen Schritt zurückgetreten ist, als hätte ich sie erschreckt. Vielleicht hat sie etwas in meinen Augen gesehen.

Vidar Lyngstad: Über was haben Sie gesprochen?

Anita Borgersen: Sie sagte, sie könne sich einen gewissen Umgang mit dem Jungen vorstellen. Dieses dumme Luder! Sie hatte ihn schließlich verlassen, als er noch ein Neugeborenes war. Und dann kommt sie nach fünfzehn Jahren an wie eine nimmersatte Pythonschlange, die sich an ein Stück Aas erinnert, das sie vor Jahren einmal vergraben hat ...

Vidar Lyngstad: Frau Borgersen! Beruhigen Sie sich! Brauchen Sie eine kurze Pause?

(Kurze Pause)

Vidar Lyngstad: Erinnern Sie sich noch, was Sie dazu gebracht hat, Berit zu töten?

Anita Borgersen: Sie wollte mir die Augen auskratzen.

Vidar Lyngstad: Ihnen die Augen auskratzen?

Anita Borgersen: Deshalb musste ich sie auf Distanz halten.

Vidar Lyngstad: Das verstehe ich nicht. Ihnen die Augen auskratzen?

Anita Borgersen (weint): Jedenfalls hat sie ganz übel mit den Armen herumgefuchtelt. Ich weiß nicht, was geschehen ist. Vielleicht habe ich sie gepackt. Am Hals? Vielleicht hat sie deshalb versucht, mir die Augen auszukratzen? Ich erinnere mich nicht. Ich weiß es nicht!

Vidar Lyngstad: Sie haben also ... miteinander gekämpft?

Anita Borgersen: Gekämpft? Nein. Ich musste sie nur auf Distanz halten. Sie war nicht sonderlich stark. Ganz und gar nicht. Ich war ziemlich wütend. Vielleicht habe ich sie zu hart angefasst. Hinterher ist es leicht, klüger zu sein. Sie müssen mir glauben. Ich wollte Berit nicht töten. Wenn sie doch nur den Mund gehalten hätte! Nicht nach Juvdal zurückgekommen wäre! Wenn sie doch nur den Mund gehalten hätte über das, was damals passiert ist.

Das ist so lange her. Mein Gott, so lange!

Warum musste sie nach fünfzehn Jahren zurückkommen und in unseren Geheimnissen herumwühlen?

Ist es da ein Wunder, dass geschehen ist, was geschehen ist? Plötzlich hing sie in meinen Armen. Leblos. Unfassbar.

Ich hatte keine Ahnung, wie das passieren konnte. In einem

Moment noch quicklebendig, im nächsten schlaff und ohne Leben. Die Zunge hing zwischen den Lippen heraus, die Augen quollen vor, ihr Gesicht war blau und aufgedunsen.

Ich ließ sie los. Steh auf!, rief ich. Meine Stimme zitterte. Sie blieb einfach liegen.

Vidar Lyngstad: Warum haben Sie nicht die Polizei gerufen? Oder den Arzt?

Anita Borgersen: Ich konnte nicht klar denken. Hatte Angst! Ich hockte mich hin und versuchte erfolglos, sie wachzurütteln.

Ich saß lange im Sessel und starrte sie an. War nicht ganz bei mir. Die Minuten flossen ineinander, verlangsamten sich, blieben stehen. Die Sonne verharrte in ihrer Position. Und dann hörte ich ein Auto. Ich trat ans Fenster. Eine Autotür knallte. Und dann noch eine. Rolf und Siv. Mich überkam Panik. Ich konnte nirgendwohin. Mich nirgends verstecken. Ich war gefangen! Rannte in den Flur. Aber sie waren bereits auf der Treppe. Drüben am Schuhständer lehnte eine Axt. Ich will die Verantwortung keinesfalls von mir schieben. Aber mal ehrlich! Wer lässt denn eine Axt im Eingangsbereich seiner Wohnung stehen? Das ist doch wirklich unvorsichtig! Ich muss ganz unbewusst zu dieser Axt geschlichen sein. Als er die Tür öffnete, trat ich einen Schritt in die Garderobe.

Vidar Lyngstad: Sie haben sich also in der Garderobe versteckt, als Rolf und Siv zurückkamen?

Anita Borgersen: Da war es dunkel. Der Vorhang war zugezogen. Rolf sagte etwas zu Siv, die zu lachen begann. Ich stand ganz still.

Muss die Axt wohl über den Kopf gehoben haben, denn als er den Vorhang zur Seite zog, um seine Jacke wegzuhängen, ging sie auf seinen Kopf nieder.

Vidar Lyngstad: Und Siv?

Anita Borgersen: Sie stand die ganze Zeit da und starrte mich

an. Ohne zu schreien. Hätte sie wenigstens geschrien! Aber
sie starrte mich nur an mit ihren blauen Augen.

Erst, als ich einen Schritt auf sie zu machte, um ihr alles zu
erklären, sie zu trösten, fuhr sie herum und wollte losrennen.

Sigmunn Bjørnholt: Wie haben Sie reagiert?

Anita Borgersen (weint): Ich kann mich so schlecht erinnern.
Nichts ist wirklich deutlich (weint). Ich war wirklich nicht ich
selbst. Später las ich in der Zeitung, dass sie von einer Axt am
Kopf getroffen wurde. Aber daran erinnere ich mich nicht. Ich
muss sie für tot gehalten haben. Sonst hätte ich Hilfe gerufen
(weint). Aber ich war an diesem Tag wirklich nicht da.

Vidar Lyngstad: Sollen wir eine kurze Pause machen?

(Pause)

Vidar Lyngstad: Was ist weiter geschehen, Frau Borgersen?

Anita Borgersen: Als ich nach Hause kam, ging ich in die Küche
und machte Kaffee. Dann ging ich ins Wohnzimmer und
nahm mir mein Strickzeug. Birger kam aus dem Stall. Er
war wütend. Irgendetwas war kaputtgegangen, irgendeinen
Grund gab es immer. Plötzlich blieb er stehen. Mitten im
Zimmer. Mein Gott, Anita, sagte er, was ist passiert? Ich sah
an mir herab. Kleid und Schürze waren voll getrocknetem
Blut. Ich sah zu ihm auf. Ich brauchte nichts zu sagen. Er
wusste es. Mein Gott, sagte er wieder und wieder. Dann sackte er zusammen und blieb eine ganze Weile in der Hocke
im Wohnzimmer sitzen, während er immer nur »mein Gott,
mein Gott, mein Gott« murmelte. Ich strickte unablässig.

Vidar Lyngstad: Birger ist also erst später zu Berits Haus hinübergegangen?

Anita Borgersen: Er hat mich nach oben ins Bad gebracht, mir
das Blut abgewaschen, mich umgezogen und mich dann wieder nach unten zu meinem Strickzeug geführt. Dann zog er
sich den Stalloverall aus und ging hinüber zu Berit und Rolf.

Er wollte wohl selbst nachsehen, was geschehen war. Ich saß noch immer zu Hause und strickte, als ich die Sirenen hörte. Summte vor mich hin. Zählte die Maschen, ließ welche fallen, nahm sie wieder auf. Kurz darauf kam Arild, von den Sirenen angelockt, und verschwand gleich darauf wieder durch die Tür. Ich stellte das Radio an und sang mit. Es vergingen einige Stunden, bis Birger zurückkam.

Vidar Lyngstad: Was hat er gesagt?

Anita Borgersen: Nichts.

Vidar Lyngstad: Und später ...

Anita Borgersen: Nichts! Wir haben niemals auch nur ein einziges Wort über diesen schrecklichen Tag gewechselt.

Vidar Lyngstad: Niemals?

Anita Borgersen: Nie.

Vidar Lyngstad: Ist das nicht ... seltsam?

Anita Borgersen: Wir haben diesen Tag aus der Geschichte ... gelöscht.

Vidar Lyngstad: Ich verstehe. Glaube ich.

Anita Borgersen: Die Vergangenheit wurde zu einer dunklen, schwarzen Leere. Wir haben uns den gefährlichen Worten, diesen schlimmen Erinnerungen nie genähert.

Sigmunn Bjørnholt: Hatten Sie nie das Bedürfnis zu gestehen?

Anita Borgersen: Zu keiner Zeit. Ich erinnere mich noch an die Ermittlungen und Verhöre. Tag um Tag, Woche um Woche. Es wollte kein Ende nehmen. Ich sperrte die Welt aus. Tabletten. Strickzeug. Fernsehen. Zeitschriften.

Vidar Lyngstad: Aber irgendwann müssen Sie doch wieder zu sich gekommen sein, Frau Borgersen?

Anita Borgersen: Ein oder zwei Jahre nach den Morden fanden die Tage wieder zu ihrer alten Form zurück.

Das Leben fand zu seinem alten Rhythmus zurück.

Aber wir haben nie ... darüber geredet.

Vidar Lyngstad: Bis Kristin Bye kam...
Anita Borgersen: Kristin Bye. Mit ihren unschuldigen Fragen. Dieser sanften Neugier. Nichts durfte mehr in Frieden ruhen. Ist es da ein Wunder, dass ich verzweifelt war?
Vidar Lyngstad: Verzweifelt? Denken Sie an Birger?
Anita Borgersen: Hat sie Ihnen nichts von dem Brief gesagt?
Vidar Lyngstad: Was für einen Brief?
Anita Borgersen: Ich habe ihr einen Brief geschrieben. Einen Zettel. Es war ein Versuch, ihre Aufmerksamkeit abzulenken. Ich habe geschrieben, dass Robin der Mörder sei. Um sie zu verwirren. Das war sicher dumm.
Vidar Lyngstad: Waren Sie es auch, die Birger getötet hat, Frau Borgersen?
Anita Borgersen: Ja. Und nein. Doch. Als ich Birger tot im Stall fand, wusste ich natürlich, dass Arild ihn getötet hatte (weint). Aber nach all dem, was Birger und ich Arild angetan hatten, war es ja wohl das Mindeste, die Schuld und die Verantwortung für diesen Mord auf mich zu nehmen. Es war so leicht. Ich wurde am Tatort überrascht. Alles deutete auf mich. Und ich war mehr als bereit, sie alle in dem Glauben zu lassen, ich sei die Schuldige. Weil ich – in gewisser Weise – schuldiger bin als alle anderen. Auf jeden Fall schuldiger als Arild (weint). Es war nicht einmal ein Opfer. Vielleicht eine Art Vergebung der Sünden. Meine Art, Arild das Leben zu schenken (die Angeklagte sinkt unter Tränen zusammen).
Vidar Lyngstad: Das Verhör wird für zwei Stunden unterbrochen.
(Ende des Verhörs).

Juvdal, 12. Januar 2003

Die zitternden Finger legten sich um den Turm und zogen ihn zwei Felder vor. Der alte Doktor zögerte, ehe er den Turm losließ und seine Hand zurückzog.

»Er wollte sterben«, sagte er.

Eine kurze Pause.

»Das ist auch eine Entscheidung«, antwortete der Polizeiobermeister a.D.

Eilert Vang hatte Besuch von Gerhard Klock. Sie saßen in seinem Zimmer und spielten Schach. Laika, die auf dem Boden schlief, gab seltsame Laute von sich.

»Aber wie konnte er seine Mutter verfehlen?«, fragte Klock und schob den Springer vor.

»Wir werden nie erfahren, ob er absichtlich vorbeigeschossen hat. Ich glaube aber schon. Er wollte sie leiden lassen. Ihr für den Rest ihres Lebens bewusst machen, was sie getan hatte, die Erinnerungen wachhalten. Oder – vielleicht konnte er einfach nicht. Schließlich war sie seine Mutter.«

Der alte Doktor schlug den Springer mit einem Bauern und fragte sich, warum Klock so unkonzentriert spielte.

Klock nickte nachdenklich. »Schon komisch, dass wir das noch nie gemacht haben«, sagte er plötzlich.

»Wir haben aber doch schon Schach zusammen gespielt«, widersprach der Doktor.

»Ja, vor zwanzig Jahren.«

»Wie die Zeit vergeht.«

Klock nickte langsam.

»Da brauchte es wirklich noch einen Mord, damit du deinen dicken Hintern aus dem Haus bewegst«, sagte Vang mit einem Grinsen.

»Schon möglich.« Gerhard Klock räusperte sich. »Schachmatt!«, sagte er dazu und zwinkerte seinem alten Freund zu.

*

»Natürlich war er dein Enkel, Mama«, sagte Bjørn-Tore Borgersen. »Nur ... anders, als wir dachten.« Inger Borgersen knetete ihr gesticktes Taschentuch zwischen den Fingern und wischte sich über die Augen. »Geboren in Sünde«, flüsterte sie.

»Aber dafür kann man Arild keinen Vorwurf machen«, sagte Pia. »Natürlich musst du zur Beerdigung.«

»Birger und Berit ... zusammen«, sagte Inger voller Abscheu.

»Das war auf jeden Fall nicht Arilds Schuld, Mama«, sagte Bjørn-Tore. »Und auch nicht Berits. Wenn du auf jemanden böse sein musst, dann auf Birger.«

Sie brach wieder in Tränen aus. »Was habe ich nur falsch gemacht?«, fragte sie. »Was habe ich nur getan, dass mir eine Familie beschert wurde, in der derartige Grausamkeiten geschehen?«

»Du hast doch uns, Mama«, sagte Bjørn-Tore.

*

»*Straight flush*«, sagte Polizeiobermeister Vidar Lyngstad zufrieden und legte die Karten auf den Tisch.

Vidar und Thomas Holmen waren zu Hause bei Olav Fjellstad im Pfarrhaus. Es war Sonntagabend. Bei aller Dramatik war es beruhigend, sich zu dem festen Pokerabend zu treffen. Thomas hatte ihnen alles über Berit und sich erzählt und über die

Angst, die ihn in all den Jahren umgetrieben hatte. Und von Inger Borgersens Briefen, die Berits Tagebuch gelesen hatte. Olav hatte ihnen verraten, dass er, wie Thomas, Verhältnisse mit den verschiedensten Frauen des Dorfes gehabt hatte. Und Vidar hatte ihnen anvertraut, dass er sich gerne an einem anderen Ort bewerben würde, vielleicht nach Oslo, sollte sich die Gelegenheit bieten.

Sie hatten sich Schnäpschen eingegossen und mehr geredet als gepokert. Olav hatte Kartoffelchips auf den Tisch gestellt, Käsewürfel, Sahnedip und Selleriestangen.

Birgers Beerdigung sollte Mittwoch sein, Arilds am Freitag. Olav hatte eine hektische Woche vor sich.

Es hatte aufgehört zu schneien, das war doch immerhin etwas.

Juvdal, Nacht auf den 13. Januar 2003

Die Nacht war sternenklar und kalt. Es war bald halb vier. Die Stunde der Wölfe. Eisige Fallwinde aus den Bergen fegten durch das Tal und rissen den Schnee von den schweren, dunklen Fichten des Waldes. Irgendwo bellte ein Hund.

In Zimmer 368 rang Siv in unregelmäßigen, kurzen Atemzügen nach Luft. Ihr Gesicht war blass und klamm, ihre Hände krümmten sich zuckend auf der Bettdecke.

Langsam, langsam öffnete sie die Augen. Sie sah sich im Zimmer um. Ein tiefes Seufzen kam über ihre Lippen. Sie lächelte.

Dann fielen ihr wieder die Augen zu.

*

Victoria riss die Augen auf.

Wo bin ich? Das Zimmer war dunkel. Ihr Herz hämmerte. Ein Schauer lief ihr über den Rücken. Dann kam die Erinnerung. Das Hotel. Juvdal.

Ein paar lange Sekunden lag sie da und wartete. Sie wusste nicht, auf was. Darauf, dass ihr Herz zu schlagen aufhörte? Dass Siv wieder mit ihr Kontakt aufnahm? Ihr war so kalt, so unglaublich kalt. Atemlos starrte sie ins Dunkel. Wartete.

Was ist das? Siv?

Sie hörte den Wind und die entfernten Laute unten aus dem Dorf.

Dann spürte sie, wie sich eine Wärme in ihrem Körper ausbreitete, als füllten sich ihre Adern mit warmem ätherischem Öl. So angenehm, so unendlich angenehm ...

!!! Victoria ... danke !!!

Ein sanfter Hauch in ihrer Seele.

Todesanzeige in der Juvdalens Avis,
14. Januar 2003

SIV BORGERSEN
(1968 – 2003)

Nach langer, schwerer Krankheit ist in der Nacht auf den 13. Januar Siv Borgersen entschlafen.

Nur wenige Tage nach dem dramatischen Ausgang der Tragödie, die das ganze Land als »den Juvdal-Fall« kennt, ist Siv Borgersen für immer von uns gegangen. Ihr Tod hinterlässt in uns neben der tiefen Trauer darüber, dass sie nie das Leben erfahren durfte, das sie verdient hätte, auch eine gewisse Erleichterung darüber, dass ihr Leiden nun endlich vorbei ist.

Ob Sivs Tod in Zusammenhang mit der Tatsache steht, dass der Fall nun endlich gelöst ist, werden wir nie erfahren, aber ich bin überzeugt davon. Es klingt wie ein Klischee zu sagen, dass sie nun endlich ihren Frieden gefunden hat, aber in Siv Borgersens Fall trifft genau dies zu.

Ich habe eine vage Erinnerung an Siv als zurückhaltendes, zehnjähriges Mädchen. Ihre Kindheit, ihre Jugend, ja ihr Leben wurden ihr abrupt an diesem Julitag des Jahres 1978 entrissen, an den wir uns alle so gut erinnern.

Leider wurde Sivs Familie von weiteren Todesfällen und Tragödien heimgesucht. Aber diese Sorgen blieben Siv erspart. Finde deine Ruhe, liebe Siv. Wir alle in Juvdal werden dich nie vergessen.

T. Holmen

Juvdal, 16. Januar 2003

Die geschnitzten Drachenköpfe streckten sich geifernd vom First der Juvdaler Stabkirche gen Himmel. Im Licht der Sonne warfen die Ornamente scharfe Schatten auf den Schnee, der die Kreuze und Grabsteine auf dem Friedhof bedeckte.

Siv und Arild wurden gleichzeitig beerdigt. Die Familie wollte es so. Zwei weiße Särge, Seite an Seite, umgeben von einem Ring schöner Blumen, Kränze und Schleier. Ein letzter Gruß in goldener Schrift.

Olav Fjellstad predigte. In seiner Totenrede sprach er von den zwei Halbgeschwistern, die einander nie kennengelernt hatten.

Nie zuvor war die Kirche so voll gewesen. Inger Borgersen saß mit gefalteten Händen neben Bjørn-Tore und Pia. In der Mitte der Kirche hatte Jon Wiik seinen Arm fest und schützend um Nina gelegt. Vidar Lyngstad und Gerhard Klock waren da, beide in Uniform. Thomas Holmen hatte es vorgezogen, mit den anderen Pressevertretern oben auf der Galerie zu sitzen.

Ganz hinten in der Kirche, neben dem Regal mit den Gesangbüchern stand Doktor Vangs Rollstuhl an dem alten Taufbecken. Kristin, Gunnar und Victoria versuchten, sich auf einer der hintersten Bänke unsichtbar zu machen.

Der Klang der Orgel erfüllte rauschend die alte Holzkirche, so dass die Menschen noch unten im Dorf die mächtige Musik hören konnten. Tief drinnen im Wald vereinten sich die Töne mit dem Wind und der Stille ...

Juvdal, 17. Januar 2003

Victoria zündete eine dicke Kerze an und wickelte den Schal enger um sich.

Es war so kalt, dass die Flamme zögerte. Victoria fröstelte. Die Innenseite des Hotelzimmerfensters war bereift.

Sie saß gemeinsam mit Kristin und Gunnar in ihrem Zimmer. Für sie war der Auftrag beendet. Morgen wollte sie nach Hause zurückkehren. Kristin und Gunnar mussten noch ein paar letzte Aufnahmen machen, ehe auch sie zurück in die Stadt fuhren.

Sie hatten lange zusammengesessen und geredet. Über Arilds Selbstmord. Über Anita, die aus der Untersuchungshaft in eine psychiatrische Klinik verlegt worden war. Und über Siv, die entschlafen war. Die Beerdigung. All die Bruchstücke der Geschichte, die endlich zusammenpassten.

»Aber das mit dem Hexenbrett verstehe ich noch immer nicht«, sagte Gunnar. »Wie konnte das voraussehen, was geschehen würde?«

»Man muss ja nicht alles verstehen«, sagte Kristin.

Die Flamme der Kerze flackerte unruhig.

Victoria amüsierte sich. »Das Hexenbrett? Das waren keine Geister.«

»Wie meinen Sie das?«, fragte Kristin.

»Das war Siv«, sagte sie und fügte dann mit sanftem Lächeln hinzu: »Man muss ja nicht alles verstehen.«

»Erklären Sie es wenigstens mir«, bat Gunnar. »Laut Berits Tagebuch fanden die beiden Episoden mit dem Hexenbrett 1962 und 1977 statt. 1962 war Siv noch nicht einmal auf der Welt.«

»Gunnar, Sie müssen verstehen, dass Telepathie nicht an die Zeit gebunden ist. Sie verläuft unabhängig von Zeit und Raum«, sagte Victoria. »Ein Gedanke ist nicht in der Zeit verhaftet. Spiritisten kommunizieren nicht nur mit toten Seelen. Sie haben ebenso Kontakt mit Menschen, die in der Vergangenheit gelebt haben. Menschen in Krisensituationen. Häufig sind solche Situationen die Gründe dafür, dass ihre Gedanken aus der Zeit ausbrechen. Und manchmal finden sie jemanden, der sensibel genug ist, die Signale zu empfangen. Als Siv im Koma lag, hat sie ihre Mutter zweimal gefunden. Und sie hat mich gefunden. Mit ihren Gedanken. Ich war ihr Medium. Wir glauben so gerne, dass die Geister, die sich bei Séancen zu erkennen geben, von Toten stammen. Aber das muss nicht so sein. Als Berits Hand die Mahnungen auf dem Hexenbrett formte, war es Siv, die ihre Mutter zu warnen versuchte. Siv im Koma. Siv hat nie gesehen, dass ihre Mutter tot im Wohnzimmer lag. Im Koma durchbrach sie die Zeit. Sie suchte und fand ihre Mutter in den Momenten, in denen sich Berit dem Hexenbrett öffnete. Und sie fand mich. Weil ich empfänglich war.«

»Aber das Hexenbrett?«, fragte Kristin.

»Als Berit als junges Mädchen mit dem Hexenbrett spielte, öffnete sie ihre Sinne derart, dass Siv sie finden konnte. Telepathisch. Außerhalb der Zeit. Es war Siv, die Berits Hand über das Brett geführt hat, verstehen Sie? Kein Geist, niemand aus dem Reich der Toten, sondern Siv, die verzweifelt versuchte, ihre Mutter vor dem zu warnen, was 1978 geschehen sollte.«

»Ähh«, grunzte Gunnar.

»Aber niemand verstand die verwirrenden Gedanken und

sinnlosen Worte«, fuhr Victoria fort. »Nicht Berit, nicht ich, niemand!«

»Wer sollte so etwas denn auch erwarten?«, fragte Kristin.

»Und wenn ich nicht an Telepathie glaube?«, fragte Gunnar.

»Dann, Herr Borg, bleibt Ihnen noch, an eine Laune des Schicksals zu glauben«, sagte Victoria lächelnd.

»Ich glaube, ich ziehe das vor!« Lächelnd fuhr er sich mit den Fingern durch die dünnen, grauen Haare und ließ die Fingerkuppen über die Zyste im Nacken streifen.

»Die ist nicht gefährlich«, sagte Victoria.

Abrupt zog er die Hand zurück.

»Sie ist nicht gefährlich«, wiederholte sie.

Er hatte nie jemandem von der Zyste erzählt. Niemandem. Das war zu privat. Die Furcht ging nur ihn was an.

»Gefährlich?«, fragte Kristin. Mit gerunzelter Stirn blickte sie fragend von Victoria zu Gunnar. »Was ist nicht gefährlich? Wovon redet sie, Gunnar?«

Victoria streichelte Gunnars Hand. »Sie haben noch viele Jahre vor sich, Gunnar Borg«, sagte sie. »Viele gute Jahre.« Sie lächelte ihm verschmitzt zu und zwinkerte: »Und das habe ich auch! Wenn Sie wieder zurück in Frogner sind, können wir ja mal einen Kaffee zusammen trinken. Wäre das nicht nett?«

Er fasste sich wieder an die Zyste. »Sieht man sie schon?«

»Man sieht sie nicht«, sagte Victoria.

»Was sieht man nicht?«, fragte Kristin.

»Sie brauchen keine Angst zu haben«, fuhr Victoria fort.

»Was hat das zu bedeuten, Gunnar?«, rief Kristin.

Victoria lächelte Kristin beruhigend zu und sah Gunnar in die Augen. »Sie haben Angst vor Krebs. Sie glauben, dass die Zyste im Nacken ein Vorbote des Todes ist. Aber das ist eine einfache Geschwulst, eine Wassereinlagerung, sonst nichts. Gutartig. Sie brauchen sich keine Sorgen zu machen, Gunnar.«

Er öffnete den Mund. Sah sie an. Dann glitt sein Blick zu Kristin.

»Gunnar, mach deinen Mund zu«, sagte Kristin.

»Wie ...«, begann er.

»Psst«, sagte Kristin und nahm seine Hand. »Frag nicht. Sie hat dich auf eine Tasse Kaffee eingeladen, du Dickkopf. Es wäre höflich, eine Antwort zu geben, ich glaube, Victoria würde dich gerne besser kennenlernen. Was ist mit dir?«

»Ich ... mein Gott!«

Sie drückte seine Hand.

»Akzeptieren Sie einfach, was ich sage«, meinte Victoria.

»Ähh«, stotterte er.

»Du brauchst nichts zu sagen«, ergänzte Kristin.

Wie treffend. Er hatte ohnehin keine Worte für das alles.

*

Draußen im Dunkel funkelte Juvdal wie ein Diadem aus Licht. Der Mond schimmerte hinter der Silhouette der Fichten auf dem Bergkamm. Oben am Mårvatn-See blieb ein Reh stehen und witterte in den Nordwind, in das aufziehende Schneewetter. Eine Elchkuh schritt vorsichtig durch den tiefen Schnee. Ein Fuchs bellte unruhig den Himmel an. Durch eine Ritze des Dachbodens eines Hauses am Rande von Juvdal fiel das Mondlicht auf eine alte, zerrissene Schachtel, die von einer morschen Schnur zusammengehalten wurde. »Improved Planchette Ouija«, hergestellt von J.S. Jensen, Dänemark 1924. *Nicht geeignet für Personen mit schlechten Nerven oder schwachem Herz.* Einen Moment lang sah es so aus, als ließe das Mondlicht die Schachtel erglühen. Ein eisiger Wind aus den Bergen wehte durch den Wald. Langsam zogen Wolken auf und hüllten alles in grenzenlose Dunkelheit.

Juvdalens Avis, 1. April 2004
Der Leiter der Polizeiwache Juvdal, Polizeiobermeister Vidar Lyngstad, hat eine neue Stellung als Hauptkommissar und Einsatzleiter bei der Kripo angenommen. Lyngstad wird Leiter der Ermittlungseinheit, die als mobile Einsatztruppe den regionalen Polizeidistrikten vor Ort zur Seite gestellt wird.

Aftenposten, 26. Juli 2004
Anita Borgersen wurde vom Landgericht in Agder zu 21 Jahren Haft verurteilt. Sie soll die Haftstrafe in einer psychiatrischen Anstalt verbüßen.

Annonce in der Zeitung *La Dépêche de Tahiti*,
Tahiti, Stiller Ozean, 10. September 2004

Poesieabend

Aquarelle und Gedichte

Heute Abend: Der Norwegische Poet und Maler
Robin Vang

Theater Jacques Lyon
Papeete, Tahiti, 8 p.m.

Tom Egeland bei Goldmann

Der Bestseller
aus Norwegen

„Ein perfekter Krimi."
Dagbladet über „Frevel"

Mehr Informationen unter www.goldmann-verlag.de

GOLDMANN

Andrew Taylor bei Goldmann

„Andrew Taylor ist einer der interessantesten, wenn nicht der interessanteste Krimiautor, den England derzeit hat."
The Spectator

Mehr Informationen unter www.goldmann-verlag.de

Mörderische Zeiten

Mehr Informationen unter www.goldmann-verlag.de

GOLDMANN

GOLDMANN

Einen Überblick über unser lieferbares Programm
sowie weitere Informationen zu unseren Titeln und
Autoren finden Sie im Internet unter:

www.goldmann-verlag.de

Monat für Monat interessante und fesselnde
Taschenbuch-Bestseller

Literatur deutschsprachiger und internationaler Autoren

∞

Unterhaltung, Kriminalromane, Thriller,
Historische Romane und Fantasy-Literatur

∞

Klassiker mit Anmerkungen, Anthologien
und Lesebücher

∞

Aktuelle Sachbücher und Ratgeber

∞

Bücher zu Politik, Gesellschaft, Naturwissenschaft
und Umwelt

∞

Alles aus den Bereichen Esoterik, ganzheitliches Heilen
und Psychologie

Die ganze Welt des Taschenbuchs
Goldmann Verlag • Neumarkter Straße 28 • 81673 München

GOLDMANN